अटल जीवनगाथा

राजनीति के क्षेत्र से जुड़े व्यक्तियों में एक महत्त्वपूर्ण गुण होता है– उनकी नेतृत्व क्षमता। जननायक 'भारत रत्न' अटलजी में यह गुण अद्भुत था, उनके भीतर नेतृत्व की क्षमता कूट-कूटकर भरी हुई है।

ग्वालियर के साधारण अध्यापक के घर जनमे अटलजी अपनी प्रतिभा के दम पर विश्व भर में विख्यात हुए। उन्हें माँ सरस्वती का अपार आशीर्वाद प्राप्त था, यह उनकी वाणी का ही प्रताप था कि सभी मंत्रमुग्ध होकर उन्हें सुना करते थे। एक बहुत बड़ा जन समुदाय उनकी वाणी को सुनने के लिए खिंचा चला आता था।

अटलजी बहुविधि प्रतिभा के धनी रहे हैं। उनमें विदेश-नीति की जबरदस्त समझ रही है। वे एक बेजोड़ राजनेता हैं, जो हर आनेवाली पीढ़ी के लिए स्तुत्य एवं अनुकरणीय रहेंगे। अटलजी पर केंद्रित अनेक पुस्तकें आ चुकी हैं और भविष्य में भी आती रहेंगी। किंतु यह पुस्तक अटलजी के जीवन पर केंद्रित पहला आत्मकथात्मक उपन्यास है। इस पुस्तक में अटलजी का अब तक का जीवन और उनकी उपलब्धियाँ उनकी ही विशेष रोचक भाषा शैली में प्रस्तुत की गई हैं।

दलगत राजनीति से ऊपर उठकर प्रखर राष्ट्रवाद की अलख जलानेवाले श्रद्धेय अटलजी के प्रेरणाप्रद जीवन और कर्तृत्व की विहंगम अंतर्दृष्टि देनेवाले पठनीय उपन्यास।

❧ ✳ ☙

डॉ. रश्मि

जन्म : 18 जनवरी, 1974 कानपुर (उत्तर प्रदेश)।

शिक्षा : पी-एच.डी. (कबीर काव्य का भाषा शास्त्रीय अध्ययन)।

प्रकाशित पुस्तकें : 'और आगे बढ़ते रहो', 'रामकृष्ण परमहंस के 101 प्रेरक प्रसंग', 'व्हाट्सअप रिश्ते-नातों की कहानियाँ', 'अशोक चक्र विजेता', 'भारत रत्न से सम्मानित व्यक्तित्व', 'कलाम की आत्मकथा', 'मीराबाई' एवं 'कलाम, तुम लौट आओ⋯'।

कृतित्व : विभिन्न समाचार-पत्रों, पत्रिकाओं में लेख, कविताएँ, कहानियाँ एवं पुस्तक-समीक्षाएँ प्रकाशित। दूरदर्शन, अन्य चैनलों एवं आकाशवाणी पर प्रस्तुति। दिल्ली एवं देश के अन्य शहरों में मंच पर काव्य-प्रस्तुति।

सम्मान : डॉ. ए.पी.जे. अब्दुल कलाम मेमोरियल अवार्ड, राजीव गांधी एक्सीलेंस अवार्ड, आगमन सम्मान एवं डॉ. विवेकी राय सम्मान प्राप्त।

संप्रति : लेखन व अध्यापन।

अटल जीवनगाथा

डॉ. रश्मि

प्रभात पेपरबैक्स
www.prabhatbooks.com

प्रकाशक

प्रभात पेपरबैक्स

4/19 आसफ अली रोड, नई दिल्ली-110002

फोन : 23289777 • हेल्पलाइन नं. : 7827007777

इ-मेल : prabhatbooks@gmail.com ❖ वेब ठिकाना : www.prabhatbooks.com

संस्करण

प्रथम, 2019

सर्वाधिकार

सुरक्षित

अ.मा.पु.स. 978-93-5266-568-6

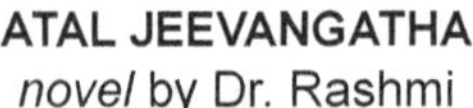

ATAL JEEVANGATHA
novel by Dr. Rashmi

Published by **PRABHAT PAPERBACKS**
4/19 Asaf Ali Road, New Delhi-110002

ISBN 978-93-5266-568-6

अटल जीवनगाथा

डॉ. रश्मि

ज्ञान गंगा, दिल्ली

प्रकाशक : ज्ञान गंगा, 205-सी चावड़ी बाजार, दिल्ली-110006
सर्वाधिकार : सुरक्षित / संस्करण : प्रथम, 2018 / मूल्य : पाँच सौ रुपए
मुद्रक : आर-टेक ऑफसेट प्रिंटर्स, दिल्ली   ISBN 978-93-86054-83-8
ATAL JEEVANGATHA *novel* by Dr. Rashmi   ₹ 500.00
Published by Gyan Ganga, 205-C Chawri Bazar, Delhi-110006

आदरणीय अटलजी के जीवन पर आधारित
यह उपन्यास
देश के यशस्वी प्रधानमंत्री श्री नरेंद्र मोदीजी को
सादर समर्पित करती हूँ।

अपनी बात

राजनीति के क्षेत्र से जुड़े व्यक्तियों में एक महत्त्वपूर्ण गुण होता है—उनकी नेतृत्व क्षमता। अटलजी में यह गुण अद्भुत था, उनके भीतर नेतृत्व की क्षमता कूट-कूटकर भरी हुई थी। यह गुण उनमें जन्मजात ही था, राजनीति के आकाश में अटलजी का व्यक्तित्व एक देदीप्यमान नक्षत्र के समान है, अपनी बाल्यावस्था में वे अपने सभी मित्रों के बीच प्रसिद्ध थे। बड़े होने के साथ-साथ उनके भीतर मौजूद अनेक प्रतिभाएँ भी उजागर होने लगीं। जब वे जनसंघ से जुड़े, तब उन्होंने वहाँ भी सभी को अपनी लेखनी एवं अपनी क्षमताओं द्वारा प्रभावित किया, अटलजी पत्रकारिता और लेखन में भी बहु प्रतिष्ठित हुए। उनके संपादन में राष्ट्रधर्म (मासिक), पाञ्चजन्य (साप्ताहिक) और स्वदेश (दैनिक) जैसे महत्त्वपूर्ण पत्र प्रकाशित हुए, जो कि समूचे समाज को चेतना प्रदान करते थे, पाञ्चजन्य आज भी यह कार्य कर रहा है। कालांतर में अटलजी ने राजनीति में प्रवेश किया और देशहित से जुड़े अनगिनत कार्य किए। वे पक्ष में रहे हों या विपक्ष में, दोनों ही स्थितियों में एक मजबूत राजनेता के रूप में सदैव देश के लिए समर्पित रहे। ग्वालियर के साधारण अध्यापक के घर जनमे अटलजी अपनी प्रतिभा के दम पर विश्व भर में विख्यात हुए। उन्हें माँ सरस्वती का अपार आशीर्वाद प्राप्त था, यह उनकी वाणी का ही प्रताप था कि सभी मंत्रमुग्ध होकर उन्हें सुना करते थे। एक बहुत बड़ा जन समुदाय उनकी वाणी को सुनने के लिए खिंचा चला आता था। मुझे आज भी कानपुर के फूलबाग का वह दृश्य स्मरण है, उन दिनों मैं स्कूल की छात्रा थी और अपने पिताजी के साथ अटलजी का भाषण सुनने पहुँची थी। मैंने अपने जीवन में पहली बार किसी एक स्थान पर इतने बड़े जन समूह को एकत्र देखा था। लोग अटलजी की एक झलक पाने के लिए लालायित हो रहे थे।

अटलजी बहु प्रतिभा के धनी रहे हैं। उन्हें विदेश-नीति की बेहद समझ रही है। वे एक बेजोड़ राजनेता हैं, जो हर आनेवाली पीढ़ी के लिए स्तुत्य एवं अनुकरणीय

8

रहेंगे। अटलजी पर केंद्रित अनेक पुस्तकें आ चुकी हैं और भविष्य में भी आती रहेंगी। किंतु मेरी यह पुस्तक अटलजी के जीवन पर आधारित पहला उपन्यास है। इस पुस्तक में अटलजी का अब तक का जीवन और उनकी उपलब्धियाँ आत्मकथात्मक शैली में प्रस्तुत की गई हैं। मैंने पूरा प्रयास किया है कि मैं इस पुस्तक में अटलजी के जीवन के हर पहलू को समेट सकूँ। इसके लिए मैंने हरसंभव प्रयत्न किया एवं अटलजी से जुड़े कई लोगों से मुलाकातें भी कीं। मैंने अटलजी के जीवन एवं कार्यों पर उपलब्ध अनेक पुस्तकें पढ़ीं। उनके विषय में अधिकाधिक जानकारी हासिल करने के बाद ही अपनी लेखनी चलाई एवं काफी सामग्री समाहित कर लेने के बाद ही इसे विराम दिया। किंतु मैं यह अवश्य कहना चाहूँगी कि अब भी मुझे ऐसा लगता है कि अनेक बातें अनकही रह गई हैं। अटलजी के जीवन की विराटता ही है कि उसे शब्दों में समेटना अपने आप में एक बेहद चुनौती भरा काम है। वे जब तक सामर्थ्यवान रहे, तब तक बिना टले, बिना रुके, निरंतर अथक परिश्रम करते रहे। उनके कार्यों में, उनकी सोच में, उनके विचारों में, उनके हर क्षण में 'भारत' ही सर्वोपरि रहा है। मैं अटलजी के उत्तम स्वास्थ्य की कामना करती हूँ एवं ईश्वर से प्रार्थना करती हूँ कि वे उन्हें दीर्घायु प्रदान करें। अपनी इसी प्रार्थना के साथ यह उपन्यास मैं अपने देशवासियों को सौंपती हूँ। आप सभी इसे पढ़ें और अटलजी के जीवन और कार्यों से प्रेरणा प्राप्त करें। यह पुस्तक हमारे राजनीतिज्ञों के लिए पठनीय है। हमारे बालकों एवं नई पीढ़ी को इसे अवश्य पढ़ना चाहिए। इसके द्वारा वे अटलजी के जीवन एवं उनके कार्यों से परिचित तो होंगे ही, साथ-ही-साथ उनके गुणों को अपने जीवन में उतारकर अपने लिए भी प्रगति का मार्ग प्रशस्त कर सकेंगे।

—रश्मि

-: 1 :-

अब मेरे तन और मन में पीड़ा की मद्धम-मद्धम तरंगें दौड़ती रहती हैं। अच्छा ही है कि यह पीड़ा मेरे जीवन के साथ लग गई है, अगर यह भी न होती, तो मेरे इस निर्जीव शरीर में जरा भी हरकत बाकी न रह जाती।

न जाने कितनी देर से लेटा हुआ मैं अपने कमरे की खिड़की से बाहर देख रहा हूँ। मुँड़ेरे पर बैठी चिड़ियाँ चहचहा रही हैं। मुझे अचरज होता है कि ये चिड़ियाँ दिन भर खुशी से कितनी चहकती रहती हैं! पेड़ की एक डाल मेरी खिड़की के भीतर झाँक रही है, वह भी कितनी हरी-भरी है! यह पेड़ बार-बार झरता है और फिर-फिर हरिया जाता है॑॑बड़ा अद्भुत खेल है ईश्वर का! अब यही सब दिन भर मेरे साथी बने रहते हैं। हालाँकि मेरे आसपास मेरे अपनों की आवाजें भी उठती-थमती रहती हैं। वे लोग बार-बार मेरे कमरे में आते हैं और बिस्तर पर लेटी मेरी इस देह को सकुशल देख प्रसन्न होकर लौट जाते हैं। उन सबके लिए यह ही बहुत है कि 'मैं हूँ'॑॑मगर मैं कहाँ हूँ? मुझमें अब बचा ही क्या है? दिन भर बस इन आवाजों को ही सुनता रहता हूँ। मेरे आस-पास से उठती-थमती ये आवाजें जितनी बाहर सुनाई देती हैं, उतनी ही मेरे भीतर भी उमड़ती-घुमड़ती रहती हैं। अब मैं उम्र के इस पड़ाव में बस दो ही चीजें सुनता हूँ—बाहर से उठती आवाजें और मन के भीतर घुमड़ती यादें।

सोचते-सोचते न जाने कब गंगा-जमुनी सी एक तरलता मेरी आँखों से बह चली। ओह! मेरा चेहरा तो गीला हो गया है। अरे! ये चेहरा ऐसे ही तो भींज जाता था, जब हम सारे दोस्त मिलकर बटेश्वर में यमुना के किनारे खेला करते थे।

मैं चिल्लाता—''अरे बटकेश्वर! सुन तो॑॑पानी न उलीच। अम्माँ हमको मारेगी।''

''हा॑॑हा॑॑काहे मारेगी तुम्हारी अम्माँ?''

''हमारी अम्माँ कहती है, अटला! तुम अभी छोटे हो, लल्ला, गंगा तीरे न जाया करो, डूब जाओगे।''

''हा॑॑हा॑॑हा॑॑हम तो उलीचेंगे॑॑और ले॑॑और ले॑॑॑'' सब खिलखिलाते हुए

पहले मुझ पर, फिर आपस में एक-दूसरे पर अंजुली में भर-भरकर पानी फेंकने लगते।

‘‘अच्छा तो तुम सब ऐसे न मानोगे···’’

मैं उन सबके पीछे दौड़ पड़ता। थोड़ी देर की इस भाग-दौड़ और पकड़ने की कोशिश के बाद हम सब दोस्त थककर वहीं मिट्टी में ढेर हो जाते। हाँफने और बतियाने लगते।

‘‘ऐ अटला! चलो, आज तुमको तैरना सिखाएँ।’’

‘‘न–न, हमको डर लगता है।’’

‘‘क्या बच्चों जैसी बातें कर रहे हो, अरे! हम सब हैं न···डरना कैसा? चलो, चलो, आ जाओ।’’

‘‘न–न, छोड़ो तुम सब हमको। हमें नहीं तैरना-वैरना सीखना तुम लोगों से।’’

वे सब मिलकर मुझे खींचने लगते और मैं बचने के लिए पीछे की ओर घिसटने लग जाता, लेकिन दोस्त कहाँ सुनते हैं। अगले ही पल मैं यमुनाजी में उठाकर पटक दिया जाता ···छपाक्क!

···फिर सब-के-सब मुझे तैरना सिखाने में जुट जाते।

‘‘ऐसे हाथ मारो अटला···ऐसे।’’

‘‘अरे! कमर उचकाओ···देखो, ऐसे!’’

अच्छा तो मुझे भी लगता था। मैं भी अपनी तरफ से सीखने की कोशिश करने लगता, इधर-उधर हाथ-पैर चलाने लगता, लेकिन तभी देखता क्या हूँ कि मेरे बाबा गुस्से में तमतमाते हुए एक हाथ में अपनी छड़ी लिये और दूसरे हाथ से अपनी धोती के छोर को पकड़े हुए हमारी तरफ दौड़े चले आ रहे हैं। पास आकर वे मेरा नाम पुकारते···और जैसे ही वे मेरा नाम लेते, मानो मेरे बदन का सारा खून ही निचुड़ जाता।

‘‘अटलाऽऽऽ! ओ अटलाऽऽऽ! कहाँ हो तुम? अच्छा तो यहाँ घुसे हो जमुना के भीतर! बाहर निकलो। अभी हमने तुम्हारी कमर में दो-चार बेंत कस-कस के लगा दीं, तो सारी अकल ठिकाने आ जाएगी। सुनते ही नहीं हो किसी का कहना। निकलो तो बाहर, आज नहीं छोड़ेंगे हम तुमको।’’

बाबा को क्रोध में देख हम सब दोस्त सहम जाते। मैं तो समझ जाता कि आज मेरी खैर नहीं। आज बाबा मेरी चमड़ी उधेड़कर ही दम लेंगे। जैसे-तैसे बाहर आने की हिम्मत जुटाने लगता। पानी में मेरे साथ खड़ी मेरी मित्रमंडली मुझे इशारे से आश्वस्त करती। फिर फुसफुसाकर कहती—‘‘डरो मत। कुछ नहीं होगा। चुपचाप बाहर चले चलो। अगली बार तुमको जरूर तैरना सिखाएँगे। अभी बाबा बहुत ताव में हैं, इसलिए चुपेचाप बाहर निकल चलो।’’

और चुपके-चुपके डरे-सहमें से हम सब लड़के नदी से बाहर निकलने लगते। दोस्तों को अपने साथ देखकर मेरी हिम्मत थोड़ी बँधी रहती। मन में यह निश्चय रहता

कि बाबा की छड़ी का एक-आध प्रसाद तो इनकी पीठ को भी मिल ही जाएगा। ऐसा सोचते ही मुझे अपनी मार का भय कम सताने लगता। और वैसे भी अकेले मार पड़े, तो दर्द जरा ज्यादा ही होता है। संगी-साथी भी साथ में पिट जाएँ, तो मार हलकी लगने लगती है। लेकिन पानी से बाहर निकलकर रेत पर पैर रखते ही बाबा मुझे अपने कड़क हाथों में धर दबोचते और मेरे सारे संगी-साथी सरपट भाग खड़े होते। मैं निरीह बेचारा सा वहीं खड़ा उन्हें भागते हुए देखता रह जाता। फिर मैं डबडबाई आँखों से बाबा के चेहरे की ओर ताकने लगता। उस वक्त मुझे उनकी आँखों में अपने लिए तनिक भी तरस नजर नहीं आता था''अगले ही पल उनकी बेरहम छड़ी मेरी पीठ पर दो-चार तड़ाक-तड़ाक बजाकर अपनी भूख मिटा लेती। इसके बाद मैं ओह-आह! करता रह जाता और बाबा मुझे घर तक ऐसे खींचकर लाते मानो मैं कोई मेमना होऊँ। फिर घर पहुँचकर वे मुझे मेरी अम्माँ के सामने पटककर कहते—''बहू! सँभालो इनको। आज फिर जमुनाजी में उतरकर लड़कों के साथ हर-हर महादेव कर रहे थे, लाटसाहब। वहीं से खींचकर ला रहे हैं हम इनको।''

माँ मुझे जमीन से उठातीं और मेरे बदन पर लगी मिट्टी पोंछते हुए कहतीं—''लल्ला! तुम हम लोगों की बात काहे नहीं सुनते हो?''

मेरी माँ बहुत कोमल स्वभाव की थीं। वे यह बात इतने विनम्र स्वर में कहतीं थीं कि मुझे उन पर तरस और खुद पर बेहद गुस्सा आने लगता। मैं माँ को देखकर रोने लगता और उनकी टाँगों से लिपट जाता।

माँ मेरे बालों को सहलाते हुए समझातीं—''लल्ला, तुम एक बार डूबते-डूबते बचे हो न? मत उतरा करो जमुनाजी में। अभी तुम बहुत छोटे हो, इसीलिए हम सबको तुम्हारी चिंता होती है। जब थोड़े और सयाने हो जाओगे, तब हम तुम्हें नहीं रोकेंगे।''

''अब हम नहीं जाएँगे अम्मा''सच्ची।''

बाबा दूर खटिया पर बैठे गुस्से से भरकर मेरी ओर घूरते रहते। मैं उनसे भरसक नजरें चुराने की कोशिश करता और माँ के आँचल में दुबकता चला जाता।

कितना अनोखा था बचपन!

मेरे बाबा बटेश्वर के विद्वान् व्यक्ति थे। लोग उन्हें आदर्श मानते थे और उनका बेहद सम्मान करते थे। गाँव के लोग उनके साथ विचार-विमर्श करते और अपने हर सुख-दुःख में उन्हें जरूर शामिल करते। बाबा भी पूरे गाँव को अपने परिवार की तरह स्नेह देते थे। लेकिन बाबा की एक खास आदत थी कि वे बहुत अधिक बोलना और अनर्गल बातें करना कतई पसंद नहीं करते थे, इसलिए कई बार लोग उनके सामने पड़ने पर उन्हें झुककर प्रणाम करते और चुपचाप आगे निकल जाते। बेवजह रुकने और उनके साथ इधर-उधर की बात करने की कोशिश नहीं करते थे।

बाबा मुझसे बहुत प्यार करते थे। लेकिन मैं बड़ा ही शरारती था। बाबा मेरी शरारतें देखकर अकसर मुझसे नाराज हो जाते थे और फिर मैं उन्हें मनाने की नादान कोशिशें करने लगता था। वैसे उनका गुस्सा जल्दी ही ठंडा भी पड़ जाता था। वे मुझे प्यार से 'अटला' कहा करते थे।

‘‘अटला! हम महादेव बाबा के दर्शन करने जा रहे हैं। तुम चलोगे हमारे संग?’’

‘‘हाँ बाबा, हम चलेंगे।’’ मैं उछलता हुआ बाबा की छड़ी पकड़ लेता और हम मंदिर चल देते। कभी-कभी मेरा कोई भाई या बहन भी साथ लग लेता।

हमारे बटेश्वर में महादेव बाबा के एक सौ आठ मंदिर हैं। यहाँ के मंदिरों का बहुत माहात्म्य है। यहाँ के गौरीशंकर मंदिर में बहुर सुंदर शृंगार होता और बड़े महादेवजी का मंदिर दूर-दूर तक विख्यात है। कहा जाता है कि कृष्ण के पिता वसुदेव बटेश्वर के ही थे, इसीलिए बटेश्वर को सब तीर्थों का भानजा माना जाता है। यहाँ पूरे साल लोग उनके दर्शनों के लिए आते रहते थे।

बाबा अकसर मुझे बटेश्वर महादेव की महत्ता बताते रहते। वे मुझे तरह-तरह की कहानियाँ भी सुनाया करते थे।

‘‘तुम्हें बता है बेटा, यमुना के प्रवाह को बटेश्वर में मोड़ा गया था। यहाँ यमुनाजी उल्टी बहती हैं।’’

‘‘वो कैसे बाबा?’’

‘‘एक समय था, जब बटेश्वर के लोगों ने मिलकर मिट्टी की मेंढ़ें बना बनाकर यमुना की धार को बटेश्वर गाँव की ओर मोड़ा था, तब यहाँ यमुना बहुत पतली धारा के रूप में बहती थी, लेकिन आज वही यमुना बटेश्वर में अपने वेग से बहती है। उसके अनेक घाट बने हुए हैं।’’

मेरे लिए कई जानकारियाँ बिल्कुल नई होती थीं और मैं उन्हें उत्सुकता से सुना करता। मैं कहीं से भी कोई जानकारी मिलने पर अपने बाबा से उसकी सच्चाई जानने की कोशिश करता।

‘‘बाबा! पिताजी बता रहे थे कि हमारे गाँव में कभी कंस रहता था। क्या यह सच्ची बात है?’’

‘‘हाँ लल्ला! कहते हैं कि जब कंस का जन्म हुआ, तो राजा उग्रसेन बहुत खुश हुए। पुत्र जन्म की खूब मिठाइयाँ बाँटी गईं और उस बालक की कुंडली बनवाई गई। लेकिन जब पंडित ने कुंडली का भेद खोला, तो राजा उग्रसेन भौचक्के रह गए। कंस का जन्म बहुत ही अशुभ नक्षत्रों में हुआ था और भविष्य में वह सभी के लिए एक कष्टकारी बालक सिद्ध होनेवाला था, इसलिए राजा उग्रसेन ने उस शिशु को काठ के संदूक में बंद कर यमुनाजी में बहा दिया।’’

''हैं···!'' मैं हैरान होकर बाबा के मुँह से यह सब सुना करता।

''हाँ···लेकिन कहते हैं न कि मारनेवाले से बचानेवाला बलवान होता है। यही बात यहाँ भी साबित हुई। वह संदूक बहते-बहते एक ऐसी जगह पहुँच गया, जहाँ कुछ लोग स्नान कर रहे थे। उन्होंने संदूक उठा लिया और खोलकर देखा तो एक सुंदर बालक को उसमें लेटा देखकर हैरान रह गए। फिर एक नि:संतान आदमी उस बच्चे को अपने घर ले गया और पालने लगा।''

''अच्छा! उसी जगह को 'कंस कगार' कहते हैं?'' मेरी जिज्ञासा और बढ़ती जाती।

''हाँ लल्ला!''

''लेकिन बाबा, जब कृष्णजी ने उसे मारा, तब तो वह मथुरा का राजा था, तो फिर कंस मथुरा कैसे पहुँचा?''

''कुछ सालों के बाद उग्रसेन शिकार खेलते हुए यहाँ आए और उन्होंने उस सुंदर बालक को देखा। वे बालक की सुंदरता पर मोहित हो गए और गाँववालों के सामने उसे अपना बेटा बनाने की इच्छा प्रकट करने लगे। सारे गाँववाले वहाँ आकर जुट गए। पंचायत बुलाई गई और बाद में उस बालक की सच्चाई उनके सामने आ गई। उन्हें पता चला कि यह तो उन्हीं का बेटा है। इस प्रकार कंस मथुरा पहुँच गया।''

''इसीलिए बटेश्वर में टूटा-फूटा सा राजमहल भी है?''

''हाँ, वह तो भदौरिया राजाओं का किला है, जो तुम हर भैयादूज पर गौरीशंकर का श्रृंगार और शोभा देखते हो, वह उन्हीं के वंशज करवाते हैं। अच्छा, अब जल्दी-जल्दी कदम बढ़ाओ, नहीं तो मंदिर में भीड़ बढ़ जाएगी।''

''आज के दिन इतनी भीड़ क्यों होती है?''

''लल्ला! आज शिवरात्रि है न, इसलिए। आज लोग भगवान् शंकर की पूजा करते हैं। उनका जलाभिषेक करके बेलपत्र चढ़ाते हैं।''

हम मंदिर में प्रवेश करते और वहाँ के सुवासित तथा भक्तिमय वातावरण से आत्मविभोर हो उठते। बाकी सभी लोगों के साथ हम भी गाने लगते—''जय शंकर जय नमामि शंकर, हर-हर महादेव शिव शंकर!''

मेरे बाबा की दिनचर्या बहुत सधी हुई थी। वे ब्राह्ममुहूर्त में ही उठ जाते थे और फिर अपने कमरे की साफ-सफाई किया करते। बाबा अपना काम खुद ही करते थे। वे नित्यकर्म और स्नान करने के बाद ही दिन के बाकी कामों की शुरुआत करते। चाहे जैसा भी मौसम हो, वे सुबह-सुबह ही नहा लेते थे। बाबा अपने पीने का पानी भी कुएँ से खुद ही भरकर लाते थे।

हमारे गाँव में एक कुआँ था, जिसे 'भूड़ा का कुआँ' कहा जाता था। गाँव के सभी लोग इसी कुएँ से पानी भरते थे। गाँव भर में जितने भी कुएँ थे, उन सबमें एक इसी

कुएँ का पानी मीठा था। बाकी सब कुओं का पानी खारा था। खाली समय में हम दोस्त मिलकर इसी कुएँ के आसपास खेलते रहते और जब गाँव की कोई महिला पानी भरने आती, तो उसके आगे अपने दोनों हाथ चुल्लू की तरह बनाकर होंठों से लगाकर खड़े हो जाते, उससे पानी की याचना करने लगते। कभी-कभी तो आसानी से पानी मिल जाता था। लेकिन कभी-कभी कोई महिला हमें पहले डाँट पिलाती, तब कहीं जाकर पानी पिलाती। गाँव की सब ब्याहता महिलाएँ हमारी काकी और चाची होती थीं और कुँआरी लड़कियाँ बुआ, मौसी या जिज्जी।

''भागो यहाँ से, आ गए सब-के-सब। हम यहाँ पानी भरने आए हैं कि तुम लोगन को पानी पिलाने ?''

''पिला दो न काकी। देखो प्यास से गला सूख रहा है।'' हम विनती करने लगते।

काकी मुँह बनाकर और हाथ नचाते हुए कहतीं—''तो कौन बोलत है तुम लोगन से कि दिन-दिन भर बंदर के जैसे हियाँ ते हुआँ कूदत-फाँदत फिरो! घर में नाहीं बैठ सकत चुपचाप तुम लोग ? कुछ पढ़-लिख लेओ, कलेक्टर बनो, गाम को नाम रौसन करो, सो तो नहीं"बस पूरे दिन हियाँ ते हुआँ मटरगश्ती कराय लोओ तुम लड़कन से।''

हमें भी लगता कि बेकार ही पानी माँग लिया इनसे। लेकिन तभी उन्हें हमारी दशा पर तरस आ जाता और कहतीं—''एक के पीछे एक करके आओ सबरे "पिलाये देते हैं हम तुम लोगन को पानी।''

हम खिलखिलाते हुए लाइन में लग जाते। पानी पीते और फिर खेलने में जुट जाते। कभी कबड्डी तो कभी गिल्ली-डंडा, तो कभी छुआ-छुअव्वल का खेल। हम लड़के-लड़कियाँ एक साथ खेलते तो अलग-अलग भी। हम कई तरह के खेल खेला करते थे। गाँव के अनेक लड़के-लड़कियाँ गौरी, गोमती, मुन्नी, हुसैन, प्रेम आदि सब मिलकर खेलते थे। छुट्टियों के दिनों में तो हमारा यह खेल भोर से ही शुरू हो जाता। अकसर यह भी होता कि माँ, पिताजी या बाबा कोई काम कहते और मैं घर से उस काम के लिए निकलता, लेकिन रास्ते में दोस्तों को खेलता देख सब काम-धाम भूल जाता और खेलने में मग्न हो जाता। फिर जैसे ही वह काम याद आता, तब ऐसे सरपट घर की ओर भागता कि बस !"फिर घर में जमकर डाँट सुननी पड़ती। कभी-कभी तो सजा भी मिलती। गलती तो अपनी ही होती थी, सो सिर झुकाए चुपचाप सुनता रहता, और कर भी क्या सकता था। मेरी बहन विमला को मेरी यह दशा देखकर खूब आनंद आता था और वह जान-बूझकर बार-बार उसी जगह से निकलती या उसी जगह कोई काम करने बैठ जाती, जहाँ मुझे कान पकड़कर खड़े रहने की सजा दी जाती थी। बाबा भी ऊँचे स्वर में पूजा करते जाते और बीच-बीच में गुस्से से मेरी तरफ घूरते जाते।

मेरी समझ में आज तक यह नहीं आया कि बचपन में जब भी कान पकड़कर खड़े

रहने की सजा मिलती थी, तभी टाँगों और पीठ पर खुजली क्यों होने लगती थी ! इधर मैं खुजलाता और उधर बाबा मुझे घूरकर देखने लगते''मैं चुपचाप फिर से कान पकड़ लेता और नजरें झुकाए उनकी एक-एक गतिविधि देखा करता।

मेरे बाबा नहाने के बाद सबसे पहले पूजा ही करते थे, तब कुछ खाते-पीते या किसी से कोई बातचीत वगैरह करते। उनके पास रुद्राक्ष और तुलसी की कई मालाएँ थीं। वे उन्हें फेरा करते थे। बाबा को ठंडाई खूब पसंद थी। वे सुबह ही दिन भर के लिए ठंडाई घोटकर रख लिया करते थे। उनके पास एक छोटी सी पान की डिबिया हुआ करती थी, वे उसी में गोलियाँ बना-बनाकर रख लेते थे। बाबा को गुजिया, खड़पुरी, पंजीरी, सत्तू बहुत पसंद था। उन्हें फिजूल की बातों में वक्त बरबाद करना कतई पसंद नहीं था। वे खुद भी हमेशा शास्त्रों का अध्ययन करते रहते और जिससे भी बात करते, उससे ज्ञान चर्चा ही किया करते, इसी में मगन रहते। लोग उनके पास अपनी समस्याएँ लेकर बेखटके चले आते थे। बाबा के कमरे का दरवाजा हर एक के लिए हमेशा ही खुला रहता था। वे सबको उचित सलाह देते और गलती करनेवालों को खूब डाँट भी लगाते थे।

मुझे आज भी याद है कि मेरी माँ अकसर मुझसे घर लीपने के लिए गोबर मँगाती थीं। हमारे गाँव में जिनके यहाँ गाय होती थीं, मैं उनके यहाँ जाता और गोबर उठाकर भाग लेता। आज सोचता हूँ तो हँसी आती है। यदि मैं विनम्रता से उन लोगों से गोबर माँग लिया करता, तो कोई भी मना नहीं ही करता ? लेकिन बचपन की शरारतों की बात ही कुछ और होती है''शायद इसीलिए तो उसको नटखट उम्र कहा जाता है। मैं बचपन में कच्चा दूध ही पीता था, वह भी ओक लगाकर। बचपन में मैं अपने बटेश्वर का बेहद शरारती बालक था। लेकिन फिर भी मैं अपने बड़ों का बहुत सम्मान करता था। गाँव में सभी की मदद करना, सबका कहा मानना मेरी आदत में शामिल था। हमारा बटेश्वर एक बड़े परिवार की तरह था, सब आपस में प्रेम से मिल-जुलकर रहा करते थे और एक-दूसरे के सुख-दुःख में साझीदार बनकर खड़े रहते थे।

एक बार की बात है, शाम बढ़ चली थी और अँधेरा घिरने लगा था। मैं आँगन में खेल रहा था, तभी बाबा ने मुझे आवाज दी। मैं बाबा के कमरे की ओर दौड़ पड़ा। मुझे बाबा का कोई भी काम करना बहुत अच्छा लगता था।

''हाँ बाबा, आपने हमको आवाज दी ?''

वहाँ हमारे गाँव के तीन व्यक्ति बैठे हुए थे। वे बाबा से कुछ आध्यात्मिक चर्चा कर रहे थे। बाबा ने मेरी ओर देखकर कहा, ''लल्ला, दीया जलाकर लै आओ।''

बाबा रोशनी के लिए सरसों के तेल का दीया जलाना पसंद करते थे। उनका मानना था कि इससे प्रकाश तो होता ही है, साथ-ही-साथ वातावरण भी कीटाणु मुक्त रहता है। जब मैं दीया लेकर उनके कमरे में पहुँचा, तो देखा कि बाबा अपने सामने बैठे एक

व्यक्ति को डाँट रहे थे, क्योंकि वह बार-बार मुँह खोलकर जम्हाई ले रहा था। मेरी हँसी छूट गई। बाबा को बड़ों के आगे टाँग फैलाकर बैठना, इधर उधर खुजलाना, बात-बात पर हँसना, नाक-कान में उँगली डालना जरा भी पसंद नहीं था।

मैंने एक और बात पर ध्यान दिया था कि जब तक कोई आगंतुक बाबा के साथ आवश्यक बात करता, तो बाबा भी पूरी तन्मयता से सुनते और उत्तर देते रहते, लेकिन जैसे ही उन्हें लगता कि अनर्गल बातें शुरू हो गई हैं या बेकार के प्रश्न पूछे जा रहे हैं, तो वे अपने पास रखी कोई पुस्तक उठा लेते और उसे ऐसे डूबकर पढ़ने लगते जैसे कि उस कमरे में उनके अतिरिक्त कोई और है ही नहीं। यानी वे सामने बैठे व्यक्ति को पूरी तरह से अनसुना और अनदेखा कर देते थे। बाबा की यह आदत बड़ी कारगर सिद्ध होती थी। इससे आगंतुक खुद-ब-खुद शर्मिंदा हो जाता और वहाँ से उठकर चला जाता।

मेरे बाबा को रामायण, गीता, भागवत आदि का अच्छा ज्ञान था। वे जाने-माने भागवत-वाचक, आचार्य भी थे। लोग उन्हें अपने घरों में भागवत बाँचने, अखंड रामायण का पाठ, सत्यनारायण की कथा कराने के लिए निमंत्रित करते थे।

‘‘पंडितजी! प्रणाम।’’

‘‘खुश रहो ''प्रभु तुम्हारा भला करे। कहो, कैसे आना हुआ?’’

‘‘पंडितजी! बिटिया का विवाह तय हो गया है। इस खुशी के मौके पर घरवाली की इच्छा है कि घर में अखंड रामायण का पाठ रखवा लें।’’

‘‘यह तो बढ़िया विचार है बहू का।’’

‘‘''तो पंडितजी आप आ जाइएगा। आप जैसे-जैसे बताएँगे वैसे-वैसे ही सब इंतजाम कर दिया जाएगा।’’

‘‘ठीक है, हम कल ही आते हैं।’’

अगले दिन बाबा धोती-कुरता और मिर्जई पहनकर चल देते। बाबा जब भी कहीं बाहर जाते, तो वहाँ अपना भोजन खुद ही बनाते थे, इसलिए एक झोले में तवा, चिमटा, करछुल, चमचा, कटोरी आदि भी साथ लेकर चलते थे। मैं दौड़-दौड़कर बाबा को सारा सामान लाकर देता था।

‘‘बाबा, ये लो आपके खड़ाऊँ।’’ बाबा मेरे सिर पर प्यार से हाथ फेरते हुए कहते— ‘‘न लल्ला, आज हम खड़ाऊँ नहीं जूते पहनेंगे। आज करीब चार कोस चलना है।’’

मैं भागकर उनके कमरे से जूते ले आता और साफ करने लगता। तब तक माँ उनसे कहतीं—‘‘बाबूजी! आज इतनी दूर जाना है आपको, पैदल मत जाइएगा। टट्टू कर लीजिएगा।’’

‘‘बहू, जाते में तो हम पैदल ही चले जाएँगे। चार कोस कौन दूर है? पैदल चलना शरीर के लिए अच्छा होता है। हाँ, तुम कहती हो तो आते में हम टट्टू कर लेंगे। तब तक दिन भी चढ़ आएगा।’’

''जी बाबूजी, यह भी ठीक है।''

उन दिनों दूर जाने के लिए टट्टू की सवारी की जाती थी। वरना लोगबाग पैदल चलना ही अधिक पसंद करते थे। बाबा अपने ओढ़ने और बिछाने की चीजें भी साथ लेकर चलते थे। वे उन्हें अपने कंधों पर डाल लिया करते और लंबे-लंबे कदम बढ़ाते हुए इतनी फुरती से चलते चले जाते कि अभी यहाँ''और कुछ ही देर में आँखों से ओझल।

उन्हीं दिनों की एक घटना है—मेरे बाबा ने करहल नाम के एक गाँव में यज्ञ किया। आसपास गाँवों के और ग्वालियर के बहुत से लोग आ जुटे। हम लोग भी अपने पूरे परिवार के साथ वहाँ आमंत्रित थे। यह यज्ञ तो हमारे बाबा ने ही करवाया था, इसलिए हमारी भी खूब आवभगत हो रही थी। हमें उस दिन रात को ही अपने गाँव लौटना था, लेकिन पूजा-पाठ भोग सब निबटाते रात हो गई। बाबा हमारे पास आए और बोले, ''कहो तो आज रात यहीं रुक जाएँ? वैसे भी रात का सफर ठीक नहीं, कल तड़के निकल चलेंगे?''

''हाँ पिताजी, हम सब भी अभी यही विचार कर रहे थे।'' पिताजी ने सहमति जताई और हम वहीं रुक गए। वहाँ इतने लोग आ जुटे थे कि आसपास की दुकानें भी खूब आबाद थीं। यज्ञ समाप्त हो जाने के बाद तो लोग खाने-पीने में ऐसे जुट गए कि हलवाइओं की दुकानों की सब चीजें समाप्त हो गईं। मैं रात को भूख से व्याकुल हो उठा। मुझे भूख लगती भी बहुत थी।

पिताजी मुझे एक दुकान पर ले गए—''भैया! कुछ हो तो लल्ला को खिला दो।''

''हमें तो रसगुल्ले खाने हैं।'' मैं तुनककर बोला।

हलवाई ने कहा, ''रसगुल्ले तो खत्म हो गए लल्ला! चाशनी बची है।''

अब मुझे रुलाई आ गई, 'रसगुल्ले खत्म कैसे हो गए और हम न खा सके।' मैंने सामने रखी चाशनी की तरफ इशारा करके कहा, ''तो हमें यह चाशनी दे दो।''

हलवाई और पिताजी को आश्चर्य तो हुआ, लेकिन हम ठहरे ठेठ देहाती, कुछ भी कर सकते थे''हमने चाशनी से भरा दोना उठाया और पी गए।

मेरे बाबा को रामायण पढ़ने का बेहद शौक था। माँ ने मुझे एक बार बाबा के बारे में एक किस्सा सुनाया था। बाद में माँ ने बताया था कि उन्हें भी यह किस्सा उनकी सासू माँ ने यानी कि मेरी दादी ने तब सुनाया था, जब मेरी माँ नई-नई ब्याह के इस घर में आई थीं। अब बस उनकी यादें ही शेष हैं। हाँ, तो माँ ने वो किस्सा कुछ यों सुनाया था—

यह बात तब की है, जब मेरे पिताजी मिडिल में पढ़ रहे थे। उनकी परीक्षाएँ थीं और बाबा पिताजी को परीक्षा दिलाने बटेश्वर से इटावा ले गए थे। लौटते समय वे दोनों पैदल ही शिकोहाबाद तक चलते चले आए। लेकिन बटेश्वर अब भी काफी दूर था, इसलिए बाबा ने एक ताँगेवाले को रोका।

''हाँ भैया! बटेश्वर चलोगे?''

''चलेंगे, दस पैसे सवारी।'' तब दस पैसे का भी बहुत मूल्य होता था।

''ये तो बहुत है ̈ ̈ कुछ कम करो।''

''इससे जरा भी कम न होगा, पंडितजी।'' लोगबाग बाबा के कपड़े और तिलक देखकर ही समझ जाते कि वे ब्राह्मण हैं।

''आठ पैसे सवारी ले लो, भैया।''

''नौ भी न लेंगे हम।'' ऐसा कहकर वह चल दिया। बाबा भी अकड़ और गुस्से से भरे पैदल ही चलने लगे। पिताजी थककर चूर हुए जाते थे, लेकिन अपने पिता के सामने उनकी जरा भी हिम्मत नहीं थी कि कुछ कहें, सो चलते रहे। फिर जैसे ही पिता-पुत्र बटेश्वर पहुँचे, तो दोनों ने घाट पर ही स्नान किया। अब मेरे बाबा तो वहीं बैठकर रामायण का पाठ करने लगे, जबकि मेरी दादी घर में भोजन बनाकर पति और बेटे के इंतजार में बैठी थीं। मेरे पिताजी को घर की याद आ रही थी, ऊपर से तेज भूख भी लगी हुई थी। लेकिन बाबा तो रामायण में ही डूब गए। जब पिताजी ने घर चलने की जल्दी मचाई, तब कहीं जाकर बाबा उठे। घर पहुँचते ही दादी ने उनसे पूछा, ''कहाँ रह गए थे तुम दोनों? हमारा तो जी घबरा रहा था। इत्ती दूर तो नहीं है इटावा!''

''अम्माँ! हम पैदल ही आए हैं ̈ ̈ और बाबा घाट पर नहाने के बाद रामायण बाँचने लगे, इसीलिए देरी हो गई।''

'' ̈ ̈ तो तुम घर चले आते लल्ला। इन्हें वहीं रामायण बाँचने देते।'' उन्होंने दोनों की ओर देखकर क्रोध से आँखें तरेरते हुए कहा।

अकसर मेरी माँ मुझे मेरे पड़बाबा के बारे में भी बताया करती थीं। उनका नाम पंडित काशीप्रसाद बाजपेयी था।

मैं अपनी माँ को अम्माँ और पिताजी को बापजी कहा करता था।

''अम्माँ! जैसे बाबा दिन भर पोथी बाँचते रहते हैं और बापजी अनेक पुस्तकें पढ़ते रहते हैं, वैसे ही बाबा के पिताजी भी खूब पढ़ते थे क्या?''

''हा ̈ ̈ हा ̈ ̈ हा ̈ ̈ लल्ला, तुमने बिल्कुल सही समझा। वे भी बहुत ज्ञानी थे। कहते हैं कि बहुत साल पहले बटेश्वर में एक 'बाजपेय यज्ञ' हुआ था। उस समय यह यज्ञ कान्यकुब्ज ब्राह्मणों में ऊँचे वाजपेयी बिरादरी के लोगों ने करवाया था। तुम्हारे पड़बाबा उसी वाजपेयी वंश से थे। वे अपने ज्ञान के लिए बहुत प्रसिद्ध हुए। उस जमाने में पढ़ने-लिखने का बहुत अधिक चलन नहीं था, लेकिन वे तब भी वाराणसी पढ़ने गए और संस्कृत, साहित्य, व्याकरण की शिक्षा प्राप्त करके लौटे। उस समय बटेश्वर में उनकी इतनी ख्याति हुई कि दूर-दूर से लोग उन्हें देखने आने लगे। सबको यह जानकर आश्चर्य होता था कि हमारे बीच इतना विद्वान् व्यक्ति भी है।''

''बाबा इतने विद्वान् थे!''

‘‘हाँ! बहुत बड़े विद्वान् थे। लेकिन वे इस दुनिया को जल्दी छोड़कर चले गए।’’

‘‘ओह!’’

‘‘उनके एक बेटा और एक बेटी ही थे। बेटी बड़ी थी। तुम्हारे पड़बाबा अपनी बेटी की ही शादी कर पाए थे। उस समय तुम्हारे बाबा यानी उनके बेटे की आयु बहुत कम थी। इसके बाद लोगों ने तुम्हारे बाबा को भी समझाया कि तुम्हें भी खूब पढ़ना चाहिए, क्योंकि तुम्हारे पिताजी कितने बड़े विद्वान् थे। तुम भी उनके जैसे विद्वान् बनो। इस तरह से फिर तुम्हारे बाबा भी पढ़ने के लिए वाराणसी गए और खूब विद्वान् बनकर लौटे।’’

माँ के मुँह से अपने बाबा और पड़बाबा के बारे में जानकर मुझे बहुत अच्छा लगता था। मेरी जिज्ञासा और बढ़ने लगी थी।

‘‘पता है! जब तुम्हारे बाबा वाराणसी से पढ़कर लौटे, तब पूरे बटेश्वर को खूब सजाया गया था। लोगों ने उनके स्वागत में उत्सव मनाया था। सबको खुशी हुई थी कि हमारे गाँव का लड़का इतना बड़ा विद्वान् बनकर लौटा है।’’

‘‘फिर बाबा ने शादी की?’’

‘‘हाँ! और नहीं तो क्या? तभी तो तुम्हारे बापजी दुनिया में आए।’’

‘‘हा ̈हा ̈हा।’’

‘‘तुम्हारी दादी भिंड के अटेर गाँव की थीं। उनका नाम सुखदेवी था। अम्माँ बहुत अच्छे स्वभाव की महिला थीं। वे मुझे भी खूब प्यार करतीं। उन्होंने कई बच्चों को जन्म दिया, लेकिन दो ही बच्चे जिंदा बचे।’’

‘‘मेरे बापजी और बुआजी?’’

‘‘हा ̈हा ̈हा ̈ हाँ! ठीक समझे तुम लल्ला। उन्होंने तुम्हारे बापजी का नाम गौरीशंकर और बुआजी का नाम बटियाँ रखा था।’’

‘‘लेकिन बापजी का नाम तो कृष्ण बिहारी है!’’

‘‘हाँ, वो बाद में बदल दिया।’’

‘‘फिर हमारी अम्माँ और बापजी की शादी हो गई।’’ मैं खुश होकर ताली बजाने लगा और माँ लजा गई।

‘‘हा ̈हा ̈हा ̈ हाँ, लल्ला तुम्हारी बुआजी शादी होकर लखनऊ चली गईं और हम इटावा से ब्याह के यहाँ आ गए, तुम्हारे बापजी, बाबा और दादी के पास बटेश्वर।’’

‘‘फिर हम शिंदे की छावनी, ग्वालियर वाले घर में क्यों चले आए अम्माँ?’’

‘‘लल्ला! तुम्हारे बापजी यहाँ के गोरखी विद्यालय में अध्यापक हो गए थे न, इसलिए।’’

‘‘अच्छा तो ये बात है!ʼʼतो फिर हम कब और कहाँ पैदा हुए?’’

‘‘तुम यहीं पैदा हुए थे, कमलसिंह बाग में शिंदे की छावनी वाले घर में। पता है,

जिस दिन तुम पैदा हुए, उस दिन 25 दिसंबर था। तुम्हारे जन्म के समय गिरजाघर से घंटा बजने की आवाजें आ रही थीं। बहुत शुभ घड़ी थी वो, जब तुम हमारे जीवन में आए। वे घंटे ईसा मसीह के लिए बज रहे थे, लेकिन हम इतने आनंदित हो रहे थे मानो पूरी दुनिया हमारे बेटे के आगमन की खुशियाँ मना रही हो।''

मैं माँ की हथेली में अपना हाथ रख देता। माँ उसे चूम लेतीं और आगे बताने लगतीं।

''घर में आनंद छा गया। फूल की थाली पीट-पीटकर बजाई जाने लगी। आसपास की सब औरतें बधाई देने आ गईं और ढोलक-मंझीरा लेकर बैठ गईं। सब मिलकर सोहर गाने लगीं।''

''...और माँ खुद भी गाने लगतीं...वे अपनी पुरानी स्मृतियों में खो जातीं थीं—

''बजना तों बाजें अजोधिया त राजा दसरत द्वारे हो।

सखियाँ! कौसल्या रानी मंदिर त रामजी जनम लिए हो॥''

''फिर छठी हुई। तुम्हारी बुआ आईं। उन्होंने तुम्हारी बड़ी-बड़ी आँखों में काजल डाला और मुँह माँगे नेग के लिए अड़ गईं।''

''अरे! बुआ पैसों के लिए लड़ने लगीं?''

''अरे नहीं रे बावले! यह तो शगुन होता है। बुआ का तो हक बनता है। जब तुम बड़े हो जाओगे, तब समझोगे यह सब रीति-रिवाज की बातें।''

''और बताओ न अम्माँ ...और क्या-क्या हुआ हमारे जन्म के बाद?''

''तुम्हारा सिर! और क्या बताएँ?''

''बताओ न अम्माँ।'' मैं जिद करने लगता।

''तुम घर भर के लिए एक खिलौना बने रहते थे। कभी किसी की गोद में तो कभी किसी की। हर समय घर-आँगन में पड़ोसिनों का आना-जाना लगा रहता। कोई कहती, लल्ला को काला टीका लगाकर रखा करो, तो कोई कहती, इसके हाथ-पाँव और गले में काले मोती पहना दो। एक समझाती कि शाम को इसकी नजर उतार दिया करो, तो दूसरी बताने लगती कि ये खिलाओ वो न खिलाओ। बहुत लाड़ लड़ातीं सब। और तुम भी कभी इसके घर खेलते तो कभी उसके चबूतरे पर। तुम्हारे तीनों बड़े भाई भी तुम्हें अपनी गोदी में लेकर खिलाने के लिए आपस में लड़ते रहते। फिर हमने ही इसका हल निकाला और तीनों का अलग-अलग समय बाँध दिया। दोनों बहनें तुम्हारा बहुत ध्यान रखती थीं। मजाल है, तुम एक मिनट के लिए भी रो जाओ। तुम सबके बहुत प्यारे थे, लल्ला।''

मैं माँ के मुँह से अपने बचपन के किस्से सुन-सुनकर बहुत खुश हुआ करता था।

हम चार भाई और तीन बहन थे। मुझसे बड़े भाई अवध बिहारी, सदा बिहारी और प्रेम बिहारी थे। दो बड़ी बहनें विमला और कमला थीं। मेरी बहन उर्मिला मुझसे उम्र में छोटी थी। माँ बताती थीं कि मैं बचपन में बहुत मोटा, गोल-मटोल और सुंदर था।

''तुम छुटपन में एकदम गोरे-गोरे और गोल-मटोल थे। तुम्हारी बड़ी-बड़ी आँखें काजल लगाने के बाद और बड़ी-बड़ी लगने लगतीं। फिर तुम्हारी बुआ ने और हम सबने मिलकर सबकी सम्मति से तुम्हारा नाम रखा—अटल बिहारी। 'अटल' जो कभी टल न सके और 'बिहारी' मतलब, जो सदैव प्रसन्नता से विचरण करता रहे।''

आज सोचता हूँ तो लगता है कि कदाचित् इसीलिए मैं राजनीति और साहित्य के क्षेत्र में अटल बना विहार करता रहा। बार-बार प्रधानमंत्री के पद तक पहुँचा, फिर हटा, लेकिन फिर-फिर पहुँचता रहा। तब उस बालक अटल बिहारी को देखकर किसी ने सोचा भी नहीं होगा कि वह इस छोटी सी जगह से निकलकर देश का विदेश मंत्री और प्रधानमंत्री बनेगा।

माँ ने बताया था—''लल्ला! जब तुम्हारी 'पाटी पुजाई' की रस्म की गई तब पूरा घर यह देखने के लिए उत्साहित था कि तुम अपनी दिलचस्पी किस ओर दिखाओगे। गुरुजी घर में पधारे और उन्होंने पाटी पर 'ॐ' लिखा, फिर तुम्हें खड़िया पकड़ाते हुए कहा कि 'लल्ला इसके ऊपर खड़िया फिराओ।' तुमने पूरे आत्मविश्वास के साथ बिना झिझके उसके ऊपर पाँच बार खड़िया फिराई थी। यह देखकर सब बड़े खुश हुए। गुरुजी तुरंत पिताजी से बोले थे कि 'वाजपेयीजी! आपका यह पुत्र आपके कुल का नाम रौशन करेगा। यह भी आप लोगों के समान सरस्वती का उपासक होगा।' लल्ला! तुम्हें अपनी शिक्षा-दीक्षा में अपने बाबा, पिताजी और गुरु तीनों का भरपूर साथ मिला। खेलकूद में भाई और दोस्तों की कमी न थी और तुम्हारी बहनें तुम्हारा जी-जान से ध्यान रखा करती थीं।''

मेरी माँ का नाम सुमादेवी था। मेरे ननिहाल में सब उन्हें प्यार से 'सुमा' कहते थे, लेकिन शादी के बाद उनका नाम 'कृष्णा' पड़ गया। वे बहुत ही कोमल स्वभाव की महिला थीं। हम लोगों ने कभी उन्हें लड़ते-झगड़ते या चीखते-चिल्लाते हुए नहीं सुना। वे बहुत स्नेही थीं। परिवार के लोगों के साथ-साथ आस-पड़ोस के लोगों का भी खूब ध्यान रखतीं, सबके सुख-दुःख में साथ रहती थीं। हाँ, मेरी माँ की एक आदत बहुत दिलचस्प थी, वे किसी से नाराज हो जातीं तो उससे कुछ कहती नहीं, बल्कि सबसे रूठ जातीं और मुँह तक चादर ढककर लेट जातीं। बस माँ का ऐसे लेटना भर होता कि सब लोग परेशान हो उठते और उस व्यक्ति की खोज शुरू हो जाती, जिसकी वजह से माँ नाराज हुई होतीं। फिर माँ तब तक न मानतीं, जब तक कि वह व्यक्ति खुद उन्हें न मना लेता। इस प्रकार की बहुत यादगार घटनाएँ होती थीं हमारे घर में। एक बार तो मेरी सबसे बड़ी बहन की किसी गलती से माँ नाराज हो गई, लेकिन किसी को इस बात की खबर नहीं थी। यहाँ तक कि जिस बहन से माँ नाराज हुई थीं, उसे भी अपनी गलती का अंदाजा नहीं था, किंतु जब बात खुली, तब बहन माँ से लिपट गई और रो-रोकर माफी माँगने लगी। इसके बाद माँ-बेटी दोनों मिलकर इतना रोईं कि हम सब भाई-बहन बुक्का मारकर रोने लगे और

पिताजी परेशान कि पहले इसे चुप कराएँ कि उसे चुप कराएँ!

माँ बतातीं कि शुरू-शुरू में मेरे पिताजी मुझे घर में ही पढ़ाने लगे थे। वे मुझे भी बहुत विद्वान् देखना चाहते थे। जब भी वे देखते कि मेरा मन पढ़ाई से उचट रहा है या मैं मन लगाकर पढ़ाई नहीं कर रहा, तो वे मुझे मेरे बाबा और पड़बाबा की याद दिलाते और कहते कि 'तुम्हें उनसे भी आगे निकलना है। उन सबका नाम रौशन करना है।' फिर मैं भी ऐसा ही सोचने लगता और पूरा मन लगाकर पढ़ने बैठ जाता। जब मैं थोड़ा और बड़ा हुआ, समझदार हुआ, तब मेरा भी दाखिला विद्यालय में करवा दिया गया। मेरे भाई-बहन भी उसी विद्यालय में ऊँची कक्षाओं में पढ़ा करते थे। बाद में उर्मिला भी उसी विद्यालय में मुझसे नीची कक्षा में जाने लगी थी। हम गोरखी विद्यालय में पढ़ने जाते थे। मेरे पिताजी ने हम सब भाई-बहनों के दाखिले के समय उनकी उम्र एक-दो साल घटाकर ही लिखवाई थी। मेरी जन्मतिथि 25 दिसंबर, 1924 थी, किंतु पिताजी ने स्कूल के सर्टिफिकेट में 25 दिसंबर, 1926 लिखवाई। उनका विचार था कि ऐसा करने से हमें सरकारी नौकरी में फायदा मिलेगा। हमारे रिटायरमेंट का समय भी उतना ही पीछे हो जाएगा और हम ज्यादा दिनों तक नौकरी कर पाएँगे। वे खुद सरकारी अध्यापक थे, इसलिए इस प्रकार से सोचते थे, लेकिन भविष्य का तब किसी को पता ही कहाँ था? मुझे ही कहाँ पता था कि मैं बड़ा होकर सरकारी नौकरी नहीं करूँगा, बल्कि सरकार चलाऊँगा।

जब मैं कक्षा पाँच में था, तब की बात है, विद्यालय में एक भाषण प्रतियोगिता हुई। मैं बड़े उत्साह के साथ अपना पूरा भाषण रटकर पहुँच गया। लेकिन जब मेरी बारी आई, तो न जाने क्या हुआ कि मैं सब भूल गया। घबराहट में कुछ ऐसा हाल हुआ कि मुँह से बोल ही नहीं फूट रहे थे। घर आकर उदास होकर लेट गया। माँ सब समझ गई। माँएँ होती ही ऐसी हैं, बिना कहे ही सब समझ जाती हैं।

''क्या हुआ लल्ला, उदास क्यों हो? भाषण अच्छा नहीं हुआ क्या?''

''अम्माँ! हम कुछ बोल ही नहीं पाए। इतनी अच्छी तरह से रटकर गए थे, लेकिन वहाँ सब भूल-भाल गए।'' और मैं फूट-फूटकर रो पड़ा। ''सब लड़के हमारा मजाक उड़ा रहे थे। वे चिल्ला रहे थे कि देखो, रटकर आया है। हेडमास्टर का लड़का है और रटकर आया है। अम्माँ! हमारे दोस्त भी हमारा मजाक उड़ा रहे थे।''

''यही तो गलती की तुमने, लल्ला।''

''गलती?''

''हाँ''गलती। तुम रटकर गए ही क्यों? तुम्हें जिस विषय पर बोलना था, उसको खूब अच्छी तरह से समझकर जाते, फिर वहाँ अपने मन से सब बोलते।''

मैं माँ की बात ध्यान से सुनने और समझने की कोशिश करने लगा। वे सच ही तो कह रही थीं। मैंने मन-ही-मन निश्चय किया कि अब कभी भी रटकर भाषण नहीं दूँगा।

पूरी तैयारी से जाया करूँगा और जो-जो विचार आते जाएँगे, उन्हें ही आत्मविश्वास के साथ बोल दिया करूँगा।

उन्हीं दिनों की बात है, मैं अकसर देखता कि बापजी घर पर भी कोर्स की मोटी-मोटी किताबें पढ़ते रहते हैं। एक दिन मैंने माँ से पूछा, ''अम्माँ! बापजी दिनभर क्या पढ़ते रहते हैं ? वे तो इतने अच्छे अध्यापक हैं, फिर भी पढ़ते रहते हैं !''

''इसीलिए तो और भी पढ़ते हैं, लल्ला। एक अध्यापक को हमेशा पढ़ना चाहिए। नई-नई बातें सीखते रहना चाहिए। दरअसल बात यह है कि तुम्हारे बापजी दसवीं पास करके ही विद्यार्थियों को हिंदी विषय पढ़ाने लगे थे। वे हिंदी में इतने होशियार थे कि दसवीं के बच्चों को साहित्य और व्याकरण की सब बातें सहज ही समझा दिया करते, लेकिन सरकार के अपने बनाए कुछ नियम होते हैं। सरकारी नियम के अनुसार दसवीं पास मास्टर भला दसवीं कक्षा के बच्चों को कैसे पढ़ा सकता है, इसलिए विद्यालय वालों ने तुम्हारे बापजी को सुझाव दिया है कि वे अध्यापक के पद पर रहते हुए ही अपनी आगे की पढ़ाई पूरी कर लें, ताकि उनकी और तरक्की हो सके।''

''अच्छा! तो ये बात है।''

''हाँ लल्ला, उन्होंने प्राइवेट रहकर इंटरमीडिएट पास किया और अब बी.ए. की परीक्षा दे रहे हैं।''

मेरे पिताजी ने बाद में एम.ए. की परीक्षा भी पास की थी। पहले वे ग्वालियर के गोरखी विद्यालय में अध्यापक के पद पर कार्यरत रहे, फिर मुख्याध्यापक और बाद में प्रिंसिपल बन गए। आगे चलकर पिताजी जिला विद्यालय निरीक्षक के सम्मानित पद पर प्रतिष्ठित हुए। उनका संस्कृत, हिंदी और अंग्रेजी तीनों भाषाओं पर समान अधिकार था। संस्कृत के सैकड़ों श्लोक उन्हें कंठस्थ थे। हिंदी में विख्यात कवियों की अनेक छंद रचनाएँ वे खड़े-खड़े ही सुना दिया करते थे। बात-बात पर वे विषयाधारित रामचरितमानस की चौपाइयाँ सुनाकर अपनी बात पूरी किया करते। वे पिंगल शास्त्र का भी खूब ज्ञान रखते थे, इसलिए बड़े ही सम्मान के साथ कवि-सम्मेलनों में भी बुलाए जाते थे। मैं भी अकसर उनके साथ चला जाता था। मैंने कई बार उन्हें स्वरचित कविता पढ़ते हुए सुना था।

''अम्माँ, आज बापजी ने सबके सामने खूब बढ़िया कविता पढ़ी। सब खूब ताली बजा रहे थे।''

मैं माँ को बड़े गर्व से बताता। माँ की मुसकान देखकर और मेरी बात सुनकर पिताजी भी बड़े प्रसन्न हो उठते। एक दिन पिताजी ने बताया कि 'आज मैंने जो सुनाया था, उसे 'सवैया' कहा जाता है।' तब मुझे छंदों की कुछ भी समझ नहीं थी। मेरे लिए तो यही बहुत बड़ी बात थी कि मेरे पिताजी मंच से काव्यपाठ कर रहे हैं और जनता प्रसन्न होकर खूब तालियाँ बजा रही है। अपने पिताजी की भव्यता को देखकर मेरे भीतर भी एक महान्

कवि और वक्ता बनने की उत्सुकता पैदा होने लगी। मैं कल्पना करता कि मैं भी ऐसे ही माइक थामे बोल रहा हूँ और हजारों का हुजूम मेरी बात पर सहमति जताते हुए तालियों से मेरा अभिनंदन कर रहा है।

उन दिनों कवि-सम्मेलनों में 'तिहरी' का बहुत चलन था। कविवर तिहरी समस्या पूर्ति किया करते थे। एक बार ऐसा ही एक कवि-सम्मलेन चल रहा था और मंचासीन सभी कवि अपनी-अपनी समस्यापूर्ति सुना रहे थे। मेरे पिताजी ने जब अपनी समस्या पढ़ी, तो सब ओर से तालियाँ ही तालियाँ गूँज उठीं।

केते बेहाल परे चहुँधा अरु केते पुकारें दवारी दवारी।

केते करेजहिं काढ़ि मलैं अरु केते न देह न गेह सम्हारी।

कवि 'कृष्ण' कहाँ लों कहों कटुता मिटि जाति अनेकन के हिय प्यारी।

अंजनि औंजि के लीहौ कहा यह नैन की तेग दुधारी तिहारी।

उनका इसे पढ़ना भर था कि सब तरफ से वाहवाही शुरू हो गई। मेरे पिताजी ने अनेक छंदों की रचना की थी। आज भी ग्वालियर की पुरानी पीढ़ी के लोग उसे खुश हो होकर सुनाते हैं। लेकिन पिताजी ने उन्हें किसी पुस्तक के रूप में संजोया नहीं। यदि उन्होंने अपने साहित्यिक कार्यों को पुस्तक का रूप दिया होता, तो वह हमारे लिए एक धरोहर के समान होती, लेकिन वे तो बस उन छंदों की रचना स्वान्तः सुखाय के लिए ही किया करते थे। मेरे पिताजी ने बहुत सुंदर ईश-वंदना भी लिखी थी। ग्वालियर के विद्यालय में स्कूली बच्चे अपनी प्रातःकालीन प्रार्थना-सभा में उसी को गाया करते थे।

मुझे अपने बचपन की एक घटना खूब अच्छी तरह से स्मरण है। दरअसल होता क्या था कि हम सब बच्चे अपनी छुट्टियों में बाबा के पास बटेश्वर जाने की जिद करने लगते। माँ हमें लेकर वहाँ पहुँच जातीं। बटेश्वर में हम सबका खूब जी लगता था। जब पिताजी का अवकाश होता, तब वे भी वहाँ हमारे पास आ जाते थे। हमारे बाबा को यह देखकर बहुत अच्छा लगता कि उनके पोते-पोतियाँ बड़े ही चाव से धार्मिक ग्रंथों का पाठ करते हैं। वे हमें हमेशा यही सिखाते कि इनका खूब अध्ययन-मनन करना चाहिए, क्योंकि ये हमें संस्कारवान् बनाते हैं और जीवन के उच्च नैतिक मूल्य सिखाते हैं। बाबा हम भाई-बहनों को अकसर रामायण पकड़ा देते और बारी-बारी से पढ़ने के लिए कहते। हम भी खूब ऊँचे स्वर में उन्हें चौपाइयाँ गा-गाकर सुनाया करते, हम सब भाई-बहनों में एक होड़ सी लगी रहती थी। अपने परिवार के बच्चों के ऐसे संस्कार देखकर बाबा गर्व से फूल उठते थे।

वे प्रसन्न होकर माँ से कहते—''बहू! तुमने बच्चों में खूब अच्छे संस्कार डाले हैं।''

''बाबूजी! यह तो आपके ही संस्कार हैं, जिनके पड़बाबा, बाबा और पिता इतने

ज्ञानवान हों तो उनके बच्चे भी बुद्धिमान तो होंगे ही। हम तो बस माँ होने का फर्ज अदा कर रहे हैं।'' माँ विनम्रता से कहतीं।

''तुम खुद बहुत संस्कारी हो, बहू। इन बच्चों को खूब अच्छा इनसान बनाना। मेरा आशीर्वाद है तुम सब को।''

ऐसे ही एक बार की बात है, मेरे बड़े भाई प्रेम बिहारी रामायण बाँच रहे थे। बाबा पास ही खटिया पर अधलेटे से उन्हें खूब ध्यान से सुन रहे थे। एक प्रसंग आया—'बालक भ्रमहिं, न भ्रमहिं गृहादी। कहहिं परस्पर मिथ्यावादी।' भैया पूरी तन्मयता से बाँच गए। बाबा ने भैया को बीच में ही रोका और पूछा, ''बताओ प्रेम! यह बात कब, किसने और किससे कही?'' चूँकि भैया तब बहुत ही छोटे थे, मैं तो और भी छोटा बालक था। भैया इसका सही उत्तर नहीं बता पाए। फिर बाबा ने ही इसका सही उत्तर समझाया।

वे हमें समझाते कि खाली पढ़ने भर के लिए ही कुछ मत पढ़ो, बल्कि जो भी पढ़ो, उसे खूब गुनो भी। बाबा एक बार ऐसा ही एक प्रसंग मेरे पिताजी से पूछने लगे। बाबा के ज्ञान के आगे पिताजी भी अचकचा गए और बोले, ''कक्का! आप इन बच्चों के सामने हमारी भद्द न उड़ाया करो। ग्रंथों के गूढ़ ज्ञान में भला आपसे कभी कोई जीत पाया है, जो हमारी हिम्मत होगी।''

सच! मेरे बाबा को रामायण का गूढ़ ज्ञान था। वे कितने बड़े रामायण-प्रेमी थे, इसकी एक झलक मैं पहले ही दे चुका हूँ और दूसरी इस घटना से पता चलती है। हुआ यों कि एक बार बाबा हमारे पास ग्वालियर शिंदे की छावनी वाले घर में आए हुए थे। वैसे वे अकसर हम सबसे मिलने गाँव से यहाँ आते रहते थे। वे जब भी आते थे, हमारे लिए तरह-तरह की चीजें लेकर आते। उनका आना हमारे लिए किसी उत्सव से कम नहीं होता था। सावन का महीना तो वे हम बच्चों के साथ ही बिताते थे। हुआ यों कि जब वे ग्वालियर से वापस गाँव लौटने लगे, तो मेरे बड़े भाई प्रेम बिहारी उन्हें स्टेशन तक छोड़ने गए। हम अपने भाइयों को दद्दा कहते थे। स्टेशन पहुँचकर प्रेम दद्दा ने बाबा से कहा, ''बाबा, आप यहीं रुको, मैं जरा ट्रेन का टाइम पता करके आता हूँ।''

''ठीक है, लल्ला।''

दद्दा के लौटने से पहले ही बाबा वहीं प्लेटफॉर्म में अपनी चद्दर बिछाकर बैठ गए और अपनी रामायण खोल ली, जिसे वे हमेशा अपने साथ झोले में डाले रहते थे। मौका मिलते ही वे इसे बाँचने लगते, यह उनका शौक था।

दद्दा ने आकर बताया, ''बाबा! गाड़ी तो लेट है। यहीं इंतजार करना पड़ेगा।''

''हाँ तो, कोई बात नहीं लल्ला ̈इंतजार कर लेते हैं, जब आएगी तब चले जाएँगे।'' और वे रामायण पढ़ने में मगन हो गए।

जब थोड़ी देर के बाद ट्रेन प्लेटफॉर्म पर आकर लगी, तो दद्दा ने बाबा से कहा,

''बाबा, चलो गाड़ी आ गई है। छूट जाएगी।''

लेकिन अब तो मेरे बाबा टस-से-मस न होएँ। वे रामायण में ऐसे डूबे हुए थे कि उन्हें कुछ सुध ही नहीं थी।

दद्दा फिर बोले, ''अरे बाबा चलो, देखो गाड़ी छूट जाएगी।''

इस पर बाबा बोले, ''अरे लल्ला! ये प्रसंग तो बहुत ही सुंदर है। हम इसे बीच में नहीं छोड़ सकते। तुम ऐसा करो इस रेलगाड़ी को जाने दो, हम दूसरी से चले जाएँगे।''

बाबा ने वह ट्रेन छोड़ दी, लेकिन रामायण का वह प्रसंग बीच में नहीं छोड़ा। बाबा कभी-कभी हँसी-मजाक भी किया करते थे। उन्हें हिंदी का यह दोहा बड़ा पसंद था। वे जब भी हँसी-मजाक के मूड में होते, तो अकसर यह दोहा सुनाया करते—

नवल नारि रोवत नहीं, कहत पुकारि पुकारि।

जस प्रिय तुम हम सन करी, हमहूँ करब तुम्हारि॥

मतलब भी बताते कि नववधू मायके से विदा होते समय जब रोती है, तब दरअसल वह रो-रोकर यह कहना चाहती है कि 'ओ मेरे प्राणनाथ! जैसे तुमने मुझे अपने माता-पिता से अलग कर दिया है, वैसे ही मैं भी तुम्हें अपने माता-पिता से अलग कर दूँगी।' मैंने कई बार बाबा के मुँह से यह दोहा सुना था। वे इसे अवसर पड़ने पर जरूर सुनाते और फिर खूब हँसते।

एक बार ठीक से काम पूरा न करने के कारण बापजी को मुझपर क्रोध आ गया। उन्होंने मुझे पकड़कर पीट दिया। मैं चीख-चीखकर रोने लगा। बाबा उन दिनों ग्वालियर आए हुए थे। बापजी मुझे पीट रहे थे, लेकिन रोने नहीं दे रहे थे।

''खबरदार, जो तुमने अपने मुँह से आवाज निकाली तो! नहीं तो हम और पीटेंगे··· समझे तुम?''

मैं डरा हुआ था और सुबक-सुबककर रोए जा रहा था। मेरे रोने की घुटी-घुटी सी आवाज सुनकर बाबा कमरे के भीतर आ गए।

''क्यों मार रहे हो लड़के को?''

मैं भागकर बाबा से लिपट गया और बोला, ''देखो न बाबा, हमें इत्ता मारा और अब रोने भी नहीं दे रहे हैं।''

बाबा ने मुझे अपने आप से चिपटा लिया और पिताजी से बोले, ''अरे! ठीक ही तो कह रहा है यह। जब तुमने इसे मारा पीटा है, तो कम-से-कम रोने का अधिकार तो दो।''

मुझे बाबा की यह बात बरसों तक याद रही। मैं अकसर अपने भाषणों में इसे दोहराता रहा हूँ—''रोने का अधिकार तो मिलना ही चाहिए।''

हमारे बाबा जब बटेश्वर लौटने लगते या जब हम बटेश्वर से ग्वालियर लौटते तो वे हम सब बच्चों को पैसे देते थे। उनके पैसे देने का ढंग भी बड़ा निराला था। वे हमें

सीनियरिटी के हिसाब से पैसे देते थे। मसलन, बड़ों को एक रुपया देते, जबकि छोटों को आठ आने। अब चूँकि मैं छोटा था, तो मुझे आठ आने ही मिलते थे। एक दिन मैं बिफर पड़ा—

''हमें अठन्नी क्यों? जबकि आपने दद्दा को तो रुपैया दिया है।''

''तुम अभी छोटे हो इसलिए तुम्हें अठन्नी दी है, परंतु जब तुम बड़े हो जाओगे तो तुम्हें भी रुपैया ही देंगे, समझे?''

''लेकिन तब तो दद्दा भी बड़े हो जाएँगे। हमारा तो घाटे का घाटा ही रहेगा।''

''हा ̈ हा ̈ हा ̈ अच्छा बाबा, तब तुम्हें रुपैया और उन्हें अठन्नी देंगे, अब तो ठीक है?''

मैं ऐसा सुनकर संतुष्ट हो जाता और थोड़ी ही देर बाद अपनी अठन्नी की प्रसन्नता में सब भूल भाल जाता।

हम भाई-बहन जैसे-जैसे बड़े होते गए वैसे-वैसे हमारे पिताजी का अनुशासन भी हम पर बढ़ता गया। वे हमें बेहद सभ्य और शालीन देखना चाहते थे। पिताजी हमारे भीतर उत्तम अनुशासन की भावना पैदा करते रहते। वे अकसर हम बच्चों से कहते, ''अनुशासन से कहीं ज्यादा जरूरी है स्व-शासन। अनुशासन से बंधन का एहसास होता है, लेकिन स्व-शासन हमें अच्छा इनसान बनने की प्रेरणा देता है।''

मैं अपने पिताजी की बातों से बहुत प्रभावित था। मेरे पिताजी एक बेहतरीन शिक्षक होने के साथ-साथ एक अच्छे मनोवैज्ञानिक भी थे। वे खूब अच्छी तरह से जानते थे कि बच्चों के भीतर किन गुणों का संचार करना चाहिए। वे खुद भी अपना जीवन बहुत संयमित रखते थे। हमने उन्हें कभी सिगरेट-सुपाड़ी का इस्तेमाल करते या बाहर खड़े होकर हँसी-ठट्ठा करते हुए नहीं देखा। उनका चरित्र आदर्श था, लेकिन एक बात जरूर थी कि वे घर हो या बाहर, हमेशा अध्यापक जैसे कड़क ही बने रहते थे। वे खुद भी हमेशा अनुशासन में रहते और हम सबसे भी यही उम्मीद किया करते थे।

लेकिन मौका मिलते ही हम सब भाई-बहन खूब ऊधम मचाते, तरह-तरह के खेल खेला करते। माँ की तरफ से खेलकूद में कोई पाबंदी नहीं रहती थी, बस इतनी सी हिदायत होती थी कि हम एक-दूसरे के साथ लड़ाई-झगड़ा न करें। हम सब भाई-बहन और दोस्त मिलकर खेलते रहते, लेकिन पिताजी के घर आने से पहले अपनी-अपनी कॉपी-किताबें लेकर पढ़ने बैठ जाते थे। खेलते हुए मेरी सबसे ज्यादा लड़ाई बहन विमला के साथ ही होती थी। और जब हम लड़ते तो मैं उन्हें 'बिलौटी' कहकर चिढ़ाता और वे मुझे 'अटल्ला' कहतीं। हम जरा-जरा सी बात पर लड़ने लग जाते थे, लेकिन खेलते भी साथ ही थे।

''चल अटला, खेलते हैं। हम उस लकीर के पीछे खड़े होकर इस गुच्ची (छोटा

सा गड्ढा) में बारी-बारी से अपने-अपने पैसे डालेंगे, जिसका निशाना चूका, उसके पैसे गए।''

''ठीक है।''

''देखो! तुमने बेईमानी की। तुम्हारा पैर लकीर से आगे निकल गया था।''

''कहाँ-कहाँ? कित्ता तो पीछे है हमारा पैर!''

''चल झुठल्ला कहीं का, हम नहीं खेलेंगे तुम्हारे साथ। लाओ वापस करो हमारे सब पैसे।''

बहन रूठ जाती और मैं सारे पैसे उठाकर भागने लगता।

''एक चनकटा देंगे तुम्हारे बेईमंटा कहीं के। अभी जाकर अम्माँ को बताते है सब।'' वे पीछे से चिल्लातीं—''अब हम कभी भी नहीं खेलेंगे तुम्हारे साथ।''

''बिलौटी''बिलौटी'' मैं उन्हें चिढ़ाने लगता। लेकिन जब वे अम्माँ से शिकायत करने की बात कहतीं, तब मेरे हाथ-पैर फूल जाते। एक तो बहन की नाराजगी दूसरे माँ से पड़नेवाली डाँट का डर। अब मैं उन्हें मनाने लगता—''लो अपने पैसे, गिन लो अच्छी तरह से। इतना पिनपिना काहे रही हो जरा सी बात पे!'' फिर वे नखरे करने लगतीं और घंटों में जाकर कहीं मानतीं। जब तक वे मान न जातीं, तब तक मैं उनके पीछे-पीछे लगा रहता।

हम भाई-बहन मिलकर घर भर में ऊधम मचाए रहते थे। कभी कुछ तो कभी कुछ। बात-बात पर लड़ पड़ते और फिर हमारे बीच तब ही सुलह होती, जब माँ बीच-बचाव करने आतीं। सबसे ज्यादा नोक-झोंक मेरे और विमला बहन के बीच ही होती थी। हम बेहद छोटी-छोटी बातों पर अड़ जाते और आपस में लड़ने लगते।

''यहाँ हमारे कपड़े रखे थे, कहाँ गए?'' मैं घर भर में घूम-घूमकर अपने कपड़े ढूँढ़ता और मेरी बहन उन्हें छुपाकर मुझे परेशान होता देख आनंद लेतीं। जब मुझे उनके चेहरे से हँसी फूटती दिखती, तो मैं समझ जाता कि ये सब उनकी ही शरारत है।''ए बिलौटी! हमारे कपड़े कहाँ छुपाए तुमने? जल्दी दो। हमें देर हो रही है।''

''हमें क्या पता, कहाँ हैं तुम्हारे कपड़े। और भला हम क्यों छुपाएँगे तुम्हारे जैसे बेईमंटा के कपड़े''हम तो उन्हें छुएँ भी ना''हुंह।''

वे आगे तिलमिलाकर कहतीं—''और हाँ! एक बात और समझ लो तुम, हमें बिलौटी-बिलौटी न कहा करो वरना हमसे बुरा कोई न होगा''बता देते हैं हाँ।''

''काहे बताने का कष्ट कर रही हो, हमें पहले से ही पता है कि तुमसे बुरा कोई भी नहीं है।''

वे मेरे इस जवाब से और चिढ़ जातीं। उनका आखिरी हथियार माँ ही होती थीं, इसलिए वे चिल्लातीं—''अम्माँ! देख लो इस अटलुआ को।''

माँ दौड़ी-दौड़ी आतीं और हमारे बीच सुलह करातीं। माँओं के पास भी बड़ी कमाल

की तरकीब होती है। बड़ी ही आसानी से वे अपने बच्चों में सुलह करा देती हैं। मेरी माँ भी ऐसी ही थीं। वे हमारा ध्यान बँटा देतीं, हमें किसी और काम में व्यस्त कर देतीं और फिर हम लड़ना भी भूल जाते और लड़ने की वजह भी।

जन्माष्टमी में हम सब भाई-बहन घर में झाँकी सजाया करते थे। इसके लिए हम सबसे पैसे इकट्ठा करते थे। सबसे पहले पिताजी से माँगते, इसके बाद घर के बाकी लोगों से। फिर जब पैसे जमा हो जाते, तब उसी के अनुसार क्या-क्या सामान खरीदा जाए, इसकी सूची बनाते। सारा सामान आ जाने पर डिजाइन सोचा जाता और बस यहीं से मेरा और विमला बहन का झगड़ा शुरू हो जाता। जब वे कहतीं कि ये तसवीर यहाँ लगाएँगे तो मैं कहता वहाँ। जब मैं कहता कि यहाँ इस रंग का फूल लगाएँगे, तो वे कहतीं नहीं, उस रंग का। बस इसी बात पर हमारा युद्ध शुरू हो जाता और तब तक चलता, जब तक हममें से कोई एक बड़े भैया से मार न खा जाता। और फिर वही डिजाइन बनता, जो बड़े भाई तय करते।

हम लड़ते थे और प्यार भी करते थे। एक-दूसरे के बिना हम भाई-बहनों का मन भी नहीं लगता था। जब हम उस झाँकी को सजा लेते, तो फिर उसे परदे से ढक दिया करते थे। रात होते-होते पूरा परिवार और आस-पड़ोस के लोग वहाँ इकट्ठे होने लगते। फिर हम सब मिलकर भजन गाते थे। गीता का भी पाठ होता। रात के ठीक बारह बजते ही मैं वह परदा सरका देता और सब एक साथ कृष्ण-जन्म की खुशी में जयकारे लगाते। हम सब मिलकर पिताजी के साथ-साथ आरती गाने लगते—'भए प्रगट कृपाला दीन दयाला जसुमत के हितकारी…' एक भाई घंटा बजाता, दूसरा शंख पर जोर आजमाता। बहनें मंझीरा बजाती थीं। घर के सब लोग मिलकर बारी-बारी से आरती उतारते थे। आरती उतारने में भी हम बच्चों में ऐसी होड़ लगी रहती कि कोई बड़ा भले ही छूट जाए, लेकिन बच्चा न छूटने पाता था। हम छह दिन तक अलग-अलग तरह की झाँकी सजाया करते थे।

हमारे गाँव में और स्कूल में गणेशोत्सव और जन्माष्टमी जैसे उत्सव बहुत धूमधाम से मनाए जाते थे। अनेक प्रतियोगिताएँ होती थीं। अंत्याक्षरी प्रतियोगिता, वाद-विवाद प्रतियोगिता, कविता रचना, निबंध लेखन, नृत्य-गायन प्रतियोगिता और बहुत कुछ। मेरा तो पूरा परिवार ही साहित्य और कला-प्रेमी था। सभी विद्वान् थे। उन्हीं सब के कारण मैं भी इन सबमें आगे रहने लगा और खूब पुरस्कार जीतकर लाता। हमें पुरस्कार में तमाम चीजें मिलती थीं। माँ हम बच्चों के हाथों में इनाम में मिले छोटे-छोटे से टिफिन बॉक्स, पेंसिल बॉक्स, प्लेटें आदि देखकर खूब खुश होतीं—''अरे वाह! आज तो तुम लोग खूब ईनाम जीत लाए।''

''हाँ अम्माँ! हमें तो वाद-विवाद में पहला पुरस्कार मिला। जिज्जी नृत्य और गायन में जीतकर आई हैं। और इसे देखो…ये विमला रानी अंत्याक्षरी में जीती हैं।''

''अम्माँ, हम खाली अंत्याक्षरी में ही नहीं जीते हैं…ये देखो! निबंध-लेखन में भी जीते हैं।'' बहन तुनककर कहती।

बहुत मनोहारी हैं बचपन की ये प्यारी बातें। अब तो ये सब बातें बस यादें बनकर रह गई हैं। बार-बार आकर दिल के दरवाजे पर दस्तक देती हैं। उमड़-घुमड़कर रह जाती हैं।

हम ग्वालियर में रहते जरूर थे, लेकिन हमारा जी बटेश्वर में ही लगा रहता था। जब भी बटेश्वर में मेला लगता, तो हम बाबा के पास चले जाते। वहाँ का पशुओं का मेला खूब प्रसिद्ध है, जो हर वर्ष कार्तिक मास में लगा करता है। शुरू के पंद्रह दिन पशुओं का मेला लगता, फिर नुमाइश शुरू हो जाती। भैयादूज के दिन बटेश्वर के सभी मंदिर खूब सजाए जाते, उनकी सुंदरता देखते ही बनती थी।

''बाबा-बाबा! मेला घुमाने ले चलो न।'' हम सब बच्चे बाबा से आग्रह करने लगते।

''क्या घूमोगे मेले में? जानवरों का मेला होता है। पहले घूमा नहीं क्या तुम लोगों ने? हर साल ही तो देखने जाते हो।''

बाबा जाने से पहले एक-आध बार तो नखरे जरूर ही करते थे। यह उनकी पुरानी आदत थी।

''चलो न बाबा!''

''वहाँ हाथी, घोड़े, गाय, भैंस बिकती हैं। तुम लोगों को भी खरीदनी है क्या?''

''नहीं, हमें तो वहाँ झूला झूलना है और चाट-पकौड़ी खानी है।''

''झूला हम यहीं डलवा देते हैं, पीछे वाली नीम पर और उससे भली स्वाद वाली चाट-पकौड़ी तो तुम्हारी अम्माँ ही बना देंगी घर पर।''

हम समझ जाते कि बाबा चाहते हैं कि हम बच्चे उनकी मिन्नत करें, उन्हें और मनाएँ। कुछ देर की मान मनौव्वल के बाद बाबा के साथ हम सब बच्चे मेला देखने चल देते। गाँव के कुछ और लोग भी अपने बच्चों को बाबा और हमारे साथ लगा देते।

वहाँ काबुल के घोड़े, असम और बर्मा के हाथी और पेशावर के ऊँट बड़ी संख्या में बिकने आया करते थे। अन्य छोटे पशु, जैसे भेड़, बकरी, गाय, भैंस और बैल आदि भी खूब बिकते थे। दूर-दूर से व्यापारी यहाँ आते और खरीद-फरोख्त करते। ऊँची-ऊँची बोलियाँ लगतीं। हम बच्चों के लिए तो बस यही आकर्षण था कि हमें हाथी, घोड़े, ऊँट आदि की सवारी करने का आनंद मिल जाता। मौत का कुआँ देखना, सरकस और तमाशे में जाना, ऊँचे-ऊँचे आसमान को छूते और चक्कर खाते हुए झूले झूलना, जानवरों की दौड़ का आनंद लेना यही सब हमारे शौक थे। तरह-तरह की कंपट, लेमनचूस, कुल्फी फालूदा, खाजा, जलेबी, चाट-पकौड़ी हमें अपनी ओर खींच लिया करते। बाबा हमें खूब देर तक मेला घुमाते, खिलाते-पिलाते लेकिन जब हम वापस घर लौटने का नाम ही न लेते, तो दो-चार चपत भी पड़ जातीं और फिर सब-के-सब मुँह लटकाए सीधे घर को ही रुखसत करते।

◻

-: 2 :-

जब मेरे बड़े दद्दा का विवाह हुआ था, तब मैं बारह वर्ष का था। मेरी भाभी बहुत ही सुंदर और मृदुभाषी थीं। उनके आने से घर की रौनक को चार चाँद लग गए थे। वे मुझे 'लालाजी' कहकर पुकारा करती थीं, लेकिन मुझे उनका यह संबोधन जरा भी अच्छा नहीं लगता था।

''लालाजी! खाना लगा दिया है, आकर खा लो।'' भाभी ने हमारे पूरे घर को ऐसे अपना बना लिया था कि लगता ही नहीं था कि वे किसी और परिवार से आई हैं। वे हम सभी का खूब ध्यान रखतीं थीं। वे मेरे दद्दा यानी अपने पतिदेव के हाथों से किताब खींचते हुए उनसे भी कहतीं—''सुनिएजी! खाना खा लीजिए, अभी गरम-गरम है।''

यह दृश्य देखकर मेरी साँस ऊपर-की-ऊपर और नीचे-की-नीचे अटक जाती'''अब भाभी की खैर नहीं! मैं सोचने लगता कि उन्होंने दद्दा के हाथ से किताब ले ली है और अब तो दद्दा का गुस्सा सातवें आसमान पर पहुँच जाएगा। मेरे वकील दद्दा को पढ़ने का बड़ा शौक था, हर वक्त पढ़ते रहते थे। उनकी पढ़ाई के बीच कोई खलल डालने की कल्पना भी नहीं कर सकता था; लेकिन आश्चर्य, ऐसा कुछ भी नहीं होता। दद्दा चुपचाप भाभी के पीछे-पीछे चल देते। मेरे वकील दद्दा जो कि हर वक्त पढ़ते रहते थे, अब वे हँसते-खिलखिलाते भी'''भाभी की बात मानते। भाभी अपनी बात कहतीं भी तो कितनी मधुरता से थीं, भला कौन पलटकर उनसे कड़वा बोल सकता था!

लेकिन मैं कभी-कभी अड़ जाता—''आप मुझे लालाजी क्यों कहतीं हैं?''

''तो फिर क्या कहा करें हम आपको?''

''हम कोई परचूनी वाले लालाजी हैं क्या, जो आप हमें लालाजी कहती हैं! जैसे सारा घर हमें अटल कहकर पुकारता है, वैसे ही आप भी कहा करिए।''

'''''लेकिन देवर साहब को तो लालाजी ही कहा जाता है।''

''कहा जाता होगा, लेकिन हमें यह नाम जरा भी पसंद नहीं।'''और वैसे भी हम तो आपसे छोटे हैं, आप हमारा नाम लेकर पुकार सकती हैं।''

‘‘हम कोशिश करेंगे, लालाजी।’’

‘‘फिर वही लालाजी!’’

‘‘ओह! धीरे-धीरे बोलना छूट जाएगा अटल।’’

फिर मैंने ही एक तरकीब निकाली। वे जब भी मुझे लालाजी कहतीं, तो मैं उनकी बात को अनसुना कर देता, लेकिन जैसे ही वे मुझे अटल कहकर पुकारतीं, मैं तुरंत उनकी बात का उत्तर देता। इस तरह से जल्दी ही वे मुझे अटल कहकर पुकारने लगीं। भाभी बहुत ही जल्दी हम सबसे घुलमिल गई थीं।

ग्वालियर में एक आर्यसमाजी थे—भूदेव शास्त्रीजी। वे संघ के स्वयंसेवक भी थे। मैं और पिताजी अकसर उनसे मिलने आर्यसमाज मंदिर में जाया करते थे। तब तक मेरे पिता भी कट्टर आर्यसमाजी हो चले थे। मेरे घर में रोज ‘वीर अर्जुन’ समाचार-पत्र आता था। हमारा पूरा परिवार उसे चाव से पढ़ता। मैं और मेरे भाई नियम से आर्य कुमार सभा में भी जाने लगे थे। वहाँ बहुत अच्छे कार्यक्रम हुआ करते थे। हम उन कार्यक्रमों में खूब बढ़-चढ़कर हिस्सा लिया करते। रविवार को तो वहाँ बहुत ही बढ़िया-बढ़िया कार्यक्रम होते थे।

मेरी मिडिल तक की पढ़ाई गोरखी विद्यालय से हुई थी। आगे की पढ़ाई के लिए मैं विक्टोरिया कॉलेजिएट स्कूल में जाने लगा। बाद में इसका नाम हरिदर्शन उच्चतर माध्यमिक विद्यालय पड़ा। वहीं मेरी दोस्ती भालचंद्र खानवलकर से हुई। वैसे तो वह मेरा पड़ोसी था, लेकिन हमारे बीच कभी बातचीत नहीं हुई थी। वे लोग महाराष्ट्रियन थे और हम लोग हिंदीभाषी। ग्वालियर में मराठियों की भी काफी जनसंख्या बसी हुई थी। हम लोगों में आपसी व्यवहार अधिक नहीं होता था, बल्कि हलकी-फुलकी सी प्रतिस्पर्धा बनी रहती थी। हम लोग उन मराठियों को ‘कढ़ीखाऊ’ कहकर बुलाते और वे हमें ‘रांगड़े’।

समय अपनी गति से चल रहा था। मुझे अभी भी याद है कि संघ ने ग्वालियर के कई लोगों के बीच की दूरियों को कम कर दिया था। लोग साथ उठने-बैठने और काम करने लगे थे। उनमें आपसी प्रेम-व्यवहार शुरू हो गया था। ऐसा ही मेरे और भालचंद्र के परिवार के साथ भी हुआ। स्कूल में हम अकसर इधर-उधर जाते हुए कोरीडोर, कैंटीन या लाइब्रेरी में मिल जाते। धीरे-धीरे हमारे बीच बातचीत शुरू हुई। एक दिन उसने मुझसे पूछा, ‘‘मैंने तुम्हें कल आर्य कुमार सभा में देखा था।’’

‘‘हाँ! हमको भी ऐसा ही लगता है कि हमने तुम्हें वहाँ कई बार देखा है।’’ मैंने सोचते हुए कहा।

‘‘हाँ, मैं वहाँ जाता हूँ।’’

‘‘अरे हाँ! सही कहा तुमने। अकसर तुम हमारे बगल में ही तो खड़े होते हो।’’

''क्या तुम वहाँ हर इतवार को जाते हो ?''

''हाँ।''

''तुम कभी संघ की शाखा में गए हो ?

''मन तो करता है, लेकिन हमारे बापजी को हमारा शाखा जाना पसंद नहीं आएगा।''

''ओह ! यह तो मेरी भी समस्या है। मेरे पिताजी भी बहुत सख्त स्वभाव के हैं।''

''तुम यहाँ किस संकाय में हो ? हम तो कला संकाय में हैं, और तुम ?''

''मैं विज्ञान संकाय में हूँ।''

धीरे-धीरे हमारी बहुत अच्छी दोस्ती हो गई। हम अकसर मिलते और काफी देर तक बातचीत करते। हमारी बात के विषय अकसर एक समान ही होते थे, क्योंकि हम एक ही तरह की विचारधारा के थे। खानवलकर मुझे संघ के बारे में बताया करते। उन पर संघ का गहरा प्रभाव था। वे बड़ी अच्छी मराठी बोलते थे। मैंने मराठी बोलनी उन्हीं से सीखी। उनके साथ बोल-बोलकर मुझे भी मराठी भाषा का अच्छा अभ्यास हो गया था। हम एक-दूसरे के साथ अच्छी-अच्छी किताबें भी साझा किया करते थे। मैंने उनसे ही प्रभावित होकर तुकाराम और ज्ञानेश्वर जैसे संतों को भी खूब गहराई से पढ़ा।

''अटल ! तुम्हें संघ की शाखा में चलना चाहिए। वहाँ बहुत अच्छी-अच्छी बातें समझाई जाती हैं। वे लोग हमें हमारी हिंदू संस्कृति के बारे में बताते हैं···और यह भी बताते हैं कि बच्चों को कैसा होना चाहिए, किशोरों को कैसा होना चाहिए, युवाओं का बरताव कैसा होना चाहिए और बुजुर्गों का भी।''

''हैं ?''

''हाँ अटल।''

मैं खानवलकर की बातें बड़ी ही उत्सुकता से सुनता। धीरे-धीरे मेरी रुचि भी संघ के प्रति बढ़ने लगी। ''भालचंद्र ! संघ की शाखा कहाँ पर लगती है ?''

''यहीं लक्ष्मीगंज में। संघ की स्थापना तो 1925 में नागपुर में हो गई थी, लेकिन यहाँ ग्वालियर में उसकी शाखा पिछले साल ही शुरू हुई है, सन् 1938 से। अटल ! तुम चलो कभी मेरे साथ।''

''जरूर चलूँगा। कौन है यहाँ का प्रचारक ?''

''श्री नारायण राव तर्टे। ग्वालियर में आर.एस.एस. का प्रचार इन्होंने ही किया है। इनकी एक तसवीर है मेरे पास···तुम देखोगे ?''

''हाँ-हाँ, दिखाओ।''

भालचंद्र खानवलकर ने ही सबसे पहले मुझे तर्टेजी की तसवीर दिखाई थी।

''भालचंद्र ! क्या मैं यह तसवीर अपने पास रख लूँ ?''

''हाँ-हाँ, रख लो।''

हम संघ की बातों में इतना डूब जाते कि हमें समय का ध्यान ही न रहता। फिर एकाएक होश आता।

''अच्छा अटल, अब मैं चलता हूँ, बहुत देर हो गई है। घर पर सब मेरी राह देखते होंगे।''

''हाँ सच! समय का जरा भी ध्यान नहीं रहा। आज तो डाँट ही न पड़ जाए। हम लोग तो खो ही गए बातों में।''

''हा''हा''हा''सही कह रहे हो तुम।''

''सुनो अटल! कल आर्य कुमार सभा में साथ चलोगे ?''

''हाँ साथ चलेंगे। यहीं मिल जाना मोड़ पर।''

''ठीक है, कल मिलते हैं।''

''ठीक है।''

अब हमारी दोस्ती खूब गहरी हो गई थी। हम अकसर साथ ही आने-जाने लगे।

तर्टेजी से मिलने का भी एक किस्सा है। इन्हीं दिनों पहली बार मेरी भेंट नारायण राव तर्टेजी से हुई थी। तब मैं उम्र में काफी छोटा तो नहीं था, लेकिन संघ की बड़ी-बड़ी बातें समझने के लिए अभी छोटा ही था। मैं नारायण राव तर्टेजी के व्यक्तित्व से बहुत प्रभावित हुआ। तब मैं पहली बार किसी से इतना अधिक प्रभावित हुआ था। हुआ यों कि एक दिन जब मैं और पिताजी आर्य समाज की सभा में पहुँचे तो देखा कि तर्टेजी भी वहाँ मौजूद हैं। भूदेव शास्त्रीजी और तर्टेजी संघ की शाखाओं के विषय में कुछ विचार-विमर्श कर रहे थे। बाद में हम चारों ने आपस में औपचारिक बातें कीं और तर्टेजी मुझसे बहुत प्रभावित हुए। फिर उन्होंने शास्त्रीजी से धीरे से कहा कि वे मुझे शाखा में आने के लिए कहें।

शास्त्रीजी ने उसी वक्त मुझसे पूछ लिया—''तुम शाम को क्या करते हो ?''

''कुछ खास नहीं करता।'' मैंने अपना सिर हिलाते हुए कहा।

''तो फिर शाखा में आया करो। कल शाम शाखा में आना।''

मैं बिना हामी भरे पिताजी की तरफ देखने लगा। पिताजी को यह बात जरा भी पसंद नहीं आई, क्योंकि उन्हें मेरा शाखा से जुड़ना मंजूर नहीं था। लेकिन हमारे परिवार में सभी लोग भूदेव शास्त्रीजी का बहुत सम्मान करते थे, इसलिए पिताजी उनके सामने मना नहीं कर पाए। अगले दिन ही मैं भालचंद्र खानवलकर के साथ लक्ष्मी गंज में स्थित शाखा में जा पहुँचा। जब मैं शास्त्रीजी के पास पहुँचा तब वे कुछ स्वयंसेवकों के साथ चर्चा कर रहे थे। वहाँ एक और आर्यसमाजी श्री नारायण प्रसाद भार्गव भी मौजूद थे। उन लोगों की चर्चा के विषय थे—हिंदुत्व, सावरकर का साहित्य, शिवाजी, राणा प्रताप

और सम्राट् चंद्रगुप्त। मैं भी पूरी रुचि के साथ उनकी चर्चा में शामिल हो गया। उसके बाद से मैं निरंतर शाखा जाने लगा। अब नारायण राव तर्टेजी से मैं अकसर ही मिलने लगा था। मैं उन्हें प्यार से 'मामू' कहकर पुकारने लगा।

एक बार भाऊराव देवरस भी ग्वालियर आए। उनके साथ बालासाहेब आप्टे भी थे। मुझे भी कुछ देर के लिए उनसे बात करने का सौभाग्य प्राप्त हुआ था।

बचपन से मेरी खेलकूद की आदत तो थी ही, लेकिन अब मैं कविताएँ और तुकबंदियाँ भी करने लगा था। एक दिन पिताजी बहुत नाराज हो गए—

''ये सब क्या लिख रखा है तुमने ?''

''जी॰॰॰बस ऐसे ही जरा।''

''क्या बस ऐसे ही, पढ़ाई-लिखाई छोड़-छाड़कर कविताएँ कर रहे हैं जनाब॰॰॰और मैंने यह भी सुना है कि तुम कई बार संघ की शाखा में देखे गए हो ?''

पिताजी के मुँह से संघ का नाम सुनकर मैं सकपका गया। मैं समझ गया कि पिताजी की नाराजगी मेरी कविताओं के कारण नहीं है, बल्कि संघ की शाखा में जाने के कारण है। लेकिन पिताजी के सामने न तो मेरी बहस करने की हिम्मत थी और न ही झूठ बोलने की। चुपचाप अपना सिर नीचे किए उनकी डाँट पीते रहना ही एकमात्र विकल्प था। यों तो जैसे-जैसे मैं बड़ा होता जा रहा था, वैसे ही वैसे पिताजी का व्यवहार भी मेरे साथ मित्रवत् होता जा रहा था, लेकिन फिर भी कुछ मामलों में पिताजी का अनुशासन बड़ा ही सख्त था।

मैं अपना सिर झुकाए हुए बड़ी ही धीमी आवाज में उनसे बोला, ''जब मेरा परिणाम आएगा, तब आप देखिएगा। मैं पढ़ता भी हूँ, बापजी।''

चूँकि मेरे पिता स्कूल के इंस्पेक्टर थे, इसलिए उन्हें यह भी चिंता रहती कि उनके इंस्पेक्टर होने की वजह से कहीं मास्टर लोग हम बच्चों पर अतिरिक्त लाड़ न दिखाते हों। वे अकसर हमारे अध्यापकों से मिलने भी जाते रहते और पढ़ाई में हमारी तरक्की के बारे जानकारी लेते रहते। पिताजी हमारे अध्यापकों से यह भी कहते कि वे हमारी कॉपियाँ सख्ती से जाँचा करें।

संघ के प्रति सख्ती का कारण भी मेरे पिताजी की नौकरी ही थी। वे सरकारी नौकरी में एक प्रतिष्ठित पद पर तैनात थे और किसी भी तरह से नहीं चाहते थे कि उनका अपना ही बेटा सरकार के खिलाफ जाए। इसीलिए वे हमें संघ की शाखा में जाने से रोकते थे। लेकिन बाद में तो मेरे भाई भी संघ के स्वयंसेवक बन गए और नियमित शाखा में जाने लगे।

मेरे घर में एक कमरे को साफ-सुथरा और सजाकर रखा जाता था। हम उसे बैठक कहते थे। जैसे आजकल के घरों में ड्राइंगरूम होते हैं। मैं इसी बैठक के एक कोने में

बैठकर पढ़ता था। मुझे विद्यालयी पढ़ाई के साथ-साथ बंकिमचंद्र चटर्जी, शरतचंद्र चटर्जी, प्रेमचंद और मैथिलीशरण गुप्त की रचनाएँ पढ़ने का बेहद शौक था। इन सबका ही प्रभाव था कि मेरे भीतर का क्रांतिकारी भी अँगड़ाई लेने लगा। इन लेखकों की रचनाएँ क्रांति से ओत-प्रोत हुआ करती थीं। ये लोग सामाजिक क्रांति और राजनीतिक क्रांति की बात किया करते थे। समाज की बुराइयों से अवगत कराते थे और अपनी लेखनी के द्वारा उन्हें समाज से दूर करने के लिए प्रेरित करते थे।

अब मैं संघ की शाखा में नियमित जाने लगा था। चूँकि मेरे पिताजी नहीं चाहते थे कि मैं संघ में भरती होऊँ, इसलिए मैं उनकी नजरें बचाकर चोरी-चोरी जाता था। घर के बाकी लोगों को यह बात पता थी।

एक दिन भाभी ने समझाते हुए कहा, ''अटल! तुम शाखा में क्यों जाते हो? तुमको पता है न, जिस दिन बाबूजी को यह बात पता चलेगी, उस दिन वे कितने नाराज होंगे।''

''भाभी, मुझे शाखा में जाना बहुत अच्छा लगता है, खासकर इतवार को। वहाँ बहुत बढ़िया-बढ़िया कार्यक्रम होते हैं। शाखा के लोग देशभक्ति की बात बताते हैं भाभी॰॰॰और तरह-तरह की कसरत करना भी सिखाते हैं।''

''वो सब तो ठीक है अटल, लेकिन बाबूजी का भी तो खयाल करो। उन्हें पता चला तो वे कितना बुरा मानेंगे।''

भाभी की बात से मैं कुछ समय के लिए सहम जाता, लेकिन फिर वही हाल होता। मैं खुद को शाखा में जाने से रोक ही नहीं पाता था। इसमें भी भाभी और मेरी बड़ी बहन ही मेरी मदद किया करती थीं। शाखा में जाने के लिए मुझे खाकी रंग की निक्कर पहननी पड़ती थी, लेकिन उसे पहनकर पिताजी के सामने से निकलना सबसे बड़ी समस्या थी। अपने इस खास रंग के कारण वह निक्कर संघ की पहचान बन चुकी थी। मैं अकसर अपनी बहन से मदद माँगता।

''जिज्जी! बापजी सामने बैठक में ही बैठे हैं। शाखा जाने का समय हो रहा है। मैं कैसे जाऊँ?''

वे और भाभी पहले तो मेरी दशा पर खूब खिलखिलातीं, फिर चुहल करती हुई कहतीं—''हा॰॰॰हा॰॰॰हा॰॰॰चाहे जैसे जाओ। अब हम लोग इसमें क्या बताएँ?''

मैं बहन की मनुहार करने लगता और अपनी खाकी निक्कर उन्हें पकड़ाते हुए कहता—''जिज्जी! हम इन्हीं कपड़ों में बाहर निकल जाते हैं। तुम हमारी यह निक्कर छत की मुँड़ेर से नीचे फेंक दोगी?''

''हाय दैया कहाँ! पीछे? घूरे में?'' भाभी मजाक करने लगतीं।

''नहीं॰॰॰मेरे सिर पे दे मारना!'' मैं उन दोनों की शरारतों से खीज उठता। लेकिन इस समय उन्हीं दोनों का सहारा होता था, इसलिए गुस्सा करने से कोई फायदा न था।

मैं फिर एक बार बहन की मिन्नतें करने लगता—''ए प्यारी जिज्जी, फेंक दोगी न ?''

''बदले में हमें क्या मिलेगा ?'' वे आँख नचाकर कहतीं।

''जो तुम माँगो।''

हा··हा··हा··आज भी हँसी आ जाती है बचपन की बातें याद करके। और इस तरह जब मैं घर के बाहर निकल जाता, तब वे छत की मुँड़ेर से वह निक्कर नीचे फेंक देतीं। मैं उसे उठाकर घर के पीछे की ओर भाग जाता। वहीं पर अपनी पैंट को उतारकर कहीं सँभालकर रख देता और वह निक्कर पहन लेता। संघ की बैठक करके जब वापस लौटता तो पुनः अपनी पुरानी वाली पैंट पहनकर घर में दाखिल होता। यह सिलसिला काफी समय तक चला।

उन दिनों संघ की शाखा में रोज कबड्डी खेली जाती थी। मुझे भी कबड्डी खेलना बड़ा अच्छा लगता था, लेकिन मैं ठीक से खेल ही नहीं पता था। उन दिनों मैं दुबला-पतला था और जिसके भी पाले में आता, उस पाले के स्वयंसेवक अपना सिर पकड़ लेते। जब मैं कबड्डी··कबड्डी··कबड्डी··बोलता हुआ दूसरे पाले में जाता, तो उस पाले के स्वयंसेवक खुश हो जाते और सब लपककर मेरी टाँग पकड़कर मुझे वहीं धर लेते।

जब मैं सयाना हुआ तो हम सभी भाइयों का यज्ञोपवीत संस्कार हुआ। उसकी भी रोचक घटना है। जिस दिन हमारा जनेऊ संस्कार होना था, उसके कुछ दिन पहले से ही घर को खूब पवित्र किया जाने लगा। जनेऊ वाले दिन सुबह से धार्मिक अनुष्ठान शुरू हो गए। मुझे शाखा में जाने की जल्दी हो रही थी। घर के सभी लोग बहुत व्यस्त थे। तभी अचानक मौका पाकर मैं लक्ष्मी गंज की शाखा के बौद्धिक में शामिल होने पहुँच गया। मुझे घर से निकले थोड़ा ही समय हुआ था कि मेरी खोजबीन शुरू हो गई। हर जगह खोजा गया। सबको पता था ही कि मैं आँख बचाकर शाखा में भी जाता हूँ, इसलिए घरवाले मुझे ढूँढ़ते हुए वहाँ भी आ पहुँचे। मैं अपने पूरे गणवेश में कसरत करने में लगा हुआ था। डाँट-डपटकर घर लाया गया और इस प्रकार उस दिन मेरा जनेऊ संस्कार कर दिया गया। जनेऊ पहनते ही अनेक नियमों का पालन करना पड़ता था। मैं अकसर बड़ी उलझन महसूस करता। लेकिन हम लोगों में जनेऊ पहनना एक आवश्यक धार्मिक कार्य माना जाता था।

तब मैं कक्षा नवीं का छात्र था। उन्हीं दिनों मैंने एक कविता लिखी—ताजमहल। यह अपने आप में एक अलग तरह की कविता थी। इस कविता में मैंने ताजमहल को प्रेम का प्रतीक नहीं, बल्कि हिंदू कारीगरों के रक्त पर खड़ा महल बताया। इसकी खूब चर्चा हुई। मित्रगण अकसर मुझसे यह कविता सुनाने की जिद्द करते। यह कविता हमारी स्कूल की पत्रिका में भी प्रकाशित हुई थी।

मैं सुनाता—

ताजमहल, यह ताजमहल
कैसा सुंदर, अति सुंदरतर।
(अंतिम पंक्तियाँ)
जब रोया हिंदुस्तान सकल,
तब बन पाया यह ताजमहल।

मेरे मित्र मेरी भाषण-कला से बेहद प्रभावित थे। वे अकसर मुझसे कहते—''अटल! जब छात्रसंघ के चुनाव होंगे, तब तुम जरूर खड़े होना। हमें पूरा यकीन है, तुम इस चुनाव में खड़े हो गए, तो तुम ही जीतोगे। कोई नहीं टिकेगा तुम्हारे आगे।''

''तुम लोगों को मुझ पर इतना भरोसा है?''

''हाँ! हमें तुम पर पूरा भरोसा है।''

यह सब स्कूल के दिनों की बातें हैं, हालाँकि बाद में कॉलेज में आने के बाद मैं चुनाव में खड़ा हुआ और जीता भी।

उन्हीं दिनों की बात है, संघ के ऑफिसर्स ट्रेनिंग कैंप का समापन समारोह नागपुर में हुआ था, मुझे भी उसमें आमंत्रित किया गया। मैं इसमें शामिल हुआ। हालाँकि पिताजी अब भी बहुत सख्त थे, लेकिन यहाँ आने की इजाजत मिल गई थी।

मैं बहुत ही उत्साहित होकर वहाँ पहुँचा और समारोह देख रहा था। दीनदयाल उपाध्याय, भाऊराव देवरस जैसे लोग मंच पर बैठे थे। मैं सबसे अधिक रोमांचित तब हुआ, जब मैंने सरसंघचालक के.बी. हेडगेवारजी को देखा। मैं उनकी झलक भर ही देख पा रहा था, क्योंकि वहाँ इतनी अधिक संख्या में लोग थे कि करीब से देखना तो संभव ही नहीं था, लेकिन यह मेरे जीवन का स्मरणीय क्षण था। वहाँ संघ के बड़े-बड़े नेताओं ने अपना भाषण दिया। उनका संदेश था कि हर देशवासी को अपने देश के प्रति कर्तव्यों का निर्वाह करना चाहिए। बालासाहब आप्टे संघ के प्रति मेरे रुझान और काम से बहुत खुश थे। वे मुझे नागपुर में देखकर बेहद खुश हुए—''अटल! तुमने बहुत अच्छा किया, जो इस समापन कार्यक्रम का हिस्सा बने। यहाँ आकर तुम्हें बहुत कुछ सीखने को मिलेगा।''

''आप सही कह रहे हैं। मैं संघ की गतिविधियों को देखना चाहता था। मैं समझना चाहता था कि कैंप को कैसे चलाया जाता है।''

''अटल! मेरा सुझाव है कि अगले साल तुम भी ओ.टी.सी. का पहला साल करो।''

''आप ठीक कह रहे हैं। मैं भी यह कोर्स करना चाहता हूँ।''

मैंने भी संघ के ऑफिसर्स ट्रेनिंग कैंप में जाने का निर्णय ले लिया था। इसमें स्वयंसेवकों को एक ट्रेनिंग दी जाती थी। इसे अंग्रेजी में ऑफिसर्स ट्रेनिंग कैंप (ओ.टी.सी.) और हिंदी में 'अधिकारी शिक्षण वर्ग' कहा जाता। अब इसे संघ प्रशिक्षण कहा जाता है। ओ.टी.सी. के पहले साल की ट्रेनिंग मैंने ग्वालियर से ही की। यह सन् 1941 की बात है। इन्हीं दिनों

हमें सूचना मिली कि हेडगेवारजी काफी बीमार हैं। मैं अब तक उनकी झलक ही देख पाया था, लेकिन यह अवसर मुझे उनसे मिलवा सकता था। अत: मैं नागपुर चला गया। हेडगेवारजी डॉक्टरजी के नाम से मशहूर थे। अब तक मैं नारायण राव तर्टेजी के और भी करीब आ चुका था, हालाँकि मैं उन्हें पहले से ही मामू कहकर बुलाया करता था। वे भी मुझे बहुत स्नेह करते थे। वे मुझसे अकसर कहते—‘‘अटल! तुम्हारे अंदर बहुत प्रतिभा है, मुझे विश्वास है कि तुम एक दिन संघ के लिए बहुत बड़े-बड़े काम करोगे।’’

‘‘मामू! मैं अपने देश के लिए बहुत काम करना चाहता हूँ।’’

‘‘तुम हमारे संगठन के रत्न हो अटल। मुझे विश्वास है, तुम्हारी प्रतिभा पर। मैं तुम्हें संघ के बड़े-बड़े नेताओं से मिलवाऊँगा।’’

‘‘शुक्रिया मामू।’’

जब ओ.टी.सी. के पहले वर्ष का समापन समारोह आयोजित हुआ, तो हम सभी स्वयंसेवक बहुत उत्साहित थे। हमें यह सिखाया गया कि हम बड़ी जिम्मेदारियों के लिए तैयार किए जा रहे हैं और अब हमें आनेवाले समय में और अधिक मेहनत करनी होगी। ओ.टी.सी. की दूसरे साल की ट्रेनिंग के लिए मैं लखनऊ आ गया। लखनऊ में कालीचरण हाईस्कूल में यह ट्रेनिंग कैंप आयोजित किया गया था। मैं संघ के कार्यों से बहुत प्रभावित था। तब हमारे संघ के प्रांत प्रचारक श्री भाऊरावजी देवरस थे। जिन विचारधाराओं को लेकर संघ कार्य कर रहा था, वे महत्त्वपूर्ण थीं। संघ के पास संसाधनों का अभाव था, लेकिन फिर भी अपने उच्च मानवीय मूल्यों और परिश्रमी सदस्यों की शक्ति से यह बखूबी चल रहा था।

अब तो संघ मेरी आत्मा बन चुका था। एक दिन आयोजित ‘बौद्धिक कार्यक्रम’ में मैंने मंच से अपनी लिखी कविता ‘परिचय’ का पाठ किया। हम सभी स्वयंसेवक एक माह के शिक्षण-वर्ग के लिए यहाँ आए हुए थे। स्वयंसेवकों के रूप में हम एक-दूसरे से घुलमिल गए थे। जब मैंने अपनी यह कविता सुनानी शुरू की तो सभी का ध्यान सिर्फ मेरी कविता पर ही था—

हिंदू तन मन, हिंदू जीवन, रग रग हिंदू मेरा परिचय॥

मैं शंकर का वह क्रोधानल, कर सकता जगती क्षार-क्षार
डमरू की वह प्रलयध्वनि हूँ, जिसमें नाचता भीषण संहार
रणचंडी की अतृप्त प्यास, मैं दुर्गा का उन्मत्त हास
मैं यम की प्रलयंकर पुकार, जलते मरघट का धुआँधार
फिर अंतरतम की ज्वाला से जगती में आग लगा दूँ मैं
यदि धधक उठे जल-थल-अंबर, जड़-चेतन तो कैसा विस्मय
हिंदू तन मन, हिंदू जीवन, रग रग हिंदू मेरा परिचय॥

मैं आज पुरुष निर्भयता का वरदान लिए आया भू पर
पय पीकर सब मरते आए, मैं अमर हुआ लो विष पीकर
अधरों की प्यास बुझाई है, मैंने पीकर वह आग प्रखर
हो जाती दुनिया भस्मसात, जिसको पल भर में ही छूकर
भय से व्याकुल फिर दुनिया ने प्रारंभ किया मेरा पूजन
मैं नर-नारायण नीलकंठ बन गया, न इसमें कुछ संशय
हिंदू तन मन, हिंदू जीवन, रग रग हिंदू मेरा परिचय॥

मैं अखिल विश्व का गुरु महान, देता विद्या का अमर दान
मैंने दिखलाया मुक्तिमार्ग, मैंने सिखलाया ब्रह्मज्ञान
मेरे वेदों का ज्ञान अमर, मेरे वेदों की ज्योति प्रखर
मानव के मन का अंधकार, क्या कभी सामने सका ठहर
मेरा स्वर्णाभा में गहरा-गहरा, सागर के जल में चेहरा-चेहरा
इस कोने से उस कोने तक कर सकता जगती सौरभ मैं
हिंदू तन मन, हिंदू जीवन, रग रग हिंदू मेरा परिचय॥

मैं तेज-पुंज तम लीन जगत् में फैलाया मैंने प्रकाश
जगती का रच करके विनाश, कब चाहा है निज का विकास
शरणागत की रक्षा की है, मैंने अपना जीवन देकर
विश्वास नहीं यदि आता तो साक्षी है इतिहास अमर
यदि आज देहलि के खँडहर सदियों की निद्रा से जगकर
गुंजार उठे उनके स्वर से हिंदू की जय तो क्या विस्मय
हिंदू तन मन, हिंदू जीवन, रग रग हिंदू मेरा परिचय॥

दुनिया के वीराने पथ पर, जब-जब नर ने खाई ठोकर
दो आँसू शेष बचा पाया जब-जब मानव सबकुछ खोकर
मैं आया तभी द्रवित होकर, मैं आया ज्ञान दीप लेकर
भूला-भटका मानव पथ पर चल निकला सोते से जगकर
पथ के आवर्तों से थककर, जो बैठ गया आधे पथ पर
उस नर को राह दिखाना ही मेरा सदैव का दृढ़निश्चय
हिंदू तन मन, हिंदू जीवन, रग रग हिंदू मेरा परिचय॥

मैंने छाती का लहू पिला, पाले विदेश के सुजित लाल
मुझको मानव में भेद नहीं, मेरा अंतःस्थल उर विशाल
जग से ठुकराए लोगों को लो मेरे घर का खुला द्वार
अपना सबकुछ हूँ लुटा चुका, पर अक्षय है धनागार
मेरा हीरा पाकर ज्योतित परकीयों का वह राजमुकुट
यदि इन चरणों पर झुक जाए कल वह किरीट तो क्या विस्मय
हिंदू तन मन, हिंदू जीवन, रग रग हिंदू मेरा परिचय॥

मैं वीरपुत्र मेरी जननी के जगती में जौहर अपार
अकबर के पुत्रों से पूछो क्या याद उन्हें मीना बजार
क्या याद उन्हें चित्तौड़ दुर्ग में जलनेवाली आग प्रखर
जब हाय सहस्त्रों माताएँ तिल-तिल कर जलकर हो गई अमर
वह बुझने वाली आग नहीं, रग-रग में उसे समाए हूँ
यदि कभी अचानक फूट पड़े विप्लव लेकर तो क्या विस्मय
हिंदू तन मन, हिंदू जीवन, रग रग हिंदू मेरा परिचय॥

होकर स्वतंत्र मैंने कब चाहा है, कर लूँ सब को गुलाम
मैंने तो सदा सिखाया है, करना अपने मन को गुलाम
गोपाल राम के नामों पर, कब मैंने अत्याचार किया
कब दुनिया को हिंदू करने, घर-घर में नरसंहार किया
कोई बतलाए काबुल में जाकर कितनी मसजिद तोड़ीं
भू-भाग नहीं शत-शत मानव के हृदय जीतने का निश्चय
हिंदू तन मन, हिंदू जीवन, रग रग हिंदू मेरा परिचय॥

मैं एक बिंदु परिपूर्ण सिंधु है यह मेरा हिंदू समाज
मेरा इसका संबंध अमर, मैं व्यक्ति और यह है समाज
इससे मैंने पाया तन-मन, इससे मैंने पाया जीवन
मेरा तो बस कर्तव्य यही, कर दूँ सबकुछ इसके अर्पण
मैं तो समाज की थाती हूँ, मैं तो समाज का हूँ सेवक
मैं तो समष्टि के लिए व्यष्टि का कर सकता बलिदान अभय
हिंदू तन मन, हिंदू जीवन, रग रग हिंदू मेरा परिचय॥

जैसे ही मैंने अपनी इस कविता की अंतिम कड़ियों को पढ़ा तो सभी स्वयंसेवक मेरे सुर-से-सुर मिलाकर गाने लगे—'हिंदू तन मन, हिंदू जीवन, रग रग हिंदू मेरा परिचय' ···इस वातावरण में मैं आत्मविभोर हो उठा। मुझे सभी का भरपूर प्यार मिल रहा था। लोग पुनः-पुनः सुनाने का आग्रह कर रहे थे।

गुरुजी ने मुझे अपने गले से लगा लिया। अब तो यह कविता मेरी पहचान ही बन गई। मैं जहाँ भी जाता, सब मुझसे यह कविता सुनाने की फरमाइश करते। कई स्वयंसेवकों ने तो इसका एक-एक शब्द कंठस्थ कर लिया था। मुझे कविवर हरिवंशराय बच्चन का लिखा गीत 'मिट्टी का तन, मिट्टी का मन, क्षणभर जीवन मेरा परिचय' बहुत पसंद था और यह कविता मैंने उसी की तर्ज पर लिखी थी।

उन्हीं दिनों की एक घटना याद आती है—संघ की शाखा में मेरे भाई प्रेम बिहारी भी जाया करते थे। एक बार ऐसे ही एक कैंप में मैं और भाई साथ शामिल हुए। कैंप सर्दियों में आयोजित किया गया था। मेरे भाई को अपने उच्च कुल के ब्राह्मण होने पर हमेशा से ही गर्व था। कैंप में सभी स्वयंसेवक मिल-जुलकर काम किया करते थे। सबका खाना भी एक साथ और एक सा ही बनता था। ये स्वयंसेवक देश के विभिन्न हिस्सों से आते थे और अलग-अलग जातियों के होते थे। संघ में भेदभाव की भावना से दूर रहने की सीख दी जाती, लेकिन किसी की भी अपनी व्यक्तिगत भावना को ठेस भी नहीं पहुँचाई जाती थी। सबकी भावनाओं का भरपूर सम्मान किया जाता था। एक दिन भोजन के समय मेरे भाई ने सबके लिए एक साथ बने भोजन को ग्रहण करने से मना कर दिया—''मैं ऊँचे कुल का ब्राह्मण हूँ। मैं किसी के हाथ का बना भोजन नहीं कर सकता। मैं अपना भोजन खुद पकाऊँगा।''

आयोजक असमंजस में पड़ गए, लेकिन उन्होंने भैया से कुछ नहीं कहा, बल्कि उनके लिए अलग भोजन बनाने की व्यवस्था कर दी। ''ठीक है, हम तुम्हें सारा सामान पहुँचा देंगे। तुम अपना भोजन खुद ही बना लिया करो।''

भैया ने अपना भोजन खुद ही बनाया। मैंने उन्हें समझाया भी, किंतु वे अपनी बात पर अटल थे। मैं सबके साथ भोजन करने चला गया, क्योंकि मुझे सबके साथ भोजन करने पर कभी भी कोई एतराज नहीं होता था, बल्कि मुझे तो सबके साथ साझी रसोई का भोजन करने में ही आनंद आता था। उस दिन तो भैया ने अपना खाना खुद बनाया, लेकिन अगले ही दिन हम सब देखते क्या हैं कि भैया भी हमारे साथ भोजन की पंक्ति में आकर खड़े हो गए हैं। यह हम सभी के लिए सुखद आश्चर्य था। किसी ने भी उन्हें पलटकर कुछ नहीं कहा, बल्कि दिल खोलकर उनका स्वागत किया। मैंने उन्हें अपने साथ पंक्ति में लगा लिया और कहा, ''दद्दा! अच्छा हुआ कि आप भी आ गए। मुझे आपके बिना भोजन करना अच्छा नहीं लग रहा था।''

''मुझे भी तुम सबके साथ ही खाना अच्छा लगता है, अटल। अब से हम साथ ही खाया करेंगे।''

''आपने यह उचित निर्णय लिया।''

''तुम सही कहते हो। मैं अपने ऊँचे ब्राह्मण होने पर ऐसा सोचता था, लेकिन यहाँ तो और भी लोग हैं हम जैसे, जो सबके साथ ही खाते-पीते और सोते हैं।''

''दद्दा! संघ हमें सबके साथ मिल-जुलकर रहना सिखाता है। हमारे अंदर एकजुटता की भावना का निर्माण करता है।''

''अटल, तुम सही कहते हो।''

लेकिन मैंने ट्रेनिंग के दौरान अपना जनेऊ उतार दिया था। जब मैं घर पहुँचा तो एक दिन बड़ी घटना घट गई। मैं गुसलखाने से बाहर निकला, तो देखा कि सामने से पिताजी आ रहे हैं। उन्होंने पास आकर मेरी ओर ध्यान से देखा और पूछा, ''तुम्हारा जनेऊ कहाँ है ?''

मैंने नजरें झुकाते हुए कहा, ''उतार दिया।''

वे कड़ककर बोले, ''अभी पहनो¨¨तुरंत।''

मैंने दृढ़ता से कहा, ''जब तक हर हिंदू मात्र को जनेऊ पहनने का अधिकार नहीं दिया जाएगा, तब तक मैं भी जनेऊ नहीं पहनूँगा।''

''अभी जनेऊ पहनो वरना मैं यह घर छोड़ दूँगा।''

मेरे बड़े भाई डरकर जनेऊ उठा लाए और मेरे गले में डाल दिया, तब पिताजी शांत हुए।

सन् 1942 में मेरी दूसरे साल की ट्रेनिंग पूरी हुई। मैं निरंतर शाखा के साथ और अधिक जिम्मेदारी से जुड़ता जा रहा था। एक माह के बाद जब हम सभी की छुट्टी हो गई, तो हम अपने-अपने घर की ओर चल दिए। मैं, गोखले और प्रभुदयाल साथ लौटे। हम तीनों पहले लखनऊ रुके। मेरी बहन विमला शादी होकर लखनऊ आ गई थीं और मुझे उनसे मिलने की इच्छा हुई।

''प्रभुदयाल! तुमने अमीनाबाद में ठंडाई पी है कभी ? आओ, आज तुम्हें ठंडाई पिलाएँ।'' मैंने चहकते हुए कहा।

''अटल! मुझे तो भई भूख लगी है, चलो कुछ खाएँगे पहले।'' गोखले अपने पेट पर हाथ फिराते हुए बोले।

''हाँ-हाँ जरूर, चलो-चलो, अमीनाबाद में खाने-पीने की खूब वैरायटी हैं।'' मुझे खाने-पीने का शुरू से ही बहुत शौक रहा है। हम तीनों अमीनाबाद चल दिए। वहाँ नाश्ता किया और घूमते-घामते हम लोग शाम तक बहन के यहाँ सरस्वती लेन पहुँचे। न जाने कैसे मैं अपनी बहन का घर भूल गया। बहुत खोजा, सरस्वती लेन के कई चक्कर

काट लिए, लेकिन उनका मकान नहीं मिल पा रहा था।

''यहीं तो था''सरोदे में''मिल ही नहीं रहा।'' मैंने मकानों की तरफ देखते हुए और सोचते हुए कहा।

''कोई बात नहीं, अटल। कई नए मकान भी बन गए हैं, इसीलिए नहीं मिल पा रहा। चलो एक और चक्कर लगा लेते हैं। इस बार हर एक मकान ध्यान से देखना।''

''हाँ-हाँ! चलो अटल हम फिर से खोजते हैं।''

''अच्छा''तुम दोनों कहते हो तो फिर कोशिश करता हूँ''लेकिन था तो यहीं कहीं, न जाने मिल क्यों नहीं रहा?''

''तुम्हें मकान नंबर याद है?''

''मकान नंबर कभी याद ही नहीं किया, मकान का रास्ता जो याद था। लेकिन आज न जाने क्यों वो रास्ता भी पहचान में नहीं आ रहा।''

''कोई बात नहीं''एक काम करते हैं, कुछ देर के लिए यहाँ बैठकर सुस्ता लेते हैं। काहे कि बहुत थक गए हैं। थोड़ी देर के बाद फिर खोजेंगे।''

''हाँ, यह ठीक है।'' ऐसा कहकर मैं भी उन दोनों के साथ वहीं एक घर की सीढ़ियों पर बैठ गया। हम सुस्ता ही रहे थे कि अचानक उस घर का दरवाजा खुला। हमारा मुँह सड़क की ओर और पीठ घर की ओर थी। तभी एक बच्ची हमारे पीछे आकर खड़ी हुई और बोली, ''अरे मामाजी! आप यहाँ क्यों बैठे हैं? अंदर चलिए न।''

हम तीनों ने एक साथ मुड़कर पीछे देखा और मैं तो भौचक्का रह गया, क्योंकि वह तो मेरी भानजी ही थी। यानी कि हम सही मकान की सीढ़ियों पर बैठे थे, उस घर को बस इसीलिए नहीं ढूँढ़ पा रहे थे, क्योंकि वहाँ आसपास काफी परिवर्तन हो चुके थे। हम हँसते हुए घर के भीतर दाखिल हुए। मेरी बहन ने हम तीनो मित्रों का सत्कार किया। और फिर जब मेरे मित्रों ने यह बात मेरी बहन को बताई तो हम सब काफी देर तक हँसते रहे।

जब मैं अपने दूसरे वर्ष का संघ प्रशिक्षण पूरा करके ग्वालियर पहुँचा, तो मुझे बौद्धिक प्रमुख बना दिया गया। तर्टेजी बहुत प्रसन्न हुए और मुझसे बोले, ''अटल! मुझे नाज है तुम पर। तुम एक बहुत काबिल स्वयंसेवक हो।''

''यह आपका आशीर्वाद है, मामू।''

''अटल, तुम्हें बौद्धिक प्रमुख के रूप में देखने की मेरी बहुत इच्छा थी और आज मैं बहुत खुश हूँ।''

मेरा जीवन अपनी गति से आगे बढ़ रहा था। अब तीसरे और अंतिम साल की ट्रेनिंग शेष थी। मेरा विद्यालयी अध्ययन भी साथ-साथ चल रहा था। मेरा विद्यालय मुझे विभिन्न वाद-विवाद प्रतियोगिताओं में भी भेजता रहता था। मैं अपने विद्यालय की तरफ से एक वाद-विवाद प्रतियोगिता में शामिल हुआ, यह प्रतियोगिता उदयपुर में आयोजित

की गई थी। विषय था—'हिंदी राष्ट्रभाषा होनी चाहिए'। मुझे इसके पक्ष में बोलना था और इसके पक्ष में बोलने के लिए मेरे पास अनेक बेहतरीन तर्क थे। मैंने खूब तैयारी की और उदयपुर पहुँच गया। सभी प्रतिभागी इकट्ठे हो गए थे। हमारे जज भी पहुँच चुके थे, लेकिन तभी मेरा प्रतिद्वंद्वी प्रतिभागी बेचैन हो उठा। वह हताश हो रहा था और रोने जैसी स्थिति में आ चुका था।

मैंने उससे पूछा, ''क्या हुआ तुम्हें ? तुम इतने परेशान क्यों हो ?''

''इसके विपक्ष में बोलने की मेरी तैयारी अच्छी नहीं हो पाई है। पता नहीं मैं कुछ बोल भी पाऊँगा कि नहीं !''

''क्यों, तुम्हें पहले से नहीं मालूम था ?''

''नहीं, मुझे लग रहा है कि मैं इसके पक्ष में ज्यादा अच्छा बोल पाऊँगा।''

''अच्छा ! तो तुम पक्ष में ही बोल लो, मैं इसके विपक्ष में बोल लेता हैं।''

''सच में ? तुम इसके विपक्ष में बोल लोगे ?'' वह खुश होकर उछलते हुए बोला।

''हाँ, मैं बोल लूँगा।'' मैंने पूरे आत्मविश्वास के साथ कहा।

…और फिर मैंने अपने तर्क में एक खास बात शामिल की कि 'राष्ट्रभाषा हिंदी नहीं, बल्कि हिंदुस्तानी होनी चाहिए' मैं इसी को अपना विषय बनाकर बोलता चला गया और जज मेरी बातों को ध्यानपूर्वक सुनते रहे। जब मेरा भाषण समाप्त हुआ और मैं अपनी जगह पर आकर बैठा, तो वह प्रतिभागी भी मेरी तारीफ करने से खुद को रोक न सका। निर्णय सुनाया गया और मुझे पहला पुरस्कार मिला।

धीरे-धीरे हमारे विक्टोरिया कॉलेजिएट में यह बात सभी की जुबान पर चढ़ गई कि 'डिबेट और भाषण में अटल का मुकाबला कोई नहीं कर सकता है।' इसके बाद मैं अपने स्कूल का प्रतिनिधि बनकर कई जगह गया और जीतकर ही लौटा।

मैंने विक्टोरिया कॉलेजिएट स्कूल से हाईस्कूल और इंटरमीडिएट किया। इसके बाद विक्टोरिया कॉलेज में ही बी.ए. में एडमीशन लिया। अब इस कॉलेज का नाम रानी लक्ष्मीबाई महाविद्यालय है। मैंने बी.ए. में हिंदी, संस्कृत, अंग्रेजी साहित्य और सामान्य अंग्रेजी विषय चुने। उन दिनों बी.ए. में तीन साहित्यिक विषय लेकर पढ़ने की सुविधा केवल आगरा यूनिवर्सिटी में ही थी। तब हमारा विक्टोरिया कॉलेजिएट आगरा यूनिवर्सिटी से संबद्ध था।

कॉलेज में मेरा बी.ए. का पहला वर्ष था और उसी वर्ष मुझे डिबेट-सेक्रेटरी चुना गया। मैं विभिन्न विषयों पर वाद-विवाद हेतु विद्यार्थियों को तैयार करता था और विभिन्न आयोजनों में अपना सहयोग भी देता था।

एक दिन मेरे कॉलेज के प्रिंसिपल ने मुझे अपने कमरे में बुलाया—''अटल ! इलाहाबाद में राष्ट्रीय स्तर पर एक वाद-विवाद प्रतियोगिता हो रही है। मैं चाहता हूँ कि हमारे कॉलेज से तुम वहाँ जाओ।''

''जी सर! जरूर।''

''शाबाश।''

''सर! मुझे कब जाना होगा?''

''जाने की तारीख तुम्हें बता दी जाएगी। तुम्हारे साथ रघुनाथ सिंह भी जाएगा।''

''शुक्रिया सर। हम जरूर जीतकर आएँगे।''

''मुझे तुम दोनों से यही उम्मीद है।''

हमारे प्रिंसिपल का नाम एफ.जी. पियर्स था। वे विद्वान् व्यक्ति थे और प्रतिभावान छात्रों का बहुत खयाल रखा करते थे, उन्हें अपनी प्रतिभा को निखारते रहने की प्रेरणा देते थे। सभी छात्र और प्रोफेसर उनका बड़ा सम्मान करते थे।

तय तिथि को मैं और रघुनाथ सिंह इलाहाबाद चल दिए। हम ट्रेन से जा रहे थे। एक तो दूर का सफर और दूसरे हमारी ट्रेन बहुत धीरे-धीरे चल रही थी।

''यार रघुनाथ, यह ट्रेन हमें इलाहाबाद पहुँचा तो देगी न?''

''पता नहीं अटल, जिस तरह से यह रेंग-रेंगकर चल रही है, उससे तो लगता है कि यह इलाहाबाद तो क्या, कहीं भी नहीं पहुँचा पाएगी।''

''अरे यार! ऐसे मत बोलो''मुझे तो अब चिंता होने लगी है।''

''घबराओ मत, धीरज से काम लो। अब तो जो भी होगा, देखा जाएगा।''

सचमुच, इसके बाद हम दोनों मित्र धैर्य से बैठ गए। इसके अतिरिक्त हमारे पास और कोई उपाय भी तो नहीं था। ट्रेन में बेहद भीड़ थी। इस भीड़ में हमारे कपड़ों का भी बुरा हाल हो चुका था। आखिरकार हम दोनों इलाहाबाद पहुँच गए, लेकिन हमारी ट्रेन काफी लेट हो चुकी थी। हम जल्दी-जल्दी इलाहाबाद विश्वविद्यालय की ओर भागे, लेकिन जब तक वहाँ पहुँचे, प्रतियोगिता समाप्त हो चुकी थी।

मैंने संचालक से निवेदन किया—''आप हमारी बात को समझिए। इसमें हमारी कोई गलती नहीं है, हमारी ट्रेन ही लेट हो गई।''

''आप भी तो मेरी बात को समझिए बंधु, मैं इसमें कुछ भी नहीं कर सकता हूँ। सारे प्रतिभागी अपने-अपने विचार रख चुके हैं। अब तो निर्णायक मंडल के सदस्य भी अपना निर्णय तैयार करने में व्यस्त हैं। आप खुद यहाँ से झाँककर देख सकते हैं।''

मैंने मंच के पीछे से झाँककर देखा। सचमुच सभी प्रतिभागी मंच पर बैठे अपनी-अपनी साँसें रोके निर्णय सुनाए जाने का इंतजार कर रहे थे और जज आपस में बातचीत कर रहे थे। वास्तव में वे सभी आपस में निर्णय ले रहे थे। उनमें हिंदी के मूर्धन्य कवि डॉ. हरिवंशराय बच्चन भी थे। मैं उनकी 'मधुशाला' अनेक बार पढ़ चुका था। आज उन्हीं के सामने बोलने का इतना महत्त्वपूर्ण मौका गँवा रहा था। मैं निराश हो गया। मुझे अपनी हताशा पर बहुत गुस्सा आने लगा, लेकिन तभी अचानक मेरे अंदर आत्मविश्वास

जाग उठा। मैंने संचालक से फिर अनुरोध किया—''अच्छा! आप एक काम कीजिए। हमें निर्णायक मंडल के सामने अपने देर से आने का कारण रखने दीजिए। हम उनसे क्षमा माँग लेंगे। अपना भाषण नहीं पढ़ेंगे। यदि वे हमें अनुमति दे देंगे, तभी हम आगे कुछ और बोलेंगे वरना क्षमा माँगकर मंच से उतर जाएँगे।''

न जाने क्या हुआ कि मेरी बातों से संचालक का मन पिघल गया और उसने मंच पर जाकर मेरा नाम पुकारा और मेरे देर से पहुँचने का कारण सबको बताया।

मैं आत्मविश्वास से भरा हुआ मंच पर चढ़ गया और सबसे पहले निर्णायक मंडल को प्रणाम किया और श्रोताओं का अभिवादन। मैंने देर से पहुँचने के लिए माफी भी माँगी।

''अध्यक्ष महोदय! मैं क्षमाप्रार्थी हूँ, क्योंकि मैं समय से नहीं पहुँच सका। किंतु मेरी ट्रेन विलंब से आई, इसके लिए मैं मजबूर था, कुछ नहीं कर सकता था।''

सभी शांति से मेरी बात को सुनने लगे। मैंने आगे कहा, ''मेरी आप सभी से विनम्र प्रार्थना है कि मुझे अपने विचार रखने का अवसर दें। यदि आप मुझे यह अवसर देंगे तो मैं सदैव आपका कृतज्ञ रहूँगा।''

अद्भुत संयोग था कि निर्णायक मंडल ने आपस में बातचीत की और उन्होंने आपसी सहमति से मुझे अपनी बात कहने का अवसर दे दिया—''हम सभी ने आपस में तय किया है, चूँकि आपके विलंब से आने का कारण आपकी ट्रेन का लेट होना है, जिसमें आपका कोई दोष नहीं है। अत: हम आपको दस मिनट अपनी बात कहने का अवसर देते हैं। आप जैसे चाहें इन दस मिनटों का उपयोग कर सकते हैं।''

बस फिर क्या था, मौका मिलने भर की देर थी। मैंने अपना धाराप्रवाह भाषण शुरू कर दिया। सभी श्रोता और निर्णायक मंत्रमुग्ध होकर मेरा भाषण सुनने लगे। मैं दस मिनट से अधिक समय तक धाराप्रवाह बोलता रहा। किसी को भी वक्त का खयाल न रहा। जैसे ही मैंने अपनी बात समाप्त की, पूरा हॉल तालियों की गड़गड़ाहट से गूँज उठा। परिणाम घोषित हुए और मुझे पहला पुरस्कार प्राप्त हुआ। आज भी जब वह घटना याद करता हूँ, तो सहसा चेहरे पर मुसकान दौड़ जाती है। उस समय तो मुझे यह भी नहीं मालूम था कि मुझसे पहले के प्रतिभागी क्या-क्या बोलकर जा चुके हैं, किन-किन बिंदुओं पर प्रकाश डाल चुके हैं। मैं तो बस अपनी बात कहता चला गया था।

जब वह पुरस्कार लेकर हम अपने कॉलेज लौटे, तो रघुनाथ सिंह ने सारा किस्सा प्रिंसिपल सर को और हमारे अनेक सहपाठी मित्रों को सुनाया। सभी आश्चर्यचकित रह गए। प्रिंसिपल साहब ने मुझे अपने ऑफिस में बुलाया और मेरे आत्मविश्वास के लिए मुझे खूब शाबाशी दी।

-: 3 :-

यह वह समय था, जब स्वतंत्रता का आंदोलन अपने चरम पर था। इस दौरान मेरे भीतर भी स्वतंत्रता आंदोलन में भाग लेने की प्रबल इच्छा जागने लगी। संघ में जिस किसी से भी मैं अपनी इस इच्छा को रखता, तो वे मुझे खूब प्रोत्साहित करते। संघ में हमें देशप्रेम और आजादी का ही पाठ पढ़ाया जाता था। हमें सिखाया जाता था कि आजादी किसी अकेले व्यक्ति के प्रयास से नहीं मिलेगी, बल्कि इसे पाने के लिए हम सभी को मिल-जुलकर प्रयत्न करने होंगे।

यह समय द्वितीय विश्वयुद्ध का समय था। 27 जुलाई, 1942 को ब्रिटिश सरकार ने लंदन से घोषणा की कि भारतीय ब्रिटिश फौज को भी इस युद्ध में शामिल किया जाएगा। सरकार के इस निर्णय से भारतीय नेता काफी नाराज हुए और बारह दिनों के बाद ही उन्होंने आंदोलन कर दिया। बंबई में कांग्रेस की बैठक में 8 अगस्त, 1942 को 'अंग्रेजो भारत छोड़ो' प्रस्ताव पारित किया गया। प्रस्ताव पारित होने के बाद महात्मा गांधी ने 70 मिनट तक जोशीला भाषण दिया। उन्होंने स्पष्ट कहा कि ''हम अपनी स्वतंत्रता के लिए और अधिक इंतजार नहीं कर सकते। यह मेरे जीवन का अंतिम संघर्ष है। यह संघर्ष 'करो या मरो' का संघर्ष होगा।'' इधर ब्रिटिश सरकार को इस आंदोलन की भनक पहले ही मिल चुकी थी। अतः वह सतर्क हो चुकी थी। इस प्रस्ताव के ठीक बाद देश के महान् नेताओं की गिरफ्तारियाँ शुरू हो गईं। 9 अगस्त को गांधीजी समेत अनेक बड़े नेताओं को गिरफ्तार कर जेलों में बंद कर दिया गया। अपने प्रिय नेताओं की गिरफ्तारी से जनता क्रोधित हो उठी और उनकी भावनाएँ अनियंत्रित हो गईं। चूँकि सभी नेता जेल में बंद थे। अतः बाहर जनता पर नियंत्रण करनेवाला भी कोई नहीं था। बिना किसी मार्गदर्शन के भड़की हुई जनता ने गुस्से में हिंसा एवं विरोध का सहारा लिया। सभी ओर तोड़-फोड़ की घटनाएँ शुरू हो गईं। सरकारी भवनों को जला दिया गया। हड़ताल एवं प्रदर्शन किए जाने लगे। पोस्ट ऑफिस लूट लिये गए, टेलीफोन के तार काट दिए गए। रेल की पटरियों को उखाड़ दिया गया। समूचे भारत में इस आंदोलन ने

काफी जोर पकड़ लिया और अंग्रेजों के विरोध में जुलूस निकाले जाने लगे। गिरफ्तार नेताओं की रिहाई की माँग की जाने लगी।

इस आंदोलन में छात्रों, मजदूरों, किसानों एवं साधारण वर्ग के लोगों ने खूब भाग लिया। अनेक स्थानों पर इस आंदोलन का बहुत अधिक प्रभाव पड़ा। उत्तर प्रदेश, बिहार, पश्चिम बंगाल, उड़ीसा, आंध्र प्रदेश, तमिल एवं महाराष्ट्र के अनेक भागों में तो कुछ समय के लिए ऐसा लगने लगा कि ब्रिटिश सरकार का नामोनिशान ही मिट गया है। जयप्रकाश नारायण हजारी बाग जेल से फरार हो गए। उन्होंने 'आजाद दस्तावेज' नामक क्रांतिकारी संगठन बना लिया और सशस्त्र आंदोलन की तैयारी करने लगे। सभी शिक्षण संस्थाएँ बंद कर दी गईं। ऐसी परिस्थिति में ब्रिटिश सरकार का भारत में टिकना असंभव सा लगने लगा। हालाँकि ब्रिटिश सरकार इस आंदोलन को कुचलने की भरपूर कोशिश कर रही थी। पूरे देश में सैनिकों का जाल बिछा दिया गया था। निहत्थी जनता पर गोलियाँ बरसाई जा रही थीं। देश भर में आतंक छा गया था। धूप में खड़ा कर लोगों पर गोली चलाना, उन्हें नंगा कर पेड़ों से उलटा लटकाना और फिर कोड़े से पीटना, औरतों के साथ अश्लील व्यवहार करना आदि अनेक तरीके सरकार ने अपनाए, ताकि जनता को आतंकित किया जा सके। हजारों व्यक्तियों को गिरफ्तार किया गया। गाँवों पर सामूहिक जुर्माने लगाए गए। यहाँ तक कि पटना सचिवालय पर झंडा फहराने के अभियोग में सात छात्र गोली के शिकार हुए। आज भी उनकी मूर्तियाँ उनकी इस कुर्बानी की याद दिलाती हैं। इस प्रकार सरकार की दमनकारी नीतियाँ अपने चरम पर पहुँच चुकी थीं।

महात्मा गांधी के 'अंग्रेजो भारत छोड़ो' का नारा बुलंद करते ही चारों तरफ आजादी की ज्वाला जल उठी थी। पूरा देश आजादी के लिए छटपटा उठा। देश का कोई भी भाग इस आंदोलन से अप्रभावी न रह सका था। हमारे शहर ग्वालियर में भी इस आंदोलन की आग धधकने लगी। अनेक प्रदर्शन शुरू हो गए। विदेशी कपड़ों और सामानों की होली जलाई जाने लगी। कानून का बहिष्कार किया जाने लगा। इस स्वतंत्रता आंदोलन का प्रभाव मेरे ऊपर भी पड़ना स्वाभाविक था। अत: मैं और मेरे भाई मौका मिलते ही रैली में शामिल हो जाते, नारे लगाते। हम प्रभात फेरी तो पहले से ही निकालते थे। एक दिन हम लोगों ने छात्रों की एक रैली निकाली। बस फिर क्या था, उसी दिन हमारे शहर के कोतवाल साहब मेरे पिताजी के पास पहुँच गए।

''प्रिंसिपल साहब! आपको पता है कि आजकल आपके चिरंजीव क्या कर रहे हैं ?''

''मैं कुछ समझा नहीं कोतवाल साहब, कृपया साफ-साफ कहिए। सब ठीक तो है न ?''

''अब तक तो सब ठीक है, लेकिन आगे बात बिगड़ सकती है। आप एक सरकारी

नौकरीपेशा व्यक्ति हैं और ग्वालियर में आपका बहुत सम्मान है, इसीलिए मैं खुद आपके पास चला आया, ताकि आपको सावधान कर सकूँ।''

''आप खुलकर बताइए कि आप कहना क्या चाहते हैं ?''

''आपके बेटे रैली और आंदोलन कर रहे हैं। यह सब काम सरकार के खिलाफ हैं और उन्हें इस अपराध में जेल हो सकती है। यहाँ तक कि आपकी नौकरी पर भी आँच आ सकती है।''

''ओह! मुझे सावधान करने के लिए आपका बहुत-बहुत धन्यवाद, कोतवाल साहब। मैं जल्द ही इस समस्या का कोई हल निकालता हूँ।''

पिताजी कोतवाल साहब की इस सूचना से परेशान हो उठे। चूँकि वे एक सरकारी नौकरी में थे। अत: उनका परेशान होना लाजिमी था। उन्होंने हम भाइयों को बुलाया और एक लाइन से खड़ा कर दिया। हम अपने पिताजी से बहुत डरा करते थे। अपने सब भाई-बहनों में सबसे ज्यादा शरारती मैं ही था, यह बात पिताजी अच्छी तरह से जानते थे। वे बाकी सबको तो डरा-धमकाकर ही रोक सकते थे, लेकिन मुझ पर अंकुश लगाना जरा मुश्किल था। अत: उन्होंने इस समस्या का यह हल निकाला—''अटल! मैं चाहता हूँ कि तुम कुछ समय के लिए बटेश्वर चले जाओ।''

''मगर बापजी···!''

''मगर-वगर कुछ नहीं, यह मेरा फैसला है कि तुम बटेश्वर जाकर अपने बाबा के साथ कुछ समय रहो। प्रेम भी तुम्हारे साथ जाएगा।''

प्रेम भैया ने सिर हिलाते हुए कहा, ''जी बापजी, जैसा आप कहें।''

''प्रेम! तुम अटला पर निगाह रखोगे। मैं नहीं चाहता कि यह किसी रैली-वैली में भाग ले।''

''जी बापजी।''

पिताजी ने मुझे और प्रेम भैया को बटेश्वर भेज दिया। उन्होंने हमें यह सोचकर बटेश्वर भेजा था कि वहाँ स्वतंत्रता की कोई चिनगारी नहीं होगी। बटेश्वर एक ऐसा शांत स्थान था, जहाँ के लोग सिर्फ शिव आराधना में ही डूबे रहते थे, किंतु अब समय करवट ले रहा था। समूचा देश एकजुट होकर फिरंगियों के खिलाफ हो चला था, अपनी आजादी माँग रहा था, तो ऐसे में बटेश्वर कैसे अछूता रह जाता! हम लड़के मिलकर यहाँ भी प्रभात फेरी निकालने लगे। एक दिन की बात है, बटेश्वर के बाजार में ढोलक और मंजीरे की आवाज आ रही थी। बटेश्वर के लोग रामायण के पाठ के साथ-साथ आल्हा भी बहुत शौक से सुनते थे। आल्हा गीत का मधुर संगीत सुनते ही मैं भी खुद को रोक न सका और बाजार में जा पहुँचा। आल्हा सुनते-सुनते सभी जोश में आ चुके थे। अचानक दो युवक वहाँ आए और उन्होंने रोष से भरकर जोरदार आवाज में कहा,

''आप लोग आल्हा का मजा ले रहे हैं, जबकि देश भर में आग लगी हुई है।

''आप लोगों को पता भी है कि गांधीजी और अन्य सैकड़ों नेताओं को पकड़कर जेल में डाल दिया गया है।

''क्या अपने देश के लिए हमारा कोई फर्ज नहीं है? आज देश का हर हिस्सा आजादी की इस लड़ाई में शामिल हो चुका है, ऐसे में हमें भी अपना योगदान देना चाहिए।''

ये दोनों युवक थे—लीलाधर वाजपेयी और शिव कुमार। गाँव के लोग इन्हें खूब अच्छी तरह से पहचानते थे। लीलाधर मेरी ही उम्र का था। दोनों युवकों के प्रभावशाली भाषण से वहाँ मौजूद लोगों में भी जोश छा गया। आल्हा रोक दी गई और देखते-ही-देखते उसकी जगह नारे लगने लगे—'अंग्रेजो भारत छोड़ो!'

लोगों की भीड़ एक बड़ी रैली में तब्दील हो गई और सब मिलकर चिल्लाने लगे—

''आज से हमारा बटेश्वर आजाद है।''

''हम पर अंग्रेजों का राज नहीं है।''

युवकों से लेकर वृद्धों तक सभी में जोश भर गया। वे हर हाल में आजादी के इस हवन में अपनी-अपनी आहुति डालने के लिए उतावले हो उठे। लीलाधर वाजपेयी ने लोगों को संबोधित करते हुए कहा, ''चलिए हम सब मिलकर फॉरेस्ट ऑफिस में अपना तिरंगा झंडा फहराएँ और अंग्रेजों को यह संदेश दें कि हमारा बटेश्वर भी अब उनकी दासता को नहीं मानता।''

उन दोनों का भाषण इतना जोरदार था कि जोश से भरी हुई भीड़ उनके पीछे-पीछे चल दी। करीब दो सौ लोगों की यह भीड़ लीलाधर और शिव कुमार के नेतृत्व में बटेश्वर वन विभाग के दफ्तर पर जा पहुँची। मैं और भैया भी इस भीड़ में शामिल थे। हम लोग नारे लगाते हुए चले जा रहे थे। एक अलग ही जुनून सवार था उस वक्त। लोगों ने मिलकर दफ्तर की ईंट तक निकाल फेंकीं और उसमें आग लगा दी। गोवर्धनदास, भवानीप्रसाद, शोभाराम, ककुआ आदि कई लोग इस तोड़-फोड़ में शामिल थे। इसके बाद 'अंग्रेजो भारत छोड़ो' नारे लगाती हुई यह भीड़ भिखौली की तरफ बढ़ने लगी। वहाँ पर भी सबने मिलकर चौकी की खिड़कियाँ उखाड़ फेंकीं और उन्हें आग की भेंट चढ़ा दिया। लोगों का गुस्सा इन सरकारी दफ्तरों पर उतर रहा था।

हालाँकि उस समय देश भर में जिस तरह की सरकार विरोधी घटनाएँ हो रही थीं, उसके सामने यह घटना तो बहुत ही छोटी थी, लेकिन फिर भी सरकारी महकमे मुस्तैद हो उठे और अगले ही दिन पूरे बटेश्वर गाँव को पुलिस की टुकड़ियों ने घेर लिया। लोगों को आतंकित किया जाने लगा। अंधाधुंध गिरफ्तारियाँ शुरू हो गईं। जो हाथ लगा, उसे ही पकड़कर आगरा जेल में ठूँस दिया गया। उन पर मुकदमे चलाए गए। मुझे और

भैया को भी आगरा की जेल में भेज दिया गया। जब पिताजी के पास यह खबर पहुँची, तो उनके पैरों से जमीन ही खिसक गई। वे दौड़े-दौड़े वहाँ पहुँचे।

''जिस डर से मैंने तुम दोनों को बटेश्वर भेजा था, तुम दोनों ने मेरा वह डर सच साबित कर दिया।'' पिताजी हमें देखने जेल आ तो गए, लेकिन बहुत गुस्से में थे। हम उनका गुस्सा समझ सकते थे, क्योंकि वह एक पिता का गुस्सा था, जो कि अपने बच्चों पर आँच तक नहीं आने देना चाहता था।

''मैंने यह सोचकर तुम दोनों को गाँव भेजा था कि वहाँ सुरक्षित रहोगे, लेकिन तुम लोगों ने तो खुद ही अपने आप को समस्या में डाल लिया।''

पिताजी हमें जमानत दिलाने के प्रयास में जुट गए। उन्होंने हमें बाहर निकालने के लिए जमीन-आसमान एक कर दिया। इस बीच पुलिस भी अपनी पूछताछ में लगी हुई थी। लोगों के बयान लिये गए। कानूनी काररवाइयाँ की गईं और अंतत: वे लोग, जो भीड़ का हिस्सा थे, उन्हें छोड़ दिया गया, जबकि जो इस तोड़-फोड़ और आगजनी में शामिल थे, उन पर कड़ी काररवाई की गई। हमारे पूरे गाँव पर दस हजार रुपए का सामूहिक जुरमाना लगाया गया। यह उस समय एक बड़ी रकम हुआ करती थी। हम दोनों भाई तेईस दिन तक आगरा जेल में बंद रहे और चौबीसवें दिन छूटे। आज भी उस समय की मेरी फोटो कहीं रखी होगी, खाकी हाफ निक्कर वाली। अब तो बस इन सब बातों की यादें ही शेष हैं।

मुझे आज भी याद है कि घर लौटकर हम दोनों भाइयों को पिताजी से खूब डाँट खानी पड़ी थी। माँ का भी अब तक रो-रोकर बुरा हाल हो चुका था। उन दिनों मैं बी.ए. का छात्र था। मैं व मेरे दद्दा विक्टोरिया कॉलेज के मेधावी छात्र थे। हमें सब लोगों ने खूब समझाया। माँ-पिताजी ने मुझे कसम दी कि अब से मैं अपनी पढ़ाई में ही ध्यान लगाऊँ। लेकिन मेरे भीतर तो देशप्रेम की ज्वाला जाग चुकी थी।

कुछ समय बाद हमारे कॉलेज में यूनियन के चुनाव हुए और मैं इस चुनाव में छात्रसंघ के जनरल सेक्रेटरी के पद के लिए खड़ा हुआ। मैं छात्रों में खासा लोकप्रिय था। अत: बड़ी ही आसानी से यह चुनाव जीत गया। दोस्तों ने तो मानो मुझे सिर-आँखों पर ही बिठा लिया।

मैंने भी बहुत ही धारदार भाषण दिया था—''विजयी शक्ति को ही महान् कहना गलत है। हार के बाद भी राणाप्रताप और पृथ्वीराज चौहान को हम महान् कहते हैं। बड़प्पन और महानता क्या केवल प्रसिद्धि और यश मिलने से ही साबित होती है ? बड़ा लेखक, बड़ा खिलाड़ी, बड़ा अभिनेता और बड़ा विजेता ही केवल बड़ा होता है ? मनुष्य छोटा हो या बड़ा, सवाल हार या जीत का नहीं, बल्कि ध्येय का होना चाहिए। देखा यह जाना चाहिए कि कोई व्यक्ति दूसरों के प्रति कितना उदार है, कितना संवेदनशील

है और उसकी अपनी अवधारणाएँ कितनी स्पष्ट हैं।''

मित्र बार-बार मेरे इस भाषण का जिक्र करते और मुझे सुनाने के लिए कहते। वे अकसर मुझसे कहते, 'देखना, तुम एक दिन बहुत बड़े नेता बनोगे।' मैं हँस देता। तब सचमुच नहीं सोचा था कि मैं बड़ा होकर नेता बनूँगा। मैं तो एक प्रोफेसर बनना चाहता था, और वह भी अपने इसी विक्टोरिया कॉलेज का प्रोफेसर।

छात्रसंघ का महासचिव (जनरल सेक्रेटरी) होने के नाते मेरे पास अनेक विद्यार्थी सहपाठी अपनी समस्याएँ लेकर आते थे। जनरल सेक्रेटरी का काम होता था छात्रों की शिकायतें सुनना और कॉलेज के अधिकारियों की मदद से उन्हें सहायता पहुँचाना। मेरे पास अनेक गरीब छात्र आया करते और मुझसे विनती करते कि मैं उनकी फीस माफ करवा दूँ। मैं यह देखकर हैरान होता कि इतने होनहार लड़के सिर्फ गरीबी के कारण पढ़ने से वंचित रह जाते थे। उनके मार्मिक किस्से मेरे मन को पिघला देते। मुझे इस बात की भी हैरानी होती कि कितने ही संघर्षों के बाद वे अपनी स्कूली पढ़ाई पूरी कर कॉलेज तक पहुँचते थे। मैं ऐसे विद्यार्थियों को फीस में राहत तो दिलवाता ही, साथ-ही-साथ विद्यार्थी सहायक संघ से पुस्तकें भी मुहैया करवाता था।

''अटल! हम गरीब लोग हैं, हम कॉलेज की इतनी मोटी फीस कैसे भरेंगे?''

''हाँ अटल! हमारे पिता किसान हैं। तुम कुछ करो न।''

मैं सबकी बात बड़े ध्यान से सुनता और उन्हें इस बात की तसल्ली दिलाता कि मैं जरूर कुछ न कुछ करूँगा।

''अटल! हमें किताबें भी दिलवा दो। हम इतनी महँगी किताबें नहीं खरीद सकते।''

कोई कहता—''अटल! हमारे खेल के मैदान ठीक कराओ। इतने समय से यहाँ मरम्मत का कोई काम नहीं हुआ।''

उन्हीं दिनों द्वितीय विश्व युद्ध भी छिड़ा हुआ था, जिसकी वजह से सभी जगह त्राहि-त्राहि मची हुई थी। सरकार की तरफ से खाने-पीने की वस्तुओं पर राशनिंग लगा दी गई थी। देश-विदेश के समाचार प्राप्त करना मुश्किल काम हो गया था। यातायात के साधनों और रोजमर्रा की जिंदगी पर इसका बड़ा ही विपरीत प्रभाव पड़ रह था। रेलगाड़ियों, बसों आदि का चलना भी प्रभावित हुआ। बड़ी संख्या में जवान फौज में भरती किए जा रहे थे और यह सब तब हो रहा था, जब हमारा देश गुलामी की जंजीरों से जकड़ा हुआ था। हम मित्रों को यह सोचकर बहुत दुःख होता कि हमारे भारतीय युवक ब्रिटिश फौज के झंडे तले अपनी जान की बाजी लगा रहे हैं। इधर आजादी की आवाज भी निरंतर बुलंद होती जा रही थी। देश के नरम और गरम दल सरकार की नाक में दम किए हुए थे। विद्रोह तीव्र से तीव्रतर होते जा रहे थे, जेलें भरी जा रही थीं, साधारण जनता भी अपने अधिकारों के प्रति सचेत हो चुकी थी। सब ओर अशांति

का वातावरण था, लेकिन यह जरूरी भी था। उस समय यदि इतना तेज विरोध न हुआ होता, तो हमारा देश अंग्रेजों के चंगुल से और न जाने कितने वर्षों के बाद मुक्त होता।

हम छात्रों को पढ़ने के लिए समयबद्ध बिजली मिला करती थी। बाकी समय लालटेन ही एक सहारा होती थी। लेकिन उन दिनों लालटेन के लिए मिट्टी का तेल मिलना भी एक विकट समस्या बन चुका था। विश्वयुद्ध के कारण इसकी आपूर्ति भी कम कर दी गई थी। मिट्टी का तेल न मिल पाने के कारण छात्र पढ़ नहीं पाते थे। ऐसे में छात्रनेता होने के नाते सारी समस्याएँ मुझे ही बताई जातीं और मुझसे यह उम्मीद की जाती कि मैं इनका समाधान निकाल लूँगा।

''अटल! तुम हमारे नेता हो। तुम कुछ करो न।''

''हाँ अटल, तुम ही कुछ कर सकते हो। बिना मिट्टी के तेल के कैसे गुजारा होगा?''

''हम पढ़ ही नहीं पाते हैं और ऊपर से परीक्षाएँ भी नजदीक आ रही हैं।''

''अच्छा ठीक है, ठीक है। हम कुछ करते हैं।''

''हाँ अटल, कुछ करो।''

''हम कल ही एडमिनिस्ट्रेटिव अधिकारी से जाकर मिलते हैं। अब शांत हो जाओ तुम सब लोग।''

छात्रसंघ का महासचिव होना एक जिम्मेदारी भरा पद था। मैं निरंतर नित नई चुनौतियों से घिरा रहता। सबके समाधान निकलने की कोशिश में लगा रहता।

अगले दिन जब मैं अधिकारी से जाकर मिला, तो उन्होंने मुझे स्थिति से अवगत कराया—''अटल! तुम लोग जो माँग कर रहे हो, वह मुमकिन नहीं है।''

मैंने भी उनके सामने अपनी बात दृढता से रखी—''लेकिन सर, हम विद्यार्थी हैं, हमें तो तेल मिलना ही चाहिए।''

''वो तो ठीक है, लेकिन इस समय जो स्थितियाँ हैं, उनमें हम आप लोगों को इससे अधिक मिट्टी का तेल नहीं दे सकते।''

वे अपनी जगह पर मजबूर थे, लेकिन मैंने अब भी अपने हथियार नहीं डाले थे।

''सर! विद्यार्थी किसी भी देश का भविष्य होते हैं। हम पहले ही गुलामी में जकड़े हुए हैं और ऐसे में यह युद्ध हमारे जवानों पर थोप दिया गया। यदि आज का विद्यार्थी किन्हीं कारणों से पढ़ न सका, तो इस देश का क्या भविष्य होगा?'' मैं अपनी बात कहकर वापस आ गया।

अगले दिन कॉलेज पहुँचा, तो कुछ छात्रों ने गेट पर ही मुझे अपने कंधों पर उठा लिया और जय-जयकार के नारे लगाने लगे—''अटल बिहारी जिंदाबाद।''

''जिंदाबाद जिंदाबाद।''

''हमारा नेता जिंदाबाद।''

''जिंदाबाद जिंदाबाद।''

दरअसल एडमिनिस्ट्रेशन ने मेरी माँग को स्वीकार कर लिया था और हम विद्यार्थियों के लिए तेल का स्पेशल कोटा मंजूर कर दिया गया था। इस घटना के बाद मैं सबके दिलों पर छा गया।

हमारे कॉलेज में सोशल गैदरिंग आयोजित होती रहती थी। जिसके तहत कोई-न-कोई कार्यक्रम होता रहता था और इसकी जिम्मेदारी भी जनरल सेक्रेटरी और छात्रसंघ के अध्यक्ष पर ही होती। उस साल हमारे कॉलेज में आयोजित सोशल गैदरिंग पार्टी में विद्यार्थियों ने मिलकर मुझे एक लालटेन भेंट में दी। मुझे उनकी इस भेंट से बहुत आत्मीयता का अनुभव हुआ। हम इस सोशल गैदरिंग में एक फनी प्राइज भी दिया करते थे। उस साल का फनी प्राइज एक लड़की को देने का निर्णय लिया गया। दरअसल उस लड़की के चेहरे पर हलकी सी मूँछें थीं। उस लड़की को कहीं से इस बात की भनक लग गई थी कि उसे मूँछें दी जाएँगी, इसलिए वह उस कार्यक्रम में आई ही नहीं। मंच से बार-बार उसका नाम पुकारा जा रहा था, लेकिन उसका कहीं अता-पता नहीं था। कॉलेज के इतिहास में यह एक बड़ी घटना बन गई। उस कार्यक्रम में हमारे प्रिंसिपल, प्रोफेसर सभी मौजूद थे। उस समय इस घटना को लेकर बड़ा बवाल मचा। हमारे छात्र संघ का अध्यक्ष प्रोफेसरों में से ही कोई एक व्यक्ति चुना जाता था। जब मूँछों की घोषणा की गई, तब अध्यक्ष प्रोफेसर ने इस पर एतराज जताया। हालाँकि बाद में हमें भी इस पर बड़ा अफसोस हुआ। हमें एहसास हुआ कि हम छात्रों को ऐसा नहीं करना चाहिए था।

उस जमाने की एक और दिलचस्प याद है—हमने अपने कॉलेज में 'ध्रुवस्वामिनी' नाटक का मंचन किया था। मैंने इस नाटक में पुरोहित का किरदार निभाया था। मेरा अभिनय इतना सराहा गया कि काफी समय तक सभी उसके बारे में बात करते रहे। अभिनय करते समय मैं भी अपने किरदार में पूरी तरह से डूब गया था। इसमें भाग लेनेवाले हम सभी मित्रों ने बहुत अधिक मेहनत की थी।

हमारे कॉलेज में दाहिनी ओर एक कुआँ था। हम सभी मित्र खाली पीरियड में उसी के आसपास बैठ जाया करते और तमाम विषयों पर अपने-अपने विचारों का आदान-प्रदान किया करते। यह हमारा एक मुख्य अड्डा बन गया था। हम खेल, राजनीति, पढ़ाई आदि सभी विषयों पर बातें करते थे। उस समय द्वितीय विश्वयुद्ध चल रहा था और स्वतंत्रता आंदोलन भी जोरों पर था। अत: अकसर उसे लेकर ही बातें होने लगतीं। हम इन विषयों पर खूब चर्चा करते।

''तुम्हें क्या लगता है, भारत को इस वार में अंग्रेजों का साथ देना चाहिए?''

''नहीं, कतई नहीं देना चाहिए, लेकिन एक गुलाम देश के पास कोई और उपाय भी तो नहीं होता है। हम उनके गुलाम हैं, ऐसे में कर ही क्या सकते हैं!''

''गांधीजी ने अपना नारा बुलंद कर दिया है, अब तो अंग्रेजों को देश छोड़कर जाना ही होगा।''

''हाँ बिल्कुल··अब उन्हें यहाँ से जाना ही होगा। यहाँ की जनता उन्हें और बरदाश्त नहीं कर सकती। बहुत हो चुकी उनकी हुकूमत।''

''लेकिन क्या वे इतनी आसानी से यहाँ से चले जाएँगे?''

''अंग्रेजों ने वचन दिया है कि इस युद्ध के खत्म होते ही वे हमारे देश को आजादी देकर चले जाएँगे। उन्हें अपना यह वचन निभाना ही पड़ेगा वरना फिर एक और बड़ा आंदोलन होगा।''

''सही कह रहे हो तुम··अब नरम दल और गरम दल दोनों ही चुप रहनेवाले नहीं हैं। अब तो इन फिरंगियों को हमारे देश से जाना ही पड़ेगा।'' इन पर चर्चा करते-करते हम भी जोश और देशप्रेम से भर उठते।

हम यहाँ इसके अतिरिक्त अन्य भिन्न-भिन्न विषयों पर भी बातचीत किया करते थे। अपने-अपने भविष्य को लेकर योजनाएँ बनाते। कोई बड़ा होकर बड़ा वकील बनने की बात कहता तो कोई बड़ा अधिकारी। जो लड़के कारोबारी परिवारों से थे, वे अपना कारोबार सँभालने और उसे और आगे बढ़ाने की बात कहते। उन दिनों मेरा भी एक सपना था कि मैं प्रोफेसर बनूँ और वह भी अपने इसी विक्टोरिया कॉलेज का। मेरे मित्र भी मेरी हाँ में हाँ मिलाते। उनका मानना था कि मैं सचमुच एक अच्छा प्रोफेसर बन सकता हूँ, क्योंकि मुझमें भाषण देने और अपनी बात को समझाने की अद्भुत कला है। मैं बहुत आसानी से दूसरों को अपनी बात समझा लेता हूँ। उस समय हममें से किसी को भी नहीं पता था कि भविष्य में क्या होने वाला है। हम सब अपने-अपने सुनहरे सपने देखा करते थे। जी-जान से पढ़ते और अनेक गतिविधियों में भी भाग लेते रहते थे।

मुझे याद है कि हमारे कॉलेज में एक ऐसा भी लड़का पढ़ता था, जो न जाने कितने ही सालों से बी.ए. फाइनल में ही लटका हुआ था। हर साल फेल हो जाता। वह बोलने में इतना माहिर था कि हर विषय पर उसके पास कुछ-न-कुछ कहने के लिए होता। वह दिखता भी बड़ा स्मार्ट था। उसके ठाठ-बाट तो ऐसे थे कि किसी प्रोफेसर से कम नहीं लगता था। नए छात्र तो उससे बहुत धोखा खाया करते थे। वह अकसर हम सबके बीच आकर बैठ जाता और बोलना शुरू कर देता। खूब फर्राटेदार अंग्रेजी बोलता था·· बीच-बीच में चुटकुले भी सुनाता। उसके चुटकुले सुनकर हम हँस-हँसकर लोटपोट हो जाते। कभी-कभी तो बड़ा आश्चर्य होता कि जो लड़का हर विषय पर इतनी कुशलता से बोल लेता है, वह भला इम्तिहान में कैसे फेल हो जाता है!

यही वह उम्र थी जब हमारे दिलों पर प्रेम और आकर्षण भी गहराने लगा था। किशोर उम्र होती ही ऐसी है। हमारे भी कुछ मित्र इससे अछूते न रहे। लेकिन यह जरूरी भी तो नहीं कि इस उम्र में बने रिश्ते भविष्य में कोई रूप ले पाएँ, किसी मजबूत रिश्ते की डोर से बँध पाएँ। भावनाओं का ज्वार उठता है इस उम्र में''तन और मन में अनेक परिवर्तन होते हैं। समाज जिस इनसान से दूरी बनाने के लिए कहता है, उसी का संग-साथ मन को भाने लगता है। कब कौन दिल में उतर जाए, पता ही नहीं चलता।

समय अपनी गति से चल रहा था। इस साल चुनाव हुए और मैं फिर खड़ा हुआ। मैं जीत गया और उपाध्यक्ष के पद के लिए चुन लिया गया। हालाँकि मैं चुनाव प्रचार में बहुत अधिक भागीदारी नहीं निभाता था। मैंने कभी भी अपने पोस्टर आदि नहीं लगाए। मेरी मित्र मंडली मुझसे बहुत जिद करती, लेकिन मैं टाल जाता।

''अटल! आज हम भी पोस्टर लगाते हैं।''

''अरे! रहने दो न, क्या जरूरत है। ऐसे ही हो जाएगा चुनाव प्रचार। पोस्टर-वोस्टर चिपकाकर काहे दीवार खराब करना? बस एक-दो बैनर लगा दो''काफी है।''

''अरे! कमाल करते हो तुम भी! पोस्टर तो चिपकाने ही पड़ते हैं। सब लगाते हैं। तभी तो लोगों को उम्मीदवारों के नाम पता चलते हैं। बैनर तो हम लगाएँगे ही।''

''तुम लोग हो तो बताने के लिए। मुँह जबानी ही बता देना''हा''हा''हा''सब तक यह खबर खुद ही पहुँच जाएगी।''

''ठीक है, ठीक है''हमें मत सिखाओ। तुम्हें साथ में काम नहीं करवाना तो न करवाओ। जैसे हम खुद ही पोस्टर छपवा लाए हैं, वैसे ही खुद ही चिपका भी देंगे।'' मित्र तुनककर कहते और मैं हँसता हुआ वहाँ से चला जाता। मैं उनके साथ मिलकर दीवारों पर पोस्टर नहीं चिपकवाता था''लेकिन हाँ, चुनाव हो जाने के बाद उन्हें छुड़ाने में जरूर मदद करता था। सभी मुझसे कहते, ''कमाल हो यार तुम भी! पोस्टर चिपकाने तो कभी नहीं आते हो, लेकिन छुड़ाने में सबसे पहले चले आते हो।'' मैं हँस देता।

उसी समय की एक और घटना याद आती है—चुनाव में खड़े उम्मीदवार कन्वेसिंग कार्ड भी बाँटा करते थे। दरअसल ये विजिटिंग कार्ड के साइज के ही छोटे-छोटे कार्ड होते थे, जो कि प्रचार के लिए उपयोग में लाए जाते थे। इसमें उम्मीदवार का नाम और पार्टी आदि की पूरी जानकारी छपी होती थी। उम्मीदवार खुद अपने हाथों से ये कार्ड छात्रों को बाँटते थे। वे इन कार्डों पर सुगंधित इत्र छिड़क दिया करते थे। लेकिन यह इत्र-वित्र छिड़कना मेरे बस की बात तो थी नहीं, मैं तो यों ही दे दिया करता। एक दिन मैं जूनियर विद्यार्थियों को ये कार्ड बाँट रहा था। मेरे आसपास बहुत से लड़के-लड़कियों की भीड़ लगी हुई थी। तभी मेरे एक मित्र ने मुझे सेंट की शीशी देते कहा, ''अरे अटल! क्या करते हो तुम भी, जरा सेंट छिड़ककर दो। देखो, बाकी लोग कैसे दे रहे हैं।''

मैंने शीशी पीछे करते हुए कहा, ''रहने दो तुम लोग, मैं ऐसे ही ठीक हूँ। मुझे नहीं छिड़कना यह सेंट-वेंट।''

लड़के-लड़कियों की उस भीड़ में से एक लड़की ने तुरंत जवाब दिया—''अटलजी के कार्ड को सेंट की जरूरत ही नहीं है, उनके तो नाम में ही सेंट है।''

उस लड़की की इस हाजिरजवाबी पर मैं हैरान रह गया और मेरे मित्र कई दिन तक यह वाक्य दोहरा-दोहराकर मुझे चिढ़ाते रहे।

चुनाव खत्म हुए और मैं उपाध्यक्ष के पद के लिए तथा हरिकृष्ण शंकर शर्मा सेक्रेटरी पद के लिए चुने गए। यूनियन के उत्सव में मुख्य अतिथि के तौर पर महापंडित राहुल सांकृत्यायन को आमंत्रित करने पर विचार किया गया। सबकी सहमति से काम आगे बढ़ा, लेकिन प्रबंध आदि को लेकर हरिशंकर शर्मा और मेरे बीच तालमेल नहीं बैठ पा रहा था। हालाँकि प्रबंध आदि करने के लिए हमें कॉलेज की तरफ से एक तयशुदा धनराशि भी दी जानी थी। लेकिन हुआ कुछ ऐसा कि मेरे सुझाव से वह सहमत नहीं हो पा रहा था और उसका प्रस्ताव मुझे नहीं जाँच रहा था। आखिरकार मैंने ही उपाध्यक्ष के पद से अपना त्याग-पत्र दे दिया। अब इसकी व्यवस्था आदि का सारा काम हरिकृष्ण शर्मा ने अपने हाथ में लेने का मन बना लिया। किंतु हमारे प्राचार्य ने अध्यापकों को बुलाकर एक मीटिंग की और सबकी सहमति से यह निर्णय लिया गया कि चूँकि इस समय कोई उपाध्यक्ष के पद पर नहीं है (मैंने इस पद से अपना इस्तीफा जो दे दिया था), अत: दूसरी यूनियन का गठन किया जाएगा।'

जल्दी-जल्दी दूसरी यूनियन का गठन किया गया और जब उसके लिए उपाध्यक्ष चुनने की बारी आई, तब फिर से मेरा ही नाम सामने आया। आखिरकार मुझे ही चुना गया। अब इसकी पूरी व्यवस्था मुझे देखनी थी। निर्धारित तिथि पर हमारे कॉलेज में राहुल सांकृत्यायनजी आए और यह कार्यक्रम बहुत ही सफलतापूर्वक संपन्न हुआ। मैंने उपाध्यक्ष होने के नाते अपना भाषण दिया, जिसकी राहुलजी ने अपने भाषण में मुक्त कंठ से प्रशंसा की।

मैं अपनी किशोरावस्था से कवि-सम्मेलन के मंचों पर भी जाने लगा था। मैं कविता पाठ में बहुत रुचि लेता था और इसके लिए किसी भी तरह से समय निकाल ही लेता था। हमारे ग्वालियर और आसपास के क्षेत्र के लोग अनेक मौकों पर कवि-सम्मेलन करवाते रहते थे। अनेक संस्थाएँ साहित्य के क्षेत्र में कार्यरत थीं। मैं सहर्ष इनमें शामिल होता और अपनी ओजस्वी वाणी से अपनी कविता का पाठ करता। मेरे भीतर यह गुण मेरे पिता से ही आया था, क्योंकि वे भी तो अपने जमाने में मंच के ओजस्वी कवि रह चुके थे।

जब मैं बी.ए. के अंतिम वर्ष में था, तब हमारे कॉलेज में डॉ. शिवमंगल सिंह 'सुमन' हिंदी के नए प्राध्यापक नियुक्त हुए। डॉ. सुमन उस समय तक सुप्रसिद्ध हिंदी

कवि के रूप में विख्यात हो चुके थे। उनकी कविताओं में दीन-हीन लोगों का दर्द समाया होता। वे लिखते तो उनकी लेखनी गरीबों की आवाज बन जाती। उन्हीं दिनों उनका एक कविता-संग्रह छपकर आया—'जीवन के गान', लेकिन बड़ी विडंबना यह थी कि सुमन सर का स्वयं का जीवन सुख-सुविधाओं से भरपूर था, किसी भी तरह की कोई कमी नहीं थी, लेकिन उनकी कलम से मेहनत-मजदूरी करके जीवन बसर करनेवालों, खेतिहर किसानों, गरीबों का खूब दर्द बयाँ होता था। हमें उनके जीवन और लेखन में बड़ा विरोधाभास देखने को मिलता था। उसी दौरान मैंने भी उनके ऊपर एक कविता लिखी, जो कि हमारे कॉलेज की मैगजीन में छपी और वह भी हिंदी-विभाग के पहले पृष्ठ पर। मैं सुमन सर के फर्स्ट बैच का विद्यार्थी था।

हमारे कॉलेज में कवि-सम्मेलन और साहित्यिक गोष्ठियाँ भी आयोजित की जाती थीं, जिनमें देश भर से सुप्रसिद्ध कवि और साहित्यकार आमंत्रित किए जाते थे। ऐसे ही एक बार की बात है, कॉलेज का वार्षिक स्नेह-सम्मेलन होना था और इसमें तय किया गया कि बड़े-बड़े कवि और शायरों को आमंत्रित किया जाए। उस समय हमारे कॉलेज का उपाध्यक्ष मैं ही था और अध्यक्ष हमारे प्राचार्य एफ.सी. पीयर्स थे। हमारे वरिष्ठ प्राध्यापक प्रो. बागची छात्रसंघ के परामर्शदाता थे। यह सन् 1944-45 के सत्र की बात है। तब सांस्कृतिक मंत्री रामकुमार चतुर्वेदी 'चंचल' थे। हम सभी ने सर्व सम्मति से यह तय किया कि कॉलेज का वार्षिक स्नेह-सम्मेलन का समापन एक कवि-सम्मेलन और मुशायरे से किया जाए। उन दिनों कवि और शायरों को एक ही मंच पर बुलाने का भी बड़ा चलन था। हमारे कॉलेज के लिए यह बड़ी खुशी की बात थी कि प्रो. जाँ निसार अख्तर और शिवमंगल सिंह सुमन हमारे ही कॉलेज से थे। प्रो. जाँ निसार अख्तर उर्दू के प्राध्यापक थे, जबकि सुमनजी हिंदी के लैक्चरर नियुक्त हुए थे। उन दिनों सुमन सर डॉक्टरेट नहीं हुए थे।

इस कार्यक्रम के लिए बाहर के कवि-शायरों में मजाज लखनवी, तन्मय बुखारिया, शील चतुर्वेदी, वीरेंद्र मिश्र, देवेंद्र नारायण वर्मा, कविरत्न पाराशर, महावीर प्रसाद 'विरही', श्रीकृष्ण वार्ष्णेय आदि को भी आमंत्रित किया गया था। कार्यक्रम का समय रात्रि आठ बजे का रखा गया। मजाज लखनवी, प्रो. जाँ निसार अख्तर और शिवमंगल सिंह 'सुमन' की पीने-पिलाने में खास दिलचस्पी रहती थी। आदत के अनुसार सुमनजी के घर इन तीनों की महफिल जम गई और वे 'खाने-पीने' में मशगूल हो गए।

कार्यक्रम अपने तय समय पर शुरू कर दिया गया। स्थानीय कवि वीरेंद्र मिश्र, देवेंद्र नारायण वर्मा, कविरत्न पाराशर, महावीर प्रसाद 'विरही', श्रीकृष्ण वार्ष्णेय आदि अपनी रचनाएँ सुना चुके थे, लेकिन इन तीनों कवि-शायरों का कहीं अता-पता नहीं था। रात के दस बज रहे थे और लोग इन्हें सुनने के लिए बैठे हुए थे, पर इन अतिथि

कवि-शायरों की आने की कोई संभावना नजर नहीं आ रही थी। मजाज लखनवी और जाँ निसार अख्तर मशहूर शायर थे और लोग इन्हें सुनने के लिए दूर-दूर से आए थे। मैंने अपने एक मित्र को सुमनजी के घर भेजा—''जाओ, जरा देखकर तो आओ कि इन लोगों के कब तक आने की उम्मीद है।''

''अभी देखकर आते हैं गुरु।''

मेरे मित्र मुझे प्यार से अटल-गुरु कहा करते थे। और वैसे भी मैं उनका नेता भी तो था। मेरा मित्र तुरंत गया और उलटे पैर वापस भी आ गया। वह मेरे कान में फुसफुसाकर बोला, ''गुरु, वहाँ तो महफिल जमी हुई है। वे यहाँ तक चलकर आ भी पाएँगे कि नहीं!''

यह सुनकर मुझे क्रोध आ गया। सरस्वती के मंच का ऐसा अपमान! मैंने मन-ही-मन कुछ निश्चय किया और प्रो. बागची के पास जा पहुँचा। इससे पहले कि मैं कुछ कहता, वे खुद ही पूछ बैठे—''अटल! दोनों अतिथि शायर और सुमनजी कहाँ हैं? अब तक स्टेज पर क्यों नहीं आए?''

''सर, मैं आपसे इसी विषय पर बात करने आया था। यदि आपकी आज्ञा हो तो मैं इस कार्यक्रम को यहीं पर समाप्त करना चाहता हूँ।''

''अरे! ऐसे कैसे? और इतनी पब्लिक जो बैठी है, उन्हें सुनने के लिए?''

''सर, यदि वे लोग यहाँ बुला भी लिये गए, तो भी वे अपना पाठ नहीं कर पाएँगे। मैंने उनकी हालत पता करवा ली है। बेहतर है कि लोगों से क्षमा माँगकर इसे यहीं समाप्त कर दिया जाए।''

मेरा इतना कहना ही था कि वे कविगण मंच के पीछे की तरफ से लड़खड़ाते हुए आते नजर आए। चूँकि इस कार्यक्रम का संयोजक मैं था। अत: इसकी सारी जिम्मेदार मुझ पर ही थी। प्रो. बागची ने भी उनकी हालत देख ली और 'हाँ' कहा। उनकी 'हाँ' मिलते ही मैं तुरंत स्टेज पर चढ़ गया और मैंने इस कवि-सम्मेलन के समापन की घोषणा कर दी। छात्र और अभिभावक जो कि अतिथि शायरों को सुनने के लिए अब तक शांतिपूर्वक बैठे हुए थे, उठ-उठकर जाने लगे। मुझे ऐसा करते हुए बहुत दु:ख हो रहा था, लेकिन मेरे पास इसके अतिरिक्त और कोई उपाय भी तो नहीं था।

विक्टोरिया कॉलेज में मेरा बी.ए. का अंतिम साल था और मैं मेहनत से पढ़ रहा था, हालाँकि शाखा का काम भी साथ-साथ चल रहा था। मैं खूब मन लगाकर पढ़ता भी रहा और खूब मेहनत से शाखा का काम भी सँभालता रहा। अब पिताजी की सख्ती भी कम हो गई थी। वे देख रहे थे कि देश इस समय एक अलग ही करवट ले रहा है। आम जनता अंग्रेजों से मुक्ति के लिए छटपटा रही थी। विद्रोह को रोकना संभव नहीं था। संघ अपना काम देशहित में कर रहा था। बड़े-बड़े नेता, जागरूक युवा आदि सभी संघ से जुड़ रहे थे। हम मित्र अकसर महाराजा बाड़ा स्थित गोधाजी के होटल पर बैठ

जाया करते और खूब चर्चा करते अलग-अलग विषयों पर। हमारे सारे काम यहीं से संचालित होते थे। हर काम की भूमिका यहीं पर बना करती थी।

हमारा विक्टोरिया कॉलेज उन दिनों आगरा विश्वविद्यालय के अंतर्गत आता था। विश्वविद्यालय स्तर की सभी प्रतियोगिताएँ आगरा में ही हुआ करती थीं। पिछले कई वर्षों से आगरा कॉलेज काव्य प्रतियोगिता का आयोजन करता आ रहा था। हमारा कॉलेज भी इसमें भाग लेता था और पिछले तीन साल से लगातार पहला पुरस्कार जीत रहा था। इस वर्ष हमारे कॉलेज से चार लोगों को भेजने का निर्णय लिया गया—श्रीकृष्ण वार्ष्णेय, वीरेंद्र मिश्र, रामकुमार चतुर्वेदी 'चंचल' और मैं अटल बिहारी वाजपेयी। आगरा के लिए निकलने से पहले हम चारों ने गोधाजी के होटल में मिलने का निश्चय किया। लेकिन इत्तेफाक से मैं वहाँ नहीं पहुँच पाया। अगले ही दिन हमें पंजाब मेल से आगरा निकलना था। मैं गाड़ी के समय से काफी पहले ही स्टेशन पहुँच गया और अपने मित्रों का इंतजार करने लगा। धीरे-धीरे सभी इकट्ठा हो गए। गाड़ी आई और हम सभी अपनी-अपनी सीटों पर जाकर बैठ गए। मैं सबके लिए बाड़े के हनुमानजी के लड्डू लाया था। मैंने पूछा, ''लड्डू खाओगे?''

अब लड्डू खाने से कौन इनकार करता, लेकिन खाने के कुछ देर बाद ही सबके सिर चकराने लगे, आँखें लाल, हवाइयाँ उड़ने लगीं। रामकुमार की तबीयत खराब होने लगी।

आगरा में हमारे ठहरने की व्यवस्था सेंट जोंस कॉलेज के छात्रावास में की गई थी। लेकिन मैं इस छात्रावास में नहीं ठहरा।

''तुम लोग छात्रावास में ठहरो। मैं अपने एक मित्र विद्याराम गुप्त के पास रुकूँगा। रामकुमार, तुम्हारी तबीयत ठीक नहीं है, इसलिए तुम भी मेरे साथ चलो।''

रामकुमार मेरे साथ चल दिया और बाकी दोनों बोले, ''ठीक है अटल, कल हम सब आगरा कॉलेज में मिलेंगे।''

''ठीक है।''

मेरा मित्र विद्याराम गुप्त वहाँ कानून की पढ़ाई कर रहा था और वैश्य हॉस्टल में रहता था। हम दोनों वहीं पहुँचे। सबसे पहले हमने रामकुमार को दवा आदि दी, फिर कुछ देर आराम करने के लिए कहा।

उसी समय की एक दिलचस्प घटना है—अगले दिन की बात है, काव्य प्रतियोगिता में जाने से पहले हम दोनों तैयार हो रहे थे। हम शौचालय गए। वहाँ सभी शौचालय एक पंक्ति में बने हुए थे। मैं और रामकुमार अलग-अलग शौचालयों में जाकर बैठ गए। मैंने वहीं बैठे-बैठे अपनी कविता गानी शुरू कर दी। पास वाले शौचालय से रामकुमार की आवाज आई—''वाह गुरु, बहुत खूब! क्या आज यही कविता सुनाओगे?''

''हाँ रामकुमार! कैसी लगी?''

''बहुत बढ़िया गुरु! बहुत दमदार कविता है।''

''रामकुमार! तुम भी अपनी कविता सुनाओ।''

रामकुमार ने भी ऊँची आवाज में अपनी कविता सुनानी शुरू कर दी।

''आज मैं यही कविता सुनाऊँगा।''

''बहुत बढ़िया कविता है, रामकुमार''लेकिन तुम बीच में रुक क्यों गए? पूरी कविता सुनाओ।''

रामकुमार ने अपनी कविता पूरी की ही थी कि शौचालय के बाहर से तालियों की आवाज आने लगी। हम दोनों बाहर निकले, तो देखा कि वैश्य हॉस्टल के पचास-साठ लड़के हमारी कविता सुनने के लिए वहाँ इकट्ठे हो गए थे। वे लोग हमारी कविताएँ सुनकर तालियाँ बजा रहे थे।

सब हमें देखकर 'वाह-वाह' करने लगे।

''अरे वाह रामकुमार! यह तो शौचालय में कविता-पाठ हो गया!''हा''हा'' हा'' ।''

''हा''हा''हा'' हाँ गुरु, सही कहा''शौचालय में कविता-पाठ।''

उन लड़कों की तालियों और वाहवाही ने हमारा उत्साह बढ़ा दिया था और हम आत्मविश्वास से भर उठे। चूँकि ग्वालियर के छात्र पिछले तीन साल से लगातार यह प्रतियोगिता जीत रहे थे, इसलिए इस बार आगरा के छात्र भी खूब तैयारी से आए थे। वे इस साल किसी भी तरह से हमें जीतने नहीं देना चाहते थे। उन लोगों ने हमें मंच से उखाड़ने के लिए हूटिंग करने का प्लान बनाया। हमें अपनी कविता से भटकाने के लिए जितनी हूटिंग की जा सकती थी, की जाए, इसके लिए लड़कियों को अगली पंक्ति में बैठा दिया गया। दरअसल आगरा कॉलेज में लड़कियों का एक कुख्यात हॉस्टल था— डेविस हॉस्टल। कुख्यात इसलिए, क्योंकि वहाँ की लड़कियाँ बहुत तेज-तर्रार थीं। उनमें से अधिकतर अंग्रेज थीं, बाकी उनकी नकलची, अर्थात् अंग्रेजी सभ्यता की दीवानी। उन लड़कियों ने तय कर रखा था कि ग्वालियर के कवियों को जमने ही नहीं देंगे, उन्हें शुरू में ही हूट करेंगे, ताकि वे अपना पाठ ठीक से कर ही न सकें।

काव्य पाठ शुरू हुआ। वीरेंद्र मिश्र ने अपना साधना गीत गाना शुरू किया ही था कि लड़कियों ने उसे बुरी तरह से हूट करना शुरू कर दिया। यह सब देखकर एक बार तो हम सभी के पसीने छूट गए।

''ये तो बड़ी खतरनाक लड़कियाँ हैं! क्या हूटिंग कर रही हैं! ऐसे हूटिंग की जाए तो कोई भी अपनी कविता नहीं सुना सकता है।'' रामकुमार उनकी हरकतें देखकर सन्न था।

मैंने उसे समझाते हुए कहा, ''ये आज पूरी प्लानिंग के साथ यहाँ आकर बैठी हैं।

ग्वालियर के लड़के पिछले तीन सालों से जीत रहे हैं, इसीलिए ये लोग नहीं चाहते कि इस बार हमें जमने भी दिया जाए।''

''ये तो कविता पढ़ने ही नहीं दे रही हैं''देखो तो जरा।''

''तुम चिंता मत करो''हमारी बारी आने दो। एक बार जब हमने बोलना शुरू किया तो सबकी बोलती बंद कर देंगे।''

मैं अपने भीतर के आत्मविश्वास को मजबूत करके बैठा हुआ था और रामकुमार को भी हौसला दे रहा था, लेकिन लड़कियों की इस खतरनाक हूटिंग देखकर मेरे साथ बैठे कविरत्न पाराशर तो इतने घबरा गए कि आयोजन-स्थल से ही गायब हो गए। जब मेरी बारी आई, तो मैंने अपनी वीर रस से भरी कविता सुनानी शुरू की—

नौ अगस्त सन् बयालीस का स्वर्णिम रक्त प्रभात

जली आँसुओं की कारा में काली-काली रात।

मैंने ये दो पंक्तियाँ अभी बोली ही थीं कि उन लड़कियों ने अपनी योजना के अनुसार मेरी कविता के एक शब्द 'प्रभात' को चुन लिया और हूटिंग करने लगीं— 'प्रभात''प्रभात' उनके चिल्लाते ही पूरा हॉल चिल्ला उठा—''प्रभात''प्रभात।'' मैं हल्का सा उखड़ा, लेकिन फिर मैंने भीतर-ही-भीतर खुद को मजबूत किया और आँखें तरेरकर जोर से अपना कविता पाठ शुरू कर दिया। बस अब क्या था! बाजी पलट गई और सब मेरी कविता ध्यान से सुनने लगे। कुछ ही देर में हूटिंग वाहवाही में तब्दील हो गई।

अपना कविता पाठ पूरा कर मैं रामकुमार के पास पहुँचा—''जरा भी मत घबराना। खूब शान से अपनी कविता सुनाना। हमें इस साल भी इन्हें सबक सिखाना है।''

''हाँ गुरु, आप देखना''मैं ऐसी कविता सुनाऊँगा कि ये आज के बाद हूटिंग करना ही भूल जाएँगीं।''

और वही हुआ। रामकुमार भी एक बार जो जमा तो बस हर तरफ से वाह-वाह की ही आवाज आने लगी। इस प्रतियोगिता का परिणाम घोषित हुआ। रामकुमार को पहला पुरस्कार, मुझे दूसरा और वीरेंद्र मिश्र को तीसरा पुरस्कार मिला। चौथे साल भी हमारा कॉलेज ही यह प्रतियोगिता जीता था। लगातार चार साल जीतने के कारण ट्रॉफी भी हमारे ही कॉलेज को मिली। आज भी यह घटना याद करके मुसकरा उठता हूँ। उस समय हमारे भीतर कुछ कर दिखाने की कितनी ऊर्जा, कितनी लगन भरी थी।

बी.ए. की परीक्षाएँ हुई। मेरे पास हिंदी, अंग्रेजी और संस्कृत विषय थे। परिणाम आया और मैं फर्स्ट डिवीजन से पास हुआ। अब मुझे छात्रवृत्ति भी मिलने लगी थी। मैं अपनी आगे की पढ़ाई के लिए कानपुर जाना चाहता था। इधर मेरा ओ.टी.सी. के तीसरे साल का प्रशिक्षण भी पूरा हो चुका था। इसके प्रशिक्षण के लिए मैं नागपुर गया और प्रशिक्षण पूरा कर मैं शिक्षित स्वयंसेवक बन गया। नागपुर में मेरी मुलाकात 'संघ शिक्षा

वर्ग' के यादवराव जोशीजी से हुई। वे एक बहुत सुंदर संघ-गीत गाया करते थे—‘‘भारत हिंदुस्तान है, हिंदुओं की शान है, ईश्वर का वरदान है, झंडा हिंदुस्तान का।’’ उनके मुख से यह गीत मुझे बहुत ही अच्छा लगता। यहाँ मेरा गीत ‘हिंदू तन-मन, हिंदू जीवन, रग-रग हिंदू मेरा परिचय’ भी सभी को याद था। अब तक यह गीत संघ के स्वयंसेवकों का प्रिय गीत बन चुका था। उन दिनों देश के सभी ‘संघ शिक्षा वर्गों’ में यह गीत गाया जाता था।

उस समय ग्वालियर रियासत के महाराजा सयाजीराव सिंधिया बी.ए. में प्रथम आने वाले छात्रों को 75 रुपए प्रतिमाह छात्रवृत्ति दिया करते थे। ग्वालियर महाराजा से छात्रवृत्ति मिलने के बाद मैंने डी.ए.वी. कॉलेज कानपुर में अध्ययन करने का विचार बनाया। मेरे बड़े भाई वहाँ पहले ही कानून की पढ़ाई कर चुके थे। दद्दा वहाँ के शैक्षिक वातावरण की बहुत प्रशंसा किया करते थे। वहाँ शाम को कक्षाएँ लगा करती थीं, दिन का उपयोग अन्य कामों में किया जा सकता था''और मैं तो वैसे भी संघ के अनेक कामों में पहले से ही लगा हुआ था।

उस समय मेरी दो बहनें विवाह के योग्य हो गई थीं और पिताजी भी सेवानिवृत्त हो चुके थे। मैं अपने भविष्य को लेकर काफी सोच-विचार किया करता कि आगे पढ़ाई जारी रखूँ या कोई अच्छी सी नौकरी कर लूँ। मेरी दिली इच्छा थी कि मैं राजनीति विज्ञान से एम.ए. करूँ और कानून की शिक्षा भी प्राप्त करूँ। आखिरकार मैंने निश्चय किया कि मैं अभी नौकरी नहीं करूँगा, बल्कि कानून और स्नातक दोनों की पढ़ाई साथ-साथ करके अपना समय भी बचाऊँगा। उन दिनों कानपुर के सभी कॉलेज आगरा विश्वविद्यालय से संबद्ध थे और आगरा विश्वविद्यालय में छात्रों को एम.ए. और एल-एल.बी. एक साथ करने की अनुमति प्राप्त थी। किंतु सिर्फ एम.ए. प्रीवियस और एल-एल.बी. प्रीवियस ही साथ किए जा सकते थे, फाइनल किसी एक में ही संभव था। दूसरे का फाइनल ईयर इसके अगले साल किया जा सकता था। अत: मैंने निश्चय किया कि पहले साल तो मैं दोनों में एडमीशन ले लूँगा फिर फाइनल के समय सोचूँगा कि किसे पहले पूरा किया जाए और किसे बाद में।

उन्हीं दिनों की एक दिलचस्प बात है, मेरे पिताजी ने भी अपना एक निर्णय सुनाया—‘‘अटल! मैं भी तुम्हारे साथ कानून की पढ़ाई करना चाहता हूँ।’’

हम सब अवाक् होकर पिताजी को देखने लगे। ‘‘अरे! तुम लोग इतने हैरान क्यों हो रहे हो? पढ़ने की कोई उम्र थोड़े ही न होती है। अब तक मैं नौकरी करता रहा, लेकिन अब तो रिटायर हूँ। मैं भी एल-एल.बी. करूँगा।’’

‘‘जी बापजी, क्यों नहीं''आप भी चलिए मेरे साथ।’’''और हम पिता-पुत्र कानपुर आ पहुँचे।

-: 4 :-

स**न्** 1945 की बात है, उस समय कानपुर डी.ए.वी. कॉलेज के प्राचार्य श्री कालिका प्रसाद भटनागर थे। मैं और पिताजी प्राचार्य के दफ्तर पहुँचे।

पिताजी ने पूछा, ''महोदय! क्या मैं भीतर आ सकता हूँ?''

भटनागरजी ने पिताजी की कद-काठी और उम्र से यह अंदाजा लगाया कि शायद वे नौकरी की तलाश में यहाँ आए हैं। सो उनकी तरफ देखते हुए बोले, ''जी कहिए?''

मेरे पिताजी ने पूछा, ''क्या विधि की कक्षा में स्थान रिक्त है?''

''नहीं, अभी कोई स्थान रिक्त नहीं है। यदि होगा तो आपको सूचित कर दिया जाएगा।''

''किंतु अभी तो सत्र प्रारंभ ही हुआ है, अभी से सभी सीटें भर गईं?''

''श्रीमानजी! मैं समझा नहीं। आप किन सीटों की बात कर रहे हैं?'' अब प्राचार्य महोदय को कुछ आश्चर्य हुआ।

''प्राचार्य महोदय! मैं भी आपके कॉलेज में विधि के छात्र के रूप में प्रवेश लेना चाहता हूँ˙˙˙कोई समस्या तो नहीं?''

''नहीं-नहीं˙˙˙कतई नहीं। स्थान है। आपको अवश्य प्रवेश मिलेगा।''

प्राचार्यजी अब पूरी बात समझ गए थे। मैंने और पिताजी दोनों ने साथ-साथ विधि (लॉ) में प्रवेश ले लिया। इसके साथ-साथ मैंने एम.ए. राजनीति विज्ञान में भी प्रवेश ले लिया।

एल-एल.बी. में मेरा और पिताजी का सेक्शन तक एक था। शुरू-शुरू में तो हम बड़े उत्साहित रहे। पूरे कॉलेज में एक प्रेरक उदाहरण की तरह देखे जाते रहे। कुछ दिन तक हम दोनों पिता-पुत्र कक्षा में भी साथ-साथ जाते रहे, लेकिन उसके बाद यह क्रम टूट गया। बाद में एक ही कक्षा में साथ-साथ बैठना थोड़ा अटपटा सा लगने लगा। सबसे अधिक दिक्कत इस बात पर होती थी कि हमारे प्रोफेसर हम दोनों से एक-दूसरे के बारे में पूछा करते। यदि किसी कारण से पिताजी कक्षा में न जा पाते तो मुझसे पूछा

जाता—''अटल! आज आपके पिताजी कहाँ रह गए? कक्षा में आए क्यों नहीं?''

और यदि मैं नहीं जा पाता, तो यही प्रश्न पिताजी से पूछा जाता—''वाजपेजीजी! आज आपके सुपुत्र कहाँ हैं? कक्षा में नजर क्यों नहीं आ रहे?'' उस समय बड़ी अजीब स्थिति हो जाती थी। कक्षा के सारे लड़के ठहाका लगाकर हँसने लगते। हद तो तब होती थी, जब कुछ लड़कों के झुंड सिर्फ हम पिता-पुत्र को एक कक्षा में बैठा देखने भर के लिए वहाँ आते और हमें देखकर हँसने लगते। बाद में मैंने इसका हल निकाला और अपना सेक्शन ही बदलवा लिया।

मेरे पिताजी का व्यक्तित्व बहुत ही प्रभावशाली था। वे ग्वालियर के शिक्षा अधिकारी के पद से रिटायर हुए थे और कवि के रूप में भी विख्यात थे। उनका स्वभाव भी बड़ा विनोदी था। यों तो मेरे साथ भी उनका व्यवहार पुत्रवत् कम बल्कि मित्रवत् अधिक रहता था। हम दोनों को एक ही हॉस्टल मिला था। उन दिनों मैं कॉलेज के साथ-साथ संघ के काम में भी व्यस्त रहता था। मेरे साथ-साथ मेरी लॉ की क्लास का सहपाठी गुलाबचंद्र त्रिपाठी भी संघ के कार्यों में बढ़-चढ़कर भाग लिया करता था। हम दोनों अकसर साथ-साथ शाखा में जाया करते थे। दयानंद कॉलेज में सुबह और शाम दो शाखाएँ लगती थीं। हम लोग प्रभात-शाखा यानी कि सुबह वाली शाखा में बिना नागा जाया करते थे। मैं अकसर रात में देर तक पढ़ता था। अत: सुबह जल्दी नहीं जग पाता था, लेकिन गुलाबचंद्र मुझे समय से पहले ही उठा दिया करता था।

''अरे अटल! उठो उठो''देर हो रही है।''

''रुको यार, उठते हैं।''

''प्रभात शाखा के लिए देरी हो रही है।''

वह मुझे इतना डरा देता कि मैं हड़बड़ाकर उठ जाता, लेकिन जब तैयार होकर घड़ी देखता तो अभी वक्त बचा होता था।

''तुम मुझे रोज-रोज जल्दी उठा देते हो, गुलाबचंद्र?''

''इसीलिए तो तुम समय से पहले तैयार हो जाते हो, अटल! अगर मैं बिल्कुल ऐन वक्त पर उठाऊँगा तो हमें शाखा में पहुँचते-पहुँचते विलंब हो जाएगा, मित्र।''

''हाँ! तुम्हारी यह बात तो बिल्कुल ठीक है।''

गुलाबचंद्र उन दिनों शाखा का मंडल कार्यवाह हुआ करता था। मैं विद्यार्थी संगठन का काम देखता था। हमारे सहपाठी हमें बहुत मानते थे। हमारा आपस में बहुत भाईचारा था। मैं अपने सहपाठी और मित्रों को भी संघ की विचारधारा और कार्यों को समझाया करता। मैं चाहता था कि उन सबके भीतर भी वही राष्ट्रीयता की भावना पनपे, जो संघ हमारे भीतर जगा रहा था, क्योंकि हमारे देश को इस राष्ट्रभाव की बेहद जरूरत थी। मैं तो संघ का दीवाना था। वहाँ का हर काम मेरे लिए पूजा के समान होता था। शहर

में कहीं भी कोई भी काम हो, मैं जरूर अपनी भागीदारी निभाता था। हर जगह पहुँच जाता, कहीं साइकिल से तो कहीं पैदल। संघ के कार्यक्रमों के लिए तो मैं खाना-पीना तक भूल जाता था। मेरा हर मित्र मेरे इस संघ-प्रेम से बखूबी परिचित था। संघ-प्रेम मेरे रोम-रोम में बसा हुआ था। मैं जब भी किसी कार्यक्रम में जाता, तो मुझसे मेरी कविता 'हिंदू तन-मन, हिंदू जीवन, रग-रग हिंदू मेरा परिचय' सुनाने के लिए जरूर कहा जाता और मैं भी बिना किसी मान-मनौव्वल के अपने ही तेवर में वह कविता वहाँ सुनाया करता। मुझे विश्वास है कि आज भी पुराने स्वयंसेवकों को यह कविता जरूर याद होगी।

संघ और कविता से मेरा अटूट रिश्ता था। मैं मानता हूँ कि यदि मैं राजनीति में नहीं जाता तो कवि होता। मैं चाहे जिस भी परिस्थिति में रहा होऊँ, लेकिन कविता हमेशा ही लिखता रहा। बाद के वर्षों में राजनीतिक व्यस्तता के चलते लेखन कार्य कम जरूर हो गया, लेकिन कभी छूटा नहीं। कॉलेज के दिनों में अपनी पढ़ाई और संघ के कार्य के साथ-साथ मैं छंद, सवैया, गीत आदि भी लिखता रहता। उन्हें सुना-सुनाकर बहुत वाहवाही लूटता था। मेरे मित्र अकसर कहते—''अटल, तुम अपनी कविताओं को एक जगह एकत्र क्यों नहीं करते? तुम्हारी कविताएँ बहुत अच्छी और प्रेरक होतीं हैं। तुम इन्हें किताब के रूप में छपवाओ।''

''अरे महाराज! इतना समय कहाँ है?'' मैं उस समय तो ऐसा कह देता था, लेकिन आज लगता है कि वाकई यदि उन्हें सँजो लेता तो आज मेरे पास एक खजाना होता। आज भी कभी-कभी किसी सवैया या धनाक्षरी की कोई पंक्ति मस्तिष्क में कोंध जाती है। उन दिनों मैं कानपुर और कानपुर के बाहर के कवि-सम्मेलनों में बहुत आदर के साथ आमंत्रित किया जाता था। जब मैं कविता करता तो मेरा जी करता कि मैं सिर्फ कवि कहलाऊँ, लेकिन जल्दी ही राजनीति की चर्चाएँ मुझे अपनी ओर खींच लेतीं। नतीजा यह रहा कि मैं न तो कभी कविता से ही दूर हो पाया और न ही राजनीति से। मुझे दोनों ही अपनी ओर निरंतर खींचते रहे।

डी.ए.वी. कॉलेज के प्रसिद्ध आचार्य डॉ. मुंशीराम शर्मा 'सोम' देश के प्रतिष्ठित हिंदी-विद्वान् थे। हमारे कॉलेज के साहित्यिक कार्यक्रमों के प्रभारी सोम सर ही हुआ करते थे। उनका मुझ पर बड़ा भरोसा हुआ रहता था। वे मुझे शहर के बाहर होनेवाली अनेक वाद-विवाद प्रतियोगिताओं में पूरे विश्वास के साथ भेजा करते। मैं हमेशा धोती-कुरता और चप्पल ही पहनता था। हाँ, कभी-कभी सदरी भी पहन लेता था। उस समय मेरे पास एक साइकिल होती थी, लेकिन फिर भी अधिकतर पैदल चलना ही पसंद करता था। मेरा व्यक्तित्व बहुत सादा था। एक बार सोम सर ने मुझे लखीमपुर के ओयल कॉलेज में भेजा।

''अटल! ओयल कॉलेज में वाद-विवाद प्रतियोगिता है। मेरे दफ्तर में आकर मुझसे

मिलना। अपने कॉलेज की तरफ से तुम्हें वहाँ जाना है।''

''सर! हर बार मैं ही जाता हूँ, इस बार किसी और को भेजिए।''

''हर बार आप ही जाते हैं और ईनाम भी जीतकर लाते हैं। महाशय, इस बार भी आप ही जाएँगे और जीतकर आएँगे, समझे आप?'' वे कड़ककर बोले।

''जी सर।''

''कोई और समस्या?''

''नहीं सर।''

''…और वही हुआ। इस बार भी मैं ही जीता। प्रतियोगिता के दौरान महाराजा ओयल मेरे भाषण को बड़े ही ध्यान से सुन रहे थे और जब यह कार्यक्रम समाप्त हुआ, तो उन्होंने मुझे अपनी ओर से एक विशेष पुरस्कार भी दिया। हमारे कॉलेज के हिंदी विभाग के एक और प्रोफेसर थे—डॉ. कुँवरचंद्र प्रकाश सिंह। वे भी मेरी प्रतिभा पर बहुत भरोसा किया करते थे। वे हमेशा मेरा उत्साह बढ़ाते थे।

उन दिनों डी.ए.वी. कॉलेज की गिनती आगरा विश्वविद्यालय के श्रेष्ठ कॉलेजों में होती थी। यहाँ बहुत अच्छे-अच्छे प्रोफेसर कार्यरत थे। हिंदी विभाग में डॉ. मुंशीराम शर्मा, अंग्रेजी विभाग में प्रो. शारदाप्रसाद सक्सेना, अर्थशास्त्र में डॉ. महेंद्रप्रताप माथुर थे। हमारे लॉ डिपार्टमेंट में प्रो. निवासचंद, प्रो. देवेंद्र स्वरूप, प्रो. शाह बशीर आलम और प्रो. गनेशप्रसाद थे। यहाँ पढ़ाई बहुत अच्छी होती थी। छात्र भी बहुत दूर-दूर के शहरों से पढ़ने आते थे। यहाँ का माहौल बहुत ही अच्छा था। कक्षाएँ खूब बड़ी-बड़ी थीं और कैंपस में खूब दूर-दूर तक हरियाली फैली रहती थी। चाहे जहाँ बैठो, चाहे जहाँ पढ़ो। हॉस्टल का मेस भी खूब साफ-सुथरा होता। बड़ा ही स्वादिष्ट खाना बना करता था…हाँ! बस आलू कुछ ज्यादा ही बनता था। यहाँ का मेस वाला भी मुझे 'अटल गुरु' कहने लगा था। राजनीति में शुरू से ही मेरी रुचि थी। मेरा व्यक्तित्व भी किसी नेता जैसा ही था।

''आज क्या खिला रहे हो, भैया?''

''आओ आओ! अटल गुरु!…बैठो। गरमागरम आलू की सब्जी-पूड़ी तैयार है।''

''और क्या है?''

''आलू के पराँठे लगा दें, कहो तो।''

''अरे भई, आलू के अलावा कुछ और नहीं है क्या?''

''…तो तुम्हाए लें सादे पराँठे सेंक देत हैं गुरु…अचार से खा लेना।''

''अचार आलू का तो नहीं है?''

''हा…हा…हा…कैसी बातें करते हो गुरु! आलू का भी कभी अचार पड़ता है?''

''तुम्हारा कोई भरोसा है, क्या पता डाल ही दो किसी दिन।''

''हा…हा…हा…तुम भी गुरु!''

कुछ समय तक तो मैं एल-एल.बी. की कक्षा में जाता रहा, लेकिन बाद में मैंने जाना कम कर दिया। दरअसल मैं संघ की गतिविधियों में भी बहुत व्यस्त रहने लगा था। लेकिन फिर भी मैं अपनी पढ़ाई हमेशा पूरी रखता था। हमें राजनीति विज्ञान में एम.ए. में पढ़ानेवाले तीन प्रोफेसर थे—श्री एस.एन. वर्मा, श्री मदन मोहन पांडेय और श्री के.के. प्रधान। हमारे सभी प्रोफेसर बहुत अच्छा पढ़ाते थे। वर्मा सर अमेरिका से पढ़कर लौटे थे। प्रधान सर बहुत मेहनत से पढ़ाते और हमें नोट्स भी देते।

पांडेय सर छात्रों के बीच बहुत लोकप्रिय थे। वे सभी से खूब घुलते-मिलते थे। सबकी समस्याओं को हल करते थे। वे हमें एक्स्ट्रा क्लास भी देते थे। वे अपने विद्यार्थियों को स्कॉलर देखना चाहते थे। मुझे याद है, वे पी.पी.एन. रोड पर रहा करते थे। मैं अकसर उनके घर जाकर भी उनकी मदद माँग लिया करता और वे हमेशा मुझे स्नेहपूर्वक पढ़ाते थे। उनकी पत्नी भी मेरे साथ स्नेह का व्यवहार करती थीं। मैं जब भी सर के घर जाता और यदि वे घर में न मिलते, तो वहीं बाहर बरामदे में पड़ी चटाई पर आसन जमा लेता और मैडम से कोई पुस्तक लेकर पढ़ता रहता। जब सर आते तो मुझे वहाँ बैठकर पढ़ते देख प्रसन्न हो उठते और कहते, ''तुम्हारी यही आदत मुझे बहुत अच्छी लगती है, अटल।''

''कौन सी आदत, सर ?''

''यही कि तुम कभी भी अपना समय जाया नहीं करते हो, हर समय कोई-न-कोई काम करते ही रहते हो। तुम्हारी यही आदत तुम्हें एक दिन कामयाब इनसान बनाएगी।''

''धन्यवाद सर।''

''तुम्हारे अंदर समय की पाबंदी के साथ-साथ विषय को ग्रहण करने और संबंधित विषय को तुलनात्मक ढंग से समझने की भी अद्भुत क्षमता है। यह क्षमता सब में नहीं होती, अटल।''

मैं पांडेय सर की बातों को बहुत ध्यान से सुना करता था और अपनी तरफ से पूरी कोशिश करता था कि उनकी सभी अपेक्षाओं पर खरा उतरूँ। मैं उनसे अनेक महत्त्वपूर्ण विषयों पर चर्चा किया करता। जो भी कठिनाई आती, उसे उनके घर जाकर समझ लेता। यहाँ तक कि मैं उसके पुस्तकें भी माँगकर ले आता, जिन्हें पढ़ने के बाद लौटाना कभी नहीं भूलता था। अकसर ऐसा भी होता कि सर के भोजन का समय हो जाता और ऐसे में अकसर उनकी पत्नी मुझे भी बहुत स्नेह से भोजन करातीं। मुझे उनके परिवार में बेटे के समान स्नेह प्राप्त होता था।

मेरे सहपाठी राममोहन सिंह, जी.एस. गहराना और मोहन आदि थे। मोहन तो संघ के कार्यकर्ता भी थे। एक बार हम क्लास कर रहे थे, तभी मुझे संघ का एक काम याद आ गया और पांडेय सर जो पढ़ा रहे थे, वह मैं पहले ही पढ़ चुका था।

''राममोहन! मैं क्लास से जाना चाहता हूँ। शाखा में जाना है। सर जिस टॉपिक को पढ़ा रहे हैं, वह मैं पहले ही पढ़ चुका हूँ।''

''अटल! मैं भी तुम्हारे साथ शाखा चलूँगा।'' मोहन ने मेरे कान में धीरे से फुसफुसाते हुए कहा।

राममोहन ने हम दोनों को घूरा और फिर मुझसे कहा, ''चुपचाप पढ़ो, अटल! अब जब क्लास में आ ही गए हो तो तुम्हें ऐसे नहीं जाना चाहिए।''

लेकिन जैसे ही सर बोर्ड पर कुछ लिखने के लिए पलटे, मैं धीरे से झुका और पीछे वाले दरवाजे से क्लास से बाहर निकल गया। मेरे पीछे-पीछे मोहन भी कक्षा से बाहर निकल आया। राममोहन मुझे अब भी गुस्से से घूर रहा था, लेकिन मैं उसे देखकर मुसकरा दिया। किसी भी लड़के ने हमें कक्षा से बाहर निकलते देख शोर नहीं मचाया। लेकिन तभी अचानक सर की आवाज आई—''अरे राममोहन! अटल कहाँ गया? अभी तो वह तुम्हारे बगल में ही बैठा था! और मोहन भी नजर नहीं आ रहा!''

''जी जी सर॑॑वो॑॑वो॑॑''

''अरे क्या जी जी वो वो कर रहे हो? खैर, कोई बात नहीं, जाने दो। उसे कोई जरूरी काम होगा॑॑उसने यह टॉपिक तैयार कर लिया होगा। मुझसे ही तो किताब लेकर गया था उस दिन।''

''जी सर।''

सर के मुँह से अपना नाम सुनकर मैं डर से वहीं दीवार की ओट में खड़ा हो गया था, लेकिन जब उन्होंने यह बात कही, तब मेरी जान में जान आई और मैं संघ के काम के लिए निश्चिंत होकर निकल गया।

मैं संघ का काम और अपनी पढ़ाई दोनों ही पूरी मुस्तैदी से करता था। मैं अपने कोर्स की तैयारी में कोई ढील नहीं देता था। दिन भर चाहे कितना ही काम में व्यस्त रहूँ, लेकिन रात को जमकर पढ़ लेता था और यही कारण था कि मैं समय से पहले सभी टॉपिक तैयार रखता था। अपने किसी भी प्रोफेसर को नाराजगी का कोई मौका नहीं देता था। मैं अनेक नोट्स बनाया करता और उन्हीं से पढ़ता। मैं अपने प्रोफेसर को अपने नोट्स जरूर दिखता था और संबंधित विषय में उनके साथ चर्चा भी किया करता था।

पांडेय सर मुझे अकसर सीख देते—''अटल! हमेशा अपने विषय को तुलनात्मक ढंग से पढ़ा करो। किसी भी विषय का तुलनात्मक अध्ययन बहुत आवश्यक होता है। जब तुम एक ही विषय पर अलग-अलग विद्वानों के विचार पढ़ोगे या जानोगे, तो तुम्हारे ज्ञान का विकास होगा और तुम्हारी अपनी दृष्टि भी समृद्ध होगी। रटंत विद्या से हमेशा खुद को दूर रखना।'' मैं पांडेय सर की एक-एक सीख को ग्रहण करता था।

एक दिन सर 'ब्रिटिश ट्रेजरी' पढ़ा रहे थे और सभी छात्र ध्यान से सुन रहे थे।

मैं लैक्चर में पूरी तरह से डूबा हुआ था। सर के सभी प्रश्नों पर खूब चर्चा चल रही थी। मेरे सहपाठी मित्र हैरान थे कि मैं दिन भर तो दुनिया भर की भागदौड़ करता रहता हूँ, यहाँ तक कि अकसर क्लास भी छोड़ देता हूँ, तो फिर इतनी सब तैयारी कर कब लेता हूँ। वे सब आश्चर्य मिश्रित हैरानी से मेरी तरफ देख रहे थे और मैं उन्हें देखकर मुसकराता रहा। हमारी कक्षा में बहुत बुद्धिमान छात्र थे। पढ़ाई को लेकर हम सभी में बड़ी प्रतिस्पर्धा रहती थी।

उन दिनों देश में स्वतंत्रता आंदोलन अपने चरम पर था। हम सवयंसेवक भी अपनी तरह से इसमें अपनी सहभागिता निभाते थे। संघ हमें खूब प्रोत्साहित करता था। लेकिन जब हम देश के विभाजन की चर्चाएँ सुनते थे, तो बहुत कष्ट होता था। हम मित्र अकसर इस विषय पर गंभीर और दु:खी हो जाते थे।

''इतनी कुर्बानियों के बाद तो हमें आजादी मिल रही है, फिर यह आधी-अधूरी खुशी क्यों?''

''हाँ अटल, तुम सही कह रहे हो। बहुत दिल दुखता है यह सोचकर कि ये फिरंगी हमारे देश को छोड़कर जा तो रहे हैं, लेकिन इसके दो टुकड़े किए दे रहे हैं।''

''सच में मित्र! बहुत अफसोस होता है। यह विभाजन हमारे दिलों में बहुत गहरी चोट देकर जाएगा। जीत की खुशी मनाएँ या विभाजन का दर्द, कुछ समझ में नहीं आता।''

देश के विभाजन की कल्पना मात्र से हम बेचैन हो उठते थे। ऐसे में संघ ने हिंदू समाज में जागरण लाने का कार्य किया। हम स्वयंसेवकों को अपने शहर और उसके आसपास के इलाकों में जहाँ किसी भी प्रकार का खतरा या दंगा होने की उम्मीद होती थी, वहाँ गश्त लगाने का काम सौंपा जाता था। हम स्वयंसेवक ऐसे संवेदनशील स्थानों में जाते और लोगों को धीरज बँधाते। उन्हें इस नाजुक समय में समझदारी और आपसी प्रेम व सहयोग से काम लेने के लिए कहते। रात के समय हम ऐसे नाजुक स्थानों पर गश्त दिया करते थे। इसी दौरान मैं संघ में सभी के काफी करीब आया, खासकर भाऊराव देवरसजी के। वे बड़े ही खुले मन के और बुद्धिमान व्यक्ति थे। वे सभी के विचारों को ध्यान से सुनते थे और अपने विचार भी कुछ इस तरह से रखते थे कि सुननेवाला हमेशा के लिए उनके ही विचारों का अनुयायी हो जाता था।

उन दिनों हमारे कॉलेज में कोई विद्यार्थी परिषद् नहीं थी, लेकिन हाँ एक विद्यार्थी-संगठन (स्टूडेंट फेडरेशन) अवश्य था। जो भी छोटे-मोटे छात्र-आंदोलन होते थे, वे इसी फेडरेशन के माध्यम से होते थे। विद्यार्थी-जीवन में मुझे साम्यवादी संगठनों ने अपनी तरफ जोड़ने का काफी प्रयत्न किया, लेकिन मैं हँसता-बोलता तो सबके साथ था, मगर मेरे विचार स्वतंत्र थे। मुझे आज भी याद है कि मैं सभी के साथ बहुत याराना ढंग से मिलता-जुलता था। शायद इसीलिए कुछ लोग मेरा नाम यहाँ-वहाँ जोड़ देते थे।

मैं अहं में कभी नहीं रहा। मैं हमेशा दूसरों की पसंद और नापसंद का सम्मान करता था। मेरा मानना था कि हम सभी को अपने विचार रखने की आजादी होनी चाहिए। न तो अपने विचार किसी पर थोपने चाहिए और न ही दूसरों के विचारों के दबाव में ही आना चाहिए। मुझे आज भी याद है कि मेरे हॉस्टल के बगल वाले कमरे में उन्नाव से आया एक छात्र जगदीश कुमार निगम रहा करता था। हम अकसर आपस में बातचीत किया करते थे। वह कॉमर्स का विद्यार्थी था। वह और उसका परिवार पक्का कांग्रेसी था, जबकि मैं पक्का संघी विचार का था। लेकिन इस बात को लेकर हम दोनों में कभी मन-मुटाव नहीं हुआ, क्योंकि हम दोनों ही स्वस्थ चर्चा किया करते थे, कभी एक-दूसरे के विचार को कुचलने की कोशिश नहीं करते थे। हाँ, लेकिन एक बात जरूर थी कि वह अकसर मेरे साथ कहीं बाहर जाने से कतराता। शायद उसे या उसके परिवार वालों को भय रहता होगा कि मैं उसे बहकाकर शाखा में न ले जाऊँ। लेकिन मेरे कमरे में जब भी दोस्तों का कविता-पाठ होता, कोई हँसी-मजाक होता या कुछ पढ़ना भी होता, तो वह जरूर आ जाता था।

हमारे हॉस्टल में एक मित्र था, जिसका नाम था त्रिलोकीनाथ। उसके घरवाले उससे बहुत लाड़ करते थे, माँ तो बहुत ही ज्यादा ही। वह जब भी अपने घर से लौटता तो उसके पास देसी घी के स्वादिष्ट लड्डू हुआ करते थे। उसकी माँ अपने लल्ला के लिए बहुत वात्सल्य भाव से लड्डू बनाया करती थीं। वे अकसर उसके खाने-पीने के लिए अन्य सामान भी भेजती रहती थीं और कदाचित् यह कहती भी होंगी कि वह अपने खाने-पीने का खूब ध्यान रखा करे, क्योंकि वह अपने खाने-पीने का सामान बड़ी एहतियात से रखा करता था। लेकिन हम उसके छुपाए हुए सामान को भी खोज निकालते थे।

मैं और गुलाबचंद्र चुपचाप दबे पाँव त्रिलोकी के कमरे में जाते और लड्डू निकल लेते। ''अटल गुरु! कितने स्वादिष्ट हैं ये लड्डू! हैं न?''

''हाँ यार। बहुत ही स्वादिष्ट हैं। त्रिलोकी की अम्माँ लड्डू बड़े ही स्वादिष्ट बनाती हैं।''

''गुरु! एक और खाया जाए?''

''और लेंगे तो डिब्बा खाली-खाली लगेगा। त्रिलोकी समझ जाएगा कि किसी ने उसके लड्डू चुराए हैं।''

''अरे छोड़ो न गुरु, तब की तब देखेंगे। अभी तो एक-एक और खाया जाए। तुम्हारी तुम देखो, मुझसे तो नहीं रहा जाता।''

'''और ऐसे एक-एक कर हम उसके कई लड्डू खा जाते। जब त्रिलोकी को हम पर शक होता तो वह हमसे लड़ने चला आता। ''तुमने हमारे लड्डू खाए? तुम्हारी हिम्मत कैसे हुई?''

मैं उसे प्यार से समझाता—''अरे छोड़ो न, काहे इतना हल्ला कर रहे हो ⋯लड्डू ही तो थे।''

''हमाई अम्माँ ने कितने प्यार से हमाए लए बनाए थे और तुम सब खा गए।''

''हाँ यार, तुम्हारी अम्माँ लड्डू बहुत ही स्वादिष्ट बनाती हैं। लेकिन तुम चिंता न करो। चलो, हम तुम्हें ठंडाई पिलाकर लाएँ।'' मैं उसके गले में हाथ डालकर कहता।

वह गुस्से से मेरा हाथ झटक देता, ''छोड़ो तुम⋯हमें नहीं पीनी तुम्हारी कोई ठंडाई-वंडाई⋯हमारे सब लड्डू चुराकर खा गए और अब बातें बना रहे हो।'' लेकिन हम उसे मना लेते और अपने साथ बाहर ले जाते। कुछ खा-पी लेने के बाद त्रिलोकी का गुस्सा ठंडा पड़ जाता।

ठंडाई की बात पर याद आया कि मेरे बापजी को ठंडाई का बड़ा शौक था। वे हर रोज शाम को अपने लिए सिल पर ठंडाई घोंटते थे। उसमें मुनक्का, बादाम, तरबूज के बीज, गुलाब के फूल, सौंफ आदि पीसकर मिलाते थे। लेकिन मजाल है कि हम में से किसी को भी पीने के लिए दें। वे खुद ही उसे पीते थे।

मुझे कानपुर की गलियाँ और वहाँ का खाना-पीना खूब भाता था। मैं और राममोहन अकसर साथ ही ग्वालियर जाते थे। जब हम वहाँ से लौटते थे, तो स्टेशन पर मैं उतरते ही कहता—''चलो रामलाल, पहले नएगंज चलते हैं।''

''समझ गए गुरु, बड़े चटोरे हो तुम।''

''अरे! वहाँ सरसों के तेल में सिंकी बिढ़ई होती ही ऐसी हैं⋯कानपुर आओ और उन्हें न खाओ! सरासर अपमान है ये तो उन बिढ़ई का!''

''अच्छा, अब ज्यादा बातें न बनाओ, चलो।''

बिढ़ई खाने के बाद हम नयागंज, कमला टावर, शिवाला होते हुए पैदल ही हॉस्टल पहुँचते।

हम सभी मित्र अकसर बाबा घाट पर भी निकल जाया करते थे। अकसर घाट पर राजनीति-चर्चा, साहित्य-चर्चा और कविता-पाठ किया करते। कभी-कभी तो लोगबाग भी हमारी चर्चा या कविता सुनकर वहीं रुक जाते थे।

हम गंगा मैया में डुबकी लगाते और वहाँ से निकलकर बाजार तक आते, जहाँ खूब मजे से कभी रबड़ी-कचौड़ी खाते, तो कभी ठंडाई पीते। मुझे खाने-पीने का बेहद शौक था। खाने की बढ़िया-बढ़िया चीजें देखकर मैं कभी अपने आप को नहीं रोक पाता था। एक बार की बात है, हम सब दोस्त घाट पर बैठे राजनीति पर चर्चा कर रहे थे, तभी राममोहन की नजर गंगाजी में बहती एक छोटी सी पोटली पर पड़ी।

''अरे! देखो तो, वो क्या है?''

''यह तो कपड़े की पोटली है। यों ही बही चली आ रही है!''

''अरे हाँ!''

वह छोटी सी पोटली बहती-बहती राममोहन के सामने आ पहुँची। राममोहन ने उसे गंगाजी से बाहर निकाला और खोलकर देखने लगा।

''अरे! इसमें तो पंद्रह रुपए बँधे हैं!''

''किसी के गिर गए होंगे। वह बेचारा अपने पैसे की खोजबीन कर रहा होगा।''

''एक काम करते हैं, हम यहीं बैठकर उसका इंतजार करते हैं। ये पैसे सामने ही रख लेते हैं, जिसके भी होंगे वो आकर ले जाएगा।''

''हाँ, यह ठीक रहेगा।'' ⋯और हम मित्र फिर से अपनी चर्चा में व्यस्त हो गए। जब बहुत देर हो गई और वापस हॉस्टल चलने की बात हुई तो फिर सबका ध्यान उन रुपयों की तरफ गया। ''कोई आया ही नहीं अपने पैसे खोजते हुए!''

''अब इन रुपयों का क्या किया जाए?''

''किया क्या जाए! चलो इन रुपयों से रबड़ी और ठंडाई छानी जाए।'' और उस दिन हम सभी दोस्तों ने उन पंद्रह रुपयों से दावत की।

मैं ग्वालियर का था और मुझे बचपन से ही यमुनाजी में नहाने का बेहद शौक था। यहाँ कानपुर में आने के बाद यही शौक गंगाजी में पूरा होता था। हम दोस्त मिलकर कभी परमट घाट तो कभी सरसैया घाट पहुँच जाते और खूब डुबकियाँ लगाते। कभी-कभी जब कॉलेज की छुट्टी होती और संघ का भी कोई काम न रहता, तो हम पिकनिक के लिए निकल जाते थे। मुझे याद है कि एक बार हम कई दोस्त मिलकर बिठूर के लिए निकले और बातें करते-करते पैदल ही बिठूर पहुँच गए। मुझे नाव में बैठना और पानी उलीचना भी बड़ा अच्छा लगता था। बड़े स्वच्छंद थे कॉलेज के वे दिन।

कानपुर आने के बाद से मुझ पर तो कानपुर का पूरा रंग ही चढ़ चुका था। बातचीत से कोई भी नहीं कह सकता था कि मैं कानपुर का नहीं, ग्वालियर का लड़का हूँ। बात-बात पर 'और गुरु' 'आवो पहलवान' आदि मुँह से निकल जाता था। सचमुच हमारी देशज भाषा कितनी सुंदर है, अपनेपन और मिठास से भरी हुई। मुझे आज भी कानपुर में चने बेचनेवालों द्वारा गाया जानेवाला वह लटका खूब याद है—

कानपुर कनकैया, जाके नीचे गंगा मैया,

ऊपर चले रेल का पहिया, जहाँ बना घाट सरसैया,

चना जोर गरम।

मैं चना जोर गरम बहुत स्वाद लेकर खाता था। हम लोग चने की पुड़िया बनवा लेते और एक-एक चना उछाल-उछालकर अपने मुँह में डालते जाते। खाते जाते और चलते जाते। इन चनों को खाते-खाते रास्ता कब कट जाता या चलते-चलते चने कब खत्म हो जाते, पता ही न चलता।

कॉलेज के वे दिन उत्साह और कर्मठता से भरपूर थे। उन दिनों मैं अपनी राजनीति की पढ़ाई, मंच पर कविता-पाठ और वाद-विवाद या फिर संघ के कामों में ही डूबा रहता था। मैं राजपूत बोर्डिंग हाऊस में वाद-विवाद प्रतियोगिता में भाग लिया करता था। अकसर श्रोता बंधु मुझसे कहते, ''अटल! तुम्हारी लच्छेदार भाषण-शैली और उसके बीच-बीच में होनेवाले हास्य-विनोद के छींटे सभी को मोहित कर लेते हैं। तुम हँसा-हँसाकर भी बहुत गहरी बात कह जाते हो।'' मैं उनकी यह तारीफ सुनकर मुसकरा देता। उस समय अंदाजा भी नहीं था कि भविष्य में यही भाषण शैली मुझे एक महत्त्वपूर्ण स्थान तक पहुँचाएगी। मैं अपने देश से बेहद प्रेम करता था और इसे आजादी तथा विकास की राह पर देखना चाहता था। उस समय हम सभी के भीतर देशभक्ति की भावना बहुत गहरे तक हुआ करती थी।

खैर, समय बीता और हमारी शिक्षा पूरी हुई। हमारे परीक्षा परिणाम बोर्ड पर चिपका दिए गए थे। सभी विद्यार्थी अपना-अपना नतीजा देखने के लिए उत्सुक हो रहे थे। हमारे डी.ए.वी. कॉलेज ने चारों उच्च स्थानों पर अपना कब्जा जमाया था। त्रिलोकीनाथ श्रीवास्तव पहले स्थान पर था। दूसरा स्थान मुझे मिला था और जी.एस. गहराना तीसरे स्थान पर था। चौथे स्थान पर एक छात्रा ने बाजी मारी थी। मेरे और त्रिलोकी के बीच मात्र दो अंकों का फर्क था। परिणाम देखने के बाद उसने मुझसे ठिठोली करते हुए कहा, ''अटल गुरु! तुमने खूब मेरे लड्डू चुरा-चुराकर खाए हैं, तभी तो इतना बढ़िया रिजल्ट लाए हो।''

''हाँ त्रिलोकीजी महाराज, सही कहा आपने, ये तो सब उन लड्डुओं का ही प्रताप है। अच्छा हुआ जो हम आपके लिए भी छोड़ देते थे, वरना हम सारे ही खा जाते तो आपका क्या होता।''

''हा''हा''हा''तुम्हारी हाजिरजवाबी का भी जवाब नहीं।''

''तो चलो, इसी खुशी में रबड़ी खाई जाए।''

''चलो गुरु।''

मेरी एम.ए. की शिक्षा पूरी हो चुकी थी। अब कानून की शिक्षा का दूसरा और अंतिम साल पूरा करना बाकी था, लेकिन न जाने क्यों मैं इसे पूरा करने का मन नहीं बना पाया और मेरी लॉ की पढ़ाई अधूरी ही रह गई। मैं एम.ए. में प्रथम आया था और उस समय प्रथम श्रेणी से उत्तीर्ण होनेवाले लगभग सभी छात्र या तो आई.ए.एस. की परीक्षा देते थे या फिर पी-एच.डी. किया करते थे। मैंने भी आगे पी-एच.डी. करने का मन बनाया, क्योंकि मैं सिविल सर्विस में नहीं जाना चाहता था। मेरी रुचि तो शिक्षा के क्षेत्र में आने की थी, मैं प्रोफेसर बनना चाहता था। उन दिनों सिविल सर्विस और प्राध्यापकी दोनों ही सम्मानजनक नौकरियाँ मानी जातीं थीं। अंततः मैंने लखनऊ विश्वविद्यालय से

पी-एच.डी. करने का फैसला किया। उस समय लखनऊ विश्वविद्यालय की भी खूब ख्याति थी। यहाँ शिक्षा पाने के लिए देश के कोने-कोने से छात्र-छात्राएँ आया करते थे। यहाँ के राजनीति विभाग के प्रोफेसरों का बहुत नाम था। मैंने अपने घरवालों के साथ इस पर चर्चा की और अपनी आगे की पढ़ाई के लिए लखनऊ जाने का मन बना लिया।

उन्हीं दिनों देश में सांप्रदायिकता का रंग चढ़ चुका था। यह सन् 1946 की बात है। मुसलिम सांप्रदायिकता के ऊपर जिन्ना पक्का रंग चढ़ा रहे थे, उसके कारण देश में जगह-जगह हिंसा और संघर्ष की स्थिति उत्पन्न हो रही थी। मौका मिलते ही आदमी-ही-आदमी को पशुओं की तरह काटने लगा था। मुसलिम अपना अलग आजाद मुल्क चाहते थे। उनका तर्क था कि हमारा धर्म अलग है, भाषा अलग है, संस्कृति अलग है, ऐसे में हमारा हिंदुस्तान में रहना मुनासिब नहीं है। इधर नेहरू भी जल्दी-से-जल्दी आजादी चाहते थे, लेकिन गांधीजी का कहना था कि देश का बँटवारा नहीं होगा। मैं भारत के दो टुकड़े नहीं होने दूँगा। यदि बँटवारा हुआ, तो मेरी लाश पर ही होगा। लेकिन घटनाक्रम कुछ ऐसा बदला कि देश आजाद हुआ और देश के दो टुकड़े भी हो गए। भारत दो भागों में बँट गया।

सन् 1946 में ही यह स्थिति स्पष्ट हो गई थी। साफ नजर आने लगा था कि अलग मुसलिम देश बनकर रहेगा। पूज्य गुरुजी को तो बहुत पहले ही आभास हो गया था कि देश के दो टुकड़े हो जाएँगे। लेकिन वे चाहते थे कि ऐसे में देश में नवजागरण हो। हमारे भीतर सांस्कृतिक चेतना जागे। आजाद देश का हर नागरिक देशप्रेम से ओतप्रोत हो और इसके लिए उनके मन में एक मासिक पत्र के प्रकाशन का विचार आया।

उस समय मैं कानपुर का लोकप्रिय विद्यार्थी नेता हुआ करता था। श्री बालकृष्ण त्रिपाठीजी को कानपुर में एक विशाल जनसभा को संबोधित करना था। इस प्रकार की जनसभाओं में हमेशा यही होता था कि मुख्य वक्ता के बोलने से पहले कुछ युवा नेता अपना भाषण देते थे और श्रोताओं को बाँधकर रखने का काम करते थे। इस जनसभा में त्रिपाठीजी के भाषण के तुरंत पहले मुझे बोलने के लिए कहा गया। अब मुझे तो पता भी नहीं था कि त्रिपाठीजी अपने भाषण में क्या-क्या कहने वाले हैं। मैं तो उस समय जो-जो मन में आता गया, धाराप्रवाह बोलता चला गया। लेकिन जब मेरा भाषण समाप्त हुआ, तो त्रिपाठीजी उठे और उन्होंने अपना निर्णय सुनाया—''अब मेरे भाषण की आवश्यकता ही नहीं है, क्योंकि इस युवक ने वह सबकुछ कह डाला, जो मैं कहना चाहता था। अटल का भाषण बहुत ही प्रभावशाली है। मैंने ऐसा भाषण पहले कभी नहीं सुना।'' इतना कहकर वे बैठ गए।

मैं संघ के कार्यकर्ता के नाते जम्मू गया। मैंने वहाँ के कार्यकर्ताओं को संबोधित किया और उन्हें आत्मीयता का एहसास करवाया। मैंने उनसे कहा, ''हमारे लिए एक-

एक कार्यकर्ता महत्त्वपूर्ण है, क्योंकि एक-एक कार्यकर्ता को बनाने और खड़ा करने में बहुत मेहनत लगती है। हर कार्यकर्ता देश के लिए ही जीता और मरता है। मैं आपकी भावनाओं को समझता हूँ। आप सभी का देश के प्रति जो आदर और प्रेम है, मैं उससे भलीभाँति परिचित हूँ। ईश्वर न करे कि किसी प्रकार का कोई अनिष्ट हो।'' मैं खुद भी यह सब कहते-कहते अपने भीतर बेहद भावुकता को महसूस कर रहा था। मेरी आँखें नम हो गई थीं और मेरे इस आत्मीय भाषण को सुनकर कार्यकर्ता भी भावुक हो उठे थे।

उन दिनों घटनाएँ बहुत तेजी से घट रही थीं। उसी समय की एक और घटना है— देश भर में जगह-जगह भारत-विभाजन की हिंसक क्रियाएँ हो रही थीं, ऐसे में कानपुर कैसे इससे अछूता रह जाता। कुछ उपद्रवी लोगों ने कानपुर में भी हिंसक गतिविधियों को अंजाम देते की योजना बनाई। वे हिंसा भड़काना चाहते थे। दोपहर में हम सभी छात्र अपने छात्रावास में थे, तभी कुछ लोग वहाँ आ पहुँचे और हमसे बोले—''हम सभी हिंदू मोहल्ले से आए हैं और हमें पक्की खबर मिली है कि रात को हमारे आसपास के मुसलिम मोहल्लों से कुछ लोग हमारे घरों में हमला करेंगे।''

हम उनकी बात सुनकर सकते में आ गए। अविश्वास या संदेह का तो कोई प्रश्न ही नहीं उठता था, क्योंकि उन दिनों पूरे देश में ऐसा ही वातावरण बना हुआ था। इस तरह की मारपीट और हिंसा सामान्य बात हो गई थी। एक गुट दूसरे गुट पर घात लगाए रहता था। चूँकि हम कार्यकर्ता थे और हमें सुरक्षा के मद्देनजर गश्त देने का काम सौंपा गया था। अत: हमने उन लोगों से कहा, ''आप सभी निश्चिंत होकर अपने-अपने घर जाइए। डरिए मत। हम लोग रात को आपके मोहल्ले में आकर पहरा देंगे।''

''हमें बहुत डर लग रहा है। आप लोगों का ही आसरा है।''

''अब आप लोगों को डरने की कोई जरूरत नहीं है। आप सभी रात को निश्चिंत होकर सोइए। हम सब सँभाल लेंगे।''

हम छात्रों ने उन्हें आश्वस्त करके भेज दिया और रात को उनके मोहल्ले में पहरा देने पहुँच गए। उधर दंगाइयों को भी इस बात की खबर लग गई कि डी.ए.वी. कॉलेज के छात्र वहाँ पहरा देने पहुँच चुके हैं। वे सड़क के उस पार से ही उत्तेजक नारे लगाते रहे, लेकिन इस तरफ आने की हिम्मत नहीं कर पा रहे थे। हमने वहाँ रातों को पहरा दिया और वहाँ के लोगों ने हमारा बड़ा उपकार माना। लेकिन इस घटना का एक खामियाजा यह उठाना पड़ा कि हम 14 अगस्त की रात को प्रधानमंत्री जवाहरलाल नेहरू का ऐतिहासिक भाषण नहीं सुन पाए और उस महत्त्वपूर्ण क्षण से वंचित रह गए। लेकिन इस बात की तसल्ली हमेशा रही कि हमारे कारण कई लोगों के जीवन पर मँडराने वाला खतरा हमेशा के लिए टल गया था।

उन्हीं दिनों की बात है, मेरी नियुक्ति का आदेश आ पहुँचा। चूँकि मैंने प्रथम

श्रेणी से राजनीति विज्ञान में एम.ए. पास किया था और साथ-ही-साथ विश्वविद्यालय में दूसरा स्थान भी प्राप्त किया था, इसलिए मेरी नियुक्ति उज्जैन के माधव कॉलेज में की गई थी। लेकिन मैं वहाँ नहीं गया, क्योंकि मैं तो ग्वालियर के विक्टोरिया कॉलेज में प्रोफेसर बनने का सपना देखा करता था। लेकिन मेरे सपने देखने से क्या होता है, नियति को तो कुछ और ही मंजूर था। अत: मैं पी-एच.डी. करने के उद्देश्य से लखनऊ चल दिया। लेकिन यहाँ भी नियति कुछ और ही खेल दिखा रही थी। मैं लखनऊ आ तो गया, लेकिन लखनऊ विश्वविद्यालय नहीं, बल्कि संघ के कार्यालय में। मुझे एक वर्ष के लिए लखनऊ में संघ के काम से नियुक्त कर दिया गया। उन दिनों संघ का मुख्य कार्यालय चारबाग स्टेशन के पास स्थित था। 6 ए.पी. सेन रोड पर। उस समय श्री भाऊराव देवरस प्रांत प्रचारक थे। उन्होंने सभी कार्यकर्ताओं की एक बैठक को संबोधित करते हुए बताया—''पूज्य गुरुजी लखनऊ से एक मासिक पत्र निकालना चाहते हैं। इसमें आप सभी का सहयोग अपेक्षित है।''

सभी कार्यकर्ताओं ने इसका स्वागत किया। पंडित दीनदयाल उपाध्यायजी को इस पत्र का कार्यभार सौंपा गया। वे बहुत दूरदर्शी तो थे ही, साथ-ही-साथ गहन चिंतक और श्रेष्ठ लेखक भी थे। वे कुछ भी शुरू करने से पहले बहुत सूझबूझ से काम लेते थे। इतनी सब विशेषताओं के बावजूद उन्हें घमंड छू तक न गया था। वे बड़े सहज और सरल स्वभाव के थे, सभी को साथ लेकर चलते थे।

उन्होंने प्रारंभ में एक बैठक बुलाई और हम सभी के सामने अपने विचार रखे— ''मैं इस कार्य को एक चुनौती के रूप में स्वीकार करता हूँ और आप सभी का साथ चाहता हूँ।''

सभी ने हर्ष मिश्रित स्वर में कहा, ''हम सब आपके साथ हैं।''

''मैं इसे एक ऐसे पत्र के रूप में निकालना चाहता हूँ, जिसे लोग सिर्फ पढ़ने भर के लिए या मनोरंजन के लिए ही न पढ़ें, अपितु अपने गौरवमय अतीत को जानने और वर्तमान की शोचनीय दशा को समझने तथा भविष्य के निर्माण के लिए पढ़ें।''

सभी ने उनकी बात का समर्थन किया। हम सभी उत्साहित थे कि संघ अपनी संस्कृति की रक्षा और भविष्य निर्माण की दिशा में ठोस कदम उठा रहा है। बैठक में इसकी पूरी रूपरेखा तैयार की गई। सबसे पहले यह प्रश्न उठा कि इसका संपादक किसे बनाया जाए? अनेक कर्मठ और योग्य कार्यकर्ता हमारे साथ जुड़े हुए थे। श्री देवरसजी और उपाध्यायजी ने संपादक के लिए मेरा और राजीव लोचन अग्निहोत्री का नाम प्रस्तावित किया, जिसे सहर्ष स्वीकार कर लिया गया। उनका मत था कि इन दोनों युवाओं की प्रतिभा से संघ तो परिचित है ही, जनता भी इन्हें जानती है, क्योंकि ये मंचीय कवि हैं।

श्री राजीव लोचन अग्निहोत्री भी सुपरिचित व्यक्ति थे। वे संघ-प्रचारक के साथ-

साथ शोधकार्य में भी लगे हुए थे। वे संस्कृत के विद्वान् थे और सुंदर कविताएँ भी लिखा करते थे। वे बहुमुखी प्रतिभा के धनी थे। उनका गीत 'प्राची के मुख की अरुण ज्योति यह भगवा ध्वज फहरे' बहुत प्रसिद्ध हुआ था। इस प्रकार अंतिम स्वीकृति मिल जाने पर मैं और राजीव लोचन अवैतनिक संपादक-द्वय 6 ए.पी. सेन रोड लखनऊ पहुँच गए। हम दोनों ही अपना जीवन संघ के नाम कर चुके थे। हमारे लिए यही हमारा परिवार था। हम अपने देश और अपनी संस्कृति के रक्षक के रूप में कार्य करना चाहते थे। एक साधारण सी नौकरी और घर-परिवार हमारा सपना नहीं था।

हमने पत्र को मासिक तौर पर निकालने की योजना तैयार कर ली थी। हम दोनों इस पत्र का नाम सोचने लगे। अनेक लोगों ने अनेक नाम सुझाए, लेकिन न तो हमें ही और न ही श्री भाऊरावजी को और न ही श्री दीनदयालजी को कोई नाम जाँच रहा था। हमारे एक स्वयंसेवक थे, जो कि उस समय लखनऊ विश्वविद्यालय में पढ़ रहे थे, वे देहरादून के रहनेवाले थे और संघ के साथ भी बहुत गहराई से जुड़े हुए थे। उन्होंने एक बहुत ही प्रभावशाली नाम सुझाया—'राष्ट्रधर्म'। श्री भाऊराव देवरसजी और श्री दीनदयाल उपाध्यायजी जैसे ही इस नाम को सुना, तुरंत एक साथ इस पर अपनी स्वीकृति दे दी। हम दोनों संपादक मित्रों को भी यह नाम खूब पसंद आया और अन्य सभी कार्यकर्ताओं ने भी इस पर अपनी सहमति दी।

अब तक चार बातें तय हो चुकी थीं। पहली यह कि इस पत्र के मैनेजिंग डायरेक्टर उपाध्यायजी होंगे, दूसरी यह कि पत्रिका मासिक निकाली जाएगी, तीसरी यह कि संपादक मैं और राजीव लोचन होंगे तथा चौथी यह कि पत्रिका का नाम 'राष्ट्रधर्म' रखा जाएगा। अब इस पत्र के प्रकाशक का चयन शुरू किया गया। पंडित दीनदयालजी ने लखनऊ के ही एक प्रतिष्ठित नागरिक और स्वयंसेवक श्री राधेश्याम कपूर का नाम प्रस्तावित किया। सभी ने उनके नाम पर सहमति व्यक्त की। जब कपूर साहब से उनकी इच्छा पूछी गई, तो वे भी सहर्ष राजी हो गए। दरअसल हमें उस समय ऐसे ही लोगों की आवश्यकता थी, जो नफा-नुकसान का हिसाब न रखें, बल्कि समाज और राष्ट्रहित में अपने सामर्थ्य के अनुसार योगदान देने को तत्पर रहें।

अब बारी थी इस पत्र के लिए पत्रक तैयार करने की। इसके लिए पंडित दीनदयालजी ने हरदोई निवासी स्वयंसेवक श्री चंद्रपाल सिंह से संपर्क किया। श्री चंद्रपालजी उस समय कॉलेज के प्राचार्य पद पर थे। वे हिंदी के प्रसिद्ध विद्वान् भी थे। दीनदयालजी ने उनसे कहा कि आप एक ऐसा पत्रक तैयार कीजिए, जिसमें राष्ट्रधर्म के उद्देश्यों की स्पष्ट चर्चा हो। श्री चंद्रपालजी ने उनकी आशा के अनुरूप सुस्पष्ट और प्रभावी पत्रक तैयार कर दिया। उपाध्यायजी को भी वह एक ही बार में पसंद आ गया और उन्होंने उसे छपने भेज दिया।

सभी काम बड़े ही सुचारू रूप से होते जा रहे थे। अब राष्ट्रधर्म को डिजाइन किया जाना शेष था। इस कार्य में कला महाविद्यालय में पढ़नेवाले स्वयंसेवक शांतिदेव की सहायता ली गई। उन्होंने अपनी कलात्मक रुचि के अनुसार बहुत ही आकर्षक डिजाइन तैयार किया, जो कि उपाध्यायजी को बेहद पसंद आया। अब राष्ट्रधर्म के लिए ग्राहक जुटाने का महत्त्वपूर्ण काम किया जाने लगा, क्योंकि यदि ग्राहक ही नहीं होंगे, तो माल खरीदेगा कौन और दूसरे अंक के लिए पैसों की व्यवस्था कहाँ से हो पाएगी। इस पत्र का वार्षिक शुल्क दस रुपए, अर्द्धवार्षिक शुल्क छह रुपए और प्रत्येक अंक का मूल्य बारह आने यानी कि पचहत्तर पैसे मात्र रखा गया। इसके लिए सभी ने जिम्मेदारी ली।

ग्राहक बनाए जाने लगे। अग्रिम राशि भी काफी आ गई। इसकी व्यवस्था देखने का काम श्री बजरंग तिवारी को सौंपा गया। इसका कार्यालय अमीनाबाद की मारवाड़ी गली में एक छोटे से कमरे में खोला गया। यह कमरा संघ के एक समर्पित कार्यकर्ता श्री कृष्ण गोपाल कलंत्री का था। उन्होंने अपने घर के पासवाले मंदिर के बगलवाला कमरा इस काम के लिए खोल दिया था। उन्होंने यह कमरा हमें नि:शुल्क दिया था। यहाँ तक कि उन्होंने कमरे में एक चटाई, चादर, एक छोटी सी मुनीमी मेज, कुछ कागज, कुछ कलम, दवात आदि सामान भी रखवा दिया था। इस प्रकार से राष्ट्रधर्म का कर्यालय शुरू हो गया। कलंत्रीजी ने कुछ समय तक तो ग्राहकों द्वारा आए शुल्क को सँभालने का काम भी किया, लेकिन बाद में पंडित दीनदयालजी ने अमीनाबाद में स्थित सेंट्रल बैंक में खाता खुलवा लिया और फिर पैसा वहीं जमा किया जाने लगा।

अब तक राष्ट्रधर्म की पूरी टीम तैयार हो चुकी थी। सभी काम बखूबी अंजाम दिए जा रहे थे। बस एक ही आवश्यक काम बाकी रह गया था, और वह था इसका घोषणा-पत्र तैयार करवाना। इसके लिए अवध प्रिंटिंग वर्क्स के मालिक श्री राजेश्वर भार्गवजी से बात की गई तो वे सहर्ष तैयार हो गए। पत्र के प्रकाशक श्री राधेश्याम कपूर के पास पुलिस का दरोगा पूछताछ करने पहुँचा। श्री राधेश्याम कपूर ने बहुत ही समझदारी से उससे बातचीत की। उन्होंने उस दरोगा से कहा, ''मेरा परिवार काफी बड़ा है और मेरी कपड़े की दुकान से इतनी आमदनी नहीं होती कि घर ठीक से चल सके। इसलिए मैंने अपने काम को और बढ़ाने का विचार बनाया। यह काम मैंने इसीलिए शुरू किया, ताकि मेरे परिवार का खर्चा ठीक से चलता रहे।'' दरोगा उनके जवाब से संतुष्ट हो गया और उसने अपनी सकारात्मक रिपोर्ट लिखी। इस प्रकार इसका घोषणा-पत्र भी स्वीकार हो गया।

इसके पहले अंक की तैयारी के लिए हमने बैठक बुलाई और उसमें यह तय किया कि छियानबे पृष्ठों का पत्र निकाला जाएगा। मैंने उपाध्यायजी से अनुरोध किया—''इसके प्रत्येक अंक के लिए 'बिंदु-बिंदु विचार' शीर्षक से आपका एक संपादकीय भी रहेगा।''

''नहीं नहीं, संपादक तो तुम और राजीव लोचन हो। वह तो तुम दोनों ही लिखोगे।''

''आपको एक पृष्ठ तो लिखना ही पड़ेगा।''

''अच्छा पहले शुरू तो करो।'' दीनदयालजी ने फिलहाल बात को टालने के लिए कहा।

''हाँ, मैंने इसके लिए सामग्री मँगवानी शुरू कर दी है। देश के उच्चकोटि के विद्वानों, कवियों, संस्कृति-प्रेमियों से मैंने स्वयं संपर्क किया''पत्राचार किया। उन्होंने भी अपनी सामग्री भेजनी प्रारंभ कर दी है।''

''अरे वाह ! संपादक महोदय इसका प्रवेशांक बहुत ही प्रभावशाली होना चाहिए।''

इसी बीच भाऊराव देवरसजी बोले, ''मेरा सुझाव है कि इसके प्रवेशांक में प्रथम पृष्ठ पर तुम्हारी कविता 'हिंदू तन-मन, हिंदू जीवन''' छापी जाए।''

मैं बीच में ही बोल पड़ा—''लेकिन क्षमा कीजिएगा, मुझे यह कुछ ठीक नहीं लग रहा। मैं ही इसके संपादक मंडल में हूँ, मेरी ही कविता प्रवेशांक में छपे और वह भी प्रथम पृष्ठ पर''यह कतई ठीक नहीं लगेगा। इससे लोगों के बीच आत्ममुग्धता का संदेश जाएगा।''

दीनदयालजी ने देवरसजी की बात से अपनी सहमति जताते हुए कहा, ''यह बहुत ही अच्छा विचार है। मैं भी इससे सहमत हूँ।''

''यदि आप सभी ऐसा ही चाहते हैं, तो अंदर के पृष्ठों में छाप देंगे।'' मैंने अपनी बात रखी।

लेकिन मेरी एक भी नहीं चली और अंतत: यह तय हुआ कि वह कविता प्रथम पृष्ठ पर ही एक उपयुक्त चित्र के साथ छापी जाएगी।

मैं और राजीव लोचन दिन-रात बड़े ही परिश्रम से प्रथम अंक की तैयारी में जुटे हुए थे। हम एक-एक सामग्री बहुत सजगता से चुन रहे थे। हम बारीक से बारीक त्रुटि पर भी अपनी पैनी नजर बनाए रखते थे। जब सारा मैटर तैयार हो गया तो हमने उसे प्रेस मालिक श्री राजेश्वर भार्गवजी को सौंप दिया। प्रेस में कंपोजिंग का काम शुरू हो गया। प्रूफ पढ़ने में मैं बड़ा चौकन्ना रहता था। मजाल है कि एक चंद्रबिंदु या कॉमा की भी गलती मेरी निगाहों से चूक जाए। मैं प्रूफ के मामले में किसी पर भी भरोसा नहीं करता था।

छपाई का काम शुरू करने से पहले भार्गवजी ने मुझसे पूछा, ''इसकी कितनी प्रतियाँ छपेंगी ?''

मैंने उत्तर दिया—''तीन हजार।''

भार्गवजी मेरा उत्तर सुनकर अचंभित हो उठे और उन्होंने मुझसे दोबारा पूछा। लेकिन जब दूसरी बार भी मैंने वही संख्या बताई तो वे मुझसे बोले, ''देख लीजिए,

कहीं अधिक न छप जाएँ, क्योंकि मासिक पत्रिकाओं की बिक्री पाँच-छह सौ प्रतियों से अधिक नहीं हो पाती है। आप एक बार फिर अच्छी तरह से सोच लीजिए, क्योंकि कहीं ऐसा न हो कि हम दूसरा अंक निकाल ही न पाएँ।''

''आप चिंता न करें, भार्गवजी। निश्चिंत होकर छापें। इतने ग्राहकों ने तो पूरे वर्ष का ही चंदा एडवांस में भेज दिया है। दूसरा अंक तो इससे भी अधिक प्रतियों का निकलेगा।'' मैंने आत्मविश्वास के साथ मुसकराते हुए कहा।

भार्गवजी यह बात जानकर खुश हो गए। उनका तो लाभ ही था। प्रेस में तीन हजार प्रतियों के लिए कागज पहुँचा दिया गया। छपाई का काम शुरू हो गया। मैं और राजीव लोचन एक-एक फार्म की छपाई पर अपनी नजर बनाए हुए थे, ताकि कहीं कोई पृष्ठ मात्र की भी गलती न होने पाए। तभी अचानक एक मशीनमैन ने हल्ला मचा दिया।

उसने बड़ी नाराजगी से कहा, ''मैं तो इसे नहीं छापूँगा।''

''अरे भई, पहले यह तो बताओ कि तुम इसे क्यों नहीं छापोगे ?''

वह अड़ गया—''पहले इस कार्टून को हटाया जाए।''

दरअसल इस अंक में एक कार्टून छप रहा था, जिसमें खीर पकाने का दृश्य था। एक बुढ़िया को कांग्रेस के प्रतीक के रूप में दिखाया गया था। वह अँगीठी पर कड़ाही में खीर पका रही थी। उसने अँगीठी को जलाने के लिए चरखे को आग में जला दिया था। यहाँ चरखा अखंडता का प्रतीक था। एक कुत्ता आकर अपनी चीभ से खीर चाट रहा था, जो कि मुसलिम लीग का प्रतीक था। वह बुढ़िया मजे से ढोल बजाने में लगी हुई थी। इस कार्टून के नीचे अमीर खुसरो की पंक्तियाँ लिखी थीं—

खीर पकाई जतन से, चरखा दिया जलाय।

आया कुत्ता खा गया, तू बैठी ढोल बजाय॥

यह कार्टून ग्वालियर के श्री हरिमोहन ने बनाया था। इसी को देखकर मुसलिम मशीनमैन भड़क उठा था और उसने पत्र न छापने का हठ पकड़ लिया था। उसने साफ कहा कि इस कार्टून में इसलाम की बेइज्जती की गई है, इसलिए मैं तो इसे कतई नहीं छापूँगा। देखते-ही-देखते प्रेस के कुछ हिंदू कर्मचारी भी भड़क उठे और मामला गरमाहट पकड़ने लगा। किंतु राजीव लोचन ने तुरंत अपनी सूझबूझ का परिचय दिया और इससे पहले कि मामला और बिगड़े, उन्होंने दखल दिया। वे सभी के साथ बैठे, उनसे बातचीत की और उन्हें समझाया। उनकी समझदारी से यह मामला शांत हुआ और फिर छपाई शुरू हो सकी।

यह छोटी सी घटना हुई तो प्रेस में थी, लेकिन बाहर भी इसकी खूब चर्चा हुई, विशेषकर बुद्धिजीवियों के बीच। इसका प्रभाव यह पड़ा कि यह अंक और भी चर्चित और लोकप्रिय हो गया। लोग इसके आने का इंतजार करने लगे। प्रेस के मालिक भार्गवजी

इसकी लोकप्रियता को देखकर खासे उत्साहित हो उठे थे।

उन्होंने अपनी ओर से एक प्रस्ताव रखा—''मैं संपादक मंडल के सामने यह प्रस्ताव रखना चाहता हूँ कि इस अंक में जो भगवा ध्वज छापा जा रहा है, उसे मैं सादे पेपर की बजाय सुंदर आर्ट पेपर पर छापना चाहता हूँ। मेरा यह प्रस्ताव पूरी तरह से निःशुल्क है। कागज और रंग मेरी तरफ से दिए जाएँगे।''

इससे तो अंक और भी आकर्षक बनना था। अत: किसी ने कोई ऐतराज नहीं व्यक्त किया—''आपका यह प्रस्ताव तो बहुत ही प्रशंसनीय है। हमें कोई ऐतराज नहीं है।''

उन्होंने संतुष्ट होते हुए आगे कहा, ''मेरी बस एक ही इच्छा है कि इसके पृष्ठ भाग पर हमारी पुस्तक 'कृष्णायन' (जिसके लेखक द्वारिका प्रसाद मिश्र थे) का विज्ञापन दिया जाए।''

उनकी इस बात को सुनकर हम सब उनकी ओर हतप्रभ होकर देखते ही रह गए और उनकी इस व्यावसायिक सूझबूझ के कायल भी हो गए। हम उनकी व्यावसायिक चाल को बखूबी समझ रहे थे, लेकिन उस समय पत्रिका के हित में ऐसा करने की अनुमति दे दी।

'राष्ट्रधर्म' का पहला अंक श्रावणी संवत् 2004 को तैयार होकर आया। कहाँ कितनी प्रतियाँ भेजी जानी हैं, यह देखा जाने लगा। उसी के हिसाब से अलग-अलग बंडल बनाए जाने लगे। मैं और उपाध्यायजी गिन-गिनकर गड्डियाँ बनाने लगे। कुछ लोग उन्हें बाँधने का काम करने लगे। फिर हमने उन बंडलों पर पते लिखे। हम हर काम खुद किया करते थे। जब बंडल बाँध दिए गए, तब उन्हें भेजने का काम श्री बजरंग शरण ने सँभाला।

जैसे-जैसे राष्ट्रधर्म लोगों के पास पहुँचा, हमें उनकी प्रतिक्रियाएँ मिलनी प्रारंभ हो गईं। साहित्यिक और सांस्कृतिक क्षेत्र के बुद्धिजीवियों ने इस पत्रिका को खूब सराहा और यह पत्रिका उनके बीच चर्चा का विषय बन गई। हमें लोगों की प्रतिक्रियाएँ विभिन्न माध्यमों से मिलने लगीं। यहाँ तक कि कई जगहों से तो इस अंक की और माँग की गई। जब यह बात भार्गवजी को बताई गई तो वे आश्चर्य के साथ-साथ प्रसन्नता से भर उठे। उन्होंने तुरंत सामग्री उपलब्ध कराई और इस अंक की पाँच सौ प्रतियाँ और छापी गईं। ये प्रतियाँ भी ग्राहकों तक बिना देरी किए पहुँचा दी गईं। सभी लोग पंडित दीनदयालजी, देवरसजी, राजीव लोचनजी और मुझे बधाइयाँ देने लगे। हम लोगों ने वाकई में इस अंक के लिए दिन-रात एक कर दिए थे। इस अंक की सभी जगह अत्यंत प्रशंसा हुई। हम जहाँ भी जाते, हमारे साथ बस इसी बात की चर्चा की जाती।

हमने इस अंक की योजना भी तो बहुत सावधानीपूर्वक बनाई थी। प्रारंभ में आदिजगद्गुरु शंकराचार्य का आकर्षक रंगीन चित्र लगाया गया था। इसके बाद मेरी

कविता छापी गई थी। इसके लिए मुझे दखलंदाजी न करने के लिए कह दिया गया था और मैंने भी ठान लिया था कि पंडित दीनदयाल उपाध्याय से 'बिंदु-बिंदु विचार' लिखवाकर ही रहूँगा। मेरे आग्रह के आगे उन्हें झुकना पड़ा और इस अंक का संपादकीय उन्होंने ही लिखा। मेरी कविता के पश्चात् पूज्य गुरुजी का लेख 'हमारा राष्ट्रवाद' छापा गया। फिर 'मुसलिम राज्य : बीज, विकास और फल' शीर्षक से मेरा एक लेख था। राजीव लोचनजी के उपन्यास 'शकारि विक्रमादित्य' को धारावाहिक रूप में छापा गया था। इस अंक में अनेक सुप्रसिद्ध लेखकों की रचनाओं को स्थान मिला। श्री राजाराम द्रविड़, श्री नारायण राव तर्टे, आचार्य लक्ष्मीकांत शास्त्री आदि गण्यमान्य लेखकों की रचनाओं को इसमें शामिल किया गया था।

एक ओर तो लोगों ने इसका हृदय से स्वागत किया, लेकिन दूसरी ओर इस अंक को देखकर कुछ लोगों को बड़ा कष्ट हुआ। कुछ लोग जिन्हें अब तक यही भ्रम था कि संघ वाले तो सिर्फ शाखा ही लगाते हैं। इन्हें लाठी भाँजना, कबड्डी खेलना और एक-आध सांस्कृतिक कार्यक्रम करने में ही दिलचस्पी रहती है। संघ के बारे में ऐसे विचार रखनेवाले लोगों की आँखें खुली की खुली रह गईं। इस अंक को देखकर उनका सारा भ्रम टूट गया। लेकिन जब उन्हें यह पता चला कि राष्ट्रधर्म की तो तीन हजार प्रतियाँ हाथोहाथ बिक गई हैं, बल्कि पाँच सौ प्रतियाँ और छापी गई हैं, तो उनके होश उड़ गए, क्योंकि अब तक वे लोग यही सोचते थे कि वे ही लेखन कर सकते हैं और किसी भी पत्र की अधिक-से-अधिक प्रतियाँ उनके होलटाइमर्स ही फुटपाथ पर बेच सकते हैं।

'राष्ट्रधर्म' के इस प्रथम अंक ने ही हमारे आत्मविश्वास को बढ़ा दिया था। संपादक मंडल और अन्य सहयोगी मित्र बहुत उत्साहित थे। ''अरे भाई, हमारे संपादक-द्वय हमें मिठाई नहीं खिलाएँगे ? इतना प्रभावी अंक निकाला है।'' उपाध्यायजी ने हमारी ओर देखकर कहा।

मैं और राजीव लोचन हँस दिए। मैंने कहा, ''पंडितजी, इसके प्रबंधक तो आप ही हैं। मुँह तो आप ही मीठा करवाइए।''

''हा''हा''हा''ठीक है। जाओ, सबके लिए रसगुल्ले ले आओ।'' उन्होंने पैसे देते हुए एक लड़के को भेजा और आगे बोले, ''जनता ने अपना प्रेम दिखाकर हमारे मनोबल को बढ़ाया है। लेकिन अब हमारे ऊपर एक बड़ा दायित्व भी आ गया है। हमें इसका दूसरा अंक और भी प्रभावी बनाना होगा, ताकि सभी का विश्वास हम पर और दृढ हो।''

देवरसजी ने भी उपाध्यायजी की बात का समर्थन किया और कहा, ''हम सभी एक-दूसरे के काम के महत्त्व को समझकर उसे आगे बढ़ाएँ। दरअसल यह अंक सभी की लगन और परिश्रम का ही प्रतिफल है। अब हमें इसके दूसरे अंक में भी अपनी प्रतिभा का लोहा सबको मनवा देना होगा।''

हमारे पास अनेक पाठकों के प्रशंसात्मक पत्र आने लगे थे। मैं और राजीव लोचन सभी पत्रों के उत्तर दिया करते। इस काम में भी हमें आधी-आधी रात हो जाती थी। डाकिया भी हमारा अच्छा मित्र था। हमें पत्र देते हुए वह भी उत्साहित होता और कहता—''लीजिए संपादकजी, आज की चिट्ठियाँ।''

मैं भी हँसकर कहता—''आज बस इतनी ही?''

''ठहरो गुरु···अभी हमको अपना झोला खाली तो करने दो।''

''हाँ··हाँ··हाँ··ये चिट्ठियाँ ही तो हमारे पाठकों का प्यार है। आप चिंता मत करिए डाकिया बाबू, दीजिए जितनी भी हैं। हम सभी को उत्तर लिखेंगे।''

राजीव लोचन भी हँसते हुए हमारे वार्त्तालाप में शामिल हो जाते। हम दोनों शाम को ही सभी चिट्ठियों के उत्तर लिखने बैठ जाते और लिखते-लिखते आधी रात हो जाती। हमारा उत्साह बहुत बढ़ चुका था और अब हम दूने उत्साह से इसके दूसरे अंक की तैयारी में लग गए। दूसरे अंक की काफी हद तक सामग्री पहले ही तय कर ली गई थी।

पंडितजी ने अपना प्रस्ताव रखा—''मेरा प्रस्ताव है कि इस अंक की छह हजार प्रतियाँ छापी जाएँ।''

''हम भी यही चाहते हैं।'' मैंने और राजीव लोचन ने अपनी सहमति दी। लेकिन भार्गवजी थोड़े अनमने से लग रहे थे। ''क्या हुआ भार्गवजी, आप कुछ नहीं कह रहे? घर-द्वार में सब सकुशल तो है?''

''हाँ, सब कुशल है, लेकिन मुझे एक समस्या का सामना काफी दिनों से करना पड़ रहा है।''

''अरे! कहिए न, क्या समस्या है? आपकी समस्या हमारी समस्या है।''

''इतनी अधिक प्रतियाँ छापने के कारण प्रेस का सारा काम इसी पत्रिका पर केंद्रित हो गया है। अनेक पुस्तकें, जो प्रकाशन के क्रम में पहले से लगी हुई थीं, उनका काम रुक सा गया है। हमें लेखकों को भी तो उत्तर देना पड़ता है।''

''ओह! हम आपकी समस्या समझ रहे हैं, भार्गवजी। हम जल्द-से-जल्द इसका हल निकालेंगे।'' उपाध्यायजी ने उन्हें धीरज बँधाया।

पंडित दीनदयालजी और श्री देवरसजी ने काफी विचार-विमर्श किया और इस नतीजे पर पहुँचे कि अपनी खुद की प्रेस स्थापित की जाए। पंडित दीनदयालजी पुराने प्रेस की तलाश में जुट गए, क्योंकि उस समय नया प्रेस लगाना संभव नहीं था। प्रशासन ने इस पर रोक लगा रखी थी। तभी किसी ने सूचना दी कि लखनऊ के बाबूगंज मोहल्ले में एक प्रेस बिकाऊ है।

दीनदयालजी तुरंत वहाँ चल दिए—''मैं अभी वहाँ चला जाता हूँ। आप उस प्रेस का नाम बताएँ।''

''जी! भारत प्रेस।''

''धन्यवाद बंधु।''

दीनदयालजी ने आकर बताया—''मशीन तो अच्छी है, लेकिन उसमें एक बड़ी दिक्कत है।''

''क्या पंडितजी?''

''वह ट्रेडिल मशीन बिजली से नहीं चलती है। उसका चक्का हाथ से घुमाना पड़ता है।''

''हाँ तो इसमें समस्या क्या है! हम सब हैं न˙˙हम घुमाएँगे।'' दो-तीन लोग एक साथ बोल पड़े। दीनदयालजी मुसकराए और उस प्रेस को खरीदने का निर्णय ले लिया गया। उस समय भारत प्रेस को सत्रह हजार रुपए में खरीदा गया था। डॉ. रामनाथ भल्लाजी ने अपने परिचित एक रिटायर्ड सैन्य अधिकारी श्री जैनी से बात की और कैंट क्षेत्र के सदर में उनका एक हॉल किराए पर दिलवा दिया। श्री जैनी ने इस हॉल का किराया साठ रुपए प्रति माह बताया। सारी बातें तय हो जाने के बाद मशीन व अन्य सभी सामान बाबूगंज से यहाँ पहुँचाया गया। इस प्रेस का मालिक श्री पावगीजी को नियुक्त किया गया। उन्हीं के नाम से नजदीक के बैंक में खाता भी खोल लिया गया। अब 'राष्ट्रधर्म' का अपना प्रेस हो गया था।

☐

-: 5 :-

हम सभी दूसरे अंक की तैयारी में जुट गए। उत्तम से उत्तम सामग्री छाँटने लगे। हम लोग बड़े-बड़े प्रतिष्ठित लेखकों से संपर्क किया करते। हमें सभी का भरपूर स्नेह मिल रहा था। हम इस अंक को भी बहुत प्रभावशाली बनाना चाहते थे, इसलिए इसे अधिक-से-अधिक सँवारने में जुट गए। हमने इस अंक के कवर पर सिंहगढ़ का चित्र छापने का निर्णय लिया। इस चित्र के नीचे लिखा गया—'न दैन्यं न पलायनम्'। इस अंक के लिए भी प्रभावी कार्टून देने के विचार से अनेक कार्टूनों पर चर्चा हुई। अंतत: जो कार्टून दिया गया, उसमें दिखाया गया था कि गांधीजी गणेशजी का चित्र बना रहे हैं, लेकिन वह चित्र एक वानर का बन गया है। इसका भाव यह था कि हम सबने मिलकर जिस पूर्ण स्वराज की कल्पना की थी, वह पूरी न हो सकी और भारत के दो टुकड़े हो गए। इस कार्टून के नीचे लिखा गया था—'विनायकं प्रकुर्वाणी रचयामास वानरम्'। बाद में इस कार्टून की भी बहुत चर्चा हुई। अनेक प्रतिक्रियाएँ प्राप्त हुईं। राष्ट्रधर्म का यह दूसरा अंक भी अवध प्रिंटिंग वर्क्स में ही छपा। इस अंक की आठ हजार प्रतियाँ छापी गईं। मेरे हठ के कारण इसका संपादकीय भी उपाध्यायजी को ही लिखना पड़ा।

दूसरे अंक को भी पाठकों का भरपूर स्नेह मिला। उनकी प्रतिक्रियाएँ हम तक पहुँचने लगीं। हर एक पाठक की प्रतिक्रिया हमें कुछ नया करने की प्रेरणा देती और नवीन विचारों से भर देती थी। इसी बीच हमने एक 'विजयादशमी विशेषांक' भी निकाला। इसमें विषयानुकूल सामग्री डाली गई।

राष्ट्रधर्म का अगला अंक हमने संयुक्तांक निकालने का निर्णय लिया, यानी अंक 3 और अंक 4 एक साथ। चूँकि हमें प्रेस की स्थापना में अधिक समय लग गया था, इसलिए ऐसा करना ही उचित जान पड़ा। हमने इस अंक को बारह हजार निकालने का विचार बनाया तथा इसके हर अंक का मूल्य एक रुपया और बारह आना रखने पर सहमति बनी। इस अंक के कार्टून में दिखाया गया कि चर्चिल शिवजी की तरह बैठे सिगार पी रहे हैं और सामने दस सिर वाले जिन्ना अपने दोनों हाथ जोड़कर खड़े प्रार्थना

कर रहे हैं। इस कार्टून के नीचे लिखा था—'वर पाए कीन्हें सब काजा'। संपादकीय लेख इस बार भी उपाध्यायजी ने ही लिखा।

राष्ट्रधर्म लगातार सभी का स्नेह प्राप्त कर रहा था। अब तक यह सभी का पसंदीदा पत्र बन गया था। इधर धीरे-धीरे इसका अपना सारा सामान भी बनता जा रहा था। अब राष्ट्रधर्म का अपना प्रेस, अपने कंपोजीटर, अपने बाइंडर हो गए थे। यह सब देखकर दीनदयालजी की तो खुशी का ही ठिकाना न रहा। वे इसकी निरंतर प्रगति से अत्यंत प्रसन्न थे। इसी बीच उन्हें किसी आवश्यक काम से कुछ समय के लिए मेरठ जाना पड़ा। उनकी अनुपस्थिति में प्रेस के प्रबंध का काम नानाजी देशमुख देखते थे। हम सभी अपने-अपने कामों में बेहद व्यस्त रहते थे। जल्दी ही उपाध्यायजी वापस लौट आए और इस बार और अधिक ऊर्जा के साथ इसके प्रबंध के काम में लग गए। इस बार एक और अनूठी बात हुई कि वे तकनीक जानकारी में भी दिलचस्पी लेने लगे और कुछ नया सीखने का प्रयास करने लगे। कोई नई चीज सीख जाने पर खूब उत्साहित होते फिर हमें भी सिखाते। दीनदयाल उपाध्यायजी ने सबसे पहले कंपोजिंग सीखी। वे हमसे भी कहते—''आप दोनों संपादकों को भी कंपोजिंग सीखनी चाहिए। यह बहुत आसान है। मैं रात के समय खुद कंपोजिंग करता हुआ सीख गया।''

हम इनकी सीख को सहर्ष स्वीकार करते थे। उन्होंने हमें समझाया—''देखो! यदि संपादक को कंपोजिंग आती होगी, तो उसे कंपोजीटरों पर निर्भर नहीं रहना पड़ेगा। यदि कभी कंपोजीटर न हो तो काम भी नहीं रुकेगा।''

''आप उचित कह रहे हैं। हम भी सीख लेंगे।''

अब हमने भी कंपोजिंग करना सीखा। लेकिन उपाध्यायजी तो अब भी नई-नई चीजें सीखने में लगे हुए थे। वे प्रेस का हर काम ध्यान से देखते और उसे सीखने की कोशिश करते। वे मशीन का काम भी बड़े उत्साह से सीखते और हमें भी नई-नई बातें बताते। दीनदयालजी ने प्रेस के टेक्नीकल अंग्रेजी के शब्दों हो हिंदी में बोलना शुरू किया। वे अन्य लोगों से भी हिंदी में ही बोलने के लिए कहते। वे कंपोजीटर को संयोजक, कंपोजिंग को संयोजन, डिस्ट्रीब्यूटर को वियोजक, मशीनमैन को यांत्रिक आदि नामों से पुकारते। उनकी देखादेखी प्रेस के बाकी लोग भी इन्हीं नामो का प्रयोग करने लगे थे। उपाध्यायजी का कहना था कि ''जब तक अंग्रेजी शब्दों के हिंदी शब्द नहीं बनाए जाएँगे, तब तक हिंदी का विकास नहीं हो पाएगा।''

प्रेस में सभी उपाध्यायजी के प्रति बड़ी श्रद्धा रखते थे। उपाध्यायजी भी सभी को बहुत स्नेह करते थे। वे पहले सबकी बात खूब गौर से सुनते और फिर उस पर विचार करते थे। वे हर अंक के लिए हम दोनों संपादकों के साथ बैठकर विस्तृत चर्चा किया करते थे। कभी-कभी किसी विषय पर हमारे विचार आपस में टकरा भी जाते, लेकिन

फिर हम सब एक हो जाते थे। मैंने उपाध्यायजी के साथ काम करके बहुत कुछ सीखा। उनके मन में हम सभी के लिए अथाह प्यार था। वे बहुत ही बेहतरीन व्यक्ति थे, बेहद सुलझे हुए।

राष्ट्रधर्म को पाठकों का जितना स्नेह मिला, उसकी हमने कल्पना भी नहीं की थी। हमें इतना आत्मविश्वास तो था कि हम इस पत्रिका के लिए जी-जान लगा देंगे। इसके लिए अच्छे-से-अच्छा काम करेंगे, लेकिन पाठकों से मिलनेवाली प्रतिक्रियाएँ हमारे लिए अप्रत्याशित थीं। दिनोदिन मिलनेवाली उनकी प्रतिक्रियाएँ हमें और उत्साहित कर रही थीं।

एक दिन हम सभी बैठे इसी विषय पर बातचीत कर रहे थे कि एकाएक दीनदयालजी ने एक प्रस्ताव रखा—‘‘राष्ट्रधर्म की सफलता को देखते हुए मेरा विचार है कि क्यों न हम एक साप्ताहिक भी प्रकाशित करें?’’

हमें उनका यह प्रस्ताव बहुत अच्छा लगा। मैंने तुरंत उत्साहित होते हुए कहा, ‘‘वाह! यह तो बहुत ही सुंदर विचार है आपका।’’

‘‘हाँ अटल! हमारा मासिक पत्र लोगों ने बहुत पसंद किया है और मुझे पूरा विश्वास है कि वे हमारे साप्ताहिक पत्र का भी स्वागत करेंगे।’’

‘‘लेकिन उसके लिए संपादक का चुनाव और बाकी अन्य व्यवस्थाएँ भी तो करनी होंगी!’’

‘‘उसमें तो कोई समस्या नहीं होनी चाहिए। हमारे पास दो-दो संपादक हैं। एक मासिक को सँभाले और दूसरा साप्ताहिक को। और रही बात बाकी सामग्री की तो वह कोई मुश्किल काम नहीं है, क्योंकि हमारे पास पहले से ही मशीन, प्रेस सब है ही। हम अपने इस साप्ताहिक पत्र का नाम ‘पाञ्चजन्य’ रखेंगे। अटल! इसका संपादन आप करेंगे। राजीव लोचन! आप राष्ट्रधर्म को स्वतंत्र रूप से सँभालेंगे।’’

इस प्रकार मेरे संपादन में एक साप्ताहिक पत्र शुरू हुआ ‘पाञ्चजन्य’। इसका पहला अंक पौष शुक्ल 3, संवत् 2004 को निकला। इसका प्रकाशन भी भारत प्रेस से ही हुआ। जैसा कि हमने अनुमान लगाया था, पाठकों ने इस साप्ताहिक का खुलकर स्वागत किया। इसने अपना पाठक वर्ग बनाना प्रारंभ कर दिया। हमारे कई विरोधी भी थे। उन्हें हमारे दोनों पत्रों की प्रसिद्धि चुभने लगी थी। खैर, इसी दौरान एक अनहोनी घट गई, गांधीजी की हत्या हो गई। कांग्रेस को संघ की ये दोनों पत्रिकाएँ पहले से ही नहीं सुहा रही थीं। ऐसे में गांधीजी हत्या से देश का माहौल बेहद खराब हो गया और संघ पर भी प्रतिबंध लगा दिया गया। इस प्रतिबंध का यह परिणाम हुआ कि भारत प्रेस पर भी सरकारी ताला लग गया।

देश भर में संघ के लोगों को गिरफ्तार किया जाने लगा। श्री दीनदयाल उपाध्यायजी, श्री नानाजी देशमुख आदि को जेल में बंद कर दिया गया। मैं मौके की नजाकत को

देखते हुए भूमिगत हो गया। वह बहुत ही कठिन समय था। कांग्रेस के कुछ लोग संघ के लोगों के साथ मतभेद रखते थे। साम्यवादी विचारधारा के प्रति झुकाव रखने के कारण तत्कालीन प्रधानमंत्री पंडित जवाहरलाल नेहरू भी संघ की विचारधारा का विरोध करते थे। नाथूराम गोडसे ने महात्मा गांधी की हत्या की थी और प्रतिबंध संघ पर लगा दिया गया। 'नाथूराम गोडसे संघ का स्वयंसेवक है और गांधीजी की हत्या का षड्यंत्र आर.एस.एस. ने रचा है' यह आरोप लगवाकर कांग्रेस की तत्कालीन सरकार ने राष्ट्रीय स्वयंसेवक संघ पर न केवल प्रतिबंध लगाया, बल्कि देशभर में उससे जुड़े अनेक लोगों को प्रतिबंधक कानून के अंतर्गत गिरफ्तार कर जेल में बंद कर दिया।

नाथूराम गोडसे और संघ के संबंध में स्वयं गोडसे ने अदालत में अपना बयान दिया कि वह किसी समय संघ की शाखा जाया करता था, लेकिन बाद में उसने संघ छोड़ दिया था। पंडित नेहरू आर.एस.एस. के संबंध में पूर्वग्रह से ग्रसित थे और उन्हें तत्कालीन वामपंथी विचारकों/नेताओं द्वारा लगातर संघ के प्रति भड़काया जा रहा था। कांग्रेस के शीर्ष नेताओं के भड़काऊ भाषणों से देशभर में कांग्रेस के लोग संघ से संबंध रखनेवाले लोगों को प्रताड़ित करने लगे। संघ कार्यालयों पर पथराव हुआ, तोड़फोड़ हुई और कई जगह आगजनी भी की गई। लेकिन संघ के अनुशासित स्वयंसेवकों ने कोई प्रतिकार नहीं किया। उन्होंने इस हिंसा का सामना शांति से करके यह साबित कर दिया कि संघ एक अहिंसक संगठन है। गांधीजी की हत्या में आर.एस.एस. की भूमिका की पड़ताल करने के लिए तत्कालीन गृहमंत्री सरदार पटेल की निगरानी में देशभर में अनेक गिरफ्तारियाँ, छापेमारी और गवाहियाँ हुईं।

उस समय के सरसंघचालक श्रीगुरुजी को 2 फरवरी की मध्यरात्रि में गिरफ्तार कर लिया गया। संघ के करीब बीस हजार कार्यकर्ताओं के घरों की भी तलाशी ली गई। लेकिन गांधीजी की हत्या की साजिश में संघ के सहभागी होने का रत्तीभर भी प्रमाण नहीं मिल सका। अपने ऊपर हो रहा अन्याय दूर करने के लिए दूसरा कोई भी मार्ग शेष न रहने के कारण 9 दिसंबर, 1948 से संघ ने सत्याग्रह आरंभ कर दिया। आरंभ में इस सत्याग्रह की बड़ी हँसी उड़ाई गई। कहा गया कि 'हिंसा पर विश्वास रखनेवाले शांतिपूर्ण सत्याग्रह कर ही नहीं सकेंगे' और यह भी कहा गया कि एक-दो हजार लड़के ही इसमें भाग लेंगे, लेकिन सत्याग्रह पूरी तरह से शांतिपूर्ण हुआ। कुछ स्थानों पर पुलिस ने जरूर अत्याचार किए, लेकिन हम स्वयंसेवकों ने किसी भी तरह से शांति को भंग नहीं किया। इस सत्याग्रह में सत्तर हजार से भी अधिक स्वयंसेवकों ने अपनी गिरफ्तारियाँ दीं।

इस सत्याग्रह ने समाज के अनेक बुद्धिजीवियों का ध्यान अपनी ओर आकृष्ट किया और उन्होंने मध्यस्थता के लिए पहल की। सबसे पहले 'केसरी' के तत्कालीन संपादक श्री ग.वि. केतकर सामने आए। वे सरकार के प्रतिनिधियों से मिले; कारागृह

में श्रीगुरुजी से मिले और उन्होंने गुरुजी को बताया—''जब तक सत्याग्रह समाप्त नहीं किया जाएगा, तब तक सरकार के साथ चर्चा नहीं हो सकेगी।''

श्री केतकर की सूचना के अनुसार 22 या 23 जनवरी, 1949 को सत्याग्रह रोका गया, लेकिन पाबंदी फिर भी कायम ही रही।

फिर पुराने मद्रास क्षेत्र में एडवोकेट जनरल के महत्त्वपूर्ण पद पर कार्य कर चुके श्री टी.आर. व्यंकटराम शास्त्री आगे आए। वे भी सरकारी अधिकारियों से मिले; फिर गुरुजी से भी मिले। उन्होंने श्रीगुरुजी को बताया कि संघ अपना संविधान लिखित स्वरूप में दे, ऐसी सरकार की माँग है। उसके बाद ही पाबंदी हटाने पर विचार किया जाएगा।

श्रीगुरुजी ने भी उनसे प्रश्न किया—''हमारे पास लिखित संविधान नहीं है, क्या इसलिए हम पर पाबंदी लगाई गई थी?''

फिर भी व्यंकटराम शास्त्री जैसे ज्येष्ठ और श्रेष्ठ व्यक्ति का सम्मान रखने के लिए संघ ने लिखित स्वरूप में अपना संविधान सरकार के पास भेजा। उसके बाद सरकार को तुरंत पाबंदी हटानी चाहिए थी, लेकिन सरकार ने पाबंदी नहीं हटाई।

श्री व्यंकटराम शास्त्री भी नाराज हुए और उन्होंने 'संघ पर पाबंदी हटाने की आवश्यकता है' ऐसी सूचना देनेवाला पत्रक निकाला। उन्होंने श्रीगुरुजी और सरकार को यह भी सूचित किया कि इसके बाद वे सरकार से कोई पत्र-व्यवहार नहीं करेंगे। अब सरकार फँस गई। वह पाबंदी कायम नहीं रख सकती थी। जनमत भी उस पाबंदी के विरोध में हो गया था। फिर सरकार ने श्री मौलिचंद्र शर्मा के रूप में एक मध्यस्थ चुना। अंततः 12 जुलाई, 1949 को संघ पर लगी पाबंदी हटाई गई। पूरी पड़ताल करने के बाद न्यायालय ने अपना फैसला सुनाया। उसने कहा कि 'गोडसे ने गांधी को मारा और संघ या संघ के लोगों ने गांधी को मारा' इन दोनों कथनों में बहुत बड़ा अंतर है। एक संयोग यह भी था कि जिस दिन की सुबह के समाचार-पत्रों में श्री व्यंकटराम शास्त्री की मध्यस्थता असफल होने का पत्रक प्रकाशित हुआ था, उसी दिन सायंकाल आकाशवाणी से सरकार ने संघ पर लगी पाबंदी हटाने की घोषणा प्रसारित की। संघ इस अग्नि-परीक्षा में निर्दोष साबित हुआ था।

मैं इस प्रतिबंध के दौरान इलाहाबाद चला आया था। वहाँ श्री रामरख सिंह सहगल एक अंग्रेजी साप्ताहिक 'क्राइसिस' निकालते थे। मैं उनके पास काम करने लगा। इसी दौरान सहगलजी ने 'चाँद' का फाँसी अंक निकालने का निर्णय लिया और मुझे इसका कार्य सौंप दिया। मैं इस अंक की तैयारी में जुट गया। वे एक मासिक पत्र भी निकालते थे—'कर्मयोगी'। कुछ समय तक मैं 'कर्मयोगी' में भी काम करता रहा, लेकिन इसी बीच संघ पर लगे सभी प्रतिबंध समाप्त हो गए और भारत प्रेस पर लगा ताला खुल गया।

दीनदयालजी जेल से छूटते ही सीधे अपने भारत प्रेस दफ्तर पहुँचे। हम सभी भी

आ पहुँचे और राष्ट्र-धर्म और पाञ्चजन्य का प्रकाशन कार्य फिर शुरू हो गया। इधर इलाहाबाद में मेरे जाने पर सहगलजी बहुत नाखुश हुए। वे मुझे अपने पास ही रोकना चाहते थे, इसके लिए उन्होंने बहुत कोशिश भी की, लेकिन मुझे तो भारत प्रेस आना ही था।

'पाञ्चजन्य' के माध्यम से मैं लोगों के मन में फैले भ्रम दूर करने के प्रयास करने लगा। मैं लोगों को आर.एस.एस. की विचारधारा से परिचित करवाना चाहता था। मैं चाहता था कि लोग हमारी राष्ट्रहित से जुड़ी गतिविधियों को जानें और राष्ट्रहित में हमारी भूमिका को ठीक ढंग से समझें। इसका परिणाम यह हुआ कि लोग हमारे विचारों को समझने लगे। राजनीतिक हित के लिए किस प्रकार से हमारा विरोध किया जाता था, यह अब लोगों को समझ में आने लगा था। प्रतिबंध हटने के बाद उससे संबंधित पाञ्चजन्य के अंक की तैयारी के लिए मैंने दिन-रात एक कर दिया। यह ऐसा समय था जब मुझे न तो भूख लगती थी और न ही नींद आती थी। मैंने इस अंक के लिए सबकुछ भुला दिया था।

मुझे आज भी वह दिन याद है। हम उन दिनों राष्ट्रधर्म और पाञ्चजन्य की तैयारियों में जुटे रहते थे। हमारे पास एक बड़ा हॉल ही होता था, उसी में टैपिंग का काम, प्रेस का काम, बाइंडिंग का काम और बैठकें आदि सब किया जाता था। हम लोग पहले ही अपना घर-बार सब देश और संघ के लिए समर्पित कर चुके थे। यह भारत प्रेस ही अब हमारा घर था। यहाँ जगह की काफी कमी थी, लेकिन हमारे ऊपर राष्ट्रभक्ति का जो जुनून सवार था, उसमें कोई कमी नजर ही नहीं आती थी। अब तो हम हर तरह की परिस्थिति में काम करने के आदी हो चुके थे। सर्दी-गरमी-बरसात-भूख-प्यास-नींद कुछ भी हमें नहीं सताता था।

उसी समय की एक दिलचस्प घटना है—मैं, राजीव लोचन और दीनदयालजी अकसर रात भर काम किया करते थे। इसलिए हम दिन में समय बाँधकर बारी-बारी से कुछ देर की नींद ले लिया करते थे। हमारे दफ्तर में चटाई भी रखी रहती थीं। एक दोपहर मैं और दीनदयालजी चटाई बिछाकर लेट गए। वहीं हमारे सिरहाने कुछ ईंटें रखी हुई थीं। हमने नींद में उन्हीं ईंटों को तकिए की तरह अपने सिर के नीचे लगा लिया। हमारे भारत प्रेस का हिसाब-किताब श्री राधेश्याम कपूरजी देखा करते थे। वैसे तो उनकी अमीनाबाद में अपनी दुकान भी थी। लेकिन वे उसमें कम ही बैठते, क्योंकि उनका दिल तो भारत प्रेस में ही लगा रहता था। अचानक वे आ गए और हमें ऐसे सोता देख द्रवित हो उठे। जबकि सच तो यह है कि हमें किसी भी प्रकार का कोई कष्ट महसूस ही नहीं हुआ था, हम तो थकन के बाद की नींद का आनंद ले रहे थे। बाद में तो यह अकसर ही होने लगा। हममें से कोई भी सोता तो उन्हीं ईंटों का तकिया लगा लेता।

हमारे विरोधियों ने हर तरह की कोशिश की कि किसी भी तरह से राष्ट्रधर्म पर पाञ्चजन्य का संपादन बंद करवा दिया जाए, किंतु ईश्वर की मरजी और उपाध्यायजी की सूझबूझ के आगे किसी की कोई चाल कामयाब न हो पाती थी। हम पर झूठे मुकदमें भी चलाए गए। हम उन मुकदमों की पैरवी करने भी जाते और अपने राष्ट्रधर्म में भी लगे रहते। हमें 'सत्यमेव जयते' पर पूर्ण विश्वास था।

दरअसल हम उथली नदी के समान नहीं थे, हम सब के सब गहरे सागर थे। हमारे भीतर राष्ट्रभक्ति और राष्ट्रहित की लहरें उछाल मारा करती थीं। हमारे भीतर देशप्रेम का ज्वार था। और यही कारण था कि तमाम मुश्किलों को भी हम चुटकियों में पार कर जाते थे। हमारे विरोधी राष्ट्रधर्म (मासिक) और पाञ्चजन्य (साप्ताहिक) को तो बंद करवा नहीं पाए, लेकिन हमने अवश्य 'स्वदेश' (दैनिक) निकालने की योजना बना डाली। दीनदयालजी का उत्साह तो देखते ही बनता था और यह योजना भी उन्हीं के उत्साह का परिणाम थी। उन्होंने बड़े हर्ष के साथ अपना विचार सभी के सम्मुख रखा। वे चाहते थे कि अब हम 'स्वदेश' नाम से एक दैनिक पत्र निकालें। इसके लिए पूरी रूपरेखा तैयार की गई। इसका नाम रखा गया—दैनिक 'स्वदेश'। संपादक का दायित्व मुझे प्रदान किया गया और उपसंपादक हुए भगवतीधर वाजपेयी। हमने इसके प्रचार के लिए दैनिक 'स्वदेश' का ऐतिहासिक उद्घाटन कार्यक्रम आयोजित किया। लखनऊ में आयोजित इस कार्यक्रम में हिंदी पत्रकारिता के भीष्म पितामह पंडित अंबिकाप्रसाद वाजपेयी, डॉ. राधाकुमुद मुखर्जी और डॉ. दीनदयाल गुप्ता आदि महत्त्वपूर्ण लोगों ने अपनी उपस्थिति देकर हमें अपना आशीर्वाद प्रदान किया।

मेरा काम निरंतर बढ़ता जा रहा था और अब तो दोहरा हो गया था। दैनिक पत्र का संपादन करना आसान काम नहीं होता, इसमें व्यस्तता और दायित्व बहुत बढ़ जाता है। लेकिन मेरे पास और कोई काम था ही नहीं, यही तो मेरी दुनिया थी। मैं अपनी जिम्मेदारियों में डूब गया। मैं पत्र में अग्रलेख तो लिखता ही था, आवश्यकता पड़ने पर समाचारों का अंग्रेजी से हिंदी में अनुवाद भी कर देता था। कभी कंपोज की गई सामग्री का प्रूफ पढ़ता तो कभी पेज का मैकअप भी करवाता। मैं नि:संकोच अपनी टीम के साथ कहीं भी किसी भी काम के लिए बैठ जाता था। हममें से किसी में यह भावना नहीं थी कि 'यह तेरा काम है' या 'यह मेरा काम है' बल्कि हम सबके भीतर यही भावना होती थी कि 'यह हम सभी का पत्र है'।

यह वह समय था, जब हमारा देश आजाद हुआ ही था। इस आजादी के साथ-साथ हमें विरासत में अनेक समस्याएँ भी चुनौती के रूप में प्राप्त हुई थीं। सबसे बड़ी समस्या देश विभाजन के समय लोगों के इधर-से-उधर और उधर-से-इधर आने-जाने के दौरान मिले जख्मों की थी। हम अपने पत्र के माध्यम से इस वेदना को स्वर देते˚˚˚उनपर सांत्वना

का मरहम भी लगाते। हम अपने लेखों के माध्यम से देश को रचनात्मक दृष्टि भी देते। अब तक देश का नया संविधान भी लागू हो चुका था। देश में सामाजिक, राजनीतिक, आर्थिक परिवर्तन का दौर चल रहा था। पंचवर्षीय योजनाएँ लागू हुई थीं। नए संविधान के मुताबिक देश में लोकसभा और विधानसभाओं के पहले आम चुनाव होनेवाले थे। विस्थापितों का दर्द मुखर हो रहा था। उस समय के बुद्धिजीवी इस विषय पर बहुत मर्मांतक लेखनी चला रहे थे। पंडित नेहरू धर्मनिरपेक्षता के साथ कट्टरता से खड़े थे। उस समय भारत सरकार की नीतियों से असहमत हो अप्रैल 1950 को डॉ. श्यामाप्रसाद मुखर्जी ने नेहरू मंत्रिमंडल से त्याग-पत्र दे दिया। सरकार में वे उद्योग मंत्री थे।

डॉ. श्यामाप्रसाद मुखर्जी देश की नई परिस्थितियों में हिंदू महासभा की राजनीति को प्रासंगिक नहीं मानते थे। अत: उन्होंने एक नए राजनीतिक दल के गठन की आवश्यकता अनुभव की। इस संदर्भ में उन्होंने आदरणीय गुरुजी से भेंट की। उस समय तक देश में राष्ट्रीय स्वयंसेवक संघ का महत्त्व बढ़ चुका था। अपनी विचारधारा के कारण संघ लोगों को अपनी ओर आकर्षित कर रहा था। गांधीजी की हत्या के समय संघ को प्रतिबंधित कर पूज्य गुरुजी समेत अनेक लोगों को जेल में बंद कर दिया गया था। उस समय कोई भी ऐसा नहीं था, जो संघ की बात को लोकसभा में रख सकता। इस बात का एहसास अब संघ के वरिष्ठ जनों को भी होने लगा था। जब डॉ. श्यामाप्रसाद मुखर्जी यह प्रस्ताव लेकर पूज्य गुरुजी से मिले, तो संघ के वरिष्ठ स्वयंसेवकों ने इस पर गंभीरता से विचार किया। आखिर में सभी इस निर्णय पर पहुँचे कि राष्ट्रीय स्वयंसेवक संघ भी अपना एक राजनीतिक दल गठित करेगा और वह दल आगामी चुनावों में अपने डी.एम. पर खड़ा भी होगा।

संघ ने अपने कार्यकर्ताओं को अनुमति दी कि वे जनसंघ के नाम से एक नए राजनीतिक दल की स्थापना में डॉ. मुखर्जी का सहयोग करें। संघ राष्ट्रहित के अपने मूल कार्य को छोड़े बिना इस नए दल के गठन में सक्रिय हो उठा। स्वयंसेवक देश भर में बड़ी संख्या में फैले हुए थे। अत: अनेक प्रदेशों में बड़ी ही आसानी से जनसंघ की इकाइयाँ स्थापित हो गईं। इस प्रकार 21 सितंबर, 1951 को पंडित दीनदयाल उपाध्याय ने उत्तर प्रदेश में प्रारंभिक जनसंघ पार्टी की स्थापना की। 21 अक्तूबर को दिल्ली में भारतीय जनसंघ का पहला राष्ट्रीय अधिवेशन हुआ। इसमें चुनाव-चिह्न भी तय किया गया। जनसंघ का चुनाव-चिह्न 'दीपक' रखा गया। डॉ. श्यामाप्रसाद मुखर्जी भारतीय जनसंघ के राष्ट्रीय अध्यक्ष घोषित किए गए। दीनदयाल उपाध्यायजी उपाध्यक्ष बनाए गए। हम सभी भारतीय राजनीति की इस महत्त्वपूर्ण घटना के साक्षी बने।

मैं अब भी दैनिक 'स्वदेश' के साथ जी-जान से जुड़ा हुआ था। मुझे हर रोज रात तक 'पत्र' प्रिंटिंग के लिए देना होता था, क्योंकि चाहे जो भी हो जाए, हर सुबह दैनिक पत्र तो घरों में पहुँचाना ही है। सन् 1950-51 में दैनिक 'स्वदेश' ने लखनऊ

और उसके आसपास के क्षेत्रों में अपना अच्छा पाठक-समूह बना लिया था। इसके पाठकों में बुद्धिजीवियों से लेकर सामान्य आदमी तक सभी शामिल थे। इसके संपादकीय लोगों में विशेष रुचि जगा रहे थे। लोग इसका संपादकीय पढ़कर अपनी प्रतिक्रियाएँ दिया करते। कुछ संपादकीय विशेष तौर पर सराहे गए, जैसे—टंडनजी से, तिब्बत पर आक्रमण, ठक्कर बापा, गोवध बंद हो, पाकिस्तान का भारत में विरोधी प्रचार, घूँसे को घूँसा, विजयादशमी आदि।

वर्ष 1952 में पहले लोकसभा चुनाव प्रारंभ हुए। इसमें जनसंघ के 94 प्रत्याशी खड़े किए गए। चुनाव प्रचार प्रारंभ हो गया और मुझे भी अच्छे वक्ता के तौर पर अनेक चुनावी रैलियों और सभाओं में भाषण देने के लिए भेजा गया। उस समय मुझे चुनाव में तो खड़ा नहीं किया गया था, लेकिन मेरे भाषणों के द्वारा मेरी प्रतिभा लोगों के सामने खुलकर आने लगी थी। मैं एक अच्छे पत्रकार के साथ-साथ एक अच्छे वक्ता के रूप में भी जाना जाने लगा था। उन्हीं दिनों की एक घटना है—गोरखपुर में डॉ. श्यामाप्रसाद मुखर्जी एक सार्वजनिक सभा को संबोधित करनेवाले थे। बहुत बड़ी संख्या में लोग उन्हें सुनने के लिए एकत्र हो चुके थे, लेकिन डॉ. मुखर्जी की ट्रेन लेट हो गई। नानाजी देशमुख, उपाध्यायजी भी वहाँ मौजूद थे। उपाध्यायजी ने मुझसे कहा, 'अटल, लोगों को रोके रखने के लिए भाषण शुरू करो।' ऐसे में मैंने लोगों का ध्यान खींचा और अपना भाषण शुरू कर दिया। मेरा भाषण सुनकर सभी स्तब्ध रह गए और वरिष्ठ स्वयंसेवकों ने मुझे भी जनसंघ में भेजने का प्रस्ताव रख दिया।

दरअसल डॉ. मुखर्जी दीनदयाल उपाध्यायजी से बहुत प्रभावित थे और उपाध्यायजी ने ही मुझे डॉ. मुखर्जी से परिचित करवाया था। इसके बाद डॉ. मुखर्जी ने मुझे अपना सचिव बनाया था।

ऐसे ही एक बार मैं झाँसी के जनसंघ उम्मीदवार के लिए चुनावी सभा को संबोधित करने गया। जब मैं वहाँ पहुँचा तो मैंने देखा कि पार्टी के दो-तीन कार्यकर्ता मुझे लेने स्टेशन आए हुए हैं। मैं निकर और कमीज पहने था। साथ में एक छोटा सा थैला भी था। एक साथी बापूराव सरदेसाई ने पूछा, "ताँगा कर लिया जाए?"

मैंने हामी भर दी, तभी देखा कि उन्हें छोड़ बाकी कार्यकर्ता वापस जाने लगे हैं, तो मैंने पूछा, "आप लोग भी हमारे साथ चलिए।"

वे बोले, "हम साइकिलों से आए हैं, स्टैंड पर खड़ी हैं। उन्हें भी तो वापस लेकर जाना होगा। आप बापूरावजी के साथ ताँगे से चलिए, हम पीछे-पीछे आते हैं।"

मैं तुरंत बोला, "तो फिर ताँगा क्यों करते हो? साइकिल निकाल लाओ। हम सब साइकिल से ही चलते हैं।" वे लोग मेरी सादगी के कायल हो गए और मैं उनकी आवभगत से अभिभूत हो उठा।

पहले लोकसभा चुनाव में जनसंघ ने अपने 94 प्रत्याशी मैदान में उतारे थे, जिसमें से डॉ. श्यामाप्रसाद मुखर्जी समेत तीन प्रत्याशियों ने ही जीत हासिल की थी। लेकिन इन चुनावों के बाद समूचे देश में जनसंघ की पहचान बन गई थी। हम भी लगातार डटे हुए थे और लोगों के बीच जाकर उन्हें जनसंघ की नीतियों के बारे में बताया करते, सभाएँ आयोजित करते। मैं भी इस सभाओं में भाषण के लिए जाया करता था। साथ-ही-साथ दैनिक 'स्वदेश' को भी सँभाल रहा था।

दैनिक 'स्वदेश' दो साल तक पूरे दमखम के साथ प्रकाशित होता रहा, लेकिन भीतर की बात यह थी कि अंदर-ही-अंदर आर्थिक घाटा हम सभी को परेशान कर रहा था। हमारे विरोधी हमें किसी भी तरह से समाप्त कर देना चाहते थे। हमें विज्ञापन ही नहीं मिल पा रहे थे और बिना विज्ञापन के खर्चे की पूर्ति संभव नहीं थी। आखिरकार हमें दैनिक 'स्वदेश' को बंद करने का कठोर निर्णय लेना पड़ा। मैंने इसका अंतिम संपादकीय 'अलविदा' शीर्षक से लिखा, जिसकी बहुत अधिक चर्चा हुई। कई पत्र आए। लोग 'अलविदा' शब्द पढ़कर स्तब्ध रह गए।

उस समय काशी से 'चेतना' नाम का पत्र निकलता था। पहले इसके संपादक श्री राजाराम द्रविड़ थे। 'चेतना' का दफ्तर आस भैंरो में था। मैंने उसके संपादन का काम सँभाल लिया। उन्हीं दिनों पंडित कमलापति त्रिपाठी 'संसार' पत्र के संपादक थे। उन्होंने 'संसार' में 'चेतना' के विरुद्ध बड़ी तीखी और नकारात्मक टिप्पणी लिखी। मुझे वह टिप्पणी भीतर तक जा चुभी। मैंने अपने पत्र में उनकी तीखी टिप्पणी का उत्तर कुछ यों दिया—'संसार' सुन ले कि 'चेतना' अपने निर्धारित पथ से नहीं डिगेगा।

'चेतना' को भी पाठकों का अपार स्नेह प्राप्त हुआ, खासकर बुद्धिजीवियों का। इसने पाठकों के बीच राष्ट्रप्रेम की भावना का संचार किया। कुछ समय तक इसका काम सँभालने के बाद मैं दिल्ली चला आया। यहाँ मैं 'वीर अर्जुन' का संपादन कार्य देखने लगा और अब 'चेतना' का संपादक देवेंद्र स्वरूपजी को बनाया गया। 'वीर अर्जुन' आर्य समाज के दिग्गज नेता श्री इंद्रविद्या वाचस्पति द्वारा संचालित होता था, किंतु अब यह संघ के पास आ गया था। कुछ समय बाद भगवतीधर वाजपेयी को यहाँ भेज दिया गया। इसका दफ्तर और प्रेस श्रद्धानंद बाजार में स्थित था। प्रेस के ऊपर दफ्तर था और हम दोनों प्रेस के ऊपरी भाग में ही रहने भी लगे थे।

हमारे पास बुद्धिजीवियों और सामान्य लोगों के अनेक पत्र आते थे। लोग तरह-तरह के सुझाव भी लिख भेजते। उस समय कश्मीर समस्या विकट थी। हमें उससे जुड़े लेख, कविताएँ बहुतायत से प्राप्त होते थे। मैं उन दिनों पार्टी प्रचार में भी बहुत व्यस्त रहता था। अनेक सभाओं में बुलाया जाता था। सप्ताह के अंतिम दो दिन तो मैं समारोह और भाषणों में ही व्यस्त रहने लगा था। इसी दौरान आर्थिक तंगी से जूझती पत्रिका 'वीर

अर्जुन' को भी बंद करने की बात शुरू हो गई।

इसी दौरान मुझे एक समारोह को संबोधित करने के लिए मुंबई भेजा गया। मैं पहली बार मुंबई गया और वह भी किसी समारोह में भाषण देने के लिए। मैं देहरादून एक्सप्रेस से मुंबई सेंट्रल पर उतरा और आश्चर्य से प्लेटफॉर्म के इधर-उधर देखने लगा। इतने में एक गोरे-चिट्टे हट्टे-कट्टे पंजाबी व्यक्ति ने मेरे नजदीक आकर पूछा, ''त्वाडा नां अटल बिहारी है ?''

मैंने हाथ जोड़कर नमस्कार करते हुए कहा, ''जी हाँ! मुझे दिल्ली से जनसंघ के अध्यक्ष दीनदयालजी ने भेजा है।''

मैंने निकर और शर्ट पहन रखी थी, कंधे पर एक थैला था। ये पंजाबी व्यक्ति बख्शीजी थे, जो कि मुंबई में स्थापित भारतीय जनसंघ के सर्वेसर्वा थे। मेरी तरफ देखकर बोले, ''चलो।''

मैं उनके पीछे-पीछे चल दिया। वे मुझे अपनी कार में बैठाकर अपने निवास पर ले गए। उनका घर सांताक्रुज में था। मैं रास्ते भर मुंबई की चकाचौंध, वहाँ की डबल डेकर बसें, सरपट दौड़ती गाड़ियाँ, ऊँची-ऊँची बिल्डिंगें आदि देखता रहा। मुझे यहाँ उपाध्यायजी ने नई स्थापित जनसंघ के प्रचार के लिए सार्वजानिक भाषण देने भेजा था। कदाचित् बख्शीजी मेरी आयु और मेरी चुँधियाती आँखों को देखकर असमंजस में थे कि मैं सार्वजानिक भाषण दे भी पाऊँगा! खैर, वे मुझे अपने घर ले गए। घर पहुँचकर मैंने अपनी जेब से दो रुपए का नोट निकालकर उन्हें देते हुए कहा, ''जब मैं दिल्ली से चला था, तब यह रुपया हमें उपाध्यायजी ने दिया था।''

''अरे! तुमने इतने लंबे सफर के दौरान कुछ भी नहीं खाया ?''

फिर उन्होंने मुझे अपने साथ भोजन कराया और कहा, ''थोड़ा आराम कर लो, शाम को विलेपार्ले में तुम्हारा भाषण है।''

''जी।''

शाम को मैं तैयार हुआ। बख्शीजी की निगाह मेरे कुरते पर पड़ी तो बोले, ''अरे! यह तो आस्तीन से फटा हुआ है! फटे कुरते में भाषण करोगे ?''

मैंने अपने झोले से दूसरा कुरता निकालते हुए कहा, ''मेरे पास एक और कुरता है।'' और उसे पहन लिया। लेकिन वह भी गरदन के पास से फटा हुआ था।

मैंने देखा, बख्शीजी प्रश्न भरी दृष्टि से मेरी ओर देख रहे थे। मैंने तुरंत अपनी जैकेट निकालते हुए कहा, ''इसे पहन लूँगा तो फटा कुरता नजर नहीं आएगा।''

''गरमी में जैकेट पहनोगे! लोग हँसेंगे।''

''वे नहीं हँसेंगे, वे लोग मुझे सुनने आ रहे हैं···और बस मुझे ही सुनेंगे।'' मैंने आत्मविश्वास से भरकर कहा। लेकिन बख्शीजी की आँखें साफ बता रही थीं कि वे

दुविधा में हैं। उन्हें लग रहा होगा कि उपाध्यायजी ने एक छोटे लड़के को मुंबई जैसी बड़ी जगह पर सार्वजनिक भाषण देने के लिए क्या सोचकर भेज दिया!

इसी दौरान एक रेल सफर के दौरान मेरी मुलाकात अडवाणीजी से हुई। मैं डॉ. मुखर्जी के साथ प्रचार हेतु जा रहा था। इन चुनावों में जनसंघ विशेष उपलब्धि हासिल नहीं कर पाया, लेकिन एक अच्छी बात यह हुई कि इसे एक अलग पहचान प्राप्त हो गई थी।

इसी बीच दिल्ली से निकलनेवाला वीर अर्जुन पत्र बंद हो गया था और उसके बंद होने से मैं और भगवतीधर वाजपेयी बहुत उदास रहने लगे थे। हम दैनिक 'स्वदेश' के समय से साथ काम कर रहे थे।

''हमारा साथ भी खूब रहा मित्र।'' मैंने बुझे मन से कहा।

''जी अटलजी, सही कहा आपने। मैंने आपके साथ रहकर बहुत कुछ सीखा। अब आपने आगे क्या सोचा है?''

''मेरे पास अनेक लोगों ने अपना पत्र शुरू करने का प्रस्ताव रखा है। कई धनवान लोग मुझे अपनी पत्रिका का संपादक भी बनाना चाहते हैं, लेकिन तुम तो जानते ही हो कि मैं किसी की नौकरी नहीं कर सकता। मेरी आत्मा तो संघ में बसती है। संघ जो काम देगा, मैं वही करूँगा। तुमने क्या सोचा है?''

''मैं 'युगधर्म' में जा रहा हूँ, नागपुर।''

''यह तो बहुत अच्छी बात है।''

-: 6 :-

अब मैं डॉ. मुखर्जी के सचिव के रूप में उनके साथ पूरी तरह से संलग्न हो गया। उनके नेतृत्व में भारतीय जनसंघ प्रगति कर रहा था। देश को इस नए राजनीतिक दल पर भरोसा होने लगा था। देश की जनता जनसंघ के सिद्धांतों को पसंद कर रही थी। अब मेरे कदम भी राजनीति की ओर बढ़ रहे थे। पत्रकारिता का काम बंद हो गया, लेकिन मेरे भीतर का कवि अब भी कभी-कभी मुझसे रचनाएँ करवा लेता था। मैं डॉ. श्यामाप्रसाद मुखर्जी के साथ उनके सचिव होने के नाते देश के दौरे पर जाया करता था।

डॉ. मुखर्जी जम्मू कश्मीर को भारत से अलग एक स्वतंत्र राज्य बनाए जाने के विरुद्ध थे। वहाँ के लिए अलग कानून-व्यवस्था उन्हें ठीक नहीं लगती थी। वे इसके पीछे के दुष्प्रभावों को देख रहे थे और जनता को उससे अवगत कराना चाहते थे। वे अपने भाषणों द्वारा देशवासियों को यह समझाने का प्रयत्न करते कि हम बिना पार-पत्र (परिमिट) के जम्मू कश्मीर की सीमा में प्रवेश क्यों नहीं कर सकते, जबकि वह भी आजाद भारत का ही हिस्सा है! ऐसी कोई व्यवस्था दूसरे प्रदेश के लिए तो नहीं है! आखिर एक संपूर्ण राष्ट्र होने के बाद भी हमारे उसी राज्य का संविधान, ध्वज अलग क्यों है? वहाँ का मुख्यमंत्री वजीरे आजम अर्थात् प्रधानमंत्री क्यों कहलाता है और वहाँ के गवर्नर को सदर-ए-रियासत क्यों कहा जाता है? डॉ. मुखर्जी के भाषण मेरे दिल और दिमाग को झकझोर डालते थे। उनमें अद्भुत क्षमता थी। लोग उनका भाषण सुनकर हतप्रभ रह जाते। वे देश की जड़ों से जुड़े जननायक थे। अकसर उनके भाषण से पूर्व मैं भी लोगों को संबोधित करता था। वे सदैव मेरी भाषण शैली की तारीफ किया करते थे।

डॉ. मुखर्जी ने निश्चय किया कि वे 'एक ही देश में दो प्रधान, दो विधान और दो ध्वज' के विरोध में सत्याग्रह करेंगे, वह भी श्रीनगर में। डॉ. मुखर्जी जम्मू कश्मीर को भारत का पूर्ण और अभिन्न अंग बनाना चाहते थे। संसद् में अपने भाषण में डॉ. मुखर्जी ने धारा-370 को समाप्त करने की भी जोरदार वकालत की। अगस्त 1952 में जम्मू की विशाल रैली में उन्होंने अपना संकल्प व्यक्त किया था कि या तो मैं आपको भारतीयता

प्राप्त कराऊँगा या फिर इस उद्देश्य की पूर्ति के लिए अपना जीवन बलिदान कर दूँगा। उस वक्त मैं भी उनके साथ था।

इसके बाद उन्होंने तत्कालीन सरकार को चुनौती दी और अपने संकल्प को पूरा करने के लिए वे 1953 में बिना परमिट के जम्मू कश्मीर की यात्रा पर निकल पड़े और मुझे वापस दिल्ली भेज दिया। डॉ. श्यामाप्रसाद मुखर्जी को 11 मई को पंजाब के माधोपुर से जम्मू कश्मीर में प्रवेश करने पर गिरफ्तार कर नजरबंद कर लिया गया। माधोपुर पंजाब का अंतिम छोर है और यहीं से रावी नदी को पार करके जम्मू कश्मीर प्रांत प्रारंभ हो जाता है। उन दिनों कश्मीर में प्रवेश करने के लिए भारतीयों को पार पत्र (परमिट) लेना पड़ता था। डॉ. मुखर्जी बिना परमिट लिए जम्मू कश्मीर में प्रवेश कर गए। अगले ही महीने 23 जून को जेल में उनकी संदेहजनक परिस्थितियों में मृत्यु हो गई।

उनकी मृत्यु सभी के लिए हृदयविदारक थी। वे मरे नहीं थे, बल्कि विभाजित भारत की एकता को बनाए रखने के लिए कुर्बान हो गए थे। औरों को आजादी के मायने सिखाते-सिखाते खुद ही इस संसार से आजाद हो गए थे। उन्होंने अपने जीवन को देश के लिए बलिदान कर दिया था। कश्मीर को भारत का अभिन्न अंग बनाना और पूरे देश में एक ही संविधान देखना उनका सपना था। हमने जब उनकी मृत्यु का समाचार सुना तो पहले-पहल हमें अपने कानों पर विश्वास ही नहीं हुआ। कुछ देर बाद मैं तो बिलख-बिलखकर रो पड़ा। मैं उनके साथ ही रहता था। उन्होंने मुझे वापस भेज दिया था और खुद शहीद हो गए। वे अंधकार की क्रूर शक्तियों से लड़ते-लड़ते अनंत प्रकाश में विलीन हो गए थे। डॉ. मुखर्जी की आसमयिक मृत्यु ने मेरे भीतर एक ऐसा झंझावात पैदा कर दिया कि मैं राजनीति में और सक्रिय हो गया। मैंने निश्चय किया कि मैं भी उनके दिखाए रास्ते पर आगे बढूँगा। उस समय मैंने उन पर एक लेख लिखा—'कश्मीर की वेदी पर वह आत्मबलिदान'।

इसी वर्ष प्रधानमंत्री नेहरू की बहन विजयलक्ष्मी पंडित संयुक्त राष्ट्र में भारत की राजदूत नियुक्त हुईं। वे लखनऊ से सांसद थीं। अत: उनके जाने से यह सीट खाली हो गई। इस सीट पर उपचुनाव करवाए गए। दीनदयाल उपाध्यायजी ने जनसंघ के उम्मीदवार के रूप में मुझे इस सीट पर उतारने का निर्णय लिया। मैंने इस सीट को जीतने के लिए बहुत मेहनत की। मैंने एक महीने में डेढ़ सौ सभाओं को संबोधित किया। इससे काफी ख्याति तो पाई, लेकिन फिर भी चुनाव हार गया। कांग्रेस के उम्मीदवार एस.आर. नेहरू ने जीत हासिल की। उस वक्त हमारे पास चुनाव प्रचार के लिए सुविधाएँ भी नहीं थीं। हम नई पार्टी थे, इसलिए हमारी राजनीतिक जमीन भी अभी मजबूत नहीं थी। लेकिन यह जरूर था कि जनता के बीच निरंतर हमारी छवि बनती जा रही थी।

कानपुर के एस.डी. कॉलेज के प्रांगण में संघ का 'शिक्षा-वर्ग' लगा था। बौद्धिक

वर्ग के कार्यक्रम में हम स्वयंसेवक उसमें शामिल होने पहुँचे। पूज्य गुरुजी के आते ही मैं गीत प्रस्तुत करने के लिए खड़ा हुआ। बौद्धिक से पहले गीत की परंपरा है। गीत के बोल और लय-ताल के प्रभाव से सभी उसमें खो गए।

हम वहाँ से लौटे और फिर अपने काम में जुट गए। 1957 के चुनाव करीब थे, लेकिन सभी लोग दुविधा में थे कि चुनाव समय पर होंगे कि नहीं, क्योंकि एक साल पहले ही राज्यों का पुनर्गठन हुआ था। लेकिन दुविधा के बादल छँटे और समय पर चुनाव हुए। मैं इससे पहले उपचुनाव में लखनऊ से हार गया था, लेकिन फिर भी उपाध्यायजी ने मुझे भी इन चुनावों में उतारने का फैसला किया और वह भी एक नहीं तीन सीटों से। वे मुझे हर हाल में संसद् में भेजना चाहते थे। उन्हें लगता था कि मैं ही हूँ, जो डॉ. श्यामाप्रसाद मुखर्जी की खाली जगह को भर सकता हूँ।

चूँकि लखनऊ उपचुनाव में मुझे अच्छे खासे वोट मिल गए थे, हालाँकि तब भी मैं हार गया था, इसके बावजूद मुझे फिर से लखनऊ की सीट से खड़ा किया गया। इस बार उम्मीद की गई कि पिछली बार से अधिक वोट मिलेंगे।

दूसरी सीट थी बलरामपुर। बलरामपुर उत्तर प्रदेश के गोंडा जिले के तराई क्षेत्र में स्थित है। इसे पहली बार संसदीय सीट बनाया गया था। बलरामपुर में स्वामी करपात्रीजी ने 1948 में रामराज्य परिषद् की स्थापना की थी। बलरामपुर एक छोटी सी रियासत थी, यहाँ के शासक कट्टर हिंदू थे। यहाँ राजतंत्र तो समाप्त हो गया था, लेकिन जमींदारी प्रथा अब भी चलती थी। यहाँ के काफी जमींदार आर्थिक शोषण के साथ-साथ धार्मिक भेदभाव भी करते थे।

तीसरी सीट जहाँ से मुझे खड़ा किया गया था, वह थी, मथुरा। दरअसल मथुरा से उतारने के लिए पार्टी को ऐसा कोई उम्मीदवार नहीं मिल पा रहा था, जो सशक्त हो। जो उतारने लायक लोग थे, वे भी वहाँ के लोकसभा चुनाव की बजाय विधानसभा चुनावों के लिए अधिक रुचि दिखा रहे थे, क्योंकि लोकसभा चुनाव में उनकी जमानत जब्त होने की संभावना अधिक थी।

खैर, मुझे टिकट दिया गया और मैं बलरामपुर, लखनऊ और मथुरा में अपना परचा भरके प्रचार के लिए निकल पड़ा। मुझे मथुरा और लखनऊ से अधिक उम्मीद बलरामपुर से थी। मैंने बलरामपुर की सारी जानकारियाँ जुटाई और वहाँ चल दिया। मैं वहाँ पहली बार जा रहा था। मुझे बताया गया था कि गोंडा से गोरखपुर के लिए जो छोटी लाइन जाती है, वहीं पर बलरामपुर स्टेशन है। और यह भी बताया गया कि ट्रेन आधी रात को गोंडा से चलती है और तड़के बलरामपुर पहुँच जाती है। मैं गोंडा से ट्रेन में चढ़ा और बर्थ पर अपना बिस्तर बिछाकर लेट गया। आँख लग गई। अचानक बीच में नींद टूटी तो महसूस हुआ कि ट्रेन किसी स्टेशन पर खड़ी है। खिड़की खोलकर बाहर की ओर

झाँकने लगा, ताकि स्टेशन का नाम पता चल सके। सैकड़ों कौए स्टेशन में लगे पेड़ों पर बैठे काँव-काँव का शोर मचा रहे थे। सब ओर भयंकर शोर गूँज रहा था। तभी एक व्यक्ति दिखा, मैंने उससे पूछा, ''भैया! ये कौन सा स्टेशन है?''

उसने कहा—''कौवापुर।''

मैं जो जानकारी लेकर आया था, उसके अनुसार बलरामपुर आने ही वाला था। कुछ देर में ट्रेन चल पड़ी। जब मैं बलरामपुर पहुँचा, तो स्टेशन पर अँधेरा था। जनसंघ के महामंत्री मुझे लेने आए हुए थे, लेकिन वे मुझे पहचान ही नहीं पा रहे थे। फिर मैंने ही उनके पास जाकर पूछा, ''पाठकजी! किसे ढूँढ़ रहे हैं आप?''

उन्होंने बड़े ही सरल ढंग से उत्तर दिया—''अटलजी आनेवाले थे इसी गाड़ी से ॱ ॱ ॱ शायद नहीं आए!''

मैं हँस पड़ा और उनकी पीठ पर हाथ मारकर बोला, ''चलिए पाठक जी! मैं ही हूँ अटल बिहारी वाजपेयी।''

मैं जब तक वहाँ रहा, तब तक अपनी पार्टी के कार्यकर्ताओं के घर पर स्वादिष्ट भोजन का आनंद लेता रहा। देहात की सब्जी और चूल्हे से निकली गरम-गरम रोटी की बात ही अलग होती है। चुनाव प्रचार के लिए यहाँ के स्थानीय कार्यकर्ताओं ने मेरे लिए एक जीप का प्रबंध किया था। लेकिन उस जीप की हालत तो बड़ी ही खराब निकली। कुछ देर चलती, फिर रुक जाती। कार्यकर्ता उसे धक्का लगाते, मैं भी उतर जाता और धक्का लगाता। फिर मैंने कार्यकर्ताओं से कहा, ''भैया! इसे जहाँ से भी लाए हो, वहीं ले जाओ। आप लोग बस एक साइकिल का प्रबंध कर दो मेरे किए। वही ठीक रहेगा।''

बलरामपुर में मैंने साइकिल और बैलगाड़ी से चुनाव सभाएँ कीं। हम कार्यकर्ता साइकिल लेकर झुंड-के-झुंड आसपास के सभी गाँवों में जाते और सबसे मिलते, उनसे वोट मँगाते। मैंने यहाँ छोटे और मझोले किसानों की व्यथा सुनी। जमींदारों द्वारा किया जानेवाला आर्थिक, सामाजिक और धार्मिक उत्पीड़न करीब से देखा। मुझे यहाँ के लोगों से बहुत प्रेम और अपनापन मिला। मैंने लखनऊ और मथुरा में भी सभाएँ और रैलियाँ कीं। वहाँ के लोगों से मिला, उनके दु:ख-सुख साझा किए। मेरी पत्रकारिता के दौर से ही मुझे एक पहचान मिल चुकी थी। अत: बड़ी संख्या में मुझे सुनने के लिए लोग आ जुटते थे।

जिस भी गाँव में मुझे रात हो जाती थी, मैं वहीं विश्राम कर लेता था। गाँववाले बड़े स्नेह से मुझे ठहराते थे। एक बार की बात है, सभा को संबोधित करने के बाद मैं चौखड़ा गाँव में रात्रि विश्राम कर रहा था, तभी बरसात शुरू हो गई। रात भर मूसलधार बरसात हुई। सुबह हर ओर पानी ही पानी भर चुका था। सुबह ही मुझे उतरौला और रेहरा बाजार में चुनावी सभा को संबोधित करना था। कार्यक्रम पहले से तय था और मन में यह बेचैनी भी थी कि बेचारे ग्रामीण अपना काम छोड़कर बैठे मेरी राह देख रहे होंगे।

कीचड़ में किसी भी सवारी के पहिए तो घूम ही नहीं सकते थे, इसलिए कार्यकर्ताओं में से किसी ने अपना दिमाग चलाया और तुरंत मेरे लिए एक पालकी मँगवा ली गई।

मैं पालकी देखकर अचंभित रह गया—''अरे! यह पालकी क्या मेरे लिए आई है?''

''जी दद्दा।''

''अरे धत्त! मैं इसमें नहीं बैठूँगा।''

''दद्दा और कोई रास्ता नहीं सूझा हम लोगों को।''

''जो भी हो, मैं इस पालकी में नहीं बैठूँगा।''

सब लोग फिर से सोच-विचार करने लगे। तभी किसी को विचार आया कि घोड़ी मँगवाई जाए और तुरंत ही एक परिचित की घोड़ी मँगवाई गई। मैं उस घोड़ी पर चढ़कर उस जनसभा को संबोधित करने पहुँचा।

जब मैं देहरादून में एक सभा को संबोधित करने गया, तो वहाँ भी एक मजेदार घटना घटी। मैं नरेंद्र स्वरूप मित्तल के साथ फिएट कार में जा रहा था। तभी अचानक कार हिचकोले खाकर रुक गई। बड़ी कोशिश की कि स्टार्ट हो जाए, लेकिन नहीं हुई। अंतत: मित्तल और मैं दोनों ही कार से उतर गए और बाहर आकर उसे धक्का लगाने लगे। ठीक उसी समय हमारे बगल से एक ताँगा गुजरा, जिसमें माइक लगाए कुछ स्थानीय लोग ऐलान कर रहे थे—''देश के महान् नेता अटल बिहारी वाजपेयी हैं, आज उनकी जनसभा में आप सभी जरूर आएँ...अपने प्रिय नेता को सुनें।'' यह सुनकर हम सभी हँस दिए।

महाराष्ट्र में अधिकांश पार्टियों ने कांग्रेस के विरुद्ध एक होकर चुनाव लड़ने का फैसला किया। इसमें भारतीय जनसंघ भी शामिल था। इस समिति का नाम रखा गया— संयुक्त महाराष्ट्र समिति। वहाँ श्री उत्तम राव पाटिल धूलिया से और प्रेमजी भाई आसर से चुनाव लड़ रहे थे। पाटिलजी एडवोकेट थे और प्रेमजी भाई अपना व्यवसाय करते थे। वहाँ के कार्यकर्ताओं ने मुझे चुनाव प्रचार के लिए आमंत्रित किया, इसलिए मैं यहाँ से खड़े उम्मीदवारों के लिए चुनाव सभा करने बंबई पहुँचा।

''सर! आपकी आज एक सभा चौपाटी में रखी गई है। बाहर गाड़ी तैयार है।'' कार्यकर्ताओं ने आकर बताया।

''ठीक है...चलिए।''

रास्ते में कार्यकर्ताओं ने मुझे दिखाया—''आपके आने की खबर से हम लोग बहुत उत्साहित हैं। इस सभा का प्रचार करने के लिए पूरे शहर में पोस्टर लगाए गए हैं, वो देखिए।'' ऐसा कहकर उसने मुझे बाहर दीवार पर देखने के लिए कहा। वास्तव में दीवारों पर चूने से सुंदर अक्षरों में भी लिखा गया था। एक चौराहे पर कुछ लिखा देखकर मैं

हैरान हो गया और गाड़ी धीमी करने को कहा, ताकि उसे पढ़ सकूँ।

यह मेरे लिए अचंभित कर देनेवाला था। इस दौरे में एक और दिलचस्प घटना घटी। मुझे कई जगहों पर जाना था और जनसंघ का काम भी देखना था। सभी जगह मेरे भोजन की अच्छी व्यवस्था की गई थी। भोजन देखकर ही लग रहा था कि उन लोगों ने मेरे भोजन प्रेमी होने के बारे में पहले से ही पता कर लिया था। पहले दिन जहाँ पर मैंने भोजन किया, वहाँ मुझे दोपहर के भोजन के बाद गुलाबजामुन परोसे गए। जब रात को भोजन किया, तब फिर गुलाबजामुन दिए गए। मैंने बिना कुछ कहे खा लिए। अगले दिन मैं अन्यत्र पहुँचा। वहाँ दोपहर और रात के भोजन के साथ मुझे गुलाबजामुन के दर्शन हुए। अब तक गुलाबजामुन खा-खाकर मेरा जी भर चुका था, लेकिन मैं शिष्टाचारवश कुछ नहीं बोला। तीसरे दिन तीसरी जगह पर भी जब दोनों समय भोजन में गुलाबजामुन ही दिखे, तो मुझसे नहीं रहा गया और मैंने व्यवस्थापक से पूछा, ‘‘क्या महाराष्ट्र में गुलाबजामुन सबसे प्रिय मिष्टान्न माना जाता है ?’’

जिस कार्यकर्ता के घर पर मैं भोजन कर रहा था, उसने बड़ी ही मासूमियत से उत्तर दिया—‘‘केंद्रीय कार्यालय की ओर से जो पत्रक आया था, उसमें साफ-साफ लिखा था कि आपको गुलाबजामुन बहुत पसंद हैं, इसीलिए हमने गुलाबजामुन की व्यवस्था की।’’

तभी मुझे याद आया कि जब मैं पिछली बार महाराष्ट्र आया था, तब मैंने शिष्टाचार के नाते गुलाबजामुन की तारीफ कर दी थी। यही कारण था कि इस बार भी मुझे बार-बार यही परोसे जा रहा था। जब मैंने दिल्ली लौटकर यह बात मित्रों को बताई तो सभी खूब हँसे।

देश में चुनाव का समय चल रहा था और नियत समय पर चुनाव मतदान संपन्न हो गए। इस चुनाव में करीब बीस करोड़ मतदाताओं ने अपने मत का प्रयोग किया। कांग्रेस को 47.8 प्रतिशत वोट मिले। कम्युनिस्ट पार्टी को 8.9 प्रतिशत मिले। भारतीय जनसंघ 6 प्रतिशत वोट पाने में कामयाब रही। इस चुनाव के बाद अनेक दल तो अपनी मान्यता तक खो बैठे किंतु भारतीय जनसंघ न सिर्फ अपनी मान्यता बनाए रखने में सफल हुआ, बल्कि जनता के बीच एक महत्त्वपूर्ण दल के रूप में भी उभरा।

मैं बलरामपुर की सीट जीत गया, जबकि लखनऊ में हार गया और मथुरा में मेरी जमानत जब्त हो गई। बलरामपुर में मैं कांग्रेस के श्री हैदर हुसैन से जीता। लखनऊ में जनसमर्थन तो अच्छा मिला, लेकिन मैं कांग्रेस के श्री पुलिन बिहारी बैनर्जी से हार गया। इन चुनावों में जनसंघ ने चार सीट जीतीं—बलरामपुर, हरदोई, दो महाराष्ट्र में—धूलिया और रत्नागिरी।

प्रधानमंत्री पंडित जवाहरलाल नेहरू के नेतृत्व में मंत्रिमंडल का गठन हुआ। उनके मंत्रिमंडल में मौलाना अबुल कलाम आजाद, श्री गोविंदवल्लभ पंत, श्री मोरारजी देसाई,

श्री जगजीवनराम जैसे मूर्धन्य नेता शामिल थे। प्रतिपक्ष में आचार्य कृपलानी, श्रीपाद अमृत डांगे, श्री नारायण गणेश गोरे, प्रो. हीरेन मुखर्जी, श्री मीनू मसानी जैसे राजनेता उपस्थित थे। मैं तो इन सबके सामने निरा बच्चा था। श्रीमती विजया राजे सिंधिया (उस समय कांग्रेस में थीं), श्रीमती सुचेता कृपलानी, कुमारी पार्वती कृष्णन, श्रीमती तारकेश्वरी सिन्हा सदन में बहुत सक्रिय रहा करती थीं। ये महिलाएँ चर्चा में भी खूब भाग लेती थीं।

भारतीय जनसंघ के हम चारों सदस्य पहली बार संसद् में पहुँचे थे। इससे पहले हममें से कोई भी विधानसभा तक का सदस्य नहीं रहा था। न तो हमारे पास कोई अनुभव था और न ही कोई अनुभवी हमारी सहायता के लिए उपलब्ध था। हम यहाँ के वातावरण में एकदम नए थे। हमारी संख्या मात्र चार ही थी, इसलिए हमें सदन में पिछली बेंचों पर बैठने का स्थान मिला। हमारे लिए पीछे की सीट से सबका ध्यान अपनी ओर खींचना और अपनी बात सदन में रखना आसान नहीं होता था। सदन में जो भी विषय चर्चा के लिए आते, उनमें पार्टी की संख्या के हिसाब से बोलने का समय दिया जाता था...और हम थे सिर्फ चार। हमें तो पाँच मिनट ही समय मिल पाता था। छोटे दलों की यही विडंबना होती है।

उस समय जनसंघ का दफ्तर दिल्ली में अजमेरी गेट पर हुआ करता था। मैं और जगदीश प्रसाद माथुर पैदल ही संसद् जाते थे। जिस दिन मुझे सांसद के तौर पर पहली तनख्वाह मिली, तो मेरी खुशी का ठिकाना न रहा। मैंने जगदीश प्रसाद माथुर से पूछा, ''आज पहली तनख्वाह मिली है। बताओ इन पैसों का क्या किया जाए?''

''चलिए कॉफी हाउस चलते हैं।''

हम लोग वहाँ चल दिए। उस दिन हमने वहाँ मसाला डोसा खाया और कॉफी पी। फिर इसके बाद कनॉट प्लेस घूमने आ गए। सामने खादी भवन था।

मैंने जगदीश माथुर के लिए दो जोड़ी कुरता-पजामा पसंद किया और उन्हें देते हुए कहा, ''ये आपके लिए।''

''इसकी क्या आवश्यकता थी?''

''अरे! थी न।''

''...और आपके लिए?''

''यह है न धोती और कुरता। कैसा लग रहा है मुझ पर?''

''खूब जँच रहे हैं।''

इसके बाद हमने पान खाया और फिर पार्टी दफ्तर आ गए। सांसद के तौर पर अपनी पहली तनख्वाह यादगार रही।

शुरू से ही विदेश नीति मेरा प्रिय विषय रहा है और उन दिनों इस विषय पर प्रभावशाली ढंग से अपनी बात कहना भी बहुत बड़ी बात होती थी। उस समय प्रधानमंत्री

नेहरू ने विदेश मंत्रालय भी अपने पास ही रखा था। पहली बार सांसद बनने के तुरंत बाद मैंने नेहरूजी को लोकसभा में कहते सुना कि ''सरकार अधिक से अधिक होटलों का निर्माण करेगी।''

मैं तुरंत खड़ा हो गया और बोला, ''सरकार को होटलों का नहीं, बल्कि अस्पतालों का निर्माण करना चाहिए।''

पंडित नेहरू ने मुझे घूरकर देखा। एक मिनट तो कुछ नहीं बोले, मगर मन में जरूर कहा होगा 'ये गुस्ताख सांसद कौन है?' फिर मुझसे बोले, ''हम होटलों से मुनाफा कमाएँगे और फिर उन्हीं पैसों का इस्तेमाल अस्पताल बनाने में किया जाएगा।''

जिन दिनों विदेश मंत्रालय के अनुदानों की माँगों पर चर्चा होती थी, उन दिनों सदन खचाखच भरा होता था। दर्शक दीर्घा भी भर जाती। सभी दल अपनी-अपनी बात रखते थे। उन दिनों बहस काफी लंबी खिंच जाया करती थी। हमारे हिस्से में मुश्किल से दो-चार मिनट ही आते थे और हम उसका भी भरपूर फायदा उठाने की कोशिश करते थे। प्रधानमंत्री को बहस का उत्तर देने का पर्याप्त समय दिया जाता था। विदेश नीति पर मेरे पहले ही भाषण ने सभी का अपनी ओर ध्यान खींच लिया था। मैं धोती, कुरता, सदरी पहने हुए था और जैसे ही मैंने खड़े होकर बोलना शुरू किया, सबने विरोध करना शुरू कर दिया। दरअसल मैं हिंदी में बोल रहा था और उस समय हिंदी विरोधी ताकतें बहुत थीं। संसद् में भी अधिकतम काररवाई अंग्रेजी में ही होती थी। अब तक समाजवादी दल के श्री बृजराज सिंह को ही मैंने हिंदी में बोलते सुना था। लेकिन मैंने हिंदी में बोलना जारी रखा। कई सांसद अपना विरोध प्रदर्शन करते हुए सदन से बाहर भी चले गए, लेकिन मैंने हिंदी में बोलना जारी रखा। हालाँकि कई लोगों को मेरी भाषा और शैली बहुत पसंद आई।

15 मई, 1957 को राष्ट्रपति महोदय के अभिभाषण पर धन्यवाद प्रस्ताव के दौरान मैंने कहा था—''डॉ. मुखर्जी का स्मरण आते ही मुझे कश्मीर का स्मरण हो आता है और कश्मीर का स्मरण आते ही मुझे श्रीनगर के उस सरकारी अस्पताल का स्मरण हो आता है, जिसके एक कोने में, पुलिस के पहरे में, डॉ. मुखर्जी को एकता के लिए अपना बलिदान देना पड़ा था। उनकी मृत्यु को चार वर्ष हो गए, लेकिन उस पर जो रहस्य का परदा पड़ा है, वह अभी भी उठाया नहीं गया। समय के सहलानेवाले हाथों ने घाव को भर दिया, मगर दर्द अभी बाकी है। और जब कभी प्रधानमंत्री महोदय या रक्षामंत्री महोदय कश्मीर-समस्या के संबंध में आजकल वही बातें दोहराते हैं, जिन्हें स्वर्गीय डॉ. श्यामाप्रसाद मुखर्जी चार वर्ष पूर्व इस सदन में खड़े होकर कहते थे, तो मुझे लगता है कि यदि प्रारंभ से ही कश्मीर के प्रश्न पर यही नीति अपनाई गई होती, तो हमको डॉ. श्यामाप्रसाद मुखर्जी के महान् जीवन की कीमत न चुकानी पड़ती।''

सभी मेरे भाषण को शांत होकर सुना करते थे। वे लोग जो शुरू-शुरू में मेरे हिंदी में बोलने पर विरोध किया करते थे, अब वे भी मेरा भाषण बहुत ध्यान से सुनने लगे थे। देश की आर्थिक स्थिति की ओर भी मेरा ध्यान शुरू से ही रहता था। पंचवर्षीय योजना के विषय में 30 मई, 1957 को आम बजट पर चर्चा करते हुए मैंने कहा, ''अध्यक्ष महोदय! इस योजना के लिए जनता में उत्साह नहीं है, उसका एक बड़ा कारण यह भी है कि इस योजना को पार्टी के आधार पर चलाया जा रहा है। यह राष्ट्रीय नियोजन नहीं है। योजना के संबंध में मेरी आधारभूत आपत्ति यह है कि हमारी योजना पूँजी प्रधान है, जबकि वह श्रम प्रधान होनी चाहिए। जनबल हमारी सबसे बड़ी पूँजी है।''

भारत की विदेश नीति के संबंध में संशोधन प्रस्ताव के अवसर पर मुझे बोलने का मौका मिला—''अध्यक्ष महोदय! इस बात से इनकार नहीं किया जा सकता है कि पिछले दस वर्षों में हमने जिस विदेश नीति का अवलंबन किया है, उसके कारण संसार में भारत की प्रतिष्ठा बढ़ी है। हमारे प्रधानमंत्री जहाँ कहीं भी जाते हैं, करोड़ों व्यक्ति उनका सम्मान करते हैं। उन्हें 'शांति का देवदूत' कहकर पुकारा जाता है। जब उनका सम्मान होता है, तो यह प्रत्येक भारतीय को, चाहे वह किसी भी पार्टी का हो, आनंद से भर है। लेकिन मुझे खेद है कि जिस अनुपात में हमारी अंतरराष्ट्रीय प्रतिष्ठा बढ़ी है, शायद उसी अनुपात में हमारी अंतरराष्ट्रीय कठिनाइयाँ भी बढ़ गई हैं। यदि हम अपने देश की समस्याओं पर विचार करें, तो पाते हैं कि हमारी समस्याएँ और अधिक उलझती जा रही हैं। कश्मीर का प्रश्न लीजिए या गोवा का सवाल या विदेशों में बसे भारतीयों की समस्या—हमारे प्रधानमंत्री की प्रतिष्ठा, उनका मान-सम्मान इन समस्याओं को हल करने में जितना सहायक होना चाहिए था, अभी तक नहीं हुआ है।''

संसद् सदस्य के रूप में मैं एक मुखर वक्ता था, लेकिन मैं हमेशा शब्दों का एक अनुशासन बनाए रहता था, जिससे कभी बाहर नहीं निकलता था। हालाँकि सदन में हमारी पार्टी के चार ही सदस्य थे, लेकिन वे चार सदस्य भी चालीस के बराबर थे। जब मैं अपना भाषण देता तो लोग मेरी एक-एक बात को ध्यान से सुनते थे। खुद पंडित नेहरू मेरे भाषण को ध्यानपूर्वक सुनते थे।

''प्रधानमंत्रीजी ने कुछ दिन पहले कहा था कि यदि दो बातें मान ली जाएँ—पहली यह कि पाकिस्तानी आक्रमणकारी है और दूसरी यह कि एक-तिहाई भू-भाग भारत का है, तो हम पाकिस्तान से बात करने के लिए तैयार हैं। अध्यक्ष महोदय! मेरा यह कहना है कि यदि ये दोनों बातें मान ली गईं, तो फिर बात करने के लिए कुछ भी बाकी ही नहीं रहेगा। अगर बात कोई हो सकती है, तो यही कि पाकिस्तान से पूछा जाना चाहिए कि वह कश्मीर के एक-तिहाई भू-भाग से अपना बोरिया बिस्तर बाँधकर जाने की तैयारी कब कर रहा है? लेकिन ऐसे चिह्न दिखाई ही नहीं देते कि पाकिस्तान मान जाएगा। जो

भू-भाग पाकिस्तान के पास है, उसके मिलने की बात तो दूर रही, जो हिस्सा भारत में मिला है, आज वह उसी पर दाँत लगाए है। पाकिस्तान युद्ध की तैयारियाँ कर रहा है। अमरीकी हथियारों से सज्ज होकर भारत की स्वतंत्रता और सुरक्षा के लिए संकट का कारण बन रहा है। मैं युद्ध का हामी नहीं; मैं भी शांति का समर्थक हूँ, किंतु मरघट की शांति नहीं, जीवन की शांति का समर्थक हूँ।''

एक बार संसद् में एक बहस के दौरान पंडित नेहरू ने सबके सामने मुझे कह दिया—''अभी बच्चे हो।''

इसके बाद धीरे-धीरे पंडित नेहरू के हृदय में मेरा स्थान बनने लगा था। एक बार उन्होंने जनसंघ के बारे में एक आलोचनात्मक टिप्पणी कर दी। मुझे बहुत बुरा लगा और मैं तुरंत खड़े होकर बोला, ''मैं जनता हूँ कि पंडितजी रोजाना शीर्षासन करते हैं। वे शीर्षासन करें, मुझे इसमें कोई आपत्ति नहीं है, लेकिन मेरी पार्टी की तसवीर उलटी न देखें।''

मेरी यह बात सुनते ही पंडित नेहरू ठहाका मारकर हँस दिए और वहाँ मौजूद पूरा सदन हँसने लगा।

पाकिस्तान के संबंध में भारत की लचर नीति की मैं हमेशा से ही कड़े शब्दों में आलोचना करता रहा हूँ। मैं भारत की इंच मात्र जमीन पर भी पाकिस्तान का कब्जा नहीं देखना चाहता था। अपने इन्हीं विचारों को मैंने 19 अगस्त, 1958 को एक ध्यानाकर्षण प्रस्ताव में प्रस्तुत किया—

''मैं अपने देश की सरकार से कहना चाहता हूँ कि हमारे देश की पूर्वी सीमा पर जो सीमा-उल्लंघन की घटनाएँ हो रही हैं, पाकिस्तानी सैनिक हमारी सीमा में घुस आते हैं, रात-दिन गोली-वर्षा करते हैं, ये घटनाएँ गंभीर दृष्टि से देखी जानी चाहिए। उन्हें हमारे देश की एक-एक इंच भूमि को खाली करना चाहिए और यह आश्वासन भी देना चाहिए कि वे सचमुच पूर्वी सीमा पर शांति चाहते हैं। मुझे तो कभी-कभी ऐसा लगता है कि हम पाकिस्तान से उस भाषा में बात नहीं करते, जिस भाषा को वह समझता है। हम ऐसी भाषा में बोलते हैं, जो हमारी दृष्टि से तो शायद ठीक हो, लेकिन पाकिस्तान की समझ में नहीं आती।''

एक दिन अपने भाषण में मैंने कहा, ''बोलने के लिए सिर्फ वाणी होनी चाहिए, लेकिन चुप रहने के लिए वाणी और विवेक दोनों होने चाहिए।'' मेरी यह बात नेहरूजी को बहुत पसंद आई। नेहरूजी अपना भाषण अंग्रेजी में ही देते थे। उन्होंने सारी बहसों का जवाब अंग्रेजी में देने के बाद अध्यक्ष महोदय से हिंदी में कुछ कहने की अनुमति माँगी। सदस्यों ने ताली बजाकर उनका स्वागत किया। जब प्रधानमंत्री नेहरू ने मेरा नाम लेकर हिंदी में बोलना शुरू किया, तो सभा में मौजूद सभी लोगों ने फिर एक बार

तालियाँ बजाईं। नेहरूजी ने मुझे लक्ष्य करते हुए कहा—

''कल जो बहुत से भाषण हुए, उनमें से एक भाषण श्री वाजपेयीजी का भी हुआ। अपने भाषण में उन्होंने एक बात कही थी कि हमारी जो वैदेशिक नीति है, वह उनकी राय में सही है। मैं उनका मशकूर हूँ कि उन्होंने यह बात कही। लेकिन एक बात उन्होंने और भी कही कि बोलने के लिए सिर्फ वाणी होनी चाहिए, लेकिन चुप रहने के लिए वाणी और विवेक दोनों होने चाहिए। इस बात से मैं पूरी तरह से सहमत हूँ।'' इसके आगे पंडित नेहरू ने अपने इसी भाषण में मेरे भाषण के विषय में विस्तार से जवाब दिया।

अब मेरे भाषण सभी के दिल-दिमाग पर असर डालने लगे थे। लोग मेरे बोलते समय सदन से उठकर नहीं जाते थे'''और यहाँ तक कि जब मेरा भाषण होनेवाला होता, तो पहले से ही सदन में आकर बैठ जाया करते थे। उस समय लोकसभा स्पीकर थे—अनंतशयनम अय्यंगार। उन्हें सदन के सदस्यों में दो वक्ता सबसे बढ़िया लगते थे, अंग्रेजी के सबसे बढ़िया वक्ता कम्युनिस्ट पार्टी ऑफ इंडिया के हीरेन मुखर्जी और हिंदी के वक्ताओं में जनसंघ से मैं, अटल बिहारी वाजपेयी। पंडित नेहरू भी अब मेरी उपस्थिति को महत्त्व देने लगे थे। जब भी कोई विदेश अतिथि आता, तो वे उसके सम्मान में आयोजित कार्यक्रम में न सिर्फ मुझे आमंत्रित करते, बल्कि उसे मेरा परिचय भी दिया करते। एक बार उन्होंने ब्रिटिश प्रधानमंत्री मैकमिलन से मेरा परिचय यह कहते हुए कराया—''ये विपक्ष के एक युवा नेता हैं, जो अकसर मेरी आलोचना करते हैं, लेकिन मुझे लगता है कि इनका भविष्य सुनहरा है।''

सांसद चुने जाने के करीब तीन-चार महीने के बाद मैं ग्वालियर गया। मुझे हमेशा से परिवार और मित्रों के साथ सुखद अनुभूति होती थी। मुझे याद है, जब मैं ग्वालियर पहुँचा, तो विक्टोरिया कॉलेज से मेरे लिए निमंत्रण आया। मैं अपने कॉलेज गया और पुरानी स्मृतियों में खो गया। अब यह लक्ष्मीबाई कॉलेज हो गया था। वह कुआँ, जिसके पास बैठकर हम सभी मित्र अनेक विषयों पर घंटों चर्चा किया करते थे। वे कक्षाएँ जहाँ हमें पढ़ाया जाता था, कैंटीन, लाइब्रेरी'''सबने पुराने दिन याद करा दिए। अब तक तो कॉलेज में काफी बदलाव भी हो गया था। अब देश आजाद भी तो हो गया था। हमारे समय में हमारे प्रिंसिपल ऍफ.जी. पियर्स थे। अब प्रो. शंकर केशव अभ्यंकर थे। उन्होंने मेरा हृदय से स्वागत किया—''आप हमारे विद्यालय के पूर्व छात्र हैं और आज राजनीति के जरिए देशसेवा कर रहे हैं, हम आपका स्वागत करते हैं।''

''सर! आपने मुझे यहाँ आमंत्रित करके मेरा मान बढ़ाया है। आज मैं अपने ही विद्यालय में गुरुजनों के बीच बहुत खुशी महसूस कर रहा हूँ।''

उन्होंने मेरा परिचय सभी से करवाया। वहाँ मौजूद छात्रसंघ के परामर्शदाता प्रो. ना.वा. गोडबोले मुझसे मिलकर बहुत खुश हुए—''हमें आप पर गर्व है। आप जैसे

विद्यार्थी अपने विद्यालय और शिक्षकों का मान बढ़ाते हैं।''

''सर! यह मेरा सौभाग्य है कि मैं इस शहर का बेटा हूँ और इस कॉलेज का पूर्व छात्र। आप सभी के द्वारा दी गई शिक्षा ही हमारे भविष्य का निर्माण करती है।''

प्राचार्य महोदय ने मुझे एक नवयुवक से मिलवाया—''इनसे मिलिए, ये हैं जगदीश तोमर, ये छात्रसंघ के पदाधिकारी हैं।''

''अरे वाह! बड़ी खुशी हुई आपसे मिलकर। मैं भी कभी यहाँ छत्रसंघ का महासचिव और उपाध्यक्ष हुआ करता था।'' मैंने गर्व और हर्ष के साथ कहा।

''जी ̈ ̈हम आज आपसे मिलकर बहुत खुश हुए। बहुत सुना था आपके बारे में और बहुत मन था आपसे मिलने का। आप जैसे लोग ही तो हमारी प्रेरणा हैं।'' युवक ने कहा।

मुझे वहाँ सभी का बहुत स्नेह मिला। जीवन में कुछ बन जाने के बाद अपनी नई पहचान लेकर पुन: अपने ही कॉलेज में जाना एक बहुत ही सुखद अनुभूति है। इसके बाद मुझे सभा भवन में ले जाया गया और समस्त स्टाफ और विद्यार्थियों के सामने मेरा औपचारिक परिचय दिया गया। शॉल और श्रीफल भेंट कर सम्मानित किया गया। उस सभा भवन में हजारों छात्र-छात्राएँ मुझे सुनने के लिए आए हुए थे। मैंने उन युवाओं को 'देश के युवजन किधर!' विषय पर संबोधित किया। मैंने अपने व्यंग्य चित्रों के माध्यम से उन्हें यह समझाना चाहा कि 'नो फीस' 'नो अटेंडेंस' और फिर 'नो एग्जामिनेशन' ̈ ̈ ̈आज के युवा यही चाहते हैं, लेकिन यह सफलता की सीढ़ियाँ नहीं हैं। मैंने उन्हें हास्यपरक शैली में यह गंभीर बात समझाई थी। मैंने अपने भाषण में देश की राजनीति और लोकतांत्रिक व्यवस्थाओं पर भी चर्चा की। मैंने उस समय के अपने संसदीय अनुभव भी उनसे साझा किए। मैंने उन्हें बताया कि मैं इस चुनाव में तीन जगहों से खड़ा हुआ। एक जगह से हारा, दूसरी जगह से जमानत तक न बचा सका और तीसरी जगह से जीता। इस प्रकार मैंने एक ही बार में हारने, बुरी तरह हारने और जीतने के अनुभव प्राप्त किए।''

समय के साथ-साथ मेरी व्यस्तता बढ़ती जा रही थी, लेकिन मुझे जब भी फुरसत मिलती, तो मैं अपने झोले में दो जोड़ी कपड़े डालता और ग्वालियर आ जाता। ग्वालियर की एक-एक सड़क, एक-एक गली मेरे लिए परिचित थी। मेरा बचपन और किशोरावस्था इन्हीं गलियों में बीती थी। इन सड़कों और गलियों ने मुझे बड़ा होते हुए देखा था। यहाँ की हर दुकान मेरे लिए 'अपनी' थी। मैं किसी को चाचा पुकारा करता था, तो किसी को काका, सारे बुजुर्ग मेरे बाबा होते थे। यहाँ ऊधम मचानेवाले हम सभी दोस्त अब बड़े हो चुके थे। कोई अपना काम सँभाल रहा था, तो कोई नौकरी कर रहा था। आज फिर जब यहाँ की सड़कों से गुजरा तो पुराने दिन याद आ गए। मुझे ग्वालियर में पैदल या फिर साइकिल से ही घूमना अच्छा लगता था।

ग्वालियर के पालिका बाजार में एक बहुत छोटी सी दुकान थी। उसके ऊपर टीन

पड़ी रहती थी। नीचे लिखा होता—स्पेशल बेस्ट चूड़ा भंडार। उस दुकान में कई तरह के चूड़े और सेव बिकते थे। दुकान का मालिक साधारण धोती और बनियान पहने उन चूड़े और सेंव को झाबों में सजाकर बेचा करता था। तब वह दुकान करीब पचास-साठ साल पुरानी थी। उस छोटी सी दुकान पर ग्राहकों का ताँता लगा रहता था। उसके चूड़े और सेंव होते ही इतने स्वादिष्ट थे कि हर कोई खरीदता था। मैं ग्वालियर जाऊँ और उसकी दुकान का चूड़ा न खाऊँ, ऐसा कभी नहीं होता था।

''और क्या हालचाल हैं ?''

''सब महादेव बाबा की कृपा है।''

''चूड़ा खिलाइए।''

''जी बिल्कुल¨¨अभी लीजिए।''

वह अब भी मुझे उसी तरह कागज पर रखकर चूड़ा खिलाता था। उसे मेरे स्वाद के बारे में पता था और बिल्कुल वैसा ही बनाता, जैसा मैं हमेशा खाया करता था।

''आपके चूड़े के स्वाद का जवाब नहीं।''

''और लीजिए।'' वह मुझे प्रेम से देता।

मैं साथ ले जाने के लिए भी चूड़े और सेंव का ऑर्डर देता। फिर दिल्ली लौटने पर सभी आगंतुकों को बड़े चाव से खिलाया करता था।

ऐसे ही एक और दुकान मुझे बड़ी पसंद थी। ग्वालियर के एम.एल.बी. रोड पर पीपल के पेड़ के नीचे एक छोटी सी कोठरीनुमा दुकान थी। वह दुकान एक बुढ़िया की थी, जो कि बहुत ही स्वादिष्ट मुंगौड़े बनाती थी। वह चूल्हे की धीमी आँच पर बड़े ही कुरकुरे मुंगौड़े तलती थी। वह उनमें हरी मिर्च भी डालती थी। जब मिर्च दाँत के नीचे आ जाती, तो पूरा मुँह जलने लगता, लेकिन उन मुंगौड़ों का स्वाद ऐसा होता था कि मैं सी-सी करते हुए भी खाता जाता। लोग अपनी कारें रोक-रोककर उस बुढ़िया के मुंगौड़े खाते थे। मैंने ध्यान दिया था कि जब ग्राहक उस बुढ़िया से उसके मुंगौड़ों की तारीफ करते, तो उसे बहुत अच्छा लगता था। वह अपने पोपले मुँह से खिलखिलाने लगती थी। मैं जब भी ग्वालियर जाता तो उसकी दुकान पर जरूर जाता था।

मेरे (बड़े भाई) दद्दा प्रेम बिहारी ने जो कि पेशे से वकील थे, सरदार संभाजी कॉलोनी में अपना घर बना लिया था। उनके बेटे और बेटियाँ अब बड़े हो गए थे। दद्दा बड़ी अच्छी कविता भी लिखा करते थे। उन्होंने हमारे बाबा के जीवन पर आधारित एक छोटी सी किताब लिखी थी, जिसका नाम था 'बटेश्वर की विभूति'।

जब मैं उनके घर जाता तो सभी भतीजे-भतीजियाँ मुझे घेर लेते थे।

''नवीन! तुम्हारी पढ़ाई कैसी चल रही है ?''

''ठीक चल रही, चाची।''

''दीपक तुम्हारी ?''

''हाँ चाचा, बढ़िया।''

''वीना, रेखा, तुम दोनों कैसी हो ? खूब मेहनत से पढ़ना।''

''हाँ चाचा, आखिर हम आप ही की भतीजी हैं।''

मुझे अपने परिवार से मिलकर बड़ा सुकून मिलता। मैं हमेशा इन बच्चों को स्वावलंबन की सीख देता था। मैं उन्हें उदाहरण देकर समझाता—''देखो बिल्ली का बच्चा भी एकदम से नहीं दौड़ने लगता। पहले वह चलता है, गिरता है और फिर दौड़ता है। ऐसे ही तुम भी मेहनत करो।''

बच्चे पूरे परिवार को साथ बैठाकर फोटो लिया करते थे। भाभी के हाथ का खाना तो लाजवाब होता था। भाभी के हाथ का बना पनेछा, करायल, गलरा मैं कभी नहीं भूला। मैं भाभी से कहता—''भाभी, करायल भात बनाओ, आज वही खाएँगे।''

और भाभी भी अपने देवर के लिए बड़े मन से बनाने बैठ जाती थीं। मुझे देसी घी से बघारी हुई दाल भी खूब अच्छी लगती थी।

चाहे मैं अपनी बहनों के घर जाऊँ या भाइयों के पास आऊँ, मेरी बहनें और मेरी भाभियाँ मेरे लिए मेरी पसंद का खाना बड़ी रुचि से बनाया करती थीं। अब तो मेरी भानजियाँ और भतीजियाँ भी रसोई में अपना हुनर दिखाने लगी थीं। मेरे घर आने पर नए-नए स्वादिष्ट व्यंजन बना लातीं और फिर मुझसे खाने की जिद्द करतीं। बड़ी रौनक रहती थी घर में।

एक बार होली के मौके पर मैंने समय निकाला और अचानक ग्वालियर जा पहुँचा। पूरा परिवार इकट्ठा था। बहनें भी आई हुई थीं। वैसे भी हम सभी भाई-बहनों की यह कोशिश रहती थी कि हम त्योहारों में जरूर इकट्ठे हों। सबने इतना अबीर गुलाल खेला कि क्या बताऊँ! मुझे त्योहार बहुत अच्छे लगते थे, लेकिन मैं रंगों से जरा दूर ही रहता था, लेकिन जब पूरा परिवार एकत्र हो तो बचना कहाँ संभव होता ? त्योहार का तो मतलब ही है, मौज-मस्ती, हँसी-खुशी और स्वादिष्ट पकवान। मैं अपने व्यस्त समय में से किसी भी तरह से वक्त निकालता था और सबके पास ग्वालियर पहुँच जाता था।

मैं हमेशा कोशिश करता था कि नुमाइश के समय ग्वालियर जरूर पहुँचूँ। बच्चे मुझे घेरकर हठ करने लगते कि मैं उन्हें नुमाइश घुमाने ले जाऊँ। उन्हें ऐसे हठ करता देख मुझे अपना बचपन याद हो आता था। बिल्कुल ऐसे ही हम अपने बचपन में अपने बाबा के साथ हठ किया करते थे। मैं इन बच्चों को साथ लेकर ताँगे पर सवार होकर मेले में पहुँच जाता। मुझे खुद भी झूला झूलना खूब पसंद था। मैं बच्चों को फिल्में दिखाने भी ले जाता था। कभी-कभी भाभी उलाहना देते हुए कहतीं—''अटल, तुम इन्हें बिगाड़ दोगे।''

''अरे नहीं भाभी, ये मेरे भतीजे-भतीजियाँ हैं, ये कभी नहीं बिगड़ सकते।''

बच्चे मुझसे लिपट जाते और भाभी हँसने लगतीं। मुझे अपने परिवार से हमेशा ही बहुत स्नेह रहा है।

भाभी और बहनें कभी-कभी मुझे घेर लेतीं और मेरे विवाह के लिए मुझसे हठ करने लगतीं, लेकिन मैं हर बार उनकी बात को हँसते हुए टाल जाता था। एक बार बात बहुत बढ़ गई, तब मैंने सभी से गंभीर होकर कहा, ''मैं अपना जीवन भारत माता की सेवा में अर्पित कर चुका हूँ। अब और कुछ सोचने का प्रश्न ही नहीं उठता है।''

❑

-: 7 :-

इधर चीन के दबाव से तिब्बत में बेचैनी तथा विद्रोह की भावना भड़क रही थी। 1956 से 1958 के दौरान तिब्बत में स्वतंत्रता के लिए कई संघर्ष हुए। चीन ने तिब्बत के स्वतंत्रता आंदोलन को दबाने के लिए कई हथकंडे अपनाए। हजारों तिब्बतियों को पकड़कर चीन ले जाया गया। लगभग साठ हजार तिब्बतियों का बलिदान हुआ। हजारों को चीन की जेलों में रखा गया। तिब्बत के अन्न-भंडार तक चीन ले जाए गए। लगभग पचास लाख चीनियों को तिब्बत में बसाने की योजना बनाई गई। तिब्बत के सोना, चाँदी, यूरेनियम आदि बहुमूल्य पदार्थ तक को चीन ले जाया गया। तिब्बत के धर्म गुरुओं तथा बौद्ध भिक्षुओं को अपमानित किया गया। उन्हें 'मुंडित मस्तक', 'चीवरधारी आवारा', 'लाल रंग का चोर' आदि कहकर उनका अपमान किया गया। मैं शुरू से ही विदेश नीति में गहरी दिलचस्पी रखता था। अत: तिब्बत के संबंध में अपने स्वतंत्र विचार व्यक्त करता रहता था। मैंने लोकसभा में तिब्बत के प्रति चीन के रवैये को लेकर एक कड़ा भाषण भी दिया। मेरे उस भावपूर्ण भाषण की सभी ने सराहना की। मैंने अपने भाषण में कहा—''चीन का पूर्ण उद्देश्य तिब्बतियों को अपने ही देश में अल्पसंख्यक बनाना और तिब्बती शख्सियत को समाप्त कर देना है। यह एक नए तरह का साम्राज्यवाद है।'' आगे चलकर जिस प्रकार की घटनाएँ घटीं, उनसे यह साबित भी हो गया कि मेरा यह अनुमान ठीक था।

मैंने चीन के प्रति तत्कालीन भारत सरकार के रुख पर भी सवाल खड़े किए। 8 मई, 1959 को मैंने अपनी बात रखी—''जब हमने तिब्बत पर चीन की संप्रभुता को स्वीकार किया, तब गलती की थी। वह एक दुर्भाग्यपूर्ण दिन था। उस समय पंचशील समझौता आखिर कहाँ चला गया था ? जिन लोगों ने पंचशील की घोषणा की थी, वे तो कहते थे कि पंचशील के अनुसार लोकतंत्र और तानाशाही एक साथ चल सकते हैं। यदि कम्युनिस्ट साम्राज्यवाद के लिए तिब्बत के शांत और धर्म से प्रेम करनेवाले लोग अपने तरीके से नहीं जी सकते, तो यह कहना निरर्थक है कि इतने बड़े संसार में साम्यवाद

और लोकतंत्र एक साथ रह सकते हैं। हम तिब्बत के आतंरिक मामलों में दखल नहीं देना चाहते हैं, लेकिन तिब्बत चीन का भी आंतरिक मामला नहीं है। मैं एक छोटे से दल का नुमाइंदा हूँ, लेकिन हमारी पार्टी तिब्बत की स्वतंत्रता का बचाव करती है। हम चीन से दोस्ती चाहते हैं, लेकिन हमें दोस्ती के इस महल को तिब्बत की स्वतंत्रता के शव पर खड़ा नहीं करना चाहिए।''

इसी के कुछ महीने बाद 21 अगस्त, 1959 को मैंने लोकसभा में एक प्रस्ताव रखा। दरअसल उस समय भारत सरकार संयुक्त राष्ट्र में होनेवाले प्रश्न सत्र में तिब्बत के प्रति चीन के रुख को लेकर सवाल उठानेवाली थी। मैं भी इसका समर्थक था। मैंने अपने प्रस्ताव में कहा, ''तिब्बत में जो कुछ भी हो रहा है, वह सभी स्वतंत्रता प्रेमियों और मानवीय गरिमा में विश्वास रखनेवाले व्यक्तियों के लिए बहुत पीड़ादायक है। वे तिब्बतियों की दशा को देखकर अवाक् हैं। अब यह तिब्बत की स्वतंत्रता या स्वायत्तता का प्रश्न नहीं रह गया है, बल्कि प्रश्न यह है कि क्या तिब्बत एक देश के रूप में बना रहेगा? मान लीजिए, यदि संयुक्त राष्ट्र में भारत यह प्रश्न नहीं भी उठाता है, तो कोई और देश यह काम कर देगा। मैं यह जानना चाहूँगा कि ऐसी दशा में हमारी नीति क्या होगी?''

तत्कालीन प्रधानमंत्री पंडित नेहरू को मेरी कूटनीति समझ में आती थी। शायद इसी का परिणाम था कि जब उन्होंने सन् 1961 में राष्ट्रीय एकता परिषद् का गठन किया, तो उसमें मुझे भी शामिल किया। उन्होंने उस परिषद् में दिग्गज नेताओं और प्रतिष्ठित लोगों को स्थान दिया था, जबकि मैं तो विपक्षी दल का नेता था और वह भी एक नवगठित पार्टी का। लेकिन यह विडंबना रही कि जब तक इस बैठक की प्रथम बैठक हुई तो मैं उसमें भाग न ले सका, क्योंकि तब मैं लोकसभा सदस्य नहीं रह गया था। मैं लोकसभा चुनाव हार गया था। हालाँकि 1960 के दशक से कांग्रेस का प्रभाव भी कम होने लगा था।

मेरे भीतर का कवि मुझे हमेशा लेखन के लिए प्रेरित करता रहता था, लेकिन राजनीति की व्यस्तता समय की मोहलत ही नहीं देती थी। बावजूद इसके मैं कभी-कभी अपनी कलम चला ही देता था। मैं अपने हर जन्मदिन पर कुछ-न-कुछ लिखा करता था और इसी दौरान मैंने अपने जन्मदिन 25 दिसंबर, 1960 को एक कविता लिखी—

> हानि-लाभ के पलड़ों में
> तुलना जीवन व्यापार हो गया।
> मोल लगा बिकने वाले का
> बिना बिका बेकार हो गया।
> पहरा कोई काम न आया
> रसघट रीत चला
> जीवन बीत चला।

अवसर मिलते ही मैं लेख भी लिखा करता था। मैं अपने विचार लेख के माध्यम से व्यक्त कर देता था। इसी दौरान जनसंघ को लेकर मैंने एक निबंध लिखा था। मैं इस निबंध के द्वारा लोगों को यह बताना चाहता था कि जनसंघ कोई सांप्रदायिक या धर्म विशेष की पार्टी नहीं है। इसके दरवाजे सभी धर्मों और वर्गों के लिए हमेशा खुले हैं। मैं बताना चाहता था कि हमारी यह पार्टी किसी भी धर्म की विरोधी नहीं है।

हमेशा से ही मेरा यह मत रहा है कि भारत विविधताओं से भरा देश है, यहाँ सत्ता में आने के लिए विचारधारा छोड़नी पड़ेगी और जमीनी हकीकत को समझकर काम करना होगा। यहाँ विचारधारा वाली पार्टी सिर्फ एक प्रेशर ग्रुप की तरह ही काम कर सकती है। हालाँकि संघ प्रमुख गुरु गोलवलकरजी इसके समर्थन में नहीं थे। उनका कहना था कि ''ब्रिटेन की लेबर पार्टी भी तो विचारधारा वाली पार्टी है और उसने भी गठबंधन से अपनी सरकार बनाई है।''

उस दौरान 'दहेज' समाज की एक विकट समस्या बना हुआ था। यों तो दहेज का यह दानव कई वर्षों से सुकुमार तरुणियों के जीवन की बलि लेता आ रहा था, लेकिन अब इस बुराई को मिटाने के लिए कोई ठोस कदम उठाने की गंभीर आवश्यकता महसूस की जाने लगी थी। नित कितनी ही युवतियाँ इस दहेज रूपी बुराई का शिकार बन रही थीं। उनके हाथों की मेहँदी उतरती भी न थी कि मौत के हवाले कर दी जाती थीं। कितनी बेटियाँ तो स्वयं ही हार मान जातीं और अपना जीवन समाप्त कर लेती थीं। अब इस कुप्रथा को मिटाना जरूरी हो गया था। संसद् के इतिहास में 6 मई, 1961 का दिन सदैव याद रखा जाएगा, क्योंकि इसी दिन दहेज की इस समस्या पर विचार करने के लिए संसद् के दोनों सदनों की संयुक्त बैठक बुलाई गई थी। लोकसभा और राज्यसभा की यह संयुक्त बैठक दहेज जैसी सामाजिक बुराई पर एक बिल पास करने हेतु बुलाई गई थी। दोनों सदनों में इस बात पर मतभेद था कि इससे संबद्ध कानून को कितना कड़ा बनाया जाए। राज्यसभा का मत था कि इस बुराई से निपटने के लिए कड़े से कड़ा कानून बनाया जाए हलाँकि उसी के कुछ सदस्यों की यह राय भी थी कि यदि लड़की का पिता अपनी बेटी के विवाह में स्वेच्छा से धन और आभूषण देना चाहता हो तो उसे दहेज की परिधि से मुक्त रखा जाए। लेकिन यह राय कुछ ही सदस्यों की थी, बहुमत इसके खिलाफ था। सरकार का भी यही मत था कि यदि कन्या के विवाह में उसका पिता ही स्वेच्छा से धन और उपहार देना चाहे, तो उसे कैसे रोका जा सकता है ? काफी बहस हुई, सभी ने अपने-अपने विचार रखे। मैंने अपने प्रस्ताव में बीच का रास्ता सुझाया—''पिता के द्वारा विवाह में दिए जानेवाले इन उपहारों को दो हजार रुपए के मूल्य तक सीमित रखा जाए।''

उन दिनों साठ के दशक में दो हजार रुपयों की भी बहुत कीमत थी। हालाँकि

मेरा यह प्रस्ताव गिर गया। इसके पक्ष में 192 और विपक्ष में 230 वोट पड़े। मैंने इस मौके पर अपने भाषण में कहा था—''आवश्यकता इस बात की है कि देश की आर्थिक प्रगति की जाए, जाति-पाँति के बंधन तोड़े जाएँ और लड़के-लड़कियाँ उन्मुक्त भाव से विवाह करें। शादियाँ परमात्मा के यहाँ नहीं, बल्कि आपस में तय हों, तभी दहेज की समस्या खत्म हो सकती है।''

अंतत: जो विधेयक पास हुआ, उसके अनुसार दहेज लेने और देने के साथ-साथ माँगने को भी दंडनीय अपराध की श्रेणी में रखा गया। इसके तहत छह माह की कठोर सजा का प्रावधान रखा गया।

उस समय एक और बड़ी समस्या थी, वह थी चंदे की समस्या। अब तक जनसंघ एक छोटी पार्टी ही थी। हमारी पार्टी को आर्थिक संकटों से जूझना पड़ता था, जबकि कांग्रेस जैसी बड़ी पार्टियों के पास पर्याप्त चंदा आता रहता था। अधिकतर उद्योगपति भी अपना फायदा देख कांग्रेस को ही चंदा दिया करते थे। इसके लिए मैंने संसद् में प्राइवेट मेंबर बिल रखा। इस बिल में कंपनीज ऐक्ट 1956 के तहत बदलाव का सुझाव रखा गया। बिल में कहा गया कि कंपनियों द्वारा राजनीतिक दलों को चंदा देने पर रोक लगनी चाहिए, क्योंकि कंपनियाँ अपने शेयर होल्डरों का पैसा चंदे के तौर पर देतीं हैं और ऐसा करना एक तरह से नैतिक अपराध है। मैंने सवाल किया— ''कंपनियाँ तो मुनाफा कमाने के लिए खड़ी की जाती हैं, तो फिर वे अपना पैसा राजनीतिक दलों को क्यों देती हैं? इससे तो अनैतिकता फैलती है और राजनीति में भी गंदगी बढ़ती है। मेरा मानना है कि राजनीतिक दलों को चंदे के लिए आम जनता के पास जाना चाहिए, जनता उनकी आर्थिक मदद करेगी।'' इस बिल पर संसद् में खासी बहस हुई। अंतत: यह बिल भी पास न हो सका।

मैं सदन में एक प्राइवेट मेंबर बिल भी लेकर आया, जिसके मुताबिक संविधान की आठवीं सूची में सिंधी भाषा को भी शामिल किया जाए। बहुत से सिंधी भाषा-भाषी लोग जनसंघ के समर्थक थे। उनमें के.आर. मलकानी और एल.के. आडवाणी जैसे नेता शामिल थे। लेकिन मुझे यह बिल वापस लेना पड़ा, क्योंकि पंडित नेहरू इस बिल के समर्थन में नहीं थे। हलाँकि बाद में 1967 में जनसंघ के ही एक अन्य सांसद यू.एन. त्रिवेदी द्वारा रखे गए प्राइवेट मेंबर बिल को सरकार का समर्थन मिला और पुन: एक बार सिंधी भाषा को आठवीं सूची में शामिल करने का प्रस्ताव रखा गया।

मैं 17 अगस्त, 1962 को संसद् में एक और मामला लेकर आया। यह मामला खाद्य तेलों में मिलावट से संबंधित था। इसका शीर्षक था—'तेल के हाइड्रोजनीकरण की रोकथाम और देश में वनस्पति के निर्माण पर रोक की माँग'। इस पर भी काफी बहस हुई। मैंने कहा, ''देश में हाइड्रोजनीकृत वनस्पति तेलों का निर्माण बढ़ रहा है। वनस्पति

तेल का प्रयोग सेहत के लिए नुकसानदेह है। इसका इस्तेमाल घी में मिलावट के लिए भी किया जाता है। जिस घी को शुद्ध घी कहकर बेचा जाता है, उसमें भी मिलावट है। उसका शुद्धता से कोई लेना-देना नहीं है। वनस्पति तेलों का निर्माण ग्रामीण क्षेत्रों में मौजूद डेयरियों के विकास को भी प्रभावित कर रहा है। इसका एकमात्र हल यही है कि हाइड्रोजनीकरण पर पूर्णत: रोक लगाई जाए।'' इस बिल का समर्थन सभी राजनीतिक दलों ने किया। सरकार ने इसके निर्माण पर रोक लगाने के लिए कानून बनाने की बात कही। किंतु ऐसा न हो सका, क्योंकि तब तक यह व्यवसाय इतना पैर पसार चुका था कि डालडा और डी.सी.एम. जैसी बड़ी कंपनियों ने सरकार को अपने पक्ष में कर लिया।

इधर चीन के साथ लगातार हमारे संबंध खराब होते जा रहे थे। दो वर्ष पहले ही दोनों देशों ने अपने-अपने राजदूतों का आदान-प्रदान किया था, लेकिन अब बिगड़ते हालातों में सन् 1962 में वे अपने-अपने देश वापस बुला लिये गए थे।

साठ के दशक से ही भारत-चीन सीमा विवाद गहरा हो उठा था। 1962 में भारत-चीन युद्ध शुरू हुआ। विवादित हिमालय सीमा युद्ध का मुख्य बहाना बना था, लेकिन अन्य मुद्दों ने भी इस युद्ध को भड़काने में महत्त्वपूर्ण भूमिका निभाई। चीन में 1959 के तिब्बती विद्रोह के बाद जब भारत ने दलाई लामा को शरण दी तो भारत चीन सीमा पर तभी से हिंसक घटनाएँ शुरू हो गई थीं। उस समय भारत ने फॉरवर्ड नीति के तहत मैकमोहन रेखा से लगी सीमा पर अपनी सैनिक चौकियाँ बनाईं, जबकि चीनी सेना ने 20 अक्तूबर, 1962 को लद्दाख में और मैकमोहन रेखा के पास एक साथ हमले शुरू कर दिए। चीनी सेना दोनों मोरचों में भारतीय बलों पर हावी साबित हो रही थी।

पंडित नेहरू के आकलन के विपरीत चीन सिंगकियांग तिब्बत रोड के पश्चिम में सत्तर मील आगे तक बढ़ आया था और उसने चार हजार वर्ग किलोमीटर का क्षेत्र अपने कब्जे में ले लिया था। उस समय रक्षामंत्री कृष्ण मेनन और सेना प्रमुख पी.एन. थापर थे। नेहरू ने पी.एन. थापर को कब्जा की गई इन पोस्टों को छुड़ाने का आदेश दिया। आर्मी चीफ थापर ने पंडित नेहरू को आगाह किया—''यह तो बर्र के छत्ते में हाथ डालने जैसा काम होगा। हम इस समय चीन के साथ मुकाबला ले सकने की स्थिति में नहीं हैं।'' इसके बाद रक्षामंत्री मेनन के नेतृत्व में एक हाई लेवल मीटिंग हुई। इस मीटिंग में भी सेना प्रमुख ने साफ शब्दों में कहा कि ''भारतीय फौज के पास जंग में जाने लायक ताकत नहीं ही है।''

आखिरकार भारत को एक शर्मनाक हार झेलनी पड़ी। बिना रसद और पानी के भारतीय फौजी लड़ते रहे और जान गँवाते रहे। प्रधानमंत्री जवाहरलाल नेहरू ने 1962 के युद्ध के दौरान चीन के तेज होते आक्रमण को रोकने के लिए अमेरिका से मदद माँगी। नेहरू ने भारत को लड़ाकू विमान मुहैया कराने के लिए तत्कालीन अमेरिकी राष्ट्रपति

जॉन एफ. कैनेडी को पत्र लिखा। चीन ने पश्चिमी क्षेत्र में चुशूल में रेजांग-ला एवं पूर्व में तवाँग पर कब्जा कर लिया। जब चीन ने 20 नवंबर, 1962 को युद्ध विराम और साथ ही विवादित क्षेत्र से अपनी वापसी की घोषणा की, तब यह युद्ध समाप्त हो सका।

भारत-चीन युद्ध कठोर परिस्थितियों में हुआ माना जाता है। इस युद्ध में ज्यादातर लड़ाई 4250 मीटर (14,000 फीट) से अधिक ऊँचाई पर लड़ी गई थी। इस प्रकार की परिस्थिति में दोनों ही पक्षों के लिए रसद और अन्य समस्याएँ उत्पन्न हो गई थीं। इस युद्ध की विशेष बात यह थी कि इसमें भारत और चीन दोनों पक्षों द्वारा नौसेना या वायु सेना का उपयोग नहीं किया गया था।

धीरे-धीरे पंडित नेहरू के स्वास्थ्य में गिरावट आती जा रही थी। इस युद्ध में मिली शिकस्त के बाद उन्हें जनता और अपनी ही पार्टी के लोगों का विरोध सहना पड़ रहा था और इस विरोध के चलते नेहरू को रक्षामंत्री कृष्ण मेनन को अपने पद से हटाना पड़ा। 1962 के लोकसभा चुनाव भी निकट आ पहुँचे थे। इन चुनावों में कांग्रेस की लोकप्रियता में कमी देखने को मिली, हालाँकि परिणामस्वरूप कांग्रेस की ही सरकार बनी, किंतु पहले के मुकाबले उनकी सीटें घट गई थीं। इसी के विपरीत जनसंघ की सीटें पहले के मुकाबले बढ़ गई थीं। इस बार के लोकसभा चुनाव में कुल सीटों की संख्या पहले से बढ़ गई थी। पहले 419 सीटें थीं, जबकि अब 494 सीटों पर चुनाव लड़े गए थे। पिछले चुनाव में कांग्रेस को 371 सीटें मिली थीं, जबकि इस बार 361 सीटें ही मिलीं। पिछले चुनावों में जनसंघ को 4 सीटें ही मिली थीं, जबकि इस बार 14 सीटें हासिल हुईं।

इस बार पंडित दीनदयाल उपाध्यायजी को जौनपुर सीट से चुनाव मैदान में उतारा गया। दीनदयालजी ने 'एकात्म मानवतावाद' का विचार दिया। उन्होंने ब्राह्मण उम्मीदवार के तौर पर वोट नहीं माँगे, हालाँकि वे चुनाव हार गए। उनके खिलाफ राजपूत उम्मीदवार चुनाव में खड़ा हुआ था, जो जातिगत समीकरण बनाने में कामयाब हो गया और जीत गया। मैं पुन: बलरामपुर सीट से खड़ा हुआ था, किंतु इस बार कांग्रेस की ओर से मेरे खिलाफ सुभद्रा जोशी खड़ी की गईं। उस समय पंडित नेहरू ने उनके प्रचार के लिए तत्कालीन सुपर स्टार बलराज साहनी को आमंत्रित किया। मैं बराबर अपने चुनाव क्षेत्र में जाता रहा। वहाँ के लोग भी मुझे संसद् के रूप में पाकर प्रसन्न थे। मैं वहाँ के लोगों के सुख-दु:ख सुना करता था। उनकी समस्याओं का समाधान किया करता और उनकी समस्याओं को संसद् में भी रखा करता था, किंतु न जाने कैसे यह चुनाव हार गया। किसी को उम्मीद नहीं थी कि मैं यह सीट हार भी सकता हूँ। चुनाव के नतीजे चौंकानेवाले थे। सुभद्रा जोशी ने यह सीट जीत ली थी।

1962 के चुनाव में जनसंघ ने प्रगति की और संसद् में हमारे 14 प्रतिनिधि पहुँचने में सफल रहे। इस संख्या के आधार पर राज्यसभा के लिए जनसंघ को दो सदस्य मनोनीत

करने का अधिकार प्राप्त हुआ। इस आधार पर मैं और पंडित दीनदयाल उपाध्याय राज्यसभा में भेजे गए। चूँकि राष्ट्रपति ही राज्यसभा का पदेन सभापति होता है, इस कारण सर्वपल्ली डॉ. राधाकृष्णन सभापति थे। उन्होंने मुझे राज्यसभा की प्रथम दीर्घा में बैठने के लिए अनुप्रेरित किया। अब मैं राज्यसभा सदस्य के रूप में अपने दायित्वों का निर्वाह करने लगा। बाद में डॉ. जाकिर हुसैन सभापति हुए। मुझे वहाँ प्रश्नकाल के बाद होनेवाला हो-हल्ला बड़ा बुरा लगता था।

28 फरवरी, 1963 को राष्ट्रपति डॉ. राजेंद्र प्रसाद का निधन हो गया। राजेंद्र प्रसाद बेहद दयालु और निर्मल स्वभाव के व्यक्ति थे। भारतीय राजनीतिक इतिहास में उनकी छवि एक महान् और विनम्र राष्ट्रपति की रही। मैंने भरे मन से सदन में उनके प्रति श्रद्धांजलि अर्पित की—''सभापतिजी, मृत्यु ने जिन्हें हमसे छीन लिया है, लेकिन जिनकी कीर्तिगाथा काल के भाल पर अमिट अक्षरों से अंकित रहेगी, उन राजेंद्र बाबू की स्मृति में मैं अपनी विनम्र श्रद्धांजलि अर्पित करता हूँ। परमात्मा से हम प्रार्थना करें कि वह हमें इस वज्रपात को सहन करने की शक्ति दे और उनके स्वप्नों के भारत की रचना करने का सामर्थ्य दे, जिससे हम उनके ऋण से उत्तऋण हो सकें।''

डॉ. राजेंद्र प्रसाद अजातशत्रु थे। सभी दलों और सभी मतों को माननेवालों के हृदय में उनके प्रति समान आदर था। देश का सर्वोच्च पद पाकर भी उन्हें अभिमान छू तक नहीं गया था। वे राजा जनक की तरह विदेह थे। वे राष्ट्रपति भवन में भी सदाकत आश्रम वाला वातावरण ले आए थे। उनके निकट जाकर हम सभी को ऐसा लगता, मानो हम किसी संत की छत्रच्छाया में बैठे हों। उनमें विद्वत्ता के साथ-साथ विनम्रता भी थी। चिंतन, मनन, भाव, भाषा, खानपान, संस्कृति से वे भारत की सनातन संस्कृति के प्रतिनिधि थे। उनका जाना एक युग के समाप्त होने के जैसा था।

चीन के साथ संघर्ष के कुछ ही समय बाद से प्रधानमंत्री नेहरू के स्वास्थ्य में भी गिरावट के लक्षण दिखाई देने लगे थे। उन्हें सन् 1963 में दिल का हल्का दौरा पड़ा। इसके बाद जनवरी 1964 में उन्हें एक और दौरा पड़ा। इस दूसरे आघात ने उन्हें बहुत कमजोर बना दिया था। 22 अप्रैल, 1964 को संसद् में मेरे और पंडित नेहरू के बीच तीखी नोंक-झोंक हुई। उन्हीं दिनों पंडित नेहरू ने कश्मीर में षड्यंत्र करने के गुनाह में गिरफ्तार शेख अब्दुल्ला को रिहा कर दिया था। जनसंघ इससे नाखुश था। उन्होंने उन्हें न सिर्फ रिहा ही किया था, बल्कि पाकिस्तान में फील्ड मार्शल अयूब खान के साथ बातचीत करने भी भेज दिया था। जनसंघ तो पहले से ही कश्मीर की दो राष्ट्र, दो चिह्न और दो प्रधान की नीति के विरोध में था। मैंने हमेशा की तरह इस दिन भी धारा 370 का कड़ा विरोध किया, लेकिन कांग्रेस ने इसे गंभीरता से नहीं लिया। मैं कश्मीर को भारत का मुकुट मानता रहा हूँ। मेरा मानना है कि धारा 370 तो एक अस्थायी प्रावधान

मात्र है, इसे बढ़ाते जाना देश के हित में नहीं है। मैंने इस संदर्भ में कहा था—''संविधान की धारा 370 खत्म होनी चाहिए। यह एक अस्थायी प्रावधान है। किंतु अब घड़ी की सुई को उल्टा घुमाने की कोशिश की जा रही है। काल के प्रवाह को पलटने का प्रयत्न हो रहा है। शेख अब्दुल्ला बड़े व्यक्ति हो सकते हैं, मैं उनका सम्मान करता हूँ, किंतु वे जम्मू कश्मीर और शेष भारत से बड़े नहीं हो सकते। जब मुझे कश्मीर का ध्यान आता है, तो डॉ. श्यामाप्रसाद मुखर्जी का ध्यान आता है और जिन परिस्थितियों में उनकी मृत्यु हुई, उनका ध्यान आता है।''

संसद् में जोरदार बहसें हुआ करती थीं। देशहित के मुद्दों पर बात होती थी। उस समय कश्मीर समस्या और चीन से मैत्री सबसे बड़ा मुद्दा था। देश की भीतरी समस्याएँ थीं, वे अलग। समय के साथ-साथ पंडित नेहरू का स्वास्थ्य लगातार गिरता जा रहा था। 27 मई, 1964 को उन्हें फिर एक बार दिल का दौरा पड़ा। वे इस बार काल से न लड़ सके, नेहरूजी की मृत्यु से हम सभी दु:खी हो उठे। पूरा सदन उनके निधन की खबर से अत्यंत शोक-संतप्त था। जब मैंने सदन में नेहरू को श्रद्धांजलि दी, तो वहाँ मौजूद हर व्यक्ति द्रवित हो उठा।

सन् 1965 में सेना को पहाड़ी युद्ध के लिए तैयार करने का निर्णय लिया गया। तीन साल पहले हमारी इसी कमी के चलते हम चीन से बुरी तरह हार गए थे। अब तक हमारी सेना के पास पहाड़ पर लड़ने की कोई ट्रेनिंग नहीं थी। इस ट्रेनिंग के लिए सेना के ऊपर काफी खर्चा होना शुरू हो गया। दिल्ली में बैठे कई सांसद इस खर्चे का विरोध करने लगे। उन्हें यह बेकार में किया जानेवाला खर्च नजर आ रहा था। इधर सेना परेशान थी कि यदि माउंटेन वार की ट्रेनिंग नहीं दी गई, तो अगली बार चीन और पाकिस्तान का मुकाबला कैसे किया जाएगा। हमारे फौजी अफसरों के पास माउंटेन वार का कोई ज्ञान नहीं था। सांसद फौजियों की तकलीफों और पहाड़ी इलाकों में होनेवाले युद्ध की दुरूह ट्रेनिंग को समझ नहीं पा रहे थे। जब इस विषय पर हंगामा ज्यादा बढ़ गया, तो इसके लिए एक संसदीय समिति को माउंटेन वार की ट्रेनिंग देखने भेजने पर विचार किया गया। इसके लिए लगभग बीस सांसदों की एक टीम बनाई गई। इस टीम में मैं भी शामिल था। हम कारगिल के पास सोनमर्ग में एक अस्थायी शिविर में पहुँचे। वहाँ ठंड से हम सभी की हालत खराब होने लगी। कुछ को साँस लेने में परेशानी होने लगी। सेना ने हमारे टेंटों भीतर गरम हीटर का प्रबंध किया, हमारे लिए गरम फरवाले कोट मँगाए गए। जबकि यह तो पहला पड़ाव था, अभी तो हमें उस जगह पर जाना था, जहाँ सेना माउंटेन वार की ट्रेनिंग ले रही थी। यह जगह थी—टाइगर हिल। अफसर इस दुविधा में थे कि सांसदों को वहाँ तक लेकर जाना ठीक रहेगा भी या नहीं, क्योंकि यहीं पर सबकी हालत खराब हो रही थी। खैर, सांसदों ने वहाँ जाने से खुद ही इनकार कर

दिया। लेकिन मैंने वहाँ जाने का और उस कठिनतम ट्रेनिंग को देखने का अपना निश्चय सुनाया। मेरे लिए पहाड़ी घोड़ा मँगवाया गया, लेकिन मैंने उन अफसरों से कहा कि मैं घोड़े पर नहीं बैठूँगा, बल्कि आप लोगों के साथ ही चलूँगा। थोड़ा ऊपर जाते ही मेरी साँस फूलने लगी। ऑक्सीजन की कमी से मेरा चलना मुश्किल हो गया। लेकिन सेना के चार जवान अपनी पीठ पर मेरे लिए ऑक्सीजन का सिलेंडर लेकर चल रहे थे। मुझे ऑक्सीजन दी जाने लगी। इससे साँस लेने में थोड़ी आसानी हुई। अफसरों ने मुझसे घोड़े पर बैठ जाने का अनुरोध किया, लेकिन मैंने फिर से इनकार कर दिया। मैं पैदल ही उस जगह पर पहुँचा, जहाँ हमारी सेना युद्ध का अभ्यास कर रही थी। मैंने उन फौजियों की तकलीफों को खुद अपनी आँखों से देखा। उनके पास कपड़े नहीं थे, जूते-मोजे नहीं थे, हथियार भी नहीं थे। उन्हें इस कठिन रास्ते में अपना सारा सामान अपनी पीठ पर लादकर चलना पड़ता था। उनकी जरा सी चूक उनकी जान पर बन सकती है। ऐसे हालातों में ये सैनिक अभ्यास कर रहे थे। मेरा मन भर आया। मैंने यह सब अपनी आँखों से देखा और उनके कष्टों का बहुत कम अंश ही खुद से महसूस किया। मैंने दिल्ली लौटने के बाद संसद् में इस सबका वर्णन किया और कहा कि हम अपनी सेना के लिए जो भी खर्चा कर रहे हैं, दरअसल वह तो बहुत ही कम है।

22 फरवरी, 1965 को राज्यसभा में राज्यभाषा नीति पर बहस हुई। मैं उन दिनों राज्यसभा का सदस्य था। मैंने भी हिंदी के समर्थन में अपनी बात रखी —''सभापतिजी, मेरा दुर्भाग्य है कि मेरी मातृभाषा हिंदी है। अच्छा होता, यदि मैं किसी अहिंदी भाषी प्रांत में पैदा हुआ होता, क्योंकि तब अगर हिंदी के पक्ष में कुछ कहता तो मेरी बात का ज्यादा वजन होता। बड़ी विडंबना है कि हिंदी को अपनाने का फैसला केवल हिंदी वालों ने ही नहीं किया। हिंदी की आवाज पहले अहिंदी प्रांतों में उठी। स्वामी दयानंदजी, महात्मा गांधी या बंगाल के नेता हिंदी भाषी नहीं थे।''

मैंने अपने इस भाषण में नौकरी और भाषा का रिश्ता समझाया—''कहा जाता है कि झगड़ा नौकरियों का है। बच्चों का भविष्य क्या बनेगा ?'' मैंने सुझाव दिया कि ''अंग्रेजी के साथ हिंदी और एक अन्य भारतीय भाषा का ज्ञान अनिवार्य कर दिया जाए। अभी हिंदी भाषी राज्यों में तीन भाषायी फॉर्मूला नहीं चल रहा, किंतु चलाया जाना चाहिए। यू.पी.एस.सी. का इम्तिहान पास करने के लिए विद्यार्थी को अपनी मातृभाषा के अलावा एक और भारतीय भाषा को अनिवार्य रूप में जानना चाहिए।''

उस वक्त मद्रास तथा कुछ अन्य प्रांतों में हिंदी विरोधी आंदोलन चल रहा था। उस आंदोलन के विरोध में मैंने कहा था—''मैं धमकी नहीं देना चाहता, लेकिन यदि मद्रास में भाषा विरोधी आंदोलन हो सकता है, तो भावनाएँ और जगहों पर भी उभारी जा सकती हैं। हमारी देशभक्ति को भाषा की कसौटी पर मत कसिए। हम राष्ट्र की

एकता चाहते हैं। जो लोग अंग्रेजी भाषा से राष्ट्र की एकता की रक्षा करना चाहते हैं, वे राष्ट्र की एकता का मतलब नहीं समझते। राष्ट्र की सच्ची एकता तब पैदा होगी, जब भारतीय भाषाएँ अपना स्थान ग्रहण कर लेंगी। यदि एक बार वहाँ के आम आदमी समझ जाएँ कि दो फीसदी अंग्रेजी जाननेवाले लोग हमें गुलाम बनाए रखने के लिए हिंदी के विरोध का नारा लगा रहे हैं, तो फिर अंग्रेजी भाषा नहीं रहेगी। हालाँकि मेरे लिए देश पहले है और भाषा बाद में।''

राजनैतिक घटनाएँ बहुत तेजी से बदल रही थीं। 9 जून, 1964 को लालबहादुर शास्त्री ने प्रधानमंत्री का पद सँभाला था। उनके शासनकाल में 1965 का भारत पाक-युद्ध शुरू हो गया। इससे तीन वर्ष पूर्व ही चीन भारत पर हमला कर चुका था और उस युद्ध में भारत को करारी शिकस्त का सामना करना पड़ा था। लेकिन शास्त्रीजी ने अप्रत्याशित रूप से हुए इस युद्ध में राष्ट्र को उत्तम नेतृत्व प्रदान किया और पाकिस्तान को खूब मजा चखाया, जिसकी कल्पना पाकिस्तान ने कभी सपने में भी नहीं की होगी। तत्कालीन प्रधानमंत्री शास्त्रीजी सोवियत प्रधानमंत्री अलैक्सी कोसीगीन की मध्यस्थता में ताशकंद में पाकिस्तान के राष्ट्रपति अयूब खान के साथ युद्ध समाप्त करने के समझौते पर हस्ताक्षर करने की लिए गए। 10 जनवरी, 1964 को उन्होंने समझौते पर हस्ताक्षर किए और इसके बाद 11 जनवरी, 1966 की रात में ही रहस्यमय परिस्थितियों में उनकी मृत्यु हो गई। उनकी सादगी, देशभक्ति और ईमानदारी के लिए देश सदैव उन्हें स्मरण करता है और करता रहेगा। उनकी मृत्यु समूचे देश के लिए गहरा सदमा थी। पूरा विश्व इससे हतप्रभ था। उनकी इस आकस्मिक मृत्यु पर सभी जगह सन्नाटा छा गया। सभी ने मृत्यु के कारण की जाँच की माँग की।

शास्त्रीजी की आकस्मिक मृत्यु के बाद एक महीने से भी कम समय के लिए पुन: गुलजारीलाल नंदा को प्रधानमंत्री बनाया गया। इंदिरा शास्त्रीजी के मंत्रिमंडल में सूचना एवं प्रसारण मंत्री के पद पर थीं। 1967 के चौथे लोकसभा चुनाव आ पहुँचे थे। इससे पहले जनसंघ के अध्यक्ष बलराज मधोक थे, किंतु बाद में पंडित दीनदयाल उपाध्याय को अध्यक्ष बनाया गया था।

मैं इस बार भी चुनाव में बलरामपुर सीट से खड़ा हुआ और मेरे विपक्ष में थीं कांग्रेस की सुभद्रा जोशी। हालाँकि इस बार मुझे कई लोगों ने सलाह दी कि मैं तो चाहे जहाँ से भी खड़ा हो जाऊँ, इस बार जीत ही जाऊँगा। मुझे यह सलाह देनेवालों में कांग्रेस के नेता भी शामिल थे, लेकिन मैंने तय कर लिया था कि मैं बलरामपुर से ही चुनाव लड़ूँगा और पिछली बार की हार को इस बार की जीत में बदलकर ही रहूँगा। इस बार बलरामपुर की जनता भी सजग थी। मैं गाँव-गाँव जाकर सबसे मिलता और मुझे सभी का अपार स्नेह मिलता। मैं जहाँ-जहाँ भी जाता, लोग वहाँ झुंड-के-झुंड आगवानी के लिए खड़े

मिलते। लोग शंख, घंटा, घड़ियाल आदि बजाकर मेरा स्वागत करते। महिलाओं में भी पुरुषों से कम उत्साह नहीं था। मेरी सभाओ में भाषण सुनने के लिए आसपास के क्षेत्रों के अतिरिक्त अयोध्या, गोंडा और बस्ती तक के लोग आ जाते।

मतदान के दिन तो बलरामपुर में त्योहार जैसा माहौल हो गया। ग्रामीण स्त्रियाँ झुंड-के-झुंड बनाकर गीत गाती हुई मतदान केंद्रों पर पहुँची। जबकि पिछले चुनाव में महिलाओं ने बहुत ही कम मतदान किया था। मतगणना के दिन चुनाव का परिणाम जानने के लिए लोगों में गजब का उत्साह था। वे सब कचहरी के पास आकर एकत्र हो गए। मैं यह चुनाव जीत गया था। मेरी जीत पर बलरामपुर के लोगों ने दीवाली मनाई और विजय जुलूस निकाला। हालाँकि इन चुनावों में पूरे उत्तर भारत में कांग्रेस को बड़ी हार का सामना करना पड़ा। विपक्षी दलों की ओर से एकजुट हुए संयुक्त विधायक दल और कांग्रेस से नाखुश हो अलग हुए धड़े एक साथ मिलकर सत्ता में आ गए। जनसंघ भी इस गठबंधन का हिस्सा बना। इन चुनावों के बाद जनसंघ को 35 सीटों पर विजय प्राप्त हुई। मैंने अपनी राज्यसभा की सीट छोड़ दी, हालाँकि उसका कार्यभार 1968 तक ही था, अब मैंने लोकसभा सदस्य के रूप में शपथ ली। 13 मार्च, 1967 को इंदिरा गांधी ने प्रधानमंत्री के रूप में शपथ ली।

11 फरवरी, 1968 को एक बहुत ही दुखद खबर मिली। रहस्यमयी परिस्थितियों में पंडित दीनदयाल उपाध्यायजी की मुगलसराय में मृत्यु हो गई थी। उनकी जेब से प्राप्त टिकट के अनुसार वे लखनऊ से पटना जा रहे थे। उपाध्यायजी उस समय अध्यक्ष होने के नाते अनेक राज्यों में एस.वी.डी. की सरकारों के साथ गठबंधन सरकार को चलाने का चुनौतीपूर्ण कार्य देख रहे थे। विलक्षण बुद्धि, सरल व्यक्तित्व एवं नेतृत्व के अनगिनत गुणों के स्वामी दीनदयाल उपाध्यायजी उस समय मात्र 52 वर्ष के ही थे। उनका पार्थिव शरीर मुगलसराय स्टेशन के शैड में पड़ा पाया गया। उनकी आकस्मिक और रहस्यमयी मृत्यु से हम सभी गहरे सदमे में आ गए। मेरा और उनका बहुत लंबा साथ रहा था। उनकी मृत्यु ने मुझे भीतर तक हिलाकर रख दिया। मैं खुद को बहुत कमजोर और टूटा हुआ महसूस कर रहा था और बिलखकर रो पड़ा।

उपाध्यायजी के निधन पर अगले दिन लोकसभा में मैंने रुँधे कंठ से अपनी श्रद्धांजलि व्यक्त की—‘‘अध्यक्ष महोदय, हम शोक की छाया में यहाँ एकत्र हैं। आज जो घाव सबसे हरा है, वह श्री दीनदयाल उपाध्याय के देहावसान का है। वे संसद् के सदस्य नहीं थे, लेकिन भारतीय जनसंघ के जितने भी सदस्य आज इस सदन में और दूसरे सदन में बैठे हैं, उनकी विजय का, जनसंघ को बनाने का, बढ़ाने का यदि किसी एक व्यक्ति को श्रेय दिया जा सकता है, तो वह उपाध्यायजी को है। देखने में सीधे-सादे लेकिन मौलिक विचारक, कुशल संगठनकर्ता, दूरदर्शी नेता, सबको साथ लेकर चलने का

जो गुण उन्होंने अपने में प्रकट किया, वह नई पीढ़ी के लिए मार्गदर्शन का काम करेगा। ऊँची-से-ऊँची शिक्षा प्राप्त करके उन्होंने नौकरी नहीं की, वे परिवार के बंधनों में नहीं बँधे, शरीर का कण-कण और जीवन का क्षण-क्षण उन्होंने भारत माता के मस्तक को सौभाग्य के सिंदूर से मंडित करने के लिए समर्पित कर दिया। अध्यक्ष महोदय, जहाँ तक मेरा सवाल है, मुझे हर ओर अँधेरा ही दिखाई दे रहा है। मेरे लिए तो रोशनी ही बुझ गई है। वाणी में संयम, दूरदर्शी दृष्टि, संपूर्ण देश का विचार, सबको साथ लेकर चलने की भावना उनमें थी। जो भी उपाध्यायजी के संपर्क में आए थे, वे आज उनके अभाव को अनुभव कर रहे हैं। हमारे लिए उनकी क्षति कभी पूरी नहीं होगी, लेकिन राष्ट्र के जीवन में फिर ऐसी दुर्घटना न हो, इसके लिए प्रयत्न करने की आवश्यकता है।''

इस समय पार्टी के सामने जो एक बड़ी समस्या आ खड़ी हुई थी, वह थी अध्यक्ष पद की। इससे पहले बलराज मधोक अध्यक्ष रह चुके थे। अत: वे अपने प्रयास में थे। लेकिन जब मुझे पता चला कि श्रीगुरुजी मुझे अध्यक्ष बनाना चाहते हैं, तो मैं हैरान रह गया। उस वक्त जब मुझे यह सूचना मिली, तब मेरा पहला वाक्य यही था—''मैं भला उपाध्यायजी की जगह कैसे ले सकता हूँ!''

□

-: 8 :-

उस समय देश में छुआछूत की समस्या जोरों पर थी। मेरा मानना है कि अल्पसंख्यकों को राष्ट्र की मुख्यधारा से जुड़ना होगा, वरना वे घाटे में रहेंगे। 1968 में संसद् में मैंने भी अपने भाषण में इस विषय पर गंभीर चर्चा की। मैंने कहा था—''अगर शास्त्रों की ऐसी कोई व्याख्या हुई है, तो वह गलत हुई है और हम उसे मानने के लिए तैयार नहीं हैं। मैं एक कदम और आगे जाकर यह कहने के लिए तैयार हूँ कि कल अगर परमात्मा भी आ जाए और कहे कि छुआछूत मानो तो मैं ऐसे परमात्मा को भी मानने के लिए तैयार नहीं हूँ। मगर परमात्मा ऐसा नहीं कर सकता और जो परमात्मा के भक्त बनते हैं, उनको भी ऐसी बात नहीं करनी चाहिए। मुसलमानों से हमारा यही कहना है कि वे मुल्क को पहला और मजहब को दूसरा स्थान दें। उन्हें अलग-थलग या अपने ही दायरे में रहने की बजाय कौमी जिंदगी में घुलमिलकर उसे बेहतर बनाने की जद्दोजहद में आगे बढ़कर हिस्सा लेना चाहिए।''

मैं हमेशा से आस्थावान रहा, लेकिन धर्मनिरपेक्ष भी रहा। मेरे लिए राजनीति में हमेशा से राष्ट्रवाद ही मुख्य मुद्दा बना रहा। मैं सदैव अल्पसंख्यकों को मुसलमानों को साथ लेकर चलने की बात करता था। जनसंघ के अध्यक्ष के तौर पर भी मैंने यही कहा था—''जनसंघ सभी भारतीयों को एक मानता है और उन्हें हमेशा के लिए बहुसंख्यक और अल्पसंख्यक के तौर पर बाँटने का विरोधी है। लोकतंत्र में बहुसंख्यक और अल्पसंख्यक का निर्णय राजनीति के आधार पर होता है। मजहब, भाषा या जाति के आधार पर नहीं। जनसंघ सभी अल्पसंख्यकों के प्रति समान व्यवहार का हामी रहा है। यदि उनके साथ कोई गलत व्यवहार किया जाता है, तो गलत है और जनसंघ उसके खिलाफ अपनी आवाज उठाएगा।''

मेरे लिए भारत मात्र एक जमीन का टुकड़ा नहीं है, बल्कि जीता-जागता राष्ट्रपुरुष है। हिमालय इसका मस्तक है, गौरीशंकर शिखा है, कश्मीर किरीट है, पंजाब और बंगाल दो विशाल कंधे हैं, विंध्याचल कटि है, नर्मदा करधनी है, पूर्वी और पश्चिमी घाट दो

विशाल जंघाएँ हैं, कन्याकुमारी इसके चरण हैं, सागर इसके पग पखारता है। पावस के काले-काले मेघ इसके कुंतल केश हैं। चाँद और सूरज इसकी आरती उतारते हैं। यह वंदन की भूमि है। यह अर्पण की भूमि है। इसका कंकर-कंकर शंकर है और इसका बिंदु-बिंदु गंगाजल है। हम जीएँगे तो इसके लिए और मरेंगे तो इसके लिए।

इस समय मैं 1, फिरोजशाह रोड पर रहा करता था। मैं जनसंघ का अध्यक्ष था। शिवकुमारजी मेरे सहयोगी के तौर पर मेरे साथ आकर रहने लगे थे। मेरे साथ मेरे मित्र कौल का परिवार भी रहा करता था। उनकी दो प्यारी-प्यारी बेटियाँ थीं। इन बच्चियों से घर गुलजार रहता। बड़ी बेटी नमिता और छोटी बेटी गूम थी। नमिता मेडिकल की पढ़ाई कर रही थी और गूम स्कूल में थी। बाद में मैंने इन्हें गोद ले लिया।

मैं अपने मित्रों से बहुत स्नेह करता था। सन् 1969 की बात है, मुंबई के कफ परेड मैदान पर जनसंघ का अधिवेशन रखा गया। उत्तर प्रदेश के अधिकांश बड़े नेता इसमें सम्मिलित थे। तभी मेरी नजर सामने तंबू के प्रवेश द्वार पर पड़ी। मेरे मित्र चितले अपनी पत्नी और बेटे के साथ मुझसे मिलने आए हुए थे, लेकिन स्थानीय कार्यकर्ता उन्हें आगे नहीं आने दे रहे थे—‘‘आप इससे आगे नहीं जा सकते हैं। आपको यहीं बैठने होगा।’’

‘‘मैं अटलजी से मिलना चाहता हूँ। मैं उनका परिचित हूँ।’’

‘‘लेकिन श्रीमान! हम यह बात कैसे मान लें?’’

फिर मैं खुद ही मंच से उठा और तंबू के पीछे वाले मैदान से उनकी ओर चल दिया। मैंने चितले जी को गले लगाया और पूछा, ‘‘यह तुम्हारी पत्नी और बेटा है?’’

वे मुझे उठकर आया देख प्रसन्न हुए—‘‘जी, हम सभी आपसे मिलना चाहते थे।’’ दोनों ने मुझे अभिवादन किया और मैंने उनके कुशलक्षेम पूछे।

उस समय जनसंघ का दफ्तर दिल्ली में विट्ठल भाई हाउस में होता था। रोजाना चार बजे प्रेस कॉन्फ्रेंस हुआ करती थी। एक रोज मैं अपने हाथ में ब्रीफकेस लिये फिरोजशाह रोड पर खड़ा टैक्सी का इंतजार कर रहा था। तेज चिलचिलाती धूप थी। उसी समय वहाँ से वरिष्ठ पत्रकार एच.के. दुआ अपने स्कूटर से निकले। वे उस समय इंडियन एक्सप्रेस में चीफ ऑफ ब्यूरो थे। वे मेरे निकट आए और अपना स्कूटर रोककर बोले, ‘‘मैं भी वहीं जा रहा हूँ, जहाँ आपको जाना है, आप चाहें तो साथ चलिए।’’

मैं बिना एक पल भी गँवाए उनके पीछे स्कूटर पर बैठ गया। जब मैं उनके साथ विट्ठल भाई हाउस पहुँचा, तो वहाँ मौजूद कुछ वरिष्ठ नेता मेरा इंतजार कर रहे थे। वे मुझे देखकर हँसने लगे। जगदीश प्रसाद माथुर हँसते हुए बोले, ‘‘कल एक्सप्रेस में छपेगा, ‘वाजपेयी राइड्स दुआज स्कूटर’।’’

मैंने भी मँजे हुए पत्रकार की तरह जवाब दिया—‘‘हेडलाईन तो जरूर होगी, लेकिन ये—‘दुआ टेक्स वाजपेयी फॉर अ राइड’।’’ हम सभी हँस दिए।

मुझे खुद पर हँसना कभी भी बुरा नहीं लगा। मैं हमेशा सभी के साथ एक समान व्यवहार करता रहा हूँ। विरोध भी करता था, तो स्वस्थ मानसिकता के साथ। किसी को नीचा दिखाना या उसका अपमान करना कभी मेरा ध्येय नहीं रहा। मैंने हमेशा स्वस्थ और साफ सुथरी राजनीति में ही भरोसा रखा। मैं चाहे जितने भी ऊँचे पद पर पहुँच गया होऊँ, अपने मित्रों, परिचितों और रिश्तेदारों से पहले के समान ही मिलता रहा। वे जब भी मेरे निवास पर आते तो अपने उसी पुराने 'अटल' को पाते। मेरे व्यवहार में कोई बदलाव नहीं आया था, बल्कि अब तो मेरा व्यक्तित्व और भी गहरा हो चला था। अब तक आडवाणीजी के साथ भी मेरी घनिष्ठ मित्रता हो चुकी थी। हम अकसर साथ-साथ पैदल घूमते, सिनेमा देखने जाते।

मैं हमेशा से प्रेस की स्वतंत्रता का पक्षधर रहा हूँ। मेरा मानना है कि जिस देश का प्रेस स्वतंत्र नहीं रह पाता, वह देश अपने नागरिकों के अंदर असुरक्षा, संदेह और तमाम प्रकार के शक-शुबह पैदा कर देता है। भारत एक लोकतांत्रिक देश है, यदि यहाँ प्रेस की स्वतंत्रता का हनन होता है, तो वह देश की जनता की स्वतंत्रता का हनन होगा। देश में होनेवाली हर प्रकार की गतिविधियाँ, चाहे वे आर्थिक हों या राजनैतिक, सामाजिक हों या सामरिक, सभी को प्रेस ही जनता के सामने लाता है और यदि ऐसे में प्रेस की स्वतंत्रता को ही छीन लिया जाए, तो यह जनता के साथ बहुत बड़ी नाइनसाफी होगी। जब कोई सरकार प्रेस पर अंकुश लगाती है, तो लोकतंत्र का बहुत बड़ा नुकसान होता है और जनमानस में आक्रोश की ज्वाला भड़क उठती है।

अब कांग्रेस पार्टी में इंदिरा गांधी का वर्चस्व होता जा रहा था। 1969 तक पार्टी उनके नियंत्रण में आ चुकी थी। वे एक ऐसी राजनीतिज्ञ थीं, जो कि कूटनीति में भी बेहद निपुण थीं। वे अपना विरोध कतई नहीं सह पाती थीं। प्रेस के संबंध में भी वे बहुत अनुदार थीं। कोई भी अखबार उनके विरोध में लिख दे, चाहे तो कितना भी सही हो, वे उसकी कट्टर विरोधी बन जाती थीं। एक बार मैंने उनके इसी व्यवहार पर कड़ा विरोध जताया और सदन में सबके सामने अपनी बात रखी—''लोकतंत्र का आधार है प्रेस की स्वतंत्रता। प्रधानमंत्री प्रेस की स्वतंत्रता को पसंद ही नहीं करतीं। बंबई के कांग्रेस अधिवेशन में उन्होंने कुछ समाचार-पत्रों में काम करनेवाले संपादकों और संवाददाताओं को बुलाकर और इस बात की शिकायत की कि बंबई अधिवेश की ठीक तरह से पब्लिसिटी नहीं हो रही है। उन्होंने यह भी कहा कि मैं आपके मालिकों को बुलाकर दस मिनट में आपको ठीक कर सकती हूँ। उपाध्यक्ष महोदय, भारत के समाचार-पत्रों में प्रधानमंत्री के भाषण और उनकी तसवीरें जितना स्थान लेती हैं, उतना स्थान दुनिया के किसी लोकतंत्रवादी देश के प्रधानमंत्री के भाषण और तसवीरें नहीं लेतीं। फिर भी प्रधानमंत्री इससे संतुष्ट नहीं हैं। शायद वे चाहती हैं—'एकोऽहं द्वितीयो नास्ति'। लेकिन यह भावना तो तानाशाही को

जन्म देती है। प्रधानमंत्री को इस भावना से सावधान रहना चाहिए।''

सदन में अकसर मेरा टकराव इंदिरा गांधी से हो जाया करता था। एक बार लोकसभा में दिल्ली में जूनियर डॉक्टरों की हड़ताल को लेकर हंगामा हो रहा था। डॉक्टर वेतन के अतिरिक्त नॉन-प्रैक्टिसिंग भत्ते की माँग कर रहे थे। उनकी इस माँग पर इंदिरा गांधी ने आश्चर्य जताते हुए कहा, ''मैं हैरान हूँ कि जो डॉक्टर्स सबसे गरीब हैं, उन्हें कोई शिकायत नहीं और वे भूख या असहयोग हड़ताल नहीं कर रहे। जबकि जो डॉक्टर्स शिकायत कर रहे हैं, वे काफी अच्छी स्थिति में हैं। मैं समझ नहीं पा रही हूँ।''

मैंने तुरंत उत्तर दिया—''इसमें समझने के लिए क्या किसी विशेष प्रयास की आवश्यकता है ? जो बेहद गरीब हैं, वे सदियों से मौन, असंगठित और सताए गए हैं। वे लड़ ही नहीं सकते। दूसरी तरफ जो बेहतर हैं, वे संगठित हैं, इसीलिए वे बदलाव के नए तरीके अपना रहे हैं।''

एक बार की बात है, इंदिरा गांधी ने जनसंघ को उसके 'भारतीयकरण' की अवधारणा के लिए काफी कुछ कह दिया। उनका विचार था कि जनसंघ की अवधारणा भारतीय मुसलमानों के खिलाफ है। वे यह भी कह गईं कि 'मैं जनसंघ जैसे दल से पाँच मिनट में निपट सकतीं हूँ।' मुझे उनकी यह टिप्पणी अच्छी नहीं लगी और मैंने पलटकर कहा, ''पी.एम. महोदया कहती हैं कि वे जनसंघ से पाँच मिनट में निपट लेंगी। क्या कोई लोकतांत्रिक पी.एम. इस तरह से बात करता है ? मैं तो कहता हूँ कि पाँच मिनट में आप अपने केश से नहीं निपट सकतीं, तो भला हमसे कैसे निपट सकती हैं! जब नेहरूजी गुस्से में होते थे, तब कम-से-कम वे अच्छा भाषण तो देते थे। हम उन्हें चिढ़ाते भी थे। लेकिन हम इनके साथ तो ऐसा भी नहीं कर सकते। ये तो अपने आप ही गुस्सा हो जाती हैं। आपने भारतीयकरण को ठीक से समझा ही नहीं है। भारतीयकरण केवल मुसलमानों से ही नहीं जुड़ा है, इसमें देश के बावन करोड़ लोग शामिल हैं। भारतीयकरण एक नारा नहीं है, बल्कि राष्ट्रीय जागरण का एक मंत्र है। लेकिन आज तो धर्मनिरपेक्षता का मतलब गैर-हिंदू हो गया है। गुटनिरपेक्षता की तरह सरकार की धर्मनिरपेक्षता भी सवालों के घेरे में है। मुझे अपने हिंदुत्व पर गर्व है, लेकिन इसका यह मतलब कतई नहीं है कि मैं मुसलमान विरोधी हूँ।''

एक बार मैंने उनके 'गरीबी हटाओ' नारे के विरोध में कहा, ''गरीबी हटाओ के नारे से चुनाव जीतना तो आसान है, लेकिन सिर्फ नारों से गरीबी नहीं हटती।''

एक अन्य बार मैंने उनके विरोध में कहा, ''जिस तरह सपेरा अपने साँपों को बक्से में छिपाकर रखता है, यह सरकार भी समस्याओं को एक बक्से में छिपाकर रखती है और सोचती है कि वे समाप्त हो गई हैं। लेकिन जब ढक्कन हटाया जाता है, तो समस्या सिर उठा लेती है।''

सांप्रदायिकता के प्रश्न पर 14 मई, 1970 को संसद् में बहुत हंगामा हुआ। बड़ी ही तीखी बहस हुई। मैंने भी इस विषय के महत्त्वपूर्ण बिंदुओं पर प्रकाश डाला—''भिवंडी में मुसलिम जनसंख्या अधिक है। इस बार शिवाजी जयंती के कुछ दिन पहले भिवंडी के तीस-पैंतीस प्रमुख मुसलमानों ने शिवाजी जयंती के जुलूस पर कुछ शर्तें लगाने की कोशिश की। एक शर्त तो यह थी कि छत्रपति शिवाजी महाराज की जयंती के जुलूस में भगवा झंडा नहीं रहेगा। क्या भगवा झंडा शिवाजी महाराज का झंडा नहीं है ? क्या तिरंगे से पहले इस देश में कोई झंडा नहीं था ? क्या हम गांधीजी की कल्पना बिना तिरंगे के कर सकते हैं ? क्या इसलाम कहता है कि भगवा रंग बुरा है ? दूसरी शर्त थी कि गुलाल न उड़ाया जाए। क्या आपत्ति है गुलाल पर ? गुलाल अनुराग का प्रतीक है। गुलाल का रंग लाल होता है। जब हम आनंद में होते हैं तो गुलाल उड़ाते हैं। गुलाल का धार्मिक जुलूस से कोई संबंध नहीं है। अगर शिवाजी जयंती के जुलूस में थोड़ा सा गुलाल फेंक दिया जाए, तो क्या किसी को आपत्ति होनी चाहिए ? जुलूस पर हमला हुआ और उसके साथ भिवंडी शहर में जगह-जगह पर आग लगाई गई। मैं यह पूछना चाहता हूँ कि भिवंडी में फौज क्यों नहीं बुलाई गई ? मेरा प्रश्न यह है कि दंगे क्यों आरंभ किए जाते हैं ? मैं चाहता हूँ कि सदन इस पर विचार करे। मैं अभी तक किसी परिणाम पर नहीं पहुँचा हूँ। लोग दंगे क्यों आरंभ करते हैं, मुझे इसके तीन कारण नजर आते हैं—एक कारण तो यह हो सकता है कि हमारे मुसलमान भाई इस नतीजे पर पहुँच गए हैं कि अब हिंदुस्तान में हमारे लिए जगह नहीं है, हिंदुस्तान में हमारा कोई मुस्तकबिल नहीं है। दूसरा कारण यह हो सकता है कि मुसलमानों में कुछ लोग ऐसे हैं, जो पाकिस्तान से संबंध रखते हैं और पाकिस्तान के इशारे पर दंगे कराते हैं। तीसरा और महत्त्वपूर्ण कारण जो मालूम होता है, यह है कि मुसलमानों के कुछ नेता नहीं चाहते कि मुसलमान अपने को राष्ट्र की मुख्यधारा का अंग बनाएँ।''

इंदिरा गांधी ने दिसंबर 1970 तक सी.पी.आई. (एम) के समर्थन से एक अल्पमत वाली सरकार को चलाया। लेकिन अब वे आगे इस अल्पमत वाली सरकार को नहीं चलाना चाहती थीं, इसलिए उन्होंने चुनावों की अवधि से लगभग चौदह महीने पहले ही मध्यावधि लोकसभा चुनाव की घोषणा कर दी। इसी के साथ देश में पाँचवें आम चुनावों की तैयारी शुरू हो गई। इन चुनावों में इंदिरा ने दिन-रात एक कर दिया।

देश की आजादी के बाद के तीन आम चुनाव पंडित नेहरू के नाम रहे थे। चौथे चुनाव में इंदिरा सत्ता में आ तो गई थीं, लेकिन उनकी शख्सियत एक गूँगी गुड़िया के जैसी ही बनी हुई थी। किंतु पाँचवें लोकसभा चुनाव में परिस्थितियाँ काफी बदल चुकी थीं। इंदिरा का दबदबा दिखने लगा था। 1971 का आम चुनाव पूरी तरह से इंदिरा गांधी के नाम रहा। उन्होंने लोगों के सामने 'गरीबी हटाओ' का नारा दिया और मतदाताओं ने

भी इंदिरा को सिर-आँखों पर बैठा लिया। जनता में धीरे-धीरे इंदिरा के कामों की प्रशंसा होने लगी थी। हरित क्रांति के अच्छे नतीजे मिल रहे थे। इससे खाद्य समस्या लगभग समाप्त हो रही थी। किंतु कांग्रेस के सीनियर नेता अब भी पार्टी पर और खासतौर से 'इंदिरा गांधी' पर अपना नियंत्रण बनाए रखना चाहते थे। लेकिन इंदिरा इन सभी नेताओं से छुटकारा पाना चाहती थीं। उन्होंने मोरारजी देसाई को भी बेदखल कर दिया। इसके बाद कांग्रेस पार्टी दो हिस्सों में बँट गई। इंदिरा गांधी ने इंदिरा कांग्रेस पार्टी बनाकर चुनाव में उतरने का फैसला किया।

मैं इन चुनावों में अपने जन्मस्थान ग्वालियर से खड़ा हुआ था। ग्वालियर तो मेरा घर था और समस्त ग्वालियरवासी मेरा परिवार। ग्वालियरवासी प्रसन्न थे कि दुनिया में उनके नाम को रोशन करनेवाला उनका अपना अटल अब की बार अपने ही नगर से चुनाव में खड़ा हुआ है। खूब जोर-शोर से नामांकन भरा गया और फिर चुनाव प्रचार शुरू हो गया।

एक बार मैं इंदौर में लोकसभा चुनाव के प्रचार के लिए गया। मैं सभा को संबोधित करने के लिए उठा ही था कि सुमित्रा महाजन ने मंच पर ही मुझसे कहा, ''अपनी कलाई आगे कीजिए।'' और उन्होंने मुझे राखी बाँध दी। मैंने हँसते हुए कहा, ''अब आरती भी उतारोगी? फिर मिठाई भी खिलाओगी?'' सब खिलखिलाकर हँस दिए। सुमित्रा ने हमेशा मुझे सगे भाई जैसा आदर दिया। एक बार वे मुझे खरगौन के आदिवासियों के समूह से मिलवाने ले गईं। आदिवासी मुझसे बड़े ही प्रेम से मिले। उन्होंने अपने हाथों से मेरे सिर पर पगड़ी बाँधी। कुछ आदिवासी समूह बनाकर बैठ गए और संगीत सुनाने लगे। इसी समूह में एक बच्ची भी थी, जो कि मेरे लिए बड़े चाव से कुछ बनाकर लाई थी, लेकिन देने में संकोच कर रही थी। मैंने खुद ही उससे पूछ लिया—''मेरे लिए क्या लाई हो?'' वह मिठाई बनाकर लाई थी। मैंने बड़े चाव से उसकी बनाई मिठाई खाई।

एक बार मैं चुनाव प्रचार के लिए भांडेर तहसील गया। उस समय मेरे पैर में प्लास्टर बँधा हुआ था। दरअसल एक छोटे से हमले में चोट आ गई थी। मैं सभा को संबोधित करने के लिए सर्किट हाउस से रवाना हुआ। मेरे साथ कुछ स्थानीय कार्यकर्ता भी थे। उन्होंने मुझसे रास्ते में पूछा, ''आप भोजन में क्या लेना चाहेंगे?'' मैंने कहा, ''जो आसानी से उपलब्ध हो जाए।'' मैं हमेशा सादा खाना ही पसंद करता था। हमारा काफिला जब गाँव में पहुँचा, तो वहाँ कोई भी भाषण सुनने नहीं आया हुआ था। शायद गाँववालों को इस बात की जानकारी ही नहीं दी गई थी। मैं इस अव्यवस्था को देखकर बहुत नाराज हुआ। मैंने वहाँ के देहात संगठन मंत्री को बुलाया और उसे खूब डाँट लगाई। सभी बुरी तरह से डर गए। वे लोग मुझे प्रसन्न करने की कोशिश करने लगे। लेकिन मैं बेहद नाराज था। सभी ने मेरे पाँव पकड़ लिये। मुझे मनाने लगे। इसके बाद

उन लोगों ने जोर जोर से नारे लगाए और गाँव के चक्कर लगाए—'अबकी बारी अटल बिहारी'। धीरे-धीरे पूरी तसवीर ही बदल गई। पूरा गाँव मेरी एक झलक पाने के लिए उमड़ पड़ा। आसपास के गाँवों से भी लोग आ जुटे। मैंने उन्हें बहुत स्नेह से संबोधित किया। ग्रामीण मुझे अपनत्व से देख रहे थे। इसके बाद मुझे बहुत तेज भूख लग गई। मैंने कार्यकर्ताओं से कहा, ''अब खाना ले आओ।'' वे कार की ओर दौड़े। वहाँ टिफिन रखा हुआ था। लेकिन जब उन्होंने टिफिन खोला तो उनके होश उड़ गए। उसमें खाना था ही नहीं। जब खूब ढुँढ़ाई हुई तो पता चला कि डायबिटीज के मरीज एक कार्यकर्ता ने वह भोजन खा लिया था।

इधर चुनाव से पहले ही कांग्रेस के भीतर गहरी गुटबाजी शुरू हो चुकी थी। लेकिन चुनाव में इंदिरा की मुहिम रंग लाई और जनता ने उन्हें भारी बहुमत से विजयी बनाया। 1971 का चुनाव दो नारों की वजह से याद किया जाता है। चुनावी रैलियों में या तो 'गरीबी हटाओ' या फिर 'इंदिरा हटाओ' जैसे जुमले ही सुनने को मिलते थे। इंदिरा गांधी ने 'गरीबी हटाओ' का नारा दिया, जबकि उनके विरोधियों ने 'इंदिरा हटाओ' की मुहिम चलाई। इस पर इंदिरा गांधी अपनी रैलियों में यह कहना नहीं भूलती थीं कि ''वो कहते हैं 'इंदिरा हटाओ' और हम कहते हैं 'गरीबी हटाओ'।''

इस चुनाव में गरीबों, भूमिहीनों, मुसलिम और दलित वर्ग का पूरा वोट इंदिरा कांग्रेस के खाते में गया। जबकि कांग्रेस के पुराने बड़े दिग्गजों की पार्टी को एक चौथाई से भी कम सीटें नसीब हुईं। जनसंघ पिछले चुनावों के मुकाबले 35 से 22 सीटों पर ही सिमटकर रह गई थी। चुनाव में इंदिरा कांग्रेस ने कुल 518 सीटों में से 352 सीटों पर जीत हासिल की। विपक्षी दलों को भी इंदिरा की लीडररशिप को मानना पड़ा।

हमारे सांसदों की संख्या अब 22 रह गई थी। एक बार मेरे मित्र श्रीमान नारायण माधव घटाटे ने मुझसे इस बारे में पूछा, ''जनसंघ के प्रत्याशी पिछली बार से कम रह गए?''

''हाँ मित्र, हालाँकि सभी ने जीतने के लिए बहुत मेहनत की।''

''इंदिराजी की क्या प्रतिक्रिया है?''

''अभी तो हमारी तरफ बहुत प्यार से देखती हैं।'' मैंने हँसते हुए कहा। घटाटेजी भी मेरा उत्तर सुनकर हँस पड़े।

1971 का लोकसभा चुनाव सिर्फ और सिर्फ इंदिरा गांधी के नाम रहा। पहली बार इंदिरा गांधी अपने बल पर सत्ता में आईं। गरीबी हटाओ के नारे के साथ इंदिरा बिना शर्त कांग्रेस की सर्वेसर्वा बन गईं। लेकिन मैंने अपनी ग्वालियर की सीट से भारी बहुमत से जीत हासिल की थी। लोकसभा चुनावों में अपनी जन्मभूमि का प्रतिनिधित्व करते हुए मैंने जीत तो हासिल की ही, इसके साथ-साथ समूचे राष्ट्र में हमारी पार्टी का अच्छा

जनाधार बन चुका था। मेरी सभाओं में अपार जनसमूह उमड़ने लगा था। मेरी पार्टी की लोकप्रियता भी बढ़ती जा रही थी।

शिमला समझौते के समय भी मैंने अपनी प्रतिक्रिया व्यक्त करते हुए संसद् में कहा था—‘‘हम मैदान में जीते, पर मेज पर हारे। हम भी पाकिस्तान की एक इंच जमीन नहीं चाहते, मगर पाकिस्तान हमारी तीस हजार वर्ग मील जमीन पर कब्जा जमाकर बैठा रहे, ऐसा नहीं हो सकता। शिमला समझौते के कारण कश्मीर की जनता में अनिश्चितता पैदा हो गई है।’’

इससे पहले राष्ट्रपति चुनाव के मुद्दे पर भी पार्टी और इंदिरा गांधी के बीच मतभेद पैदा हो चुके थे। पार्टी के आधिकारिक प्रत्याशी नीलम संजीव रेड्डी थे, जबकि इंदिरा गांधी ने वी.वी. गिरी को अपना समर्थन दिया। और अंतत: जीत भी वी.वी. गिरी की ही हुई।

हालाँकि इंदिरा गांधी 1971 का चुनाव जीत गई थीं, लेकिन अब उनके सामने पाकिस्तान से युद्ध जैसी एक और चुनौती आ खड़ी हुई।

जब भी देश पर विपत्ति के बादल मँडराए या देश की प्रभुसत्ता, स्वतंत्रता, अखंडता और एकता को किसी भी तरह का खतरा उत्पन्न हुआ, तब मेरे भीतर के सच्चे राष्ट्रभक्त ने सेवक के रूप में सरकार के कंधे से कंधा मिलाया। मैंने उस समय विरोधी दल के नेता का रुख नहीं अपनाया। मेरे लिए हमेशा ही राष्ट्र पहले रहा और बाकी सबकुछ बाद में। सन् 1971 में पाकिस्तान ने बांग्लादेश के अस्तित्व में आने से पूर्व भारत पर अचानक आक्रमण कर दिया। उस समय मैंने लोकसभा में कहा, ‘‘भारत वंदन की भूमि है, अभिनंदन की भूमि है। यह अर्पण की भूमि है, तर्पण की भूमि है। हम जीएँगे तो इसके लिए, मरेंगे तो इसके लिए।’’

मैंने संकट के समय हमेशा राष्ट्र की आराधना की। उस समय देश में संकटकाल की घोषणा हो गई थी। यह युद्ध हम पर जबरन थोपा गया था। इस युद्ध की रणनीति पर विचार करने के लिए मैंने सदन में कहा था—‘‘अध्यक्षजी, हम एक राष्ट्रीय संकट की छाया में एकत्र हुए हैं। पाकिस्तान ने हमारे ऊपर यह युद्ध थोप दिया है। हम अग्निपरीक्षा से गुजर रहे हैं। कोई कारण नहीं है कि हम इस अग्निपरीक्षा के बाद कुंदन बनकर न चमकें। कोई कारण नहीं है कि हम अपनी सीमा की सुरक्षा न करें और पाकिस्तान के शासकों को ऐसा पाठ पढ़ाएँ, जिसे वे जिंदगी भर न भुला सकें। आज मैं पार्टी की ओर से बोलने को तैयार नहीं हूँ। अब तो सारा देश एक पार्टी है। राजनीति के मतभेद भुलाकर, छोटी-छोटी चीजों को ताक पर रखकर, सारे देश को कंधे से कंधा लगाकर, कदम-से-कदम मिलाकर विजय के लिए आगे बढ़ना होगा। अध्यक्ष महोदय, माताएँ जिस दिन के लिए बच्चों को जन्म देती हैं, आज वह दिन आ गया है। बहनें जिस

दिन के लिए भाइयों की कलाई में राखी बाँधती हैं, आज वह दिन आ गया है। अगर पाकिस्तान यह समझता है कि धोखे से हमला करके वह हमें गफलत में डाल देता है, तो यह पाकिस्तान की भूल है। हम चाहते हैं कि यह देश विजयी हो और प्रधानमंत्रीजी के नेतृत्व में हम एक नए इतिहास का निर्माण करें।''

1971 का भारत-पाक युद्ध भारत और पाकिस्तान के बीच एक सैन्य संघर्ष था। यह 3 दिसंबर से आरंभ हुआ और यह 16 दिसंबर को ढाका समर्पण से साथ समाप्त भी हो गया। उस समय काफी समय से पूर्वी पाकिस्तान का स्वतंत्रता संग्राम भी चल रहा था। इस युद्ध के आरंभ में पाकिस्तान ने भारतीय वायुसेना के ग्यारह स्टेशनों पर हवाई हमले किए। परिणामस्वरूप भारतीय सेना भी पूर्वी पाकिस्तान में बांग्लादेशी स्वतंत्रता संग्राम में बंगाली राष्ट्रवादी गुटों के समर्थन में कूद पड़ी। मात्र तेरह दिन चलनेवाला यह युद्ध इतिहास में दर्ज लघुतम युद्धों में से एक रहा। युद्ध के दौरान भारतीय एवं पाकिस्तानी सेनाओं का एक साथ पूर्वी तथा पश्चिमी, दोनों फ्रंट पर आमना-सामना हुआ और यह तब तक चला, जब तक कि पाकिस्तानी पूर्वी कमान ने समर्पण अभिलेख पर हस्ताक्षर नहीं कर दिए। इसी के साथ पूर्वी पाकिस्तान को एक नया राष्ट्र 'बांग्लादेश' घोषित किया गया। इस रक्तरंजित युद्ध के माध्यम से बांग्लादेश ने पाकिस्तान से स्वाधीनता प्राप्त की। 16 दिसंबर 1971 को बांग्लादेश बना। भारत की पाकिस्तान पर इस ऐतिहासिक जीत को 'विजय दिवस' के रूप में मनाया जाता है। पाकिस्तान पर यह जीत कई मायनों में ऐतिहासिक थी। इस युद्ध में भारतीय जाँबाज सैनिकों ने 93 हजार पाकिस्तानी सैनिकों को घुटने टेकने पर मजबूर कर दिया था।

1971 की जंग के बाद मैंने अपनी भारतीय सेना पर एक निबंध लिखा—''आज किसी का अभिनंदन होना चाहिए, तो सेना के उन जवानों का अभिनंदन होना चाहिए, जिन्होंने अपने रक्त से यह विजय गाथा लिखी है। हमारी सेना ने हमारे इतिहास और भूगोल को बदला है। उनके एक ही प्रहार में इतिहास बदल गया और भूगोल डोल गया।'' मैंने इसी में आगे लिखा—''एक रात पश्चिमी मोरचे पर तैनात एक जवान विमान चालक का फोन मेरे पास आया। वो बोला कि आप हमारी कुछ मदद करिए। मैंने पूछा, भाई, क्या परेशानी है, क्या घर की याद आ रही है या दुश्मन का दबाव बढ़ रहा है? उस जवान ने उत्तर दिया—नहीं! ऐसी बात नहीं है। मेरी परेशानी यह है कि मेरे कमांडर पाकिस्तानी पर बमबारी करने के लिए मुझे उतनी बार नहीं जाने देते, जितनी बार मैं जाना चाहता हूँ। वे कहते हैं कि इंतजार करो, अभी औरों का नंबर है। लेकिन मैं इंतजार नहीं करना चाहता, फिर जाना चाहता हूँ। उस जवान से बात होने के बाद मैं सोचने लगा कि यह जवान किस मिट्टी का बना है! पाकिस्तान में बमवर्षा के लिए जाना अपनी मौत को निमंत्रण देना है, सिर पर कफन बाँधकर कूदना है, लेकिन यह

तो शिकायत कर रहा है। ऐसे जवान जिस देश में हैं, उसे कौन परास्त कर सकता है!''

1971 के पहले बांग्लादेश पाकिस्तान का ही एक प्रांत था, जिसका नाम 'पूर्वी पाकिस्तान' था, जबकि वर्तमान पाकिस्तान को 'पश्चिमी पाकिस्तान' कहा जाता था। कई सालों के संघर्ष और पाकिस्तान की सेना के अत्याचार एवं बांग्लाभाषियों के दमन के विरोध में पूर्वी पाकिस्तान के लोग सड़कों पर उतर आए थे। 1971 में उनकी आजादी के आंदोलन को कुचलने के लिए पाकिस्तानी सेना ने पूर्वी पाकिस्तान के विद्रोह पर आमादा लोगों पर खूब अत्याचार किए। भारत ने पड़ोसी ने नाते इस जुल्म का विरोध किया और क्रांतिकारियों की मदद की। इसका नतीजा यह हुआ कि भारत और पाकिस्तान के बीच सीधी जंग हुई और इस जंग में भारत ने पाकिस्तान को घुटने टेकने पर मजबूर कर दिया। इसके साथ ही दक्षिण एशिया में एक नए देश 'बांग्लादेश' का उदय हुआ।

यदि विरोधी पार्टी का कोई नेता भी अच्छा काम करता, तो मैं उसकी प्रशंसा करने से नहीं चूकता था। जिस समय बांग्लादेश को मान्यता दी गई थी, उस समय मैंने भारत की मौजूदा सरकार को बधाई दी थी। मैंने हमेशा से सकारात्मक राजनीति ही की, मैं नकारात्मक राजनीति के पक्ष में कभी भी नहीं रहा।

इसी के बाद दिल्ली में नगर निगम के चुनाव होने थे। मैंने जनता के बीच जाकर बड़े आग्रहपूर्वक कहा, ''आपने इंदिरा गांधी को मौका दिया, वह तो ठीक है, लेकिन अब हमें सफाई के लिए झाड़ू लगाने का मौका तो दे दीजिए।'' नतीजा यह रहा कि जनसंघ दिल्ली में म्युनिसिपल के चुनाव जीत गई।

-: 9 :-

मुझे फिल्म देखने, नाटक देखने, कवि-सम्मेलन में जाने का बड़ा शौक था। मुझे याद है, मैंने इसी समय वी. शांताराम की 'पिंजरा' फिल्म देखी थी। यह फिल्म देखने में अपने मित्रों के साथ प्लाजा थिएटर गया था। जब्बार पटेल का नाटक 'उंबरठा' देखने के लिए मैं, श्री रामनाईकजी और श्री वामनराव परबजी दादर टीटी स्थित ब्राडवे पर पहुँचे थे। मैंने 'सूरज का सातवाँ घोड़ा' नेहरू सेंटर में देखा था। मैंने और आडवाणीजी ने कई फिल्में साथ देखीं। अकसर नांदगाँवकरजी हर फिल्म और नाटक में मेरे साथ होते थे।

मैं विशेष मौकों और त्योहारों पर अपने घर ग्वालियर जाने का मौका कभी नहीं छोड़ता था। मेरे भतीजे-भतीजी, भानजे-भानजी त्योहारों की रौनक बढ़ा देते थे। कई बार मैंने अपना जन्मदिन ग्वालियर में मनाया। सब मेरे जन्मदिन पर हल्ला मचा देते थे। जब मैं ग्वालियर से लौटता तो अनेक यादें और नई स्फूर्ति मेरे साथ होती थी।

ऐसे ही एक बार मैं ग्वालियर आया, तो ताँगे से अपने शिंदे की छावनी वाले घर पहुँचा। इसके बाद साइकिल उठाई और अपने भाई के पास संभाजी कॉलोनी वाले घर में जा पहुँचा। मैं ग्वालियर में साइकिल से ही घूमा करता था। थोड़ी देर वहाँ रुककर अपनी बहन के पास सिंधी कॉलोनी पहुँच जाता। शाम को अकसर बाजार में घूमता रहता और सबके हालचाल लेता रहता। वहाँ के लोग मुझे अपने परिवार का सदस्य ही मानते थे और मेरे लिए भी पूरा ग्वालियर मेरा घर था। एक दिन मैं साइकिल से जा रहा और रास्ते में राजमाता सिंधिया मिल गई। उन्होंने तुरंत अपनी कार रुकवाई और मुझसे बोलीं, ''आप यहाँ आए हुए हैं! अगर पहले बता दिया होता तो आपके लिए गाड़ी भिजवा देती।''

''यह तो मेरा घर है ̇ ̇ ̇मेरा ग्वालियर। यहाँ मैं साइकिल और पैदल चलना ही पसंद करता हूँ।''

एक बार मेरे दद्दा, भाभी और बच्चे दिल्ली आए। वे अपने अटल के पास कुछ दिन रहना चाहते थे। गरमी के दिन थे और रास्ते में पानी की परेशानी न हो इसके लिए उन्होंने अपने साथ एक छोटा सा मटका ले लिया था। मैं उन लोगों को लेने के लिए स्टेशन

पहुँचा। जब हम कार की तरफ बढ़ने लगे तो दद्दा ने कहा, ‘‘ये मटका यहीं कहीं रख दो। इसे लेकर नहीं जाएँगे, हँसी होगी।’’

मैंने तुरंत कहा, ‘‘अरे वाह! क्यों रख दें यहाँ? इसे भी साथ लेकर जाएँगे। हमारा मटका है।’’

इसके बाद मैंने वह मटका गाड़ी में रखवा दिया। वे लोग पंद्रह दिन मेरे पास रहे और मैं लगभग रोज ही उनसे कहता—‘‘अगर हम यह मटका साथ न लाते तो इतना शीतल जल कैसे पी पाते?’’

मैं हमेशा अपनी संस्कृति से प्रेम करता रहा हूँ। मुझे अपने देश की मिट्टी से स्नेह है। इसकी हर चीज से लगाव है। मुझे कभी भी घमंड में रहनेवाले लोग नहीं भाए। मैं अपने परिवार में सभी बच्चों को भी हमेशा यही सीख देता रहा। मैं उन्हें हमेशा मेहनत करने की सीख देता रहा। हमेशा कहता रहा कि जिंदगी में चाहे जितना भी ऊँचा मुकाम हासिल कर लेना, लेकिन कभी घमंड मत करना। हमेशा विनम्र बने रहना, क्योंकि विनम्रता का सभी जगह सम्मान होता है।

नवंबर 1974 में मैंने सदन में एक संविधान संशोधन विधेयक पेश किया। इसमें मैंने तीन सदस्यों वाले चुनाव आयोग की माँग रखी थी। उस विधेयक का उद्देश्य था कि चुनाव आयोग बिना किसी के दबाव में आए काम करे। किसी के भय या अनुराग का उस पर कोई प्रभाव न हो। मैंने इसमें यह अपील भी की थी कि सदस्यों का चुनाव करनेवाली चयन समिति में सुप्रीम कोर्ट के चीफ जस्टिस, सत्ताधारी दल का एक सदस्य और विपक्षी पार्टी का एक सदस्य होना चाहिए। लेकिन इस विधेयक पर चर्चा ही नहीं हुई। इससे पहले मैं एक संविधान संशोधन विधेयक भी लाया था, जिसके अनुसार यह सुनिश्चित किया जा सके कि सुप्रीम कोर्ट के वरिष्ठतम जज को चीफ जस्टिस नियुक्त किया जाए। मैं समर्पित न्यायपालिका की अवधारणा को लेकर चिंतित था।

इसी दौरान गुजरात के छात्रों ने अपना असंतोष व्यक्त किया। दिसंबर 1973 में गुजरात के मोरबी इंजीनियरिंग कॉलेज के कुछ छात्रों ने अपने खाने के बिल में बेतहाशा वृद्धि का विरोध किया। बाद में इस तरह का प्रदर्शन गुजरात के अन्य राज्यों में भी हुआ। जल्दी ही इन प्रदर्शनों को व्यापक समर्थन मिलने लगा और सरकार के खिलाफ एक बड़ा आंदोलन खड़ा हुआ। 1973-74 में बाबू जयप्रकाश नारायण के नेतृत्व में पटना से एक छात्र आंदोलन शुरुआत हुआ। इस आंदोलन की शुरुआत बिहार की राजनीति को भ्रष्टाचार से मुक्ति दिलाने के लिए की गई थी, जिसमें छात्रों ने अपना योगदान दिया। लेकिन बाद में इसकी लहर इतनी व्यापक हो गई कि समूचा देश इसकी चपेट में आ गया। इतिहास में ‘जे.पी. आंदोलन’ नाम से याद किया जानेवाला यह संपूर्ण क्रांति आंदोलन इंदिरा गांधी सरकार के लिए बहुत बड़ा खतरा बन गया।

मौजूदा राजनीति से उत्पन्न असंतोष और आंदोलन की शुरुआत सबसे पहले गुजरात से हुई, जबकि गुजरात बेहद शांतिप्रिय राज्य माना जाता था। यहाँ छात्रों ने जोरदार आंदोलन किया। विपक्ष भी इस आंदोलन के साथ हो गया। आंदोलनकारियों ने गुजरात विधानसभा को जबरन त्याग-पत्र देने के लिए विवश कर दिया। बिहार में भी इस आंदोलन का सूत्रपात छात्र-आंदोलन के रूप में ही हुआ। मार्च, 1974 में छात्रों ने बिहार विधानसभा का घेराव किया। छात्र आंदोलन को कुचलने के लिए पुलिस ने लाठी तथा गोली का भी बेझिझक प्रयोग किया। इस आंदोलन में भी विपक्षी दलों ने छात्रों का साथ दिया। जयप्रकाश नारायण, जो कि राजनीति से संन्यास ले चुके थे, सक्रिय हो गए और उन्होंने आंदोलन की कमान सँभाल ली। जिस प्रकार अंग्रेजों के विरुद्ध असहयोग आंदोलन चलाया गया था, उसी तर्ज पर जयप्रकाश नारायण ने लोगों का आह्वान किया।

जे.पी. ने अपना 'संपूर्ण क्रांति' का आह्वान बिहार और गुजरात से शुरू करते हुए पूरे देश में छेड़ दिया था। उन्होंने कांग्रेस को उखाड़ फेंकने के लिए राजनीतिक दलों को भी एकत्र करने के प्रयास शुरू कर दिए थे। अब उन्हें लगने लगा था कि सिर्फ छात्र आंदोलन से सफलता प्राप्त नहीं होगी। वे यह भी जानते थे कि कांग्रेस को सत्ता से हटाते के लिए सिर्फ एक राजनीतिक पार्टी का साथ काफी नहीं होगा, इसलिए उन्होंने सभी गैर-कांग्रेसी पार्टियों को एकजुट करने का विचार बनाया। लेकिन यह काम आसान नहीं था। एक तरफ वामपंथी दल और जनसंघ आपस में विरोधी थे, तो दूसरी तरफ गैर-कांग्रेसी दलों के नेताओं के बीच बहुत मतभेद थे। एक दिन जे.पी. ने मुझे और आडवाणीजी को बुलाया और कहा, ''आपको हमारे आंदोलन में हमारा साथ देना चाहिए। हमें आपकी आवश्यकता है।'' आडवाणीजी ने जे.पी. के इस प्रस्ताव पर आपसी विचार-विमर्श करना जरूरी समझा। इसके लिए उन्होंने हैदराबाद में पार्टी की एक मीटिंग रखी। जनसंघ के नेताओं को यह प्रस्ताव अच्छा लगा। उन्हें इसमें पार्टी का विस्तार नजर आ रहा था। जनसंघ ने इस आंदोलन में शामिल होने की मंजूरी दे दी। हालाँकि सी.पी.आई. और सी.पी.(एम.) ने जे.पी. के इस प्रस्ताव का कड़ा विरोध किया।

गुजरात में यह नवनिर्माण आंदोलन सफल रहा था और गैर-कांग्रेसी सरकार बन चुकी थी। मौजूदा प्रधानमंत्री श्री नरेंद्र मोदी ने भी उस दौरान एक व्यापक जन-आंदोलन तैयार किया था, जिसे समाज के सभी वर्गों का व्यापक समर्थन हासिल हुआ था। इस आंदोलन को उस समय और ताकत मिली, जब एक सम्मानित सार्वजानिक हस्ती और भ्रष्टाचार के खिलाफ शंखनाद करनेवाले जयप्रकाश नारायण ने इस आंदोलन को अपना समर्थन दिया। जब जयप्रकाश नारायण अहमदाबाद आए तब श्री नरेंद्र मोदी ने उनसे भेंट की। श्री मोदी ने आपातकाल विरोधी आंदोलन में अपनी भागीदारी निभाई थी। वे उस तानाशाह अत्याचार का विरोध करने के लिए गठित की गई गुजरात लोक संघर्ष समिति

(जी.एल.एस.एस.) के सदस्य भी थे। बाद में वे इस समिति के महासचिव बनाए गए। उनकी प्राथमिक भूमिका राज्य भर में कार्यकर्ताओं के बीच समन्वय स्थापित करने की थी। आपातकाल के दौरान श्री नरेंद्र मोदी ने अनेक महत्त्वपूर्ण काम किए। कभी-कभी अपने कामों को पूरा करने के लिए उन्हें कई तरह के भेष बदल कर भी जाना पड़ता, ताकि पहचाने न जा सकें।

जे.पी. बाबू ने बिहार में भी कांग्रेस सरकार को हटाने की तैयारियाँ शुरू कर दीं। वे बिहार के अलग-अलग शहरों में जाकर रैलियाँ और सभाएँ करने लगे। उनका पूरा प्रयास था कि मुख्यमंत्री अब्दुल गफूर को अपने पद से हटाकर विधानसभा भंग कर दी जाए। उन्हीं दिनों पटना में हो रही रैली में पुलिस ने भीड़ पर जबरदस्त लाठीचार्ज किया। संबोधित कर रहे जे.पी. के सिर पर भी पुलिस की लाठी पड़ी और वे घायल होकर जमीन पर गिर पड़े। वहाँ मौजूद जनसंघ के नेता नानाजी देशमुख उन्हें बचाने के लिए तुरंत आगे आ गए। इसी के बाद जनसंघ से उनकी घनिष्ठता बढ़ती गई। मैंने और आडवाणीजी ने भी पटना जाकर उनसे मुलाकात की। इसके बाद यह आंदोलन और तीव्र हो उठा। 18 नवंबर को पटना के गांधी मैदान में एक ऐतिहासिक रैली हुई, जिसमें लाखों लोगों ने भाग लिया।

जनता दल यूनाइटेड के नेता शरद पवार और मेरी पहली मुलाकात इसी दौरान हुई थी। बाबू जयप्रकाश नारायण ने मध्य प्रदेश की जबलपुर सीट के लिए होनेवाले उपचुनावों में 'जनता उम्मीदवार' के रूप में शरद यादव को उतारने का फैसला किया। इस वक्त चुनाव-चिह्न 'हलधर किसान' था। अब तक इस सीट पर कांग्रेस का प्रत्याशी ही जीतता आया था, इसलिए यह दुविधा थी कि शरद यादव जीतेंगे या नहीं। लेकिन इतना निश्चित था कि वे इस बार इस सीट पर कांग्रेस के प्रत्याशी को कड़ी टक्कर अवश्य देंगे। जे.पी. ने सभी बड़े नेताओं को चिट्ठी लिखकर शरद यादव को समर्थन देने का आह्वान किया। मोरारजी देसाई, जार्ज फर्नांडिस, अशोक मेहता और मैं जबलपुर पहुँचे। हम सभी ने लोगों को संबोधित किया। शरद यादव यह चुनाव जीत गए और दिल्ली आकर विट्ठल भाई हाउस में रहने लगे। उन्हें वहाँ आवास की सुविधा तो मिल गई, लेकिन उनके खाने-पीने की कोई व्यवस्था नहीं हो पाई थी। वे रोज मेरे पास ही आ जाते और मैं अच्छे मेजबान की तरह उनकी खातिर करता। हम साथ-साथ ही भोजन करते थे। हम अच्छे मित्र बन गए थे।

जे.पी. ने बिहार आंदोलन के एक वर्ष पूरे होने के अवसर पर 6 मार्च, 1975 को संसद् के बाहर विरोध प्रकट करने की योजना बनाई। इसके लिए उन्होंने विभिन्न दलों के लोगों से भी अपील की—''आप सब भी अपने-अपने डंडे और झंडे को छोड़कर एक साथ एक मंच पर आएँ। यह लड़ाई आसान नहीं है। इसे एकजुट होकर ही लड़ा जा सकता है। कंग्रेस को कमजोर करने के लिए सबका एक साथ आना जरूरी है।''

जनसंघ के लोगों ने इस आंदोलन में अपनी भरपूर भागीदारी निभाई। अगले ही दिन

जनसंघ ने देश भर से आए अपने कार्यकर्ताओं के लिए एक राष्ट्रीय अधिवेशन का आयोजन किया। इस अधिवेशन में चालीस हजार से भी अधिक कार्यकर्ताओं ने भाग लिया। मैंने और आडवाणीजी ने जे.पी. को इस अधिवेशन में विशिष्ट अतिथि के तौर पर आमंत्रित किया। वे इसमें आए और उन्होंने अपने विशिष्ट अंदाज में भाषण भी दिया—''अगर जनसंघ फासिस्ट है, तो जयप्रकाश नारायण भी फासिस्ट है।''

12 जून, 1975 को इलाहाबाद हाईकोर्ट के जज ने एक अहम फैसला सुनाया, जिससे इंदिरा गांधी को बहुत करारा झटका लगा। समाजवादी नेता राजनारायण की याचिका पर फैसला सुनाया गया। इलाहाबाद उच्च न्यायालय के जस्टिस जगमोहन लाल सिन्हा ने अपने ऐतिहासिक फैसले में प्रधानमंत्री इंदिरा गांधी को गत चुनावों में गलत तरीके इस्तेमाल करके जीतने का दोषी करार दिया। उन्होंने इंदिरा गांधी पर तीन चार्ज लगाए—चुनाव में गलत तरीकों का इस्तेमाल करना, चुनाव में सीमा से अधिक खर्च करना और सरकारी मशीनरी का दुरुपयोग करने का दोषी पाया। जज ने उनके रायबरेली के चुनाव को तो रद्द किया ही, साथ-ही-साथ उनके छह साल तक चुनाव लड़ सकने पर भी पाबंदी लगा दी। इस निर्णय के साथ ही पूरे देश में उथल-पुथल मच गई और इंदिरा पर पद छोड़ने का दबाव बनाया जाने लगा। इंदिरा गांधी ने दबाव में आकर आनन-फानन में फैसले लेने शुरू कर दिए। वे दमनकारी नीतियों का सहारा लेने लगीं।

उस समय इंदिरा गांधी सरकार में इंद्र कुमार गुजराल सूचना और प्रसारण मंत्री थे। 26 जून, 1975 की सुबह इंदिरा गांधी के निवास पर कैबिनेट की बैठक बुलाई गई। इस बैठक में प्रधानमंत्री ने आपातकाल लागू करने की जानकारी दी। प्रधानमंत्री ने अपना यह फैसला बहुत गुप्त ढंग से लिया था। तत्कालीन गृहमंत्री ब्रह्मानंद रेड्डी को भी इसकी कोई जानकारी नहीं थी। सभी उनके इस फैसले को सुनकर भौंचक्के रह गए। 25 जून की रात साढ़े आठ बजे इंदिरा गांधी पश्चिम बंगाल के मुख्यमंत्री सिद्धार्थ शंकर रे के साथ राष्ट्रपति भवन पहुँचीं और तत्कालीन राष्ट्रपति फखरुद्दीन अली अहमद से आपातकाल लगाए जाने के बारे में अनौपचारिक बातचीत की। रात ग्यारह बजे गृहमंत्री को बुलाया गया और उन्हें इस फैसले की जानकारी दी गई और वह फाइल दस्तखत के लिए राष्ट्रपति के पास भेजी गई। राष्ट्रपति के दस्तखत के साथ ही समूचे देश में इमरजेंसी लागू हो गई।

कैबिनेट की बैठक के बाद जब इंद्र कुमार गुजराल कमरे से बाहर निकले, तो इंदिरा गांधी के छोटे बेटे और कांग्रेस के युवा नेता संजय गांधी ने उनसे कहा, ''कल से आकाशवाणी और दूरदर्शन पर प्रसारित होनेवाले समाचार सबसे पहले मुझे दिखाए जाएँ।''

गुजराल ने इसके लिए अपनी असमर्थता जाहिर की और कहा, ''ये समाचार गोपनीय होते हैं और इन्हें प्रसारण से पहले किसी को भी नहीं दिखाया जा सकता।''

संजय गांधी उनके इस उत्तर से तिलमिला उठे और जब गुजराल अपने घर पहुँचे तो

कुछ ही देर के बाद उनके पास प्रधानमंत्री का फोन आया। उन्हें पुन: आने के लिए कहा गया। वे तुरंत प्रधानमंत्री निवास पहुँचे, जहाँ उन्हें यह खबर दी गई कि अब आपका मंत्रालय बदल दिया गया है। अब से सूचना और प्रसारण मंत्रालय विद्याचरण शुक्ल सँभालेंगे। इससे पहले विद्याचरण शुक्ल रक्षा राज्यमंत्री थे और इंद्र कुमार गुजराल सूचना मंत्री थे।

25-26 जून, 1975 की रात को इमरजेंसी लगा दी गई, जबकि कैबिनेट को 26 की सुबह यह खबर मिली। भारतीय संविधान के अनुच्छेद 77 के अनुसार राष्ट्रपति के द्वारा आपातकाल की घोषणा करने से पहले कैबिनेट की मंजूरी ली जानी चाहिए। लेकिन यदि प्रधानमंत्री को जरूरी लगता हो तो वे बिना कैबिनेट से बातचीत किए भी यह फैसला ले सकते हैं। यह फैसला बिना कैबिनेट से बातचीत किए लिया गया था। अगली सुबह जो कैबिनेट की बैठक हुई, वह भी मात्र पंद्रह मिनट में ही खत्म हो गई।

उस समय कई लोगों को यह अंदाजा था कि इलाहाबाद हाईकोर्ट के फैसले के बाद प्रधानमंत्री अपना त्याग-पत्र दे देंगी। लेकिन उनके सलाहकारों ने उन्हें ऐसा करने से रोक दिया था। 26 तारीख को सुबह से ही रेडियो पर प्रधानमंत्री का देश के नाम संदेश प्रसारित होने लागा—''भाइयो और बहनो! राष्ट्रपति ने संविधान के अनुच्छेद 352 के तहत आंतरिक आपातकाल लगाने की घोषणा की है। इसकी आवश्यकता इसलिए पड़ी, क्योंकि विपक्ष में बैठे कुछ लोग न केवल एक बड़ी साजिश रच रहे थे, बल्कि देश के लोकतंत्र को भी खतरा उत्पन्न कर रहे थे। इस आपातकाल से किसी को भी आतंकित होने की आवश्यकता नहीं है।''

जिस रात को इंदिरा गांधी ने आपातकाल की घोषणा की, उस रात से एक दिन पहले यानी 25 जून को दिल्ली के रामलीला मैदान में जयप्रकाश नारायण की अगुवाई में एक विशाल रैली हुई थी। इस रैली में लोकनायक जयप्रकाश नारायण ने तत्कालीन प्रधानमंत्री इंदिरा गांधी को ललकारा था और उनकी सरकार को उखाड़ फेंकने का आह्वान किया था। इस रैली में कांग्रेस और इंदिरा विरोधी मोरचे की मुकम्मल तसवीर सामने आई, क्योंकि इस रैली में विपक्ष के लगभग सभी बड़े नेता मौजूद थे। यहाँ पर राष्ट्रकवि दिनकर की मशहूर पद्य-पंक्तियाँ 'सिंहासन खाली करो कि जनता आती है' की गूँज नारा बनकर उभरी थी।

इसी के साथ सब ओर अफरा-तफरी शुरू हो गई। देश के दिग्गज नेताओं को गिरफ्तार किया जाने लगा। 26 तारीख की सुबह होने से पहले ही जयप्रकाश नारायण, मोरारजी देसाई जैसे बड़े नेता गिरफ्तार कर लिये गए।

मैं 24 जून को बेंगलुरु पहुँचा था। वहाँ 26 और 27 जून को दल-बदल के विरोध में कानून बनाने के लिए संयुक्त संसदीय समिति की बैठक होनेवाली थी। कांग्रेस नेता दरबार सिंह संसदीय समिति के अध्यक्ष थे। 25 जून, 1975 को दिल्ली से जनसंघ के नेता लालकृष्ण आडवाणी और कांग्रेस (ओ) के नेता श्यामनंदन मिश्र भी बेंगलुरु पहुँच रहे थे।

जब ये लोग बेंगलुरु पहुँचे, तो इन्हें विधानसभा भवन के निकट ही ठहराया गया। 26 जून की सुबह करीब सात-साढ़े सात बजे आडवाणीजी के पास बेंगलुरु के स्थानीय जनसंघ के नेता का फोन आया। उन्होंने सूचना दी—''दिल्ली से जनसंघ के सचिव रामबाबू गोडबोले ने जानकारी दी है कि बीती आधी रात को जयप्रकाश नारायण, मोरारजी देसाई समेत देश के कई बड़े नेताओं को गिरफ्तार कर लिया गया है। हो सकता है पुलिस आपको और वाजपेयीजी को गिरफ्तार करने पहुँचे।''

आडवाणीजी तुरंत मेरे कमरे में आए। मुझसे बोले, ''अटलजी! आपने कुछ सुना ?''

मैं उस समय अपने कमरे में बैठा रेडियो पर सुबह आठ बजे प्रधानमंत्री इंदिरा गांधी का राष्ट्र के नाम संदेश ही सुन रहा था। मैंने आडवाणीजी से कहा, ''आइए, बैठिए लालजी!''वही सुन रहा हूँ अभी।''

''ये तो लोकतंत्र की हत्या है!''

''देखते हैं प्रभु, अभी और क्या-क्या होना है।''

'''और वही हुआ। सवेरे करीब दस बजे पुलिस हमें भी गिरफ्तार करने पहुँच गई। हमें गिरफ्तार कर बेंगलुरु सेंट्रल जेल भेज दिया गया।

इंदिरा गांधी ने अपने संदेश में कह तो दिया था कि 'आपातकाल से आतंकित होने की आवश्यकता नहीं है', लेकिन सत्य इंदिरा गांधी की इस घोषणा के ठीक उलटा था। देश भर में हो रही गिरफ्तारियों के साथ आतंक का दौर पिछली रात से ही शुरू हो चुका था। रामलीला मैदान में हुई 25 जून की रैली की खबर देश में न पहुँचे, इसलिए दिल्ली के बहादुर शाह जफर मार्ग पर स्थित अखबारों के दफ्तरों की बिजली रात में ही काट दी गई थी। रात को ही इंदिरा गांधी के विशेष सहायक आर.के. धवन के कमरे में बैठकर संजय गांधी और ओम मेहता उन लोगों की लिस्ट बना रहे थे, जिन्हें गिरफ्तार किया जाना था। न उनकी उम्र का लिहाज किया गया और न ही उनके स्वास्थ्य का। 100 से अधिक बड़े नेताओं की गिरफ्तारी हुई, जिनमें जयप्रकाश नारायण, विजयाराजे सिंधिया, राजनारायण, मुरारजी देसाई, चरण सिंह, कृपलानी, लालकृष्ण आडवाणी, सत्येंद्र नारायण सिन्हा, जार्ज फर्नांडीस, मधु लिमये, ज्योति बसु, समर गुहा, चंद्रशेखर, बालासाहेब देवरस और बड़ी संख्या में सांसद तथा विधायक शामिल थे। जयपुर की राजमाता गायत्री सिंह और ग्वालियर की राजमाता विजया राजे सिंधिया तक को गिरफ्तार कर अत्यंत अस्वास्थ्यकर और असुविधाजनक स्थिति में रखा गया।

आपातकाल वह दौर था, जब सत्ता ने आम आदमी की आवाज को कुचलने की सबसे निरंकुश कोशिश की थी। आपातकाल सरकार को असीमित अधिकार देता है। उस समय सरकार का विरोध करने पर मीसा और डी.आई.आर. के तहत देश में लगभग एक लाख ग्यारह हजार लोग जेल में बंद कर दिए गए थे। देश के जितने भी बड़े नेता थे, सभी

के सभी सलाखों के पीछे डाल दिए गए थे। एक तरह से जेलें राजनीतिक पाठशाला बन गई थीं। जेल में बड़े नेताओं के साथ रहकर युवा नेताओं को भी बहुत कुछ सीखने-समझने का मौका मिला। लालू प्रसाद यादव, मुलायमसिंह यादव, नीतीश कुमार और सुशील मोदी जैसे बिहार के नेताओं ने इसी पाठशाला में अपनी सबसे महत्त्वपूर्ण राजनीतिक पढ़ाई की। एक तरफ नेताओं की नई पौध राजनीति सीख रही थी, दूसरी तरफ इंदिरा के बेटे संजय गांधी अपने दोस्त बंसीलाल, विद्याचरण शुक्ल और ओम मेहता के साथ नए-नए कामों को अंजाम दे रहे थे। संजय गांधी ने विद्याचरण शुक्ल को पहले से ही सूचना प्रसारण मंत्री बनवा दिया था, ताकि मीडिया पर सरकार की इजाजत के बिना कुछ भी लिखा या बोला न जाए। जो भी इससे इनकार करता, उसके लिए जेल के दरवाजे खुले हुए थे। मीडिया ही नहीं, न्यायपालिका भी सहमी हुई थी।

इसी दौरान संजय गांधी अपना पाँच सूत्रीय कार्यक्रम लेकर आए। एक तरफ जुल्म हो रहा था, दूसरी तरफ संजय गांधी ने देश को आगे बढ़ाने के नाम पर पाँच सूत्रीय एजेंडे पर काम करना शुरू कर दिया था। इसमें शामिल था—वयस्क शिक्षा, दहेज प्रथा की समाप्ति, पेड़ लगाना, जाति प्रथा उन्मूलन और परिवार नियोजन।

सुंदरीकरण के नाम पर संजय गांधी ने एक ही दिन में दिल्ली के तुर्कमान गेट की झुग्गियों को साफ करवा डाला था। उनके इस पाँच सूत्रीय कार्यक्रम में सबसे ज्यादा जोर परिवार नियोजन पर था। लोगों की जबरदस्ती नसबंदी कराई जाने लगी। इससे जनता में आक्रोश फैल गया। 19 महीने के दौरान देश भर में लगभग 83 लाख लोगों की जबरदस्ती नसबंदी करा दी गई थी। कहा तो यह भी जाता है कि पुलिस बल गाँव के गाँव घेर लेते थे और पुरुषों को पकड़-पकड़कर उनकी नसबंदी करा दी जाती थी। जिन युवकों की शादी भी नहीं हुई थी, उनकी भी नसबंदी कर दी गई थी।

उस दौरान सरकार के प्रति विरोध प्रदर्शन का तो सवाल ही नहीं उठता था, क्योंकि जनता को जगानेवाले लेखक-कवि और फिल्म कलाकारों को नहीं छोड़ा गया था। फिल्मकारों को सरकार की प्रशंसा में गीत लिखने-गाने पर मजबूर किया, ज्यादातर लोग झुक भी गए, लेकिन किशोर कुमार, देवानंद जैसे लोगों ने आदेश नहीं माना। इसकी वजह से उनके गाने रेडियो पर बजने बंद हो गए। उनके घर पर आयकर के छापे भी पड़े। अमृत नाहटा की फिल्म 'किस्सा कुरसी का' को सरकार विरोधी मानकर उसके सारे प्रिंट जला दिए गए। उन्हें बहुत प्रताड़ित किया गया। गुलजार की फिल्म 'आँधी' को लेकर भी विवाद उठा था। इस फिल्म के बारे में माना जा रहा था कि इसमें जिस राजनीतिक महिला को रुपहले परदे पर दरशाया गया है, वह इंदिरा गांधी के जीवन को चरितार्थ कर रही है। इस भूमिका को सुचित्रा सेन ने निभाया था। फिल्म में सुचित्रा के आंशिक रूप से सफेद बाल ने इंदिरा गांधी के पात्र को जीवंत कर दिया था। सेंसर बोर्ड ने फिल्म को रिलीज

होने के लिए प्रमाण-पत्र देने से इनकार कर दिया। इसके बाद इंदिरा गांधी ने स्वयं यह फिल्म देखी और इसे रिलीज करने की अनुमति दी। यह फिल्म 1975 में रिलीज हुई थी।

आपातकाल में सबसे ज्यादा अखरने वाली बात थी, लोकतंत्र के चौथे स्तंभ को सेंसरशिप लगाकर कमजोर कर देना। अखबार, रेडियो और टी.वी. पर सेंसर लगा दिया गया था। अनेक पत्रकार जेल भेजे गए, जिनमें रतन मलकानी, कुलदीप नैयर, दीनानाथ मिश्र, वीरेंद्र कपूर और विक्रमराव जैसे नाम प्रमुख थे। उस समय देश के अनेक जाने-माने पत्रकारों को नौकरी तक से निकलवा दिया गया। सरकार के विरुद्ध कुछ भी प्रकाशित नहीं किया जा सकता था। मौलिक अधिकार लगभग समाप्त हो गए थे। अभिव्यक्ति की आजादी पर रोक लगाना एक बड़ी गलती थी, क्योंकि यदि प्रतिबंध नहीं होता, तो जनता के सामने यह सत्य प्रकट होता कि आपातकाल लगाए जाने के पीछे कारण क्या थे। जनता की कोई भी प्रतिक्रिया इंदिरा गांधी तक नहीं पहुँच रही थी। उन्हें वही पता चलता था, जो उनके आसपास मौजूद लोग उन्हें बताया करते थे। वे उन्हें यही कहते थे कि ''आप जनता के बीच बहुत लोकप्रिय हैं। जनता आपके काम से बहुत संतुष्ट है।'' जबकि स्थिति इससे उल्टी हो चुकी थी। लोग आपातकाल से बुरी तरह भयभीत थे।

आपातकाल के दौरान लगभग एक लाख व्यक्तियों को देश की विभिन्न जेलों में बंद किया गया था। इनमें मात्र राजनीतिक व्यक्ति ही नहीं, आपराधिक प्रवृत्ति के लोग भी थे, जो ऐसे आंदोलनों के समय लूटपाट किया करते थे। भ्रष्ट कालाबाजारियों और हिस्ट्रीशीटर अपराधियों को भी उठाकर बंद कर दिया गया था।

बेंगलुरु की सेंट्रल जेल के दो बड़े कमरों में हम चार नेता बंद थे। मैं और आडवाणीजी एक कमरे में थे, श्री मधु दंडवते और श्री श्यामनंदन दूसरे कमरे में। जेल के मैन्युअल के अनुसार काम के बँटवारे में मेरे हिस्से में खाना बनाने की जिम्मेदारी आई।

जेल में सभी राजनीतिक दलों के नेता और कार्यकर्ता बंद थे। सभी में आपस में मित्रता का व्यवहार बन गया था। जब भी कोई रिहा होकर जाता, तो वह बाहर जाकर भी भीतर बंद कैदियों के हित के लिए ही काम करता। मुझसे मिलने मेरे मित्र घटाटे आया करते थे। वे मुझे कैदी के कपड़ों में देखकर बहुत दु:खी होते थे। एक बार बहुत दु:खी मन से उन्होंने मेरे कपड़ों की ओर हाथ दिखाते हुए कहा—''अटलजी! क्या है ये सब?''आप और इन कपड़ों में! मुझसे नहीं देखा जाता।''

मैंने हँसते हुए कहा, ''अब तो बस इंदिरा गांधी ही कपड़े पहनाएँगी, इंदिरा गांधी ही खाना खिलाएँगी। हम तो अब अपनी जेब से कानी कौड़ी भी खर्च नहीं करेंगे।''

सच तो यह है कि हमें उस वक्त जेल से छूटने की कोई उम्मीद ही नजर नहीं आती थी। सरकार ने मेरे भीतर के राजनेता को तो कैद कर लिया था, लेकिन वह कवि मन को नहीं कैद कर पाई थी। यह संभव भी नहीं था। मेरे भीतर का राजनेता मौन धारण कर

चुका था, लेकिन कवि मुखर हो उठा था। मैंने कागज-कलम उठाई और 'कैदी कविराय' नाम से कविताएँ लिखने लगा—

धरे गए बेंगलुरु में, अडवाणी के संग
दिन-भर थाने में रहे, हो गई हुलिया तंग
हो गई हुलिया तंग, श्याम बाबू भन्नाए
प्रात: पकड़े गए, न अब तक जेल पठाए
कह कैदी कविराय, पुराने मंत्री ठहरे
हम तट पर ही रहे, मिश्रजी उतरे गहरे।

दरअसल जब हमें गिरफ्तार किया गया, तब पहले काफी देर तक थाने में ही रखा गया था, बाद में जेल भेजा गया। जेल में आने के बाद मैंने यह लिखा। उस समय कई लोगों ने आपातकाल को सही बताया। आचार्य विनोबा भावे ने इसे 'अनुशासन पर्व' की संज्ञा दी। इस पर मैंने लिखा—

अनुशासन का पर्व है, बाबा का उपदेश
हवालात की हवा भी, देती यह संदेश
देती यह संदेश, राज डंडे से चलता
कह कैदी कविराय, शोर है अनुशासन का
लेकिन जोर दिखाई, देता दु:शासन का।

इंदिरा गांधी का यह उद्देश्य था कि आपातकाल से अपनी कुरसी बचाने के साथ-साथ दुलमुल प्रशासन को चाक-चौबंद किया जाए। ऐसे में कई सरकारी कर्मचारियों को निलंबित भी किया गया। जुलाई 1975 को बी.बी.सी. पर खबर प्रसारित हुई कि सरकार ने करीब दो दर्जन संगठनों पर पाबंदी लगा दी है। इनमें राष्ट्रीय स्वयंसेवक संघ, जमात-ए-इसलामी और आनंदमार्ग जैसे संगठन शामिल थे। जब हमें यह खबर मिली कि सरकार ने स्वयंसेवक संघ पर प्रतिबंध लगा दिया है, तो मेरे भीतर का कवि बोल उठा—

अनुशासन के नाम पर, अनुशासन का खून
भंग कर दिया संघ को, कैसा चढ़ा जुनून
कैसा चढ़ा जुनून, मातृपूजा प्रतिबंधित
कुलटा करती केशव-कुल की कीर्ति कलंकित
कह कैदी कविराय, तोड़ कानूनी कारा
गूँजेगा भारतमाता की जय का नारा।

आपातकाल के दिनों में सत्ता संजय गांधी के चारों ओर नाचने लगी। वे जो चाहते, वही होता। वे ही मंत्रियों, अफसरों को आदेश देते। उनके हर आदेश का पालन किया जाता। हम देश की ऐसी स्थिति देखकर द्रवित हो उठते। संजय गांधी और उनकी तिकड़ी

से लेकर सुरक्षा बल और नौकरशाही सभी निरंकुश हो चुके थे। एक मरघट की सी शांति पूरे देश में फैली हुई थी। अफसर तानाशाह हो गए थे। पुलिस कुछ भी कर सकती थी। राजनीतिक गतिविधियाँ बिल्कुल बंद थीं। कोई जुलूस-प्रदर्शन नहीं। जनता की परेशानियों के लिए कोई जगह नहीं थी सिर्फ तानाशाही चल रही थी। उस समय मेरे पास सिर्फ कलम का ही सहारा था। तब मैंने अपने देश की हालत पर यह कुंडलिया लिखी—

सब   सरकारों   से   बड़े,   हैं   छोटे   सरकार

गुड्डी   जिनकी   चढ़   रही,   दिल्ली   के   दरबार

दिल्ली   के   दरबार,   बुढ़ापा   खिसियाता   है

पूत   सवाया   सिंहासन,   चढ़ता   आता   है

कह   कैदी   कविराय,   लोकशाही   की   छुट्टी

बेटा   राज   करेगा,   पीकर   मुगली   घुट्टी।

अब पानी सिर के ऊपर जाने लगा था। आपातकाल के दौरान नजरबंदी और आपात स्थिति को चुनौती देने के लिए बंदी प्रत्यक्षीकरण याचिका (हैबियस कार्पस) का मसविदा तैयार करने का निर्णय लिया गया। लेकिन इस पर भी कई लोगों के बीच मतभेद था। कुछ नेताओं ने कहा, ''अदालतों का दरवाजा खटखटाने का कोई लाभ नहीं होगा, क्योंकि 1942 में भी ऐसे ही हालात थे और कोई सुनवाई नहीं हुई थी।''

मैंने उन्हें दृढतापूर्वक कहा, ''सबसे पहले तो आप ये समझ लें कि यह 1942 नहीं, बल्कि 1975 है। अब हम आजाद देश के नागरिक हैं और न्यायपालिका हमारी है। यदि आज हम न्यायपालिका के दरवाजे नहीं खटखटाएँगे, तो कल को न्यायाधीशों को यह कहने का मौका मिल सकता है कि 'आप फरियाद तो करते, हम आपके साथ न्याय करते'...इसलिए हमें न्यायपालिका को कसौटी पर रखकर देखना चाहिए। यह न्यापालिका की भी अग्निपरीक्षा है।''

मैंने इस बारे में आडवाणीजी, श्यामबाबू, दंडवतेजी और अन्य नेताओं के भी विचार जानने चाहे—''आप लोगों का क्या निर्णय है?''

''अटलजी! हम सभी आपकी बात का समर्थन करते हैं।''

इस प्रकार हम चारों नेताओं ने बेंगलुरु जेल में ही मीसा के तहत कैद किए जाने के फैसले के खिलाफ कर्नाटक उच्च न्यायालय में अपनी याचिकाएँ दाखिल कर दीं। इसके लिए तीन वकीलों एन. संतोष हेगड़े, एम. रामा जोइस और एन. एम. घटाटे की मदद ली गई। अब तो कमाल ही हो गया। देखते-ही-देखते देश भर में हजारों याचिकाएँ दाखिल हो गईं। हाईकोर्ट ने भी अपना फैसला सुनाना शुरू कर दिया। उनके फैसले के मुताबिक अवैध नजरबंदी को कानूनन चुनौती दी जा सकती है। हालाँकि सुप्रीम कोर्ट के पाँच जजों की बेंच ने चार और एक के अनुपात से नौ हाईकोर्ट के फैसलों को गलत ठहरा दिया।

जिस दिन इन याचिकाओं पर सुनवाई होनी थी, उसके एक दिन पहले मेरी तबियत बहुत खराब हो गई और मुझे तुरंत विक्टोरिया अस्पताल में भरती कराया गया। मेरी कमर में बेतहाशा दर्द उठा था। जाँच में पाया गया कि मुझे अपेंडिसाइटिस की तकलीफ है। अस्पताल में भी मैं पहरेदारों से घिरा हुआ था। मेरा अपेंडिक्स का ऑपरेशन किया गया। हालाँकि बाद में पता चला कि मुझे स्लिप डिस्क की तकलीफ थी। फिर उसका भी ऑपरेशन करवाना पड़ा था। मैं कुछ समय के लिए पैरोल पर अपने घर भेज दिया गया। मेरे घर के चारों ओर भी पुलिस-ही-पुलिस होती थी। उस समय की दशा पर मैंने एक कुंडलिया कुछ यों लिखी—

घर पहुँचे हम बाद में, पहले पुलिस तैयार

रोम-रोम गद्गद हुआ, लखि स्वागत-सत्कार

लखि स्वागत-सत्कार, पराए अपने घर में

कुत्ते का भी नाम, लिख लिया रजिस्टर में

कह कैदी कविराय, शास्त्री कसें लँगोटा

जनसंघ छूटा, नहीं पुलिस का पीछा छूटा।

इधर चौदह जुलाई को उच्च न्यायालय में हमारी याचिकाओं पर सुनवाई होनी थी। हाईकोर्ट का कमरा खचाखच भरा हुआ था। मैं वहाँ न जा सका, क्योंकि अस्पताल में भरती था। अदालत में अपील की गई कि संसद् सत्र प्रारंभ होनेवाला है। अटल बिहारी वाजपेयी, लालकृष्ण आडवाणी, मधु लिमये और श्यामबाबू का वहाँ रहना आवश्यक है, इसलिए उनकी याचिकाओं का निपटारा शीघ्र किया जाए। हमारी इस अपील पर अदालत ने सुनवाई की अगली तारीख 17 जुलाई रखी। उस दिन सुबह छह बजे जेल के एक अफसर ने आकर सूचना दी कि 'आप लोगों को आज छोड़ा जा रहा है।' करीब दस बजे गाड़ी सभी को लेकर परिसर से निकली। लेकिन कुछ ही दूर जा पाए थे कि पुलिस की अन्य गाड़ी खड़ी दिखाई दी। सभी को फिर से गिरफ्तार कर उस दूसरी गाड़ी में बैठा दिया गया और मुझे छोड़ बाकी तीनों नेताओं को एयर फोर्स के विशेष जहाज से दिल्ली लाया गया और फिर दिल्ली से रोहतक जेल ले जाया गया। अदालत को भी इस नई गिरफ्तारी की सूचना दे दी गई।

मेरी तबीयत बहुत खराब थी। अतः मुझे बेंगलुरु से रोहतक ले जाने की इजाजत नहीं मिली। बाद में मुझे दिल्ली के एम्स में भरती कराया गया।

मुझे उस वक्त यह विश्वास था कि जब सभी शक्तियाँ अपनी जोर आजमाइश कर लेती हैं, तब भी जनमत की अपनी एक शक्ति बची रह जाती है और इस जनमत में अपार शक्ति होती है। यदि यह संगठित हो जाए, तो बड़े-से-बड़े अत्याचार को भी समाप्त कर सकती है...और वही हुआ। एक साल पूरा होते-होते समूचे देश में आपातकाल के

खिलाफ आवाजें उठने लगीं। लोग इंदिरा गांधी और संजय गांधी के निर्णयों से त्रस्त आ गए। इंदिरा का दस सूत्रीय कार्यक्रम और संजय का पाँच सूत्रीय कार्यक्रम का विरोध शुरू हो गया। लोग सबसे अधिक नाराज थे, सरकार के नसबंदी कार्यक्रम से। सरकारी लोगों ने अपनी अच्छी रिपोर्ट प्रस्तुत करने के लालच में जबरन हजारों लोगों की नसबंदी करा डाली थीं। इधर इंदिराजी को खुश करने के लिए नेता उन तक यह रिपोर्ट पहुँचाते रहे कि इमरजेंसी के दौरान पूरे देश का माहौल बहुत अच्छा रहा है। सबकुछ सरकार के नियंत्रण में है, लेकिन वास्तविक स्थिति इससे ठीक उलट थी। आम जनता जल्द-से-जल्द इस आपातकाल का खात्मा चाहती थी, वह इससे आजिज आ चुकी थी।

<blockquote>
दिल्ली के दरबार में, कौरव का है जोर

लोकतंत्र की द्रौपदी, रोती नयन निचोर

रोती नयन निचोर, नहीं कोई रखवाला

नए भीष्म, द्रोणों ने, मुख पर ताला डाला

कह कैदी कविराय, बजेगी रण की भेरी

कोटि-कोटि जनता, न रहेगी बनकर चेरी।
</blockquote>

श्रीमती इंदिरा गांधी को उनके नेता जो रिपोर्ट पहुँचाते रहे, उसके अनुसार वे देश के हालात पर संतुष्ट थीं। उन्हें बताया गया था कि इस समय आप जनता के बीच बहुत लोकप्रिय हैं और यदि अभी चुनाव कराएँ जाएँ, तो आप को ही बहुमत प्राप्त होगा। ऐसी स्थिति में इंदिरा गांधी ने चुनाव कराने का मन बना लिया। जेलों में बंद नेताओं की रिहाई भी शुरू हो गई। आडवाणीजी, मोरारजी देसाई और मुझे रिहा कर दिया गया। 23 जनवरी, 1977 को इंदिरा गांधी ने ऐलान किया कि मार्च में चुनाव कराए जाएँगे।

अंतत: आपातकाल 21 मार्च, 1977 को पूरी तरह से समाप्त हो गया।

जयप्रकाश नारायण ने जेल में रहते हुए ही विपक्षी पार्टियों को मिलाकर एक नई पार्टी 'जनता पार्टी' के गठन की रूपरेखा तैयार कर ली थी। सभी विपक्षी नेताओं को इकट्ठा किया और कहा, ''सभी विपक्षी दलों के एक साथ आए बिना कांग्रेस को हराना नामुमकिन है। यहाँ विपक्षी एकता का तात्पर्य यह नहीं है कि गठबंधन कर लिया जाए। सभी को विलय करना होगा। क्या आप सब तैयार हैं?''

सभी की स्वीकृति मिल जाने के बाद चार सदस्यों की कमेटी बनाई गई। इस कमेटी में कांग्रेस की ओर से थे शांति भूषण, सोशलिस्ट पार्टी से थे एन.जी. गोरे, स्वतंत्र पार्टी लोकदल से आए हरिभाई पटेल और जनसंघ से शामिल हुए ओमप्रकाश त्यागी। इस नई पार्टी का नाम रखा गया—'जनता पार्टी'। जनता पार्टी की नीतियों में समाजवाद और धर्मनिरपेक्षता को स्वीकार किया गया।

इधर प्रधानमंत्री इंदिरा गांधी ने चुनावों का ऐलान किया, उधर जे.पी. ने जनता पार्टी

के गठन का ऐलान कर दिया। श्रीमती गांधी के लिए यह खबर बेहद चौंकाने वाली थी। नई पार्टी में कांग्रेस (ओ), जनसंघ, सोशलिस्ट पार्टी और लोकदल के विलय की घोषणा से राजनीतिक गतिविधियाँ तीव्र हो उठीं।

जनसंघ के कुछ कार्यकर्ता इस विलय से संतुष्ट नजर नहीं आ रहे थे। इसके लिए दिल्ली में जनसंघ के सभी कार्यकर्ताओं का एक सम्मेलन आयोजित किया गया। यह आयोजन जनसंघ के जनता पार्टी में विलय किए जाने के फैसले पर सार्वजानिक तौर पर किया गया था। मैंने कार्यकर्ताओं के सामने अपनी बात रखी—''भारत के नवनिर्माण के लिए, भारतीय जनमानस का सम्मान रखते हुए, आपातकाल के समुद्रमंथन के बाद बनी जनता पार्टी में हमारे पच्चीस वर्ष के जनसंघ को कल हम विसर्जित करने जा रहे हैं। हम हमारी इस पुरानी नौका को अपने हाथों से डुबो रहे हैं। हम अपने हाथों से जनसंघ का दीपक बुझा रहे हैं।''

समय की माँग को देखते हुए कुछ कार्यकर्ता मेरी बात को समझ रहे थे, लेकिन कुछ समर्थन में नहीं थे। मैंने आगे कहा, ''जनसंघ के पच्चीस सालों में हमने जो बलिदान किया है, हमने जो खून बहाया है, जिन परिश्रमों की पराकाष्ठा की है, उनकी स्मृति से आज इस संक्रमण काल में हमारी एक आँख में दुःख के आँसू हैं और दूसरी आँख में आनंद के आँसू हैं। यह आनंद है जनता पार्टी के जन्म का। आपातकाल के समुद्रमंथन से निकला हलाहल हमने भगवान् शंकर की तरह प्राशन कर लिया है। अब हम जनता पार्टी के माध्यम से देश को अमृत देने जा रहे हैं।''

मैंने सभी कार्यकर्ताओं को समझाया—''आपातकाल के घोर अँधेरे में जनसंघ का दीपक रोशनी का केंद्र था। लेकिन अब सूर्योदय हो चुका है, दीपक बुझाने का समय आ गया है।''

जनता पार्टी के निर्माण के साथ ही एक नवीन राजनीतिक माहौल तैयार होने लगा। कांग्रेस में ऐसे कई मंत्री थे, जो इंदिरा गांधी से असंतुष्ट थे, अब वे जनता पार्टी का रुख करने लगे थे। इंदिरा गांधी की सरकार में वरिष्ठ मंत्री और अनुसूचित जाति के कद्दावर नेता बाबू जगजीवन राम ने उनकी पार्टी से त्याग-पत्र दे दिया। उन्होंने कांग्रेस के ही वरिष्ठ नेता हेमवती नंदन बहुगुणा और नंदिनी सत्पथी के साथ मिलकर अपने नए दल 'कांग्रेस फॉर डेमोक्रेसी' का गठन कर लिया। इंदिरा गांधी के लिए यह एक बड़ा झटका था।

जनता पार्टी का गठन हो चुका था, लेकिन अभी चुनाव-चिह्न और झंडे का तय किया जाना बाकी था। इसके लिए मोरारजी देसाई के घर पर एक बैठक हुई, जिसमें मैं, आडवाणीजी, चौधरी चरण सिंहजी, पीलू मोदी आदि कई नेता शामिल हुए।

झंडे की बात पर पीलू मोदी ने अपने विचार रखे—''मेरे विचार से झंडे का रंग एक ही हो। झंडा नीला होना चाहिए।''

चरण सिंह ने अपनी बात रखी—''मैं इस बात से तो सहमत हूँ कि झंडा एक ही रंग का हो, लेकिन मैं उसका रंग नीला नहीं, बल्कि हरा चाहता हूँ, क्योंकि हरा रंग खेती का रंग है। इससे हमारे किसान भाई भी हमारे साथ जुड़ेंगे।''

इस पर कांग्रेस (ओ) के नेता सिकंदर बख्त ने नाराजगी जाहिर करते हुए कहा, ''झंडा हरे रंग का कैसे हो सकता है! यह रंग तो पाकिस्तान के झंडे का है।''

आडवाणीजी ने अपना मत रखा—''सन् 1931 में कांग्रेस झंडा समिति ने भी नीले चक्र के साथ भगवे रंग के झंडे की सिफारिश की थी, इसलिए झंडे का रंग भगवा होना चाहिए।''

मोरारजी देसाई सभी की बात ध्यान से सुन रहे थे। अंत में वे बोले, ''झंडे में भगवा और हरा दोनों ही रंग होंगे। झंडे का दो-तिहाई हिस्सा भगवा और एक तिहाई हिस्सा हरा रखा जाएगा और भगवे रंग के हिस्से में हलधर किसान बनाया जाएगा। यह हलधर किसान ही पार्टी का चुनाव-चिह्न भी होगा।''

अठारह महीने की इमरजेंसी के बाद चुनाव प्रचार शुरू हो गया। अब तक जेल में बंद सभी नेताओं और प्रदर्शनकारियों को रिहा कर दिया गया था। सभी विपक्षी पार्टियाँ कांग्रेस के खिलाफ पहले से ही एकजुट हो चुकी थीं। कुछ कांग्रेसी नेता, जो इमरजेंसी के विरोधी थे, उन्होंने भी जनता पार्टी से हाथ मिला लिया था।

जनता पार्टी ने इस चुनाव को 'इमरजेंसी के खिलाफ जनमत संग्रह' का नाम दिया। जनता पार्टी के चुनाव प्रचार का मुख्य मुद्दा था कांग्रेस की अलोकतांत्रिक छवि और इमरजेंसी के दौरान हुए जुल्म को आम जनता के सामने लाना। प्रेस और जनता भी कांग्रेस सरकार के खिलाफ हो चली थी।

मीसा के तहत जेल में बंद हम सभी नेता मुक्त होते ही देश भर में दौरे करने लगे। 7 फरवरी, 1977 की बात है, मैं भोपाल के जनता पार्टी के प्रत्याशी के प्रचार लिए एक जनसभा को संबोधित करने गया हुआ था। नगर के लोगों के अतिरिक्त आसपास की जगहों के लोग मेरा भाषण सुनने आए हुए थे। बड़ी विशाल सभा थी। मैंने अपनी बात शुरू करने से पहले एक शेर सुनाया—

बाद मुद्दत के मिले दीवाने,

कहने-सुनने को हैं बहुत अफसाने।

जरा खुली हवा में साँस तो ले लेने दो,

कब तलक रहेगी ये आजादी कौन जाने?

श्रोता यह शेर सुनकर भावुक हो उठे। इस शेर की अगली दो पंक्तियाँ मैंने वहीं बनाई थीं। लोगों के स्नेह को देखकर ही लग रहा था कि देश की जनता अब कांग्रेस सरकार का साथ नहीं देगी। लोग नारे लगा रहे थे—

'अटल बिहारी बोल रहा है, इंदिरा शासन डोल रहा है'

'देश का नेता कैसा हो, अटल बिहारी जैसा हो'

'अटल बिहारी संघर्ष करो, हम तुम्हारे साथ हैं'

जनता पार्टी के प्रत्याशी श्री नारायणकृष्ण शेजवलकर के लिए छत्री मैदान में आयोजित एक जनसभा को संबोधित करने मैं ग्वालियर गया। आमसभा को संबोधित करने से पहले मैं श्री शेजवलकरजी के निवास पर पहुँचा, जहाँ पत्रकार वार्त्ता होनी थी। आपातकाल की त्रासदी के अनेक प्रश्न हुए। पत्रकार वार्त्ता समाप्त हो जाने के बाद मैंने ग्वालियर से प्रकशित होनेवाले अखबार अपने कमरे में मँगवाए। स्वदेश के तत्कालीन संपादक अखबार लेकर आए हुए थे। मैं सभी अखबारों को देख रहा था, तभी मेरी नजर 'स्वदेश' पर गई। मैंने उसे उठाया और जब पढ़ने लगा तो दंग रह गया''इतने छोटे अक्षर!

मैंने पूछा, ''ये क्या है? क्या इसमें छपी खबरों को पढ़ा जा सकता है?''

''आप शीर्षक और फोटो तो देख ही सकते हैं।''

''इसे कौन पढ़ता होगा?''

''सर! पाठक इसे पढ़ते हैं। इसकी प्रसार संख्या निरंतर बढ़ रही है, बल्कि हमारे पास तो इतने पैसे ही नहीं हैं कि हम इसकी माँग के अनुसार प्रसार संख्या बढ़ा सकें।''

''क्या इसका टाइप बदलने के लिए भी पैसे नहीं हैं? मैं इसका टाइप बदलने की बात कर रहा हूँ।''

''जी, इसके लिए भी पैसे नहीं हैं।'' उसने उदास होते हुए कहा।

मैंने समझाया—''तो पैसे का इंतजाम करिए।''

''जब टाइप बदलने का ऑर्डर दिया था, तब आपातकाल था। जैसे ही वो खत्म हुआ, चुनाव आ गए। इस वक्त 'स्वदेश' की माँग बढ़ गई है। जो पैसे टाइप बदलवाने के लिए रखे थे, वे कागज लाने में खर्च हो गए। हमारे पास एक ही रास्ता था, या तो टाइप बदलें या इसकी प्रार संख्या बढ़ाएँ। इसलिए फिलहाल और कागज खरीदकर इसकी प्रसार संख्या बढ़ाने का निर्णय लिया है।''

''तुम जनता पार्टी के नेताओं से पैसे लो, उनका प्रचार कर रहे हो तो पैसे भी लो।''

मैंने तुरंत श्री गंगाराम बांदिल को बुलाया, वे मेरी आमसभा की देखरेख कर रहे थे। मैंने उनसे कहा, ''क्या आप इसमें प्रकाशित खबरें पढ़ सकते हैं?'' वे अवाक् मुझे देखने लगे। मैंने आगे कहा—''यदि आज ही 'स्वदेश' का टाइप नहीं बदला गया, तो मेरी यहाँ की आमसभा रद्द समझिए।''

वे परेशान हो उठे। मैंने समझाते हुए कहा, ''मैंने यह इसलिए कहा, क्योंकि छत्री मैदान में जितने लोग आएँगे, उतने ही तो मेरा भाषण सुन पाएँगे। जो नहीं आ पाएँगे, उन्हें तो मेरा भाषण अगले दिन यह 'स्वदेश' ही पढ़वाएगा। माना आप सभी पर इस समय

चुनाव का बोझ है, लेकिन इस बोझ में हम 'स्वदेश' को तो अलग नहीं कर सकते।''

मैं दिल्ली से जनता पार्टी के टिकट पर चुनाव के लिए खड़ा हुआ। जब चुनाव के परिणाम आए, तो आजादी के बाद पहली बार कांग्रेस को 1977 के चुनावों में करारी शिकस्त मिली। कांग्रेस को सिर्फ 154 सीटें मिली थीं। कांग्रेस का वोट शेयर घटकर 35 प्रतिशत के भी नीचे चला गया था। जनता पार्टी और गठबंधन को 542 में से 330 सीटें मिलीं। 295 सीटें अकेले जनता पार्टी के ही हिस्से में आईं। मैं दिल्ली सीट जीत चुका था।

उत्तर प्रदेश, बिहार, पंजाब, हरियाणा, दिल्ली हर चुनाव क्षेत्र में कांग्रेस को भारी पराजय का सामना करना पड़ा। राजस्थान और मध्य प्रदेश में कांग्रेस सिर्फ एक सीट ही जीत सकी। इंदिरा गांधी अपने चुनाव क्षेत्र रायबरेली और उनके पुत्र संजय गांधी अमेठी से चुनाव हार गए। लेकिन महाराष्ट्र, गुजरात और उड़ीसा में कांग्रेस का अच्छा प्रदर्शन रहा। दक्षिण भारत में तो कांग्रेस बहुमत में रही। इसकी वजह शायद यह थी कि वहाँ आपातकाल का असर उत्तर भारत से कम था।

साल 1977 के आम चुनावों के बाद जब जनता पार्टी को बहुमत मिला, तो सभी हैरान रह गए। सभी को विश्वास हो गया कि भारत में अब भी लोकतंत्र जीवित है। इमरजेंसी की आग में झुलस चुके देशवासियों ने अपना फैसला सरकार को सुना दिया था। लेकिन एक दुखद बात यह हुई कि बहुमत मिलते ही जनता पार्टी में गुटबाजी शुरू हो गई। प्रधानमंत्री पद के लिए तीन प्रबल दावेदार खड़े हो गए—मोरारजी देसाई, चौधरी चरण सिंह और बाबू जगजीवन राम। अंतत: प्रधानमंत्री का नाम तय करने की जिम्मेदारी जे.पी. को सौंपी गई। उस समय उनका स्वास्थ्य अच्छा नहीं था। उनके गुर्दों ने काम करना बंद कर दिया था। अत: बंबई के जसलोक अस्पताल में उनका ऑपरेशन हुआ ही था। वे दिल्ली आए और उन्होंने सभी नेताओं को तथा नए चुने हुए सांसदों को राजघाट पर बुलाया। जे.पी. व्हीलचेयर पर थे। सबसे पहले उन्होंने सभी को एकता और देशसेवा की शपथ दिलाई। सभी एकत्र हुए, लेकिन चौधरी व चंद्रशेखर नहीं आए। आखिर में मोरारजी देसाई के नाम पर सहमति बनी।

मैंने विदेश मंत्री के रूप में अपना कार्यभार सँभाला। आडवाणीजी को सूचना प्रसारण मंत्रालय मिला। ब्रज लाल वर्मा उद्योग मंत्री बनाए गए। जब मैं पहले दिन अपने दफ्तर गया, तो वहाँ मुझे कुछ बदला-बदला सा महसूस हुआ, लगा जैसे कि दीवारों से कुछ गायब है। एकाएक मुझे याद आया और मैंने अपने सचिव को बुलाकर पूछा, ''इस दीवार पर तो पंडितजी की फोटो लगी थी। यहाँ तो मैं पहले भी कई बार आ चुका हूँ। कहाँ है वो फोटो, उसे लगाइए।''

मैं राजनीति का छात्र रह चुका था और विदेश नीति मेरा प्रिय विषय था। लेकिन जैसे ही मेरे विदेश मंत्री बनने की खबर फैली, वैसे ही कुछ समाचार-पत्रों ने यह

प्रचारित करना शुरू कर दिया कि 'अब भारत के संबंध अपने पड़ोसी देशों से उतने अच्छे नहीं रहेंगे'। अधिकांश लोगों ने उनकी इस टिप्पणी को पाकिस्तान के संदर्भ में लिया। लेकिन मैंने अपने काम करने के ढंग से सबका मुँह बंद कर दिया। मैंने पाकिस्तान की यादगार यात्रा की। वहाँ मैंने अपने भाषण में कहा, ''अब हिंदुस्तान पाकिस्तान को सिर्फ हॉकी के मैदान में ही हराएगा।''

पाकिस्तान जाकर मैंने वर्षों से लटका हुआ सलाल प्रश्न हल किया। बांग्लादेश के साथ फरक्का गंगा जल बँटवारा समझौता किया।

मैंने भारत और नेपाल के बीच के रिश्तों को और मजबूती दी। मैंने नेपाल में अपने भाषण में कहा, ''दुनिया में कोई देश इतने निकट नहीं हो सकते, जितने कि भारत और नेपाल हैं। हमें इतिहास, भूगोल, संस्कृति, धर्म, नदियाँ, सभी ने बाँध रखा है।''

मैंने विदेश मंत्री के रूप में भारत की जो विदेश नीति बनाई थी, वह 'वसुधैव कुटुम्बकम्' की उदात्त और कल्याणकारी भावना पर आधारित थी। मैं किसी के भी साथ मित्रता का हाथ बढ़ाने में पीछे नहीं रहा। इस दौरान मैंने चालीस से अधिक देशों की यात्राएँ कीं। एक बार मुझपर कार्टून बना, जिसे देखकर मैं खूब हँसा। मेरे कार्टून के साथ मेरा नाम लिखा था—शटल बिहारी।

मैंने अपनी विदेश नीति के संबंध में लोकसभा में 29 जून को अपने पहले भाषण में कहा, ''इस अवसर पर जबकि मैं विदेश नीति पर पहली बार बोल रहा हूँ, मैं भारत माता के लाखों पुत्रों और पुत्रियों को शुभकामना का संदेश भेजता हूँ, जो विश्व के विभिन्न भागों में वहाँ की सरकारों के अधीन या व्यक्तिगत नागरिक के रूप में काम करते हैं अथवा रह रहे हैं। इनमें से हर एक अपने-अपने ढंग से भारत का दूत है और हमारी प्राचीन संस्कृति व सभ्यता का प्रतीक है। उन्होंने भले ही विदेश जाकर रहने या रोजी कमाने का रास्ता चुना हो, उन्हें हम कभी भी पराया नहीं समझेंगे और न मातृभूमि की संस्कृति और धर्म के प्रति उनकी निष्ठा को स्वीकार करने में कभी संकोच करेंगे।''उनका अपना हित इस बात में है और भारत की प्रतिष्ठा के अनुकूल भी यही है कि जब वे अपने लाभ के लिए काम करें, तो जिस देश में वे निवास करते हैं, उसके उदात्त हितों के साथ अपने को एकरूप, एकरस बनाएँ और जैसा कि जरूरी है, उस देश के कानूनों का पालन करें।''

विदेश मंत्री रहते हुए मुझे संयुक्त राष्ट्र संघ के बत्तीसवें अधिवेशन में अपने देश की बात प्रस्तुत करने का सौभाग्य प्राप्त हुआ। इस अधिवेशन में मैंने अपनी मातृभाषा हिंदी में अपना भाषण दिया। यह वह अवसर था, जब पहली बार किसी भारतीय ने संयुक्त राष्ट्र संघ में अपना भाषण हिंदी में दिया था। मेरा यह भाषण 4 अक्तूबर 1977 को न्यूयॉर्क में हुआ था।

अध्यक्ष महोदय, प्रतिनिधिगण,

भारतवर्ष में हाल ही में एक ऐतिहासिक और अहिंसक क्रांति हुई है। गत मार्च में हुए चुनावों में भारतीय जनता ने मानव की दुर्दम्य आत्मशक्ति का परिचय दिया और एक स्वतंत्र और उन्मुक्त समाज में अपनी आस्था की पुष्टि की। उन्होंने लोकतंत्र को नष्ट करने के तामसी तथा निरंकुश शक्तियों के धूर्ततापूर्ण प्रयत्नों को निर्णायक रूप से पराजित कर दिया। हमारे देश की साठ करोड़ जनता के लिए मार्च की यह क्रांति स्पष्ट तथा दूरगामी महत्त्व रखती है तथा समस्त संसार के स्वतंत्रता प्रेमी लोगों के लिए भी यह उतनी ही महत्त्वपूर्ण है।

हमारी जनता ने निर्भीक होकर उन मूल सिद्धांतों, जीवन-मूल्यों तथा आकांक्षाओं को परिपुष्ट किया, जिन पर लगभग तीस वर्ष पहले संयुक्त राष्ट्र संघ की आधारशिला रखी गई थी। भारत के लोगों ने अपनी खोई हुई स्वतंत्रता और मूलभूत मानव अधिकार पुन: प्राप्त कर लिए हैं। मैं भारतीय जनता की ओर से राष्ट्र संघ के लिए शुभकामनाओं का संदेश लाया हूँ। महासभा के इस बात्तीसवें अधिवेशन के अवसर पर मैं संयुक्त राष्ट्र संघ में भारत की दृढ आस्था को पुन: व्यक्त करना चाहता हूँ। हमारा विश्वास है कि राष्ट्र संघ विश्व में शांति और सुरक्षा बनाए और राष्ट्रों के बीच सहयोग के माध्यम से समानता, न्याय और समता पर आधारित शांतिपूर्ण प्रगति को प्रोत्साहित करने का उपकरण बनेगा। जनता सरकार को शासन की बागडोर सँभाले छह माह हुए हैं। फिर भी इतने अल्प समय में हमारी उपलब्धियाँ उल्लेखनीय हैं। भारत में मूलभूत मानव अधिकार पुन: प्रतिष्ठित हो गए हैं। जिस भय और आतंक के वातावरण ने हमारे लोगों को घेर लिया था, वह अब दूर हो गया है। ऐसे संवैधानिक कदम उठाए जा रहे हैं, जिनसे यह सुनिश्चित हो जाए कि लोकतंत्र और बुनियादी आजादी का अब फिर कभी हनन नहीं होगा।

अध्यक्ष महोदय, 'वसुधैव कुटुम्बकम्' की परिकल्पना पुरानी है। भारतवर्ष में सदा से हमारा इस धारणा में विश्वास रहा है कि संसार एक परिवार है। अनेकानेक प्रयत्नों और कष्टों के बाद संयुक्त राष्ट्र के रूप में इस स्वप्न के साकार होने की संभावना है, क्योंकि संयुक्त राष्ट्र संघ की सदस्यता लगभग विश्वव्यापी हो गई और वह चार सौ करोड़ लोगों का जो विभिन्न जातियों, रंगों और समुदायों के हैं, प्रतिनिधित्व करता है। फिर भी यह आवश्यक है कि संयुक्त राष्ट्र संघ केवल सरकारी प्रतिनिधिमंडलों का मिलन मंच मात्र न रहे। हमें इस लक्ष्य को ध्यान में रखना चाहिए कि किस प्रकार राष्ट्रों की यह महासभा मानवता के सामूहिक विवेक और इच्छाशक्ति का प्रतिनिधित्व करनेवाली मानव की संसद् का रूप ले सके।

हमारी सदा मान्यता रही है कि ईश्वर के अनेक रूप हो सकते हैं। हर भारतवासी

को, भले ही वह कहीं भी जन्मा हो या कोई भी आस्था रखता है, अपने उद्धार और मुक्ति के मार्ग ढूँढ़ने की स्वातंत्र्य रही है। साथ ही हमारे मनीषियों ने वैदिक युग से लेकर अब सदा ही हमें अपनी वाणी से मानवों के प्रति करुणा और सहिष्णुता का पाठ पढ़ाया है। गांधीजी ने इस तत्त्व का सार अपने प्रिय शब्द 'अंत्योदय' में व्यक्त किया है। अंत्योदय का अभिप्राय है—निम्नतम वर्गों के हितों की रक्षा और कल्याण, जिसके लिए प्रत्येक समाज को सन्नद्ध रहना चाहिए। मेरा विश्वास है कि हमारी राष्ट्रीय और अंतरराष्ट्रीय राजनीति में निरंतर सर्वोच्च स्थान मनुष्य, उसके सुख और कल्याण तथा मानव की आधारभूत एकता को मिलना चाहिए। मेरा अभिप्राय किसी आकृतिहीन मानव से नहीं है, जो अतीत काल में निरंकुशता को थोपने का बहाना रहा है, मेरा मतलब जीते-जागते मानव से है। उसकी संवेदनाएँ और अपेक्षाएँ, उसका सुख और दु:ख हमारे प्रयासों का केंद्रबिंदु होना चाहिए। सदा से ही व्यक्ति हमारी धार्मिक और दार्शनिक विचारधारा का केंद्रबिंदु रहा है। हमारे धर्मग्रंथों और महाकाव्यों में सदैव यह संदेश निहित रहा है कि समस्त ब्रह्मांड और सृष्टि का मूल व्यक्ति और उसका संपूर्ण विकास है। यहाँ मैं राष्ट्रों की सत्ता और महत्ता के बारे में नहीं सोच रहा हूँ। आम आदमी की प्रतिष्ठा और प्रगति मेरे लिए कहीं अधिक महत्त्व रखती है। अंतत: हमारी सफलताएँ और असफलताएँ केवल एक ही मापदंड से मापी जानी चाहिए कि क्या हम पूरे मानव समाज, वस्तुत: हर नर, नारी और बालक के लिए न्याय और गरिमा की आश्वस्ति देने में प्रयत्नशील हैं।

अध्यक्ष महोदय, भारत सब देशों से मैत्री चाहता है और किसी पर प्रभुत्व स्थापित नहीं करना चाहता। भारत न तो आणविक शस्त्र शक्ति है और न बनना चाहता है। नई सरकार ने अपने असंदिग्ध शब्दों में इस बात की पुनर्घोषणा की है। हमारी कार्यसूची का एक सर्वस्पर्शी विषय जो आगामी अनेक वर्षों और दशकों में बना रहेगा, वह है मानव का भविष्य। मैं भारत की ओर से इस महासभा को आश्वासन देना चाहता हूँ कि हम एक विश्व के आदर्शों की प्राप्ति और मानव के कल्याण तथा उसके गौरव के लिए त्याग एवं बलिदान की वेला में कभी पीछे नहीं रहेंगे।''

इसके दो दिन पहले गांधी जयंती के अवसर पर मैंने वाशिंगटन में गांधी स्मारक केंद्र में भी भाषण दिया था। अपनी इस यात्रा में मैंने एशिया सोसाइटी तथा अमेरिका में बसे हुए भारतीयों के संघ को भी संबोधित किया था। मैंने विदेशों में अपनी हिंदी भाषा की अस्मिता को स्थापित करने का पूरा प्रयास किया। मैं अपनी भाषा को विश्व मंच पर प्रतिष्ठा दिलाना चाहता था। मेरे भाषणों ने अमेरिका में भारत के गौरव को बढ़ाया।

जब इंदिरा गांधी को गिरफ्तार किया गया, तब मैं संयुक्त राष्ट्र में ही था। जब मैं बैठक से बाहर निकला, तो पत्रकारों ने इस गिरफ्तारी पर मेरी प्रतिक्रिया जाननी चाही।

मैंने बस यही कहा, ''कानून अपना काम करेगा, लॉ विल टेक इट्स ओन कोर्स।''

बाद में जब इंदिरा गांधी को छोड़ दिया गया, तब भी मैंने मीडिया से यही कहा, ''इट्स इंडिपेंड्स ऑफ कोर्ट्स, न्यायालय की आजादी है।''

विदेश मंत्री के तौर पर मैं चीन की यात्रा पर गया। वहाँ के तत्कालीन चीनी विदेश मंत्री श्री हुआंग हुआ ने मेरा स्वागत किया। वहाँ मैंने अपने भाषण में कहा, ''पंडित जवाहरलाल नेहरू द्वारा महसूस किए गए दु:ख, गहरे क्लेश और व्यक्तिगत चोट को भारत नहीं भूला है।''

लोकसभा में मुझसे इस विषय पर पूछा गया। मैंने यही उत्तर दिया, ''मैं किसी पार्टी की तरफ से नहीं बोला और न ही व्यक्तिगत रूप से बोला, बल्कि मैं तो देश की तरफ से बोला था।''

विदेश मंत्री के तौर पर जब मैंने पाकिस्तान की यात्रा करने का निर्णय लिया तो कई लोगों ने यह अनुमान लगाया कि अब आनेवाले समय में भारत और पाकिस्तान के संबंध अच्छे नहीं रहेंगे। लेकिन मैंने किसी भी बात की परवाह नहीं की और मैं मित्रता की इच्छा के साथ पाकिस्तान गया। पाकिस्तान में मेरी बातचीत जनरल जिया उल हक, सेनाध्यक्ष और विदेश मामलों के सलाहकार श्री आगा शाही से हुई। हमने आपसी व्यापारिक संबंधों को बढ़ाने और दोनों देशों के कैदियों के आदान-प्रदान पर बातचीत की। हमारी बातचीत बहुत ही सद्भावनापूर्ण और सार्थक हुई। दोनों देशों ने इस यात्रा का स्वागत किया।

वहाँ से लौटकर मैंने संसद् में कहा, ''मेरा अपना विश्वास यह है कि दोनों देशों की जनता ने संबंधों को सामान्य बनाने और टूटे हुए संपर्कों को पुन: जोड़ने का स्वागत किया है।''भारत ऐसे संबंधों के लिए, पाकिस्तान जिस सीमा तक जाने के लिए तैयार है, वहाँ तक जाने को तैयार है।''

मैंने दुनिया के अनेक देशों की यात्राएँ कीं। मैंने विदेश मंत्री के पद पर रहते हुए पासपोर्ट नीति को भी उदार बनाने का काम किया। इससे भारतीय नागरिकों के विदेश यात्रा खासकर पाकिस्तान और पश्चिमी एशिया के इसलामिक देशों कि यात्रा करना आसान हो गया। हमारे अनेक देशों के साथ मैत्री संबंध और प्रगाढ़ हुए। हमारे देश के अनेक लोग आजीविका के लिए खाड़ी देशों और अन्य बाहर के देशों में जा सके। भारत की संस्कृति का भी प्रचार व प्रसार हुआ। मैंने अपने विदेश मंत्री रहने के दौरान एक संबोधन में प्रवासी भारतीयों से कहा था—''आप लोगों का पासपोर्ट भले ही काला, लाल, नीला या पीला हो, किंतु आप हमेशा हमारे हैं और हम आपके।''

प्रधानमंत्री इंदिरा ने आपातकाल के दौरान सरकार की ताकत को बढ़ाने के लिए संविधान में 42वाँ संशोधन किया। इस संशोधन से सरकार तो ताकत मिलती थी, लेकिन

लोकतंत्र कमजोर होता था। अब जनता पार्टी की सरकार थी। इस संशोधन को समाप्त करने की बात चली। इस पर कैबिनेट में मतभेद था। कानून मंत्री शशि भूषण ने सुझाव दिया—''इस संशोधन में जो अच्छी चीजें हैं, वे रख ली जाएँ और जो लोकतंत्र को कमजोर कर रही हैं, उन्हें हटा दिया जाए।''

आडवाणीजी ने कहा, ''या तो संशोधन पूरी तरह समाप्त कर दिया जाए, या फिर पूरी तरह रखा जाए। इस संशोधन से यदि शक्ति मिल रही हो तो क्यों न इसे पूरा बनाए रखा जाए।''

मैंने कहा, ''जो राष्ट्रहित में हो, वही किया जाए।'' अंत में संशोधन की कुछ अच्छी बातों को बनाए रखा गया और व्यापक सलाह-मशवरे के बाद यह संविधान संशोधन सर्वसम्मति से पास हो गया।

भारत में पहली बार केंद्र में गैर-कांग्रेसी सरकार बनी थी। इतने सारे अलग-अलग दल के लोग एक साथ आकर मिले थे, लेकिन जिस भरोसे के साथ लोगों ने जनता पार्टी को सरकार बनाने का अवसर दिया था, उस भरोसे पर पार्टी खरी नहीं उतर पा रही थी।

जनता पार्टी की खींचतान और अंदरूनी कलह को देखकर जे.पी. बहुत दु:खी हो रहे थे, लेकिन अब वे बहुत कमजोर हो चुके थे। कोई उनकी बात सुनता ही नहीं था। एक बार वे अपने इलाज के लिए अमेरिका जा रहे थे, उसी के पहले उनकी मुलाकात कुलदीप नैयर से हुई, तो उनसे कहा—''पार्टी ने इतनी फूट चल रही है, आप दखल क्यों नहीं देते ?''

''मेरी अब कोई सुनता ही कहाँ है ?''

''लेकिन जनता नाराज है, उसने तो आपके विश्वास पर ही जनता पार्टी को चुना था। आप पटना में क्यों बैठे हैं, आप दिल्ली आइए।''

जे.पी. ने अमेरिका से लौटते वक्त दिल्ली रुकने का कार्यक्रम बनाया। इसकी सूचना मोरारजी देसाई सरकार को दे दी गई थी। लेकिन जब वे एयर इंडिया के जहाज से उतरे तो वहाँ उनकी आगवानी के लिए कोई बड़ा नेता मौजूद नहीं था। किसी जूनियर नेता को उन्हें लेने भेज दिया गया था।

जे.पी. ने उससे पूछा—''क्या मोरारजी आए हैं ?

नेता ने सिर झुकाकर कहा, ''नहीं।''

''जगजीवनराम आए हैं ?''

''नहीं।''

जे.पी. को इस बरताव से बहुत सदमा पहुँचा। जिस पार्टी को उन्होंने खड़ा किया था, आज उसी पार्टी का कोई आला मंत्री उनके साथ नहीं खड़ा था।

8 अक्तूबर, 1979 को जनता पार्टी के लीडर लोकनायक जयप्रकाश नारायण ने

अपनी अंतिम साँसें लीं। वे अपनी नश्वर देह को त्यागकर हमेशा के लिए इस संसार से विदा हो गए। मैं उनकी मृत्यु से दु:खी हो उठा। मैंने उन्हें अपनी श्रद्धांजलि अर्पित की—''जे.पी. सिर्फ एक इनसान का नाम भर नहीं था, वह मानवता का दूसरा नाम है। जब हम जे.पी. को याद करते हैं, तो दो तसवीरें दिमाग में आती हैं। एक शर शय्या पर लेटे भीष्म पितामह की, लेकिन इसमें एक फर्क दिखता है, भीष्म पितामह महाभारत में कौरवों की तरफ से लड़े थे, लेकिन जे.पी. ने न्याय की लड़ाई लड़ी। और दूसरी तसवीर सूली पर लटके ईसा मसीह की। जे.पी. के जीवन से ईसा के बलिदान की याद आती है।''

धीरे-धीरे जे.पी. की गठित की गई जनता पार्टी की सरकार बिखरती जा रही थी। सरकार के पास कोई दिशा भी तो नहीं थी। आपस में संगठित होकर बनी ये सरकार कुछ ही समय में गुटबाजी का शिकार हो गई और असंगठित होकर रह गई। सरकार बनने के मात्र 18 महीने के भीतर जनता पार्टी का बँटवारा हो गया। मोरारजी देसाई के नेतृत्व वाली सरकार ने अपना बहुमत खो दिया।

इस बीच इंदिरा गांधी ने चरण सिंह को अपना समर्थन दे दिया और इंदिरा गांधी की मदद से चरण सिंह प्रधानमंत्री बन गए। लेकिन चार महीने बाद ही कांग्रेस ने संसद् सत्र शुरू होने के एक दिन पहले ही अपना समर्थन वापस ले लिया और सरकार को गिरा दिया। इस तरह से चरण सिंह सरकार सिर्फ चार महीने ही टिक सकी। चरण सिंह देश के इकलौते प्रधानमंत्री रहे, जो इस ऊँचे पद पर रहते हुए एक बार भी लोकसभा में नहीं गए।

जब चरण सिंह ने इस्तीफा दिया, तो अधिकतर लोगों को लगा कि जनता पार्टी फिर से सरकार बनाने का दावा पेश करेगी, क्योंकि अब भी वह सबसे बड़ी पार्टी थी। इसके लिए जगजीवनराम ने प्रयास भी किए और वे राष्ट्रपति से भी मिले। पार्टी अध्यक्ष चंद्रशेखर भी अपना बहुमत साबित करने के लिए राष्ट्रपति महोदय के पास गए। लेकिन राष्ट्रपति ने लोकसभा भंग करने का ऐलान कर दिया।

जनवरी 1980 में फिर चुनाव कराए गए और इस बार जनता पार्टी को करारी शिकस्त का सामना करना पड़ा। हालाँकि नेताओं के स्वार्थों और आपसी झगड़ों को देखते हुए पहले से ही लग रहा था कि अब जनता पार्टी सत्ता में नहीं आ पाएगी, लेकिन जिस तरह से हारी, वह अविश्वसनीय था। जनता के मन में बहुत गुस्सा भर चुका था, जो चुनाव नतीजों को देखकर पता चला। जो जनता पार्टी ढाई साल पहले 298 सीटें लेकर जीती थी, वहीं अब 31 सीटों पर सिमटकर रह गई थी। इसका असर जनसंघ में भी देखने को मिला। पिछले चुनाव में जनसंघ के 93 सांसद चुनकर आए थे, लेकिन इस बार यह संख्या 16 ही रह गई। इमरजेंसी से नाराज लोगों ने पिछले चुनाव में जिस

कांग्रेस को 153 सीटें ही दी थीं, अब वह 351 पर आ गई थी।

जनता पार्टी में नेता अपने-अपने स्वार्थ और अहंकार के शिकार थे। एक और समस्या उत्पन्न हो रही थी कि कुछ नेताओं को यह लगने लगा था कि जनसंघ से आए लोग अधिक ताकतवर बन सकते हैं। उन्हें भय था कि यदि चुनाव हुए तो जनसंघ के लोगों को अधिक फायदा पहुँचेगा। लोगों ने हमारी दोहरी सदस्यता का मुद्दा उठा दिया। वे चाहते थे कि हम राष्ट्रीय स्वयंसेवक संघ से खुद को अलग कर लें। लेकिन मैंने साफ शब्दों में कहा, ''मेरा संघ के साथ पच्चीस बरस पुराना रिश्ता है। जबकि जनता पार्टी से मात्र दो साल का। और फिर वैसे भी संघ कोई राजनीतिक संगठन नहीं है, यह तो सांस्कृतिक संगठन है। उसके साथ हमारे जुड़े रहने में किसी को कोई आपत्ति नहीं होनी चाहिए।''

जॉर्ज फर्नांडिस ने मेरी बात समझी, लेकिन मधु लिमये मेरे खिलाफ थे। उस समय जॉर्ज फर्नांडिस ने औरों को भी समझाने की कोशिश की। उन्होंने मुझे अपने साथ आ जाने के लिए भी कहा, लेकिन मैं राज्यसभा में पहुँच चुका था और उसे छोड़ना नहीं चाहता था।

मेरी गोद ली बेटी नमिता का विवाह रंजन भट्टाचार्य से संपन्न हुआ। दोनों कुछ वर्षों से एक-दूसरे से परिचित थे। रंजन जब भी घर आते तो बहुत ही शिष्टाचार से मुझसे मिलते। उनका स्वभाव मुझे बहुत अच्छा लगा। मैंने दोनों को अपना नया जीवन साथ-साथ शुरू करने के लिए आशीर्वाद दिया। नमिता की तरह रंजन भी मुझे 'बापजी' कहकर ही पुकारते।

-: 10 :-

जनवरी 1980 में फिर चुनाव कराए गए और इस बार जनता पार्टी को करारी शिकस्त का सामना करना पड़ा। खासतौर से उत्तर भारत में, जहाँ पर 1977 के चुनावों में उन्होंने कांग्रेस का सूपड़ा साफ कर दिया था। कांग्रेस को इस बार वहाँ 353 सीटें मिलीं। इन चुनावों में कांग्रेस ने नारा बनाया—'वोट उसे दें जो सरकार चलाना जानते हैं।'

'काम करनेवाली सरकार को वोट दें।'

पोस्टर बनाया गया, जिसमें एक पेड़ बना था और उसकी अलग-अलग शाखाओं पर अलग-अलग नेता बैठे दरशाए गए। लिखा था—'हर शाख पर उल्लू बैठा है, अंजाम-ए-गुलिस्ताँ क्या होगा।'

कलह की शिकार जनता पार्टी से त्रस्त जनता ने कांग्रेस को पुनः चुन लिया।

1980 के आम चुनावों में बुरी तरह से हार जाने के बाद जनता पार्टी की भीतरी कलह ने विकराल रूप ले लिया। जनता पार्टी के कुछ नेताओं ने इस हार का दोष हम जनसंघ के नेताओं पर मढ़ दिया। खासकर बाबू जगजीवनराम का ऐसा मानना था कि इस हार की वजह हम हैं। वे हमें और संघ को दोष देने लगे। उन्होंने पार्टी अध्यक्ष चंद्रशेखर से इस बात की चर्चा की। वे चाहते थे कि हम संघ से अपना रिश्ता समाप्त कर लें। इस पर जोर डाला जाने लगा। हालाँकि जल्दी ही बाबू जगजीवन राम खुद ही जनता पार्टी छोड़ गए। उन्होंने कांग्रेस यूनाइटेड की सदस्यता ले ली। लेकिन इधर जनता पार्टी के कुछ नेता वाकई असुरक्षा का शिकार हो चुके थे। जनसंघ के संघ परिवार से रिश्ते उन्हें खटकने लगे थे। उन्होंने दोहरी सदस्यता का मुद्दा उठाया और हमसे संघ और जनता पार्टी में से किसी एक को चुनने का दबाव बनाना शुरू कर दिया।

दिल्ली में जनता पार्टी की बैठक बुलाई गई। हम आनेवाले समय की तसवीर काफी हद तक देखने लग गए थे। हम जनता पार्टी की इस भीतरी कलह और टूटन की स्थिति को देखकर बहुत क्षुब्ध थे, लेकिन कोई उपाय भी तो नहीं था। नानाजी देशमुख, मैं और आडवाणीजी आदि सभी जनसंघ के नेता सारी परिस्थिति समझ रहे थे। हमने आम जनता

के बीच जनसंघ की वास्तविक छवि का जायजा लेने के उद्देश्य से देश भर के दौरे किए। कहीं-न-कहीं हमारे मन में यह आ गया था कि अब हम जनता पार्टी का हिस्सा नहीं रह पाएँगे। इस बैठक में आने से पहले हम जनसंघ के सदस्यों ने गहन विचार-विमर्श किया था। हम जनता पार्टी के साथ रहने और साथ छोड़ने, दोनों ही स्थितियों पर चर्चा कर चुके थे। हम आनेवाली चुनौतियों और खतरों के लिए भी तैयार थे।

जनता पार्टी की इस बैठक में आडवाणीजी ने पार्टी सदस्यों पर तीखा प्रहार करते हुए कहा, ''पार्टी में हमारी हालत अछूत हरिजनों जैसी है। जनता पार्टी में अकेले हम ही नहीं थे, बल्कि पाँच दलों का विलय हुआ था। लेकिन इनमें से जनसंघ को छोड़कर बाकी चार दल तो मानो ब्राह्मण का रुतबा रखते हैं। जनसंघ को हरिजन का दर्जा दे दिया गया है। जनता पार्टी बनते वक्त तो यह हरिजन सभी को अच्छा लग रहा था और अब उसे बाहर निकाला जा रहा है।''

जनता पार्टी के भीतर जनसंघ और संघ परिवार के रिश्ते को लेकर गुस्सा निरंतर बढ़ता ही जा रहा था। उन्होंने हमारी दोहरी सदस्यता को बहुत बड़ा मुद्दा बना दिया था। इस मुद्दे पर अपना अंतिम निर्णय सुनाने के लिए जनता पार्टी ने 4 अप्रैल दिल्ली में पार्टी की राष्ट्रीय कार्यकारिणी की बैठक बुलाई। हम इस बैठक में जाने से पहले हर स्थिति के लिए मानसिक रूप से तैयार हो चुके थे। बैठक में मधु लिमये, चंद्रशेखर आदि नेता हमारे खिलाफ थे। उन्होंने हमसे संघ से रिश्ता खत्म करने की बात दोहराई। हालाँकि मोरारजी देसाई और अन्य कुछ नेता हमारे पक्ष में थे। वे जानते थे कि जनसंघ एक राजनीतिक पार्टी है, जबकि संघ एक सांस्कृतिक संगठन है। संघ से रिश्ता होने से जनसंघ को कोई नुकसान नहीं है। लेकिन नेतागण अपनी बात पर अड़े हुए थे। हमारे लिए राष्ट्रीय स्वयंसेवक संघ से रिश्ता खत्म करना असंभव था।

नानाजी देशमुख बहुत नाराज हो उठे। वे बार-बार संघ से रिश्ता खत्म कर लेने की माँग से बेहद क्षुब्ध हो गए थे। तभी मैंने कड़े शब्दों में कहा, ''संघ से रिश्ता तोड़ने की बात तो हो ही नहीं सकती।'' ...और ऐसा कहकर हम सभी जनसंघ के नेता बाहर आ गए।

वैसे भी इस वक्त जनता पार्टी बुरी तरह से बिखर चुकी थी। हम तो फिर भी बार-बार जुड़े रहने का प्रयत्न कर रहे थे, क्योंकि हमें अब भी राजघाट पर जे.पी. द्वारा दिलाई गई वह शपथ याद थी। हम जे.पी. के प्रति अत्यंत श्रद्धा भाव से भरे हुए थे। जिस जनता पार्टी के जनक जे.पी. थे, उसे यों टूटते हुए देखना हमारे लिए बहुत कष्टकारी था। जगजीवन राम पहले ही पार्टी छोड़कर जा चुके थे। इसके बाद चौधरी चरण सिंह भी निकल गए थे और उन्होंने अपना 'भारतीय लोकदल' बना लिया था।

मैं आज बहुत उदास था। घर आने के बाद एक तरफ चुपचाप बैठ गया। आज पूरे

दिन का घटनाचक्र मन को मथ रहा था। बार-बार पुराना समय याद आ रहा था कि कैसे पार्टी का गठन हुआ था, जे.पी. ने कितनी उम्मीद से सबको जोड़ा था। जनता पार्टी से अलग होना मेरे लिए दु:ख की बात थी। शुरू से आखिर तक जनसंघ के हम सभी लोग जनता पार्टी में एकता बनाए रखने की कोशिश करते रहे, लेकिन कुछ लोगों ने बेवजह दोहरी सदस्यता के मुद्दे को बड़ा मुद्दा बना दिया और हमारे लिए अपने सम्मान को बरकरार रखते हुए जनता पार्टी में बने रहना मुश्किल हो गया था। हम जे.पी. के सपनों को पूरा करना चाहते थे। मैंने अपनी कलम उठाई और लिखा—

सपना टूट गया

हाथों की हल्दी है पीली

पैरों की मेहँदी कुछ गीली

पलक झपकने से पहले ही सपना टूट गया।

दीप बुझाया रची दीवाली

लेकिन कटी न मावस काली

व्यर्थ हुआ आह्वान स्वर्ण सवेरा रूठ गया।

सपना टूट गया।

नियति कटी की लीला न्यारी

सबकुछ स्वाहा की तैयारी

अभी चला दो कदम कारवाँ साथी छूट गया।

सपना टूट गया।

जनता पार्टी की बैठक के अगले दिन 5 अप्रैल को हम जनसंघ के लोगों ने दिल्ली के फिरोजशाह कोटला में बैठक की। सभा-स्थल के मंच पर डॉ. श्यामाप्रसाद मुखर्जी, पंडित दीनदयाल उपाध्याय और लोकनायक जयप्रकाश नारायण के चित्र लगाए गए थे। हमने बैठक में सर्वसम्मति से अपनी अलग पार्टी बनाने का निर्णय लिया।

विजयाराजे सिंधियाजी का कहना था—‘‘हमें अपने पुराने नाम को ही चलाना चाहिए। पार्टी का नाम भारतीय जनसंघ होना चाहिए।’’

मेरा मानना था कि जनसंघ की छवि एक कट्टर दल की हो गई है, इसलिए एक नए नाम के साथ हमें अलग छवि बनानी चाहिए। मैंने सुझाव दिया—‘‘पार्टी का नाम ‘भारतीय जनता पार्टी’ रखा जाना चाहिए।’’

मैंने अपना मत समझाया—‘‘इस नाम से कई लाभ होंगे। जो लोग जनसंघ को जानते हैं, वे इस नई पार्टी के साथ जुड़ने में हिचकिचाएँगे नहीं और इसके साथ-साथ वे लोग, जो कि सांप्रदायिकता से दूर रहते हैं, वे भी इस नए नाम के साथ जुड़ने में

दुविधा महसूस नहीं करेंगे। हम किसी को यह अँदेशा नहीं देना चाहते कि.हम फिर से जनसंघ को खड़ा करेंगे। हमें जनता पार्टी से जुड़ने का मलाल नहीं है। हम उस पार्टी से मिले अनुभवों का फायदा उठाएँगे। यह सच है कि अब हम जनता पार्टी से अलग हो चुके हैं, लेकिन उनके साथ जुड़े वक्त को हम नकारेंगे नहीं। हम भविष्य की ओर देखेंगे और नई पार्टी को तैयार करने, मजबूत करने में जुटेंगे और अपने मूल सिद्धांतों एवं नीतियों के साथ आगे बढ़ेंगे।''

मैं जनसंघ की ताकत को साथ लेकर बी.जे.पी. का विस्तार करना चाहता था। मैं अपने आपातकाल के दौरान के उन साथियों को भी पार्टी में शामिल करना चाहता था, जो हमारी ही तरह की विचारधारा के थे, बेशक वे संघ परिवार से जुड़े हुए नहीं थे। मैंने बी.जे.पी. की विचारधारा में पंडित दीनदयाल उपाध्याय के एकात्म मानवतावाद और गांधीवादी समाजवाद को एक कर दिया। मेरा मानना था कि इन दोनों में कोई विशेष अंतर नहीं है। गांधीवादी समाजवाद आम हिंदुस्तानी को भी बड़ी आसानी से समझ में आ जाता है। शुरू में मेरी इस बात पर राजमाता विजयाराजे सिंधिया सहमत नहीं हुईं। उनका कहना था कि गांधीवादी समाजवाद को अपनाने से हमारी पार्टी कांग्रेस पार्टी की फोटोकॉपी हो जाएगी। किंतु बाद में वे भी सहमत हो गईं।

हमारी इस नव गठित पार्टी के लिए निशान और झंडे की खोज शुरू हुई। हमने झंडे का एक-तिहाई हरा रंग और दो-तिहाई भगवा रंग निश्चित किया। निशान कमल का फूल रखा गया। 'कमल' का चुनाव कैसे हुआ, इसकी भी रोचक कहानी है। हमने भारतीय जनता पार्टी बहुत जल्दी में बनाई थी। हमारी पार्टी चुनाव आयोग के पास पंजीकृत नहीं थी, इसीलिए हमारे पास कोई चुनाव-चिह्न भी नहीं था। इस विषय पर आडवाणीजी के नेतृत्व में एक प्रतिनिधिमंडल मुख्य चुनाव आयुक्त एस.एल. शकधर से मिलने गया।

चुनाव आयुक्त ने कहा, ''आपकी पार्टी के लिए इतनी जल्दी किसी चुनाव-चिह्न का आवंटन करना तो असंभव है। हाल-फिलहाल यह अवश्य किया जा सकता है कि निर्दलीय उम्मीदवारों के लिए रखे गए चुनाव-चिह्नों में से किसी को पसंद कर लें। फिर हम आपकी पार्टी के सभी उम्मीदवारों को वही चुनाव-चिह्न दे देंगे। इससे आपकी पार्टी के सभी उम्मीदवार एक ही चुनाव-चिह्न पर मैदान में उतर सकेंगे।''

आडवाणीजी ने उन चिह्नों में से कमल के फूल का चिह्न पसंद कर लिया। लेकिन तभी उनकी नजर एक और चिह्न गुलाब के फूल पर भी पड़ी। इससे उन्हें दुविधा हुई। वह भी कमल के फूल से मिलता-जुलता ही था। इससे पहचान में भ्रम पैदा होता था, लेकिन इसका समाधान भी हो गया, चुनाव आयोग ने उस चिह्न को हटा दिया। इसके बाद भारतीय जनता पार्टी ने 'कमल' को अपना चुनाव-चिह्न घोषित कर दिया।

मैंने कमल के विषय में लिखा था—''कमल जैसा मुख, कमल जैसी आँखें, कमल

जैसे हाथ, कमल जैसे पाँव, कमल जैसी नाभि। शायद ही किसी अन्य पुष्प को यह सम्मान तथा महत्त्व मिला हो, जैसा कमल को मिला है।''मंदिरों, महलों, बागों, तड़ागों, सभी स्थानों पर समान रूप से, अध्यात्म से लेकर भौतिक जीवन के विभिन्न क्षेत्रों में सर्वत्र कमल शोभायमान है।''जब भारतीय जनता पार्टी ने कमल को अपने चुनाव-चिह्न के रूप में चुना, तब यही भाव काम कर रहा था कि राजनीति की कीचड़ में पार्टी को कमल की तरह खिलना है, जल में रहकर भी जल के ऊपर रहना है।''

बी.जे.पी. के गठन के पश्चात् इसका पहला महाधिवेशन मुंबई में आयोजित किया गया। कार्यकर्ताओं का उत्साह देखते ही बनता था। इस अधिवेशन में उम्मीद से कहीं अधिक लोग आ गए थे। अनुमान से अधिक लोग हो जाने के कारण व्यवस्था गड़बड़ा गई। बांद्रा कुर्ला स्टेडियम में टेंट लगाकर एक अलग नगर बसाया गया था। नगर का नाम रखा गया था, 'समता नगर'। इस अधिवेशन में पचास हजार से अधिक लोगों ने हिस्सा लिया। जनसंघ के समय हमारे सदस्यों की संख्या सोलह लाख रही थी, लेकिन अब बी.जे.पी. के समय यह सदस्य संख्या बढ़कर करीब पच्चीस लाख पर पहुँच गई थी। हमारे टेंट कम पड़ गए थे। यहाँ तक कि भोजन भी कम पड़ गया था।

मैं स्वयं टेंटों में गया और लोगों से मिला। मैंने उनके हालचाल पूछे, व्यवस्था की कमी के बारे में भी बताया। लोगों ने भी मेरी पूरी बात को समझा और हमें अपना सहयोग देने की बात कही। फिर मैं भोजनालय में गया। भोजन काफी कम पड़ गया था। मैंने एक कार्यकर्ता के हाथ से चावल का बरतन लेते हुए कहा—''लाओ मुझे दो।'' और मैं अपने हाथों से सभी को भोजन परोसने लगा। मुझे भोजन परोसता देख सभी भाव-विभोर हो उठे। कम भोजन में ही संतुष्ट हो गए और धीरे-धीरे स्थिति भी ठीक हो गई।

सभी ने मुझे सर्वसम्मति से औपचारिक तौर पर पार्टी का पहला अध्यक्ष चुना। उस समय महाराष्ट्र में बी.जे.पी. के अध्यक्ष रामनाईकजी (मौजूदा राज्यपाल उत्तर प्रदेश) हुए। मैंने उसी वक्त अपने मन में तय कर लिया था कि मैं इस पार्टी के लीडर के रूप में समस्त देशवासियों को साथ लेकर चलूँगा।

इस अधिवेशन में मुसलिम नेता जस्टिस एम.सी. छागला मुख्य वक्ता के रूप में आमंत्रित थे। हम बी.जे.पी. की धर्मनिरपेक्ष छवि बनाना चाहते थे। अपने भाषण में जस्टिस छागला ने कहा, ''कौन कहता है कि देश में कांग्रेस का विकल्प नहीं है? श्रीमती गांधी बी.जे.पी. को सांप्रदायिक पार्टी कहती हैं। उनका मानना है कि बी.जे. पी. पर राष्ट्रीय स्वयंसेवक संघ का प्रभाव है और संघ परिवार सांप्रदायिक है। लेकिन मैं नहीं मानता कि बी.जे.पी. सांप्रदायिक पार्टी है। बी.जे.पी. को कांग्रेस के विकल्प के तौर पर एक राष्ट्रीय पार्टी बनकर उभरना चाहिए।''

मैंने अपने भाषण में जस्टिस छागला को धन्यवाद देते हुए कहा, ''मैं आपका

आभारी हूँ, लेकिन आज सबसे बड़ा प्रश्न यह नहीं है कि अगला प्रधानमंत्री कौन होगा। बड़ा सवाल यह है कि भविष्य का भारत कैसा होगा, हमें इस पर सोचना होगा।''

इसके बाद मैंने अध्यक्ष के रूप में अपना भाषण देते हुए कहा, ''बी.जे.पी. का अध्यक्ष पद अलंकार का विषय नहीं है। यह पद नहीं दायित्व है, प्रतिष्ठा नहीं परीक्षा है। जिन परिस्थितियों में बी.जे.पी. के गठन का निर्णय हुआ, उनमें मैं जाना नहीं चाहता। जनता पार्टी टूट गई, लेकिन हम जे.पी. के सपनों को टूटने नहीं देंगे। जे.पी. आदर्शों और मूल्यों का नाम है। हम राजनीति को मूल्यों पर आधारित करना चाहते हैं। हम मुठभेड़ की राजनीति नहीं करना चाहते, लेकिन यदि मुठभेड़ थोपी गई, तो हम कतराएँगे भी नहीं। गांधीवादी समाजवाद को लेकर कोई मतभेद नहीं है, लेकिन हम बहस करते हैं और फिर बहुमत को स्वीकार करते हैं।''

मैंने भारत के पश्चिमी घाट के महासागर के किनारे अपने दोनों हाथ उठाकर जनता के सामने जोर से कहा, ''अँधेरा छँटेगा, सूरज निकलेगा, कमल खिलेगा।''

इसी वर्ष 23 जून को विमान दुर्घटना में संजय गांधी की दुखद मृत्यु हो गई। इसके बाद श्रीमती गांधी ने अपने बड़े बेटे राजीव गांधी को पार्टी में सक्रिय करना प्रारंभ कर दिया। राजनीति से दूर रहनेवाले राजीव गांधी शीघ्र ही पार्टी के महासचिव बना दिए गए।

इस दौरान देश में राजनीतिक घटनाक्रम बड़ी तेजी से घट रहे थे और दूसरे काम अपनी जगह पर हो रहे थे। देश के वैज्ञानिक, इंजीनियर, कलाकार, व्यवसायी बिना किसी राजनीतिक प्रभाव के निरंतर अपना काम पूरी तल्लीनता से करते रहे, यह हमारे लिए बहुत गर्व की बात रही है। उन्हीं की कर्मठता का परिणाम है कि देश की समृद्धि और देश की संस्कृति विकसित होती चली गई। डॉ. कलाम को हम एक समर्पित वैज्ञानिक के रूप में याद करते हैं। इसी दौरान उनकी अगुआई में भारतीय अंतरिक्ष अनुसंधान संगठन से अपना एस.एल.वी. का सफल प्रक्षेपण किया और उसे रोहिणी की कक्षा में स्थापित कर देश का गौरव बढ़ाया। प्रधानमंत्री इंदिरा गांधी ने इस मौके पर एक बैठक बुलाई। मैं भी इस बैठक में सम्मिलित हुआ। मैंने डॉ. कलाम को उनकी इस महान् उपलब्धि के लिए गले लगा लिया। उनसे मिलना, बात करना एक अद्भुत अनुभव था। देश के लिए समर्पित ऐसे लाल विरले ही होते हैं। वे इनसान के रूप में एक देवदूत के समान थे।

मुझे राँची की एक घटना याद आती है। यह 27 अगस्त, 1981 की बात है, मैं संसदीय समिति के सदस्य के रूप में झारखंड के कांके स्थित मनोचिकित्सा अस्पताल में निरीक्षण के लिए गया। अगले दिन सुबह प्रदेश भाजपा के वरिष्ठ नेता संजय सेठ मुझसे मिलने आए। उस समय मैं सर्किट हाउस में था और कई स्थानीय कार्यकर्ता भी मेरे पास ही बैठे हुए थे। संजय सेठ ने मुझसे अनुरोध करते हुए कहा, ''आप राँची आए हुए हैं तो ऐसे में मेरा विचार है कि आपकी एक सभा यहाँ भी करवाई जाए।''

और लोग भी उनकी इस बात पर सहमति जताने लगे। मैंने पूछा, ‘‘इतनी जल्दी में सभा कैसे संभव है! लोग बिना पूर्व सूचना के कैसे आएँगे ?’’

‘‘आप बस हामी भरें सर, आपके नाम पर हजारों लोग आ जाएँगे। बाकी सब देखने के लिए हम हैं न ?’’

‘‘ठीक है··तो करिए प्रबंध। लेकिन अगर लोग इकट्ठा नहीं हुए, तो मैं मंच पर नहीं जाऊँगा।’’

‘‘ऐसा होगा ही नहीं।’’

30 अगस्त को यह सभा रखी गई। यह एक ऐतिहासिक सभा थी। पूरा बारी पार्क, पुराना उपायुक्त कार्यालय, पीछे का एस.ओ.आर. कार्यालय, सड़कें तक भीड़ से पटी हुई थीं। मुझे देखकर सभी ने नारे लगाने शुरू कर दिए। मैंने लोगों का अपार स्नेह देखकर भाषण देना शुरू कर दिया। इसके बाद एक दिलचस्प घटना हुई। मुझे बोलते हुए अभी आधा घंटा ही हुआ था कि मूसलधार वर्षा शुरू हो गई। आगे काफी महिलाएँ बैठी हुई थीं। लोगों ने अपनी दरी और कुरसियों को छाते की तरह सिर पर उठा लिया, लेकिन भाषण छोड़कर नहीं गए। अब तक मैं भी तर-ब-तर हो चुका था। लेकिन न तो मेरा ही जोश कम होता था, न ही लोगों का और न ही बारिश का। मैंने कहा, ‘‘जब तक आप भीगेंगे, तब तक मैं भी भीगूँगा। जब तक आप सुनेंगे, तब तक मैं बोलूँगा।’’ इसी बीच संजय सेठ मुझे बारिश से बचाने के लिए मेरे ऊपर छाता करने लगे। मैंने उन्हें हटाते हुए कहा, ‘‘जनता भीग रही है और मैं छाता लगा लूँ, बंद कर दीजिए इसे।’’

उस मूसलधार बारिश में मुझे बोलते हुए करीब डेढ़ घंटा बीत चुका था। तभी मैं रुका और बोला, ‘‘भाइयो-बहनो, नमस्कार।’’ लेकिन जनता अभी और सुनना चाहती थी। हटने को ही राजी न थी। तो मैंने हँसते हुए कहा, ‘‘जितना राशन, उतना भाषण।’’ हजारों लोगों के ठहाके गूँज उठे और फिर धीरे-धीरे बरसात में भीगे हुए लोग अपने घरों की ओर चल दिए। मेरे लिए भी सूखे कपड़े उपायुक्त कार्यालय में मँगा लिये गए थे।

1983 में विश्व हिंदू परिषद् ने गंगाजल यात्रा निकाली। विश्व हिंदू परिषद् को कांग्रेस का भी पूरा साथ मिलता था। इंदिरा गांधी ने स्वयं इस यात्रा का उद्घाटन किया। नेपाल के तत्कालीन नरेश बीरेंद्र बीर बिक्रम सिंह और कर्ण सिंह भी इसमें शामिल हुए। श्रीमती इंदिरा इस बात को बखूबी जानती थीं कि अपना वोट बैंक बनाए रखने के लिए सभी धर्मों को साथ लेकर चलना बेहद जरूरी है।

इधर पंजाब में आतंकी घटनाएँ तेजी से सिर उठा रही थीं। पूरा पंजाब आतंक की आग में सुलगने लगा था। वहाँ के लोगों का मानना था कि प्रधानमंत्री ने ही जनरैल सिंह भिंडरावाले को इतनी शह दे रखी थी। अब वही उनके लिए खतरा बन चुका था। वहाँ सिखों के लिए अलग देश खालिस्तान बनाने की माँग तेज होने लगी। प्रतिपक्ष सदैव इस

आगामी खतरे से सरकार को सचेत करता रहा था, लेकिन सरकार ने इस पर ध्यान नहीं दिया। लेकिन जब यह माँग जोर पकड़ने लगी, तो सरकार की चिंता भी बढ़ गई। बी.जे. पी. ने भी भिंडरावाले के खिलाफ कारखाई करने की माँग शुरू कर दी। उस समय तक अधिकतर धार्मिक स्थलों पर चरमपंथियों ने अपना कब्जा जमा लिया था। गोला-बारूद, खतरनाक हथियार जमा कर लिए थे। कांग्रेस सरकार पहले तो इनकी अनदेखी करती रही थी, लेकिन जब पानी सिर के ऊपर से गुजरने लगा, तब सरकार हरकत में आई।

इंदिरा गांधी ने पंजाब को अशांत क्षेत्र घोषित करने का विधेयक पेश कर दिया। मैंने संसद् में उनके इस विधेयक का विरोध करते हुए कहा—''पंजाब की जनता दो पाटों के बीच में पिस रही है। एक ओर आतंकवादियों ने निर्दोषों को मारा और दूसरी ओर पुलिस मुठभेड़ के नाम पर निरपराध नागरिकों की जान ली जा रही है।'''पंजाब को उपद्रवग्रस्त घोषित करने की क्या जरूरत है? मैं यह भी पूछता हूँ कि क्या हवलदार को इस तरह के अधिकार देना जरूरी हैं? सरकार में इच्छाशक्ति नहीं है, अधिकाधिक अधिकार लेकर करेगी क्या? उनका दुरुपयोग ही होगा, यह हमारी आशंका है, इसलिए हम इसका विरोध करते हैं।''

मैंने लोकसभा में सरकार से प्रश्न किया—''पंजाब को उपद्रवग्रस्त घोषित कर दिया है। पुलिस को असाधारण अधिकार भी दे दिए हैं। सेना के उपयोग की भी तैयारी हो रही है। आखिर परिस्थिति इतनी क्यों बिगड़ने दी गई? मैं गृहमंत्रीजी से पूछना चाहता हूँ कि आखिर कितने उग्रवादी पकड़े गए हैं? चार हजार से अधिक लोग गिरफ्तार किए गए हैं। उनमें या तो तस्कर हैं या समाज-विरोधी तत्त्व और चोर-उचक्के, बदमाश हैं। उनमें उग्रपंथी कितने हैं? मैं चाहता हूँ कि सरकार एक श्वेत पत्र प्रकाशित करे। श्वेत-पत्र में मुख्य रूप से ये बातें होनी चाहिए—उग्रपंथी कौन हैं और उग्रपंथियों का किस राजनीतिक दल और किन राजनेताओं से संबंध है? दल खालसा की स्थापना किसने की? 1980 के चुनावों में संत भिंडरावाले और उनके सहयोगियों का सहयोग व समर्थन किसने लिया था?''

उस समय पंजाब में होनेवाली निर्मम हत्याओं को देखकर पूरा देश काँप उठा था। लोगों में असुरक्षा की भावना बढ़ने लगी थी। मई 1984 की बात है, मैं उस समय बेंगलुरु में था। वहाँ नेचुरोपैथी से अपना इलाज करवा रहा था। मेरे पास संदेश आया कि प्रधानमंत्री आपसे तत्काल बहुत आवश्यक बात करना चाहती हैं। उन्होंने मुझसे तबीयत का हालचाल पूछने के बाद बताया कि वे अमृतसर के स्वर्णमंदिर में सेना भेजने की योजना बना रही हैं। अब इसके आलावा कोई और रास्ता नहीं है। लेकिन मैं इसके पक्ष में नहीं था। मैंने उन्हें कहा कि धार्मिक स्थान में सैन्य कारखाई ठीक नहीं रहेगी। आपको इसकी भारी कीमत चुकानी पड़ सकती है। स्वर्णमंदिर के साथ आस्था का प्रश्न

जुड़ा हुआ है। मैंने उन्हें सलाह दी कि अलगाववादियों को वहाँ से निकालने के लिए आप कोई और रास्ता खोजिए, मेरे विचार से सैन्य कार्रवाई करना ठीक नहीं रहेगा। लेकिन उन्होंने मेरी बात पर ध्यान नहीं दिया और इसी बीच पंजाब में हालत बेहद खराब हो गए। आए दिन कत्लेआम की घटनाएँ होने लगीं, और अंतत: 3 जून को सेना ने स्वर्णमंदिर को घेर लिया। 5 जून को सेना मंदिर के भीतर प्रवेश कर गई।

सेना को अंदाजा नहीं था कि स्वर्णमंदिर के भीतर इतनी अधिक मात्रा में गोला, बारूद और हथियारों का अंबार लग चुका है। बड़ी संख्या में आतंकवादी वहाँ डेरा जमाए हुए थे। दोनों पक्षों के बीच भीषण गोलीबारी शुरू हो गई। मंदिर को काफी नुकसान हुआ। यह लोगों की आस्था पर भी बहुत बड़ा आघात था। उसी दौरान मंदिर पर हुई इस कार्रवाई से क्षुब्ध होकर वरिष्ठ लेखक पत्रकार खुशवंत सिंह ने अपना 'पद्मविभूषण' सम्मान सरकार को लौटाने का ऐलान कर दिया।

इंदिरा गांधी के ऑपरेशन 'ब्लू स्टार' के दौरान उग्रवादियों और सेना के जवानों सहित सैकड़ों लोग मारे गए थे। इस ऑपरेशन की वजह से सिख समुदाय में काफी रोष व्याप्त था। देश भर में बहुत तनावपूर्ण माहौल था। उस समय प्रधानमंत्री की सुरक्षा में लगी एजेंसियाँ सचेत हो गईं, क्योंकि उन्हें किसी अप्रिय घटना का संदेह होने लगा था। उन्होंने प्रधानमंत्री को अपनी सुरक्षा में लगे सिख गार्डों को हटाने की सलाह दी। किंतु इंदिरा गांधी को उनकी यह सलाह पसंद नहीं आई। वे ऐसा नहीं करना चाहती थीं इससे समूचे देश के सिखों तक गलत संदेश जाता। उन्होंने अपनी सुरक्षा व्यवस्था में कोई फेरबदल नहीं किया।

31 अक्तूबर, 1984 की सुबह अप्रिय घटना घट गई। श्रीमती गांधी अपने ही निवास के गलियारे तक पहुँची थी कि उन्हीं की सुरक्षा में लगे गार्डों ने उनकी देह को गोलियों से छलनी कर दिया। उनकी हत्या की खबर सबसे पहले बी.बी.सी. रेडियो ने प्रसारित की। इस खबर से पूरा देश सदमे में आ गया। कोई भी इस अप्रिय घटना के लिए तैयार नहीं था। एकाएक दिल्ली की दशा ऐसी हो गई, मानो यहाँ कानून व्यवस्था नाम की कोई चीज ही न बची हो। हिंदू-सिख दंगे भड़क उठे। सिखों को अपने घरों और दुकानों से खींच-खींचकर मारा जाने लगा। उनके घर और दुकानें तोड़ दी गई। लूटपाट और मारकाट शुरू हो गई। गुरुद्वारों तक को नहीं छोड़ा गया। बहुत दुखद स्थिति थी वह। पंजाब में जबरदस्त दंगों की घटनाएँ हुई। इसी दौरान अपनी माँ की मृत्यु से द्रवित राजीव गांधी ने बोट क्लब की एक सभा में कहा—''जब कोई बड़ा वृक्ष गिरता है, तो जमीन तो हिलती ही है।''

अगले दिन की बात है, सुबह-सुबह मेरे रायसीना रोड स्थित आवास के बाहर हो-हल्ला होने लगा। मेरी तबीयत कुछ ठीक नहीं थी, लेकिन फिर भी शोर इतना अधिक

था कि मैं उठकर बाहर आ गया। सड़क के पार एक टैक्सी स्टैंड था। वहाँ अनेक सिख टैक्सी वालों की भीड़ लगी रहती थी। मैंने देखा कि आज लोगों की भीड़ उनकी टैक्सियों को जलाने पर आमादा हो रही थी। एक सिख ड्राइवर अपनी जान बचाने के लिए भागता हुआ मेरे घर की शरण में आ गया। वह गेट की ओट में छुपने का प्रयास करने लगा। मैं तुरंत उसकी ओर लपका और जब तक वह उन्मादी भीड़ वहाँ से छँट नहीं गई, तब तक वहीं ढाल बनकर अटल खड़ा रहा। लोग मेरा लिहाज करके उसे छोड़कर वहाँ से चले गए। लेकिन अन्य जगहों पर ऐसा नहीं हुआ। न जाने कितने बेकसूरों के साथ अत्याचार किया गया।

मैंने संसद् में श्रीमती गांधी के लिए अपनी श्रद्धांजलि अर्पित की—‘‘प्रधानमंत्री इंदिरा गांधी अब हमारे बीच नहीं रहीं। हत्यारों के निर्दयी हाथों ने उन्हें यहाँ से उठा लिया। प्रधानमंत्री तथा अपनी पार्टी की नेता के रूप में उन्हें सारे देश में घूमना पड़ता था। वह स्वर्णमंदिर को देखने उस समय गई थीं, जबकि पंजाब में भयंकर तनाव था। किंतु यह दुखद घटना तो उनके अपने ही घर में घटी और जिन्हें उनकी रक्षा का भार सौंपा गया था, वही उनके भक्षक बन गए। स्पष्ट है कि उनकी छिद्ररहित सुरक्षा के समस्त दावों बावजूद सरकारी व्यवस्था में खोखलापन है। वस्तुत: सरकार के लिए इससे बड़ा क्या लांछन हो सकता है कि वह अपने प्रधानमंत्री की रक्षा नहीं कर सकी। श्रीमती गांधी की मृत्यु से हम सबको सदमा पहुँचा है। परंतु यह अत्यंत खेद का विषय है कि राष्ट्रीय शोक के इस प्रकरण से भी दलगत लाभ उठाने की कोशिश की जा रही है। टेलीविजन इस पूरे पखवाड़े पक्षपातपूर्ण तरीके से कार्य करता रहा है। मेरे पास टेलीफोन और पत्र आते रहे हैं, जिनमें मुझसे यह पूछा गया है कि ‘क्या विरोधी दलों ने श्रीमती गांधी की अंत्येष्टि का बहिष्कार करने का निर्णय लिया था?’ लेकिन सच तो यह है कि विरोधी दलों के बहुत से बड़े-बड़े नेता, जिनमें मेरे सहयोगी लालकृष्ण आडवाणी, जनता पार्टी के अध्यक्ष चंद्रशेखर, मधु दंडवते और अन्य व्यक्ति शामिल हैं, जोकि अंत्येष्टि के समय वहाँ उपस्थित थे, उन्हें नहीं दिखाया गया। टेलीविजन ने इनका पूरी तरह से बहिष्कार कर दिया।’’

1984 के लोकसभा चुनाव की तैयारियाँ थीं। मैं ग्वालियर से चुनाव लड़ना चाहता था और अपना नामांकन भरने के लिए वहाँ पहुँच चुका था। मैं श्री नारायणकृष्ण शेजवलकरजी के घर पर ठहरा हुआ था। मुझे सुबह ग्यारह बजे गोरखी स्थित जिलाधीश कार्यालय में अपना नामांकन पत्र दाखिल करना था। लेकिन सुबह-सुबह आडवाणीजी मेरे पास आकर बैठ गए और मुझे समझाने लगे—‘‘अटलजी, आप कोटा से चुनाव लड़ लीजिए।’’

‘‘नहीं लालजी! मैं कोटा से चुनाव नहीं लड़ूँगा। मैं दो संसदीय सीटों से चुनाव

नहीं लड़ूँगा। मैं सिर्फ एक ही सीट से चुनाव लड़ूँगा और वह भी ग्वालियर से।''

''आपके दिल्ली से ग्वालियर रवाना होने के बाद मुझे यह जानकारी मिली कि कांग्रेस ग्वालियर संसदीय सीट से श्री माधवराव सिंधिया को प्रत्याशी घोषित करने जा रही है। इसके बाद मैंने रात को ही भैरोंसिंह शेखावत और अन्य सहयोगियों से बात की। उन सभी का कहना है कि अटलजी को कोटा संसदीय सीट से भी उतारा जा सकता है। अटलजी! हम सभी की इच्छा है कि आप कोटा से चुनाव लड़ें।''

''लेकिन लालजी, मैंने जब माधवरावजी को बताया कि मैं ग्वालियर से चुनाव लड़ रहा हूँ, तो उन्होंने मुझे शुभकामनाएँ देते हुए आश्वस्त किया कि वे गुना से ही चुनाव लड़ेंगे।''

''हो सकता है, माधवरावजी गुना से ही चुनाव लड़ना चाहते हों, लेकिन यदि राजीव गांधी ने उन्हें ग्वालियर से चुनाव लड़ने के लिए बाध्य किया तो वे यहीं से चुनाव लड़ेंगे।''

''तब तो मैं सिर्फ ग्वालियर से ही लड़ूँगा। यदि मैंने आपकी सलाह मानते हुए कोटा से भी चुनाव लड़ने का निर्णय लिया तो माधवरावजी के चुनाव मैदान में आने के बाद राजमाता मुझसे कहेंगी कि ग्वालियर से अब मैं चुनाव लड़ूँगी। चूँकि मैं तब तक अपना नामांकन भर चुका होऊँगा और राजमाता के आग्रह को टालना भी बहुत मुश्किल होगा। मैं किसी भी कीमत पर माँ–बेटे के मनमुटाव को सड़क की लड़ाई नहीं बनने देना चाहता। मैं नहीं चाहूँगा कि बी.जे.पी. को माँ–बेटे के बीच दरार डालनेवाली पार्टी के रूप में बदनाम किया जाए। लालजी! मैं ग्वालियर से ही चुनाव लड़ूँगा, यह मेरा अंतिम निर्णय है।''

मैं हमेशा ही आडवाणीजी के स्नेह से पूरित रहा हूँ। उनका मुझ पर अपार स्नेह था। हमने साथ–साथ बहुत लंबा समय गुजारा है। आज भी जब मैं इस सारी दुनिया से बेखबर मौन अपने बिस्तर पर पड़ा रहता हूँ, तो वे मेरे पास आते हैं, बैठते हैं। मेरा और उनका बहुत स्मरणीय और मधुर साथ रहा है।

और जैसा कि आडवाणीजी ने कहा था, वही हुआ। नामांकन के अंतिम दिन माधवरावजी ने ग्वालियर से अपना परचा भर दिया। मैं यह चुनाव हार गया। उन चुनावों में कांग्रेस को आशातीत सफलता मिली। प्रधानमंत्री इंदिरा गांधी की हत्या ने कांग्रेस के लिए बड़ी सहानुभूति का कार्य किया। हमारी भारतीय जनता पार्टी दो सीटों पर ही सिमटकर रह गई। इस सहानुभूति लहर में आडवाणीजी भी हार गए थे। बाद में उन्होंने कहा भी कि '' 1984 के चुनाव लोकसभा के नहीं, बल्कि शोकसभा के चुनाव थे।''

इंदिरा गांधी की मृत्यु के बाद लोकसभा को भंग कर दिया गया था और राजीव गांधी ने अंतरिम प्रधानमंत्री के रूप में शपथ ली थी। लेकिन फिर नवंबर, 1984 के लिए चुनाव की घोषणा कर दी गई थी। इस लोकसभा चुनाव में कांग्रेस ने भारी बहुमत से जीत

हासिल की। इस चुनाव में पार्टी का अब तक का शानदार और सर्वश्रेष्ठ प्रदर्शन रहा था।

प्रेस वालों ने हमें घेर लिया। एक प्रेस वार्त्ता के दौरान मैंने उनसे कहा, ''घात से पिट गया वजीर।''

कुछ प्रेसवाले हमारी हार पर प्रसन्न थे। हमसे तरह-तरह के प्रश्न पूछ रहे थे— ''अटलजी! भाजपा का भविष्य क्या होगा?''

मैंने भी विश्वास के साथ उत्तर दिया—''अब हम आगे बढ़ेंगे और कांग्रेस पीछे जाएगी।''

मेरे ऐसा कहते ही किसी ने ठहाका लगाया और पूरा प्रेस समुदाय हँस दिया। मैंने आगे कहा, ''यह प्रकृति का नियम है भाई, जो ऊपर उठता है, वह अंतत: नीचे गिरता ही है और जो नीचे खड़ा है, वो ऊपर चढ़ता है। कांग्रेस जितनी सीटें जीत सकती थी, जीत गई, इससे अधिक नहीं जीत सकती। भाजपा जितनी सीटें हार गई, उससे ज्यादा हारने को है नहीं, अत: अब भाजपा ही आगे बढ़ेगी।''

इन चुनावों के तुरंत बाद मुंबई के शिवाजी पार्क में एक आम सभा आयोजित की गई। पूरा मैदान खचाखच भरा हुआ था। मैं बोलने के लिए जैसे ही खड़ा हुआ, सभी ने तालियों की आवाज से मेरा स्वागत किया। पूरा मैदान गूँज उठा। मैंने मुसकराते हुए कहा, ''मुझे पता है कि आप सब यह देखने आए हैं कि हारा हुआ अटल कैसा लगता है?'' एक मिनट के लिए पूरी सभा में सन्नाटा पसर गया।

इसी के कुछ दिन बाद जब दिल्ली के फिरोजशाह कोटला मैदान में बी.जे.पी. की बैठक हुई, तो मैंने आत्मविश्वास से भरकर कहा, ''हम मरने के बाद भी जिंदा होना जानते हैं।''

केंद्र सरकार ने जनवरी 1985 में सिख नेता लोंगोवाल को रिहा कर दिया। राजीव गांधी ने श्रीमती गांधी की हत्या के एक महीने बाद हुए दंगों की जाँच के आदेश दिए। मार्च में बी.जे.पी. की राष्ट्रीय कार्यकारिणी की बैठक कलकत्ता में हुई। चूँकि मैं ही पार्टी अध्यक्ष था, इसलिए 1984 की इस हार की जिम्मेदारी मैंने अपने ऊपर ली और अपने इस्तीफे की पेशकश की—''मैं कोई भी सजा भुगतने के लिए तैयार हूँ।''

हमने इस हार की समीक्षा के लिए एक कमेटी गठित की। हम जानना चाहते थे कि हमारी हार के क्या कारण थे, ताकि हम बाद में और मजबूत पार्टी बनकर उभर सकें।

❑

-: 11 :-

सन् 1985 में मैं खाली रहा। एक तो मैं लोकसभा चुनाव हार गया था, दूसरे इस दौरान मैं राज्यसभा का सदस्य भी नहीं था। मैंने अपना अधिकतर समय अपने परिवार को दिया। कभी बहनों के पास लखनऊ और आगरा पहुँच जाता तो कभी भाइयों के पास ग्वालियर। मैं उनके बच्चों के साथ ऐसा घुलमिल जाता कि अपने बचपन को जीने लगता। एक बार की बात है, मैं ग्वालियर में था और वहाँ नई फिल्म आई थी। बच्चे मेरे पीछे पड़ गए कि मैं उन्हें फिल्म दिखाने के चलूँ। मैं सब बच्चों को लेकर फिल्म देखने गया और हमने खूब चाट बताशे खाए। फिर से मेरा बचपन जिंदा हो उठा। ग्वालियर जाता तो वही मेले, मिठाइयाँ, झूले, सर्कस, तमाशे, फिल्में, परिचितों से मेल-मिलाप दिल को प्रसन्नता से भर देता। बच्चे पुरानी फोटो निकाल लाते। उन फोटो को देखते हुए और उनके बारे में याद करते हुए कैसे समय निकल जाता था, पता ही नहीं चलता था।

मेरी नातिन नेहा मेरी दुलारी थी। वह मेरे पास आती और अपनी बनाई कला-कृतियाँ मुझे दिखाती। वह अपनी कॉपी का एक-एक पन्ना बड़े गर्व के साथ मुझे दिखाया करती थी। मैं भी बड़ी रुचि लेकर देखा करता। एक बार की बात है, मैं काफी व्यस्त था और वह मुझसे जिद करने लगी कि मैं उसकी ड्राइंग की कॉपी अभी ही देखूँ। वह एक-एक पन्ना बड़ी रुचि से दिखा रही थी, मैं भी उसका मन रखने के लिए ध्यान से देखने लगता, लेकिन जब धीरे-धीरे उसे एहसास हुआ कि मेरा ध्यान उसकी कॉपी में नहीं है, मैं सिर्फ उसका मन रखने के लिए हूँ-हाँ कर रहा हूँ, तो वह मुझसे रूठ गई। एकदम तुनककर बोली, ‘‘जाइए, हम आपको नहीं दिखाएँगे।’’ मुझे जैसे ही उसके गुस्से का एहसास हुआ, मैंने तुरंत अपने हाथ के कागज एक ओर रखते हुए कहा, ‘‘अरे! लाओ तो''दिखाओ''कितने सुंदर-सुंदर रंग भरे हैं तुमने। ऐसी डिजाइन तो मैं भी बना सकता हूँ।’’

‘‘आ हा हा''आप लिखेंगे कि भाषण देंगे कि डिजाइन बनाएँगे!’’

''हा‥हा‥हा‥सही कह रही हो‥मैं नहीं बना सकता इतनी सुंदर-सुंदर डिजाइन।''

मेरी प्रशंसा से वह विजयी मुद्रा में मुसकराने लगती। रात में मेरे पास आकर लेट जाती और जिद्द करती—''नाना, कहानी सुनाओ।''

मैं उसे कहानी सुनाता। कभी-कभी जिद्द करने लगती कि मेरे साथ खेलो। कभी गेंद से तो कभी खिलौनों से मेरे साथ खेलने लगती।

दिल्ली में मेरे पास दो कुत्ते थे—बबली और लॉली। बबली माँ थी और लॉली बच्चा। मैं अपने कुत्तों के साथ खूब खेलता, समय बिताता। दोनों को जरा भी संदेह हुआ नहीं कि पलक झपकते ही सामनेवाले का पैंट अपने दाँतों में दबा लेते थे। एक बार दीवाली के दिन बबली घर के बाहर निकल गई। उसे देखने से ही पता चलता था कि यह किसी की पालतू है। एक सज्जन ने रास्ते में भटकती बबली को अपनी कार में बैठा लिया और अपने घर ले गए। इधर मैं और मेरे घर के सब लोग परेशान‥खूब ढुँढ़ाई हुई, लेकिन बबली कहीं नहीं मिली। हमने रिपोर्ट लिखाई और अखबार में इश्तहार भी दे दिया। उधर बबली भी उन सज्जन के घर में बेचैन थी। न खाए, न सोए, हर समय खुद भी परेशान रहे और दूसरों को परेशान करे। इश्तहार और रिपोर्ट रंग लाई, बबली मिल गई। जिस दिन बबली मुझे वापस मिली, भाग के मेरे पैरों से लिपट गई। उसके बिना लॉली भी बड़ा बेचैन रहा था।

इसी दौरान अमेरिकन काउंसिल ऑफ यंग पॉलिटीशियंस कार्यक्रम आयोजित हुआ। इसमें अलग-अलग राजनीतिक दलों से नौजवान होनहार नेताओं को भेजा जाना था। हमें भी बी.जे.पी. से किसी एक नेता को भेजना था। मैंने प्रकाश जावडेकर को भेजने का फैसला किया। मैंने उन्हें बुलाया और कहा, ''वहाँ जाकर देखो, समझो और फिर आकर बताना कि क्या सीखा।'' प्रकाश जावड़ेकर बहुत ही होनहार और बुद्धिमान युवा नेता के रूप में उभर रहे थे।

एक दिन एक विचित्र घटना घटी। मेरे पास श्री कैलाश जोशी के साथ भमोरी गाँव के कुछ लोग आए। मैंने उनसे आने का कारण पूछा, ''कहिए भाइयो! कैसे आना हुआ?''

''मेरा नाम बापूजी पाटीदार है। मैं अपने गाँव में भारतीय जनता पार्टी का कार्यकर्ता हूँ।''

''अरे वाह! बहुत अच्छा लगा आपसे मिलकर।''

''हमारे गाँव में सिर्फ बी.जे.पी. ही जीतती है, वही होती है हमेशा।'' उन्होंने गर्व से भरकर कहा।

मुझे भी यह सुनकर बहुत अच्छा लगा। मैंने पूछा, ''आपके गाँव की जनसंख्या कितनी है?''

''दो हजार। साहब, हमने अपने गाँव में सहकारी समिति का भवन तैयार किया है। और हम सब गाँववाले चाहते हैं कि आप ही अपने हाथों से उसका उद्घाटन करें।''

''लेकिन मेरा आना संभव नहीं हो पाएगा।''

कैलाश जोशी बोले, ''मैं इन्हें यही समझा रहा था, लेकिन ये मेरी बात समझने के लिए तैयार ही नहीं हैं। जिद्द पर अड़े हैं कि यदि उद्घाटन होगा, तो अटल बिहारी वाजपेयीजी के हाथों ही होगा।''

मैं सारी बात समझ गया। मैंने उन ग्रामीणों के चेहरों की तरफ देखा। सचमुच वे बड़े ही हठी थे। अंतत: मैं हार मान गया और मैंने दिसंबर में भमोरी गाँव जाकर उस नवनिर्मित भवन का उद्घाटन किया।

मई 1986 में दिल्ली के आई.पी. स्टेडियम में बी.जे.पी. की राष्ट्रीय परिषद् की बैठक हुई। इस बार आडवाणीजी को सर्वसम्मति से अध्यक्ष बनाया गया। निर्णय लिया गया कि गांधीवादी समाजवाद से सांस्कृतिक राष्ट्रवाद की ओर बढ़ना है। मुझे मध्य प्रदेश से राज्यसभा भेजा गया। 30 जून, 1986 को मैंने राज्यसभा सांसद के रूप में शपथ ली।

अगले वर्ष नागपुर में संघ का सात दिन का वर्ग आयोजित हुआ। मैं और आडवाणीजी भी इस वर्ग में सम्मिलित हुए। इसमें भारतीय संस्कृति और हिंदुत्व को आगे बढ़ाने पर गहन विचार-विमर्श हुआ। बालासाहब देवरसजी ने कहा, ''यदि पार्टी हिंदू हितों की रक्षा नहीं करेगी, तो उसका कोई भविष्य नहीं होगा।''

मैंने कहा, ''लेकिन मैं इससे सहमत नहीं। पार्टी अपने लक्ष्य की ओर बढ़ रही है। हमें सबको साथ लेकर चलना होगा।''

एक सप्ताह के बाद वर्ग समाप्त होने पर हम दिल्ली लौट आए। दो वर्ष पहले अप्रैल में दिल्ली में पहली 'धर्म संसद्' आयोजित हुई थी। इसमें यह चर्चा की गई कि शांतिपूर्ण तरीका अपनाकर रामजन्मभूमि को मुक्त कराया जाएगा। इसके लिए तीन माह बाद ही जुलाई में रामजन्मभूमि मुक्ति यज्ञ समिति बनाई गई थी। बिहार के सीतामढ़ी से अयोध्या तक 'जन-जागरण यात्रा' भी निकाली गई थी। उस समय इंदिरा गांधी प्रधानमंत्री पद पर थीं। अब एक बार फिर 19 जनवरी, 1986 को लखनऊ में हिंदू धार्मिक नेताओं की एक सभा आयोजित की गई। इसमें यह निर्णय लिया गया कि महाशिवरात्रि के दिन रामलला के मंदिर का ताला खुलवाया जाएगा। और यदि सरकार ताला नहीं खोलेगी, तो उसे तोड़ दिया जाएगा। इस समय राजीव गांधी प्रधानमंत्री के पद पर थे और उत्तर प्रदेश में भी कांग्रेस के ही वीर बहादुर सिंह मुख्यमंत्री थे। उत्तर प्रदेश सरकार ने ताला खुलवाने के लिए फैजाबाद के कोर्ट में एक याचिका दाखिल कर दी। सुनवाई के बाद कोर्ट ने इस याचिका को खारिज कर दिया। पुन: अपील दायर की गई। इस बार कोर्ट ने सरकार से भरोसा दिलाने के लिए कहा, ताकि इससे कोई सांप्रदायिक तनाव न भड़के।

सरकार के भरोसा दिलाने पर ताला खोलने की इजाजत दे दी गई। उस समय ताला खोलनेवाली घटना का टेलीविजन पर सीधा प्रसारण भी किया गया था।

मैं भी चाहता था कि राममंदिर बने, लेकिन मैं इसे राजनीति से नहीं जोड़ना चाहता था। मेरे लिए यह करोड़ों भारतवासियों की आस्था का मामला था। मेरा मानना था कि मुसलमान भाई रामजन्मभूमि हिंदुओं को सौंप दें और हिंदू भाई भी उनकी आस्था का ध्यान रखते हुए वर्तमान भवन को बिना क्षति पहुँचाए, थोड़ा हटकर वहीं नए मंदिर का निर्माण कर लें। तत्कालीन गृहमंत्री बूटा सिंह ने जब इस प्रकरण पर मीटिंग बुलाई, तो मैंने अपना यह सुझाव वहाँ उनके सम्मुख रखा, लेकिन उस समय सैयद शहाबुद्दीन को मेरा यह सुझाव पसंद नहीं आया।

6 मार्च, 1987 में लखनऊ में एक रैली निकाली गई। किसी ने श्रीराम और बाबर की तुलना कर दी। मुझे यह बात जरा भी पसंद नहीं आई, मैंने कहा, ''राम और बाबर की तुलना की ही नहीं जा सकती। श्रीराम इस धरती के मर्यादा पुरुषोत्तम हैं। वे एक राष्ट्रीय पुरुष हैं, जबकि बाबर तो इस धरती पर हमलावर और अत्याचारी बनकर आया था। उसने अयोध्या समेत अनेक मंदिर तुड़वा दिए थे। जो राम की बजार बाबर से अपना नाता जोड़ रहे हैं, वे अपनी देशभक्ति को स्वयं ही संदिग्ध बना रहे हैं। बाबर ने मंदिरों को तोड़ा, क्योंकि यह उसका राजनीतिक कदम था।''

इसी दौरान राजीव गांधी सरकार द्वारा किया गया बोफोर्स तोप सौदे का एक बड़ा घोटाला सामने आया। इटली के साथ किए गए इस सौदे के पीछे बड़ी रकम रिश्वत के रूप में ली-दी गई थी, जिसमें एक बिचौलिए का नाम प्रकाश में आया। मेरे लिए देश का सम्मान सबसे ऊपर था। उस पर आँच आए, यह मुझे मंजूर नहीं था। और उस समय यह मुद्दा पूरे विश्व में चर्चा का विषय बन गया था। भारत की बदनामी हो रही थी।

मैंने इस विषय पर राज्यसभा में कहा, ''बोफोर्स दुकानदार है और हम खरीदार हैं। बोफोर्स विक्रेता है और हम ग्राहक हैं। हमने यह सौदा करके बोफर्स पर एहसान किया है। वह आयुध निर्माण कारखाना बंद हो रहा था, उन्हें कॉण्ट्रेक्ट की जरूरत थी। हम लोगों ने उन्हें कॉण्ट्रेक्ट दिया, उन पर उपकार किया और उन्हीं लोगों ने हमारे साथ धोखाधड़ी की। इतना होने पर भी हम उन पर दबाव नहीं डाल सके। आखिर हम दबाव क्यों नहीं डाल सके? मेरा आरोप है कि बोफोर्स का एक संपर्क था हमारे पास, रक्षा मंत्रालय के पास संपर्क था, स्वीडन में हमारे राजदूत के पास भी संपर्क था, वहीं कहीं-न-कहीं नई दिल्ली में बोफोर्स का कोई अदृश्य संपर्क भी मौजूद था और जब-जब वह मुसीबत में होता, कोई उसकी पीठ थपथपाने निकल आता था।''

उस समय के राजनीतिक दल राजीव गांधी के खिलाफ अपनी आवाज उठाने लगे थे। सभी को यह एहसास होने लगा था कि सरकार गिराने के लिए एक बार फिर सभी

दलों को एकजुट होना पड़ेगा। इस बार सभी दलों को मिलाकर एक दल बनाने की नहीं, बल्कि सभी प्रमुख दलों के गठबंधन की जरूरत को महसूस किया जाने लगा। सात विपक्षी दलों ने मिलकर एक गठबंधन राष्ट्रीय मोरचा (नेशनल फ्रंट) का निर्माण कर लिया। इसमें बी.जे.पी. और वामपंथी दल को शामिल नहीं किया गया। बी.जे.पी. पर तो सांप्रदायिक पार्टी होने का ठप्पा लगा दिया गया था, इससे बाकी पार्टियों को लगता था कि उनका मुसलिम वोट खतरे में पड़ जाएगा।

3 मार्च, 1988 को हुई राष्ट्रीय परिषद् की बैठक में लालकृष्ण आडवाणीजी को फिर से भारतीय जनता पार्टी का अध्यक्ष चुन लिया गया। मुझे अस्वस्थता के कारण इलाज हेतु न्यूयॉर्क जाना पड़ा। मैं गहरी पीड़ा और निराशा में डूबा हुआ था। कई टेस्ट हुए थे, जिनकी रिपोर्ट अच्छी नहीं आई थी। उस समय मैंने भरे हुए मन से 'जिंदगी का दस्तावेज' नाम से एक कविता लिखी—

ठन गई!

मौत से ठन गई!

जूझने का मेरा कोई इरादा न था

मोड़ पर मिलेंगे इसका वादा न था

रास्ता रोककर वह खड़ी हो गई

यों लगा जिंदगी से बड़ी हो गई

मौत की उम्र क्या? दो पल की नहीं

जिंदगी-सिलसिला, आजकल की नहीं

मैं जीभर जिया, मैं मन से मरूँ

लौटकर आऊँगा, कूच से क्यों डरूँ

तू दबे पाँव चोरी-छिपे से न आ

सामने वार कर, फिर मुझे आजमा

मौत से बेखबर जिंदगी का सफर

शाम हर सुरमई, रात बंसी का स्वर

बात ऐसी नहीं कि कोई गम ही नहीं

दर्द अपने-पराये कुछ कम भी नहीं

प्यार इतना परायों से मुझको मिला

न सगों से रहा कोई बाकी गिला

हर चुनौती से दो हाथ मैंने किए

आँधियों से जलाये हैं बुझते दीये

आज झकझोरता तेज तूफान है

नाव भँवरों की बातों में मेहमान है
पार पाने का कायम मगर हौसला
देख तूफाँ का तेवर नदी तन गई
मौत से ठन गई!

मैंने इस कविता की हस्तलिखित कॉपी 'धर्मयुग' के संपादक महोदय को प्रेषित कर दी। जब यह कविता प्रकाशित हुई और लोगों ने पढ़ी, तो मुझसे स्नेह करनेवाले लोगों के हृदय मेरे लिए द्रवित हो उठे। वे मेरी लंबी आयु और शीघ्र स्वास्थ्य की प्रार्थना करने लगे। अपना इलाज पूरा करवाकर जब मैं भारत लौटा, तो एयरपोर्ट पर मेरे स्वागत में लोगों का हुजूम खड़ा हुआ था।

मैंने हँसते हुए हाथ हिलाकर सभी का अभिवादन स्वीकार किया और कहा, ''आपका अटल स्वस्थ होकर आपके पास वापस लौट आया है। यह आप लोगों के स्नेह और प्रार्थना का ही परिणाम है।''

उस समय प्रयाग में फरवरी 1989 का कुंभ मेला चल रहा था। उसमें लाखों की संख्या में साधु-संत एकत्र हुए थे। वे सभी देश के कोने-कोने से आए थे। वहाँ उन्होंने निर्णय लिया कि दस नवंबर को सभी लोग अयोध्या में राम शिलाएँ लेकर पहुँचेंगे और शिलान्यास करेंगे। यह निर्णय होते ही घर-घर राममंदिर आंदोलन की चर्चा शुरू हो गई। गाँव-गाँव में रामनाम लिखी शिलाएँ तैयार होने लगीं। देखते-ही-देखते समूचा देश इस आंदोलन से जुड़ गया। कांग्रेस सरकार ने इस आंदोलन की तीव्रता को देखते हुए शिलान्यास की इजाजत दे दी और विश्व हिंदू परिषद् ने हरिजन कामेश्वर चौपाल के हाथों पहली ईंट रखवाकर शिलान्यास करवा दिया। मामला थोड़ा शांत पड़ा ही था कि अगले ही दिन सरकार ने मंदिर निर्माण पर रोक लगा दी।

आडवाणीजी इस आंदोलन के साथ जुड़ना चाहते थे, लेकिन मैं इस आंदोलन के पक्ष में नहीं था। मेरे लिए यह एक धार्मिक मसला था और मेरा मानना था कि राजनीतिज्ञों को धार्मिक मसलों से दूर रहना चाहिए। मैं साधु समाज द्वारा राजनीति में दखल देने के पक्ष में भी नहीं था। मैं मानता था कि राजनेताओं का काम राजनीति करना होना चाहिए और साधु-संन्यासियों का भक्ति करना। जिस प्रकार से हम उन्हें यह नहीं बताते कि पूजा-पाठ कैसे किया जाता है, उसी प्रकार से उन्हें भी धार्मिक आस्था से जुड़े मुद्दों को राजनीति से दूर रखना चाहिए।

आडवाणीजी ने विश्व हिंदू परिषद् के सामने बी.जे.पी. के राम मंदिर निर्माण में जुड़ने के फैसले के बारे में चर्चा की। उन्होंने इसे लेकर पार्टी में एक प्रस्ताव भी पारित किया, जिसे बिना बहस के ही पास कर दिया गया। मुझे यह निर्णय ठीक नहीं लगा। मैं

राम मंदिर तो चाहता था, लेकिन इस मामले का हल शांतिपूर्ण हो, यह भी चाहता था।

इसी दौरान बी.जे.पी. ने लोगों को जोड़ने के लिए 'एकात्मकता यात्रा' निकालने का निर्णय लिया। यह यात्रा चारों दिशाओं से शुरू होनी थी। सम्मति हुई कि जम्मू से मैं, गुवाहाटी से विजयाराजे सिंधियाजी, मुंबई से सिकंदर बख्त और कन्याकुमारी से आडवाणीजी इसे प्रारंभ करें। लेकिन मैं इसके लिए तैयार नहीं हुआ। राजमाता सिंधिया ने अपनी अस्वस्थता की बात कही। सिकंदर बख्त बोले कि उनकी बात सुनेगा ही कौन! लेकिन आडवाणीजी मन बना चुके थे। उन्होंने निश्चय किया वे तो यह यात्रा जरूर निकालेंगे। उन्होंने इसे सोमनाथ से शुरू करने का निर्णय सुना दिया।

एक शाम उन्होंने अपनी धर्मपत्नी श्रीमती कमलाजी के साथ इस विषय पर चर्चा की। उन्होंने बताया—''मैं 25 सितंबर (पंडित दीनदयाल उपाध्यायजी की जयंती) या 2 अक्तूबर (गांधी जयंती) से एक पदयात्रा पर निकलना चाहता हूँ।''

उस वक्त वहाँ प्रमोद महाजन भी पहुँच गए। जब यह बात उनके सामने की गई, तो उन्होंने आडवाणीजी को सलाह दी—''आप पदयात्रा से ज्यादा इलाकों तक नहीं पहुँच सकेंगे। मेरा सुझाव है कि आप पदयात्रा पर नहीं, बल्कि रथयात्रा पर निकलें।''

आडवाणीजी को यह सुझाव बहुत पसंद आया और दस किलोमीटर लंबी इस रथयात्रा का नाम रखा गया—'राम रथयात्रा'।

राम मंदिर और बाबरी मसजिद विवाद को लेकर समूचे देश में चर्चा शुरू हो गई थी। आडवाणीजी इस राम रथयात्रा को लेकर बहुत उत्साहित थे और अपना पूरा मन बना चुके थे।

इधर कम्युनिस्ट पार्टी के नेता हीरेन मुखर्जी ने मुझे पत्र लिखकर यह इच्छा जाहिर की कि 'अयोध्या की विवादित इमारत को राष्ट्रीय स्मारक बना दिया जाए।' इस पर मैंने उनसे पत्र द्वारा यह पूछा कि 'यह स्मारक किस बात का होगा? एक धर्म के पूजास्थल को दूसरे धर्म के लोगों द्वारा तोड़ने की स्मृति के सिवाय, यह किस चीज का स्मारक हो सकेगा?'

इधर देश एक बार फिर 1989 के चुनावों के लिए तैयार हो रहा था। उस समय राजीव गांधी सरकार आलोचनाओं का शिकार थी और राजीव गांधी के सबसे बड़े आलोचक विश्वनाथ प्रताप सिंह थे। वे सरकार में वित्त मंत्रालय और रक्षा मंत्रालय सँभाल रहे थे। किंतु सरकार से मनमुटाव के चलते उन्हें मंत्रिमंडल से बर्खास्त कर दिया गया। बाद में उन्होंने स्वयं ही कांग्रेस और लोकसभा की सदस्यता से इस्तीफा दे दिया। उन्होंने अरुण नेहरू और आरिफ मोहम्मद खान के साथ 'जन मोरचा' का गठन किया। बाद में जन मोरचा, जनता पार्टी, लोकदल और कांग्रेस (एस) के विलय से 'जनता दल' की स्थापना हुई, ताकि ये सभी दल एक साथ मिलकर कांग्रेस सरकार का विरोध कर

सकें। जल्द ही द्रमुक, तेदेपा और अगप सहित कई क्षेत्रीय दल जनता दल से जा मिले और 'नेशनल फ्रंट' की स्थापना हुई।

वी.पी. सिंह बी.जे.पी. को साथ नहीं मिलाना चाहते थे, क्योंकि इससे उन्हें अपने मुसलिम वोटरों के खो जाने की चिंता थी। मगर चुनाव प्रचार के समय एक मजेदार घटना हुई। एक प्रेस कॉन्फ्रेंस में मैं और श्री वी.पी. सिंह दोनों मौजूद थे। मुझसे प्रश्न किया गया कि ''यदि चुनावों के बाद बी.जे.पी. सबसे बड़ी पार्टी के रूप में उभरकर आती है, तो क्या आप प्रधानमंत्री पद की जिम्मेदारी लेने को तैयार होंगे?''

मैं प्रश्न सुनकर मुसकरा दिया। मैंने उत्तर दिया—''इस बारात के दूल्हा तो वी.पी. सिंहजी हैं।''

पाँच पार्टियों वाला यह नेशनल फ्रंट, भारतीय जनता पार्टी और दो कम्युनिस्ट पार्टियों–भारतीय कम्युनिस्ट पार्टी, मार्क्सवादी (सी.पी.आई.एम) और भारतीय कम्युनिस्ट पार्टी (सी.पी.आई.) के साथ मिलकर 1989 के चुनाव में उतर पड़ा।

नौवें लोकसभा चुनावों के समय कांग्रेस सरकार अपनी विश्वसनीयता और लोकप्रियता खो चुकी थी। बोफोर्स कांड, पंजाब में बढ़ता आतंकवाद, एल.टी.टी.ई. और श्रीलंका की सरकार के बीच गृहयुद्ध, राजीव गांधी सरकार के सामने चुनौती के रूप में उपस्थित थे। इंदिरा गांधी की हत्या के बाद हुए पिछले आम चुनावों में कांग्रेस ने राजीव गांधी के नेतृत्व में भारी बहुमत के साथ लोकसभा में जीत हासिल की थी। लेकिन इस बार युवा राजीव कई संकटों से जूझ रहे थे। लोकसभा में 525 सीटों के लिए यह चुनाव 22 और 26 नवंबर दो चरणों में आयोजित हुए। नेशनल फ्रंट को लोकसभा में बहुमत प्राप्त हुआ। उसने वाम मोरचा और भारतीय जनता पार्ट के बाहरी समर्थन से अपनी सरकार बनाई। हालाँकि कांग्रेस अब भी 197 सांसदों के साथ लोकसभा में अकेली सबसे बड़ी पार्टी थी।

हमारी भारतीय जनता। पार्टी पिछले चुनावों में दो सीटों के मुकाबले इस बार के चुनावों में 86 सीटों पर विजयी हुई थी। वी.पी. सिंह देश के दसवें प्रधानमंत्री बने। देवीलाल उप प्रधानमंत्री बनाए गए।

इसी के कुछ समय बाद फरवरी 1990 की बात है, श्री बालासाहेब देवरसजी कानपुर में आयोजित एक बैठक में भाग लेने गए हुए थे। वहीं उन्हें हल्का सा दिल का दौरा पड़ा। सभी घबरा गए और तुरंत उन्हें कानपुर सिविल अस्पताल लेकर पहुँचे। जब मुझे यह सूचना मिली, तब मैं दिल्ली में था। मैं तुरंत कानपुर जाने की तैयारी करने लगा। कानपुर सिविल अस्पताल के कॉर्डियोलॉजी विभाग के डॉक्टरों की टीम उनकी चिकित्सा में लगी हुई थी। सारी जाँच करने के बाद वहाँ के डॉक्टरों ने उन्हें दिल्ली ले जाने का सुझाव दिया। जब मुझे यह बात पता चली तो मैंने तुरंत रेल मंत्रीजी से संपर्क

किया और उन्हें बालासाहेबजी की अस्वस्थता की सूचना दी तथा उनसे आग्रह किया कि रेल में उनके लिए समुचित व्यवस्था कर दी जाए। मैंने कानपुर निकलने से पहले दिल्ली एम्स में भी बालासाहेबजी के इलाज के लिए यथोचित प्रबंध करवा दिए।

हम उन्हें बड़ी ही सावधानी से दिल्ली लाए और एम्स में उनका इलाज शुरू करवाया। मैं एम्स की परामर्शदात्री समिति का सदस्य था, इस नाते वहाँ अकसर मेरा जाना होता रहता था और वहाँ के डॉक्टर, स्टाफ सभी मेरे परिचित थे। मैं रोज शाम को नियम से बालासाहेबजी से मिलने जाता था। मेरी आदत थी कि मैं जब भी जाता तो उनके लिए फूलों का गुलदस्ता और उनकी सेवा में लगे स्टाफ के लोगों व स्वयंसेवकों के लिए मिठाई आदि ले जाता।

वहाँ बलासाहेब की बहुत अच्छी देखरेख हो रही थी और अब वे स्वस्थ होने लगे थे। एक दिन वे मुझसे बोले, ''होली का त्योहार पास आ गया है और नागपुर में प्रतिनिधि सभा की बैठक भी होनी है। मैं अब यहाँ से जाना चाहता हूँ।''

मैं उनके मन की दशा को समझ रहा था, अस्पताल में लंबे समय तक कौन रहना चाहता है! फिर उनके ऊपर तो संघ के कार्यों की भी जिम्मेदारी थी। अत: मैंने इस बारे में डॉक्टर से बात की। डॉक्टरों ने उनके सभी आवश्यक परीक्षण किए और कहा, ''अब आप स्वस्थ हैं, किंतु अभी आपको 3-4 दिन और विश्राम करना होगा, फिर आप नागपुर जा सकते हैं।''

होली के एक दिन पूर्व मैं और आडवाणीजी उनसे मिलने अस्पताल गए। जब उनके कुशलक्षेम पूछने के बाद हम वापस लौट रहे थे, तो श्रीकांत जोशीजी हमें कार तक छोड़ने आए। चूँकि त्योहार का समय था, इसलिए मैंने उनसे पूछा, ''कल होली है। बालासाहेब को खीर पसंद है क्या?''

''उन्हें मधुमेह की बीमारी है, वे खीर नहीं खा सकते।''

मुझे तत्काल याद आ गया और मैंने मुसकराते हुए कहा, ''ओह! मैं तो भूल ही गया था। ठीक है फिर, कोई बात नहीं।''

''बालासाहेब खीर नहीं खा सकते, लेकिन हम सभी तो खा ही सकते हैं, जो उनके साथ यहाँ रहते हैं।''

मैं यह सुनकर हँस दिया और बोला, ''अरे हाँ! आप लोग तो खा ही सकते हैं। ठीक है, मैं कल आप लोगों के लिए खीर लाऊँगा।''

जब मैं और आडवाणीजी कार में बैठने लगे, तो उन्होंने आडवाणीजी से कहा, ''आडवाणीजी, आपकी पुत्री के विवाह की मिठाई भी अभी बाकी है।''

आडवाणीजी ने भी हँसते हुए कहा, ''बिल्कुल···आपको खिलाएँगे।''

दूसरे दिन होली थी। सभी जगह रंग और गुलाल उड़ रहा था। मैं दोपहर के

समय अस्पताल पहुँच गया। मेरे हाथ में खीर का बरतन और मिठाई का डिब्बा था। मैंने बालासाहेबजी के चरण छूकर आशीर्वाद लिया और श्रीकांतजी को वह बरतन और डिब्बा देते हुए कहा, ''खीर मेरी ओर से और मिठाई आडवाणीजी की ओर से है।''

श्रीकांत बोले, ''आप तो बहुत बड़ा बरतन भरकर खीर ले आए हैं, इतनी कौन खाएगा?''

मैंने हँसते हुए कहा, ''आप जितनी चाहे खाइए और बाकी बालासाहेबजी की सेवा में लगे लोगों को भी खिलाइए। होली का पर्व है, मिल-जुलकर मनाना चाहिए।''

''मगर ये खीर बनाई किसने?'' उन्होंने विस्मित होकर पूछा।

''मैंने और किसने? खाकर बताइएगा कैसी बनी है?''

मैं अपने अविवाहित रहने के निर्णय को बहुत सहजता से लेता था। अकसर यह मुद्दा भी हास्य का विषय बन जाया करता था। एक बार की बात है, संसद् में बहस चल रही थी। शिवपुरी क्षेत्र में एक अनुसूचित महिला की हत्या हो गई थी। एक महिला सांसद बार-बार मेरी बात के बीच में व्यवधान पैदा कर रही थी।

मैं अपनी बात कह रहा था—''उपसभापति महोदया! इस तरह के मामले देश के किसी भी भाग में हों तो वह दुर्भाग्य की बात है और अगर इस प्रकार के मामले राजनीतिक रंग देकर सदन में पेश किए जाएँ, तो मामलों की गंभीरता कम हो जाती है। शिवपुरी के गाँव में जो कुछ भी हुआ, उसकी रिपोर्ट मेरे पास भी है। राज्य सरकार के गृहमंत्री स्वयं उस गाँव में गए हैं। उन्होंने जाँच की है⋯

(इतने में उन महिला सांसद द्वारा व्यवधान डाला गया)

उपसभापति मुझसे बोलीं, ''आप बोलिए।''

मैंने कहा, ''अगर एक महिला टोके तो कैसे बोलूँ?''

वे बोलीं, ''अटलजी, अगर एक महिला टोक रही है, तो दूसरी महिला बोलने के लिए भी तो कह रही है।''

''महोदया, आप महिला नहीं हैं, आप तो चेयर हैं। महोदया, मेरी जानकारी यह है कि जिन्होंने हरिजनों को नाचने के लिए मजबूर किया है, ज्यादती की है, वे कांग्रेस से संबंधित लोग हैं।''

(महिला सांसद द्वारा फिर व्यवधान उपस्थित हुआ)

उपसभापति उनसे बोलीं, ''ये हाउस के सीनियर मेंबर हैं, इनको बोलने दीजिए। जब आप बोल रही थीं, तब आपको बोलने की इजाजत दी गई थी। अब आप इनको अपना दृष्टिकोण रखने दीजिए। चेयर को फाइनल डिसीजन भी लेना है। अब आप शांति से बैठ जाइए।''

इतने में विपक्ष के नेता श्री शिवशंकर बोल पड़े—''दोनों गैर शादीशुदा हैं।''

मैंने चुटकी लेते हुए कहा, ''महोदया, इसीलिए शादीवाले हमारी पीड़ा नहीं समझ सकते।''

पूरा सदन इस बात पर हँस पड़ा। मैं स्वयं ही हास्य में अपने अविवाहित होनेवाली बात को समाप्त कर दिया करता था।

इसी संदर्भ में मुझे याद आता है कि एक बार आपातकाल के दौरान विश्वविद्यालय के कुछ छात्र समूह बनाकर जेल में आए और हमारा साक्षात्कार लेने लगे। उनके अनेक प्रश्नों के बीच एक प्रश्न यह भी था कि ''सर, आपने शादी क्यों नहीं की?''

मैंने हँसते हुए उनसे कहा, ''जब शादी की उम्र थी, तब जिंदगी ने इस बारे में सोचने का मौका ही नहीं दिया और अब जब सोचता हूँ, तो कोई मिलती ही नहीं।''

मेरे इस जवाब को सुनकर वे छात्र काफी देर तक हँसते रहे। सबसे बातचीत कर लेने के बाद जब वे उठकर जाने लगे तब मैंने उनसे कहा, ''यार, देखना ···अगर कोई मिले तो जरूर बताना।'' वे छात्र हँसते-हँसते मेरे पैरों पर गिर पड़े। माफी माँगने लगे और बोले, ''आगे से यह सवाल नहीं पूछेंगे।'' हम सभी बड़ी देर तक हँसते रहे।

ऐसे ही एक और किस्सा याद आता है—एक महिला पत्रकार ने एक इंटरव्यू के दौरान मुझसे प्रश्न किया—''आप अब तक अविवाहित क्यों हैं?''

मैंने बड़ी ही शांति से उत्तर दिया—''आदर्श पत्नी की खोज में।''

पत्रकार ने हैरान होते हुए पूछा, ''तो क्या ऐसी कोई नहीं मिली?''

मैंने उदास होते हुए कहा, ''मिली तो थी, लेकिन उसे भी आदर्श पति की तलाश थी।''

मेरा जवाब सुनते ही वहाँ मौजूद सभी लोग ठहाका मारकर हँस दिए। वह पत्रकार भी अपनी हँसी नहीं रोक पाई।

□

-: 12 :-

6 अप्रैल, 1990 को बी.जे.पी. को बने दस वर्ष हो गए। इस अवसर पर कोलकाता में राष्ट्रीय कार्यकारिणी की बैठक हुई। अध्यक्ष श्री लालकृष्ण आडवाणीजी ने अपने भाषण में कहा, ''1990 का साल भारतीय राजनीतिक इतिहास में एक महत्त्वपूर्ण मील का पत्थर है। ···1977 में यह आशा बँधी थी कि देश की राजनीति ध्रुवीकरण की ओर बढ़ रही है, लेकिन 1990 में इस बात की पुष्टि हो गई कि भारत में विशुद्ध दो दलों की पद्धति अपरिहार्य नहीं है और अब हम बहुदलीय राजनीति की ओर अग्रसर हो रहे हैं।''

धीरे-धीरे जनता दल सरकार मुश्किलों में घिरने लगी। इसी बीच अगस्त 1990 में वी.पी. सिंह मंडल कमीशन ले आए। दरअसल 1979 में मोरारजी देसाई सरकार ने सामाजिक और शैक्षणिक तौर पर पिछड़े लोगों को आरक्षण देने के लिए एक आयोग गठित किया था। उन्होंने बिंदेश्वरी प्रसाद मंडल को इसका अध्यक्ष बनाया था। सन् 1980 में जब मंडल आयोग ने अपनी रिपोर्ट सरकार के सामने पेश की, तब सरकार बदल चुकी थी। इंदिरा पुन: सत्ता में आ गई थीं और उन्होंने इस रिपोर्ट को एक ओर रख दिया था। इस रिपोर्ट में कहा गया था कि अनुसूचित जातियों और जनजातियों को अलग कर दें, तो उसके बाद भी कुल आबादी की बावन फीसदी आबादी ऐसी है, जो पिछड़ी हुई है, उसे विशेष देखभाल व सुविधाओं की जरूरत है।

प्रधानमंत्री वी.पी. सिंह ने मंडल कमीशन लाने का फैसला लाने से पहले अपने सहयोगी दलों तक से मशवरा करना उचित नहीं समझा था। उनके इस मंडल कमीशन ने छात्र-छात्राओं को गहरी निराशा और आक्रोश से भर दिया था। वे इसके विरोध में खड़े हो गए। अति तो तब हो गई, जब वे सार्वजनिक रूप से आत्मदाह करने लगे। मैं यह देखकर परेशान था कि देश की भावी पीढ़ी, हमारे नौनिहाल अपने इतने बहुमूल्य जीवन को खुद ही स्वाहा कर रहे हैं। आम आदमी के भीतर भी जातियों को लेकर भारी तनाव उत्पन्न हो गया था। विद्यार्थियों द्वारा आत्मदाह की घटनाएँ नित्य बढ़ती ही जा रही थीं।

इसी संदर्भ में 1 अक्तूबर को मैंने राज्यसभा में अपनी बात रखी—''परिस्थिति

विस्फोटक है, नाजुक है। अगर मैं यह कहूँ तो अतिशयोक्ति न होगी कि भारत के सामने ऐसी परिस्थिति पहले कभी उत्पन्न नहीं हुई। हमारे नौजवान आत्मदाह कर रहे हैं, अपनी जान पर खेल रहे हैं। कोई ऐसी जरूरी बात जो उनके अंतर्मन को छू रही है, हमें इसका पता लगाने का प्रयत्न करना चाहिए।''

हमें वी.पी. सिंह सरकार का यह निर्णय पसंद नहीं आया था, लेकिन यदि उस समय हम वी.पी. सिंह की सरकार से अपना समर्थन वापस ले लेते, तो पुन: कांग्रेस के लिए सत्ता में आने का रास्ता खुल जाता। बड़ी अजीब स्थिति बन चुकी थी।

इधर मंदिर मुद्दा अब भी अपनी जगह पर कायम था। 1989 ने विश्व हिंदू परिषद् ने विवादास्पद स्थान से सटी भूमि पर मंदिर निर्माण की गतिविधि शुरू कर दी थी। देश भर से श्रद्धालु ईंटें लेकर वहाँ पहुँच रहे रहे। आडवाणीजी भी उनके साथ हो गए थे और उन्होंने जून 1990 में राम रथयात्रा निकालने का ऐलान कर दिया, जिसका मन वे काफी पहले ही बना चुके थे। इधर वी.पी. सिंह के लिए बड़ी दुविधा वाली स्थिति उत्पन्न हो गई थी। उन्हें चिंता थी कि कहीं यह रथयात्रा सांप्रदायिक हिंसा का कारण न बन जाए। लेकिन वे इस रथयात्रा को रोक भी नहीं सकते थे, क्योंकि इससे उनकी सरकार गिरने का खतरा बना हुआ था। यहाँ मैं एक और बात साफ कर दूँ कि उस समय कुछ लोगों ने कहा था कि मंडल के जवाब में कमंडल लाया गया था। लेकिन ऐसा नहीं था, क्योंकि रथयात्रा की भूमिका तो उससे पहले ही बन गई थी। जून में रथयात्रा का ऐलान हुआ और अगस्त में मंडल कमीशन आया।

हालाँकि मैं भी सितंबर में गुजरात स्थित सोमनाथ मंदिर से अयोध्या तक निकलनेवाली आडवाणीजी की इस रथयात्रा को लेकर दुविधा की स्थिति में था। आडवाणीजी सदैव से मेरे सर्वप्रिय मित्र रहे हैं, लेकिन मेरे लिए राष्ट्र और उसका हित भी सर्वदा सर्वोपरि था। मैं अपने देशवासियों की खुशहाली चाहता था। अंतत: मैंने पार्टी की बात मानते हुए दिल्ली के कॉन्स्टीट्यूशन क्लब से इस यात्रा को हरी झंडी दिखा दी।

जब मैं इस रथयात्रा को झंडी दिखा रहा था, तब कार्यकर्ता नारे लगा रहे थे— ''आडवाणी तुम संघर्ष करो, हम तुम्हारे साथ हैं।''

मैंने उनसे कहा, ''भाइया, अयोध्या वह जगह है, जहाँ न युद्ध होता है और न ही योद्धा। आडवाणीजी वहाँ रथयात्रा पर जा रहे हैं, लड़ाई लड़ने नहीं।''

मैंने सदैव से दूसरों के साथ ही खुश रहना सीखा। मैं कभी भी अपनी बात पर अड़ने वाला या स्वयं फैसले लेने का आदी नहीं रहा। मैं सर्वहिताय में विश्वास करता था और सबकी सलाह-मशवरा लेकर ही किसी निर्णय पर पहुँचता था।

इस समय अयोध्या आंदोलन चरम पर था। आडवाणीजी की इस रथयात्रा से राम मंदिर आंदोलन को पूरे देश के कोने-कोने तक पहुँचा दिया। लोग जगह-जगह से पहुँच

रहे थे और इसमें शामिल हो रहे थे। उन्हीं दिनों की बात है, मैं ग्वालियर होता हुआ भोपाल जा रहा था। जब मेरी ट्रेन ग्वालियर स्टेशन पर लगी और मैं बाहर आया, तो मैंने देखा कि कारसेवकों के जत्थे के जत्थे झाँसी के लिए रवाना हो रहे हैं। वे सब मुझे देखकर चिल्ला पड़े—'अटल बिहारी जिंदाबाद'

'राम लला हम आएँगे, मंदिर वहीं बनाएँगे

खून की होली खेलेंगे, पर मंदिर वहीं बनाएँगे।'

मैं भीड़ को चीरते हुए एक कार्यकर्ता के पास गया और उसके मुँह पर अपना हाथ रख दिया। 'खून की होली खेलेंगे, पर मंदिर वहीं बनाएँगे' मैं यह सुन नहीं पा रहा था। मैं अपने देशवासियों को इसी से तो बचाना चाहता था। मैं राष्ट्रीय आंदोलन को कट्टरता के इस उन्माद से कलंकित होते नहीं देखना चाहता था।

आडवाणीजी इस आंदोलन से जुड़ने के बाद हिंदू हृदय सम्राट् बन गए थे। वे जहाँ भी जाते, लोग उनके दर्शनों के लिए दौड़-दौड़कर आते। उन्हें लोगों का बहुत समर्थन मिल रहा था। लोग उन्हें सुनने कम बल्कि दर्शन करने अधिक आने लगे। लोगों की बहुत आस्था जुड़ गई थी उनके साथ।

इन सब घटनाक्रमों के बीच कुछ लोगों को भ्रम होने लगा कि मैं पार्टी में हाशिए पर आ चुका हूँ। पार्टी अब मुझे पहले जैसी तवज्जो नहीं देती, आदि-आदि। लेकिन ऐसा कुछ भी नहीं था। मैं संसद् सदस्य के तौर पर अपना काम कर रहा था। पार्टी आज भी मुझे वैसा ही महत्त्व देती थी। चूँकि आडवाणीजी की यह रथ यात्रा सभी का ध्यान खींचे हुए थी और हम दोनों लंबे समय से घनिष्ठ मित्र थे, इसलिए लोगों ने बेवजह इस तरह के अनुमान लगाने शुरू कर दिए। दो अलग-अलग लोगों के काम भी अलग-अलग ही होते, उनकी तुलना करना ठीक नहीं होता। एक बार जयपुर में बी.जे.पी. की राष्ट्रीय परिषद् की बैठक चल रही थी। इस बैठक के अंतिम दिन मैं प्रेस कॉन्फ्रेंस कर रहा था। सवालों के बीच एक वरिष्ठ पत्रकार नीना व्यास ने मुझसे प्रश्न किया—''वाजपेयीजी, सुना है आजकल आप पार्टी में मार्जिनलाइज हो गए हैं, हाशिए पर आ गए हैं।''

मैंने उनके प्रश्न को अनसुना कर दिया। लेकिन उन्होंने फिर वही प्रश्न किया। इस बार मैंने बस इतना ही कहा—''नहीं-नहीं, ऐसी कोई बात नहीं है।''

''लेकिन अब तो पार्टी के भी ज्यादातर लोग मानते हैं कि आप हाशिए पर आ गए हैं, आपका क्या कहना है ?''

मैंने बड़े सधे शब्दों में उत्तर दिया—''कभी-कभी करेक्शन करने के लिए मार्जिन का इस्तेमाल करना पड़ता है।''

इधर वी.पी. सिंह सरकार के ऊपर आडवाणीजी को गिरफ्तार करने का दबाव बढ़ने लगा था। जनता दल और बी.जे.पी. के बीच भी तनाव बढ़ने लगा। जैसे ही आडवाणीजी

की राम रथयात्रा बिहार पहुँची तो 23 अक्तूबर को जनता दल सरकार के मुख्यमंत्री लालूप्रसाद प्रसाद यादव ने उन्हें समस्तीपुर में गिरफ्तार कर लिया। उन्हें बिहार-बंगाल की सीमा पर दुमका के पास एक गेस्ट हॉउस में नजरबंद रखा गया। आडवाणीजी को गिरफ्तार करने की जिम्मेदारी वहाँ के तत्कालीन डी.एम. आर.के. सिंह को दी गई थी। बाद में यही आर.के. सिंह बी.जे.पी. में शामिल हो गए और वर्तमान में सांसद भी हैं।

पार्टी के भीतर भी आडवाणीजी की गिरफ्तारी को लेकर शक बढ़ने लगा था, इसीलिए 17 अक्तूबर को आयोजित बी.जे.पी. की कार्यकारिणी की बैठक में सरकार को यह चेतावनी दे दी गई थी कि यदि आडवाणीजी को गिरफ्तार करने या रथयात्रा को रोकने का प्रयास किया गया, तो भारतीय जनता पार्टी मौजूदा सरकार से अपना समर्थन वापस ले लेगी।

इधर बिहार के मुख्यमंत्री लालूप्रसाद यादव आडवाणीजी को गिरफ्तार कर चुके थे, उधर उत्तर प्रदेश के मुख्यमंत्री मुलायम सिंह यादव ने यह ऐलान कर दिया कि 'किसी भी हालत में 30 अप्रैल को कारसेवा नहीं होने दी जाएगी।' मुख्यमंत्री ने यह भी कहा, 'कोई परिंदा भी पर नहीं मार सकता।'

किंतु इसके बाद भी लाखों कारसेवक अयोध्या पहुँच चुके थे। मुलायम सिंह सरकार ने निहत्थे कारसेवकों पर गोलियाँ चलवा दीं। इस काररवाई में कई कारसेवक जान से मारे गए। यह एक बहुत ही दुखद घटना थी।

देवीलाल काफी पहले ही अपना पद त्याग चुके थे, अब भारतीय जनता पार्टी ने भी सरकार से समर्थन वापस ले लिया। सरकार गिर गई, किंतु वी.पी. सिंह ने राष्ट्रपति श्री आर. वेंकटरमन से पुनः विश्वास मत हासिल करने की बात कही। उन्हें समय भी दिया गया, लेकिन वे कामयाब न हो सके। इधर चंद्रशेखर 64 सांसदों के साथ जनता दल से अलग हो गए और उन्होंने 'समाजवादी जनता पार्टी' नाम से अपना संगठन बना लिया। कांग्रेस ने चंद्रशेखर को बाहर से समर्थन देकर प्रधानमंत्री बना दिया। किंतु जब बाद में इसी कांग्रेस ने उन पर राजीव गांधी की जासूसी करवाने का आरोप लगाया, तो उन्होंने अपना इस्तीफा दे दिया और मार्च में यह सरकार भी गिर गई।

देश में अगली लोकसभा के चुनावों की तैयारियाँ शुरू हो गईं। इस बार डॉ. मुरली मनोहर जोशी ने चुनाव न लड़ने का फैसला लिया था, क्योंकि वे पार्टी अध्यक्ष थे। लालकृष्ण आडवाणीजी अपनी गांधीनगर की सीट से खड़े हुए। विजयाराजे सिंधियाजी ने भी अपनी सीट से नामांकन भरा। मैं लखनऊ सीट से चुनाव लड़ना चाहता था, लेकिन पार्टी के महासचिव श्री गोविंदाचार्य का सुझाव था कि मैं लखनऊ सीट से चुनाव न लड़ूँ। अंततः मैंने लखनऊ और विदिशा दो जगह से चुनाव लड़ने के लिए परचा भरा।

उस समय उत्तर प्रदेश के विधानसभा चुनाव भी साथ ही हो रहे थे। तभी का एक दिलचस्प वाकया है—चुनाव प्रचार, रैलियाँ, सभाएँ बहुत जोर-शोर से चल रही थीं।

विरोधियों को हमसे खतरा महसूस हो रहा था और उन्हें लोकसभा में हमारी जीत का एहसास हो रहा था। एक चुनाव सभा में विधानसभा के उम्मीदवार ने अपने भाषण में कहा, ''भाइयो और बहनो! आप ऊपर वाला (लोकसभा का) वोट भले ही उन्हें दे देना, लेकिन नीचे वाला (विधानसभा का) वोट हमें ही देना।''

जब हमारे कार्यकर्ताओं ने इसकी सूचना मुझे दी तो मैं खूब हँसा और बोला, ''अब तुम लोग अगली चुनाव सभा में देखना मैं क्या करता हूँ।''

अगली चुनाव सभा में मैंने जनता को वही बात याद दिलाई और उसके आगे अपनी बात को जोड़ते हुए कहा, ''भाइयो और बहनो! अगर आप ऊपर का कुरता भारतीय जनता पार्टी को देंगे और नीचे की धोती किसी और पार्टी को तो क्या दशा होगी ?'' सब ठहाका मारकर हँस दिए और मेरी बात का मंतव्य समझ गए।

इन्हीं चुनावों में विपक्षी दल ने लखनऊ सीट से मेरे खिलाफ एक फिल्म अभिनेता को खड़ा किया था। वे आए दिन किसी-न-किसी बॉलीवुड की हस्ती को बुलवाकर चुनाव प्रचार कर रहे थे। सहारा ग्रुप भी उनके चुनाव प्रचार में भरपूर सहयोग कर रहा था।

इन्हीं दिनों चुनाव के माहौल में श्री राजीव गांधी की हत्या कर दी गई। वे चुनाव प्रचार के लिए चेन्नई गए हुए थे। जैसे ही मुझे सूचना मिली कि वहाँ श्रीपेरंबदूर में आतंकवादियों द्वारा मानव बम से उनकी हत्या कर दी गई है, मेरा मन विचलित हो उठा। यह हम सभी के लिए बहुत दुखदायी घटना थी। आतंकवाद की समस्या विकराल होती जा रही थी। मेरे लिए हमेशा ही राजनीति और पार्टी अलग मुद्दा रहे और इनसान की अहमियत तथा उसका जीवन अलग मुद्दा। राजीव गांधी की इतनी नृशंस हत्या से मेरा मन द्रवित हो उठा।

इन सबके बाद भी चुनावी प्रक्रिया अपनी तरह ही चल रही थी। ये चुनाव मई और जून में आयोजित हुए थे। चुनाव तीन चरणों में कराए गए, चूँकि पिछली लोकसभा को सरकार के गठन के केवल सोलह महीने बाद ही भंग कर दिया गया था, इसलिए ये लोकसभा चुनाव मध्यावधि चुनाव थे।

चुनाव 20 मई, 12 और 15 जून को होने थे, किंतु मतदान के पहले दौर के एक दिन बाद ही 21 मई को पूर्व प्रधानमंत्री राजीव गांधी की हत्या के कारण चुनाव के शेष दिनों को जून के मध्य तक के लिए स्थगित कर दिए गया। बाद में यह मतदान 12 जून और 15 जून को करवाया गए। चुनाव परिणाम के बाद एक त्रिशंकु संसद् का निर्माण हुआ। इसमें कांग्रेस सबसे बड़ी पार्टी के रूप में उभरी, जबकि भाजपा दूसरे स्थान पर रही। पी.वी. नरसिंहा राव देश के दसवें प्रधानमंत्री बने। चुनाव के दौरान राजीव गांधी की हत्या हो जाने की वजह से कांग्रेस को सहानुभूति मिली तो सही, लेकिन बहुत अधिक नहीं।

इसी साल डॉ. मुरली मनोहर जोशी ने कन्याकुमारी से लेकर कश्मीर तक 'एकता यात्रा' करने का फैसला किया। उन्होंने अपनी इस यात्रा में उस समय के होनहार युवा

नेता नरेंद्र मोदी को साथ लिया। नरेंद्र मोदी में भाषण देने की अनोखी कला शुरू से ही मौजूद रही है। जब वे बोलते तो लोग उन्हें ध्यान से सुना करते। अकसर ऐसा होता कि यात्रा के दौरान जुटे लोगों को रोके रखने के लिए जोशीजी से पहले मोदी संबोधित करते थे और मोदी अपने भाषण में वे सब बातें कह देते थे, जो जोशीजी कहना चाह रहे होते थे। ऐसे में जोशीजी मोदी की तरफ देखते रह जाते।

उन दिनों जोशीजी भारतीय जनता पार्टी के अध्यक्ष थे। अनेक दलों को उनकी इस यात्रा से परेशानी होने लगी। शायद वे डर गए होंगे कि इस तरह से पूरे भारत की यात्रा करके जोशीजी अपना बहुमत बना लेंगे। सभी ने मिलकर उनकी इस यात्रा का विरोध करना शुरू कर दिया, लेकिन उन्होंने अपनी यह एकता यात्रा जारी रखी। इक दिन संसद् में इसको लेकर बड़ा भारी हंगामा हुआ, तब जोशीजी ने कहा, ''कश्मीर से लेकर कन्याकुमारी तक पूरा देश एक है। क्या वंदेमातरम् कहना गलत है? क्या इस संकल्प को दोहराना गलत है कि हम किसी भी कीमत पर भारत का अब और विभाजन नहीं होने देंगे? हमारी यह 'एकता यात्रा' किसी भी वर्ग के विरोध में नहीं है। इस यात्रा से किसी भी क्षेत्र में तनाव हो, ऐसा मुझे नहीं लगता। मैं प्रधानमंत्रीजी को भी आमंत्रित करता हूँ कि वे 15 अगस्त को दिल्ली में भाग लेने के बाद श्रीनगर आएँ और वहाँ भी झंडा फहराएँ। गणतंत्र दिवस को भी झंडा फहराया जा सकता है।''

लोग अभी भी आडवाणीजी की राम रथयात्रा और अयोध्या विवाद को लेकर खासा हो हल्ला किया करते थे। एक दिन की बात है, दिल्ली के विज्ञान भवन में राष्ट्रीय एकता परिषद् की बैठक चल रही थी। इस बैठक में प्रधानमंत्री भी मौजूद थे। मैं रामजन्मभूमि मसले पर बोला, ''हिंदुओं की मन्यता है कि यह भगवान् राम का जन्मस्थान है और वहाँ दशरथ महल हुआ करता था।''

सब मेरी बात को ध्यान से सुन रहे थे। तभी पीछे से किसी की आवाज आई—''आप कैसे कह सकते हैं कि वह राम का जन्मस्थान है और वहाँ दशरथ महल था। उसका खसरा नंबर क्या है? उसकी खतौनी बताइए। यह भी बताइए कि उसका दरवाजा कहाँ था और गइया कहाँ बाँधी जाती थी?''

यह सब लालूप्रसाद यादव पूछ रहे थे। मैंने पलटकर उनकी तरफ देखा, लेकिन कहा कुछ नहीं। मैं बहुत गंभीरता से अपनी बात कह रहा था।

मैंने लखनऊ में आयोजित एक कार्यक्रम में भी अपनी बात कही—''हमें सुप्रीम कोर्ट ने भी कारसेवा करने की अनुमति दी है। कारसेवा से किसी की अवहेलना नहीं होगी, बल्कि यह तो सुप्रीम कोर्ट के फैसले का सम्मान होगा। हालाँकि यह भी सही है कि सुप्रीम कोर्ट ने तब तक किसी भी निर्माण कार्य के लिए रोक लगा दी है, जब तक कि हाईकोर्ट की लखनऊ बेंच अपना फैसला नहीं सुना देती। लेकिन उसने यह भी कहा

है कि तब तक आप भजन-कीर्तन कर सकते हैं। मैं कहना चाहता हूँ कि भजन-कीर्तन सामूहिक होता है, उसे एक आदमी नहीं करता। वहाँ नुकीले पत्थर हैं, उन पर कोई बैठ भी नहीं सकता। इसके लिए जमीन को समतल करना पड़ेगा। यज्ञ का आयोजन भी होगा और उसके लिए कम-से-कम वेदी तो बनानी ही पड़ेगी।''

मैं कभी भी मंदिर निर्माण के विरोध में नहीं रहा, लेकिन जिस तरह का माहौल तैयार हो रहा था, वह कुछ ठीक नहीं था। धार्मिक लोगों को यह मामला अपने स्तर पर सुलझाना चाहिए था। मैं इसका राजनीतीकरण नहीं करना चाहता था। यही कारण था कि 6 दिसंबर को मैं अयोध्या में मौजूद नहीं रहा। जब ढाँचा गिराए जाने की खबर मुझे मिली, तो मैं बहुत नाराज हुआ। उस समय प्रमोद महाजन और मेरे मित्र घटाटेजी मेरे पास ही थे।

इस घटना के बाद वरिष्ठ पत्रकार और संपादक एच.के. दुआ ने बड़ा सा संपादकीय लिखा। वे इस विषय पर कई बार लिखते रहे थे। देश के अन्य समाचार-पत्रों में भी इस घटना की खूब चर्चा हुई थी। लोगों के दो गुट बन गए थे। सब अपने-अपने मत व्यक्त कर रहे थे। बड़ी तनावपूर्ण स्थिति बनी हुई थी।

मेरे लिए धर्म की अपनी अलग परिभाषा रही है। मैं पश्चिम के सेक्युलरिज्म को उचित नहीं मानता। मैं महात्मा गांधी के सर्वधर्म समभाव की अवधारणा में विश्वास रखता हूँ। हमें धर्म और रिलीजन के अंतर को समझना चाहिए। रिलीजन का संबंध कुछ निश्चित अवस्थाओं में होता है। जब तक व्यक्ति उन अवस्थाओं को मानता है, तब तक वह उस रिलीजन का सदस्य बना रहता है और जैसे ही व्यक्ति उन अवस्थाओं को छोड़ देता है, उससे बाहर कर दिया जाता है। लेकिन धर्म के साथ ऐसा नहीं होता। इससे व्यक्ति हमेशा जुड़ा रहता है। यह मन की अवस्था है, जो हमें उचित कर्म के लिए प्रेरित करती है।

मेरा यह भी मत है कि मंदिर, मसजिद, पूजा, नमाज, कुरआन, पुराण आदि सभी में कोई अंतर नहीं है। हम सब मनुष्य एक ही ईश्वर की संतानें हैं, हममें कोई भेद है ही नहीं। मेरे लिए यही सबसे बड़ा धर्म है।

इसी वर्ष माननीय राष्ट्रपति महोदय ने मुझे 'पद्मविभूषण' से सम्मानित किया। यह मेरे लिए सुखद समय था। मेरा देश मेरे लिए सर्वोपरि था और मैं अपनी पूरी निष्ठा के साथ अपने देश की सेवा में लगा हुआ था। मेरे प्रिय मित्र नारायण माधव घटाटे मेरे द्वारा संसद् में दिए गए भाषणों के संपादन का काम कर रहे थे। वे समय-समय पर अपने द्वारा संपादित मेरे भाषणों के इस संकलन को मेरे पास प्रूफ दिखाने के लिए भी लाते।

''आप भी इसके प्रूफ को देख लें। मैं इसे शीघ्र प्रकाशित करवाना चाहता हूँ।''

''आप ने तो डेढ़ हजार पृष्ठों का संकलन तैयार कर लिया!'' मैंने पांडुलिपि हाथ में लेते हुए आश्चर्य से कहा। वे मुसकरा दिए। मैं पांडुलिपि पढ़ने लगा तो वे बोले, ''अटलजी, इसमें ज्यादा दिमाग नहीं खपाना पड़ता।''

‘‘मुझे या आपको ?’’

‘‘…और हम दोनों जोर-जोर से हँसने लगे।

मैंने उनसे कहा, ‘‘अरे वाह ! आपने इसका संपादकीय तो बहुत ही बढ़िया लिखा है—‘यात्रा जारी है’।

इस किताब का पहला प्रारूप ‘संसद् में तीन दशक’ नाम से प्रकाशित हुआ। इसका लोकार्पण श्री शिवराज पाटिलजी ने किया। बाद में पाठकों की माँग पर इसका अंग्रेजी संस्करण भी प्रकाशित हुआ। इसका विमोचन तत्कालीन उपराष्ट्रपति माननीय श्री के.आर. नारायणन ने किया।

इन्हीं दिनों की बात है, लोकसभा अध्यक्ष शिवराज पाटिल ने संसद् में महात्मा गांधी की एक विशाल मूर्ति लगवाने का फैसला किया। उन्होंने मूर्तिकार राम सुतार को मूर्ति बनाने की जिम्मेदारी सौंपी। राम सुतार ने गांधी की सोलह फीट ऊँची मूर्ति बनाई, जिसमें वे ध्यानमग्न अवस्था में बैठे हुए हैं। इस मूर्ति के लिए सही स्थान खोजने का काम मुझे और राज्यसभा की उपसभापति नजमा हेपतुल्लाजी को दिया गया।

‘‘नजमाजी, गांधीजी की मूर्ति गेट नंबर एक के बिल्कुल सामने कैसी लगेगी ?’’

‘‘हाँ, वहाँ एकदम सामने तो काफी अच्छी रहेगी।’’

‘‘मैं चाहता हूँ कि गांधीजी की यह मूर्ति ऊँचे प्लेटफॉर्म के ऊपर रखी जाए, ताकि यह दूर से नजर आ सके।’’

इसी तरह से कुछ समय बाद पंडित नेहरू की भी मूर्ति संसद् भवन में लगाने का निर्णय लिया गया। उसकी ऊँचाई भी सोलह फीट रखी गई। मूर्तिकार राम सुतार ने इसे इस तरह से बनाया था कि नेहरूजी नीचे देख रहे हैं।

मैंने सुझाव दिया, ‘‘इस मूर्ति को भी ऊँचे प्लेटफॉर्म पर रखा जाए, ताकि देखनेवाले को ऐसा लगे कि नेहरू उसे ही देख रहे हैं।’’

‘‘लेकिन ऐसा करने से मूर्ति बहुत ज्यादा ऊँचाई पर हो जाएगी।’’

इस प्रतिमा का अनावरण राष्ट्रपति शंकर दयाल शर्माजी के हाथों से गणतंत्र दिवस के दिन किया गया। उस समय दक्षिण अफ्रीका के राष्ट्रपति नेल्सन मंडेला भी यहाँ उपस्थित थे।

राष्ट्रपिता महात्मा गांधी और देश के प्रथम प्रधानमंत्री श्री नेहरू के प्रति हम सभी के मन में अपार श्रद्धा थी। इन लोगों ने अपना जीवन राष्ट्र के लिए समर्पित कर दिया था।

-: 13 :-

मेरा जीवन भी अब सत्तरवें वर्ष में प्रवेश कर गया था। यों तो मैं अकसर अपनी लेखनी चलाता रहता था, हालाँकि राजनीति में आने के बाद की व्यस्तताओं में घिरकर समय निकालना मेरे लिए कठिन काम हो गया था। लेकिन अब भी मैं अपने हर जन्मदिन पर कविता अवश्य लिखता था। इस बार मैंने लिखा—

मुझे दूर का दिखाई देता है,

मैं दीवार पर लिखा पढ़ सकता हूँ,

मगर हाथ की रेखाएँ नहीं पढ़ पाता।

सीमा के पार भड़कते शोले

मुझे दिखाई देते हैं,

पर पाँवों के इर्द-गिर्द फैली गरम राख

नजर नहीं आती

क्या मैं बूढ़ा हो चला हूँ।

मैं भीड़ को चुप करा देता हूँ

मगर अपने को जवाब नहीं दे पाता।

मेरा मन मुझे अपनी ही अदालत में खड़ा कर

जब जिरह करता है,

मेरा हलफनामा मेरे ही खिलाफ पेश करता है

तो मैं मुकदमा हार जाता हूँ,

अपनी ही नजर में गुनाहगार बन जाता हूँ।

जिंदगी की डोर घट रही है

लेकिन गाँठ बढ़ रही है।

सन् 1994 में मुझे 'सर्वश्रेष्ठ सांसद सम्मान' और 'लोकमान्य तिलक पुरस्कार' देकर सम्मानित किया गया। दो वर्ष में चुनाव होनेवाले थे और अब सभी जगह मेरे

नाम को लेकर चर्चा होने लगी थी। लोगों का अनुमान था कि इस बार के चुनावों में मैं प्रधानमंत्री पद का प्रबल दावेदार रहूँगा। विभिन्न समाचार-पत्र और पत्रिकाएँ मेरे साक्षात्कार और मुझसे संबंधित लेख निकाल रहे थे। एक अच्छे वक्ता के तौर पर मेरी ख्याति पहले से ही थी। मेरे भीतर का कवि भी काफी विख्यात था। अब एक सफल राजनेता के तौर पर मेरी समीक्षा की जाने लगी थी। टेलीविजन वाले भी आए दिन मेरे विषय में कुछ-न-कुछ प्रसारित करते रहते थे। अनेक लेखक-संपादक मेरा साक्षात्कार लेने आया करते। मुझे लखनऊ की एक घटना याद है, सन् 1994 की ही बात है। हम कुछ लोग लखनऊ के अतिथिगृह के एक कमरे में बैठे बातचीत कर रहे थे। साथ-साथ चौक की मक्खन मलाई का भी आनंद लेते जा रहे थे। उसी दौरान सुप्रसिद्ध लेखक डॉ. चंद्रिका प्रसाद शर्मा भी आ गए।

''अटलजी, मैं आपके संपादकीय कार्यकाल के विषय में जानना चाहता हूँ।''

''पहले ये मक्खन मलाई खाओ''बहुत स्वादिष्ट है।'' फिर मैं कुछ सोचते हुए बोला, ''इसके लिए मुझे आधी शती पीछे लौटना पड़ेगा।''

मैं अपनी आँखे बंद करके सोचने लगा। मुझे खयाल आया कि मैं तो अपने छात्र जीवन से ही लिखने लगा था। यह लेखन कला मुझे अपने पिता से ही विरासत में मिली थी। बचपन में मैं अपनी प्रकाशित रचना देखकर बहुत प्रसन्न होता था। धीरे-धीरे जैसे-जैसे मैं बड़ा होता गया, मेरी रुचि समाज-सेवा में भी बढ़ने लगी। इसके बाद मैंने अपनी कानून की पढ़ाई बीच में ही छोड़ दी और संपादन के क्षेत्र से जुड़ गया। एक समय मेरे मन में पी.एच.डी. करने का भी विचार आया था, लेकिन बाद में मैं सहर्ष संघ द्वारा प्रकाशित 'राष्ट्रधर्म' के संपादन कार्य में व्यस्त हो गया और उसी में पूरी तरह से डूब गया। आज भी आँख बंद करके अपने जीवन के इस लंबे सफर को देख लेता हूँ।

इसी वर्ष मेरी कविताओं का संग्रह 'मेरी इक्यावन कविताएँ' नाम से पुस्तक के रूप में प्रकाशित होकर आया। इसके संपादक डॉ. चंद्रिका प्रसाद शर्मा ही थे। मुझे आज भी याद है कि वे इसके लोकार्पण कार्यक्रम के लिए हठ करने लगे थे। आखिकार इस काम के लिए तेरह अक्तूबर का दिन तय किया गया। यह लोकार्पण समारोह दिल्ली के फिक्की सभागार में आयोजित किया गया था। उस समय मेरे सहयोगी और मित्र शिवकुमारजी ने सभी तैयारियों के लिए काफी भाग-दौड़ की थी। शाम के समय आयोजित इस कार्यक्रम में अनेक गण्यमान्य व्यक्ति आमंत्रित थे। हिंदी के मूर्धन्य कवि डॉ. शिवमंगल सिंह 'सुमन' अपने रेशमी कुरते और पायजामे के ऊपर सदरी पहने हुए बहुत जँच रहे थे। वे मेरे विद्यार्थी जीवन के समय विक्टोरिया कॉलेज में हिंदी के प्रोफेसर हुआ करते थे। मैंने शिष्टतापूर्वक उनके चरण स्पर्श किए, लेकिन उन्होंने तुरंत ही मुझे अपने गले से लगा लिया। कुछ ही समय में धोती-कुरते में हिंदी के प्रख्यात लेखक डॉ. विद्यानिवास मिश्र

ने प्रवेश किया। उनके माथे पर लाल टीका बहुत सुशोभित हो रहा था। उस शाम हिंदी के विद्वान् और भारत के हाई कमिशनर श्री लक्ष्मीमल्ल सिंघवी भी पधारे थे। वे इंग्लैंड से खास इस कार्यक्रम के लिए आए थे।

मुझे याद है कि सुमनजी ने मुझसे कहा था, ''अटल, तुम्हारी ये कविताएँ तो बार-बार पढ़ने का मन होता है।''

मैं चंद्रिका प्रसादजी की तरफ इशारा करते हुए बोला था,''इन्होंने अपने प्रयासों से इकट्ठी कर लीं, वरना मैं तो बारह-तेरह कविताएँ ही जानता था।''

तत्कालीन प्रधानमंत्री श्री नरसिंहा राव के सान्निध्य में इस पुस्तक का लोकार्पण कार्यक्रम संपन्न हुआ था। अध्यक्षता डॉ. विद्यानिवास मिश्रजी ने की थी और डॉ. शिवमंगल सिंह 'सुमन', डॉ. लक्ष्मीमल्ल सिंघवी और कुपीं सीतारमैया सुदर्शन विशिष्ट वक्ता के तौर पर मौजूद थे।

वह शाम अद्भुत थी। राजनीति के दो विरोधी दल के नेता एक साथ एक ही मंच पर बैठे हुए थे। उस दिन यह साबित हो गया था कि साहित्य हमेशा दिलों को जोड़ने का काम करता है। हालाँकि राजनीतिक मुद्दों पर हम दोनों ही विरोधी विचार रखते थे। प्रधानमंत्री कांग्रेस के वरिष्ठ थे और मैं बी.जे.पी. से था‍‍‌‌‌लेकिन आज हम राजनेता नहीं, बल्कि मित्र के रूप में एक ही मंच पर साथ बैठे हुए थे।

इस मौके पर श्री लालकृष्ण आडवाणी, डॉ. मुरली मनोहर जोशी, श्री मदन लाल खुराना, श्री केदारनाथ साहनी आदि भी मौजूद थे। अनेक प्रतिष्ठित साहित्यकार, विद्वान्, कवि, कलाकार आदि भी सभागार की शोभा बढ़ा रहे थे। दीप प्रज्वलन के पश्चात् कार्यक्रम प्रारंभ हुआ। पुस्तक का लोकार्पण डॉ. विद्यानिवास मिश्र ने किया था और उसकी एक प्रति प्रधानमंत्री श्री नरसिंहा राव को भेंट की। मैंने आदरणीय प्रधानमंत्री को शॉल ओढ़ाकर उनका स्वागत किया और उन्होंने भी मुझे शॉल ओढ़ाकर मेरा सम्मान किया। वे काफी देर तक उस शॉल को ओढ़े रहे थे।

उस दिन उन्होंने अपने भाषण में कहा था—''अटलजी मेरे गुरु हैं।'' उनके ऐसा कहते ही पूरा हॉल तालियों की गड़गड़ाहट से गूँज उठा था। उन्होंने आगे कहा, ''मैं पिछले बीस वर्षों से अटलजी के बेहद करीब रहा हूँ। मैंने सदैव इन्हें अपना समानधर्मा पाया है। इनके व्यक्तित्व में कुछ ऐसा है, जो हमें इनसे बाँधे रखता है, दूर जाने ही नहीं देता। इसीलिए मैं अटलजी को सुनते ही रहना चाहता हूँ। कभी-कभी संसद् में ये ऐसी जली-कटी सुनाते हैं कि हम तिलमिला जाते हैं। मगर फिर भी इनका सौहार्द छुपाए नहीं छुपता। इनका भाषण रौद्र होते हुए भी शांत रस का आभास देता है।''

लोग ध्यानपूर्वक प्रधानमंत्रीजी का भाषण सुन रहे थे और बीच-बीच में खूब तालियाँ भी बजा रहे थे।

कार्यक्रम के विशिष्ट अतिथि डॉ. शिवमंगल सिंह 'सुमन' ने कहा, ''मुझे कविता करने की प्रेरणा अटलजी के पिता पंडित कृष्ण बिहारी वाजपेयीजी से मिली। अटलजी उस दीपक की भाँति हैं, जो अँधेरी रात से तब तक लगातार संघर्ष करता रहता है, जब तक सवेरा उसके कदम नहीं चूम लेता। इनकी कविताएँ एक संघर्षशील योद्धा की कविताएँ हैं।''

उन्होंने संकलन में से मेरी एक कविता 'ऊँचाई' की कुछ पंक्तियाँ पढ़कर सुनाई। डॉ. सिंघवी ने मुझे अपनी और कविताओं को खोजने के लिए कहा। वे यह मानने को तैयार नहीं थे कि मैंने सिर्फ इक्यावन कविताएँ ही लिखी होंगी (जैसा कि किताब का शीर्षक था—मेरी इक्यावन कविताएँ)। विशिष्ट अतिथियों ने भी मेरी कविताओं पर अपनी विशेष टिप्पणी दी।

कार्यक्रम के अध्यक्ष डॉ. विद्यानिवास मिश्र ने अपने अध्यक्षीय भाषण में कहा, ''अटलजी रचना-कर्म के लिए सदा ही व्याकुल रहे हैं। इनकी इन कविताओं से देश को लाभ होगा। मैं उम्मीद करता हूँ कि अटलजी का कवि ऐसी ही और रचनाएँ करता रहेगा। अभी इनकी बहुत सी रचनाएँ आनी बाकी हैं। शतं जीवेत्। शतं अदीन: स्याम्।: अटलजी सौ वर्षों तक जीएँ, हम सभी की यही इच्छा है।''

सभी के मुख से इतने स्नेहपूर्ण शब्द सुनकर मैं अभिभूत था। मैंने सभी लोगों का आने के लिए आभार व्यक्त किया, खासकर नरसिम्हा रावजी का, क्योंकि वे अस्वस्थ होते हुए भी पधारे थे। इसके बाद मैंने सभी के आग्रह पर अपनी तीन कविताओं का पाठ किया। अंत में श्री विजय गोयल ने धन्यवाद ज्ञापित किया। यह एक यादगार कार्यक्रम था।

मेरे बड़े भाई पंडित अवध बिहारी वाजपेयी 'अवधेश' जी को भी लिखने में बहुत रुचि थी। उन्हें भी लिखने की प्रेरणा बाबा और बापजी से मिली थी। उन्होंने अनेक धनाक्षरी, सवैया, कुंडलियाँ और मुक्तक लिखे हैं। लेकिन कभी अपनी रचनाओं को सहेजकर नहीं रखा, जिस कारण से उन्हें पुस्तक का आकार देकर साहित्य की समृद्धि नहीं की जा सकी। मैंने ग्वालियर जाकर उन्हें अपनी यह पुस्तक भेंट की। मैंने उसके प्रथम पृष्ठ पर लिखा था—सबसे बड़े भाई को सबसे छोटे भाई की ओर से द्वंद्वपूर्ण जीवन की कड़वी-मीठी यादों के साथ सादर समर्पित—अटल बिहारी वाजपेयी 17.10.95

मैंने उनसे भी आग्रह किया कि वे अपनी कविताओं को खोज निकालें और उन्हें एक पुस्तक के रूप में संकलित करवा लें। बाद में दद्दा ने भी अपनी कई रचनाएँ खोज निकालीं और उनकी पांडुलिपि तैयार करने का काम शुरू कर दिया।

इसी वर्ष मैं देश के प्रतिष्ठित लखनऊ विश्वविद्यालय में अपने लिए आयोजित एक सम्मान समारोह के लिए आया। यह कार्यक्रम मालवीय हॉल में रखा गया था। मैं स्वयं को बहुत गौरवान्वित महसूस कर रहा था, मैंने अपने भाषण में कहा, ''हमारे समय में भी लखनऊ विश्वविद्यालय की देश में बड़ी चर्चा होती थी। यहाँ की शिक्षा पाने के

लिए देश के कोने-कोने से छात्र-छात्राएँ आया करते थे। सन् '43 में मैं भी विद्यार्थी बनकर यहाँ आना चाहता था, लेकिन कानपुर के डी.ए.वी. कॉलेज चला गया। वहाँ से राजनीति विज्ञान में एम.ए. किया। इसके बाद मन बनाया कि लखनऊ विश्वविद्यालय से पी-एच.डी. करूँ। पर उसी समय राष्ट्र का आह्वान हुआ। उस संकट की घड़ी में छात्र निकले, जवान निकले, तो मैं भी निकल आया। पी-एच.डी. करने की बात मन-की-मन में ही रह गई और मैंने राष्ट्र को अपना जीवन समर्पित कर दिया। बाद में मानद उपाधि तो मिली, लेकिन मैं उसे संकोचवश कभी भी अपने नाम के साथ नहीं लिख पाया।''

मेरी आदत थी कि मैं स्वतंत्रता दिवस के दिन दिल्ली में नहीं रहता था, बल्कि अपने संसदीय क्षेत्र के लोगों के बीच इस पर्व को पूरे हर्षोल्लास के साथ मनाया करता था। मैं अपने क्षेत्र के विकास कार्यों का बराबर से जायजा लेता रहता था। हमें अपने कोटे की रकम दी जाती थी, जिससे हम अपने संसदीय क्षेत्र का विकास कार्य करवाएँ। मैं उस पूरी रकम को विकास-कार्यों में खर्च कर देता था।

इसी वर्ष मॉरीशस के विदेश मंत्री के राजकीय निमंत्रण पर नेता प्रतिपक्ष के रूप में मैं छह दिन के लिए मॉरीशस की यात्रा पर गया। मैंने वहाँ के राष्ट्रपति और प्रधानमंत्री से भेंट की। उस समय श्री अनिरुद्ध जगन्नाथ वहाँ के प्रधानमंत्री थे। वहाँ मेरे स्वागत में बहुत सुंदर स्वागत-गीत पढ़ा गया। यह गीत डॉ. बी.एम. भगत 'मधुकर' ने पढ़ा। मॉरीशस के राष्ट्रपिता श्री शिवसागर रामगुलामजी हैं, मैं उनकी समाधि पर भी गया। वहाँ मैंने अप्रवासी घाट पर जाकर श्रद्धा सुमन अर्पित किए।

वहाँ मैंने 'हिंदी भाषी संघ' का भी उद्घाटन किया। इस अवसर पर वहाँ के सभी गण्यमान्य व्यक्तियों और नेताओं ने हिंदी भाषा में अपना भाषण दिया। मेरे लिए यह आनंददायक क्षण था। मुझे हमेशा से ही अपनी हिंदी भाषा से अतीव स्नेह रहा है।

देश में ग्यारहवीं लोकसभा के किए चुनाव अभियान शुरू हो गया था। मैंने भी अपना परचा लखनऊ से भर दिया। इस बार मुझे आडवाणीजी के क्षेत्र गांधीनगर से भी परचा भरवाया गया। दरअसल स्वाभिमानी आडवाणीजी ने हवाला केस के कारण लोकसभा से अपना त्याग-पत्र दे दिया था। मुझे दोनों ही सीटों से विजय की शत प्रतिशत उम्मीद थी।

जिस दिन मुझे लखनऊ की कचहरी में जाकर अपना परचा भरना था, उस दिन तो पर्व जैसा माहौल बन गया था। मेरे गेस्ट हाउस से लेकर कचहरी तक का रास्ता पार्टी के झंडे से सजी गाड़ियों से अँट गया था। लोग बैंड बाजे बजाते हुए चल रहे थे। सजे-धजे ऊँट आगे-आगे चल रहे थे। कुछ कार्यकर्ता भाजपा की ड्रेस पहने जुलूस को नियंत्रित करते हुए साथ-साथ चल रहे थे। लोग मेरी गाड़ी को रोक-रोककर मुझे माला पहना रहे थे, कुछ लोग फूलों का गुलदस्ता भेंट कर रहे थे, तो कुछ मेरे माथे पर तिलक लगा

रहे थे। बड़ी संख्या में महिलाएँ भी इस जुलूस की शोभा बढ़ा रही थीं। लोग ऊँचे स्वर में नारे लगाते हुए जा रहे थे—

'सब पर भारी, अटल बिहारी'

'उज्ज्वल भारत की तैयारी, अटल बिहारी, अटल बिहारी'

मैंने एक स्थान पर जनसभा को संबोधित करते हुए कहा, ''आपने हमें अपना प्रतिनिधि चुनकर संसद् में भेजा था। मैंने वहाँ अपने दायित्व का सतर्कता के साथ निर्वाह किया। मैंने एक सजग प्रहरी की भाँति अपने संसदीय क्षेत्र के विकास कार्यों के लिए हर संभव संसाधन जुटाने का प्रयास किया। यदि आप लोग मुझे फिर से अपना प्रतिनिधि बनाकर भेजते हैं, तो मैं दुगुनी शक्ति के साथ अपने उत्तरदायित्व का पालन करूँगा।''

जब मैं बोल ही रहा था, तभी कुछ लोग उत्साह से बोल उठे—''हमारा नेता कैसा हो, अटल बिहारी जैसा हो।''

मैंने तुरंत मुसकराते हुए कहा, ''अरे भाई! अटल बिहारी जैसा क्यों? अटल बिहारी ही क्यों नहीं?''

सब ठहाका लगाकर हँस दिए। फिर नारे गूँज उठे—'अटल बिहारी जिंदाबाद, जिंदाबाद-जिंदाबाद'

'सब पर भारी, अटल बिहारी, अटल बिहारी, अटल बिहारी'

'उज्ज्वल भारत की तैयारी, अटल बिहारी, अटल बिहारी'

मैंने अपने चुनाव-कार्यालय में विधिवत् हवन और पूजा आदि कराया। इसके बाद उसका उद्घाटन किया। प्रचार के काम पूजा के बाद ही शुरू किए गए थे। अकसर पार्टी के सब लोग मिलकर बैठते और चुनाव की रणनीति बनाते, विविध चर्चाएँ किया करते।

''अटलजी, लखनऊ के विकास के लिए आपने इतना काम किया है कि आप ही जीतेंगे।''

''हाँ भाई, मैंने तो अपने हिस्से का काम किया है। उम्मीद तो मुझे भी यही है। मुझे अपने सांसद्-कोटे से जो भी रकम मिलती थी, मैं लखनऊ के विकास में लगा देता था। आखिर यह मेरा संसदीय क्षेत्र है।''

''जी! आपने अपने कार्यकाल में यहाँ कल्याण मंडपम्, सुलभ शौचालय, सड़कें, पुल, रैन बसेरा, पार्क, चौराहे, शमशान घाट, हैंडपंप आदि के निर्माण कराए। यहाँ की जनता आपसे बहुत खुश है, वह आपको ही वोट देगी।''

इस बार भी मेरे खिलाफ वही जाने-माने अभिनेता चुनाव मैदान में खड़े थे, जो पिछली बार थे। उनकी चुनावी सभाओं और रैलियों में अनेक बड़ी-बड़ी फिल्मी हस्तियाँ आ रही थीं। तभी एक कार्यकर्ता ने आकर बताया—''अटलजी, आज तो लालजी टंडन ने बहुत ही गजब का भाषण दिया।''

''क्यों, क्या हुआ?''

''उनकी चुनाव सभा में बड़ी भीड़ थी। लग रहा था कि पूरा शहर ही सिमट आया हो। उन्होंने लोगों को एक बहुत पुराना किस्सा सुनाया। उन्होंने कहा कि एक बार नगर निगम के चुनाव हो रहे थे और नक्खास नाम के क्षेत्र से शहर के मशहूर हकीम जनाब शमसुद्दीन चुनाव में खड़े हो गए।''

मैं ध्यान से रुचि लेकर उसकी बात सुनने लगा। अन्य दूसरे कार्यकर्ता भी पास आकर बैठ गए और सुनने लगे।

''शमसुद्दीन साहब के खिलाफ किसी के जीतने की उम्मीद नहीं थी। तभी दूसरे दल ने दिलरुबा नाम की एक तवायफ को खड़ा कर दिया। अब जब भी दिलरुबा का जुलूस निकलता, हुजूम उमड़ पड़ता। गाने-बजानेवाले गा-गाकर वोट माँगा करते। अनेक लोग उसकी सभाओं में आ-आकर बैठ जाते। खूब तमाशा होता। दूसरी तरफ जनाब शमसुद्दीन को भरोसा था कि चाहे जितने भी लोग दिलरुबा की सभा और रैलियों में चले जाएँ, लेकिन चुनाव के समय वोट हमी को देंगे।''

मैं बीच में हँसते हुए बोला, ''लालजी टंडन ने भी क्या खूब किस्सा सुनाया ‘‘‘हा‘‘हा‘‘हा।''

''आगे भी तो सुनिए‘‘‘'' वे आगे बोले, ''दूसरी ओर शमसुद्दीन थे, जो कि अपनी रैली और सभाएँ बहुत ही शालीनता से निकालते थे। उनकी रैली में कोई विशेष तामझाम नहीं होता था, जबकि दिलरुबा के जुलूसों में धूम मची रहती थी। शमसुद्दीन के समर्थक एक नारा जरूर लगाते थे—‘दिल दीजिए दिलरुबा को, वोट शमसुद्दीन को’। इस घटना को सुनकर वहाँ जितने भी लोग थे, सब हँस दिए। सब समझ भी गए कि लालजी टंडन जनता को क्या संदेश देना चाहते हैं।''

''लेकिन यह तो बताओ कि फिर उस चुनाव का परिणाम क्या रहा?''

''होना क्या था! लोगों ने शमसुद्दीन को वोट देकर जिता दिया।''

लालजी टंडन की सूझबूझ पर हम सभी जोर-जोर से हँसने लगे।

मैंने संजीदा होते हुए कहा, ''यह तो हँसी-मजाक की बात हुई, लेकिन मैं सचमुच अपने देश के हालात बदलना चाहता हूँ। जब मैं छोटे-छोटे बच्चों को बड़े-बड़े बस्ते अपनी पीठ पर लादकर स्कूल जाते हुए देखता हूँ, तो मेरा मन भर आता है। मैं बच्चों में स्वाभिमान, अनुशासन और देशप्रेम का भाव देखना चाहता हूँ। मैं चाहता हूँ कि हमारे देश की बच्चियाँ भी खूब पढ़ें, हर गाँव में कन्या विद्यालय खोला जाए। मुझे हमेशा से यही लगता रहा है कि हमारी शिक्षा व्यवस्था में बहुत खामियाँ हैं। शिक्षा एक व्यवसाय बन गई है। ऐसी स्थिति में भला राष्ट्र-निर्माण कैसे हो सकता है!''

''आप सही कह रहे हैं, अटलजी। लेकिन बच्चे तो बच्चे, यहाँ तो बड़ों को ही

आपसी कलह से फुरसत नहीं है, ऐसे में देश के विषय में कौन सोचे!''

''इसीलिए मैं कहता हूँ कि सब लोग हिलमिलकर त्योहार मनाएँ। चाहे दशहरा हो या ईद, चाहे होली, दीवाली हो या महावीर जयंती, हमेशा शांतिपूर्ण ढंग से मनाएँ। अगर हम अयोध्या की बात करें तो वहाँ राम पैदा हुए थे। वहाँ मंदिर था, जो बाबर ने तुड़वा दिया था। वह तो एक विदेशी था। सरदार पटेल ने भी तो राष्ट्र की अस्मिता की खातिर सोमनाथ मंदिर का फिर से निर्माण कराया था। तो फिर अयोध्या में मंदिर क्यों नहीं बन सकता! यह बड़ी ही विचित्र बात है कि जहाँ से बाबर आया था, वहाँ काफी कुछ बदल चुका है, लेकिन हमारे देश में अब भी कुछ लोग उसी पुरानी बात पर अड़े हुए हैं।''

इस बार मैं बहुत आशान्वित था। सभा और रैली में लोगों का जिस तरह का सपोर्ट मिल रहा था, उससे लगता था कि इस बार तो बी.जे.पी. ही सत्ता में आएगी। पार्टी का इस बार का नारा था—'परिवर्तन की ओर'। जल्दी ही मंदिर बनाने का भी वादा किया गया था।

मैंने अपने चुनाव क्षेत्र की सारी जिम्मेदारी अपने सचिव श्री शिवकुमार और भाजपा प्रवक्ता श्री लालजी टंडन को सौंपी। अब मैं समूचे देश में बी.जे.पी. के प्रचार के लिए चल दिया। पूरे देश की जनता का रुझान इस बार बी.जे.पी. के पक्ष में दिख रहा था। मैं भी दिन-दिन भर प्रचार में लगा रहता, कभी ये सभा तो कभी वो, न खाने-पीने की सुध, न ही सोने का कोई तय वक्त। मैं सर्व धर्म समभाव में विश्वास रखता था। अपनी सभा में भी सभी को इसी सौहार्द को बनाए रखने की अपील करता।

''चुनाव का महाभारत आ गया है। इसमें तीर और तलवार काम नहीं आएँगे, लोकतंत्र के इस महाभारत में वोट के हथियार से ही शत्रु को हराना होगा। हम चाहते हैं कि मतदान शांतिपूर्ण हो। जब बैलेट का स्थान बुलेट ले लेती है, तो जनतंत्र को खतरा पैदा हो जाता है। मैंने बिना किसी भेदभाव के चालीस साल संसद् में अपने कर्तव्यों का पालन किया है। मैं चाहता हूँ कि इस बार ऐसी सरकार आए, जिसमें निरपराधियों को छेड़ा न जाए और अपराधियों को छोड़ा न जाए। मैं अभी गुरुद्वारे में माथा टेककर आ रहा हूँ। अपना देश विविधताओं का देश है, लेकिन यहाँ रहने वाला प्रत्येक नागरिक एक समान है, न कोई ऊँचा न कोई नीचा। हमने भी निश्चय किया है कि हम रामजी का मंदिर कानून के द्वारा अयोध्या में बनाएँगे। उठो, जागो, भारतमाता तुम्हारा आह्वान कर रही है। अब सोने का वक्त नहीं है।''

उस समय भारतीय जनता पार्टी ने मेरी निम्नलिखित अपील देश के सभी समाचार-पत्रों में प्रकाशित करवाई—

''प्रिय मित्रो, नमस्कार!

वक्त एक बार फिर हमारे दरवाजे पर दस्तक दे रहा है। एक बार फिर हम इतिहास

के मोड़ पर खड़े हैं। हमें तय करना है कि हमें किधर जाना है। यह तय करते समय हमें न सिर्फ पिछले पाँच सालों में नजर डालनी चाहिए, बल्कि पिछले पचास सालों के कुशासन और गँवा दिए गए अवसरों पर भी निगाह डालनी चाहिए। भारत एक प्राचीन राष्ट्र है। हमारे पास अनमोल आध्यात्मिक और भौतिक संपदा है, फिर भी देश गरीब क्यों है? कर्ज में क्यों डूब रहा है? महँगाई, बेकारी, बीमारी और अशिक्षा स्थायी तौर पर देश में डेरा डाले हुए हैं। देश भीतरी-बाहरी संकटों से घिरा हुआ है।

वर्तमान सरकार पूरी तरह से भ्रष्टाचार में डूबी हुई है। अभी तक कांग्रेस पार्टी इसलिए शासन करती रही, क्योंकि कोई भी एक दल उसे हटाने में सक्षम नहीं था। अब स्थिति वैसी नहीं है। भारतीय जनता पार्टी आपके समर्थन से अकेले ही इसे हटा सकती है और एक स्थायी और जवाबदेह सरकार बना सकती है। भाजपा गरीबी उन्मूलन के लिए, रोजगार के लिए, विषमता घटाने के लिए और राष्ट्र को अपने पैरों पर खड़ा करने के लिए एक नई अर्थव्यवस्था का खाका लेकर आई है। इसका आधार स्वावलंबन होगा।

भारतीय जनता पार्टी पंथ निरपेक्ष शासन के आदर्श में विश्वास रखती है। हम ऐसा शासन देना चाहते हैं, जिसमें कोई भेदभाव न हो, पक्षपात न हो। हमारी लड़ाई सत्ता की लड़ाई नहीं है, क्योंकि हम सत्ता को साधन मानते हैं, साध्य नहीं। मंजिल नहीं, मार्ग मानते हैं। पिछले पाँच दशकों से हम मातृभूमि की साधना में लगे हुए हैं। हमारी आँखों में एक महान् भारत का सपना है, एक ऐसा भारत देश, जहाँ लोग भयमुक्त हों और भूख से पीड़ित न हों।

जो देश हमारे साथ स्वतंत्र हुए थे, वे कहाँ-से-कहाँ पहुँच गए। हम प्रगति की इस दौड़ में पिछड़ क्यों रहे हैं? आइए, भविष्य की चुनौतियों का उत्तर देने के लिए वर्तमान को सजाने-सँवारने के लिए हम कंधे से कंधा और कदम-से-कदम मिलाकर आगे बढ़ें। यही वक्त की पुकार है। देश परिवर्तन के लिए व्यग्र है। हिंद महासागर से उठी लहरों को हमें हिमालय तक लेकर जाना है। लोकसभा में बहुमत प्राप्त करके देश के पुनर्निर्माण का कार्य करना है। भाजपा के इस महान् कार्य में आपका मत निर्णायक सिद्ध होगा।''

उस दौरान सभी जगह चुनाव प्रचार चल रहा था। जनता में भी अपार उत्साह था। सभी प्रत्याशी अपने-अपने प्रयासों में लगे हुए थे। एक दिन के लिए मैं अपने क्षेत्र लखनऊ में आया हुआ था। उस दिन एक बड़ी ही सुखद और मर्मस्पर्शी घटना घटी। जब मैं अपने गेस्टहाउस में बैठा हुआ था, तभी अनेक मुसलिम महिलाएँ, जो कि नकाब पहने हुए थीं, उन्होंने हॉल में प्रवेश किया और मुझे आदाब करते हुए कहा, ''अटलजी हम आपके लिए यह इमामेजामिन लेकर आई हैं और इसे आपकी कलाई में बाँधना चाहती हैं।''

मैं उनके स्नेह से स्तब्ध रह गया। मैंने तुरंत अपनी दाईं कलाई आगे कर दी और कहा, ''हाँ बिल्कुल''बाँधिए।''

उन्होंने उसे बाँधते हुए कहा, ''हम अल्लाहताला से दुआ करती हैं कि चुनाव में आपकी शानदार जीत हो।''

''आप सभी मेरी बहनें हैं और आज मैं आपके इस स्नेह से अभिभूत हूँ।''

यह मेरे लिए बहुत ही भावुक क्षण था।

मैं लखनऊ के बाद गांधीनगर गया। वहाँ पर भी कार्यकर्ताओं में अथाह जोश भरा हुआ था। एक शाम मेरी जनसभा थी और मैं उमड़े हुए जनसैलाब को देखकर प्रसन्न हो उठा था। इतनी भीड़ थी कि लोगों को बैठने तक की जगह नहीं मिली और वे खड़े रहकर भी मेरा भाषण सुनने को तैयार थे। जैसे ही मैं पहुँचा, वहाँ मौजूद लोगों ने बुलंद आवाज में नारे लगाने शुरू कर दिए—

'लालकिले पर कमल निशान, माँग रहा है हिंदुस्तान'

'अटल बिहारी जिंदाबाद, जिंदाबाद, जिंदाबाद'

'हमारा पी.एम. कैसा हो, अटल बिहारी जैसा हो'

मैंने भी माइक पर हँसते हुए कहा, ''अरे भाई, पहले एम.पी. तो बनाइए, तभी तो पी.एम. बन सकेंगे।''

सभी लोग हँस दिए। मैंने आगे कहा, ''यह गांधीजी की जन्मस्थली है। मैं श्रद्धावनत् होकर इसे प्रणाम करता हूँ। मैं आपका प्रत्याशी हूँ और आपसे वोट माँगने आया हूँ। आपका एक-एक वोट भावी भारत के निर्माण की नींव की ईंट माना जाएगा। यह ऐतिहासिक चुनाव है और इसका निर्णय भी ऐतिहासिक ही होगा। अब देश के मतदाताओं को ही निर्णय करना है कि देश के खजाने की चाभी किसको सौंपी जाए। उनको, जो करोड़ों का घोटाला करके भी मौन बैठे हैं या उनको, जो राष्ट्रनिर्माण के लिए प्राणपण से जुटे हुए हैं।''

अप्रैल का महीना था और दोपहर में गरमी बढ़ जाती थी, लेकिन फिर भी लोग उत्साह से मेरी बात सुनने आया करते। उनका उत्साह मेरे भीतर भी अपार शक्ति भर देता था। सिर पर सूरज तप रहा होता, तब भी गाँव-के-गाँव सिर पर अँगोछा डाले आ जाते और मेरी हर बात ध्यान से सुनते। ग्रामीण महिलाएँ भी बड़ी संख्या में भाग लेती थीं। मैं भी उन्हीं के जैसा ही तो था। मैं भी अपने सिर पर अँगोछा रखकर गाँव-गाँव पदयात्रा किया करता, सबसे मिलता, उनके सुख-दुःख की बातें पूरे मन से सुनता। कोई मुझे स्नेह से चूल्हे की रोटी पर मिर्च रखकर खिलाता, तो कोई भुर्ता-रोटी खिलाता। मैं उन्हें अपनी ही तरह का व्यक्ति लगता था, बिना लाग लपेट वाला, जमीन से जुड़ा हुआ।

मैंने मतदान से तुरंत पहले ग्रामीण भाई-बहनों से अपील की—''धरती तप रही है, लेकिन वोट डालने में आलस न करना, क्योंकि यही सच्चा हथियार है, जो कुशासन को खत्म कर सकता है।''

उस समय लखनऊ सीट बहुत चर्चा में थी, क्योंकि वहाँ से समाजवादी पार्टी ने एक अभिनेता को चुनाव में उतारा था। रोज ही उनसे जुड़ी कोई-न-कोई सनसनीखेज खबर मिल जाती थी। एक दिन कार्यकर्ताओं ने आकर बताया—''उनकी सभा में तो बहुत भीड़ थी। लोग उनसे हाथ मिलाने के लिए, उनके साथ फोटो खिंचवाने के लिए टूट पड़ रहे थे।''

''अरे वाह! यह तो बड़ी कामयाबी है।'' मैंने भी हँसते हुए कह दिया, ''लेकिन तुम लोग चिंता मत करो, जनता अपना वोट हमें ही देगी। वे एक मशहूर सितारे हैं, इसलिए यह सब तो होगा ही।''

''उनकी सभाओं में तमाम बड़ी-बड़ी फिल्मी हस्तियाँ आकर उनका प्रचार कर रही हैं और जनता को उन्हें ही वोट देने के लिए कह रही हैं।''

मैंने आश्वस्त होते हुए कहा, ''भइया, यह लखनऊ की जनता है, सब समझती-बूझती है। वह अपना नेता बहुत सोच-समझकर चुनेगी।''

लेकिन चुनाववाले दिन एक बहुत ही अप्रिय साजिश का खुलासा हुआ। जिसने भी सुना, वह भौचक्का रह गया। इसके बारे में समाचार-पत्रों में छपा और बाद में इंडिया टुडे ने भी इसे विस्तार से प्रकाशित किया। हुआ यह कि एक नामी कंपनी ने मेरे प्रतिद्वंद्वी अभिनेता को जिताने के लिए हर संभव जतन किया था। उन्होंने अपनी कंपनी के कर्मचारियों को लखनऊ भेजा और फर्जी वोटर तैयार किए। मतदान वाले दिन पुलिस ने अनेक मतदान केंद्रों से स्याही मिटानेवाली बोतलें बरामद कीं। जब मुझे इस बारे में बताया गया तो मैंने बस इतना ही कहा, ''मुझे अपने मतदाताओं पर पूरा भरोसा है। अब मतदाता इतने समझदार हो गए हैं कि वे किसी भी साजिश या फैसले के खिलाफ खड़े हो सकते हैं।''

बाद में जब उस कंपनी के मालिक से इस बारे में पूछा गया, तो उन्होंने कहा, ''मैं तो बस लखनऊ सीट से अपने मित्र को जिताना चाहता था, अटलजी तो गांधीनगर से जीत ही जाते। प्रेम और जंग में सब जायज होता है।''

ये चुनाव मई में संपन्न हुए थे और जब नतीजे आए, तो मैं अपनी दोनों सीटें भारी बहुमत से जीत चुका था। बी.जे.पी. ने इन चुनावों में कांग्रेस को भी पछाड़ दिया था। पार्टी में खुशी की लहर दौड़ गई थी। इस बार लोकसभा में सबसे अधिक सांसद हमारे थे।

मेरे घर में बधाई देने के लिए लोगों का ताँता लग गया। सभी परिचित फूलों के गुलदस्ते-मिठाई लेकर चले आ रहे थे। मेरे सचिव शिवकुमार सभी की आवभगत कर रहे थे। घर में बिल्कुल पर्व जैसा माहौल था। एस.पी.जी. ने पूरे बँगले को घेर लिया था। लॉन में सोफे, कुरसियाँ-मेज रखे जाने लगे। माइक और शामियाना आ चुका था। तभी शिवकुमारजी मुझे राष्ट्रपति महोदय की एक चिट्ठी लाकर दी।

''क्या लिखा है इसमें?''

''राष्ट्रपतिजी ने परामर्श के लिए बुलाया है।''

''···परामर्श! कैसा परामर्श?''

मैंने राष्ट्रपति भवन पहुँचकर इस बारे में उनसे पूछा—''महोदय! परामर्श का क्या अर्थ है? बुलाया तो सरकार बनाने के लिए जाता है।''

वे मुसकराने लगे। एक और लिफाफा मेरी तफर बढ़ाते हुए बोले, ''यह लो, यह सरकार बनाने का निमंत्रण है।''

मैंने पढ़कर कहा, ''स्वीकार है।''

मेरा निवास 6 रायसीना रोड पर था। लेकिन जब मैं घर पहुँचा तो रास्ते भर बधाई देनेवाले लोगों का ताँता लगा हुआ था। मैं सभी का स्नेह स्वीकार करता हुआ जा रहा था। लोग इतने प्रसन्न थे कि अबीर और गुलाल उड़ा रहे थे। खूब ढोल बज रहे थे और झुंड-के-झुंड गीत गाते हुए जा रहे थे। पहली बार बी.जे.पी. को सबसे अधिक सीटें मिली थीं। जन-सैलाब उमड़ पड़ा था और लोगों का उत्साह देखते ही बन रहा था।

भारतीय जनता पार्टी के राष्ट्रीय अध्यक्ष लालकृष्ण आडवाणीजी मुसकराते हुए मेरी ओर चले आ रहे थे। तभी रास्ते में लोगों ने उन्हें घेर लिया। मीडिया ने उनसे अनेक प्रश्न करने शुरू कर दिए। कुछ ही देर में मुरली मनोहर जोशीजी, सुषमा स्वराज, प्रमोद महाजन, गोविंदाचार्य, मदनलाल खुराना, जॉर्ज फर्नांडीस, नीतीश कुमार, प्रकाश सिंह बादल आदि भी आ गए। मीटिंग शुरू हो गई।

बाहर लोग खुशियाँ मना रहे थे और भीतर हम सभी ने बहुमत साबित करने के लिए काम करना शुरू कर दिया था। यह ठीक है कि हमारे पास सबसे अधिक सीटें थीं, लेकिन इतनी नहीं थीं कि हम अपने दम पर सरकार बना सकें। हमें अन्य दलों से भी सहयोग जुटाना था। गहन विचार-विमर्श चलता रहा। शाम घिर आई थी। घरों की बत्तियाँ जल गईं, किंतु आज तो दीपावली जैसा माहौल बना हुआ था। अधिकांश लोगों ने अपने घरों में दीवाली की झालरें भी लगा रखी थीं। पटाखों की आवाजें आ रही थीं, लेकिन हम सभी के सामने एक बड़ी चुनौती थी, अपना बहुमत साबित करने की।

हमने सहयोगी दलों से समर्थन हासिल करके अपना बहुमत जुटाया। सोलह मई को मुझे शपथ लेनी थी। दिन के साढ़े ग्यारह बजे से पास धारकों को राष्ट्रपति भवन में प्रवेश दिया जाना था। राष्ट्रपति भवन में कदम-कदम पर चौकसी थी। आगंतुकों को अनेक बार चैकिंग करानी पड़ रही थी। अशोका हॉल सजा हुआ था। मीडियावालों को पहले से ही निर्धारित जगह दे दी गई थी और वे अपने-अपने कैमरे सेट करके तैयार खड़े थे। जैसे ही ठीक बारह बजे, महामहिम राष्ट्रपति डॉ. शंकर दयाल शर्मा का प्रवेश हुआ, लोग उनके सम्मान में अपनी-अपनी जगह पर खड़े हो गए।

एक ओर मेरे साथ शपथ लेनेवाले अन्य सभी मंत्री भी बैठे हुए थे—सिकंदर

बख्शी, डॉ. जोशी, सूरजभान, सरताज सिंह, जसवंत सिंह, कड़िया मुंडा, राम जेठमलानी, प्रमोद महाजन, सुरेश प्रभाकर, सुषमा स्वराज, प्रभु और वी. धनञ्जय कुमार। माननीय उपराष्ट्रपति, राजमाता सिंधिया, आडवाणीजी, पूर्व प्रधानमंत्री और अनेक महत्त्वपूर्ण व्यक्ति अगली पंक्ति में बैठे हुए थे। मेरे बड़े भाई पंडित अवध बिहारी वाजपेयी मुझे आशीर्वाद देने के लिए ग्वालियर से आए हुए थे और वे मेरे साथ ही राष्ट्रपति भवन पधारे थे। वे बहुत शांत मन से सारी गतिविधियाँ देख रहे थे और बीच-बीच में मेरी तरफ भी स्नेह से देख लेते थे। आज उनका छोटा भाई देश का प्रधानमंत्री बनने जा रहा था।

माननीय राष्ट्रपति ने मुझे शपथ दिलाई—''मैं अटल बिहारी वाजपेयी ईश्वर को साक्षी मानकर···''

···और इस प्रकार से मैंने भारत गणराज्य के ग्यारहवें प्रधानमंत्री के रूप में पद और गोपनीयता की शपथ ली। हॉल तालियों की गड़गड़ाहट से गूँज उठा। इसके बाद बारी-बारी से राष्ट्रपति महोदय ने मंत्रियों को भी शपथ दिलाई।

देश में सत्ता का परिवर्तन हो गया था। पूरा देश एक राष्ट्रवादी नेता को पाकर मुदित था। बस कुछ लोग उदास थे, जो कि लाजिमी था। राजमाता सिंधिया मुझे स्नेह से देख रही थीं। मेरे प्रिय मित्र आडवाणीजी बहुत प्रसन्न मुद्रा में बैठे हुए थे।

घर पहुँचा तो गेट पर ही लोगों ने मुझे घेर लिया। सुरक्षाकर्मी परेशान हो रहे थे, लेकिन मैं लोगों का स्नेह देखकर भी कैसे मुख फेर सकता था। मैंने कहा, ''सबको हार पहनाने दो भाई। ये इतने प्यार से मेरे लिए गुलदस्ते लाए हैं, मुझे लेने दो। कल भी तो ये सब मुझे घेरकर फूल माला पहनाते थे। आज भी इन्हें न रोका जाए।'' लेकिन लोगों की भीड़ तो कम होने का नाम ही न लेती थी, जितने विदा होते, उससे दूने फिर आ जाते। काफी देर तक मैं उनके स्नेह-पुष्प स्वीकार करता रहा। घर के भीतर पहुँचा तो दद्दा मुझे गले लगाकर रो पड़े। वे आँसू उनकी खुशी और आशीर्वाद के आँसू थे।

जब मैं पहले दिन प्रधानमंत्री की कुरसी पर जाकर बैठा, तो मुझे अपने ऊपर एक महती जिम्मेदारी का एहसास हुआ। मैं समझ गया कि यह पद एक बहुत बड़ी चुनौती है। मुझे इस चुनौती को स्वीकार करना होगा और हर हाल में इस पर खरा उतरना होगा। बेशक यह एक कठिन काम है, लेकिन फिर भी मुझे करना ही होगा।

मुझे 31 मई तक अपना बहुमत साबित करना था। विरोधी दल के लोग हमारी सरकार को गिराने की भरसक कोशिशें कर रहे थे। मैं और आडवाणीजी आश्वस्त थे कि यदि भाजपा सफल हुई, तो राज करेगी और अगर न सफल हो पाई तो भी अगली बार जनता खुद उसे दुगुने मत देकर विजयी बनाएगी और तब वह राज करेगी। हमने सभी चिंताओं-दुश्चिंताओं को अपने मन से बाहर निकाल फेंका और प्रसन्नचित्त हो अपने काम में जुट गए।

देश-विदेश से मुझे बधाइयाँ प्राप्त होने लगीं। देश-विदेश के अनेक शासकों, राजनेताओं, बुद्धिजीवियों, वैज्ञानिकों, साहित्यकारों, कवियों, कलाकारों आदि ने मुझे बधाई संदेश भेजे।

पूर्व प्रधानमंत्री नरसिंहा राव ने डॉ. कलाम को मुझसे मिलने के लिए कहा। डॉ. कलाम देश के महत्त्वपूर्ण परमाणु कार्यक्रम को अंजाम दे रहे थे। नरसिंहा रावजी ने अपनी सरकार की मजबूरी बताई। अमेरिकी सेटैलाइट निरंतर हर गतिविधि पर निगाह रखे रहते थे और उन्हें इस परमाणु परीक्षण की खबर लग गई थी। उन्होंने नरसिंहा रावजी पर दबाव बनाया था कि वे ऐसा कोई परीक्षण न करें। इसीलिए सरकार बदल जाने के पश्चात् उन्होंने मुझसे कहा कि देशहित के लिए मैं जल्द-से-जल्द इस परमाणु कार्यक्रम को परीक्षण की अनुमति दूँ। यह वाकई बहुत बड़ा काम था और मैं इसे हर हाल में होते देखना चाहता था। मैंने डॉ. कलाम को उनके इस काम के लिए शुभकामनाएँ दीं और उनसे कहा कि वे इसके काम में तेजी लाएँ, ताकि शीघ्र परीक्षण किया जा सके। यह एक ऐसा काम था, जो कि बहुत ही गोपनीय ढंग से हो रहा था। किसी को इसकी खबर नहीं थी।

लखनऊ की जनता ने अपने पी.एम. के नागरिक अभिनंदन के लिए राष्ट्रीय वनस्पति उद्यान के खुले परिसर में एक आयोजन लखनऊ नगर निगम ने किया था। अत्यंत साधारण सा मंच था, जिस पर मैं, महामहिम राज्यपाल, महापौर डॉ. एस.सी. राय, श्री कल्याण सिंह, श्री कालराज मिश्र, श्री लालजी टंडन और श्री नानकचंदजी मौजूद थे। मेरा स्वागत-सत्कार हुआ। मैं उनके इस आदर और स्नेह से भावुक हो उठा। मैं अपने क्षेत्र के लोगों के प्रसन्नता से खिले चेहरे देखकर बहुत संतुष्ट था। मैंने अपने भाषण में कहा, ''कोई अपने घर में मेहमान नहीं होता है। लखनऊ तो मेरा घर है। चुनाव में मैं आपका उम्मीदवार था। आप लोगों ने मुझे अपनी सेवा का अवसर दिया। यह बात और है कि आप लोगों ने मुझे एम.पी. बनाया था, लेकिन मैं पी.एम. बन गया। प्रचार के दौरान भी मैंने यह बात कही थी। लखनऊ से मेरा पुराना रिश्ता है। मैं पहली बार इस शहर में सन् '46 में आया था। जब आप लोगों ने मुझे पहली बार चुना तो मैं 'सर्वश्रेष्ठ सांसद' के पुरस्कार से सम्मानित हुआ और आज जब आप लोगों ने मुझे फिर से चुना तो मैं भारत का प्रधानमंत्री बना।''

इस समय उत्तर प्रदेश में राष्ट्रपति शासन लगा हुआ था। मैं लखनऊ के बेगम हजरत महल पार्क पहुँचा। लोग मुझे सुनने के लिए सैलाब की तरह उमड़ आए थे। मैं अपने इर्द-गिर्द सुरक्षा के प्रबंध को देखकर विस्मित था। मुझे यह सब नया नया और अटपटा सा लग रहा था। इस रक्षा के घेरे में मैं अपनी आजादी खो बैठा था। मैं पहले की ही भाँति फिर उन्हीं गलियों में जाना चाहता था। पैदल ही सड़कों पर निकलना चाहता था,

लेकिन अब यह सब नहीं हो सकता था।

मैं अपने संसदीय क्षेत्र गांधीनगर गया। यहाँ भी मेरे स्वागत में अपार जनसमूह उमड़ा हुआ था। गगनभेदी नारे लगाए जा रहे थे। लोग अपने नेता को देखकर बेहद खुशी से भरे हुए थे। मैंने अपने भाषण में गांधीनगर की जनता का हृदय से आभार व्यक्त किया और कहा, ''हमारा आपसे वादा है कि हम आपको स्वच्छ प्रशासन देंगे। आपकी भलाई ही हमारा मुख्य उद्देश्य होगा। 31 मई को क्या होगा''यदि हम बहुमत ले पाए, तो सत्ता का हार हमारे गले में होगा और अगर हार गए, तो उस अभिमन्यु की भाँति साबित होंगे, जिसे कौरव पक्ष के तमाम सूरमाओं ने घेरकर शिकार बनाया था।''

19 मई को आकाशवाणी तथा दूरदर्शन ने मेरा राष्ट्र के नाम संदेश प्रसारित किया—

''मेरे प्यारे देशवासी बहनो तथा भाइयो,

आज आपके सामने मुझे भारत के प्रधानमंत्री के रूप में उपस्थित होने का जो अवसर मिला है, उसके लिए मैं आप सभी को धन्यवाद देता हूँ।

राष्ट्रपतिजी ने हमें भारतीय जनता पार्टी तथा उसके सहयोगी दलों द्वारा लोकसभा में सबसे अधिक सीटें जीतने के आधार पर सरकार बनाने का निमंत्रण दिया है। राष्ट्रपति महोदय द्वारा यह निर्णय लोकतंत्रीय परंपराओं के अनुरूप है और उन्हें पोषित करता है। मैंने जनादेश की भावना का सम्मान करते हुए इस पद की जिम्मेदारी को पूरी विनम्रता के साथ स्वीकार किया है। फिर भी कुछ लोगों ने इस निर्णय की जिस भाषा में आलोचना की है, उससे मुझे गहरा दुःख हुआ है और मुझे विश्वास है कि इससे आपकी भावनाओं को भी चोट लगी होगी।''

मैंने अपने इस भाषण में गरीबी उन्मूलन, स्वच्छ शासन, स्थायी रोजगार, जम्मू-कश्मीर में शांति, नई योजनाएँ, धारा 365 का दुरुपयोग रोकने आदि की बात कही।

21 मई को मेरे सम्मान में आकाशवाणी के एफ.एम. चैनल ने एक रोचक कार्यक्रम प्रसारित किया। उसमें शाम छह से सात बजे तक मेरी पसंद के फिल्मी गीत सुनाए गए। हर गीत से पहले मेरी एक-दो टिप्पणियाँ होतीं, फिर श्रोताओं को गाना सुनाया जाता।

अंततः 28 मई का दिन आ गया। लोकसभा का सदन खचाखच भरा हुआ था। विश्वास मत प्रस्ताव पर बहस का टी.वी. पर सीधा प्रसारण किया जा रहा था। ऐसा पहली बार हो रहा था कि किसी विश्वास मत की बहस का प्रसारण किया जा रहा हो। देश की सड़कों पर सन्नाटा पसरा हुआ था। प्रधानमंत्री के भविष्य का निर्णय जो होनेवाला था। मैं तेरह दिन की अपनी इस सरकार के अल्पमत होने पर बहस का जवाब दे रहा था। हमारी पार्टी को बहुमत जुटाने में कामयाबी नहीं मिली थी। कोई पार्टी हमारे साथ आने के लिए इसलिए तैयार नहीं थी, क्योंकि वे हमें सांप्रदायिक मानती थीं और उन्हें डर था कि हमारा साथ देने से भविष्य में उनके अल्पसंख्यक वोट उनके हाथ से निकल जाएँगे।

विश्वास मत पर बहस के दौरान प्रमोद महाजन ने कहा, ''लोकतंत्र और संसद् कोई रोडवेज बस की सीट नहीं है कि जिसने रूमाल रखा, उसी की हो जाएगी। हम समर्थन हासिल करने की पूरी कोशिश करेंगे।''

मैंने अपनी बात रखते हुए कहा, ''यदि सत्ता के लिए पार्टी तोड़कर नया गठबंधन करना पड़े, तो ऐसी सत्ता को तो मैं चिमटे से भी छूना पसंद नहीं करूँगा। न भी तो मरणादस्मि केवलं दूषितो यश: । भगवान् राम ने भी यही कहा था कि मैं मृत्यु से नहीं डरता, मैं सिफ लोकोपवाद से डरता हूँ''अर्थात् बदनामी से डरता हूँ। मेरा चालीस साल का राजनीतिक जीवन एक खुली किताब है। जनता ने हमें सबसे बड़े दल के रूप में समर्थन दिया था, इसीलिए हम सत्ता में आए। जब राष्ट्रपति महोदय ने मुझे सरकार बनाने के लिए आमंत्रित किया और हमें शपथ दिलाई तथा 31 तारीख तक अपना बहुमत साबित करने के लिए कहा, तो क्या मैं पलायन कर जाता ?

अध्यक्ष महोदय, कमर के नीचे वार नहीं होना चाहिए। नीयत पर शक नहीं किया जाना चाहिए। मैंने ऐसा खेल कभी नहीं किया है और न ही आगे कभी करूँगा। आज मैं प्रधानमंत्री हूँ और थोड़ी देर बाद इस पद पर नहीं रहूँगा। प्रधानमंत्री बनने के बाद मेरा हृदय आनंद से उछलने लगा हो, ऐसा नहीं हुआ। जब मैं सबकुछ छोड़कर चला जाऊँगा, तब भी मेरे मन में किसी प्रकार की मलिनता नहीं होगी।

आप सभी यह मत कहिए कि हमारा जनाधार नहीं है। हम लोगों का व्यापक समर्थन प्राप्त करके यहाँ तक पहुँचे हैं। यदि आप हमें छोड़कर सरकार बनाना चाहते हैं, तो वह सरकार टिकाऊ नहीं होगी। पहली बात तो मुझे उस सरकार का जन्म लेना ही कठिन लग रहा है, और अगर जन्म ले भी लेती है, तो उसका जीवित रहना मुश्किल है। अंतर्विरोधों से घिरी हुई सरकार देश का कितना भला कर सकेगी ? हर बात के लिए कांग्रेस के पास दौड़ना होगा। आप उन पर निर्भर हो जाएँगे।

मैं अपना त्याग-पत्र देने जा रहा हूँ। हम संख्या-बल के सामने सिर झुकाते हैं, लेकिन देश की सेवा के कार्य में जुटे रहेंगे। हम आपको विश्वास दिलाते हैं कि जब तक हम राष्ट्रीय उद्देश्य पूरा नहीं कर लेंगे, तब तक विश्राम नहीं करेंगे।

अध्यक्ष महोदय, मैं अपना त्याग-पत्र राष्ट्रपति महोदय को देने जा रहा हूँ।''

-: 14 :-

मैं भैया दूज के दिन चुपचाप अपनी बड़ी बहन विमलाजी के घर लखनऊ जा पहुँचा। बहन अपने छोटे भाई को देखकर फूली नहीं समाई। मुझे अपने परिवार से बहुत लगाव था। मुझे जब-जब भी मौका मिलता था, मैं अपने भाई-बहनों के बीच पहुँच जाता था। त्योहार तो मैं अपने परिवार में ही मनाता था।

मैं अपने पिताजी से बहुत प्रेरित था। उनके साथ हमेशा मेरा आत्मिक जुड़ाव रहा था। वे मेरे पिता, मित्र, आदर्श सभी कुछ थे। मैंने अपने पिताजी की स्मृति में अपने ग्वालियर वाले घर को एक पुस्तकालय का रूप देने की योजना बनाई। इसके लिए मैंने अपने उस घर में एक ट्रस्ट की स्थापना की। यहाँ पुस्तकालय और वाचनालय खोला गया। मैंने इसके उद्घाटन के मौके पर कहा, ''मेरे पिता शिक्षा के प्रति समर्पित व्यक्ति थे। वे संस्कृत के विद्वान् थे, किंतु हिंदी और अंग्रेजी में धाराप्रवाह बोलते थे। आप संक्षेप में मुझे उनका लघु संस्करण मान सकते हैं।''

यह ट्रस्ट असहाय महिलाओं की मदद का भी काम करता है। मुझे यहाँ पहुँचकर बच्चों के बीच बैठना, उनसे बतियाना बहुत अच्छा लगता था। मैं अकसर यहाँ आ जाया करता, लेकिन बाद में बढ़ती व्यस्तता में जल्दी-जल्दी आना संभव न हो पाता था।

इधर मेरे इस्तीफा देने के बाद एक जून को जनता दल के नेता एच.डी.देवगौड़ा ने संयुक्त मोरचा गठबंधन सरकार का गठन किया। किंतु उनकी सरकार भी मात्र अठारह महीने ही चल सकी। अगले प्रधानमंत्री हुए इंद्र कुमार गुजराल। वे देवगौड़ा के कार्यकाल में विदेश मंत्री रह चुके थे। उन्होंने 21 अप्रैल, 1997 में पदभार सँभाला। कांग्रेस उन्हें बाहर से अपना समर्थन देने के लिए राजी हो गई थी। किंतु कुछ ही समय में कांग्रेस ने अपना समर्थन वापस ले लिया और सरकार गिर गई। इंद्र कुमार गुजराल आठ महीने ही प्रधानमंत्री के पद पर रहे।

10 मार्च, 1998 को बारहवीं लोकसभा का गठन हुआ। इस बार फिर बी.जे.पी. ने सबसे अधिक सीटें जीती थीं। इस बार जब हमारे नेतृत्व में एन.डी.ए. की सरकार बनी

तो हमने अपने पिछले अनुभव के आधार पर गठबंधन को मजबूत बनाने की दिशा में काम किया। मैं इस बार पाँच साल तक मजबूत सरकार देना चाहता था। इसके लिए मैंने अपनी रणनीति पहले से ही बना ली थी। मैंने अपने चुनावी घोषणा-पत्र में परमाणु बम बनाने की बात का भी उल्लेख किया था। जब मुझसे इस बारे में पूछा गया, तो मैंने यही कहा कि ''हमने घोषणा-पत्र में जो भी कहा है, वे सोच समझकर कहा है। हमारे पड़ोस में एटमी हथियार इकट्ठे हो रहे हैं, जो बाहरी ताकतें हमें एटमी हथियार बनाने से रोकना चाहती हैं, वे खुद अपने एटमी हथियार पैने करने में लगी हुई हैं।''

मैंने प्रधानमंत्री बनने के बाद वरिष्ठ पत्रकार श्री एच.के. दुआ को फोन किया—''दुआ साहब, आपको मीडिया सलाहकार की जिम्मेदारी सँभालनी है।''

''आप सोच लीजिए सर, आपकी पार्टी इस पर राजी नहीं होगी। मैंने अयोध्या मामले में आपकी पार्टी के लोगों के खिलाफ बहुत कुछ लिखा था।''

''सोच लिया, आपको यह जिम्मेदारी सँभालनी है।'

''सर! विश्वसनीयता का भी सवाल रहेगा।''

''दुआ साहब! हमारी विश्वसनीयता रहेगी तो आपकी भी रहेगी।''

''मैं 'राइट टू बी फ्रैंक टू यू' चाहूँगा।''

''मंजूर।''

फिर मैंने डॉ. कलाम से संपर्क किया—''डॉ. कलाम, आपका परमाणु कार्यक्रम कैसा चल रहा है ?''

''बहुत बढ़िया सर, बस परीक्षण के लिए आपकी तरफ से हरी झंडी मिलने का इंतजार है।''

''आपको इसके परीक्षण की तैयारी में कितना समय लगेगा ?''

''सिर्फ दो महीने।''

मैंने हँसकर कहा, ''तो फिर आपको अभी इसी वक्त से हरी झंडी दी जाती है।'' वे मुसकराते हुए चले गए।

और सचमुच दो महीने बाद ग्यारह मई को ही डॉ. कलाम ने वह कर दिखाया, जिससे पूरा विश्व स्तब्ध रह गया। इस पूरे काम में कूट भाषा का इस्तेमाल किया गया था। अब तक इसकी गुपचुप तैयारी चल रही थी। परीक्षण के लिए सही मौके का इंतजार था। परीक्षण पोखरण के नजदीक खेतोलाई गाँव में किया जाना तय हुआ। इसके लिए पूरा गाँव खाली करवा लिया गया था। इस अभियान की जमीनी तैयारियों में अट्ठावन इंजीनियर्स रेजिमेंट डॉ. कलाम के साथ सहयोग के लिए नियुक्त किए गए थे। इस दौरान वे सभी लोग सेना अधिकारियों की ड्रेस में ही रहे। उनकी पहचान और उनके नाम तक बदल दिए गए। डॉ. कलाम थे—मेजर जनरल पृथ्वीराज। किसी को शक न हो, इसलिए उस

इलाके में सेना की गतिविधियाँ भी काफी तेज कर दी गई थीं। करीब 45 डिग्री के तापमान में सारा काम रात के समय सेना के एक बड़े से तंबू में किया जाता था। तंबू का रंग भी पोखरण की मिट्टी के रंग का ही रखा गया था, ताकि अमेरिकी सेटेलाइट पहचान न सकें।

इस ऑपरेशन का नाम 'शक्ति' रखा गया और हर काम कोड में ही किया गया। पाँचों परमाणु बमों के नाम भी अल्फा, ब्रावो, चार्ली आदि रखे गए। इन परमाणु बमों को भाभा ऑटोमिक रिसर्च सेंटर से पोखरण तक बहुत ही सावधानी और गोपनीय तरीके से लाया गया। इसके लिए सेब की पेटियाँ प्रयोग में लाई गईं। इन पाँचों बमों के लिए पाँच गड्ढे खुदवाए गए। इन गड्ढों के नाम भी दिलचस्प रखे गए, जैसे—ताजमहल, कुंभकर्ण आदि।

11 मई को हुए इस परमाणु परीक्षण से दो घंटे पहले तक जैसलमेर और पोखरण के बीच का रास्ता बंद कर दिया गया था, केवल सेना के वाहनों को ही आने-जाने की अनुमति थी। परीक्षण से पहले मैं बहुत ज्यादा तनाव में था। हम डॉ. कलाम को हर प्रकार की सहायता पहुँचा रहे थे।

ग्यारह तारीख की शाम मेरे निवास पर मौजूद थे—गृहमंत्री लालकृष्ण आडवाणी, रक्षामंत्री जॉर्ज फर्नांडिस, योजना आयोग के उपाध्यक्ष जसवंत सिंह, वित्त मंत्री यशवंत सिन्हा, मेरे राजनीतिक सलाहकार प्रमोद महाजन और प्रधान सचिव ब्रजेश मिश्र। हम सभी एक खास खबर का इंतजार कर रहे थे। और जैसे ही मेरे हॉटलाइन पर डॉ. कलाम ने यह कहा—'बुद्धा स्माइलिंग' ⋯मेरा चेहरा खिल उठा। मैं हँसते हुए बोला, ''कुंभकर्ण जाग गया।'' सबके चेहरे पर प्रसन्नता दौड़ गई। आडवाणीजी ने मुझे गले लगा लिया।

यहाँ हमने कुंभकर्ण को जगा दिया और वहाँ अमेरिका की भी नींद उड़ गई। सब हैरान कि यह हुआ कैसे ? शाम पाँच बजे प्रधानमंत्री निवास पर एक प्रेस कॉन्फ्रेंस बुलाई गई। इसमें मैंने तीन सफल परमाणु परीक्षणों की खबर देते हुए कहा, ''भारत एक परमाणु शस्त्र संपन्न देश है। यह एक वास्तविकता है, जिससे इनकार नहीं किया जा सकता। हमारा इरादा इन हथियारों का प्रयोग आक्रमण के लिए या किसी देश के खिलाफ डर पैदा करने के लिए नहीं है। ये हथियार आत्मरक्षा के लिए हैं, ताकि यह सुनिश्चित किया जा सके कि भारत को कोई परमाणु खतरा नहीं है या भारत पर कोई बल प्रयोग नहीं कर सकता। हमारा इरादा हथियारों की दौड़ में शामिल होना नहीं है।''

जब ये परीक्षण हुए तब जैसलमेर की धरती काँपने लगी थी और जिन्होंने 1974 का परीक्षण देखा था, वे समझ गए थे कि भारत ने एक बार फिर परमाणु परीक्षण किए हैं। लेकिन अब तो पूरी दुनिया की आँखें फटी की फटी रह गई थीं।

मैंने इंडिया टुडे को दिए अपने इंटरव्यू में कहा, ''हमने चुनाव में जनता से किए वादे को निभाने के लिए ये परमाणु परीक्षण किए। यह शासन के राष्ट्रीय एजेंडा का हिस्सा है। मैं पिछले चार दशकों से भारत को परमाणु शक्ति से संपन्न देश बनाने की वकालत करता

रहा हूँ। मेरी पार्टी यह माँग लगातार करती रही है। अब चूँकि हम सरकार में हैं, इसलिए लोग इस लंबे समय से जताई जा रही प्रतिबद्धता को कार्रवाई में बदलते देखना चाहते थे। हमने उन्हें दिखा दिया कि हम जो कहते हैं, वैसा करते भी हैं।''

समूचे देश ने हमारे इस निर्णय का स्वागत किया। सभी गौरान्वित थे और उन्होंने अपनी सकारात्मक प्रतिक्रियाएँ दीं, किंतु कांग्रेस ने जरूर यह आरोप लगाया कि हमने अपने राजनीतिक उद्देश्य के लिए ये परीक्षण करवाए।

इसके बाद विश्व भर से काफी तीखे प्रहार हुए। हम पर खूब दबाव पड़े। अमेरिका और पश्चिमी देश हम पर क्रुद्ध हो उठे। भारत पर अनेक तरह के आर्थिक प्रतिबंध भी लगा दिए गए। प्रौद्योगिकी हस्तांतरण, बहुपक्षीय और द्विपक्षीय सहयोग तथा ऋण सहायता पर भी प्रतिबंध लगा दिए गए। जापान ने भी पाबंदी लगा दी। चीन तो इतना नाराज हो गया कि उसने इसे हमारा 'अनुचित व्यवहार' कह दिया और अंतरराष्ट्रीय समुदाय से एकजुट होकर हमारे खिलाफ कार्रवाई करने की माँग की। हालाँकि रूस और फ्रांस ने इस विषय पर कोई नकारात्मक टिप्पणी नहीं की। मैं पहले से ही जनता था कि हमें इन परीक्षणों की एक कीमत चुकानी पड़ेगी, लेकिन मैंने इसकी परवाह नहीं की। मुझे मालूम है कि मेरे देश के पास संसाधनों का भंडारा है और यदि हम अपने इन संसाधनों का सही तरह से इस्तेमाल करें, तो हमें इसके फायदे उस कीमत से सैकड़ों गुना ज्यादा होंगे, जिसे कुछ समय के लिए चुकाना पड़ सकता है।

पाकिस्तान के विदेश मंत्री ने इस परीक्षण के बाद अपनी तीखी प्रतिक्रिया देते हुए कहा, ''भारतीय नेतृत्व बेकाबू हो चुका है।'' प्रधानमंत्री नवाज शारीफ ने कहा, ''हम भारत को इसके लिए माकूल जवाब देंगे।''

उनका यह माकूल जवाब था, 28 मई को किया गया पाकिस्तान में परमाणु परीक्षण। महज पंद्रह दिनों में पाकिस्तान में भी चेगाई हिल्स पर परमाणु परीक्षण किए गए। जाहिर है कि यह सब महज पंद्रह दिनों के भीतर तो नहीं ही हुआ होगा। पाकिस्तान पहले से ही इसकी तैयारी कर रहा होगा। इस घटना ने सिखा दिया कि भारत को हमेशा सतर्क रहने की जरूरत है।

अमेरिकी राष्ट्रपति बिल क्लिंटन क्षुब्ध हो उठे और बोले, ''दो गलत बातों से एक सही बात नहीं हो सकती।'' उन्होंने काफी पहले से भारत की राजकीय यात्रा का निर्णय लिया था, लेकिन अब नाराजगी के कारण अपनी भारत की यात्रा को स्थगित कर दिया। मुझे दुःख तो बहुत हुआ, लेकिन मैंने इसे स्वीकार किया।

पंद्रह अगस्त को लालकिले पर तिरंगा फहराने के बाद मैंने वहाँ की प्राचीर से गर्वपूर्वक कहा, ''भारत एक महान् देश है। हमारी जनता पराक्रमी है। अपने गौरव के लिए यह बहादुर जनता हर संकट का सामना कर सकती है। इसका हमने इतिहास में भी

बार-बार परिचय दिया है। मैं अहंकार से नहीं, विनम्रता से, आह्वान के रूप में या चुनौती के रूप में नहीं, आत्मविश्वास से कहना चाहता हूँ कि दुनिया की कोई भी ताकत हमें अपने निर्धारित मार्ग से दूर नहीं कर सकती। राष्ट्र की एकता, अखंडता और सुरक्षा के लिए हम बड़ी-से-बड़ी कुर्बानी देने के लिए तैयार हैं। लाल बहादुर शास्त्रीजी ने कहा था—'जय जवान, जय किसान'। आज मैं इसे नया आयाम देता हूँ—'जय जवान, जय किसान, जय विज्ञान', क्योंकि इक्कीसवीं सदी में देश की सुरक्षा और देश का विकास बीती सदी के साधनों से नहीं किया जा सकता।''

मैंने डॉ. कलाम को अपने मंत्रिमंडल में शामिल होने का निमंत्रण दिया। उन्होंने कहा कि वे इस समय राष्ट्रहित के प्रोजेक्ट में व्यस्त हैं। मैंने अपनी तरफ से उन्हें पूरे सहयोग का आश्वासन दिया। हम पर सी.टी.बी.टी. पर हस्ताक्षर करने का दबाव बनाया जाने लगा। मैंने अपनी अमेरिका यात्रा के दौरान वहाँ कहा, ''हमने तो स्वैच्छिक रूप से और आणविक परीक्षण करने के लिए अपने आप को प्रतिबंधित कर दिया है। हम सी.टी.बी.टी. के प्रभाव में आने की दृष्टि से कहीं बाधा नहीं हैं। पहले आप अपनी संसद् से इसका अनुमोदन करवा लीजिए। हमारा देश अभी इस संदर्भ में आम राय बनाने की प्रक्रिया में है।''

हम इन सबके बावजूद वाकई में शांति के ही पक्ष में हैं। चाहे कोई भी पार्टी सत्ता में रही हो, सभी ने हमेशा से यही चाहा कि हमारे पड़ोसी देशों के साथ अच्छे संबंध रहें। हम अपने देश को विकास करता देखना चाहते थे, लेकिन हमने अपने पड़ोसियों के साथ हमेशा ही मधुर संबंध बनाए रखने की दिशा में काम किया। जब मैं 1998 में संयुक्त राष्ट्र में गया, तब वहीं मुझे लाहौर बस का विचार सूझा। 23 सितंबर की बात है, न्यूयॉर्क में यू.एन. जनरल असेंबली की साइडलाइंस पर मीटिंग चल रही थी। लंच के समय मैं, नवाज शरीफ, जसवंत सिंह और के रघुनाथ अनौपचारिक बातचीत करने लगे। नवाज शरीफ अपने पुराने समय को याद करने लगे। वे बोले—''मैं 1982 में हुए एशियन गेम्स के दौरान हिंदुस्तान गया था। उस वक्त मैं अपनी कार से वहाँ गया था। पहले दिल्ली गया था, फिर आगरा भी गया था।''

तभी जसवंत सिंह उनसे बोले, ''आप दिल्ली और लाहौर के बीच रोजाना बस सेवा शुरू कीजिए।''

''यह तो बहुत अच्छा आइडिया है। 1965 से बंद पड़े मुनाबाव-खोखरापार रोड और रेल लिंक को भी शुरू किया जा सकता है।''

इसके बाद नवाज शरीफ ने यू.एन. के महासचिव कोफी अन्नान से कश्मीर पर यू.एन. प्रस्ताव को आगे बढ़ाने के लिए कहा। दरअसल 1947 के बँटवारे के बाद भारत और पाकिस्तान के बीच सड़क और रेल यात्रा पर पाबंदियाँ लगा दी गई थीं।

दोनों देश के प्रमुख फिर एक बार आपसी रिश्ते मजबूत करने की दिशा में काम करना चाहते थे। हमने बस सेवा शुरू करने का निर्णय लिया। प्रधानमंत्री नवाज शरीफ ने मुझे पाकिस्तान आने का निमंत्रण दिया।

आखिर वह दिन आ पहुँचा, जिसका दोनों देशों के लोग इंतजार कर रहे थे। 20 फरवरी, 1999 के दिन अमृतसर में उत्सव का माहौल था। अमृतसर से लेकर अटारी तक सड़क के दोनों तरफ लोग खड़े हुए थे। उनमें उत्साह था। अटारी में ही बाघा बॉर्डर है। यहीं से भारत की सीमा समाप्त होती है और पाकिस्तान की प्रारंभ होती है। उस ओर भी उतना ही जनसमूह सड़क के दोनों ओर उत्साह से खड़ा हुआ था। टी.वी. चैनल वाले अपने-अपने कैमरों के साथ मुस्तैद खड़े थे। जैसे ही बाघा बॉर्डर पर दिल्ली से लाहौर जानेवाली बस के लिए गेट खोला गया, वैसे ही टी.वी. पर यह खबर फैल गई। हमने अपनी तरफ से दोस्ती का पैगाम दे दिया, इस बस में मेरे साथ फिल्म अभिनेता देवानंद, अभिनेता दिलीप कुमार, अभिनेता और बी.जे.पी. नेता शत्रुघ्न सिन्हा, गीतकार जावेद अख्तर, क्रिकेटर कपिल देव, नृत्यांगना मल्लिका साराभाई, पेंटर सतीश गुजराल, वरिष्ठ पत्रकार कुलदीप नैयर समेत बाईस हस्तियाँ सवार थीं। यह बस उन लोगों के लिए वरदान थी, जिनके अपने सीमा पार रहते थे। यह बस उनके मिलने का जरिया थी।

बाघा बॉर्डर पर हमारा स्वागत हुआ। मैंने कहा, ''दिल्ली और लाहौर के बीच की यह बस सेवा सिर्फ सफर आसान करने के लिए नहीं है, बल्कि यह दोनों मुल्कों के इस संदेश को जाहिर करती है कि हम मिल-जुलकर रहें। अगर यह सिर्फ एक बस होती तो पूरी दुनिया में इतनी हलचल नहीं पैदा करती। इस बस को चलाने का मकसद तब पूरा होगा, जब हम अविश्वास को पीछे छोड़ दें और भरोसा व भाईचारा पैदा करें। हम सहयोग के साथ आगे बढ़ें।''

बी.जे.पी. अध्यक्ष कुशाभाऊ ठाकरे हमें विदा देने के लिए बाघा बॉर्डर पर खड़े थे। जैसे ही बस बाघा की सीमा को पार करके पाकिस्तान की सीमा में पहुँची, इसका भव्य स्वागत हुआ। तोपों की सलामी दी गई। पाकिस्तान के वजीरे आजम नवाज शरीफ और उनके भाई शाहबाज सीमा के उस पार स्वागत के लिए मौजूद थे। पाकिस्तानी रेंजर्स दोनों तरफ पंक्ति से खड़े थे।

नवाज शरीफ ने मुसकराकर कहा, ''खुशामदीद पाकिस्तान।''

उनके साथ कई अधिकारी खड़े थे। कई मंत्री मेरे स्वागत में हाथ मिलाने के लिए पंक्तिबद्ध खड़े थे। लेकिन तीनो सेना प्रमुख इस मौके पर मौजूद नहीं थे। तय कार्यक्रम के अनुसार यहीं से हमें दिल्ली वापस लौट आना था, लेकिन सीमा पार करने पर नवाज शरीफ बोले, ''आपको इस तरह से हम दरवाजे से नहीं लौटने देंगे।'' इसके बाद हेलीकॉप्टर हम दोनों को लेकर उड़ चला। आसमान में रंग-बिरंगी पतंगें उड़ रही थीं। लेकिन नीचे

बाजार बंद था। यह बंद जमाअत-ए-इसलामी की तरफ से था। कुछ लोग 'वाजपेयी वापस जाओ' की तख्तियाँ लेकर मेरे विरोध में खड़े थे। मेरा मन दुःखी हो उठा। नवाज शरीफ को भी यह अच्छा नहीं लग रहा था। खैर, हेलीकॉप्टर लाहौर में पंजाब गवर्नर हाउस के लॉन में उतरा।

गवर्नर हाउस में मेरे सम्मान में एक जलसा रखा गया था। इस समय यहाँ तीनों सेना प्रमुख मौजूद थे। उन्होंने मुझे सलामी दी। लाहौर किले में मेरे लिए रात्रिभोज आयोजित हुआ। वहाँ मेरे स्वागत में हिंदी गीत चलाए गए। वहाँ मैंने भी अपनी कविता की ये पंक्तियाँ पढ़ीं—

> हमें चाहिए शांति, जिंदगी हमको प्यारी,
>
> हमें चाहिए शांति, सृजन की है तैयारी।
>
> हमने छेड़ी जंग भूख से, बीमारी से,
>
> आगे आकर हाथ बँटाए दुनिया सारी।
>
> हरी-भरी धरती को खूनी रंग न लेने देंगे
>
> जंग न होने देंग॥

जब मैंने ये पंक्तियाँ पढ़ीं तो तालियाँ बज उठीं। नवाज शरीफ ने हँसते हुए कहा, ''वाजपेयी साहब, आप तो अब पाकिस्तान में भी चुनाव जीत सकते हैं।'' मैं भी हँस दिया।

हम दोनों देशों के प्रमुखों ने एक-दूसरे की ओर दोस्ती का हाथ बढ़ा दिया था। पूरा विश्व हमारी दोस्ती से प्रसन्न था। मैंने उस वक्त कहा था—''यह एक निर्णायक पल है और हमें इस चुनौती पर खरा उतरना है।''

दोनों देशों की जनता मेरे इस दौरे से प्रसन्न थी। कुछ कट्टरपंथी समुदाय थे, बस उन्हें ही यह यात्रा अखर रही थी। मैंने इसकी परवाह नहीं की, क्योंकि सभी खुश हों, यह तो नामुमकिन था। मैंने इस दौरे में मीनार-ए-पाकिस्तान जाने का निर्णय लिया। कट्टरपंथियों द्वारा। इसका बड़ा विरोध किया गया, लेकिन मैं फिर भी वहाँ गया। यह पाकिस्तान के जन्म की स्मृति है। मुझसे कई लोगों ने कहा कि मेरा मीनार-ए-पाकिस्तान जाने का मतलब होगा, पाकिस्तान के वजूद पर अपनी मुहर लगा देना। लेकिन मुझे इस बात में कोई तुक नजर नहीं आ रहा था। मैं बोला कि भला पाकिस्तान को अपने वजूद के लिए मेरी मुहर की क्या आवश्यकता है!

मैं मीनार-ए-पाकिस्तान चला तो गया, लेकिन बाद में पता चला कि मेरे लौटने के बाद वहाँ के धार्मिक नेताओं ने मीनार-ए-पाकिस्तान के प्लेटफार्म को यह कहकर धुलवाया कि इसे पवित्र किया जाए, क्योंकि इस पर दुश्मन देश के प्रधानमंत्री का प्रभाव पड़ गया है। मैं क्या कहता उनकी इस नादानी पर?

हम दोनों प्रधानमंत्रियों ने इस दौरान लाहौर घोषणा-पत्र पर भी दस्तखत किए। इस

प्रकार से हम अपने दोस्ताना रिश्ते की शुरुआत कर रहे थे। हम दोनों ने माना कि अब चूँकि दोनों ही देश परमाणु शक्ति संपन्न हो गए हैं, तो ऐसे में हम दोनों को ही एक-दूसरे के प्रति सौहार्दपूर्ण व्यवहार रखना होगा। हमने अपने-अपने दायित्वों को समझा और शिमला समझौते को भी पुन: लागू करने की प्रतिबद्धता दोहराई।

मेरे वापस लौटने पर इस बात पर बहुत बहस हुई कि आखिर इतनी जल्दी मैं पाकिस्तान क्यों चला गया? मैं पाकिस्तान के साथ दोस्ताना संबंध बनाना चाहता था। परमाणु परीक्षण के बाद तो खासकर दोनों मुल्कों में आपसी समझ और मैत्री की आवश्यक बढ़ गई थी। मैं सिर्फ एक नई शुरुआत करने के लिए ऐसा कर रहा था।

मैं अपनी दूरदृष्टि को साथ रखकर सभी के साथ विचार-विमर्श करते हुए प्रधानमंत्री के दायित्व को निभा रहा था। निरंतर राष्ट्रहित के कार्यों को कर रहा था, लेकिन उसी समय एक बहुत ही अप्रिय घटना अपने अंजाम तक पहुँच रही थी। जयललिता अपनी माँगों पर अड़ी हुई थीं। उन्होंने अप्रैल 1998 में सरकार से अपना समर्थन वापस ले लिया और इस प्रकार हम एक वोट से अल्पमत में आ गए। यदि उस समय मैं अपने आदर्शों को ताक पर रख देता, तो अपनी सरकार को गिरने से बचा सकता था, लेकिन मैंने ऐसा न तो तब ही किया था, जब तेरह दिन में मुझे इस्तीफा देना पड़ा था और न ही अब करनेवाला था, जबकि तेरह महीने में मेरी सरकार गिरने की स्थिति में आ पहुँची थी। उस वक्त कई ऐसे नेता थे, जो मेरा साथ देकर मात्र एक वोट से सरकार को बचा सकते थे, लेकिन वे भी ऐन वक्त पर पीछे हट गए। उस दिन मैं बहुत मायूस हो गया था। जब मैं लोकसभा से बाहर आया, तो मेरे कदन उठ ही नहीं रहे थे। यह सब इस तरह से हुआ था कि मेरे लिए विश्वास करना मुश्किल था। मैं संसद् भवन के अपने विश्राम-कक्ष में पहुँचा तो आडवाणीजी मेरा वहाँ पहले से ही इंतजार कर रहे थे। मैं उन्हें देखकर ढह गया और बोला, ''हम सिर्फ एक वोट से हार गए लालजी, सिर्फ एक वोट से।''

मात्र एक वोट से हार जाने के कारण मैं उदास तो था, लेकिन हताश नहीं था। मैंने ऐसे समय में अपने आत्मबल से काम लिया। मुझे विश्वास था कि जनता हमारे साथ है। यह तो पार्टियों का खेल है, जो हमें सत्ता में नहीं देख पा रही हैं। मैंने अपनी पार्टी के लोगों को भी हताशा से बचाए रखने का पूरा प्रयास किया। मैं महसूस कर रहा था कि मेरे पद से चले जाने की बात सुनकर देश का छोटे से छोटा व्यक्ति भी बेहद उदास हो उठा है।

इधर सभी विपक्षी पार्टियों ने अपने-अपने पैंतरे आजमाने शुरू कर दिए। सभी अपने हिसाब से गठबंधन द्वारा सत्ता में आना चाहती थीं। राष्ट्रपति श्री के.आर.नारायण से मुलाकातें शुरू हो गईं, आखिरकार उन्होंने एक निश्चित तारीख पर अपना बहुमत सिद्ध करने की बात कही। लेकिन इतनी धुर विरोधी पार्टियों के लिए अब एक साथ आ पाना संभव नहीं हो पा रहा था। कोई जोड़-तोड़ काम नहीं आ रही थी।

आखिरकार 25 अप्रैल को सोनिया गांधी ने राष्ट्रपति को बताया कि उनके पास बहुमत नहीं है और वे तीसरे मोरचे को भी समर्थन नहीं देना चाहतीं। अगले ही दिन माननीय राष्ट्रपति ने कहा कि गैर बी.जे.पी. दल सरकार बनाने की स्थिति में नहीं हैं और बी.जे.पी. के पास भी अपनी सरकार को बचाए रखने लायक सांसद नहीं हैं, ऐसी स्थिति में लोकसभा भंग करने के अतिरिक्त और कोई रास्ता नहीं बचा है।

मैंने इस पर बैठक में विचार करने की बात कही। हमें सिर्फ एक मत की जरूरत थी। उस वक्त हम एक मत भी नहीं जुटा पा रहे थे, क्योंकि हम अपने आदर्शों से समझौता नहीं करना चाहते थे। बैठक के बाद मंत्रिमंडल ने भी यही स्थिति देखी, तो उसने भी राष्ट्रपति की बात का समर्थन करते हुए लोकसभा को भंग करने की सिफारिश कर दी और इसी के साथ बारहवीं लोकसभा भंग हो गई।

सरकार गिरने के बाद चुनाव आयोग ने अगले चुनाव सितंबर-अक्तूबर में कराए जाने पर सहमति बनाई, क्योंकि जून में बरसात का मौसम रहता है। राष्ट्रपति महोदय ने मुझे चुनाव होने तक कार्यकारी प्रधानमंत्री के तौर पर काम करने की आज्ञा दी।

इधर कांग्रेस में सोनिया गांधी के विदेशी मूल के होने का मुद्दा गरमा रहा था। दूसरी ओर पाकिस्तान ने अपना असली रंग दिखाना शुरू कर दिया। मैंने लाहौर बस यात्रा करके मित्रता का हाथ बढ़ाया था, लेकिन पाकिस्तान सेना गुपचुप ढंग से कश्मीर के कारगिल क्षेत्र में प्रवेश कर रही थी। हम समझ रहे थे कि लाहौर घोषणा-पत्र पर दस्तखत करने से दोनों देशों के रिश्तों में सकारात्मकता आएगी और एक अच्छी पहल होगी, लेकिन यहाँ तो सब उल्टा हो रहा था। हमारे विश्वास के साथ खिलवाड़ किया जा रहा था।

जम्मू कश्मीर के बटालिक सेक्टर के तारकुल गाँव में तीन मई को एक गड़रिए ने कुछ घुसपैठ होती देखी। वह रोज की तरह अपनी भेड़ें चराने निकला था, लेकिन शाम को जब वह पहाड़ियों पर अपनी भेड़ों को तलाश रहा था, तो उसे कुछ लोग इस ओर आते दिखाई दिए। उसे संदेह हुआ कि कहीं ये पाकिस्तान के लोग न हों, इसलिए वह तुरंत दौड़कर फौजी अफसरों के पास गया। हमारे फौजी वहाँ के ग्रामीणों की बात को बहुत ध्यान से सुनते हैं, अतः वे तुरंत मौके पर पहुँचे। दूरबीन से देखने पर पता चला कि उनके पास तो हथियार भी हैं, लेकिन तब यह अंदाजा लगाना मुश्किल हो रहा था कि वे ये घुसपैठिए पाकिस्तानी फौजी हैं या आतंकवादी हैं? काफी दिनों तक सैनिकों और इंटेलीजेंस ब्यूरो यही समझती रही कि ये मुजाहिदीन आतंकी हैं।

मेरे पाकिस्तान से लौटने के बाद ही वहाँ के सेना प्रमुख जनरल परवेज मुशर्रफ और उनके खास अफसरों ने मिलकर इस घुसपैठ की योजना बना ली थी और उसे अंजाम दे रहे थे, जबकि हम अब भी यही सोच रहे थे कि ये आतंकी घुसपैठ है। बाद में खुलासा हुआ कि पाकिस्तानी फौज ने इस घुसपैठ को 'ऑपरेशन बद्र' नाम दिया था।

मेरे लिए यह बड़े अचरज की बात थी कि मेरे इतने अच्छे प्रयास के बाद भी पाकिस्तान इतनी गिरी हुई हरकत कैसे कर सकता है! मैंने इस बारे में नवाज शरीफ से बात करने का फैसला किया। जब मैंने उन्हें इस बारे बताया और कहा कि आपने पाकिस्तान में मेरा इतना स्वागत-सत्कार किया, लेकिन पीछे से हमारी ही सीमा में घुसपैठ करा दी, तो वे हैरानी प्रकट करने लगे। उनके मुताबिक वे इस बारे में कुछ भी नहीं जानते। उन्हें सेना की इस काररवाई के बारे में कुछ भी जानकारी नहीं है।

मेरे लिए उनकी बात पर यकीन करना आसान नहीं था कि उन्हें अपनी ही सेना की गतिविधियों का पता न हो। लेकिन मैं हैरान था कि जनरल मुशर्रफ ने कितना बड़ा कदम उठा लिया है। अब हमें इसका माकूल जवाब देना था। मैंने सरताज अजीज को भी फोन लगाया और उनसे कहा कि हमें आपसे ऐसी उम्मीद नहीं थी, आपने हमारे साथ विश्वासघात किया है। वे लोग अंत तक यही कहते रहे कि उन्हें इसकी कोई जानकारी नहीं है।

जब तक हम कुछ ठोस निर्णय ले पाते, बारह मई तक पाकिस्तानी फौज के करीब दो-ढाई सौ जवान नियंत्रण रेखा को पार कर चुके थे। वे कारगिल की सुनसान पहाड़ियों पर अपना कब्जा जमा चुके थे। उस वक्त विदेश मंत्री जसवंत सिंह तुर्कमेनिस्तान गए हुए थे। दो हफ्ते बीत जाने के बाद तक हमें यह अंदाजा नहीं हो पाया था कि ये घुसपैठिए पाकिस्तानी फौजी हैं या आतंकवादी हैं? रक्षामंत्री जॉर्ज फर्नांडिस अब भी यही मान रहे थे कि ये आतंकवादी ही हैं और इन्हें खदेड़ने में हमें दो दिन भी नहीं लगेंगे।

दरअसल इस जगह पर बहुत अधिक सर्दी पड़ती है, इसलिए जब भी सर्दी आती थी, तो भारत-पाकिस्तान दोनों ही देशों के सैनिक अपनी-अपनी चौकियाँ खाली करके नीचे उतर आते थे और फिर जब सर्दी थोड़ी कम हो जाती, तो दोबारा उन जगहों पर तैनात हो जाते थे। सर्दियों के दौरान वहाँ की निगरानी हेलीकॉप्टरों द्वारा की जाती थी। लेकिन इस बार हेलीकॉप्टरों को भी चकमा देकर वहाँ घुसपैठ हो गई, जिसकी उम्मीद ही नहीं थी।

जब तक हमें यह समझ में आया कि हमारा मुकाबला आतंकवदियों से नहीं बल्कि पाकिस्तानी फौज से है, तब तक वहाँ काफी घुसपैठ हो चुकी थी। चौबीस मई को कैबिनेट की बैठक बुलाई गई। मीटिंग में जनरल मलिक ने एक प्रजेंटेशन के द्वारा समझाया—''ये आतंकी नहीं हैं, बल्कि पाकिस्तानी फौजी हैं, क्योंकि आतंकी कभी भी जमीन पर कब्जा करके नहीं बैठते। ये पाकिस्तानी फौजी यहाँ की चौकियों पर अपना कब्जा जमा रहे हैं। यदि इन पर जल्द-से-जल्द कोई काररवाई नहीं की गई तो ये लोग 1972 वाली नियंत्रण रेखा यानी कि लाइन ऑफ कंट्रोल को बदल भी सकते हैं।''

उन्होंने हमें अपनी प्रजेंटेशन में बड़ी बारीकी से समझाया—''पाकिस्तानी सेना इस वक्त काफी अंदर तक आ चुकी है। उसका इरादा कारगिल-लेह-श्रीनगर हाइवे पर अपना कब्जा जमाना है। इस पर कब्जा करके वह हमारी रसद सलाई को भी रोक सकती है।

ऐसे में हमें अपनी वायुसेना की सहायता लेनी चाहिए और नौसेना को भी अलर्ट कर देना चाहिए।''

मैंने पूछा, ''क्या हम उनसे कारगिल वापस लेने के लिए दूसरा फ्रंट खोलें?''

जनरल ने कहा, ''इससे तो खुली जंग छिड़ जाने का खतरा है।''

विदेश मंत्री जसवंत सिंह बोले, ''हम नियंत्रण रेखा को पार नहीं कर सकते। अंतरराष्ट्रीय सीमा रेखा को पार करना ठीक नहीं, लेकिन हमें कारगिल तो उनके कब्जे से वापस लेना ही है।''

हम सभी गहन विचार-विमर्श कर रहे थे, क्योंकि इस वक्त दोनों देशों के पास परमाणु शक्ति भी थी। इसलिए स्थिति को नियंत्रण में रखते हुए ही अपने हिस्से के भू-भाग को खाली करवाना था। अंतत: यही निश्चय किया गया कि बिना सीमारेखा को पार किए उन्हें खदेड़ा जाएगा। मैं इस समय कार्यकारी प्रधानमंत्री था, लेकिन मेरे सामने यह एक बहुत बड़ी चुनौती आ खड़ी हुई थी। मुझे कोई-न-कोई फैसला तो लेना ही था। मैंने बिना एल.ओ.सी. को पार किए उन्हें बाहर करने का आदेश दिया, इसके लिए मैंने वायुसेना से सहायता लेने की इजाजत भी दी। लेकिन अब भी यही सख्त हिदायत दी गई थी कि हमारे जवान सीमारेखा को पार नहीं करेंगे।

आसमान में वायुसेना के जहाज उड़ने लगे। वायुसेना ने अपने जंगी जहाजों को उतार दिया। इस ऑपरेशन को 'सफेद सागर' नाम दिया गया। मिग 29 सुरक्षा कवर दे रहे थे। हमारी वायुसेना अपने ही वायुक्षेत्र में रहकर बड़ी ही समझदारी से यह काम कर रही थी। हालाँकि यह काम बहुत मुश्किल था, लेकिन हमारे जवानों ने यह शब्द सीखा ही कहाँ है? पाकिस्तान भी हैरत में आ गया था। अठारह हजार फीट ऊँचाई से भी हमारे जवान छिपे हुए पाकिस्तानी सैनिकों को चुन-चुनकर निशाना बना रहे थे। इस दौरान हमारे दो एयरक्राफ्ट नष्ट हो चुके थे। पाकिस्तानी फौज ने हमारे फ्लाइट लेफ्टिनेंट नचिकेता को अपने कब्जे में ले लिया था। 27 मई को जब नचिकेता ने बटालिक सेक्टर में दुश्मन के ठिकानों पर मिग-27 विमान से निशाना साधने की कोशिश की तो उसी दौरान पाकिस्तानी सेना ने उन्हें युद्धबंदी बना लिया था। नचिकेता पर बहुत जुल्म ढाए गए, लेकिन एक बहादुर फौजी की तरह उन्होंने हर जुल्म को सहन किया। उन्होंने कोई भी खुफिया जानकारी दुश्मनों को नहीं दी।

6 जून को पाकिस्तान ने भारत के साथ बातचीत का प्रस्ताव रखा। मैंने अगले ही दिन अपने देश भारत को संबोधित करते हुए कहा, ''मैं साफ तौर पर कहना चाहता हूँ कि यदि घुसपैठ के माध्यम से नियंत्रण रेखा को बदलने के साथ बातचीत करने की भी चाल है, तो प्रस्तावित बातचीत शुरू होने से पहले ही खत्म हो जाएगी। हमें अपनी सेना की ताकत पर पूरा भरोसा है। हमारी सेना इस लक्ष्य को न सिर्फ हासिल करेगी, बल्कि

यह सुनिश्चित भी करेगी के भविष्य में कोई इस तरह की गतिविधियों में शामिल होने का दुस्साहस न करे।''

इसके बाद 12 जून को पाकिस्तान के विदेश मंत्री सरताज अजीज चीन होते हुए दिल्ली पहुँचे। उन्होंने हमारे सामने अपना तीन सूत्रीय प्रस्ताव रखा—युद्ध विराम, नियंत्रण रेखा की समीक्षा और निर्धारण के लिए एक वर्किंग ग्रुप का निर्माण और अगले सप्ताह भारत के विदेश मंत्री की पाकिस्तान यात्रा। लेकिन हमने उनके इस प्रस्ताव को ठुकरा दिया।

अमेरिका लगातार हालात पर नजर रखे हुए था। बिल क्लिंटन लगातार मुझसे और पाकिस्तान से संपर्क कर रहे थे। इस दौरान उन्होंने कई बार मुझसे और नवाज शरीफ से बातचीत की। अब पाकिस्तान चाहता था कि इसमें अमेरिका अपना दखल दे। नवाज शरीफ ने बिल क्लिंटन से युद्ध रुकवाने और कश्मीर समस्या का हल निकालने का अनुरोध किया। लेकिन अमेरिकी राष्ट्रपति ने साफ कहा कि पाकिस्तान को अपने सैनिक नियंत्रण रेखा से पीछे हटाने होंगे और वे कश्मीर विवाद में कोई दखल नहीं देंगे।

नवाज शरीफ चार जुलाई को वाशिंगटन जाने के लिए तैयार हुए। अमेरिका ने अपनी इच्छा जाहिर की कि ऐसे मौके पर भारत के प्रधानमंत्री को भी यहाँ होना चाहिए। राष्ट्रपति क्लिंटन ने मुझसे फोन पर बात की और टी पार्टी में आने का निमंत्रण दिया, लेकिन मैंने उन्हें अपने पहुँचने में असमर्थता जताई। मैंने कहा, ''जिस देश की सेना सीमा पर लड़ रही हो, उस देश का प्रधानमंत्री टी पार्टी मनाने नहीं जा सकता।''

तीन जुलाई को भारतीय फौज ने टाइगर हिल से पाकिस्तानी फौज को खदेड़ दिया था। 6 जुलाई को भारत और पाकिस्तान के सैन्य महानिदेशकों के बीच फोन पर बातचीत हुई। इस समय तक बटालिक और द्रास सेक्टर से नब्बे फीसदी घुसपैठिए खदेड़े जा चुके थे। बाकी हिस्सों में भी अभियान जारी था। अब पाकिस्तान की हालत पस्त हो रही थी।

8 जुलाई को मैंने जनरल मालिक को अपने आवास पर बुलाकर बताया—''जनरल साहब, पाकिस्तान पीछे हटने को राजी हो गया है।''

''लेकिन सर, भारतीय सेना को उनका इस तरह से पीछे हटना मंजूर नहीं। जब हवा हमारे अनुकूल हो तो हमें दुश्मन को इस तरह से बचकर निकलने का मौका भला क्यों देना चाहिए?''

''अच्छा तो यह बताइए कि पाकिस्तानी घुसपैठियों को भगाने में अभी और कितना समय लगेगा?''

''यही कोई दो तीन हफ्ते।''

उस समय देश में कामचलाऊ सरकार थी और मैं कार्यवाहक प्रधानमंत्री। चुनाव भी नजदीक आ रहे थे। मैंने जनरल मालिक से कहा, ''जनरल साहब, हमें चुनाव भी कराने हैं।''

''यस सर।''

इसी के साथ हमारी फौजें पाकिस्तानी घुसपैठी सेना को खदेड़ने के काम में तेजी

से जुट गई। मुख्य चुनाव आयुक्त एम.एस. गिल ने 11 जुलाई को संसदीय चुनावों के लिए अध्यादेश जारी कर दिया।

21 जुलाई को जनरल मालिक फिर मेरे पास आए और बोले, ''हमारी सीमा में पाकिस्तानी कब्जे वाली चोटियों पर विजय हासिल किए बिना 'ऑपरेशन विजय' को समाप्त करना मुश्किल है।''

''इसके लिए हमें क्या करना होगा?''

''सर, हमें बल प्रयोग करने की इजाजत दीजिए।''

''चलो दी।''

इसी के साथ 25 जुलाई को सभी तीनों चोटियाँ पाकिस्तानी कब्जे से मुक्त करा ली गईं और 26 जुलाई को ऑपरेशन विजय का ऐलान हो गया। पूरे देश में सम्मान के साथ कारगिल विजय दिवस मनाया गया।

इस युद्ध के दौरान हमने एक बहुत अहम काम किया। हमने अपने शहीदों को सम्मानित करने का फैसला किया। पहली बार हमने यह तय किया कि शहीदों के शवों को उनके घर तक पूरे राजकीय सम्मान के साथ भिजवाया जाएगा और उनका अंतिम संस्कार किया जाएगा। इस तरह से पूरा देश भाव-विह्वल हो उठा। सैनिक चाहे जिस भी प्रांत या गाँव का रहा हो, लेकिन उसके साथ पूरा देश खड़ा दिखाई दिया। पूरा गाँव, पूरा शहर अपने क्षेत्र के सैनिक के अंतिम संस्कार में शामिल हुआ। लोगों में देशप्रेम की भावना जागी। दूसरी तरफ पाकिस्तान में यह स्थिति थी कि पाकिस्तान सरकार अपने सैनिकों को कुबूल तक करने में आनाकानी कर रही थी।

जंग खत्म होने के बाद उन्हें छुड़ाने की कोशिश शुरू हो गई। पाकिस्तानी सेना के अफसरों ने फरमान जारी किया कि जब भारतीय प्रधानमंत्री खुद कहेंगे, तब नचिकेता को छोड़ा जाएगा। इसके बाद भी वे सीधे-सीधे कहाँ माननेवाले थे। अब बोले कि नचिकेता को जिन्ना रूम से लेना होगा। जिन्ना रूम से लेने का मतलब था अंतरराष्ट्रीय मीडिया के सामने भारत को नीचा और खुद को ऊँचा दिखाना। अंत में पाकिस्तान को बाध्य किया गया कि युद्ध के नियमों के अनुसार नचिकेता को अंतरराष्ट्रीय रेडक्रॉस को सौंपा जाए। बहुत दबाव बनाए जाने के बाद इस प्रकार से नचिकेता को पाकिस्तान के चंगुल से छुड़ाया गया।

पंद्रह अगस्त को लालकिले पर झंडा फहराने के बाद मैंने उसकी प्राचीर से भाषण दिया। इस भाषण में मैंने कारगिल जीत पर खुशी मनाते हुए कहा, ''आज मैं थलसेना और वायुसेना के उन बहादुर जवानों, अफसरों और अन्य लोगों के प्रति अपनी श्रद्धांजलि अर्पित करता हूँ, जिन्होंने कारगिल में अपनी मातृभूमि को शत्रुओं के कब्जे से छुड़ाने में अद्भुत पराक्रम, शौर्य और बलिदान दिखाया। हम उन बहादुर शहीदों के परिवारीजनों को कैसे भूल जाएँ, जो अपने इष्टजन का पार्थिव शरीर पाकर कहते हैं—'हमारी आँखों में आँसू नहीं, हृदय में गर्व है।' हम उस माँ को कैसे भुला सकते हैं, जिसे इस बात का

दु:ख था कि उसका एक ही बेटा देश के काम आया। काश, उसके दूसरा बेटा भी होता तो वह उसे भी देश की खातिर लड़ने के लिए मोरचे पर भेज देती।''

तेरहवीं लोकसभा के लिए चुनाव की तैयारियाँ शुरू हो गई थीं। तेरह अंक भी करिश्माई ढंग से मेरे साथ जुड़ गया था। मेरी पहली सरकार तेरह दिन ही चली थी। दूसरी बार जब मैं प्रधानमंत्री बना तो तेरह महीने बाद मुझे एक वोट से गठबंधन की हार का सामना करना पड़ा और अब फिर तेहरवें लोकसभा चुनाव दस्तक दे चुके थे।

सभी दल के नेता अपना-अपना नामांकन भरने लगे। कुछ समय पहले ही पार्टी के वरिष्ठ नेता शिवराज सिंह चौहान एक दुर्घटना में घायल हो गए थे। इस वक्त वे चलने-फिरने की हालत में नहीं थे, इसलिए बोले, ''वाजपेयीजी, मैं इस बार चुनाव नहीं लड़ सकता। आप मेरी जगह पर किसी दूसरे से परचा भरवा दीजिए।''

''अरे वाह! सो कैसे? 'दूध में इकट्ठे और मही में न्यारे' यह नहीं चल सकता। आज आप तकलीफ में हैं, तो हम पीछे हट जाएँ? ऐसा कतई नहीं होगा। परचा आप ही भरेंगे।''

''लेकिन मैं प्रचार का काम नहीं देख पाऊँगा। ऐसी हालत में तो मेरा चलना-फिरना भी संभव नहीं। प्रचार कैसे करूँगा?''

''तो कोई बात नहीं, आप परचा भरिए''बाकी सब पार्टी के कार्यकर्ता और नेता सँभाल लेंगे।''

चुनाव सितंबर-अक्तूबर में होने थे। पिछली बार हम दूध से जले थे, इसलिए इस बार छाछ भी फूँक-फूँककर पी रहे थे। हम इन चुनावों में पहले से ही गठबंधन करके मैदान में उतरे। इन चुनावों में हमने जनता को याद दिलाया कि किस प्रकार से उनका जनादेश मिलने के बाद भी हम एक वोट से हार गए थे। सुरक्षा, स्थायित्व और विकास को हमने अपना मुद्दा बनाया। लोग हमारे परमाणु परीक्षण और कारगिल विजय जैसे कार्यों से हम पर भरोसा जता रहे थे। हमने लोगों को विश्वास दिलाया कि यदि हमें पाँच साल तक स्थायित्व मिला, तो हम देश को विकास के रास्ते पर ले जाएँगे।

एन.डी.ए. को इन चुनावों में सबसे ज्यादा सीटें मिलीं। कांग्रेस को सीटों का भारी नुकसान हुआ। देश भर में खुशी का माहौल छाया हुआ था। भाजपा और हमारे सहयोगी दलों के नेताओं में मंत्रिपद को लेकर दौड़-भाग शुरू हो गई थी। तेरह अक्तूबर को सुबह मैंने तीसरी बार प्रधानमंत्री पद की शपथ ली। इसी के साथ तेरह अंक का एक और करिश्मा मेरे साथ जुड़ गया। राष्ट्रपति भवन आज फिर राजनेताओं, मुख्यमंत्रियों और कार्यकर्ताओं से भर गया था।

उस समय राजनाथ सिंह बी.जे.पी. की उत्तर प्रदेश इकाई के अध्यक्ष थे। मैंने उन्हें फोन करके दिल्ली आने के लिए कहा। पहले वे इस तरह से बुलाए जाने पर थोड़ा अचंभित हुए, लेकिन फिर पूरी बात समझ गए। उन्हें सड़क परिवहन मंत्रालय सौंपा गया।

मेरी कैबिनेट में सबसे कम उम्र के नेता थे शाहनवाज हुसैन। तब वे मात्र 32 साल के थे। वित्त मंत्री बनाए गए यशवंत सिन्हा। हमने गाँवों में सड़कें बनाने का काम शुरू किया। बरसों से तीन नए राज्यों छत्तीसगढ़, उत्तराखंड और झारखंड की माँग चल रही थी। हमने नए राज्य घोषित कर दिए। नई टेलीकॉम नीति का ऐलान किया गया। संघ प्रमुख के. सी. सुदर्शनजी मेरी आर्थिक नीतियों ने कुछ नाराज थे। उन्होंने मेरा इस्तीफा माँग लिया। हालाँकि मैं इस बात को आगे नहीं बढ़ाना चाहता था।

शांता कुमारजी को खाद्य मंत्री बनाया गया था। एक दिन वे मेरे पास आए और बोले, ''हमारे गोदाम अनाज से भरे पड़े हैं। यहाँ तक कि बाहर भी काफी अनाज रखा हुआ है। जब बरसात होती है, तो यह अनाज खराब होने लगता है।''

''तो फिर कुछ उपाय निकालिए।''

''मुझे खबर मिली है कि उड़ीसा के कालीहांडी में लोग भूख से मर रहे हैं। यदि हम 'अंत्योदय अन्न योजना' शुरू करें तो दोनों समस्याओं का हल निकल आएगा।''

''आप इस पूरी योजना को मंत्रिमंडल में लेकर आइए।''

लेकिन वित्तीय कठिनाइयों के कारण मंत्रिमंडल में उनकी इस योजना को स्वीकार नहीं किया गया। मंत्रिमंडल की दूसरी बैठक में भी उनके इस आग्रह को स्वीकार नहीं किया गया। वे बहुत दु:खी हो उठे, फिर उन्होंने एक दिन मेरे निवास पर आकर मुझसे कहा, ''कितना अच्छा हो, यदि यह 'अंत्योदय अन्न योजना' का उद्घाटन भी आपके जन्मदिन के अवसर पर ही हो जाए।'' इस बार भी जब मैंने इसे मंत्रिमंडल बैठक में ले जाने की बात कही तो वे बोले, ''मंत्रिमंडल की स्वीकृति के बिना भी आपको योजना शुरू करने का अधिकार है।'' आखिरकार यह योजना प्रारंभ कर दी गई।

इस दौरान अमेरिका के साथ भी हमारे संबंध अच्छे हो चले थे। सन् 2000 में राष्ट्रपति बिल क्लिंटन अपने पाँच दिन के दौरे पर भारत आए। वे अपनी बेटी चेल्सी क्लिंटन को भी साथ लाए थे। दिल्ली के अलावा वे आगरा, जयपुर, मुंबई और हैदराबाद भी गए। यह किसी अमेरिकी राष्ट्रपति का भारत में बाईस वर्षों के बाद पहला दौरा था। पिछली बार उन्होंने परमाणु परीक्षणों से नाराज होकर अपना दौरा स्थगित कर दिया था।

मैं अमेरिका से अच्छे होते संबंधों के बाद भी अपने पुराने मित्र रूस के साथ भी सबसे विश्वसनीय और अच्छे मैत्री संबंधों के लिए सचेत था। हम दोनों देशों का बहुत लंबा रिश्ता रहा है। रूस हमेशा एक विश्वसनीय मित्र की तरह भारत के साथ खड़ा रहा है। इसी वर्ष अक्तूबर माह में राष्ट्रपति पुतिन ने भारत का दौरा किया। अगले ही वर्ष मैं भी रूस गया और हमने मॉस्को घोषणा पर दस्तखत किए। इससे हमारे व्यापार और अन्य सुरक्षा संबंधी रिश्ते मजबूत हुए।

-: 15 :-

आजकल मेरे घुटनों में बहुत दर्द रहने लगा था। कभी-कभी तो इतना तेज दर्द उठता कि असहनीय हो जाता। मैंने चेकअप करवाया। पता चला कि जल्द ऑपरेशन की जरूरत है, यदि घुटने बदल दिए जाएँ, तो दर्द खत्म हो जाएगा। मैं अक्तूबर 2000 में ब्रीचकेंडी अस्पताल में भरती हो गया। पहले मेरे बाएँ घुटने का ऑपरेशन हुआ फिर उसी के अगले साल दाएँ घुटने का भी ऑपरेशन किया गया। इसी दौरान पार्टी में यह बात चलने लगी कि आडवाणीजी को प्रधानमंत्री बना दिया जाए। कुछ लोगों का सुझाव था कि मुझे राष्ट्रपति पद के लिए अपना नामांकन भरना चाहिए। तरह-तरह के विचार चलते रहते, मेरे मन को मथते रहते।

एक जून 2001 की बात है, दिन ठीक से स्मरण नहीं, शायद शुक्रवार का दिन था। खबर मिली कि नेपाल के राजकुमार दीपेंद्र ने अपने ही परिवार के दस लोगों की हत्या करके खुद को भी गोली मार ली। एक ही शाम परिवार के ग्यारह लोग काल के गाल में समा गए। बहुत हृदयविदारक घटना थी। मुझे याद आ गया कि श्री आर.के. मिश्र ने मुझसे कहा था कि राजपरिवार में कुछ ठीक नहीं चल रहा है और भारत सरकार को अपने किसी व्यक्ति को शाही परिवार में भेजना चाहिए। वैसे भी नेपाल के साथ हमारे मित्रता के गहरे संबंध रहे हैं। मैंने इस काम के लिए शेषाद्रि चारी को काठमांडू भेजा था। उनके शाही परिवार के साथ अच्छे संबंध थे और मैं चाहता था कि वे वहाँ जाकर स्थिति को सँभालें तथा शाही परिवार को समझाएँ-बुझाएँ। लेकिन एक दिन यह अनहोनी हो ही गई। राजकुमार दीपेंद्र ने अपने माता-पिता और चाचा समेत सभी भाई-बहनों को गोली मार दी और फिर खुद को भी गोली से छलनी कर लिया। मैं यह खबर सुनकर बहुत आहत हुआ।

एक दोपहर मैं, आडवाणीजी और जसवंत सिंह साथ में भोजन करते हुए पाकिस्तान से भारत के संबंधों के विषय में बात कर रहे थे। जम्मू कश्मीर की समस्या पर भी विचार-मंथन चल रहा था। तभी आडवाणीजी बोले, ''अटलजी! क्यों न परवेज मुशर्रफ

के साथ बातचीत की जाए ? उन्हें भारत आने का निमंत्रण दिया जाए।''

मैंने दुःखी मन से कहा, ''हमने लाहौर में एक कोशिश करके देखी तो थी लालजी।''

''तो क्या हुआ, कोई बात नहीं, अगर वह कोशिश नाकाम हो गई थी। हम एक बार और पहल करके देखते हैं। इससे हमारी ही छवि अच्छी होगी।''

जसवंत सिंह ने भी अपनी सहमति देते हुए कहा, ''आप सही कह रहे हैं, बातचीत करने में हर्ज नहीं है। पड़ोसी देश से अच्छे संबंध होने ही चाहिए, और वैसे भी दुनिया के सभी देश भारत को अच्छे मित्र के रूप में ही मानते हैं।''

हमने कैबिनेट कमेटी ऑन सिक्योरिटी की बैठक में यह बात रखी। इसे सबकी मंजूरी मिल गई और परवेज मुशर्रफ को चिट्ठी भेज दी गई। मुलाकात के लिए कौन सा शहर उपयुक्त रहेगा, इस पर चर्चा हुई। दिल्ली में मुलाकात करना ठीक नहीं समझा गया, क्योंकि यहाँ की राजनीतिक गहमागहमी का असर इस वार्त्ता पर भी पड़ सकता था।

जसवंत सिंहजी ने सुझाव दिया—''राजस्थान के किसी शहर में यह मुलाकात हो सकती है।''

''मैंने कहा, ''अभी अमेरिका के राष्ट्रपति के साथ राजस्थान में भी मुलाकात रखी गई थी, इस बार किसी और शहर का चुनाव करते हैं।''

''गोवा में मुलाकात करना भी ठीक रहेगा। समुद्र के किनारे, प्राकृतिक वातावरण में बातचीत भी सकारात्मक होगी।''

मैंने पूछा, ''आगरा में कैसा रहेगा ?''

''हाँ, आगरा में भी बहुत अच्छा रहेगा।''

आगरा शहर को सबसे उपयुक्त माना गया और तय हो गया कि आगरा में ही मुलाकात की जाएगी।

देश भर में लोग आशान्वित हो उठे। कुछ लोगों को उम्मीद बँधने लगी कि यदि यह मुलाकात सार्थक हो जाए तो भारत-पाकिस्तान के संबंधों में भी मधुरता आ जाएगी। कुछ लोगों ने इससे खास नतीजे न मिलने की बात कही। कुछ ने तो कड़ी आलोचना की। उनका कहना था कि जो मुशर्रफ कारगिल युद्ध के लिए जिम्मेदार थे, उनसे बातचीत करना कतई ठीक नहीं। मैंने भी पार्टी के लोगों से कहा कि हम अपना प्रयास भर कर रहे हैं, आप इस मुलाकात से बहुत अधिक उम्मीद न पालें।

मुशर्रफ ने पहले दिल्ली आने की इच्छा व्यक्त की। तय हुआ कि पहले उनका दिल्ली में स्वागत किया जाएगा, फिर आगरा जाएँगे और इसके बाद वे अजमेर में ख्वाजा मुईनुद्दीन चिश्ती की दरगाह में अपनी हाजिरी देते हुए पाकिस्तान लौट जाएँगे। भारत सरकार ने भारतीय जेलों में बंद पाकिस्तानी नागरिकों को छोड़ने और दोनों देशों के

बीच अच्छे व्यापारिक रिश्ते बनाने की कोशिश की। भारत की तरफ से भी पाकिस्तान को कहा गया कि वह पाकिस्तान में बंद भारतीय युद्धबंदियों को छोड़े और पाकिस्तान में शरणार्थी कुख्यात आतंकवादियों को भारत को सौंपे। उनसे इस बात का आश्वासन भी देने की बात कही गई कि पाकिस्तान में मौजूद गुरुद्वारे और मंदिरों की उचित देखभाल और सुरक्षा हो, साथ-ही-साथ यह भी सुनिश्चत किया जाए कि पाकिस्तान जानेवाले भारतीय तीर्थयात्रियों के साथ अच्छा व्यवहार किया जाएगा।

इधर पाकिस्तान को भी यह बात समझ में आने लगी थी कि बातचीत द्वारा ही दोनों देश किसी समाधान तक पहुँच सकते हैं। 14 जुलाई को राष्ट्रपति मुशर्रफ अपनी बेगम सेहबा साहिबा के साथ दिल्ली उतरे। यहाँ पूरे राजकीय सम्मान से उनका स्वागत किया गया। वे भी सभी के साथ बड़ी ही गर्मजोशी से मिले।

मुशर्रफ का दिल्ली से पुराना रिश्ता रहा है। बँटवारे से पहले उनका परिवार पुरानी दिल्ली में नहरवाली हवेली में रहा करता था। उन्होंने इसी हवेली में जन्म लिया था और करीब चार साल तक वहाँ अपना बचपन बिताया था। इसके बाद बँटवारा हो जाने के कारण उन्हें पाकिस्तान जाना पड़ा। मुशर्रफ ने वहाँ जाने की इच्छा व्यक्त की। मैंने इसके लिए सभी आवश्यक सुरक्षा के प्रबंध कर दिए। मुशर्रफ उस जगह पर गए। वहाँ के लोगों से मिले। वहाँ के लोग भी मुशर्रफ को अपने बीच पाकर अचंभित थे। लोगों ने उनका शानदार स्वागत किया। अनेक बच्चे और महिलाएँ अपनी-अपनी छत से उन्हें देख रहे थे। बाद में मुशर्रफ राजघाट गए। इसी दिन वे हुर्रियत नेताओं से भी मिले।

शाम को माननीय राष्ट्रपति के.आर. नारायणन ने राष्ट्रपति भवन में उनके सम्मान में एक भोज का आयोजन करवाया। इस भोज में अनेक गण्यमान्य लोग मौजूद थे। आडवाणीजी और मुशर्रफ ने अपनी यादें साझा कीं। दरअसल जिस प्रकार से मुशर्रफ का जन्म भारत में हुआ था और वे बँटवारे के बाद पकिस्तान चले गए, उसी प्रकार से आडवाणीजी का जन्म कराची में हुआ था और वे भारत आ गए थे। दोनों ही अपने-अपने समय में कराची के सेंट पैट्रिक हाईस्कूल में पढ़ चुके थे।

आडवाणीजी ने कहा, ''आप दिल्ली में पैदा हुए और मैं कराची में, आप इतने वर्षों बाद अपनी जन्म स्थली में आए हैं। मैं भी बँटवारे के बाद सिर्फ एक ही बार वहाँ जा पाया हूँ।''

''आप आइए, आपका स्वागत है।''

''जनरल साहब, हमें दोनों देशों के बीच के भरोसे को बढ़ाना चाहिए।''

''मैं इससे सहमत हूँ, लेकिन यह कैसे किया जाए?''

''मैं अभी टर्की की यात्रा करके लौटा हूँ। आपका बचपन वहाँ भी बीता है।''

''जी, मेरे पिता वहाँ से थे।''

‘‘जिस तरफ से भारत और टर्की के बीच प्रत्यर्पण संधि हुई, उसी प्रकार की संधि की आवश्यकता भारत और पाकिस्तान के बीच भी है।’’

उन्होंने हामी भरते हुए कहा, ‘‘दोनों मुल्कों के बीच संधि होनी चाहिए।’’

आडवाणीजी ने बात को आगे बढ़ाते हुए कहा, ‘‘यदि आप मुंबई सीरियल बम धमाकों के आरोपी दाऊद को भारत को सौंप दें, तो इस संधि को आगे बढ़ाने को बल मिलेगा।’’

मुशर्रफ ने अपने गुस्से को दबाते हुए कहा, ‘‘मैं आपको साफ शब्दों में बता दूँ कि दाऊद हमारे मुल्क में नहीं है।’’ उस समय उनके चेहरे पर तेज गुस्सा झलक रहा था।

अगले दिन आगरा में शिखर वार्त्ता होनी थी और आगरा के अमरविलास में उनके ठहरने की व्यवस्था की गई थी। मेरे और मेरे सहयोगितों की व्यवस्था जे.पी. पैलेस में की गई थी। हमारी मुलाकातों का दौर वहीं होना तय किया गया। दिन भर अफसरों और मंत्रियों के बीच बातचीत की कई बैठकें हुईं। रात को उत्तर प्रदेश के गवर्नर और मुख्यमंत्री ने भोज का आयोजन रखा था। अगले दिन सुबह जनरल परवेज मुशर्रफ ने अखबारों और टी.वी. के कुछ संपादकों को नाश्ते पर बुला लिया।

दोपहर के भोजन से पहले और बाद में दो बैठकें मेरी और मुशर्रफ की हुईं, बाद में इसमें दोनों देशों के अफसरों और विदेश मंत्रियों ने भी हिस्सा लिया। एक संयुक्त घोषणा-पत्र तैयार किया गया। इसमें आतंकवाद की निंदा की गई और दोनों देशों के बीच आपसी रिश्तों को सुधारने के लिए कश्मीर मुद्दे को हल करने की बात कही गई। इस पर हम दोनों के साझा हस्ताक्षर होने थे। लेकिन जनरल मुशर्रफ कश्मीर के मुद्दे पर अड़े हुए थे और सीमापार आतंकवाद को मानने के लिए तैयार ही नहीं थे। घोषणा-पत्र बार-बार बदला जा रहा था, लेकिन कोई सकारात्मक परिणाम नहीं निकल रहा था। दोनों पक्षों की तरफ से एक ऐसा घोषणा-पत्र बनाने की कोशिश हो रही थी, जिस पर दोनों देश सहमत हों। काफी देर तक इसी प्रकार से होता रहा।

जनरल मुशर्रफ ने एक बार फिर मुझसे मुलाकात करने की बात कही। मेरे ही कमरे में हमारी काफी लंबी बातचीत हुई। एक साझे घोषणा-पत्र पर दस्तखत हो जाने के बाद मुशर्रफ को अजमेर के लिए रवाना होना था। किंतु दोनों के मनमुताबिक घोषणा-पत्र ही नहीं बन पा रहा था। अंततः मुशर्रफ ने गुस्से में आकर अपना अजमेर जाने का कार्यक्रम रद्द कर दिया और वापस अपने देश जाने का निर्णय सुनाया।

इधर उनके जाते ही संसद् में विपक्ष ने मुझे घेर लिया। अनेक तरह के तीखे सवाल शुरू हो गए। मैं समझ गया कि इस बार मेरा बचना मुश्किल है, क्योंकि पहले लाहौर यात्रा, फिर कारगिल युद्ध और अब आगरा की यह नाकाम समिट। खैर, सबके सवालों का सामना तो करना ही था।

एक दिन इसी विषय पर राज्यसभा में जोरदार हंगामा चल रहा था। मुशर्रफ दरगाह शरीफ नहीं गए, इस पर भी बात चल रही थी। मैंने कहा, ''अतिथि भी अपने कर्मों के हिसाब से आते हैं, हमारे कर्म ही ऐसे थे कि हम क्या करें?'' मेरे ऐसा कहते ही सभी ठहाका लगाकर हँस दिए।

हमारे देश की यही तो खासियत है कि हम अपने स्वाभिमान को लेकर हमेशा ही सचेत रहे हैं। हमारी अखंडता ही हमारी शक्ति है, हमें कोई तोड़ नहीं सकता। कश्मीर हमारा गौरव है।

अगले दिन विदेश मंत्री जसवंत सिंह से मीडिया वालों ने सवाल किया—''क्या आपने जनरल परवेज मुशर्रफ को अजमेर दरगाह जाने से रोका था?''

जसवंत सिंह ने जवाब दिया—''आप यह बात अच्छी तरह से जानते हैं कि वहाँ तक वे ही जा पाते हैं, जिन्हें ख्वाजा खुद बुलाते हैं।''

''क्या अब भी भारत पाकिस्तान के साथ शांति वार्त्ता के लिए तैयार होगा?''

''बिल्कुल।''

मैं आगरा में होनेवाली बातचीत में दोनों देशों के बीच विश्वास का वातावरण बनाने पर जोर दे रहा था। मैं हर हाल में शांति बहाल करने के पक्ष में था। मैंने मुशर्रफ के सामने जम्मू कश्मीर में हो रही आतंकी घटनाओं की निंदा की, लेकिन वे उन्हें आतंकी घटनाएँ मानने को ही तैयार नहीं थे। वे उसे कश्मीरियों द्वारा की जा रही आजादी की लड़ाई मान रहे थे। मैंने उन्हें यह भी समझाने की कोशिश की कि आतंकवाद दोहरा हथियार है, इससे दोनों ही देश पीड़ित हैं। लेकिन उनका कहना था कि दोनों ओर के सैनिक गोलियाँ चलाते हैं और वैसे भी किसी भी आजादी की लड़ाई में कुछ बेगुनाह तो मरते ही हैं। लेकिन मैं हैरान था कि आखिर ये कैसी आजादी की लड़ाई है, जिसमें बेगुनाह और बच्चे मारे जा रहे हैं? क्या आजादी की लड़ाई में अचानक बस में विस्फोट कर दिया जाता है ̈ ̈चलती रेल को बम से उड़ा दिया जाता है ̈ ̈या भरे बाजार में राइफल से अंधाधुंध गोलियाँ बरसाकर बेकसूरों को मौत के घाट उतार दिया जाता है?

मुझे तब बेहद कष्ट हुआ, जब आगरा की इस मीटिंग के तुरंत बाद आतंकियों द्वारा अमरनाथ की यात्रा पर जा रहे तीर्थयात्रियों की बेरहमी से हत्या कर दी गई।

पाकिस्तान के साथ हमारे संबंध बहुत उतार-चढ़ाव वाले रहे हैं। कभी मित्रता का वातावरण बन जाता, तो कभी युद्ध हो जाता ̈ ̈कभी युद्ध विराम होता तो कोई आतंकी घटना घट जाती। घाटी में आतंकी घटनाएँ तो आम बात हो चली थीं।

हमारी नीति तो हमेशा से यही रही है कि हम अपने पड़ोसियों से मित्रतापूर्ण संबंध रखें। यही कारण है कि हम बार-बार लगातार अपनी तरफ से प्रयास करते ही रहे। मेरे लिए पड़ोसी देशों से मित्रता एक संकल्प की तरह रहा है।

पाकिस्तान के लिए जम्मू कश्मीर हमेशा ही एक जमीन का टुकड़ा रहा। लेकिन हमारे लिए यह हमारा गुरूर है''हमारा अटूट हिस्सा है। पाकिस्तान के राष्ट्रपति मुशर्रफ बातचीत के द्वारा कश्मीर का हल निकालना चाहते थे। मैंने उनसे कहा कि यदि आप कश्मीर पर बात करना चाहेंगे, तो फिर मुझे उसका पूरा इतिहास खँगालना पड़ेगा। एक-तिहाई कश्मीर पर पहले ही आपने जबरन अपना अधिकार जमा रखा है। वहाँ किसी प्रकार का लोकतंत्र नहीं है, कोई कानून व्यवस्था नहीं है। जबकि भारत तो लोकतंत्र पर विश्वास करनेवाला देश है। कश्मीर का मामला हमारी भावनाओं से जुड़ा हुआ है, इसका हल इतना आसान नहीं। हम अपने ही देश के भीतर दो राष्ट्र के सिद्धांत को कदापि स्वीकार नहीं करेंगे। हम मजहब के आधार पर अपने देश को नहीं बाँट सकते। कश्मीर से कन्याकुमारी तक समूचा भारत एक है और एक रहेगा।

हम उदार देश हैं, लेकिन हमारी उदारता को हमारी कमजोरी न समझा जाए। हम आतंकवाद के सामने कभी नहीं झुक सकते, बल्कि हम तो इससे निपटने में हर हाल में सक्षम हैं। मैंने राष्ट्रपति मुशर्रफ को चेताया भी था कि आतंकवाद से आपका भी भला नहीं होगा। एक दिन यही आतंकवाद पाकिस्तान के लिए भी मुश्किलें खड़ी कर देगा। मैं तो चाहता हूँ कि दोनों देश सांकृतिक आदान-प्रदान करें, व्यावसायिक रिश्ते बनाएँ, ताकि दोनों की उन्नति हो, लेकिन पाकिस्तान तो कश्मीर के अलावा कोई और बात करना ही नहीं चाहता है और कश्मीर हमारे लिए हमारा अटूट हिस्सा है, हमारा स्वाभिमान है।

मुशर्रफ के भारत दौरे के कुछ दिनों बाद दिसंबर में भारत की संसद् पर आतंकवादियों ने हमला कर दिया। एके-47, पिस्टल और ग्रेनेड, रॉकेट लॉञ्चर लिये आतंकी संसद् परिसर में प्रवेश कर गए। उन्होंने प्रवेश पाने के लिए गृह मंत्रालय का लेबल लगी गाड़ी का उपयोग किया। परिसर में आकर अंधाधुंध गोलियाँ चलानी शुरू का दीं। हालाँकि सख्त सुरक्षा व्यवस्था के चलते वे संसद् भवन के भीतर नहीं घुस पाए, किंतु उन्होंने परिसर में ही मौजूद दिल्ली पुलिस के जवानों, निगरानी करनेवालों और माली की हत्या कर दी। इस मुठभेड़ में वे खुद भी मारे गए।

मुझे संसद् पर किया गया यह हमला बहुत बुरा लगा। मुझे उन भटके हुए नौजवानों के बारे में सोचकर बहुत तकलीफ होती है, जिनके भीतर जरा भी मानवता शेष नहीं बची है। आखिर ऐसा क्यों है कि खुद इनसान ही दूसरे इनसान के खून का प्यासा बन बैठा है। आखिर हम मानव कब सुसंस्कृत होंगे, कब अपने जीवन का मकसद समझेंगे''कब सब जीवों से प्रेम करेंगे ?

इसी दौरान एक बहुत ही दुखद घटना घटी। 27 फरवरी को गोधरा रेलवे स्टेशन के पास ही साबरमती ट्रेन के कोच नंबर एस-6 में कुछ उपद्रवी लोगों द्वारा आग लगा दी गई। इस कोच में अयोध्या से लौट रहे कारसेवक बैठे हुए भजन-कीर्तन कर रहे थे।

59 कारसेवक जलकर मारे गए, मेरा हृदय यह सुनकर व्यथित हो उठा''लेकिन इसी के अगले दिन गुजरात के कई इलाकों में भीषण दंगा भड़क उठा। इस दंगे में बारह सौ से अधिक लोग मारे गए। मारे गए लोगों में ज्यादातर अल्पसंख्यक समुदाय के लोग थे। गोधरा ट्रेन जलाने वालों को गिरफ्तार किया गया और उनके खिलाफ आतंकवाद निरोधक अध्यादेश (पोटा) लगा दिया गया। हालाँकि बाद में सभी आरोपियों पर से पोटा हटा लिया गया। मार्च में गुजरात सरकार ने कमीशन ऑफ इन्क्वायरी ऐक्ट के तहत गोधरा कांड और उसके बाद हुई घटनाओं की जाँच के लिए एक आयोग की नियुक्ति की। पुलिस ने सभी आरोपियों के खिलाफ भारतीय दंड संहिता की धारा 120-बी (आपराधिक षड्यंत्र) लगाया। मैं गुजरात गया और मैंने इस नर संहार के विषय में विस्तार से जानकारी ली। मैं वहाँ के कई लोगों से मिला, जिन्होंने इस दंगे में अपने आत्मीय जनों को खो दिया था। उनका दुःख सुन-सुनकर मेरा हृदय भी दुःखी हो उठा। एक प्रेस कान्फ्रेंस में मैं और तत्कालीन मुख्यमंत्री श्री नरेंद मोदी साथ थे। मैंने उस वक्त कहा था—''राजा और शासक लोगों के बीच जन्म, जाति और धर्म के आधार पर कभी भेदभाव नहीं कर सकते। यही राजधर्म है। सरकार को भी अपना राजधर्म ही निभाना चाहिए।''

इसी वर्ष जम्मू-कश्मीर में भी चुनाव हुए। हमने बिना भय के माहौल में निष्पक्ष चुनाव का वादा किया। जनता से अपील की गई कि वे अपने मत का प्रयोग अवश्य करें, ताकि राज्य में उनकी मनपसंद सरकार बन सके। उस समय वहाँ नेशनल कान्फ्रेंस की सरकार थी। बहुत से आतंकवादी और अलगाववादी संगठनों ने चुनावों के बहिष्कार की धमकी भी दी, लेकिन फिर भी सितंबर-अक्तूबर के महीने में राज्य में चुनाव कराए गए और करीब 45 प्रतिशत मतदान दर्ज किया गया। चुनावों के बाद नेशनल कान्फ्रेंस चली गई और राज्य में पी.डी.पी.-कांग्रेस की सरकार बनी। नए मुख्यमंत्री बने मुफ्ती मोहम्मद सईद।

आडवाणीजी ने राज्य में शांति की स्थापना के लिए ऑल पार्टीज हुर्रियत कान्फ्रेंस के नरम गुट से बातचीत की पहल की। उन्होंने शांति स्थापित करने की दिशा में यह बेहद महत्त्वपूर्ण काम किया। हालाँकि इसका विरोध भी हुआ, लेकिन यह एक अच्छी शुरुआत रही। हमारी सरकार दुतरफा काम कर रही थी, एक तरफ तो हम पाकिस्तान के साथ संबंध सुधारने की कोशिश में लगे हुए थे, तो दूसरी तरफ कश्मीर के लोगों के बीच विश्वास पैदा करने में प्रयासरत थे। हम उनके साथ लगातार बातचीत कर रहे थे।

हम लोग राष्ट्रहित के लिए पड़ोसी देश से भी दोस्ताना संबंध बनाने में जुटे हुए थे, लेकिन पूरे आत्म-सम्मान के साथ। पार्टी में सभी के भीतर आत्म-सम्मान के साथ-साथ एक-दूसरे के प्रति भी आदर की भावना कूट-कूटकर भरी हुई थी। एक वाकया याद आ रहा है—एक दिन कांग्रेस अध्यक्षा सोनिया गांधी बोलते-बोलते मुझे मनोरोगी

बोल गईं। मुझे मनोरोगी कह देना कई लोगों को बहुत बुरा लगा। इसी के बाद की बात है कि इंदौर में एक ओवरब्रिज के भूमिपूजन का कार्यक्रम होना था। इस कार्यक्रम में मुख्यमंत्री दिग्विजय सिंह और सांसद सुमित्रा महाजन भी शामिल होनेवाले थे। जब सुमित्रा महाजन वहाँ पहुँचीं, तो उन्होंने मंच पर जाकर कहा कि हम सभी लोग अपने आदरणीय प्रधानमंत्री को मनोरोगी कहे जाने से बहुत क्षुब्ध हैं और जब तक मुख्यमंत्री अपनी पार्टी की अध्यक्ष की तरफ से माफी नहीं माँगेंगे, तब तक मैं मंच पर नहीं बैठूँगी। वे मंच से उतर गईं और इस तरह से उन्होंने अपना विरोध दर्ज किया। इसी के कुछ दिन बाद दिल्ली में संसदीय दल की बैठक में कुछ लोगों ने मनोरोगी वाली टिप्पणी को उठा दिया और इसका विरोध करने लगे। तब मैंने ही सबको यह कहकर शांत किया कि अब इतने दिन बाद इस मुद्दे को उठाने का क्या फायदा। यदि विरोध करना ही था, तो उसी समय करते जैसे सुमित्रा महाजन ने किया। मैं ऐसी टिप्पणियों से स्वयं ही बचता रहा, मैंने जीवन में न कभी खुद किसी पर ऐसी कोई व्यक्तिगत टिप्पणी की और न ही अपने ऊपर की जानेवाली टिप्पणियों को तवज्जो दी।

राष्ट्रपति चुनाव करीब आ रहे थे और कुछ लोगों ने मुझे राष्ट्रपति पद के योग्य समझ दबाव बनाना शुरू कर दिया। वे चाहते थे कि मैं इस जिम्मेदारी को सँभाल लूँ। मैं इसके लिए एक खास व्यक्ति को चुन चुका था। मैंने सभी के सामने उनका नाम रखा—डॉ. ए.पी.जे. अब्दुल कलाम। गठबंधन के सभी नेता मेरे इस प्रस्तावित नाम से एकमत में ही सहमत हो गए। उस समय डॉ. कलाम अन्ना विश्वविद्यालय में अपना मनपसंद अध्यापन का काम कर रहे थे। वे डी.आर.डी.ओ. से रिटायर हो चुके थे।

मैंने उन्हें फोन पर पूछा, ''आपका अध्यापन कार्य कैसा चल रहा है?''

''बहुत अच्छा।''

''डॉ. कलाम, मेरे पास आपके लिए एक बहुत महत्त्वपूर्ण खबर है। मैं अभी-अभी गठबंधन के सभी नेताओं के साथ एक मीटिंग करके आ रहा हूँ और हम सभी ने उस मीटिंग में यह तय किया है कि हमें देश के राष्ट्रपति के रूप में आपकी आवश्यकता है।''

''मुझे इस पर विचार करने का थोड़ा समय दें। क्या आपके गठबंधन की सभी पार्टियाँ मेरे नाम से सहमत हैं?''

''जी हाँ, मैं तो आपके नाम की घोषणा आज ही करना चाहता हूँ। मैं आशा करता हूँ कि आप भी 'हाँ' ही कहेंगे।''

''वाजपेयीजी, क्या आप मुझे तय करने के लिए दो घंटे का समय दे सकते हैं?''

''डॉ. साहब, हम आपकी सहमति मिलने के बाद ही अपना कोई कदम आगे बढ़ाएँगे, लेकिन मैं आपका उत्तर 'हाँ' में ही सुनना चाहता हूँ।''

ठीक दो घंटे के बाद डॉ. कलाम का फोन आ गया। वे बोले, ''वाजपेयीजी, मैं

इसे महत्त्वपूर्ण संकल्प की तरह स्वीकार करता हूँ।''

''धन्यवाद।''

''…लेकिन मैं एक सर्वदलीय प्रत्याशी की तरह सामने आना चाहता हूँ।''

''ठीक है, अब आपकी सहमति मिल गई है, तो हम इसके लिए ही कदम उठाएँगे।''

मैंने उसी दिन कांग्रेस अध्यक्षा से इस विषय में बातचीत की और उनकी भी सहमति मिल जाने के बाद राष्ट्रपति पद के लिए डॉ. कलाम का नाम प्रस्तावित कर दिया। वामपंथी उनके नाम से सहमत नहीं थे, उन्होंने कैप्टन लक्ष्मी सहगल का नाम प्रस्तावित किया। नामांकन भरा गया, चुनाव हुए और डॉ. कलाम 18 जुलाई को बहुमत से देश के ग्यारहवें राष्ट्रपति चुन लिये गए। 25 जुलाई को उन्होंने इस महत्त्वपूर्ण पद की शपथ ग्रहण की।

2003 में इंडिया टुडे ने अपने अंक में मुझे 'मैन ऑफ द ईयर' घोषित किया। अब मैं उम्र के उस पड़ाव पर पहुँच चुका था, जहाँ से अपने पूरे जीवन का मूल्यांकन कर सकता था। मेरा जीवन अपने राष्ट्र के लिए था। मैं अपने भारत को सुशासन की ओर जाते देखना चाहता था और उसी के लिए प्रयासरत रहता था। मेरी सरकार हर समय राष्ट्रहित चिंतन को ही सर्वोपरि रखती थी। हमने देश भर में राष्ट्रीय राजमार्गों का जाल बिछाया। देश के चारों बड़े शहरों दिल्ली, कोलकता, मुंबई और चेन्नई को सीधा जोड़ने के लिए 'स्वर्ण चतुर्भुज' नाम की योजना चलाई। हम संचार के क्षेत्र में क्रांति लेकर आए। अपने देश के किसानो के हित में अनेक काम किए। वैज्ञानिकों और विद्यार्थियों को प्रोत्साहन दिया। यहाँ तक कि मैंने तो अपनी विरोधी पार्टी द्वारा शासित राज्यों को भी भरपूर मदद दी, कभी कोई भेदभाव नहीं किया। मुझे याद आता है। सन् 2002-2003 की बात है, उस समय मध्य प्रदेश में भयंकर सूखा पड़ा था। तब दिग्विजय सिंह वहाँ के मुख्यमंत्री थे। उन्हें वहाँ मुख्यमंत्री रहते दस साल पूरे होने वाले थे। अगले ही माह वहाँ विधानसभा के चुनाव होनेवाले थे और कांग्रेस तथा भारतीय जनता पार्टी दोनों ही इस सीट के लिए जी-तोड़ मेहनत कर रहे थे। दोनों ही चाहते थे कि वहाँ उनकी अपनी पार्टी की सरकार बन जाए। चूँकि मैं प्रधानमंत्री था। अत: राज्य सरकार ने केंद्र से सूखा राहत की माँग की। मैंने स्थिति का जायजा लिया और मुझे वहाँ के किसानों की हालत देखकर बहुत दया आई। मैंने मध्य प्रदेश के लिए सूखा राहत हेतु बड़ी रकम देने का निर्णय लिया, किंतु जब मेरी ही पार्टी के अन्य नेताओं को यह बात पता चली, तो मध्य प्रदेश के कुछ नेता मेरे पास आए और मुझसे आग्रह करने लगे कि मैं यह पैसा अभी जारी न करूँ। दरअसल उनका कहना था कि यह पैसा केंद्र सरकार देगी, मगर उसका फायदा राज्य सरकार को मिल जाएगा। मैंने उनसे नाराज होते हुए कहा—''आप लोग

ऐसा कैसे सोच सकते हैं! वहाँ की जनता इतने कष्ट में है और ऐसे में मैं उनकी मदद न करूँ! मैं राज्य सरकार की नहीं, बल्कि वहाँ की जनता की सहायता कर रहा हूँ। मैं तो जनता की मदद करूँगा, बाकी रही बात चुनाव जीतने की, तो उसके लिए भी प्रयास किया जाएगा।''

हमने अपने पड़ोसी देशों के साथ भी मैत्रीपूर्ण संबंध बनाने में कोई कसर नहीं छोड़ी। इसी इंडिया टुडे ने अपने जनवरी 2004 के अंक में मुझे 'द स्माइलिंग बुद्धा' टाइटल दिया। एस. प्रसन्नराजन ने मुझ पर केंद्रित कवर स्टोरी में लिखा कि वाजपेयी सत्ता को किसी संन्यासी की तरह से चलाते हैं, उदासीन भाव से। वे अपनी पार्टी से भी विशाल नेता हैं। वे उसमें भी हैं और उससे ऊपर भी। वे अपनी नैतिकता को जमीनी राजनीति की पकड़ से और अपनी पार्टी की आवश्यकता से परे रखते हैं। उन्होंने नेतृत्व की नई परिभाषा गढ़ी है। उन्होंने और भी बहुत कुछ लिखा था। मैंने इस अंक को पढ़ा था। मैं सिर्फ इस बात से प्रसन्न था कि मेरा मानव जीवन सार्थक रहा। मैं लोगों के हृदय में अपना सम्मानजनक स्थान बना सका।

एक बार प्रतिष्ठित लेखक और पत्रकार खुशवंत सिंह ने भी मुझपर केंद्रित अपना लेख लिखा। यह उनके अंग्रेजी कॉलम 'मैलिस टूवर्ड वन एंड ऑल' में प्रकाशित हुआ था। मुझे याद है कि उन्होंने मेरी एक कविता को भी अंग्रेजी में अनूवादित कर प्रकाशित किया था। वे मेरी मूल कविता को हिंदी में ही लगाना चाहते थे। इसके लिए मेरे पास उनके सहयोगी पूरन चंद सरीन का फोन आया।

वे बोले, ''आपकी मूल कविता चाहिए।''

मैंने उत्सुकतावश पूछा, ''मेरे बारे में क्या लिख रहे हैं?''

इस पर पूरन चंद सरीन ने कहा, ''छपने पर ही देखिएगा''और वैसे भी उससे पहले बताना ठीक नहीं होगा।''

''यह भी ठीक है।''

जब वह लेख छपा तो उसकी प्रति मेरे पास भेजी गई। खुशवंत सिंह ने अपने इस कॉलम में मेरे बारे में लिखा था कि 'आदमी तो सही है, लेकिन गलत पार्टी में है।'

उनकी यह टिप्पणी उस समय बहुत चर्चित हुई। बाद में मैंने भी एक टी.वी. के कार्यक्रम में इसका जवाब यों दिया—''अगर मैं आदमी सही हूँ, तो गलत पार्टी में नहीं हो सकता हूँ।'' मुझसे अनेक कार्यक्रमों में इस पर बोलने के लिए कहा जाता रहा। एक बार एक अन्य साक्षात्कार में भी मुझसे यही सवाल पूछ लिया गया। तब मैंने कहा, ''सरदार खुशवंत सिंहजी की मैं बड़ी इज्जत करता हूँ। बहुत अच्छा लिखते हैं, उनका लिखा हुआ पढ़कर बहुत आनंद आता है। उन्होंने मेरी जो तारीफ की है, उसके लिए मैं उन्हें शुक्रिया अदा करता हूँ। लेकिन उनकी इस बात से मैं सहमत नहीं हूँ कि मैं आदमी

तो सहीं मगर गलत पार्टी में हूँ। अगर मैं सचमुच सही आदमी हूँ, तो गलत पार्टी में कैसे हो सकता हूँ और अगर गलत पार्टी में हूँ, तो सही आदमी नहीं हो सकता। क्योंकि अगर फल अच्छा है, तो पेड़ खराब नहीं हो सकता।''

कुछ लोग अपवाद भी रहे हैं। उन्होंने मुझपर भी लांछन लगाने का प्रयत्न किया। जब मुझे अपने बारे में यह सुनने को मिला कि प्रधानमंत्री इसलिए पाकिस्तान के साथ इकतरफा शांति का राग आलाप रहे हैं, क्योंकि वे नोबेल शांति पुरस्कार पा सकें, तो मैं भीतर तक दु:खी हो उठा, लेकिन फिर भी मैंने इस बात को हँसी में ही उड़ा दिया और अपने करीबी लोगों से कहा, ''मैं तो अपने भारत के लिए शांति चाहता हूँ। मैं यह सब नोबेल पाने के लिए नहीं कर रहा। मैंने तो इससे पहले ऐसा विचार तक नहीं किया था।''

मेरे चाहनेवालों ने तो मुझ पर भारत रत्न के लिए भी दबाव डाला था। कारगिल युद्ध जीतने के बाद से मुझसे कहा जा रहा था कि मैं अपने लिए भारत रत्न की सिफारिश करूँ। बार-बार मुझे भारत रत्न देने की माँग उठ रही थी, लेकिन मैं खुद ही मना कर दिया करता था। मैं खुद ही प्रधानमंत्री था और खुद ही अपना नाम इस सम्मान के लिए देता, यह मुझसे नहीं हो सकता था। जब मैंने सख्ती से मना कर दिया, तो मुझे पंडित नेहरू और इंदिरा गांधी का उदाहरण देकर भी मानने के प्रयास किया गया, क्योंकि इन्होंने अपनी की सरकार में खुद को भारत रत्न से सम्मानित कर लिया था।

हमारी पार्टी कर्मठता के साथ देश के लिए काम कर रही थी। हम समाज व राष्ट्र के लिए काम करनेवाली हस्तियों को सम्मानित करते थे। मुझे याद है एक घटना, जो सन् 2001 में घटी थी। देश की पाँच चुनिंदा महिलाओं को उनके उत्कृष्ट योगदान के लिए 'स्त्री शक्ति सम्मान' दिया जाना था। यह कार्यक्रम विज्ञान भवन में आयोजित हुआ था। प्रधानमंत्री होने के नाते मैं यह सम्मान उन्हें अपने हाथों से दे रहा था। इन महिलाओं में से एक चिन्नापिल्लई थीं। चिन्नापिल्लई तमिलनाडु में मदुरै के पास पुल्लिसेरी गाँव की थीं। उन्होंने गरीब और अनपढ़ किसानों के सशक्तीकरण में अहम भूमिका निभाई थी। मंच पर पहुँचते ही वे मुझे देखकर भावुक हो गईं और तुरंत मेरे पैर छूने के लिए झुक गईं। वे जैसे ही झुकीं, मैंने उन्हें रोका और खुद ही झुककर उनके पैर छू लिये।'आप स्त्री शक्ति हैं, आप माँ हैं।' कुछ क्षणों के लिए पूरे हॉल में सन्नाटा छा गया, लेकिन इसके बाद पूरा हॉल तालियों से गूँज उठा। उस समय यह दृश्य देखकर सभी भावुक हो उठे थे।

-: 16 :-

हमारी सरकार ने फिर एक बार पाकिस्तान के साथ संबंध सुधारने की कोशिश की। हमने जनरल मुशर्रफ से कहा कि हम पाकिस्तान के साथ तभी बातचीत आगे बढ़ाएँगे, जब वह हमें वचन देगा कि हमारे देश की धरती पर आतंकी हमले नहीं करेगा। हमने आपसी रिश्तों को मजबूत करने के लिए हवाई, रेल और समुद्री संपर्कों को फिर से बहल करने की बात कही। हमने दिल्ली और लाहौर के बीच और बसें चलाने तथा श्रीनगर और मुजफ्फराबाद के बीच नई बस सेवा शुरू करने का प्रस्ताव रखा। दोनों देशों के बीच क्रिकेट को बढ़ावा देने की बात कही। मैं 2002 में ग्यारहवें सार्क शिखर सम्मेलन में शामिल होने काठमांडू गया था। वहाँ मुशर्रफ ने मुझसे हाथ मिलाया और अगले सम्मेलन में पाकिस्तान आने का निमंत्रण दिया। सार्क के समापन में ही निश्चित हो जाता है कि अगला सार्क सम्मेलन कहाँ होगा और वहाँ निश्चित हुआ कि अगला सम्मेलन पाकिस्तान में होगा।

2004 में पाकिस्तान की राजधानी इस्लामाबाद में बारहवाँ सम्मेलन हुआ। वहाँ हम दोनों ही देशों के नेताओं ने भविष्य में महत्त्वपूर्ण वार्त्ता शुरू करने की उम्मीद के साथ अपना साझा बयान जारी किया। जनरल परवेज मुशर्रफ ने भी आश्वस्त किया कि वे पाकिस्तान के नियंत्रण वाले किसी भी क्षेत्र का प्रयोग आतंकियों को नहीं करने देंगे। पाकिस्तान ने पहली बार अपनी सीमारेखा में चल रहे आतंकवाद को स्वीकार किया था। मैं मन-ही-मन सोचने लगा कि यदि यही बात मुशर्रफ आगरा समिट के समय मान गए होते, तो अब तक हम इस समस्या पर कितने हद तक काबू पा चुके होते और उस समय हमारी आगरा की मुलाकात बेनतीजा न रहती।

खैर, हमने फिर एक बार मिलकर राम मंदिर विवाद को सुलझाने का प्रयास किया। भारतीय जनता पार्टी से उमा भारती ने दयानंद सरस्वती और जयेंद्र सरस्वती से बातचीत शुरू की थी। सार्थक बातचीत शुरू भी हुई थी, लेकिन इसी बीच उमा भारती मध्य प्रदेश की मुख्यमंत्री बन गई। हालाँकि इसके बाद भी वे इस पर बातचीत करती रहीं और बात

यहाँ तक पहुँच गईं कि सरकार केंद्र के पास अधिगृहीत भूमि को रामजन्मभूमि ट्रस्ट को सौंपने के लिए तैयार हो गई, लेकिन शर्त यह थी कि विश्व हिंदू परिषद् उस पर मंदिर बनाने की जिद्द न करे, लेकिन कुछ समय बाद यह प्रयास शिथिल पड़ गया। इस विवाद को सुलझाने के लिए मैंने दलाई लामा को भी शामिल किया, लेकिन कोई नतीजा नहीं निकला। अनेक बैठकें हुईं...अनेक चर्चाएँ हुईं, लेकिन इस विवाद का कोई हल न निकल सका।

देश भर में भारतीय जनता पार्टी लोगों की पसंदीदा पार्टी बन चुकी थी। हमने सर्वे में पाया कि अर्थव्यवस्था में आए उछाल से जनता के बीच प्रधानमंत्री और पार्टी की लोकप्रियता बढ़ गई थी। पार्टी के लोगों ने विचार-विमर्श के दौरान यह निष्कर्ष निकाला कि आगामी चुनावों में भी जनता बी.जे.पी. को सरकार बनाने का मौका देगी। मीडिया भी बी.जे.पी. के पक्ष में ही अपने विचार रख रही थी। देश भर का झुकाव हमारी ही ओर देखने को मिल रहा था। हालाँकि मैं कभी भी जल्दबाजी में फैसला नहीं लेता, लेकिन पार्टी के कई लोगों ने अपना मत व्यक्त किया कि हमें आगामी चुनाव जल्दी करा लेने चाहिए, क्योंकि अभी देश भर का माहौल हमारे ही पक्ष में बना हुआ है। चुनाव अक्तूबर 2004 में कराए जाने थे, लेकिन हमने आठ महीने पहले 6 फरवरी, 2004 को ही लोकसभा भंग कर दी और चुनाव की तैयारियाँ शुरू हो गईं।

हम अपने 'इंडिया शाइनिंग' के नारे के साथ अगले पाँच सालों के लिए फिर से सरकार बनाने की दिशा में काम करने लगे। लेकिन जब चुनाव के नतीजे आए तो हम सत्ता हार चुके थे। हमारे अपने भी हमारे विरोध में बोलने लगे। कुछ लोगों का मत था कि पार्टी के पुराने लोगों को अब नए लोगों के लिए मार्ग प्रशस्त करना चाहिए, अब नए लोगों को नए चेहरों को आगे आने देना चाहिए। मेरा मन भी भीतर तक दुःखी हो उठा था। मैं इस बार हार की कतई आशा नहीं कर रहा था। लेकिन नतीजा आ जाने के बाद मैंने तुरंत अपना इस्तीफा दे दिया।

मैंने अपने संबोधन में विनम्रता से कहा, ''प्रिय देशवासियो, हमने राजकाज छोड़ा है, लेकिन देश की सेवा करने के अपने प्रण को नहीं छोड़ा है। हम एक चुनाव हारे हैं, अपनी प्रतिबद्धता को नहीं हारे हैं। विजय और पराजय तो जीवन का हिस्सा हैं, जिसे समभाव से ही देखा जाना चाहिए।''

कांग्रेस पुनः सत्ता में आई और 22 मई, 2004 को डॉ. मनमोहन सिंह ने प्रधानमंत्री पद की शपथ ली। इस बार मैंने विपक्ष के नेता के तौर पर लोकसभा में जाने से मना कर दिया। अब मेरा मन रिटायर होने का था। मैं वास्तव में चाहता था कि अब आराम करूँ और नए लोग पार्टी में आगे आएँ। मैंने पार्टी में सक्रिय बने रहने की बात तो कही, लेकिन सक्रिय राजनीति से खुद को पूरी तरह से समेट लेने का मन बना लिया। अब

मेरी तबीयत भी पहले जैसी नहीं रहती थी। घुटनों का दर्द बहुत परेशान किया करता। मैंने 12 जून, 2004 में संन्यास लेने पक्का निर्णय ले लिया। मैंने इसका ऐलान 2005 के अंत में कर दिया। मुंबई के शिवाजी पार्क में पार्टी की बैठक चल रही थी, उसी में मैंने अपने मन की बात रखी।

मैंने कहा, ''मैं चाहता हूँ कि अब पार्टी का नेतृत्व राम-लक्ष्मण की नई जोड़ी के रूप में आडवाणीजी और प्रमोद महाजन सँभालें।''···लेकिन आडवाणीजी ने भी पार्टी का अध्यक्ष पद छोड़ दिया। उनके बाद राजनाथ सिंह को बी.जे.पी. का अध्यक्ष बनाया गया। राजनाथ सिंह बहुत सक्रिय थे, हम सभी का आशीर्वाद उनके साथ रहा है और हमेशा रहेगा। मुझे भी लगने लगा था कि अब मैं वाकई पुरानी पीढ़ी का राजनेता हो गया हूँ और मैंने निर्णय लिया कि अब मैं सीधे राजनीति में शामिल नहीं होऊँगा, बल्कि दूर रहकर पार्टी को सुझाव और अपना मागदर्शन देता रहूँगा।

वर्ष 2006 में एक दुखद घटना घटी। एक पारिवारिक विवाद के दौरान प्रमोद महाजन के भाई ने उन्हें गोली मार दी। डॉक्टरों ने प्रमोद को बचाने का बहुत प्रयास किया, लेकिन बचा न सके और उन्होंने अस्पताल में ही दम तोड़ दिया। प्रमोद महाजन एक कर्मठ राजनेता थे। वे युवा थे और उनके सामने अभी पूरा राजनीतिक जीवन पड़ा हुआ था। मुझे प्रमोद की हत्या का बहुत सदमा हुआ। मैं काफी दिन तक इस दु:ख से बाहर न निकल सका। लेकिन यह दुनिया भी निराली है, कोई आए या जाए, यह अपनी गति से चलती रहती है, यह किसी के लिए नहीं रुकती। समय की रेत धीरे-धीरे फिसलती जाती है और मुट्ठी भिंची रह जाती है।

मई-जून 2005 में आडवाणीजी अपनी पत्नी और बच्चों के साथ पाकिस्तान गए। जैसा कि मैंने पहले ही बताया था कि आडवाणीजी का जन्म कराची में हुआ था। उनकी पत्नी कमलाजी का जन्म भी कराची (पाकिस्तान) में ही हुआ था।

इसी के अगले साल भारतीय जनता पार्टी ने 'भारत सुरक्षा यात्रा' निकालने का निर्णय लिया। इसके नेतृत्व के लिए दो नेताओं आडवाणीजी और राजनाथ सिंह को चुना गया। यह यात्रा दो हिस्सों में होनी थी। तय हुआ कि आडवाणीजी 6 अप्रैल को गुजरात के द्वारका से अपनी यात्रा शुरू करेंगे और 10 मई को दिल्ली पहुँचेंगे। दूसरी तरफ से राजनाथ सिंह जगन्नाथपुरी (उड़ीसा) से अपनी यात्रा शुरू करेंगे और तय समय पर दिल्ली पहुँचेंगे। इस यात्रा में करीब साढ़े हजार किलोमीटर का रास्ता तय किया जाना था और यह यात्रा 17 राज्यों से होकर गुजरनी थी। जब यह यात्रा पूरी हो गई, तो यह कार्यक्रम बना कि इस यात्रा का वीडियो कैसेट जारी किया जाए। इसके लिए आडवाणीजी के घर में एक विशेष कार्यक्रम आयोजित किया गया। इसमें पहले आडवाणीजी की यात्रा का वीडियो दिखाया जाना था और बाद में राजनाथ सिंह की यात्रा का। मुझे इस कार्यक्रम में

मुख्य अतिथि के तौर पर आमंत्रित किया गया। हालाँकि उन दिनों मेरा स्वास्थ्य काफी खराब रहने लगा था, लेकिन मैं इस कार्यक्रम में गया। और वही हुआ, जिसका सभी को भय था, जब मैं आडवाणीजी का वीडियो देख रहा था, तभी मेरी तबीयत बिगड़ने लगी। मैं आडवाणीजी का वीडियो तो देख सका, लेकिन राजनाथ की यात्रा का वीडियो नहीं देख पाया, क्योंकि मुझे तुरंत घर लौटना पड़ा। मेरे गिरते स्वास्थ्य को लेकर सभी चिंतित रहने लगे थे।

मैं घर तो आ गया, लेकिन मेरा मन नहीं लग रहा था। मेरे मन में बार-बार यही विचार उठ रहा था कि मैं राजनाथ सिंह का कार्यक्रम नहीं देख पाया। उन्हें कितना बुरा लगा होगा''जबकि मैं तो उस कार्यक्रम का मुख्य अतिथि था। मैंने तुरंत राजनाथ सिंह को फोन लगाया—''मुझे माफ कर दीजिएगा, मैं आपका कार्यक्रम नहीं देख पाया।''

राजनाथ ने बड़ी ही मिठास और विनम्रता से उत्तर दिया—''मैं जानता हूँ कि आप मुझे बहुत प्यार करते हैं। आपका आशीर्वाद हमेशा मुझ पर रहे, यही मेरे लिए बहुत है।''

मैंने स्नेह से कहा, ''मेरा आशीर्वाद हमेशा आपके साथ है। आप तो स्वयं ही बड़े होनहार हैं।''

अब मेरा स्वास्थ्य लगातार गिर रहा था, लेकिन फिर भी मैं स्वयं को हरसंभव सक्रिय बनाए हुए था। 2007 की बात है, पंजाब में चुनाव चल रहे थे। मैं अकाली-भाजपा गठबंधन के प्रचार के लिए वहाँ गया। मैं जीत की पूरी उम्मीद कर रहा था। प्रकाश सिंह बादल के समर्थन में जनता से वोट की अपील के लिए मैंने एक जनसभा को संबोधित किया। जनता आज भी मुझे सुनने के लिए लालायित थी, उनका स्नेह ही मेरे जीवन की धरोहर है। मैंने उस समय अपने उसी पुराने अंदाज में कहा था—''बादल घड़घड़ा रहे हैं, मौसम बदलनेवाला है।''

2007 में ही देश के राष्ट्रपति के चुनाव हुए। एन.डी.ए. ने अपने प्रत्याशी के तौर पर भैरोंसिंह शेखावत का नाम प्रस्तावित किया। सभी पार्टियाँ अपनी-अपनी भूमिका निभा रही थीं। राजग की एक बैठक में तृणमूल कांग्रेस की अध्यक्ष ममता बनर्जी ने अचानक मेरा नाम प्रस्तावित किया। मैं उन्हें देखकर हँस भर दिया, क्योंकि अपने गिरते स्वास्थ्य के कारण मैं इस पद की जिम्मेदारियों को निभाने में स्वयं को सक्षम नहीं पा रहा था। मैंने कहा कि ''मेरी बजाय भैरोंसिंह शेखावत के नाम को आगे बढ़ाया जाए।'' इसी के साथ मैंने राजनीति से पूर्णत: अवकाश ले लिया। पार्टी में युवा नेता पूरी सक्रियता के साथ आगे आ रहे थे। मुझे याद आता है, एक दिन पार्टी के तत्कालीन अध्यक्ष वैंकेया नायडू ने सभी के सामने मुझे 'विकास पुरुष' और आडवाणीजी को 'लौह पुरुष' नाम दिया। यह युवा नेताओं का स्नेह था और हमारे प्रति सम्मान की भावना थी। इन्हीं दिनों की बात है, इंडिया टुडे ने एक सर्वे किया। इस सर्वे के मुताबिक जनता ने मुझे अपना

सबसे पसंदीदा नेता चुना। जब मुझे पार्टी के लोगों ने यह बात बताई, तो मैंने हँसकर कहा, ''उन्हें पता नहीं होगा कि अब मैं रिटायर हो गया हूँ। अब मैं चुनाव नहीं लड़ पाऊँगा। अब नई पीढ़ी को आगे आना चाहिए और पार्टी की बागडोर सँभालनी चाहिए।''

फरवरी 2009 की बात है, मेरे सीने में इन्फेक्शन बढ़ गया और मुझे एम्स में भरती होना पड़ा। तेज बुखार भी चढ़ चुका था। मेरी हालत सुधरने की बजाय लगातार बिगड़ती जा रही थी। और वही होना था, जो नियति में था, मुझे लकवे का अटैक पड़ा। वेंटीलेटर पर रखी मेरी देह अब भी अपने स्वस्थ होने की आस जोह रही थी, जबकि मेरी बोलने की क्षमता पूरी तरह से नष्ट हो चुकी थी। मैं अपनी स्थिति को शब्दों द्वारा व्यक्त भी नहीं कर सकता हूँ। मेरे अपनों के लिए मुझे इस प्रकार से देखना कष्टपूर्ण था। मेरा कष्ट तो अपार था ही।

अप्रैल में लोकसभा चुनाव की सरगर्मियाँ शुरू हो गईं। मेरा स्वास्थ्य एक बार जो गिरा, तो फिर पूरी तरह ठीक न हो सका, लेकिन फिर भी मेरी स्मृतियाँ मुझे अतीत और वर्तमान से जोड़े रहतीं। अब तो कभी-कभी वे भी धोखा देने लगी थीं। मैं बातें, नाम, घटनाएँ आदि भूलने लगा था। मैं अकसर अपनी इस दशा पर झुँझला उठता। मेरे अपने मेरी सेवा में दिन-रात लगे रहते। हमेशा मेरे स्वास्थ्य के लिए कामना किया करते हैं।

भारतीय जनता पार्टी ने इस बार का लोकसभा चुनाव आडवाणीजी के नेतृत्व में लड़ा। मेरा और आडवाणीजी का लंबा साथ रहा था। वे मेरी गिरती सेहत को देखकर बेहद दु:खी रहा करते। मेरे लिए अच्छी-से-अच्छी चिकित्सा का प्रबंध किया गया, लेकिन मेरा स्वास्थ्य अब मेरा साथ छोड़ चुका था।

इस बार के चुनाव में एक बार फिर कांग्रेस की सरकार सत्ता में आई और डॉ. मनमोहन सिंह ने पुन: प्रधानमंत्री पद की शपथ ली।

-: 17 :-

अब मैं लेटा-लेटा गतिविधियों को सुनता रहता हूँ। लोग आते हैं, मुझसे बातें करते हैं। देश के मौजूदा हालात मुझे बताते हैं। मेरा बुरा स्वास्थ्य उन्हें भी परेशान कर देता है। अकसर वे मुझे देखकर भावुक हो उठते हैं। लेकिन यह अपने हाथ में होता ही कहाँ है ! मैं निरंतर अपने आप से जूझ रहा हूँ। अपनी पीड़ा को व्यक्त भी नहीं कर सकता हूँ। अपने पुराने दिनों को याद किया करता हूँ। कभी स्मृतियाँ साथ दे देती हैं, तो कभी साथ छोड़ देती हैं। अब निरंतर यही चलता रहता है।

राष्ट्र के लिए अब भी बहुत कुछ करने का जज्बा मेरे भीतर है। इधर देश भी मेरे गिरते स्वास्थ्य को लेकर चिंतित रहता। लोगों के शुभकामनाओं से भरे अनेक पत्र, कार्ड निरंतर मेरे पास आते रहते। इन्हीं दिनों मेरे लिए 'भारत रत्न' की शिफारिश की जाने लगी। मेरे परम मित्र आडवाणी इसके लिए बहुत लंबे समय से प्रयासरत थे। उन्होंने स्वयं इसके लिए प्रधानमंत्री को पत्र भी लिखा। मैं इन सभी घटनाओं को मूक दर्शक की भाँति देखता भर रहता हूँ। स्मृति साथ नहीं देती है। कभी-कभी तो बातों का तारतम्य बैठा लेता हूँ, लेकिन कभी-कभी कुछ भी स्मरण नहीं रहता। मेरी सेवा में लोग दिन-रात मुस्तैद रहते हैं। प्रिय मित्र मुझसे मिलने और मेरा कुशलक्षेम लेने आते रहते हैं। एक दिन मुझे बताया गया कि मेरे द्वारा प्रारंभ की गई 'स्वर्ण चतुर्भुज योजना' पूरी हो गई है और देश की सड़कों पर विकास की गति तेज हो गई है। पूरा देश इस योजना के द्वारा जुड़ गया है। मुझे इस जानकारी को समझने में बहुत समय लगा। मुझे यह स्मरण ही नहीं था कि यह मेरे द्वारा किया गया कार्य है।

2014 के लोकसभा चुनाव हुए और भारतीय जनता पार्टी बहुमत से सत्ता में आई। नरेंद्र मोदी ने देश के प्रधानमंत्री का पद सुशोभित किया। हमारे राष्ट्र को ऐसे ही जुझारू और विकासोन्मुख नेता की आवश्यकता थी, जो 'सबका साथ और सबका विकास' के सिद्धांत पर काम करे। प्रधानमंत्री नरेंद्र मोदी ने अपने संसदीय मंत्रिमंडल में युवाओं को स्थान दिया। मुझे, आडवाणीजी को और जोशीजी को पार्टी के मार्गदर्शक मंडल का

सदस्य बनाया गया। बी.जे.पी. की नई पीढ़ी अपने पुराने नेताओं के मार्गदर्शन में आगे बढ़ना चाहती है। राष्ट्रहित और विकास ही इनका प्रमुख लक्ष्य है। नरेंद्र मोदी सरकार ने सत्ता में आते ही मुझे भारत रत्न से सम्मानित करने का फैसला किया। लेकिन अब मेरे लिए तो अपनी स्मृतियों से जूझना ही एक चुनौती की तरह है। मेरे लिए अपनी पुरानी स्मृतियों से जुड़ना और फिर नए घटनाक्रम को समझ पाना संभव नहीं हो पाता है। अल्जाइमर रोग मेरी स्मृति पर हावी है। इसी वर्ष मेरे परिवार की सदस्या के रूप में रहीं मेरी मित्र और मेरी बेटियों की माँ मिसेज कौल की दिल के दौरे में मृत्यु हो गई। यह बहुत दुखद घटना थी। मैं अपनी बेटी नमिता का दुःख महसूस कर रहा था। वे उनकी माँ थीं।

मैंने अपने जीवन के आखिरी चुनाव प्रचार के दौरान यह बात कही थी कि मैंने तो कभी भी अदना सा मंत्री तक बनने का सपना नहीं देखा था। प्रारंभ में मैं प्रोफेसर बनना चाहता था, किंतु बाद में जब पत्रकारिता में आ गया, तब इसी में जी जान से काम करने को अपना उद्देश्य बना लिया। मुझसे जब कोई पूछता था कि मैं किस तरह से याद किया जाना चाहता हूँ, तो मेरा यही जवाब होता था कि मैं एक ऐसे व्यक्ति के रूप में याद किया जाना चाहता हूँ, जो अपने देश के साथ-साथ पूरे विश्व के लिए अच्छा काम करने के लिए प्रयत्नशील रहा हो।

आज जब मैं अपने जीवन को देखता हूँ, तो पाता हूँ कि मैंने एक ईमानदार व्यक्ति और राजनेता की तरह काम किया। मैंने कभी किसी का दिल दुखाने या किसी को क्षति पहुँचाने वाला काम नहीं किया। मेरे लिए राजनीतिक प्रतिस्पर्धा भी बस राजनीति तक ही सीमित रही, उसे मैंने कभी भी व्यक्तिगत संबंधों पर हावी नहीं होने दिया। मेरे लिए सब अपने थे, कोई पराया नहीं था।

मैंने अपने जीवन को हमेशा ही खुली किताब की तरह रखा। मैंने अपने बचपन में जनेऊ उतार दिया था। मैं बड़े होने के बाद मांसाहारी बन गया था। मैंने मदिरापान और भाँग खाने की बात को भी कभी नहीं छुपाया। मैं विदेश मंत्री और प्रधानमंत्री के पद पर रहा, लेकिन कभी भी अपने ऊपर किसी भी तरह का दाग नहीं लगने दिया। वर्षों से मेरे साथ रह रहीं मेरी मित्र मिसेज कौल ने भी सभी का उसी प्रकार से सम्मान पाया, जैसे कि कोई परिवार की सदस्या पाती है। मेरी दत्तक पुत्री और दामाद मेरा हर तरह से खयाल रखते हैं।

अकसर मैं अपने भाषणों को याद करता हूँ। लोगों का हुजूम जितना अधिक होता था, मुझे भाषण देने में उतना ही अधिक आनंद आता था। मेरे देश की जनता का अथाह प्यार ही मेरी सबसे बड़ी पूँजी है। तब मैं धारा प्रवाह बोला करता था। लोग मुझे 'भाजपा का धर्मेंद्र' कहा करते थे। मैं अपने भाषण बिना पढ़े ही बोला करता था, लेकिन

लालकिले की प्राचीर से जो भाषण देता था, वह हमेशा बिंदुवार लिख लिया करता था। मेरे सहयोगी मित्र शक्ति सिन्हा ने एक बार मुझसे पूछा भी था कि मैं हमेशा तो बिना पढ़े ही भाषण देता हूँ, तो फिर इस खास मौके पर क्यों लिखता हूँ? तब मैंने उनसे कहा था कि मैं इतने खास मौके पर और इतनी खास जगह से कोई भी बात लापरवाही में नहीं कहना चाहता। इसीलिए सोच-समझकर कुछ बिंदु लिख लेता हूँ।

मैंने हमेशा भाजपा को समृद्ध बनाने का काम किया। मैं जो भी निर्णय लेता था, वे सामूहिक होते थे। अकसर पार्टियाँ अपने किसी नेता के नाम से या उसके चरित्र से याद की जातीं हैं, मसलन कांग्रेस कभी भी गांधी-नेहरू परिवार से बाहर नहीं निकल पाई। समाजवादी पार्टी नाम आते ही मुलायम सिंह के चेहरा जहन में उभरता है। बी.एस. पी. मायावती की पार्टी है। ए.आई.ए.डी.एम.के. जयललिता की पार्टी तो डी.एम.के. करुणानिधि की पार्टी, आर.जे.डी. लालू यादव की पार्टी तो जे.डी.यू. नीतीश कुमार की पार्टी बनकर उभरती हैं। अकाली दल प्रकाशसिंह बादल की पार्टी बनकर रह गई है। लेकिन बी.जे.पी. के लिए ऐसा नहीं कहा जा सकता, बी.जे.पी. सबकी पार्टी है। बी.जे. पी. ने परिवारवाद से दूर राष्ट्रवाद को अपनाया।

मेरा मानना है कि मजबूत भारत या सुरक्षित भारत सैन्यवादी शक्तियों तक ही सीमित नहीं है। हम अपनी सभ्यता और सांस्कृतिक परंपरा के अनुरूप शांति और भाईचारे के पक्षधर रहे हैं, और यही हमारी ताकत भी है। हम वसुधैव कुटुम्बकम् की अवधारणा को माननेवाले लोग हैं। हमारा विश्वास की हमारी शक्ति है। मेरा मानना है कि मन हारकर मैदान नहीं जीते जाते और न ही मैदान जीत लेने से मन जीते जाते हैं। राष्ट्र की अनेक समस्याएँ होती हैं, हम सभी का कर्तव्य है कि हम उनसे हर स्तर पर जूझने के लिए तैयार रहें। आज हम सभी को अपने अस्तित्व और अपने आत्मसम्मान को बचाए रखने का प्रयत्न करना चाहिए। हमें अपने देश पर उमड़ते किसी भी खतरे से निपटने के लिए एक जागरूक नागरिक की भाँति अपने कर्तव्यों का पालन करना चाहिए।

जैसा कि मैं हमेशा कहता रहा हूँ—

''हार नहीं मानूँगा

रार नहीं ठानूँगा

काल के कपाल पर लिखता मिटाता हूँ

गीत नया गाता हूँ।''